山东大学中文专刊

欧美文学的讽喻传统

刘林 著

中国社会科学出版社

图书在版编目(CIP)数据

欧美文学的讽喻传统/刘林著. —北京：中国社会科学出版社，2023.7

(山东大学中文专刊)

ISBN 978-7-5227-1834-7

Ⅰ.①欧… Ⅱ.①刘… Ⅲ.①欧洲文学—文学研究②文学研究—美洲 Ⅳ.①I106

中国国家版本馆CIP数据核字(2023)第071517号

出 版 人 赵剑英
责任编辑 王小溪
责任校对 师敏革
责任印制 戴 宽

出 版 中国社会科学出版社
社 址 北京鼓楼西大街甲158号
邮 编 100720
网 址 http://www.csspw.cn
发 行 部 010-84083685
门 市 部 010-84029450
经 销 新华书店及其他书店

印 刷 北京君升印刷有限公司
装 订 廊坊市广阳区广增装订厂
版 次 2023年7月第1版
印 次 2023年7月第1次印刷

开 本 710×1000 1/16
印 张 37.5
插 页 2
字 数 509千字
定 价 199.00元

凡购买中国社会科学出版社图书，如有质量问题请与本社营销中心联系调换
电话：010-84083683

卷首语

首先，它（传统）包括历史意识。……这种历史意识包括一种感觉，即不仅感觉到过去的过去性，而且也感觉到它的现在性。这种历史意识迫使一个人写作时不仅对他自己一代了若指掌，而且感觉到从荷马开始的全部欧洲文学，以及在这个大范围内他自己国家的全部文学，构成一个同时存在的整体，组成一个同时存在的体系。

——托·斯·艾略特：《传统与个人才能》

目　　录

绪　论 ………………………………………………………………（1）

第一章　古典讽喻 ……………………………………………………（18）
　第一节　“荷马史诗”:讽喻的古典起源…………………………（19）
　第二节　忒根尼斯:讽喻的“发明”…………………………………（26）
　第三节　柏拉图:“洞穴讽喻”………………………………………（35）
　第四节　维吉尔与普鲁塔克:罗马文学中的讽喻 …………（49）

第二章　《圣经》讽喻 …………………………………………………（67）
　第一节　斐洛:《旧约》解读…………………………………………（69）
　第二节　保罗:“基督教讽喻来自圣保罗”………………………（87）
　第三节　奥利金:《圣经》的精神义 ……………………………（106）
　第四节　奥古斯丁:“上帝也用事物来讽喻” …………………（121）

第三章　从“神学家的讽喻”到“诗人的讽喻” …………………（164）
　第一节　《圣经》四重寓意:“从历史中看出讽喻” ………（166）
　第二节　诗人的讽喻:“藏在美丽的虚构之后的真理”……（185）
　第三节　《坎特伯雷故事》:“另一种旅程” …………………（200）

第四章　小说是“讽喻的历史”……………………………… (218)
第一节　《天路历程》:“突然跌入讽喻” …………………… (220)
第二节　丹尼尔·笛福:小说“尽管是讽喻的,也是历史的” …………………………………………………… (244)
第三节　鲁滨孙·克鲁索:荒岛上的新亚当 ……………… (273)

第五章　讽喻与象征的优劣之争 ………………………… (285)
第一节　柯勒律治:“象征优于讽喻” ……………………… (289)
第二节　华兹华斯:诗歌与讽喻 ………………………… (304)
第三节　霍桑:“对讽喻形式的酷爱” ……………………… (341)

第六章　“为讽喻恢复名誉”………………………………… (368)
第一节　詹姆斯·乔伊斯:“现代主义讽喻” ……………… (371)
第二节　沃尔特·本雅明:“讽喻是现代人的盔甲” …… (381)
第三节　“红色三十年代”小说:“激进的政治讽喻” …… (406)

第七章　“讽喻的当代复兴”………………………………… (420)
第一节　弗雷德里克·詹姆逊:“讽喻现实主义” ……… (423)
第二节　弗兰纳里·奥康纳的《好人难寻》:“超越规整的讽喻” ……………………………………………… (453)
第三节　保罗·德曼:“讽喻构成文学洞见的真正深度” …………………………………………………… (474)
第四节　托马斯·品钦的《拍卖第四十九批》:“词语的黑暗脸庞” …………………………………………… (485)

第八章　欧美讽喻传统与世界文学 ……………………… (511)
第一节　“第三世界文本是民族讽喻”及其论争………… (513)
第二节　库切的《等待野蛮人》:“万物皆为讽喻” ……… (520)
第三节　勒克莱齐奥的《沙漠》:民族历史的讽喻 ……… (538)

附录　大事记 …………………………………………………………（554）

参考文献 ……………………………………………………………（561）

后　记 ………………………………………………………………（591）

绪　论

中国读者阅读欧美文学作品时，往往会感到有种特殊的文学现象不易理解，即“善良”“理性”“贞节”“智慧”“死亡”“邪恶”“困苦”“仇恨”等抽象观念或情感状态都会化身为人物形象出现在作品中，如欧美文学起源性作品“荷马史诗”的第一部《伊利亚特》有工匠之神赫法伊斯托斯为阿喀琉斯锻造盾牌的著名篇章，说他将战斗场景表现在盾牌之上：“争斗和混乱介入人群，还有致命的死亡……”[①] 弥尔顿的《失乐园》说亚当被耶和华逐出伊甸园的时候，“罪孽”与“死亡”也趁机溜出伊甸园的大门，偷偷降临人间；[②] 歌德的《浮士德》第五幕写老态龙钟的浮士德看见“匮乏”“债务”“困苦”“忧愁”等寓意形象，“忧愁”还说：“我将化作各种形象/发挥可怕的力量。”[③]“忧愁”随即吐出一口气，吹瞎浮士德的双眼。诸如此类的“人格化”（personification）写法由来已久，早已被欧美读者所熟知，是欧美文学经常使用的表现形式之一，其核心就是本书的研究对象——“讽喻”。

---

① ［古希腊］荷马：《伊利亚特》，陈中梅译注，译林出版社 2000 年版，第 520 页。

② ［英］弥尔顿：《失乐园》，刘婕译，上海译文出版社 2012 年版，第 407 页。

③ ［德］歌德：《浮士德》，绿原译，人民文学出版社 2005 年版，第 379 页。

“讽喻”（allegory）和“模仿”“反讽”“悲剧”等观念一样，都是欧美文学创作与阐释传统中独具特色的组成部分，是西方文化、文学中最具原创性、整体性、延续性的基本概念之一。从古代文学到后现代文学，“讽喻”在各种形式的文学作品中反复出现，作用明显。究其原因，盖在于“讽喻”源远流长，影响深远，涉及欧美主要国家文化和精神生活的方方面面，和历史学、语言学、哲学、宗教学等都有关系，但和文学创作、研究的联系最为密切。“讽喻”一词源于对“荷马史诗”的解读，其根源在于文学批评；就讽喻的发展史来说，它在文学创作和批评中应用得最广泛、最系统，除了短暂的低谷时期，讽喻在欧美文学史上的绝大多数时间里是活跃的、有效的理论术语和批评观念，而且至今仍是欧美作家、批评家经常使用的古老概念之一（尽管其含义不尽相同）。当代批评家保罗·德曼和弗里德里克·詹姆逊都写过研究讽喻概念或以讽喻概念解读具体文学作品的长篇论文；讽喻广泛用于20世纪欧美文学创作中，甚至出现“讽喻的当代复兴”的说法。即使在今天的国外主流文学研究杂志上，人们也经常看到以“讽喻”为关键词撰写的论文。英国美学史专家鲍桑葵说，思想界最早采用的公式一直都不会放弃，直到它的潜能被彻底耗尽，无法再使用时为止。[①] 看来，讽喻就属于那种理论潜力尚未耗尽的概念，它还未彻底退场，保持着旺盛的生命力，不时被研究者用来解决当下问题，成为打通古典文学与后现代主义文学的普遍适用的重要概念。

但和国外讽喻研究的热闹景象相比，国内学者对讽喻问题涉及不多，这方面的研究显得相对冷清和滞后。“讽喻”似乎是一个被当下学界淡忘的术语，除了少数例外，英语学术著作中的“allegory”常被翻译成寓言、比喻、譬喻、寄喻、托喻等，这自然会影响到我们实事求是地把握欧美文学的原汁原味和整体风

① ［英］鲍桑葵：《美学史》，张今译，商务印书馆1986年版，第19页。

貌，使人在一定程度上漠视或曲解这种颇能彰显欧美国家的历史特征、文化基调和语言特色的独特文学现象。从这个意义上说，认真梳理、分析和阐释讽喻的历史演进过程、理论内涵和文本表现就成为国内欧美文学研究中亟须开展的重要课题。通过回溯讽喻文学传统，我们既可以重建其发展演变的主要脉络，熟悉这一几乎被人淡忘的文化遗产，也可以把握其内在的发展潜能。

一

讽喻顽强的生命力来自其悠久的历史传统。就其词源来说，“讽喻”之意是“表面上说一件事，而实际上指向另一件事”，简言之，“言此而意彼”。这一词源义固然简单，但在数千年的历史发展中，讽喻由于适应了诗学、修辞学、神学等多方面的复杂需求而变得意蕴丰赡、魅力十足，几乎在每一时代都会增加新的含义，并且表现为不同的理论概念和命题。这些命题围绕着“讽喻”的原始定义展开，试图从不同侧面回答这一定义潜含的一系列重要问题。恰如研究者指出的，“作为一个时间的链条，传统是已被接受与传播的主题的各类变体的序列”①。这对欧美讽喻文学来说同样适用。

首先，“表面上说到的”是否仅限于字面意义，当它指向字面意义之外时，字面意义是否还具有独立地位而不会受到这种指向的影响？其次，“讽喻”说的“另一件事”是否和字面意义处于同一个层次或领域，比如都局限于修辞学，还是二者呈现分离独立的状态，字面意义在一个领域而讽喻意义在另一个，比如字面意义在修辞学而讽喻意义在哲学领域？在后一种情况下，讽喻的指向过程是否还会继续？这是一个一次就能完成的过程，还是经

① Edward Shils, *Tradition*, Chicago: The University of Chicago Press, 1981, p. 13: “As a temporal chain, a tradition is a sequence of variations on received and transmitted themes.”

过多次讽喻才能结束的意义构建过程呢？而且这一多次完成的过程是否会形成一个逐步递进的上升顺序呢？比如从修辞学过渡到广义的诗学，再从诗学出发过渡到神学。再次，如何理解讽喻定义中“表面上说到的”和“实际上指向的”之间的关系？讽喻意义是否就蕴含于字面意义之中，还是位于字面意义的上面、后面？又次，讽喻意义的构建是一个浑然天成、自然而然的生发过程还是一个人为介入的过程？如果是前者，讽喻和“象征”如何区分？如果是后者，文本的创作者通过何种方式才能将讽喻意义埋藏或嵌入文本？而且，一位作者植入的深层意义如何被其他人所体会与欣赏？或者，就像保罗·德曼说的，讽喻叙述总是讲述阅读失败的故事。[①] 最后，讽喻的“指向”过程如何实现也是一个问题，它通过修辞手段、叙述策略还是读者阐释中的哪一种方式才能具体表现出来？这些问题，即便有人仅仅成功地回答其中的任何一两个，都可以在讽喻文学史或观念史上留下自己不朽的印记。这些问题耗费了两千多年欧美国家的一流智慧与才华，不同时代的众多思想家和文学家都殚精竭虑，不懈追求文本的深层意蕴和深层结构，锻造出为数众多的理论与文学名作。

仅就文学来说，古希腊人用讽喻来研究文学作品，最早可以追溯到公元前6—前5世纪古希腊人对“荷马史诗”和希腊神话的解读；在古代罗马，它曾经被视作隐喻的一种特殊形式。有意识地使用这一概念的古代作家、诗人至少包括色诺芬、柏拉图、维吉尔、西塞罗、普鲁塔克等。在此后的“希腊化”时期，亚历山大城的犹太社区领袖之一、著名学者斐洛用这一方法研究《希伯来圣经》。大致与此同时，基督教思想家保罗在其书信中几次提及亚伯拉罕等《旧约》人物和耶稣基督之间构成了一种“比喻”“预表”“讽喻”关系。他在肯定《旧约》人物历史真实性

① Paul de Man, *Allegories of Reading: Figural Language in Rousseau, Nietzsche, Rilke, and Proust*, New Haven and London: Yale University Press, 1979, p. 205.

的前提下，挖掘了他们所代表的神学含义，并用讽喻手法证明耶稣基督乃是《圣经·旧约》“预言书”中提及的“弥赛亚”。保罗神学成为讽喻概念发展史上的重要转折点。此后的“讽喻释经者”主要包括圣奥古斯丁、奥利金、哲罗姆、大格里高利、圣维克多的雨果（Hugh of St. Victor）及其学生理查德和安德鲁、波纳文特、托马斯·阿奎那等人。这些中世纪神学家普遍相信《圣经》具有“四种寓意”，即字面义、讽喻义、道德义和《圣经》神秘义，其中后面三种又经常被统称为“精神义”或“讽喻义”。他们往往穷尽一生之力，案牍劳形，皓首穷经，在卷帙浩繁的著述中用讽喻方法研究《圣经》含义，也将大量异教诗歌“基督教化”。这一时期产生的《玫瑰传奇》（先后由吉·德·洛里、让·德·墨恩完成）是将讽喻手法用于整部作品的最早典范，也是后代讽喻文学模仿的主要对象。同时代的中世纪城市文学也产生了像《列那狐传奇》之类的讽喻作品，表明这一手法既可以用于纯粹的宗教文学，也可用于世俗文学。

中世纪晚期的意大利著名诗人但丁在《飨宴》《致斯加拉亲王书》中提出既有“神学家的讽喻”，又有“诗人的讽喻”，而且作品的讽喻义超越了作品的字面义，自成一体，也明显地区别于“道德义”与“《圣经》神秘义”。但丁认为自己的职责是完成从神学家的讽喻向诗人的讽喻的过渡或者转变；诗人的讽喻是但丁从事文学创作的诗学、美学基础，也是讽喻作为相对独立的文学手法获得自觉意识的重要标志。但丁的《神曲》、乔叟的《坎特伯雷故事集》、威廉·兰格伦的《农夫皮尔斯》、斯宾塞的《仙后》、弥尔顿的《失乐园》《复乐园》等都大规模地使用了讽喻，至今仍为欧美文学史上的经典之作。文艺复兴和宗教改革之后，讽喻进入小说创作领域，成为“小说的兴起”中的重要因素，其标志是笛福所说的“小说是讽喻的历史”。塞万提斯的《堂吉诃德》与《警世典范小说集》、班扬的《天路历程》、笛福的长篇小说、伏尔泰的哲理小说、卢梭的《新爱洛伊丝》等众多作品继承和发展了讽喻文学传统。在19世纪欧美文学大家中，英国作家盖斯凯尔夫人、乔治·艾略特和狄更斯，美国作家霍桑、麦尔维尔和爱伦·坡，法国作家福楼拜和波德莱尔，德国作家霍夫曼等人的作品都属于讽喻传统。上述所及，已涵盖了从古代至19世纪欧美文学史上的主要代表作家和作品。由此可以看出，讽喻之作未必都是经典，但经典之作常常是讽喻的。一部欧美文学史在很大程度上也是一部讽喻文学史。

在20世纪之前，讽喻文学的发展并非一帆风顺，它几经波折，又几度涅槃重生。如前所述，讽喻诞生于对"荷马史诗"的文学批评，当然，有批评就会有反批评。对讽喻的质疑，既是讽喻传统的危机，也是它的转机。早在讽喻滥觞之际，柏拉图就提出过批评，而他自己却在"对话录"中谈及讽喻的必要性，他的"洞穴故事"更是公认的讽喻作品。中世纪之后，宗教改革运动领袖人物马丁·路德痛斥讽喻："解释者应该尽力避免讽喻，以便不让自己在不着边际的梦境里徘徊。""讽喻是一位美丽的妓女，对懒散之人特别有吸引力。"① 但路德之后，仍然出现了清教主义诗人弥尔顿、清教主义小说家班扬和笛福。被誉为"小说之父"的笛福说过，小说既是讽喻的，又是历史的。这一说法暗示，讽喻不仅是诗歌创作的基本手段，而且也是小说这种新兴文学体裁的基本属性或创作规范之一。作为一种文学传统，讽喻显然不会仅仅适用于史诗、诗歌、罗曼司等旧有形式而绝对地排斥新兴体裁。特别是，小说是现代社会文学创作的主要形式，随后出现的电影、电视剧等都以小说叙事为其基础。将讽喻运用于小说，是讽喻传统面临的新考验。欧美文学发展史表明，讽喻影响到19世纪德国"成长小说"和霍夫曼的心理分析小说以及美

① Brian Cummins, "Protestant Allegory", in Rita Copeland and Peter T. Struck, *The Cambridge Companion to Allegory*, London: Cambridge University Press, 2010, pp. 177–190, quotation on page 177.

国作家霍桑的“罗曼司”小说，有学者指出：“美国小说开始于宗教讽喻。”① 从18世纪末开始，浪漫主义诗学独领风骚，德国大文豪歌德，英国诗人哈兹利特、诗人兼批评家柯勒律治等人崇尚象征，贬低讽喻，指责讽喻割裂了部分和整体之间的有机联系；作为象征的对立面，讽喻曾经一度名誉扫地，讽喻传统陷入低谷。这种状态是实现20世纪“讽喻的当代复兴”的历史前提。

二

从以上所论，可以看到讽喻传统的两个特征。首先，讽喻本身诞生于古代批评家对“荷马史诗”的指责而引发的“反批评”，在此后发展的每一阶段，都会有人出来怀疑讽喻，也就迫使讽喻理论家不断做出辩护。虽然“讽喻”与“模仿”几乎同时诞生，但批评史上很少有人挑战“模仿”概念，却不断出现对“讽喻”的怀疑。就像文学史上经常发生的情况那样，有挑战就有应战，有质疑就有反拨。挑战—应战的互动过程贯穿讽喻文学史和观念史，是讽喻文学传统的发展演变的内在机制，正像研究者指出的，“讽喻总是在别人的土地上进行自己的保卫战”②。其次，讽喻观念不是纯粹的理论概念，而会在具体的文学名作中获得生动体现，讽喻观念的每一次演变都会对文学创作产生重要的潜移默化的影响。有什么样的讽喻就有什么样的文学作品。讽喻和象征、反讽一样都是创造文本的深层意蕴的主要方式，追求“言外之意”“味外之旨”“韵外之致”的任何文学文本都不可能完全回避讽喻。下表或可相对简明地表示讽喻传统的这两大特征。

---

① Harry Levin, *The Power of Blackness*: *Hawthorne-Poe-Melville*, Chicago, Athens and London: Ohio University Press, 1958, p. 20.

② Tate, J., "Plato and Allegorical Interpretation (Continued)", *The Classical Quarterly*, 1930, 24 (1): 1-10.

讽喻传统的主要特征

讽喻传统主要阶段		批评（挑战）	反批评（应战）	文学文本
古典时代	古代希腊与罗马	“荷马史诗”的个别篇章有伤风化	讽喻的诞生：“荷马史诗”另有所指	柏拉图“洞穴讽喻”、《埃涅阿斯纪》
	希腊化时期	“字面解经”	斐洛：“讽喻解经”；奥利金：《圣经》精神义	
中世纪	初期	奥古斯丁：“上帝也用事物来讽喻。”		普鲁登提斯：《内心的交战》；奥古斯丁：《忏悔录》
	晚期（文艺复兴）	“神学家的讽喻”：《圣经》的四重寓意说	“诗人的讽喻”：“美丽虚构后面的真理”	《神曲》《坎特伯雷故事》等
现代	16—18世纪	小说是虚构编造的	约翰·班扬：“我突然跌入讽喻。”笛福：“小说是讽喻的历史。”	《天路历程》《鲁滨孙飘流记》等
	19 世纪	歌德：“席勒是讽喻诗人，我是象征诗人”；柯勒律治：“象征优于讽喻。”	霍桑：“对讽喻形式的酷爱。”波德莱尔：“环顾周围，都是讽喻。”	《红字》《拉帕其尼医生的女儿》《恶之花》等
	20 世纪	克罗齐：“重视讽喻的地方就不重视诗。”	本雅明：“讽喻是现代人的盔甲。”加达默尔：“为讽喻恢复名誉。”	《都柏林人》《尤利西斯》《就说是睡着了》《愤怒的葡萄》等

讽喻与象征之争从 19 世纪延续到 20 世纪，长达两个世纪。20 世纪的讽喻文学，无论是创作还是研究，都是对 19 世纪柯勒律治“象征优于讽喻”理论的全面回应，而且这种反批评或反拨遍及文学研究的各个领域，持续时间长、涉及面广，彻底改变了此前讽喻备受冷落的局面，至 20 世纪下半叶出现了“讽喻的当代复兴”这一值得关注的现象。早在 20 世纪初期，乔伊斯在《都柏林人》《尤利西斯》等小说中创立“现代主义讽喻”，一批美国小说家在“红色三十年代”首创“激进的政治讽喻”，揭橥讽喻在 20 世纪的复兴趋势，斯坦贝克的《愤怒的葡萄》、多斯·帕索斯的《美国》三部曲、亨利·罗思的《就说是睡着了》都是这方面有影响的代表作。在此之外，20 世纪欧美文学的经典作家，如

D. H. 劳伦斯、威廉·戈尔丁、乔治·奥威尔、大卫·洛奇、卡夫卡、托马斯·曼、萨特、加缪、福克纳、弗·奥康纳、托妮·莫里森、贝克特、博尔赫斯、卡尔维诺等人，都是讽喻传统的主要代表。他们或借助和古代作品的对照关系来组织作品，如《尤利西斯》；或借古讽今，从历史事件写到当代政治，如《鼠疫》；或在现代寓言中重写人类灵魂善恶之辩的古老争论，如《蝇王》；或运用人与动物之间的相互变形来讽喻现实，如《变形记》；或运用古代体裁来刷新当代小说形式，如《小世界》。这些作品无不表明讽喻传统具有足够的艺术潜能来生动而深刻地表现现代人的生存困境与生活经验。

文学创作的繁荣为20世纪讽喻观念的深入发展提供了原动力。在文学研究中，德国学者本雅明最早在《德国悲苦剧的起源》中将“象征”称为“暴虐的统治者”，指责它篡夺了讽喻的艺术哲学王位，[①] 在他看来，“讽喻是现代人的盔甲”；其后加达默尔在《真理与方法》第一部分中明确呼吁“为讽喻恢复名誉”[②]；加拿大著名批评家弗莱则在《批评的剖析》中指出“一切评论都是讽喻性的解释”[③]；美国批评家詹姆逊从西方马克思主义的基本概念“整体性”出发，研究文化或文学文本的意义阐释问题，在社会—历史整体性与文化或文学文本的叙事整体性之间构建结构对应关系，并用“讽喻”来界定“政治的”“社会的”“历史的”三个阐释意义的同心圆之间相互关系，将传统的“伟大的现实主义”改造成以讽喻为核心的“讽喻现实主义”。[④] 另一位批评家保罗·德曼在《洞见与盲视：当代文学批评的修辞学

① Walter Benjamin, *The Origin of German Tragic Drama*, trans. John Osborne, London: Verso Publisher, 2003, p. 159.

② ［德］汉斯－格奥尔格·加达默尔：《真理与方法——哲学诠释学的基本特征》（上卷），洪汉鼎译，上海译文出版社1999年版，第90页。

③ Northrop Frye：《批评的剖析》，上海外语教育出版社2009年版，第89页。

④ Fredric Jameson, “La Cousine Bette and Allegorical Realism”, *PMLA*, 1971, 86 (2): 243.

论文集》中认为19世纪盛行的“象征优于讽喻”论把文学象征抬得太高了，以为依赖象征就能实现心与物、主观与客观、主体与客体之间的综合统一，实际上，只有讽喻才包含了“时间的建构性因素”，有助于破除浪漫主义诗学中自我的神秘化倾向。[①] 与讽喻复兴的学术趋势相适应，更多研究者对讽喻的理论内涵展开研究，创建以讽喻概念为核心的批评框架，大体上可以分为“修辞说”“创作模式说”“阐释方法说”“综合说”等四种。

首先，剑桥大学A. D. 纳托儿教授的《讽喻的两个概念：莎士比亚〈暴风雨〉和讽喻表达的逻辑研究》将讽喻看作“一种复杂的叙述隐喻”，它将“时间序列中的或者宽泛的时间序列中的事物表现在叙述序列中”[②]，作为一种叙述修辞手段，它代表人们对形而上世界秩序的追求。其次，“创作模式说”可以美国学者E. 霍尼格的《黑色的奇喻：讽喻的构建》为代表，该书从作品形式、体裁、风格等三个方面着手分析作家如何在作品中构建讽喻，[③] 另一著名学者阿布拉姆斯则从叙述学出发将讽喻当作“一种叙述策略”。再次，“阐释方法说”以C. S. 刘易斯的《爱的讽喻：中世纪传统研究》和J. A. 玛佐的论文《讽喻阐释与历史》为代表，前者将讽喻定义为中世纪骑士文学的基本特征，是研究讽喻“断代史”的名作；后者将作品的字面义定义为“意思”(meaning)，而将讽喻义定义为“深意”（significance）。[④] 最后，“综合说”试图超越当代关于讽喻的定义之争，将讽喻平等地视为创作手段和阐释方法，代表作有A. 弗莱彻的《讽喻：一种象

---

① Paul de Man, *Blindness and Insight*: *Essays in the Rhetoric of Contemporary Criticism* (second edition, revised), London: Methuen & Co., Ltd., 1983, pp. 199 – 200, 208.

② A. D. Nuttall, *Two Concepts of Allegory*: *A Study of Shakespeare's* The Tempest *and the Logic of Allegorical Expression*, London: Yale University Press, 2007, p. 48.

③ Edwin Honig, *Dark Conceit*: *The Making of Allegory*, London: Brown University Press, 1982.

④ Joseph A. Mazzo, "Allegorical Interpretation and History", *Comparative Literature*, Vol. 30, No. 1, Winter 1978, pp. 1 – 21.

征模式的构建》[1] 和 J. 维特曼的《阐释与讽喻：从古代到现代》[2]。在上述各项成果中，刘易斯、霍尼格、纳托儿的专著出版于20世纪的30—60年代，维特曼等人主张的“综合说”是比较晚近的研究动向，《阐释与讽喻：从古代到现代》由美国、加拿大、以色列等国18位学者撰写的20篇论文组成，以笔者管见，这也是国际学界尚不多见的研究讽喻“通史”的专著。

总之，讽喻最早源自“荷马史诗”的批评，随后进入修辞学领域，成为揭示语言本质和操作特征的重要观念。在文学创作和阐释领域，讽喻密切关注着文本意义的建构过程及其特征。只要文学创作仍然追求言外之旨、韵外之致，仍然致力于产生字面意义之上的其他含义，讽喻就不会消亡。分析文学作品而不谈讽喻，无疑会极大缩减文本意蕴的丰富性，正如有的学者指出的，“在某种意义上，讽喻不仅属于中世纪的人，而且属于广义上的人，属于广义上的心灵。将隐含之物通过图画的方式表达出来，这恰恰是思想和语言的本质”[3]。可以说，“用图画的方式”来表达“隐含之物”正是讽喻的题中之义。

20世纪下半叶以来，欧美学者对讽喻问题格外重视，这与20世纪欧美学界先后关注的“语言学转向”“诗与科学之争”“阐释学的兴起”“表征危机”“解构宏大叙述”等话题有着学理上的内在联系。如美国“新批评派”兰瑟姆主张诗歌与科学在其功能上是相互对立的，科学删繁就简，逻辑化了也就等于简化了我们周围的世界，而诗歌则使读者感受一个更丰富、更独特的世界，“诗歌倾

---

① Angus Fletcher, *Allegory*: *The Theory of a Symbolic Mode*, Ithaca and London: Cornell University Press, 1982.

② Jon Whitman ed., *Interpretion and Allegory*: *Antique to the Modern Period.* Boston and Leiden: Brill Academic Publishing, Inc., 2003.

③ C. S. Lewis, *The Allegory of Love*: *A Study in Medieval Tradition*, London: Oxford University Press, 1936, p. 44: “Allegory, in some sense, belongs not to medieval man but to man, or even to mind, in general. It is of the very nature of thought and language to represent what is immaterial in picturable terms.”

向于恢复那个我们只能通过感觉和记忆模糊知晓的、更有密度、更加难以驯服的原初世界”①，诗歌负责“将更有密度、更难推测的世界带入读者的经验中”②。那么，诗歌依靠何种途径才能做到这一点呢？只能依靠“新批评家们”津津乐道的反讽、象征、歧义、矛盾修辞等，而这些术语所追求的无一不是各种层次上的言外之意，也可以说是广泛意义上的讽喻的方式。又如后现代主义文论中说的“表征危机”。事实上，“表征危机”即为语言危机，后现代主义不再相信语言符号的能指可以自动地、毫无障碍地过渡到所指上，有学者指出，这场危机实际上起到“除蔽”的作用，“发现过去被语言遮蔽的成分”③。其实，讽喻的核心就在于主张在语言表达背后还有其他事物，还有“被遮蔽的成分”。这并不意味着我们应该直接去言说那个“其他事物”，而只能通过语言表达上的暗示、指涉、影射、衬托去影影绰绰地谈及。当然，这也不是说讽喻就能预示后现代主义理论，但它至少表明我们还可以相对合理地将讽喻置于当代新潮多变的理论语境中。

讽喻在过去两千多年的欧美文学发展中代代赓续，延绵不绝，成为欧美文学研究的重要概念，具备足够深厚的理论潜能和足够众多的作家作品来孕育、产生一个相应的讽喻文学传统，为漫长的欧美文学史打上讽喻的烙印，使欧美文学中的众多作品带有明显的讽喻特征。无论在空间上还是在时间上，讽喻文学都已形成一个从古代延伸到20世纪的重要文学传统。在空间上，讽喻传统影响广泛，遍及欧美主要国家中富有代表性的作家作品，也见于欧美之外第三世界国家的文学创作；时间上，它源于古

① John Crowe Ransom, *The New Criticism*, Westport, Connecticut: Greenwood Press, Inc., 1979, p. 281: “Poetry intends to recover the denser and more refractory original world which we know loosely through our perceptions and memories.”

② John Crowe Ransom, *The New Criticism*, Westport: Greenwood Press, 1979, p. 330: “…bringing into experience both a denser and a more contingent world…”

③ 盛宁：《文学：鉴赏与思考》，生活·读书·新知三联书店1997年版，第241页。

代，既可以阐释古代和中世纪作品，也可以用来阐释现代时期那些宗教信仰色彩不那么突出的欧美文学作品，其时间下限可以延伸到20世纪后现代主义文学创作。如果欧美文学研究者确实像加达默尔说的那样要“为讽喻恢复名誉”的话，那么，从文学传统角度来研究讽喻不失为可以探讨的基本途径之一。

当然，讽喻传统并不绝对地排斥欧美文学的其他传统或特征。本书仅将讽喻定义为欧美文学众多特征中的一种。实际上，没有任何一项研究可以穷尽欧美文学的所有特征，毕全功于一役。但这并不影响我们至少可以从某一角度来把握欧美文学的某些重要方面，特别是从讽喻传统这一富有欧美文学特色的角度来接近研究对象。

三

由上述可见，即使限定在文学领域，讽喻的观念仍然具有历史悠久、涉及面广、综合性强等特征。20世纪不断有学者慨叹无人能写出一部讽喻的历史。当然，本书作者既无奢望，更无能力完成工程如此浩繁的研究工作，只能尝试着在研究中注意到以下几个方面。

首先，本书以梳理、提升讽喻诗学的主要历史发展线索为主要任务，分析讽喻观念史和欧美文学史之间相互影响、渗透的复杂关系，力图把握讽喻诗学在各个历史阶段起承转合的逻辑线索。讽喻诗学既来自以古代神话、“荷马史诗”为代表的古代希腊文学，也来自以《希伯来圣经》为代表的《圣经》文学，在这一点上它最能体现欧美文学起源“二希论”特征，前者风格崇高，古朴厚重，关注现世幸福；后者深邃神秘，言简意赅，一语千金，关注来世永生。二者的交互影响塑造着这一独特的讽喻诗学传统。随后，讽喻含义不断演变，基本上经过了修辞学、神学、诗学等三个阶段，代表人物分别是古代罗马的散文作家西塞罗，基督教思想家、使徒保罗和著名诗人但丁。第一个阶段的核心命题是西塞罗的著名论断：讽喻乃是“一系列的隐喻”，是把适合一种情况的词语连续地移植到另一种情况，但也必须防止将讽喻写成谜语。[①] 这一看法将讽喻看作隐喻手段的数量扩张，将其限定在语言的修辞特征中，无形中缩小了它的适用范围，至少将一个文学批评概念转换成了一个修辞学术语。

与之相对立，神学家的讽喻极大提高了讽喻的地位，将其视作神的预言或上帝的启示。在他们看来，上帝已经通过摩西在《旧约》中宣示了真理，但源于“神言”和“人言”的隔阂，没有人能够完全理解这些真理。耶稣基督传道的特点是不断引用《旧约》预言，把《旧约》的隐含之意揭露出来，也就是通过使用讽喻的方法寻求含义。通过基督教信仰，这一做法获得不容置疑的权威性和示范性。保罗书信就数次提到“预表”“比喻”“讽喻”等，以此论证《旧约》是律法之约，而《新约》则是恩典之约、拯救之约。因此，神学家的讽喻是从《旧约》真理引向《新约》真理，也就是相信在历史真实背后隐含着更大的真理。

此外，随着历史前进的脚步，特别在《圣经》“经典化”完成以后，中世纪普遍认为，即便是基督教诗人也不会直接接受上帝启示，人们看到的只能是虚幻的表象，只是在这表象的背后隐含着真理。他们用这种方法对待异教诗歌，寻求异教诗歌背后的基督教真理，将其“基督教化”。在这样的历史背景下，但丁提出“诗人的讽喻”，其核心为诗歌表面上是虚构的，而在虚构的背后隐含着真理。简言之，“神学家的讽喻”是从真理到真理，而“诗人的讽喻”却是从虚构到真理。但丁认为其创作方法是“诗性的，虚构的，描述的，比喻的”，其关键词是“虚构的”，即在想象中展开作品的构建过程，并将真理隐藏在字面意义之

---

① Cicero, “The Use of Words”, in *Ancient Literary Criticism*: *The Principal Texts in New Translations*, eds. D. A. Russell and M. Winterbottom, London: Oxford University Press, 2003, p. 260.

后。他在分析《圣经》的“字面义”“讽喻义”“道德义”“神秘义”等“四种含义”时，将“讽喻义”单列出来，表明“讽喻义”不能简单地等同于道德教训，而应自成一体，具有自己的特定含义。在具体论述时，他认为摩西带领古代犹太人出埃及的历史事实表明“耶稣基督给人类带来的救赎”。和他论述“道德义”“神秘义”相比，“讽喻义”特别提到了耶稣基督这个人物，暗示讽喻义的构建要在人物形象中完成。在此基础上，《神曲》虚构了诗人在地狱、炼狱和天堂的游历过程，描述了“可能发生的事”，正如亚里士多德指出的，诗根据或然率来描写可能发生的，历史则记载已经发生的，但诗比历史更有哲学意味。

但丁的“诗人的讽喻”强化了讽喻的创作功能，而其《神曲》则具体体现了这一观念转变所带来的创作成果。讽喻文学创作的黄金时代接踵而至。18 世纪末 19 世纪初，随着浪漫主义诗学的崛起，象征和讽喻孰优孰劣之争，成为欧美文坛的焦点话题，这一争论一直持续到 20 世纪上半叶。总体上来说，讽喻传统呈现出跌宕起伏、波浪式跃进的形式，在反驳诘难、争论论辩中日益丰富。讽喻传统呈现出历史循环性：批评家的讽喻—哲学家的讽喻—修辞学家的讽喻—神学家的讽喻—诗人的讽喻—小说家的讽喻—文学理论家（批评家）的讽喻。它在两千多年之后似乎回到了历史原点，但无疑有了更丰富的内涵。

其次，本书还注意到，尽管讽喻随着时代变迁和文学思潮更迭而在每个时代具有不同的侧重点，但既然从公元前 6 世纪一直到 20 世纪，人们都在使用这一概念，这本身就表明讽喻本身必定容纳了某些恒定不变的内容，这些内容大致上可以分成三个方面。第一，讽喻是一个探讨相互关系的概念，即它始终围绕着字面意义和深层含义之间的相互关系展开，探讨在前者之上、之外、之后的深层含义是如何产生的。从其起源开始，研究者意识到，经典之作的深层意义不会在字面上直接显露，而只能曲折表现出来，就像后来批评家经常使用的那个比喻：要想飞入球门，足球只能曲线运行而不是直线运行。第二，讽喻是一个文本意义构建和阐释的概念，研究者既可以从作家的角度探讨文本意义的构建奥秘，也可以从读者的角度探讨读者在阅读接受中如何通过想象而创造性地介入文本，有的研究者将讽喻的阐释功能称为"allegoresis"①，本书为求简明，没有引入这种说法。第三，讽喻传统既不是从纯粹的"内容"，也不是从纯粹的"形式"展开的，而是着眼于内容与形式二者的相互统一，讽喻的创造植根于作家对社会现实的体验和感悟，讽喻的真正实现发生在读者的阅读接受活动，必然依赖文学读者在共同或近似的阐释框架下对作品的解读，不可避免地会涉及"讽喻什么?""为何讽喻?""讽喻如何实现?""讽喻如何被读者领会?"等问题，这些都包含着丰富的社会生活内容和相应的历史规定性。

最后，本书既以"讽喻的文学传统"为核心，研究对象大多数自然是诗歌和小说等文学作品。研究重点和落脚点最终还是在作品上。本书主要从作品主题、情节设置、人物形象、环境渲染等方面着手，特别关注具体作品与欧美文学原型之间，作品文本的字面含义和矛盾修辞、反讽语气之间，主要情节与辅助情节、表面故事与隐含故事之间，主要人物与次要人物之间，主要场景与一般场景之间的对立、断裂、互补、隐喻、对应、同构关系，关注人物特征（如其命名、亲属关系、活动地点）、场景变化、视点转移等细节暗示或象征含义，关注作家主观意图和读者接受之间的阐释距离。当然，上述内容不会以同样比例出现在每一作品中，具体作品总会运用一种或几种特定的策略，但这些方面至少可以提醒我们在具体操作中应该遵循的主要思考路径。在作品遴选上，本书细读的诗歌作品包括《伊利亚特》《奥德赛》《埃涅阿斯

① 参见张隆溪先生的英文专著 *Allegoresis: Reading Canonical Literature East and West* (Ithaca and London: Cornell University Press, 2005)，特别是第二章"Canon and Allegoresis"，原书第62—110页。

纪》《坎特伯雷故事》《神曲》《序曲》《恶之花》等，选取的长篇小说为《天路历程》《堂吉诃德》《鲁滨孙飘流记》《安德鲁斯传》《红字》《就说是睡着了》《拍卖第四十九批》《等待野蛮人》《沙漠》等，短篇小说则为霍桑、爱伦坡、乔伊斯、奥康纳等人的代表作，散文作品选取了柏拉图的“对话录”、普鲁塔克的历史著作及奥古斯丁的传记文学作品《忏悔录》。上述入选作品质量上乘，绝大多数是公认的文学名作，已进入布鲁姆开列的“经典书目”①，同时它们也是为中国读者所熟知但其讽喻特色尚未被充分关注的作品；其他一些讽喻名作如《农夫皮尔斯》《仙后》《人生一梦》《列那狐传奇》等在讽喻研究领域久负盛名，成果汗牛充栋，读者可以很容易地找到相关论著，就不再做专门讨论了。

任何一部著作的绪论，虽然是读者最先看到的，却往往是作者最后才完成的，因为绪论可能是全书最难写的部分。英国作家理查逊昔日有言，他最讨厌写序言，却不得不写，因为他不想让自己的书“赤身裸体地到世界上去流浪”。绪论固然给作者一个机会来交代其研究设想和期待，但这些设想、期待能否在研究工作中真正实现，还有待专家、读者的检验和裁判。本书作者愿以圣奥古斯丁的一段话结束这篇不算太短的“绪论”，它或许写出了不少研究者的心境——其中不乏喜悦与期待、执着与迷惘，甚至些许战兢恐惧：“亲爱的读者，每当你对某事像我一样确有把握，请跟我前行；每当你像我一样坚定不移，请与我一道探索；每当你发现自己走了错路，就回到我这里；或者当我走错了，请你叫我回头。”②

---

① ［美］哈罗德·布鲁姆：《西方正典：伟大作家和不朽作品》，江宁康译，译林出版社 2005 年版，第 418—461 页。

② Saint Augustine：*The Trinity*，Hyde Park，New York：New City Press，1991，p. 68：“Dear reader，whenever you are as certain about something as I am go forward with me；whenever you stick equally fast seek with me；whenever you notice that you have gone wrong come back to me；or that I have，call me back to you.”

第一章　古典讽喻

自从文艺复兴以来，“古典的”（classical）一词用来泛指古代希腊和古代罗马的历史、文化或文学。古代希腊和古代罗马创造了光辉灿烂的古代文明，是当今欧美国家现代文明的摇篮之一。有学者指出，没有了古代文明，“我们的文明就会变得更单薄，更破碎，更缺乏思想性，更注重物质利益——实际上，不管我们积累了怎样的财富，打过怎样的战争，做出过怎样的发明，我们的文明都更没有资格称为一种文明，因为它的精神成就逊色很多”[①]。当然，重新回忆古代辉煌并不意味着我们应该匍匐在古人的脚下，而是让我们更清楚地理解西方文化或文学的缘起或其最初形态。虽然“起源即本质”已是过时的 19 世纪的观念了，但对欧美文学研究来说，古典文学一方面是马克思所说的“高不可及的范本”[②]，另一方面又内在地规定了后世文学的发展路径，这对讽喻传统来说尤其适用。

“荷马史诗”是欧美文学及其讽喻传统的源头之一。讽喻现象，在“荷马史诗”中早就有所暗示，后来引起赫拉克利特、色

---

① Gilbert Hight, *The Classical Tradition*: *Greek and Roman Influences on Western Literature*, New York: Oxford University Press, 1957, p. 1.

② ［德］马克思、恩格斯：《马克思恩格斯选集》（第 2 卷），中共中央马克斯、恩格斯、列宁、斯大林著作编译局编，人民出版社 1972 年版，第 114 页。

诺芬、毕达哥拉斯等人的尖锐批评。有了批评才会有反批评，这是导致忒根尼斯发明“讽喻”的直接原因。柏拉图将诗人逐出理想国，指摘讽喻故事败坏青年人的心灵，这是讽喻诞生后遭遇的第一场危机。但另一方面，柏拉图也经常用讽喻方法表达哲学真理，并创作了“洞穴故事”这一著名讽喻。古代罗马大诗人维吉尔注意到用讽喻手法来塑造人物性格，开始挖掘讽喻的艺术创造潜力；另一位著名作家普鲁塔克则用讽喻来解读传统神话，继续保持和发扬了讽喻的阐释功能。

同时，罗马作家也注意到讽喻的语言学或修辞学功能。西塞罗第一次在拉丁语论文中使用了希腊语形式的“讽喻”一词。他没有将这个术语翻译成拉丁语，而是直接借用了这个词语的希腊语，这奠定了此后拉丁语系统中这一概念的使用方式。正如数百年之后奥古斯丁指出的，如果翻译成拉丁语，那只会造成新的混乱。西塞罗提出，讽喻是“隐喻的连续之流”（a continuous stream of metaphors），这影响了后人的认识。罗马修辞学家昆体良的《演说原理》认为，连续的隐喻造成讽喻。[①] 在其起源上，讽喻就暗含着“隐喻”的意思，被视为语言运用的一种特殊方式，这为此后人们从修辞学方向展开进一步论述奠定了基础。总括说来，欧洲古典文学中的讽喻既是一个文学批评概念，也是一个修辞学概念，具体运用于“荷马史诗”批评和维吉尔的诗歌创作中。

第一节 “荷马史诗”：讽喻的古典起源

“荷马史诗”描写古希腊英雄们跨海远征，讨伐特洛伊城。在他们的世界观看来，诸神不断介入人间事务，人间的战争与和平、灾祸与幸福都体现了奥林匹斯山上诸神的心愿。神通过各种

① Angus Fletcher, *Allegory: The Theory of a Symbolic Mode*, London: Cornell University Press, 1964, p. 74: “ …continued metaphor devolope into allegory. ”

方式向人间传达自己的计划或旨意，赫拉克利特的哲学残篇说，神会经常出示象征。凡胎俗子虽然不是神，但不妨模仿神的做法，把自己的希望或期盼隐藏在故事的背后，让听众在听到故事的同时思索讲述者的用意。

“荷马史诗”中神的预兆

古代希腊人相信天上的神灵负责世上的一切，他们的喜怒哀乐导致人间各种事端，是世人得福走运或罹难贾祸的原因。但神灵的旨意怎样传达到人间呢？有时他们直接现身，介入人间争斗，有时派遣神使赫尔墨斯来传达，有时“托梦”给世人，但这些梦境有时是真的，有时却是假的，《荷马史诗·奥德赛》第19卷这样解释这一现象：

梦幻捉摸不定——飘渺的梦幻穿走两座大门，
一对取料硬角，另一对用象牙做成。
穿走象牙磨锯的门面，如此的梦幻
只能欺哄，传达的信息绝难成真。
然而，那些梦景不同，穿过磨光的角门，
都能成为现状，对见过的人们。①

有时天上的神灵又会故意制造各种预兆或迹象，将自己的旨意潜藏其间。此时，世上的凡人们只能依靠猜测或破解这些预兆或迹象才能明白自己的命运。《伊利亚特》第12卷中描写赫克托耳等人猛攻希腊人的船队，在即将得胜之时，天上出现了一个预兆：

正当他们急于过沟，眼前出现飞鸟送来的兆头，

---

① ［古希腊］荷马：《奥德赛》，陈中梅译注，译林出版社2003年版，第637页。本节引用该诗均出自此版本，随文注明页码。

一只苍鹰，搏击长空，翱翔在人群左边，
上方，爪掐一条巨蛇，浑身血红，
仍然活着，还在抗争，不忘搏斗，
弯翘起身，突袭捕者的胸脯，贴着
颈口，飞鹰松爪，让它掉落，出于
伤痛，将它坠入地上的兵群之中，
自己则尖叫一声，飞旋而下，顺着疾风。①

在这一预兆中，谁是苍鹰？谁是巨蛇？苍鹰的先胜后败、巨蛇的先败后胜意味着什么？特洛伊战将普鲁达马斯认为己方军队就是苍鹰，虽然现在占尽上风，但结局殊难预料，还是尽快撤兵为好，不再对希腊败军穷追不舍，但赫克托耳则不然，他坚信神使转达的宙斯的命令："让你杀人，一直杀到凳板坚固的海船，/直到太阳落沉，神圣的夜晚降临。"（第 289 页）在阿喀琉斯复出后，很快赫克托耳兵败被杀。这一预兆既是对当前战况的估计，又隐含着整个战事的最后结局。

由此可见，神意不会直接表露出来，而往往通过一种迹象隐约流露。正确地解读这些预兆事关个人生死、家国存亡。如果说"荷马史诗"中的人物在不断解读神的迹象或预兆的话，那么"荷马史诗"的读者就在诗歌文本中解读其中"言此意彼"式的讽喻手法。大致说来，史诗中的讽喻分为"拟人化"（personification）和"插入故事"两种形式。其中，"拟人化"是把抽象的概念具体化，使这些抽象概念在诗歌中获得大小、轻重等物质属性，在具体时空中出现，不断采取相应行动。但同时这些拟人化的写法往往缺乏更加详尽深入的描写，只能看作初步的讽喻，也有人称其为"半讽喻"：

① ［古希腊］荷马：《伊利亚特》，陈中梅译注，译林出版社 2000 年版，第 325 页。本节引用该诗均出自此版本，随文注明页码。

言罢，他命嘱惊惧和混乱套车，
自己则穿上闪亮的铠甲。(《伊里亚特》第400页)

争斗和混乱介入人群，还有致命的死亡，
后者抓住一个刚刚负伤的活人，然后是一个
未伤的兵壮，拎起一具尸体的腿脚，在屠杀中拖拉，
肩上的衣服猩红，透沾凡人的血浆。(《伊里亚特》第520页)

把他交给迅捷的使者，两位同胞
兄弟，死亡和睡眠，二者即刻
将他送往宽阔的鲁吉亚，富足的乡区。(《伊里亚特》第456页)

这些例证都提到众多的抽象概念，如惊惧、混乱、争斗、死亡、睡眠。它们本来不具备可以被读者想象或感知的具体形式，只有诗人才能将它们赋予一定的形体，在人间故事场景中出现。读者在生活中当然不可能亲眼目睹“死亡”或者“混乱”的外在形状，但肯定在生活中看到过混乱的场景或者死亡的现象，古典时代诗人认为，混乱的场景背后隐含着“混乱”这个对象，死亡的现象背后也一定有“死亡”的身影，它们分别制造了混乱的场景和死亡的现象，也就应该对此负责。一方面，诗人在诗歌中顺理成章地直接指称“混乱”或“死亡”，使它们显形，让抽象的对象获得具体形式，像每一个有名有姓的具体人物一样。读者在诗歌中看到了“混乱”这个人物，也就想到了“混乱”的抽象概念，这是讽喻的特质。但另一方面，仅仅提到名字还是不够的，还需要更多的附加描写，才能使之生动起来。相比之下，以下这些拟人化的例证就更加带有艺术色彩：

神明自己则无有愁哀。

那里有两只瓦罐，停放在宙斯宫居的地面，

盛满不同的礼件：一只装载福佑，另一只填满祸害。

倘若喜好炸雷的宙斯混合它们，送给一个凡胎，

此人便会时而走运，时而陷入恶难。（《伊里亚特》第675页）

这是诗人对世人福祸相伏相依、变幻莫测的解释。尽管这一解读后来受到柏拉图的嘲讽，但对人生跌宕命运的描述颇有想象力。再如：

狂迷是宙斯的长女，招灾的她使我们

全都两眼抹黑，她的腿脚细纤，行走时

泥地不沾，而是穿走气流，在凡人头顶离悬，

将其误导迷缠，使这个，那个，在我之前。（《伊里亚特》第528页）

人们陷入迷狂，很难说明具体原因，往往起于瞬间，来去不定，踪迹难寻。迷狂这种现象难以用人力加以控制。与之相对应，“狂迷”这一女神，“腿脚细纤”，行走于空气之中，来无踪去无影。又如：

祈求是强有力的宙斯的女儿，

瘸腿，皱皮包裹，眼睛斜视，

她们留心跟在毁灭的后面，走得艰难：

须知毁灭[①]迅捷，腿脚强健，远远地跑在

祈求前面，抢先行至各地，使凡人

① 引文中的“毁灭”英译本中即为上一段引文中的“狂迷”。

遇难；祈求跟在后头，医治铸下的伤怨。

当宙斯的女儿走来，有人若予接待，

她们会给他带来莫大的好处，聆听他的求愿。（《伊里亚特》第 244 页）

这段诗歌引文对“祈求”给出了明确而详尽的描述，涉及她们的谱系和外表，既是宙斯的女儿，又是瘸腿的，走得很慢，暗示人们向神的诉求可能要等待很长时间才能应验，“眼睛斜视”则说她们不会正视人们的祈祷，而且她们走在“毁灭”的后面，这一描写符合人们的生活经验：人们都是在遭受不幸之后或大难临头之时才祈祷神祇拯救自己。

“插入故事”：讽喻的另一种表现形式

史诗讽喻的另一种表现形式是“插入故事”，即诗中人物完整讲述一个故事，让其他人物体会这个故事的含义，明白故事讲述者的所思所想。典型例证如《奥德赛》第 14 卷中的描写，“归家”的奥德修斯借宿于牧猪人欧迈俄斯家中，漫漫秋夜冷雨飘零，他深感寒冷难耐，就讲述当年在特洛伊城下设伏的故事，他当时因为忘记携带御寒的披篷，寒冷难耐。欧迈俄斯显然听懂了这个故事，答应为他提供御寒的衣物，所以他回应说：

老先生，你讲了个绝妙的故事，

既没有离题，也不会白说一次。

你不会缺少衣服，或是别的什么。

落难的祈援人来了，理应得到的东西。（第 454—455 页）

又如《伊利亚特》第 9 卷中阿喀琉斯拒绝出战，希腊联军的众将领纷纷劝诫，“年迈的车战者福伊尼克斯”讲述了墨勒阿格罗斯的故事，故事主人公墨勒阿格罗斯痛恨自己的母亲诅咒自己，在卡鲁冬城即将遭受灭顶之灾时仍然拒绝参加战斗，当他的妻子痛陈战败城破的种种灾祸时：

> 耳听这些恶害，他的心里豪情腾翻，
> 起身扣上铿亮的铠甲，冲出房间。
> 就这样，他顺从心灵的驱赶，使埃托利亚人
> 避免了末日临来。（第 248 页）

在故事的讲述者福伊尼克斯看来，阿喀琉斯当前的处境和墨勒阿格罗斯的故事之间存在平行对应的关系：他们都在大敌当前之时出于个人恩怨而置城邦利益于不顾，也都明白战败的灾难性后果。他满心希望通过这个故事，阿喀琉斯能像故事的主人公墨勒阿格罗斯一样捐弃前嫌。又如《伊利亚特》最后一卷阿喀琉斯劝说来索要儿子赫克托耳尸首的老国王普里阿摩斯在经受丧子之痛后节哀进食，即便是长发秀美的尼娥北也不曾断然绝食：

> 尽管他的十二个子女被杀死在宫里，
> 六个子女，六个风华正茂的儿子死尽。（第 678 页）

上述例证的共同之处在于，它们都起源于劝说、劝诫别人的需要，为了达到这一目的，诗中人物并没有简单地陈述利害关系，而是“王顾左右而言他”，先讲述一个故事；同时这个故事又不是随意选择的，它须与当前处境、形势之间存在着可以比照、对应的关系。表面上是在讲故事，实际上却在通过故事劝说别人接受自以为正确的主张。进而言之，如果劝说的具体内容和信仰有关，那么这种形式的讽喻就明显地带有神学训诫或道德教化的色彩；如果劝说从功能上可以被定义为有技巧地说服别人，后世逐步发展起来的修辞学乃是“劝说的艺术”，那么，讽喻也

可以被看成修辞学的具体手段之一；如果劝说从形式上就是调侃式的，愉悦性很强，那么，讽喻又可以被看成诗学或美学的一个具体范畴。这些神学的、修辞学的、美学的特征都为后世讽喻诗学或文学的发展提供了潜在的动力，会逐渐变得清晰可辨。就“荷马史诗”本身来说，它早期口耳相传，是用来背诵的，不是用来阅读的；它是写给全体读者的，并非专为知识阶层而作，更不是专为知识阶层阅读、阐释而作，因此不可能处处潜藏深意，经常言此而意彼。它多对读者直接说话，讲述故事，这构成了它的“直接性”特征：面向大众、雅俗共赏。但当“荷马史诗”的权威面临挑战或质疑时，“荷马史诗”的辩护者们想出来的第一个辩护理由就是它的讽喻特征。

第二节　忒根尼斯：讽喻的“发明”

有了文学作品，也就有了文学批评；有了“荷马史诗”，也就有了对“荷马史诗”的批评；有了批评就会产生反批评。正是这种批评和反批评的交互作用，才激发了讽喻的发现和确立，它代表了深入而全面地理解文学作品的朴素愿望和最初努力。如果说，古希腊人发明的“模仿”是从作者出发的，负责处理作品的构建和形成问题，那么，他们同样发明了“讽喻”，这一概念从读者或批评家出发，关注作品的解读和阐释问题。只有作品而没有对作品的分析解读，所谓的作品也不过是堆砌的文字。按照现代文学阐释学、接受美学、读者反应批评的说法，没有经过阐释的作品并没有、也不可能实际完成；任何作品都是作者创作和读者阐释共同作用的结果，二者缺一不可；没有读者的作品就像无人欣赏的美景一样没有多少价值。由此看来，希腊人发明“讽喻”就和他们发明“模仿”一样，都是具有重要理论意义的原创性成果。

“荷马是有智慧的人”

“荷马史诗”的最初接受者是希腊诸城邦的全体公民。柏拉图说过“荷马是希腊的教育者”，“荷马史诗”教育了所有的希腊人，“在管理人们生活和教育方面，我们应当学习他，我们应当按照他的教导来安排我们的全部生活”。① 他的《普罗泰戈拉篇》中苏格拉底的对话者普罗泰戈拉提出：“一个人的教育的最重要的部分是成为诗歌方面的权威。这就意味着能用理智评论一首诗歌中好的方面和不好的方面，知道如何区别好坏，当有人提问时，能说出理由来。”② 色诺芬的《会饮篇》第 3 卷记载了一个故事，讲述尼克拉特（Niceratus）被他的父亲强迫学习和背诵“荷马史诗”，这是古代希腊未成年人接受教育的开端。他还说过：荷马是在叙事诗方面有智慧的人。③ 当然，荷马并不是古代希腊唯一的诗人，与他共享诗人声誉的至少还有赫西俄德、萨福、阿那克瑞翁、品达、赫拉克利特提到的阿基洛库斯、柏拉图《理想国》提到的诗人西蒙尼德斯（Simonides，556 - 468 B. C.）等。

在上述这些诗人中，赫西俄德是足以与荷马相颉颃的大诗人。传说赫西俄德曾去卡尔克斯城参加已故国王的葬礼，在随后举行的诗歌竞赛中，荷马与赫西俄德都被要求朗诵自己最有代表性的诗篇，前者选取了《伊利亚特》第 13 卷描写希腊联军集结并投入战斗的诗句（第 126—133 行），后者选取了《工作与时日》中描写耕耘、播种、收获的诗句（第 339—344 行）。现代研

① ［古希腊］柏拉图：《理想国》，郭斌和、张竹明译，商务印书馆 1995 年版，第 407 页。

② ［古希腊］柏拉图：《柏拉图全集》（第一卷），王晓朝译，人民出版社 2002 年版，第 462 页。

③ ［古希腊］色诺芬：《回忆苏格拉底》，吴永泉译，商务印书馆 2009 年版，第 28 页。

究者认为，这一传说是对赫西俄德有关记载的“解读”。[①] 在其《工作与时日》中，赫西俄德记载：

> 那次我去卡尔克斯参加智慧的安菲达玛斯的葬礼竞技会，会上这位品德高尚的英雄的后代宣布和颁发了奖品。高兴的是我因唱一首赞歌而获奖，拿走了一只有把儿的青铜三脚鼎，我把它献给了赫利孔山的文艺女神，因为正是她们在这山上首次指引我走上歌唱的道路。[②]

引人注意的是，赫西俄德没有明确说出他和哪位诗人进行了诗歌竞赛。据此就断定荷马与赫西俄德属于同一时代似乎证据不足。但这一传说和赫西俄德的记载仍然传达了很多有价值的信息，其中之一是诗歌竞赛这种形式可能历史悠久。在现存文献中，柏拉图的对话录《伊安篇》一开始就写到，游吟诗人伊安获奖归来，苏格拉底向他表示祝贺；喜剧作家阿里斯托芬的《蛙》中也有关于诗歌竞赛的描写。有竞赛就有对作品价值的批评和评判，这无疑催生了早期的文学批评。同时，这一传说还从侧面反映出当时的读者如何看待这两位诗人，反映出在当时读者眼中荷马与赫西俄德的代表作究竟是哪些，从中可见他们两人中一位是战争诗人，一位是平民诗人，更重要的是，诗人选取自己的某些篇章决定着一场诗歌竞赛的成败，那么如果“荷马史诗”是希腊儿童的学校教科书的话，鉴于史诗内容广泛，无所不包，几乎是远古时代希腊社会的百科全书，选取“荷马史诗”中的哪些篇章来教育下一代自然至关重要。内容选取不当自然就容易受人指责，苏格拉底的受审、判刑乃至被处死就是这方面的例子。

---

① Barbara Graziosi, *Inventing Homer: The Early Reception of Epic*, London: Cambridge University Press, 2002, p. 165.

② ［古希腊］赫西俄德：《工作与时日》，张竹明、蒋平译，商务印书馆2009年版，第20—21页。

“荷马史诗”的批评者

“荷马史诗”在公元前6世纪遭遇信任危机之时，克塞诺芬尼、赫拉克利特、毕达哥拉斯、苏格拉底等人从几个方面攻击“荷马史诗”。

在现存残篇中，克塞诺芬尼激烈批评“荷马史诗”和《神谱》之类的作品将神灵和凡人描写得一模一样，把凡人的特征也归结到奥林匹斯山上的神祇身上，“荷马和赫西俄德把每一样在凡人中间是耻辱和罪过的事归给众神，偷窃、通奸和彼此欺骗。……但是凡人们认为众神有诞生，他们穿衣、说话，有着像他们自己一样的躯体”①。这种做法的荒谬之处在他看来非常明显，牛、羊、狮子等动物也会将自己的主要特征归结到自己崇拜的神灵身上，创造出牛、羊、狮子的神灵。在他看来，首先，神灵的本质特征不是他们和我们类似，而是和我们截然不同，因此不能用“人类中心主义”的规则来描述人类崇拜的神祇，神折射了人的本性或形象，这就抹杀了神的超验性，古希腊发达的是神话学，而不是神学。其次，“荷马史诗”描写的神灵具有各种缺陷或弱点。凡人所有的负面因素，神几乎无所不备。这是对神灵的大不敬，只能贬低神的形象，从而降低我们的崇拜程度。这一指责让人想起柏拉图对话录中类似的说法。

克塞诺芬尼对“荷马史诗”的批评在古代流传甚广，此后的亚里士多德在《诗学》中提到了他的名字：“如果上面两个方法都不行，他还可以这样辩解：有此传说，例如关于神的传说，那些传说也许像赛诺法涅斯所说，不宜于说，不真实；但是有此传说。”② 其实，克塞诺芬尼重点强调的是“不宜于说”这个方面，

---

① ［英］泰勒主编：《从开端到柏拉图》（劳特里奇哲学史第1卷），韩东晖等译，中国人民大学出版社2003年版，第77页。

② ［古希腊］亚理士多德、［古罗马］贺拉斯：《诗学·诗艺》，罗念生、杨周翰译，人民文学出版社1988年版，第94页。引文中的“赛诺法涅斯”即为克塞诺芬尼。

至于“不真实”的话题，更多地见于柏拉图对话录中苏格拉底的论述。

这一时期“荷马史诗”的另一位批评者是赫拉克利特。他指出：“荷马理应被除名并杖击，阿基洛库斯也是如此。”[①] 但在贬低“荷马史诗”的同时，赫拉克利特似乎也注意到，“荷马史诗”的缺陷并不在于描述事物之间的相互联系，而在于没有注意到更加隐蔽的内在联系要比外在联系更值得关注，比如他说，“隐蔽的关联比明显的关联更为牢固”（第67页）。又如，“人们在认出那些显而易见之物时被欺骗了，而比所有希腊人都聪明的荷马也以相似的方式受到欺骗”（第69页）。在他看来，能够显示事物之间隐蔽联系的具体形式是“象征”，他的现有残篇之一说，“德尔斐神谕的主管既不直言，也不隐瞒，而是出示象征”（第104页）。综合上述说法来看，赫拉克利特之所以认为荷马应该被除名，很大程度上是因为“荷马史诗”在显现事物隐蔽联系方面做得不够，他在一定程度上质疑希腊人对“荷马史诗”的崇拜心态，但并没有完全否定“荷马史诗”，表现出明显的矛盾态度。

苏格拉底没有留下任何著作，后世对他的了解主要建立在色诺芬的《回忆苏格拉底》和柏拉图对话录的基础上。其中，《回忆苏格拉底》第2卷记载，雅典统治者指控苏格拉底“挑选了著名诗人的最坏的诗句，用它们作为证据，来教导他的门人做无赖汉和暴君”[②]。具体证据是苏格拉底引用《荷马史诗·伊利亚特》第2卷，证明奥德修斯对普通民众的粗暴态度。这可能惹恼了施行民主政体的雅典当局。但色诺芬并不同意这一指控，“和控告者的指控相反，苏格拉底显然是普通人民的朋友，而且是热爱人类的人”（第21页）。除了为苏格拉底进行辩护，《回忆苏格拉底》

---

① ［古希腊］赫拉克利特：《赫拉克利特著作残篇》，楚荷译，广西师范大学出版社2007年版，第54页。本节引用此文均出自该版本，随文注明页码。

② ［古希腊］色诺芬：《回忆苏格拉底》，吴永泉译，商务印书馆2009年版，第19页。本节引用此文均出自该版本，随文注明页码。

经常引用“荷马史诗”作为自己论辩的证据，如说有一种符咒或者“爱药”可以使别人爱上自己，就如同塞壬女妖的歌声迷惑奥德修斯一样（第67页）；“荷马史诗”赞美阿伽门农是“一个良好的君王兼英勇的战士”，说明好的将领必须为他手下的士兵着想（第80页）。这些频繁的引用本身就表明，苏格拉底并不会简单地认定“荷马史诗”每一行都是虚假有害的。

值得注意的是，《回忆苏格拉底》第4卷第2章苏格拉底的对话者尤苏戴莫斯说：“我可不想当游吟诗人，因为尽管游吟诗人对史诗非常熟练，但我知道他们本人确实非常愚蠢。”苏格拉底听后，并没有反驳这种观点，却转向其他话题，或许默认这种看法（第145页）。对游吟诗人的批评也是柏拉图《伊安篇》的主题之一。这篇对话录的主人公伊安是一位游吟诗人，其主要任务是背诵、表演和解说“荷马史诗”。但和一般演员不同，他特别承担着向听众解释史诗含义的责任：

> 事实上，如果一个人不能理解诗人的话语，那么他决不可能成为诵诗人，因为诵诗人必须向听众解释诗人的思想，只知道诗人说了些什么是完全不可能做到这一点的。①

这段话虽然是苏格拉底说的，但伊安完全同意，他其实给自己提出了两个任务，一个是“知道诗人说了些什么”，即在文字表面上精通诗歌，但完成这一任务还远远不够，另一个任务更重要，即理解史诗的思想内容并将其传达给观众。上文说“游吟诗人非常愚蠢”也就是指的这个方面，仅仅记忆或表演诗歌只是死记硬背，谈不上什么智慧。在对话中，伊安随后自信地对苏格拉底说，“听我如何给荷马的诗句润色是值得的”。在诵诗的过程

① ［古希腊］柏拉图：《柏拉图全集》（第一卷），王晓朝译，人民出版社2002年版，第299页。

中，伊安之类的诵诗人显然要加上自己的理解或解说。总之，在赫拉克利特、苏格拉底、色诺芬、柏拉图等人看来，这些解说既错误又愚蠢，但出于职业的需要，游吟诗人会在自己的解说中回应这些有损史诗声望的批评意见。

忒根尼斯：讽喻的“发明”

长期被公认为讽喻发明者的“利吉姆的忒根尼斯”（Theagenes of Rhegium）就属于上文提到的游吟诗人行列，他生活在苏格拉底之前，鼎盛时期约在公元前525年，他可能写过关于“荷马史诗”解读的作品，但久已亡佚。在他之前的克塞诺芬尼，与他同时代的毕达哥拉斯，在他之后的赫拉克利特、苏格拉底或柏拉图，都批评过“荷马史诗”。可见，他完全生活在一个对“荷马史诗”极端不利的时代氛围中，指责“荷马史诗”似乎成为一时风气，他的辩护因此显得格外引人注目。

最早提到他的古代文献是公元3世纪新柏拉图主义哲学家普尔斐利（232？—304？）在评论《荷马史诗·伊利亚特》第20卷第67行及以下诗行时写下的一段页边附注，其大意是，史诗描写的神祇之间的争斗既是物理、身体层面上的，也是道德层面上的，“（对那些攻讦荷马的人的）这类回击是非常古老的，可以追溯到利吉姆的忒根尼斯，他首先写下关于荷马的事情”[①]。普尔斐利评论的《荷马史诗·伊利亚特》如下：

面对王者波塞冬
福伊波斯·阿波罗手持羽箭站立，

① Robert Lamberton, *Homer the Theologian*, Berkeley: University of California Press, 1986, p. 32: “The kind of answer [to those who attack Homer] is very old, dating from Theagenes of Rhegium, who was the first to write about Homer.” See also *Metaphor, Allegory, and the Clssical Traditon*, ed. G. R. Boys-Stone, London: Oxford University Press, 2003, p. 3.

灰眼睛女神雅典娜对厄努阿利俄斯阵临：
对抗赫拉的是带金箭的捕者，猎手，啸走山林，
阿尔忒弥斯，远射手阿波罗的姐妹，箭矢飘淋。
善喜助佑的赫尔墨斯站对莱托，
而对阵赫法伊斯托斯的是那条水涡深卷的河流，
神祇叫它珊索斯，凡人则以斯卡曼德罗斯称谓。（第 544—545 页）

这里确实描述了一场天上诸神相互对垒争斗的场景。普尔斐利认为，相互争斗的各位神灵代表了宇宙中基本物质元素之间的对抗关系，如阿波罗代表的“火”对立于波塞冬代表的“水”，而雅典娜代表的理智对立于阿瑞斯代表的愚蠢，等等。需要注意的是，公元 3 世纪的普尔斐利不可能完全忠实地转述将近千年之前的忒根尼斯的想法，这中间肯定掺杂着普尔斐利本人的看法。

除了这条记载，人们还可以确定忒根尼斯是历史上最早调查诗人荷马的出生地和出生日期的史诗研究者，其根据为公元 2 世纪的塔蒂安（Tatian）《写给希腊人的演说》中的一句话：“探讨荷马的诗歌，出生和生卒时间的最早的研究者包括利吉姆的忒根尼斯，他生活在康比西斯（Cambyses）统治时期……”① 研究者根据历史记载，确定“康比西斯的统治时期”是在公元前 529—前 522 年，因此断定忒根尼斯的全盛时期应该在公元前 525 年。从这条材料可以推测，忒根尼斯应该熟悉“荷马史诗”，是解说或研究“荷马史诗”的专家。

但忒根尼斯的“讽喻发明者”的地位在 20 世纪上半叶却受

① Andrew Ford, *The Origins of Criticism*: *Literary Culture and Poetic Theory in Classical Greece*, Oxford: Princeton University Press, 2002, p. 68. See also Barbara Graziosi, *Inventing Homer*: *The Early Reception of Epic*, London: Cambridge University Press, 2002, pp. 94 – 96.

到质疑。[①] 这和当时的学术风气或思潮有一定联系。20世纪的研究者不再像19世纪那样热衷于研究对象的“起源”问题，不再像以前那样坚信“起源即本质”，研究任何问题都描述出研究对象从起源到发展、成熟，直到最后消亡的完整历史线索。具体到讽喻起源本身，现在能看到的普尔斐利的说法容易引发歧义，关键是他并没有正面论证忒根尼斯就是讽喻的发明者。忒根尼斯将讽喻这种方法用于单独的一行诗歌的解读呢还是全部“荷马史诗”呢？他是同时使用了多种方法解读呢还是仅仅使用这一种方法呢？是不是可能存在着“物理讽喻”和“道德讽喻”这两种方法呢？如果忒根尼斯发明了这种方法而且影响很大，甚至近千年之后的普尔斐利都知道他，那么为什么柏拉图的对话录涉及许多次要诗人或哲学家而对他却只字未提呢？限于文献资料，这些问题都无法解答。

考虑到关于讽喻的起源或创立方面这么多难以索解的问题，当代多数学者不会再像传统研究者那样毫不动摇地赋予忒根尼斯讽喻“发明者”的称号了，更强调他“是某种程度上的讽喻的发明者”[②]。其实，在后神话时代，随着理性主义兴起，对神话的怀疑是很自然的事情；赫拉克利特说“荷马应受杖击”不可能是空穴来风，里面隐含着对“荷马史诗”的不信任态度，哲学家们往往对负责背诵、表演和解释“荷马史诗”的游吟诗人们提出批评甚至讽刺挖苦，这种态度在苏格拉底、色诺芬、柏拉图等人身上得到了系统表达，柏拉图甚至将其称为“诗歌与哲学的古老争吵”。[③] 尽管

① 主要表现为J. Tate教授的两篇论文：1. “The Beginnings of Greek Allegory”, *The Classical Review*, Vol. 41, No. 6, 1927, pp. 214–215; 2. “On History of Allegorism”, *The Classical Quarterly*, Vol. 28, No. 2, 1934, pp. 105–114。

② Diek Obbink, “Early Greek Allegory”, in *The Cambridge Companion to Allegory*, eds. R. Copeland and P. T. Struck, London: Cambridge University Press, 2010, p. 18: “Theagenes of Rhegium was something of an inverntor.”

③ 中译文为“哲学和诗歌之间的争吵古已有之”，见《柏拉图全集》第二卷，王晓朝译，人民出版社2003年版，第630页。

仍有学者坚持忒根尼斯是讽喻的创立者这一传统说法,[①] 当代研究的主流趋势是将他列为创立者之一，将他和其他讽喻解释者并列，认为讽喻应当起源于公元前6—前4 世纪的数百年之间,[②] 从而多少冲淡了忒根尼斯这一“发明者”的首创特征。但不管怎样，忒根尼斯都毫无疑问属于当时游吟诗人的行列，而且在解释“荷马史诗”方面，“忒根尼斯声誉可能源自这个事实，即他是第一个做得如此之好，以致于其他更早的关于荷马的著作都未能流传到古代后期”[③]。

第三节 柏拉图:“洞穴讽喻”

当代学者指出，要理解古希腊人的讽喻思想，哲学文本是最明显不过的研究对象。[④] 柏拉图在其多篇对话录中暗示了运用讽喻的必要性，理应引起我们的关注。在柏拉图生活的时代，很多人在讨论和争辩讽喻解读。《斐德罗篇》提到了一个神话：希腊神话中的北风之神波瑞阿斯劫掠了雅典公主俄里蒂亚，这一故事据传说就发生在斐德罗和苏格拉底两人对话之处的附近。斐德罗问道：“苏格拉底，你相信这个故事是真的吗?”苏格拉底的回答耐人寻味：“如果我不相信这个故事，那么我倒是挺时尚的。我可以像有些有知识的人一样，提出一种科学的解释，说这位姑娘在与法马西娅一道玩耍时被波瑞阿斯刮起的一阵狂风吹下山崖，

① ［英］约翰·埃德温·桑兹：《西方古典学术史》（第一卷上册），张治译，世纪出版集团 2010 年版，第 51 页。

② Jon Whitman, *Allegory*: *The Dynamics of an Ancient and Medieval Technique*, Massachusetts: Harvard University Press, 1987, p. 20.

③ Andrew Ford, *The Origins of Criticism*: *Literary Culture and Poetic Theory in Classical Greece*, Oxford: Princeton University Press, 2002, pp. 71 – 72: “Theagenes’ fame may spring from the fact that he was the first to do so well that no earlier work on Homer reached later antiquity. ”

④ G. R. Boys-Stone, “Introduction”, in G. R. Boys-Stone ed. , *Metaphor*, *Allegory*, *and the Clssical Traditon*, London: Oxford University Press, 2003, p. 3.

她死后，人们说她是被波瑞阿斯掠走的，尽管按另一种说法，这件事也可以发生在战神山。斐德罗，在我看来，诸如此类无疑很诱人，但只是一些能人的虚构的理论……如果按这些传说是否可能的标准对这些怪物逐个进行考察，那就需要大量的时间。而我自己实际上肯定没时间干这件事。”[①] 这一回答透露的信息首先是人们普遍不再相信神话传说真的发生过，这是当时的风尚。这一流行态度不仅包括了对传统神话的理性怀疑态度，还包括提出一种“科学的解释”，而苏格拉底的看法则模棱两可，他一方面说这些解释都是虚构，另一方面又逃避了更进一步的论述，理由是自己没有时间来考察这些说法是否都是真实的。问题在于，在没有对它们进行逐一考察之前，怎么能够断定它们都是虚构的呢？

“用写诗来纯洁我的良心”

柏拉图对话录中只有一次明确地提到过“讽喻”。《理想国》第2卷说，天性善良的城邦保卫者必须接受后天教育，教育从他们幼年时期开始，主要形式就是讲故事。故事有真有假，但真的故事不一定有益无害，反之亦然，假的故事也不一定就有害无益。鉴于孩子们在幼年时期接受的印象可以维持终生，所以我们只能给他们讲“编得好的故事”，而不能讲“编得坏的故事”。现在通行的神话故事大都是“编得坏”的故事，因为它们是“丑恶的假故事”，一来它们是虚构的假故事，二来它们都没有写出诸神与英雄的本性来，“就等于一个画家没有画出他所要画的对象来一样”[②]。柏拉图随后举出的例证是赫西俄德描写了乌拉诺斯—克洛诺斯—宙斯之间三代神灵互相争斗残杀、相继更迭的故事，还有其他神灵或巨人之间明争暗斗的故事，前者鼓励城邦公民忤

① ［古希腊］柏拉图：《柏拉图全集》（第二卷），王晓朝译，人民出版社2003年版，第138—139页。

② ［古希腊］柏拉图：《理想国》，郭斌和、张竹明译，商务印书馆1995年版，第72页。

逆长辈，后者鼓励公民之间争执不休，动辄诉诸武力。类似的神话故事：

> 作为寓言[①]来讲也罢，不作为寓言也罢，无论如何不该让它们混进我们城邦里来。因为年轻人分辨不出什么是寓言，什么不是寓言。先入为主，早年接受的见解总是根深蒂固不容易更改的。因此我们要特别注意，为了培养美德，儿童们最初听到的应该是最优美高尚的故事。[②]

在这里，苏格拉底提出了对城邦的儿童们进行教育的两个标准：第一个是真实或虚构，从柏拉图大量引用“荷马史诗”来看，他完全认可虚构故事在教育中的正面作用，并且认为“虚假对于神明毫无用处，但对于凡人作为一种药物还是有用的”[③]；第二个标准是“编得好”与“编得坏”，只有编得坏的故事才是“丑恶的假故事”。显然，只有第二个标准才起到关键作用。他虽然不反对使用虚构故事，但反对用虚构的故事来歪曲事物本性，在神话故事中，这类“丑恶的假故事”往往歪曲神祇的本性，似乎这些神祇都是弑父篡权的，而且彼此仇视杀戮。如果这些行为都是值得鼓励的话，那么，城邦的孩子们自然就会争相效仿。依据这一标准，柏拉图拒绝了几乎全部诗歌，只允许歌颂神灵的颂诗进入《理想国》。但值得注意的是，柏拉图并没有举出例证来说明他允许哪些诗歌、哪些诗人进入《理想国》，或许现有的诗歌没有一首可以让他满意。造成这种情况的另一原因在于他的

---

① “寓言”，英译本通常译为 allegory，见 Plato's *Republic*（tran. J. L. Davis and D. J. Vaughan，外语教学与研究出版社 1998 年版），第 62 页。

② ［古希腊］柏拉图：《理想国》，郭斌和、张竹明译，商务印书馆 1995 年版，第 73 页。

③ ［古希腊］柏拉图：《柏拉图全集》（第二卷），王晓朝译，人民出版社 2003 年版，第 351 页。

"理想国"是尚未实现的国家，它会不会在将来变成现实也大有疑问，"如果有人画了一幅理想的美男子的画像，十全十美，但他不能够证明这样的美男子真的有可能存在，那么你会认为他不是个好画家吗?"① 他的"理想国"也是"十全十美"的典范，它可能永远不会变成现实。

总之，柏拉图以合理教育下一代公民的名义驱逐了当时绝大部分诗人或诗歌作品，这无疑重新开启了柏拉图版本的"哲学与诗歌的古老争吵"。柏拉图对诗人更严重的指责在于，诗人仅是转动镜子映照世界、制造一个模仿世界的工匠。在他的理论中，现实中的"床"因为分享了"床"的理式才出现于现实中，艺术的"床"则模仿了现实的"床"，所以它是模仿的模仿，映像的映像，与真理相距甚远。理式犹如磁铁，现实世界受其吸引，并将磁力传导到艺术世界，艺术世界是这条吸引力链条上的最后一环，分享的理式最少。因此，要想获得关于理式世界的知识，必须通过辩证法的仔细论辩。《理想国》中苏格拉底的对话者这样总结："把辩证法所研究的实在和理智当作比那些所谓技艺和科学的对象更加真实、更加精确的东西，因为这些技艺和科学所使用的假设是一些人为的起点。尽管这些技艺和科学在思考它们的对象时也要使用理智而不是使用感觉，然而由于这些研究从假设出发而不能返回到真正的起点上来，因此在理解这些研究的对象与第一原理的关系时，你认为尽管它们的研究对象是可以理解的，但从事这些研究的人并不拥有真正的理智。"②

但与此同时，在他认为真理是纯粹的理式，只能由思想来把握的时候，柏拉图的论述中也还潜藏着走向真理的另一条途径。首先，即使诗人的创作仅限于模仿现实世界，模仿者也必须先知

---

① ［古希腊］柏拉图：《柏拉图全集》（第二卷），王晓朝译，人民出版社2003年版，第460页。

② ［古希腊］柏拉图：《柏拉图全集》（第二卷），王晓朝译，人民出版社2003年版，第509—510页。

道模仿对象的完整形态是什么，一个工人的工具损坏了，他需要修理时，心中必定要有一个完好工具的模型才能修理。那么，以模仿为己任的诗人是如何得知一个被模仿对象的完整形态呢？柏拉图回答说，这只能依靠神灵赐予的灵感：

> 诗人不得到灵感，不失去平常理智而陷入迷狂，就没有能力创造，就不能做诗或代神说话。……因为诗人制作都是凭神力而不是凭技艺，他们各随所长，专做某一类诗。①

只有在灵感降临时，诗人才能窥见真理世界的一角，“如果没有这种诗神的迷狂，无论谁去敲诗歌的门，他和他的作品都永远站在诗歌的门外，尽管他自己妄想单凭诗的艺术就可以成为一个诗人。他的神志清醒的诗遇到迷狂的诗就黯然无光了”②。无论是神附身于人，还是人接受神的启示，诗人在接受灵感时都和神灵融为一体。就在柏拉图提出对诗人的指责的《理想国》第三卷，他还说：“我们必须寻求一些艺人巨匠，用其大才大德，开辟一条道路，使我们的年轻人由此而进，如入健康之乡，潜移默化，从童年时，就和优美、理智融合为一。”③ 这里所说的“艺人巨匠”初步勾勒出“哲学家—诗人”的概念，它对应于《理想国》重点论证的“哲学家—国王”的概念，只是后者存在于政治统治领域，而前者则存在于文学创作领域。柏拉图看到，诗歌刺激人们低劣情欲的同时，还具有“纯洁良心”作用。在《斐多篇》中，苏格拉底在临终前回忆说：“我想在我离世之前服从那个梦，通过写诗

① ［古希腊］柏拉图：《文艺对话集》，朱光潜译，人民文学出版社 1997 年版，第 8 页。

② ［古希腊］柏拉图：《文艺对话集》，朱光潜译，人民文学出版社 1997 年版，第 118 页。

③ ［古希腊］柏拉图：《理想国》，郭斌和、张竹明译，商务印书馆 1995 年版，第 107 页。

来纯洁我的良心，这样可能就比较安全了。”① 这里谈到的“纯洁良心”很快就被苏格拉底本人定义为“智慧”：“真正的道德理想，无论是自制、诚实，还是勇敢，实际上是一种来自所有这些情感的涤罪，而智慧本身才是一种净化。那些指导这种宗教仪式的人也许离此不远，他们的教义底下总有那么一层寓意，凡是没有入会和得到启示的人进入另一个世界以后将要躺在泥淖里。”②

其次，诗歌不但和哲学具有相同或相似的作用，而且二者使用的方法也很类似。《理想国》第7卷说：“亲爱的格老孔，你无法再跟我一道前进了。这倒不是因为我不愿意，而是因为我从现在开始不再对你用形象和象征来表达我的意思，要是我能做到的话，我要把向我显现的真相告诉你。尽管我还不能断定向我显现的真相就是真理，但我敢肯定，我们必须要看见的真理就是与此相似的东西。”③ 这里谈到了两件事，一件是当苏格拉底决定不再像以前那样使用形象和象征来表达其思想，另一件是，此后他就不再能断定他继续表达的是真理还是与真理相类似的真相。这两件事前后相继发生，苏格拉底并没有明确二者之间的因果关系，但很显然，如果没有第一件事，那么第二件事就多半不会发生；或者说，只有第一件事发生了，第二件事才可能发生。而且，这段话出现在全书的第7卷，也就是说，在全书超过2/3的篇幅里，苏格拉底自己承认，他并没有使用理性的语言或者辩证法的论证方式，而是在大量使用象征和形象这种诗人才会广泛使用的手法，如果苏格拉底使用了这种方法，他又有什么理由指责诗人使用了同样的方法呢？

---

① ［古希腊］柏拉图：《柏拉图全集》（第一卷），王晓朝译，人民出版社2002年版，第56页。

② ［古希腊］柏拉图：《柏拉图全集》（第一卷），王晓朝译，人民出版社2002年版，第67页。

③ ［古希腊］柏拉图：《理想国》，郭斌和、张竹明译，商务印书馆1995年版，第299页。

当然，诗人仅是少数人，灵感降临的情况也不能经常发生，对绝大多数人的绝大多数时间来说，人们如何才能获得真理呢？一个明显的事实是，人类中的绝大多数人在绝大多数时间里都只能生活在感性世界里，脱离这一世界实在强人所难，即使柏拉图一心要塑造的城邦的保卫者们也不可能每个人都是哲学家，而我们又必须认识可变世界中的永恒不变的真理，在所有人类的感觉能力中，视觉是把握周围世界最敏锐的媒介，通过对美的个别的具体的对象的把握逐步上升来达到理式世界的真正现实。这条潜伏的线索，柏拉图在他多篇对话录（如《智者篇》第224节）中都有暗示。如他所说，“美本身在天外境界与它的伴侣同放异彩，而在这个世界上，我们用最敏锐的感官来感受美，看到它是那样清晰，那样灿烂。视觉器官是肉体中最敏锐的器官，为身体导向，但我们却看不见智慧……也看不见其他可爱的对象，能被我们看见的只有美，因为只有美才被规定为最能向感官显现的，对感官来说，美是最可爱”[①]。因此，我们能用感官把握的并不是美自身，而是一个个具体的美的对象，它们引导灵魂不断上升，通过美的阶梯上升。

那么，为什么只有美的形象才能引导灵魂上升，而善、正义之类的其他形象无法做到这一点呢？柏拉图坚持灵魂的两分法，灵魂中既有理智也有情感，前者是良马，后者是劣马，美的形象自然激起劣马拼命前突，但又受到理智或节制这匹良马的制约，在反复冲突中：

> 对那有爱情的人来说，如果他们心灵中比较高尚的成分占了上风，引导他们过一种有纪律的、哲学性的生活，那么他们在人世间的日子会幸福和谐。……当尘世生活终结之时，他们卸去了包袱，恢复了羽翼，就好像在奥林匹克竞技

① ［古希腊］柏拉图：《柏拉图全集》（第二卷），王晓朝译，人民出版社2003年版，第165页。

的三轮比赛中赢得了第一回胜利，凭借人的智慧或神的迷狂而能获得的奖赏莫过于此。①

在人的灵魂充满爱慕之情的时候，人们往往表现出迷狂状态，这一迷狂状态和上文提到的诗人获得神灵启示颇为类似。诗人在创作中获得神灵赐予，诗人代神立言，他因此不再属于日常世界；同样，爱美之人也在美的对象身上暂时窥见理式世界的图像。二者的区别仅仅在于，创作灵感只能属于诗人这个狭小的团体，但爱美之心人皆有之。但重要的是，二者之间的相互联系验证了诗人的创作具有超越现实、直达天国的潜力。在《会饮篇》中，苏格拉底总结了从对美的个别对象的沉思观照开始的这一旅程："从个别的美开始探求一般的美，他一定能找到登天之梯，一步步上升——也就是说，从一个美的形体到两个美的形体，从两个美的形体到所有美的形体。"当最后上升到美自身时，他就会发现绝对美或美的理式，"它既不是话语，也不是知识"。②

总之，讽喻问题在柏拉图那里论述很少，似乎不是他关注的焦点。其实，他不必过多地反驳讽喻，因为他将在一定程度上借用讽喻方法。他的方法和讽喻之间，相同之处多于相异之处。他既开启了哲学和诗歌争吵的新的篇章，又暗含哲学和诗歌从争吵走向和解的可能性，其标志是他提出的"哲学家—诗人"，在他看来，这一现象古已有之，"我个人认为智者的技艺是一种古老的技艺，但是从前做这种事情的人害怕这种怨恨，于是采用伪装。有些人用诗歌做掩护，例如荷马、赫西奥德、西摩尼得……"③ 诗人在俗世只能

---

① ［古希腊］柏拉图：《柏拉图全集》（第二卷），王晓朝译，人民出版社 2003 年版，第 170 页。

② ［古希腊］柏拉图：《柏拉图全集》（第二卷），王晓朝译，人民出版社 2003 年版，第 254 页。

③ ［古希腊］柏拉图：《柏拉图全集》（第一卷），王晓朝译，人民出版社 2002 年版，第 437 页。

是伪装的智者，而在理想国中则是哲学家。

“洞穴讽喻”

柏拉图不仅在多篇对话中暗示了讽喻的必要性，还在《理想国》第7卷中使用这一手法写出了著名的“洞穴讽喻”。在该书第6卷的最后部分，柏拉图曾经用一条线段的四个部分来分别代表理性、理智、信念和猜测。这一论述常被称为“线段比喻”，而第7卷中柏拉图所设想的洞穴场景多被称为“洞穴讽喻”。仔细分析从“线段比喻”到“洞穴讽喻”的过程，可以发现比喻和讽喻的某些重要差距。首先，讽喻是想象出来的虚拟场景或虚构故事，“洞穴讽喻”一开始就说：“请你想象有这么一个地洞，一条长长的通道通向地面，和洞穴等宽的光线可以照进洞底。”[①] 而比喻则是发现两个事物之间的类似或相同之处，线段比喻告诉读者，可见世界中的影像部分和实际部分之间的比例关系就相当于可见世界与不可知世界之间的比例关系，由此推论，第一个比例关系的模糊或者清晰程度也就相当于第二个比例关系的模糊或者清晰程度；其次，“线段比喻”中出现的只有抽象的线段，而“洞穴讽喻”中则反复出现不同的人物，他们出现在那个虚拟场景中，是那个虚构世界的主人公；再次，在“洞穴讽喻”中，人物和人物之间、人物和环境甚至人物和自我内心之间都表现出明显的互动关系，即人物不断做出内在的或者外在的各种动作，这些动作连贯起来构成一个故事。从这个意义上说，讽喻可以分成比喻和故事这两个要素，讽喻是比喻加上故事。

《理想国》第7卷一开始，苏格拉底就对自己的对话者说：“请你想象有这么一个地洞，一条长长的通道通向地面，和洞穴等宽的光线可以照进洞底。一些人从小就住在这个洞里，但他们

① ［古希腊］柏拉图：《柏拉图全集》（第二卷），王晓朝译，人民出版社2003年版，第510页。

的脖子和腿脚都捆绑着，不能走动，也不能扭过头来，只能向前看着洞穴的后壁。让我们再想象他们背后远处较高的地方有一些东西在燃烧，发出火光。火光和这些被囚禁的人之间筑有一道矮墙，沿着矮墙还有一条路，就好像演木偶戏的时候，演员在自己和观众之间设有一道屏障，演员们把木偶举到这道屏障上面去表演。”与此同时，“有一些人高举着各种东西从矮墙后面走过，这些东西是用木头、石头或其他材料制成的假人和假兽，再假定这些人有些在说话，有些不吭声”。在这种情况下，那些被捆绑在洞穴中无法移动的囚徒们只能听到背后传来的声音，只能看到墙壁上不断浮动的影像。在这种悲惨处境中，“假定有一个人被松了绑，他挣扎着站了起来，转动着脖子环顾四周，开始走动，而且抬头看到了那堆火”。等他的眼睛适应了火光后，“如果有人告诉他，说他过去看到的东西全都是虚假的，是对他的一种欺骗，而现在他接近了实在，转向比较真实的东西”。他既然知道了真相，也就不愿意继续蒙受欺骗，“有人硬拉着他走上那条陡峭崎岖的坡道，直到把他拉出洞穴，见到了外面的阳光”，等他经过一个适应的过程，“这时候他会做出推论，认为正是太阳造成了四季交替和年岁周期，并主宰着可见世界的所有事物，太阳也是他们过去曾经看到过的一切事物的原因”。[①] 在上一卷中，柏拉图就将太阳比作真理和知识，“太阳不仅使可见事物可以被看见，而且也使它们能够出生、成长，并且得到营养”[②]。

柏拉图自己随后给出了这个讽喻的含义：洞穴中的火光是可见世界中一切假象的原因，而洞穴外的太阳则是可知世界中一切光明和真理的源泉；善的理式在可见世界中产生了光，是光的创造者，它是可知世界中真理和理性的来源。这种看法其实在可见

---

① ［古希腊］柏拉图：《理想国》，郭斌和、张竹明译，商务印书馆 1995 年版，第 510—513 页。

② ［古希腊］柏拉图：《理想国》，郭斌和、张竹明译，商务印书馆 1995 年版，第 506 页。

世界（洞穴中）、可知世界（洞穴外）、理念（理式）世界这三者之间建立起了对应平行关系，其主角分别是火光、太阳光和善本身，而串联起这三个世界的线索就是走出洞穴的那个人，他是洞穴全体囚徒的代表者，代表他们从缺乏知识的状态中走出来，在洞穴外这一可知世界中进行认真的思考，进而将太阳作为真理和理性的来源。在具体描写中，柏拉图将这一人物走出洞穴的旅途描写成一个“向上”的过程。洞穴中的火光来自“远处较高的地方”，他走过的是一条“陡峭崎岖的坡道”，因此他返回洞穴就是“下降”的过程，“他又下到洞中，再坐回他原来的位置”①，这一下降的旅途是“下到冥界”的过程，重返洞穴的主人公就像“荷马史诗”中堕入地狱中的阿喀琉斯，他曾经说宁愿生活在世上做一个穷人的奴隶，也不愿生活在地狱中。

在“洞穴讽喻”中，这个走出洞穴的人随后摇身一变而为启蒙者：随后他走回洞穴，告诉以前的同伴们自己的所见所思，实际上起到了一位教育者，甚至启蒙者的作用。但他的同伴们并不领情，“要是那些囚徒们有可能抓住这个想要解救他们，把他们带出洞穴的人，他们难道不会杀了他吗?”② 在这个虚构的故事中，启蒙者被愚昧者杀死这一点可能有真实历史的影子，这个走出洞穴又回来启蒙同伴的人或许暗指被雅典当局杀死的苏格拉底。在苏格拉底临刑前的谈话中，特意谈到自己作诗的经历，上文提到他指出诗歌具有“纯洁良心”的功效，《斐多篇》的一位对话者说：苏格拉底采用伊索寓言和“致阿波罗神”的“序曲”的风格创作了抒情诗。这就使他具备了诗人的资格。尽管苏格拉底并不认为自己是优秀的诗人，但他一身而兼任诗人与哲学家，是柏拉图心目中的“哲学家—诗人”的典范。这一形象其实也是

① ［古希腊］柏拉图:《理想国》，郭斌和、张竹明译，商务印书馆 1995 年版，第 513 页。

② ［古希腊］柏拉图:《理想国》，郭斌和、张竹明译，商务印书馆 1995 年版，第 213 页。

柏拉图自己的理想。他在《法律篇》中说自己也是悲剧作家，他对想象中来访的悲剧作家说："尊敬的来访者，我们自己就是悲剧作家，我们知道如何创作最优秀的悲剧……你们是诗人，而我们也是同样类型的人，是参加竞赛的艺术家和演员。"① 可见，柏拉图是作为一位诗人在这里发表意见；但和其他诗人不同的是，他自信自己已经找到了生活的真正智慧，是一位爱智慧的诗人。

讽喻的危机与转机

诗人和哲学家两者的共同责任是充当民众的教育者。自"荷马史诗"以来，诗人就被赋予了教育下一代的责任。柏拉图并不是说诗人不应当担任教育者，而是强调只有"哲学家—诗人"才能担当这一角色，即用柏拉图的理论来教育下一代。如上所述，教育始终是《理想国》的重要主题之一，他曾以诗人"教坏"了年轻人对诗人下了驱逐令。但毫无疑问，"洞穴讽喻"是在作者想象中展开的，是运用虚构这一诗歌创作的特有手法构建的，只不过将他在《法律篇》中的说法加以具体化了。

出现这一转变的原因在于受教育对象的具体情况。他两次强调说，洞穴中的囚徒"是和我们一样的人"②。他在别的地方还说过："我们可以想象我们每个人都是诸神制造的木偶。"③ "我把我们自己和其他所有有生命的东西，以及自然物的元素如火、水、以及其他类似的东西，都当作原物。我们非常确信，它们是神工的产物。"④ 我们不仅是木偶，而且我们还是洞穴中那场木偶

① ［古希腊］柏拉图：《柏拉图全集》（第三卷），王晓朝译，人民出版社 2003 年版，第 576 页。

② ［古希腊］柏拉图：《理想国》，郭斌和、张竹明译，商务印书馆 1995 年版，第 511 页。

③ ［古希腊］柏拉图：《柏拉图全集》（第三卷），王晓朝译，人民出版社 2003 年版，第 390 页。

④ ［古希腊］柏拉图：《柏拉图全集》（第三卷），王晓朝译，人民出版社 2003 年版，第 78 页。

戏的观众。从这方面来说，“洞穴讽喻”针对着柏拉图心目中人性本质的一般状态。在柏拉图看来，人性的优点是真心向善，所以才会有人寻求解脱束缚，通过洞穴中上升的坡道走到洞穴之外，去领略真理和知识，但另一方面，人性的弱点也很突出，表现为我们总是很容易受到感官印象的欺骗，放弃或约束自己的理性思考：

> 同一事物在水里看和在水面上看曲直不同，或者说由于视觉对颜色产生同样的错误，同一事物的外表看起来凹凸不同，而我们的灵魂显然也会有诸如此类的混乱。绘画就像魔术和其他各种类似的把戏一样，正是利用了我们天性中的这个弱点。①

这是柏拉图指责诗歌激发人类低劣情欲的主要原因。在洞穴中，“魔术和其他把戏”表现为木偶戏，来自囚徒背后随意走过的人群。囚徒们专注地观看着眼前的木偶戏，认为这一切都是真实的，其实是火光将不断移动的假人、假兽投射在墙壁上而形成的影像。这一发出声音的木偶戏属于口头文学，和口耳相传的史诗传统类似，同时也带有戏剧表演成分，因此，木偶戏在很大程度上代表了当时的文学创作和表演的主要形式。就像当时史诗朗诵和戏剧表演非常流行一样，木偶戏也是此处洞穴中的主要教育形式和艺术形式。这些囚徒——观众们始终沉迷于木偶戏，完全不会想到洞穴之外的真实的世界。

柏拉图的《法律篇》说，在戏剧比赛中，荷马的表演者和其他演员同台竞技，最可能获奖的是谁呢？“如果是儿童在做决定，那么他们无疑会认为那个要上演木偶戏的人最可能获奖。”② 因为

---

① ［古希腊］柏拉图：《理想国》，郭斌和、张竹明译，商务印书馆 1995 年版，第 624 页。

② ［古希腊］柏拉图：《柏拉图全集》（第三卷），王晓朝译，人民出版社 2003 年版，第 406 页。

木偶戏最能欺骗普通观众，特别是欺骗涉世未深的孩子们，赢得所有的戏剧比赛。同样，一般观众智力低下，就像孩子一样，因此不能将真理直接讲述给他们，即使讲述出来他们也不会理解，反而招来杀身之祸，就像他的老师苏格拉底的遭遇一样。即使认识到真理，也必须用讽喻的方法才能传达。如果不能直接讲述，那就只能寻找其他的间接方式。在这方面，柏拉图的"洞穴讽喻"已经给出了明确的解决方案。在第 5 卷之后，他连续使用了"太阳的比喻"和"线段的比喻"，正是在此基础上，他想象和编织了虚拟场景和虚构故事，创造出"洞穴讽喻"。从总体上看，这一讽喻以一般民众缺乏知识的状况为起点，描述了一段经过对善的理式的沉思而走出无知状态、寻求真理和知识的旅程。

在讽喻文学和诗学的发展史上，柏拉图对讽喻既有否定的一面，也有肯定的一面。就前者而言，讽喻在柏拉图论述中经历了第一次危机，但他又尝试运用讽喻，并且创造出"洞穴讽喻"这一著名例证，其理论和实践表明了讽喻运用的必要性，如果诗人或者哲学家想要表达字面意义之上的更深含义，讽喻是他们的必备选项之一。就像苏格拉底在《普罗泰戈拉篇》中说的，没有人能够解释清楚诗人在说些什么，我们必须"把诗人扔在一边，用我们自己的语言来进行讨论"①。只有柏拉图的"哲学家—诗人"才有能力运用"我们自己的语言"来解释和创造诗歌。这方面他举的例子是"荷马史诗"中描写伊利昂城的诗句，认为诗人在神灵的帮助下，"他们往往会道出真实的历史事实"②。因此，讽喻在他那里也经历了一次转机。危机和转机都戏剧性地集中在柏拉图一个人身上：他批评了诗歌的虚构性，但自己也运用虚构和想象；他批评了诗歌容易诱发不良情感，但也说它能"纯洁心灵"；

① ［古希腊］柏拉图：《柏拉图全集》（第一卷），王晓朝译，人民出版社 2002 年版，第 472 页。

② ［古希腊］柏拉图：《柏拉图全集》（第三卷），王晓朝译，人民出版社 2003 年版，第 434 页。

他批评了诗歌创造幻象，但“洞穴讽喻”本身就是蕴含着真理和知识的幻象，而且是首尾连贯、足以形成一部完整戏剧的一连串的幻象。1700 年后，意大利著名诗人但丁总结说：“柏拉图在他的著作中爱运用隐喻，已经够明白地暗示这点了；因为他凭理性之光看出许多东西，而他却不能用自己的话来表达。”[①] 柏拉图不得不借用文学讽喻的方式表达自己的哲学真理，以后照此办理者屡见不鲜，代有才人，圣奥古斯丁、但丁、卢梭、詹姆斯·乔伊斯、加缪等人都创造性地运用讽喻来表达自己对生活或人生的洞见。

第四节　维吉尔与普鲁塔克：罗马文学中的讽喻

维吉尔的《埃涅阿斯纪》是古代罗马文学的优秀之作，它继承了古代希腊文学的优秀遗产，成为古典时代又一部颇有代表性的长篇史诗，也是第一部文人史诗。维吉尔本人恰逢战乱年代，当奥古斯都逐步剪灭群雄，建立稳固政权时，他并没有像其他诗人那样忙于创作赞歌体的诗歌来颂扬政治领袖，他的创作灵感集中到罗马国家的久远历史：“各位司艺女神，现在你们该把赫立康的大门打开了，启发我去歌唱：哪些国王发奋要参加战斗，当年意大利肥沃的土地上的花朵都是些什么人，有哪些武器可以代表意大利的炽烈的精神。你们是神，你们记得，你们能够讲得出来，至于我，过去的事情传到我耳朵里已经只象一丝微风了。”[②] 他此处歌唱的主人公并非意大利本地人，而是来自“荷马史诗”中描述的特洛伊战争焚毁的小亚细亚城邦特洛亚，史诗一开始就

---

① ［意］但丁：《致斯加拉亲王书》，章安祺编订：《缪灵珠美学译文集》（第一卷），中国人民大学出版社 1998 年版，第 319 页。译文中的“隐喻”，英译文为“allegory”（讽喻）。

② ［古罗马］维吉尔：《埃涅阿斯纪》，杨周翰译，人民文学出版社 1984 年版，第 188 页。本节引用此作品均出自该版本，随文注明页码。

说他是“命运的流放者”。《埃涅阿斯纪》前6卷基本上模仿《荷马史诗·奥德赛》，只是奥德修斯的使命是“归家”，而埃涅阿斯的则是“开国”；后6卷描写他如何通过外交的、政治的、战争的手段创建新城邦，和《伊利亚特》比较接近。[①]

埃涅阿斯与赫拉克勒斯：人物形象的对应关系

《埃涅阿斯纪》在讽喻文学的创作方面开拓出新天地，这突出地表现在它在人物性格的塑造方面尝试性运用了“预表”[②]手法，在古代传说中的英雄人物赫拉克勒斯和埃涅阿斯之间建立了一种继承延续、平行对应的相互联系，丰富了人物描写和性格塑造的艺术手法。

赫拉克勒斯是古代世界尽人皆知的英雄人物，受到古代希腊人的普遍敬拜和祭祀。传说他是宙斯和人间女子阿尔克墨奈（Alcmena）之子，《荷马史诗·伊利亚特》第19卷记载宙斯的话：“今天，主管生养和阵痛的埃蕾苏娅将为凡间/增添一个男孩，在以我的血脉繁衍的种族里，/此人将王统全民，栖居在他的身边。”[③]这确立了赫拉克勒斯“万国之君”的权威地位，各类典籍记载他斩妖除怪、安定百姓、追求正道的故事，促使人们不仅把他认定为统治者，而且把他当作自己的保护者。作为半人半神式的英雄人物，他以惊人的力气闻名于世，尚在摇篮之时就用双手绞死了天后赫拉派来谋害他的两条巨蛇。在他18岁时，在选择人生道路的关键时刻，他遇到了德行女神和恶行女神分别扮演的两位妇人。据色诺芬的《回忆苏格拉底》记载，“恶行”诱导他走一

① 《埃涅阿斯纪》12卷诗在结构上是二分法还是三分法，抑或存在更复杂的分法，研究者意见不一。See G. E. Darkworth's “The Architecture of the Aeneid”, *The American Journal of Philology*, Vol. 75, No. 1, 1954, pp. 1 – 15。

② “预表”为基督教古代教父们研究《旧约》人物和耶稣基督之间的预言性、准备性关系的术语，详见后文。

③ ［古希腊］荷马：《伊利亚特》，陈中梅译，译林出版社2000年版，第528页。

条快乐而邪恶、不劳而获的舒适之路，“德行”则劝导他走一条艰辛漫长但尊贵高尚的道路，最终赫拉克勒斯选择了德行女神，这就是著名的“赫拉克勒斯的选择”，也是古代世界最为隽永动人的传说。这故事最引人注目之处，是将一种或几种抽象品质人格化。第一，它发生在主人公从童年向青年的过渡时期，正是一个人选择人生道路的关键时刻。第二，在地点上，它发生在主人公独处之时，“有一次他走到一个僻静的地方”，[①] 这两点都反复出现在后世文学作品中，耶稣基督在旷野中受到魔鬼的引诱；但丁在35岁时来到一片黑树林，茫然之中不知道该走向何方。另外，这一段叙述中流露出反讽的意味，“恶行”女神说：“我的朋友把我叫做幸福，但那些恨我的人却给我起个绰号叫恶行。”[②] 同样，这一场景也出现在《埃涅阿斯纪》第6卷，当时埃涅阿斯游历冥府，黎明女神曾对他说：“从这儿起，路分两支，右边的路直通伟大的冥王狄斯的城堡，沿着这条路我们可以到达乐土；左边的路是把坏人送到可诅咒的塔尔塔路斯去受惩罚的。”（第153页）

在赫拉克勒斯无数传说中，最为人称道的是他完成的“十二大功”：他曾经剥下尼米亚狮子的狮皮，杀掉洛那的九头蛇怪物，生擒克里尼的牝鹿，活捉厄律曼托斯的野猪，在一天之内打扫奥吉亚斯的牛圈，驱逐史竹泛林的鸟群，带走克里特岛上的神牛，领回狄俄墨得斯的马群，取来希波利特女王的宝带，赶回革律翁的红牛，攫取赫斯珀洛斯的金苹果，从冥间地府里捉来三头狗刻耳柏洛斯。[③] 各类传说中的赫拉克勒斯既善良正直、吃苦耐劳，

---

① ［古希腊］色诺芬：《回忆苏格拉底》，吴永泉译，商务印书馆2009年版，第49页。

② ［古希腊］色诺芬：《回忆苏格拉底》，吴永泉译，商务印书馆2009年版，第50页。

③ 关于“十二大功”的排列顺序，各家说法不一，此处依据郑振铎编著《希腊罗马的神话与传说》，上海书店出版社2000年版，第480—498页。

又勇敢刚毅、武艺高强，是古代世界人生的典范、行为的楷模，他的头像被亚历山大大帝下令刻在硬币上。如此英明神勇之人当然也应该有个好的归宿。传说他死后登天，和神灵们住在一起。

赫拉克勒斯的故事成为后代文学创作的素材。《荷马史诗·奥德赛》第11卷提到他“十二大功”的最后一件，即他为了捉到三头狗刻耳柏洛斯而潜入地府，“我带回犬狗，将其带出哀地斯的庭院”[①]，这也是全部“荷马史诗”中提到的“十二大功”中唯一的一件。在埃涅阿斯之前，赫拉克勒斯、古代诗人俄耳甫斯[②]、《奥德赛》第10卷中的奥德修斯等三人都曾进入地狱而又能全身而退，他们的故事表达了古代希腊人对死后生活的展望：那种生活了无兴致，悲惨不堪，远不如人世间的生活。当赫拉克勒斯见到奥德修斯时，他哭着说：“不幸的人儿，难道你也惨遭可悲的/命运，像我活着时，在阳光底下遭遇的那般。”[③] 阿喀琉斯的亡灵也说：“我宁愿做个帮工，在别人的田地里耕作，/自个儿无有份地，只有些许家产凭靠，/也不愿充当王者，对所有的死人发号。”[④] 在他们看来，死亡乃人生的大不幸，死后的生活远比世上的奴役生活悲惨。当然，这种悲惨状况在很大程度上是因为死人的亡灵在地府冥界中无所事事。赫拉克勒斯、阿喀琉斯等人英雄一世，忙碌而显赫地度过了世上的生活，到了地府里无事可做，似乎难以适应。

柏拉图提出了死后生活的新场景。他的《斐多篇》认为，肉体是坟墓，埋葬或约束了不朽的灵魂，死亡不过是肉体的死亡、灵魂借死亡之机而摆脱了肉体的束缚，因此死亡并不可怕，反而

---

① ［古希腊］荷马：《奥德赛》，陈中梅译注，译林出版社2003年版，第359页。

② 俄尔甫斯，传说生活在特洛伊战争之前，比古诗人荷马还要久远。他参加“阿尔戈远征”，在途中依靠歌声帮助众英雄抵御了女妖塞壬的诱惑。他妻子死后，他曾深入地府，从冥王的手中索回妻子的性命，惜未成功。

③ ［古希腊］荷马：《奥德赛》，陈中梅译注，译林出版社2003年版，第358页。

④ ［古希腊］荷马：《奥德赛》，陈中梅译注，译林出版社2003年版，第349—350页。

值得欢迎，这是柏拉图笔下苏格拉底坦然面对死亡的主要理由。但由于灵魂在世上的时候受到肉体的玷污，灵魂并不是完全纯洁的，只好经历一番净化：

> 当新的亡灵在它各自的守护神的引导下抵达那里时，首先要交付审判，无论它们生前是否过着一种善良和虔诚的生活。那些被判定为过一种中性生活的亡灵被送往阿刻戎，在那里登上那些等候它们的船只，被送往那个湖，在那里居住。在那里它们要经历涤罪，或者因为它们曾犯下的罪过而受惩罚，或者因为它们良好的行为而受奖励，每个亡灵都得到它们应得的一份。①

亡灵们通过灵魂净化，消除了原有的罪孽，随后开始向着一个更高、更纯洁、更精神化的境界翱翔。《理想国》最后就以这一上升的翱翔结束，全书最后一卷的结尾部分一改对话形式，变成苏格拉底的个人独白。他虚构了一个“厄洛斯的灵魂在天上走了一圈”的故事，完整叙述了灵魂脱离肉体，其后受审判，得到惩罚受到净化，最后和肉体再次结合而获重生的过程，最后劝诫人们：“灵魂是不死的，它能忍受一切善和恶。让我们永远坚持走向上的路，追求正义和智慧。”② 柏拉图的说法把“下降”的单一旅程改造成了“下降—上升”的双向旅程。

研究者一般认为，“荷马史诗”和柏拉图的著作是维吉尔创作《埃涅阿斯纪》第 6 章的主要来源。粗略地说，第 6 章的前半部分受到“荷马史诗”的影响更多，而后半部分描写埃涅阿斯之父安奇塞斯为他预言罗马历史时，受到柏拉图的影响更深。这自

---

① ［古希腊］柏拉图：《柏拉图全集》（第一卷），王晓朝译，人民出版社 2002 年版，第 127 页。

② ［古希腊］柏拉图：《理想国》，郭斌和、张竹明译，商务印书馆 1995 年版，第 426 页。

然会导致两个部分难以完全协调一致，比较明显的例子是，在前半部分中埃涅阿斯看到自己舰队的舵手帕里努鲁斯的灵魂徘徊在阿刻隆河的河滩上，因为生前没有被安葬而无法渡过河去；狄多女王的灵魂存在于地府的广阔森林中，这些地方都没有提到这些未被安葬者或者短命者的灵魂还有其他得救的方式，只说它们需要徘徊一百年才能得到机会净化自己。但后半部分安奇塞斯却完整地说出了灵魂受罚—净化—重生的看法，并且把这个时间确定为一千年：人们在肉体上死亡后，"灵魂不断受到磨炼，由于根深蒂固的罪愆而受惩罚。……然后我们就被送到这寥廓的埃吕西姆乐土。……这时，这些灵魂已经熬过了千年一周的轮转，天帝就把我们召到忘川勒特，他们排着队来到河边，目的是要他们在重见人间的苍穹之时把过去的一切完全忘却，开始愿意重新回到肉身里去"（第 159 页）。

埃涅阿斯和赫拉克勒斯之间的类似之处当然远远不止于他们都进入过地府。《埃涅阿斯纪》中多次提到了赫拉克勒斯的足迹，如第 3 卷中埃涅阿斯的船队驶近意大利西西里岛时，埃涅阿斯对狄多女王回忆说："接着我们就望见了塔连土姆城所在的海湾，据说赫库列斯（现通译为'赫拉克勒斯'）曾到过这里。"（第 71 页）史诗告诉读者此时埃涅阿斯正航行在传说中的古代英雄赫拉克勒斯航行过的海面上。史诗第 5 卷描写埃涅阿斯带领特洛伊城的逃难者第二次登上了西西里岛，为纪念一年前去世的父亲安奇塞斯举行了运动会等大型竞技活动，在这里进行的第三项活动"拳击比赛"中，对阵的双方是特洛伊人达列斯和西西里人恩特鲁斯。达列斯年轻气盛，而恩特鲁斯则属于上一代的勇士，已近暮年，他回忆以前的征战记录，"无情的岁月还没有在我的两鬓撒上白发"（第 116 页）。恩特鲁斯在当地国王阿刻斯特斯的激励下出战，他特别声明，他曾拜大力士厄利克斯为师，脚下的海滩正是赫拉克勒斯与厄利克斯苦战之地，"他正是在这片海滩上进行过一场苦斗"（第 116 页）。从表面上看，似乎赫拉克勒斯（希腊人）和恩特鲁斯（西西里人）、埃涅阿斯（特洛伊人）不属于同一个阵营，但实际上，史诗的第 5 卷一开始就说西西里国王阿刻斯特斯来自特洛伊，埃涅阿斯说："西西里那地方有我们特洛亚的阿刻斯特斯，我父亲安奇塞斯的遗骸也埋葬在它的怀抱里。"（第 103 页）因此，作为阿刻斯特斯的手下勇士的恩特鲁斯或许也来自特洛伊城，这为后文建立赫拉克勒斯—恩特鲁斯的相互联系奠定了基础。

更为重要的是，维吉尔在这里重新提及关于赫拉克勒斯的古老传说，是要把过去的一个神话传说和他描述的当下事件联系起来，即把"过去"和"现在"勾连或混杂起来。如果说第 3 卷简单地说埃涅阿斯的船队走过赫拉克勒斯来过的地方，读者会明显地感到时间间隔，那么，在第 5 卷中描写拳击比赛时就进了一步，它提到赫拉克勒斯击败挑战的厄利克斯，而厄利克斯当时戴着的手套现在正戴在恩特鲁斯的手上。这一描述的要点在于把两件在时间上相隔甚远的不同故事放到同一个地点上，这或许暗示着这两件事具有同样的性质。地点的重叠无疑会有助于消除历史时间上的距离之感，似乎赫拉克勒斯击败对手和史诗第 5 卷描写的拳击比赛是同时发生的事情。消除时间感才能在相距甚远的人或事之间建立联系，这一变乱时间先后顺序的技巧在史诗第 8 卷中也用过，当时厄凡德尔国王给埃涅阿斯讲述赫拉克勒斯杀掉半人半妖的怪物卡库斯的故事，当赫拉克勒斯逼近妖怪的洞口时，"我们的人第一次看到卡库斯害怕了，他的眼角露出慌张"（第 201 页）。这似乎说明当时厄凡德尔和他的手下都在现场，但这显然是不可能的。讲故事的人把自己也放到古老传说中，强调自己亲眼目睹了这个场景，可能产生的作用之一就是把过去的时间和讲故事的"现在"的时间混杂在一起。

同时，赫拉克勒斯和恩特鲁斯的故事并列还暗示着拳击比赛的胜利者将是赫拉克勒斯一类的人物。恩特鲁斯和达列斯的比赛过程很有戏剧性。在比赛的开始部分，上了岁数的恩特鲁斯"两膝迟钝抖颤，由于气短，他庞大的身躯也抽搐起来”（第117页），恩特鲁斯明显处于守势，“而达列斯则像一个攻打高大城堡的或围困山寨的全副武装的将军”。这个比喻不难让读者想到：达列斯就像围困和攻打特洛伊城的希腊联军，而恩特鲁斯则像被围困的特洛伊城；在一次进攻中，恩特鲁斯用力过猛，跌倒在地，诗人使用了一个比喻，“就像有时候厄吕曼图斯山上或巍峨的伊达山上一颗空心的松树连根栽倒一样”（第117—118页）。这里的“伊达山”在第1卷中提到过，在特洛伊城破之际，安奇塞斯劝告埃涅阿斯弃城而去，并祷告神灵给出征兆，天上随即出现了一颗流星，“我们看着这颗流星滑过我们家的屋顶，划出一条光亮的线路，落到伊达山的树林后面去了”（第48页）。伊达山是特洛伊城的象征，也代表了从这座城市中逃出性命的埃涅阿斯等人，他在拳击比赛中变成了恩特鲁斯的化身。随后恩特鲁斯对达列斯穷追猛打，占尽上风，埃涅阿斯不得不出场干预，对达列斯说：“你难道不感到这不是人力在和你作对，而是天神在和你作对么?”（第118页）这里的“天神”显然暗指赫拉克勒斯，埃涅阿斯以此劝说达列斯认输，避免了一场血腥追杀。埃涅阿斯的干预体现了他主张的“有节制的暴力”，这一新的道德原则与赫拉克勒斯或阿喀琉斯的无法控制的愤怒形成了鲜明对比。

在第8卷中，赫拉克勒斯和埃涅阿斯之间的相似之处表现得最为明显。史诗告诉读者，埃涅阿斯在第6卷中在女先知西比尔的引领下游历了冥界地府，他父亲的亡灵向他展现了将来罗马人的民族发展史，历数世上出现的著名人物；埃涅阿斯从地府出来后就带领众人在意大利第表河的入海口登陆，但上岸后受到当地居民的激烈抵抗。在第8卷的开始部分，第表河的河神第伯里努斯现身，帮助埃涅阿斯溯流而上，抵达阿尔卡底亚人的王国。该国的国王厄凡德尔正带领臣民们举行祭祀赫拉克勒斯的庆典活动，就在此时抵达的埃涅阿斯似乎是天上的赫拉克勒斯显圣降临。当他们的祭奠结束后，埃涅阿斯回到厄凡德尔的宫殿，国王特别将赫拉克勒斯和眼前的埃涅阿斯联系起来："当初得胜而来的赫库列斯也要低着头进我这门，我这'宫殿'还接待过他呢。我的客人，你要有胆量去藐视财富，让你自己配和天神为伍，你到我这简陋的家不要挑剔。"（第206页）"配和天神为伍"，在这一语境中意味着成为赫拉克勒斯之类的人物，这是厄凡德尔的期待，也是成为一个伟大民族的创建者的必要条件。

在第二天的谈判中，厄凡德尔提到以前的预言："命运不许哪个意大利的人来统辖象你们这样大的部落，你们必须选一个外来的统帅。"（第211页）他果断决定和埃涅阿斯结成联盟，指派儿子帕拉斯随军作战，其中的心理动机无疑是将埃涅阿斯看成肩负重任的赫拉克勒斯。史诗这样描写结盟的仪式：

> 埃涅阿斯说完就从高高的座椅上站起，首先把赫库列斯祭坛上熄灭的火重新燃着，然后怀着喜悦的心情走向前一天他祈祷的地祇和小小的家神面前去行礼；然后厄凡德尔和特洛亚的壮士们分别按照礼节杀了几头两岁的羊。（第212页）

厄凡德尔的王国本来就祭祀赫拉克勒斯，但只有埃涅阿斯才有资格重新点燃祭坛上的火焰，因为唯有他才是赫拉克勒斯的当代继承者。除了这些明确表明赫拉克勒斯和埃涅阿斯类似之处的叙述，史诗还提供了很多细节来暗示两人之间的密切联系。如埃涅阿斯游历冥界时，他进入冥界的大门后，来到一个宽敞的庭院中，发现许多怪兽，其中包括"吐火的女妖奇迈拉，几个果儿刚和女妖哈尔皮和三个身子的、若隐若现的怪物格吕翁"。埃涅阿斯想到，"如果哪个妖怪要走近，他就将白刃相迎"（第143页）。而在第8卷厄凡德尔国王讲述的赫拉克勒斯的故事中，他说当地百姓深受怪物卡库斯之祸："我们年年祷告，终于把天神请到，得到了天神援救。这天神就是最爱打抱不平的赫库列斯，他刚刚杀死了三身怪物格吕翁。"（第200页）可见，格吕翁是赫拉克勒斯和埃涅阿斯两人的共同敌人。另外，天后朱诺对他们两人充满敌意，其中朱诺仇视赫拉克勒斯，是因为他是朱庇特的后代，而非自己嫡出；朱诺从史诗时代开始就一直是特洛伊人的敌人，当然也对埃涅阿斯充满仇恨。

在史诗中，埃涅阿斯的主要敌人是当地人图尔努斯，而赫拉克勒斯的敌人则是怪物卡库斯。在“埃涅阿斯—图尔努斯”和“赫拉克勒斯—卡库斯”的对峙中，史诗不仅建立了埃涅阿斯和赫拉克勒斯之间的密切关系，而且为了加强这种关系，还很有创造性地描述了图尔努斯和卡库斯之间的相似或者相同之处。

首先，他们都是由于傲慢不逊而与赫拉克勒斯和埃涅阿斯结仇。当赫拉克勒斯杀死格吕翁，带着一大群牛以胜利者的身份归来时，卡库斯故意惹出事端，招致杀身之祸，他“头脑发热，无论什么他都想施展诡计或用罪恶的行动去冒犯一下或试探一下”（第200—201页）。同样，图尔努斯在复仇女神阿列克托的挑逗下，表现出了“一种可诅咒的好斗的疯狂”，“要说保卫意大利，把敌人驱逐出境，他一个人可以抵挡特洛亚人和拉丁人两家而有余”（第182页）。图尔努斯后来对自己的长矛说：“英雄的赫克托耳使用过你，现在你掌握在我图尔努斯的手里，我要靠你去杀死那个只能算半个人的埃涅阿斯，我要用我这有力的双手把他那身盔甲剥下来。”（第214页）这种自我炫耀式的动机导致他们的败亡。

其次，卡库斯和图尔努斯在战斗中使用了相同的武器。第7卷描写图尔努斯身躯高大，他的战盔上“还装着一个妖怪奇迈拉的像，它嘴里吐出埃特那火山的火焰”（第192页）。他和埃涅阿斯的首战是袭击和焚毁对方的舰队，“在图尔努斯的榜样的启示之下，他的部下也都全力以赴，人人捅开炉火，拿起冒着黑烟的火把武装自己”（第222页）。同样，卡库斯在和赫拉克勒斯争斗时，被逼进山洞，“就从嘴里（说来好奇怪）喷出一大股浓烟，把洞穴笼罩在黑雾之中，眼睛什么也看不见，他在洞中堆积的烟雾就像黑夜一般，有时他吐出的黑烟里也夹杂着火光”（第202页）。烟与火也是卡库斯的主要武器。

最后，赫拉克勒斯和埃涅阿斯都是为民除害的英雄，而他们的对手则嗜血无度，残暴异常。厄凡德尔国王讲述说，卡库斯平时恶行累累，当地人都惊恐不安，“这里住着卡库斯，他是个面貌丑恶的半人半妖的怪物，地上经常流淌着新杀死的人的热血，一张张人脸，苍白而腐烂可怕，挂在入口处，恫吓着人们”（第200页）。他还说，距离此地不远还有一座阿古拉城，国王墨赞提乌斯胡乱杀人，干尽坏事，“他把活人如此残忍地和腐烂的、流着秽血的死人捆在一起，让活人慢慢地死去”（第210页），他被国中的百姓推翻后逃到图尔努斯那里，得到庇护。在第10卷的末尾，埃涅阿斯先杀死了墨赞提乌斯，在第12卷他和图尔努斯决战。在战斗中，图尔努斯表现得无情而残暴，他先杀死了埃涅阿斯的两个部下阿弥库斯和狄俄列斯，“把他们的头颅割下来挂在战车上带走了，那鲜血还像露珠一样淌着”（第327页）。不难看出，这里“滴着血的人头”和“流着秽血的死人”“地上流淌着新杀死的人的热血”之间都有比照呼应的联系。

赫拉克勒斯不仅在很多方面和埃涅阿斯存在对应关系，而且他还是埃涅阿斯的人生理想和奋斗目标。在史诗第8卷中，厄凡德尔的祭司们唱起赫拉克勒斯的赞歌，歌颂他斩妖除怪，恢复秩序。在古代人的心目中，伟大英雄不仅武艺高强，而且可以引领人类、世界从无秩序的一片混乱走向新的美好秩序。第6卷中，埃涅阿斯之父安奇塞斯向他展示历史的未来场景，说他和他的后代建立的丰功伟绩比赫拉克勒斯的还要伟大，“是的，甚至赫库列斯也没有走这么远……难道我们现在还用得着踌躇而不以我们的行动来表现出我们的勇气吗?”（第161—162页）这为埃涅阿斯确立自己的奋斗目标，他在长期奋斗过程中逐步成长为一名出类拔萃的民族领袖。

“我的勇气”与“神的旨意”

埃涅阿斯的成功不仅仅因为这符合神意的安排，他自己还发挥了主动性和创造性，这是维吉尔塑造丰满性格的关键。史诗中的埃涅阿斯不完全是神意的被动工具，况且神意也不是在任何情况下都起到决定作用的。天神尤比特说：“每个人的祸福都是他自己取得的。尤比特对一切人都是个不偏不倚的君王。”（第252页）当神意退居次要地位的时候，个人意愿或智慧无疑就会起到更大的作用。史诗第8卷中，当埃涅阿斯第一次见到厄凡德尔时，对他说：“我的勇气、神的旨意、我们父辈的亲谊以及你远扬寰宇的声名，联合起来促使我主动地服从命运的安排，来到你的面前。”他的这句话，将“我的勇气”视为最重要的因素，其次才是“神的旨意”；而且他强调说他的来访不是“被动”的，而是“主动”的。埃涅阿斯很清楚，虽然他的所作所为有神意的支持，但如果仅仅躺在家里睡觉，无所事事，那么神意就永远是神意，根本不可能在个人生活中变成现实。在这种情况下，神意更像是个人理想意愿、生活目标的表征。

按照史诗的描写，埃涅阿斯通过相当漫长的道路才获得这种生活智慧。在特洛伊陷落时，他满怀绝望和愤懑之情，首先想到是血洒疆场，为城邦献身，只是在他父亲安奇塞斯的反复劝说和神灵预兆的昭示之下，才掮父携子逃离沦陷的城邦。当他在海上遇到风暴时，不尽感慨：“你们这些有幸死在父母脚下、死在特洛亚巍峨的城墙之下的人们，真是福分非浅啊！狄俄墨德斯呀，最勇敢的希腊人，为什么你没能够在特洛亚的战场上亲手把我杀死，断了这口气?”（第4页）他或许已经意识到创业艰难百战多，活着逃出来、创建新城邦比战死在特洛伊还要艰难多少倍。此时的埃涅阿斯勇敢有余智慧不足，他起初对自己的使命完全按照字面意义去理解，抵达西西里岛或迦太基时，都认为此处就是自己的国家了，他还需要赫克托耳和安奇塞斯的亡灵，甚至朱庇特的神使来提醒他自己肩负的使命，鼓励他继续寻找建国之地。此后他不时表现出焦虑疑惑的心情。当他看到很多特洛伊妇女不愿离开西西里岛继续海上航行时，他也拿不定主意了，“是把命运的吩咐抛到脑后，在西西里土地上定居下来呢，还是争取航行到意大利去”（第127页）。他告别迦太基的狄多女王时说，“虽然违背我的意愿，我还是决定到意大利去”（第89页）。他在冥府看到狄多的亡灵，又说：“女王啊，我不是出于自愿才离开你的国土的啊。是神的命令强迫我这样做的，同样是神的命令迫使我现在来到这鬼影憧憧的冥界。”（第149页）随后他目视狄多回到她的前夫那里去，“久久望着她离去的身影，不觉潸然泪下，心中充满了怜悯”（第150页）。若照其本意，埃涅阿斯宁愿留在迦太基了。这种个人情感上的依恋是他心理矛盾发展的顶点，他处在男女恋情和家国使命的夹缝之中，即使选择了后者也是违背当时自我意愿的。

埃涅阿斯在明确自己的使命后，并非安奇塞斯宣布的政治宏图的教条主义式的执行者。在整部史诗的结尾之处，他杀死了战败乞降的图尔努斯。这直接违背了他父亲在冥府中的教诲：“罗马人，你记住，你应当用你的权威统治万国，这将是你的专长，你应当确立和平的秩序，对臣服的人要宽大，对傲慢的人，通过战争征服他们。”（第163页）而且也不符合他开战以来的通常做法。如他杀死苏劳斯时，“把苏劳斯的畏缩不前的部下责备了一番，亲自把苏劳斯从地上抱起来，他梳得很光洁的头发上已沾满血污”（第277页）。可以想见，埃涅阿斯此时的心中必定满怀怜悯，为自己不得不杀死这个年轻的对手深感愧疚和自责。因此，人们不禁发问：埃涅阿斯在最后场景中杀死图尔努斯是正当的吗？后世研究者大费周章地为他辩护，其实大可不必。这一处理并不是文学描写的败笔，它不过强调了埃涅阿斯直到最后关头，仍然是个有血有肉的个性鲜明的人物形象：当时他看到了图尔努斯肩上高挂着帕拉斯的腰带和肩带，而帕拉斯则是厄凡德尔之子，与埃涅阿斯并肩作战，在混战中死于图尔努斯之手，于是，埃涅阿斯在那一瞬间重又变得火气十足、怒火满胸，感情方面的因素占了上风，他说："这是帕拉斯在刺伤你，帕拉斯在杀你，是他在用你的血，给你惩罚。"（第 342 页）读者想必可以原谅他短暂地脱离了宣传"和平的秩序"的僵硬死板的政治统治教条，在那一刻表现出"一种可诅咒的好斗的疯狂"。这一"好斗的疯狂"最早用来形容图尔努斯，但最后却让图尔努斯丢了性命，其中的反讽意味值得读者玩味。同时，这种细节描写还使维吉尔"既能发出公共的声音，又能发出个人的声音，并将之融汇于一个文学背景中"①，《埃涅阿斯纪》塑造人物性格的"多样性"使其当之无愧地成为古代罗马文学最高成就的标志。

普鲁塔克："伊希斯和俄赛里斯"神话

普鲁塔克（46—120）是公元 1 世纪的古罗马著名作家，几乎与维吉尔生活在同一时代。他的《希腊罗马名人传》最为中国读者所熟悉。其实，在该传记之外他还有很多重要著述。他关于讽喻的论述主要表现于《伊希斯与俄赛里斯》② 一书。该书开篇即指出，祈祷神固然重要，但更重要的是获得关于神的知识。这种知识应该来自两个方面，一是宗教仪式，二是各民族中流传至今的神话。全书主要论述埃及"伊希斯和俄赛里斯"的故事，也同时谈及这一神话的各种解释和由此衍生出来的礼拜仪式、民间习俗和各类禁忌等。

"伊希斯和俄赛里斯"神话的主要内容可以简述如下。天空女神瑞亚和大地之神克诺洛斯有了私情，在一年中"增加的日

---

① *The Cambridge History of Classical Literature*（Ⅱ）：*Latin Literature*, ed. E. J. Kenney, London：Cambridge University Press，1982，p. 369.

② 中译本名为《论埃及神学与哲学——伊希斯与俄赛里斯》，段映虹译，华夏出版社 2009 年版，下文引用该作品均出自此版本，随文注明页码。英译本见 *Plutarch's Moralia：in Sixteen Volumes* 的第 5 卷。

子”里，即一年360天增加出来的5天中生下了五位神祇：第一天诞生了俄赛里斯，相当于希腊神话中的酒神狄俄尼索斯；第二天是阿鲁埃里斯，人们将他看成阿波罗；第三天诞生了堤丰，他是早产儿，奋力撕开母腹而生；第四天，伊希斯在沼泽中诞生；第五天诞生了伊希斯的妹妹涅弗提斯，有人称她为阿芙洛狄忒。随后，俄赛里斯和伊希斯、堤丰和涅弗提斯分别结为夫妻。第一天诞生的俄赛里斯随后从父亲克诺洛斯手中继承王位，统治埃及，让埃及人过上了文明开化的生活，不失为贤明之君，伊希斯则是审慎而尽职的王后。在一次宴会上堤丰设下圈套，将俄赛里斯装在一个大小合适的精美木匣里，将其放在尼罗河上，顺流漂下，直入大海。伊希斯听说丈夫被害，四处寻找俄赛里斯的尸首，最后在毕布洛斯城找到这个木匣。她打开棺木，将脸颊紧贴在俄赛里斯的脸上，哭泣着亲吻他。之后她生下了儿子何露斯。但不久，堤丰打猎时发现了木匣，他将尸体分成了十四块，抛弃在不同的地方，特别将俄赛里斯的生殖器割下，扔到河里让鱼吃掉了。伊希斯继续寻找丈夫的尸体，每找到一块就立下一座坟墓，她还仿造了丈夫的生殖器，以后人们就将男性的生殖器神圣化了。何露斯长大后为父报仇，生擒堤丰，但伊希斯却赦免了凶手（第32—47页）。

上述神话人物可以用希腊神话来替换：伊希斯是大地，俄赛里斯是爱若斯，堤丰则是塔尔塔罗斯。普鲁塔克引用柏拉图的《会饮篇》讲述的爱若斯诞生的故事，爱若斯的母亲珀尼阿（意为“贫乏”）在睡着的波诺斯（意为“丰盈”）身边躺下，随后受孕生下爱若斯，这就对应于上述故事中的伊希斯在俄赛里斯尸首旁受孕生下何露斯。此外，伊希斯和希腊神话中受到流放的狄俄尼索斯、四处奔走的得墨忒尔的经历也很相像。俄赛里斯的死亡、被肢解、复活和新生也非常类似于希腊酒神节上演出的狄俄尼索斯的故事。普鲁塔克将上述故事和各类希腊神话联系到一起，尽可能地寻找二者之间的对应关系。

神话的讽喻解读

普鲁塔克在复述了这一神话的主要内容后，这样评述自己的讲述："我删除了其中最可怕的那些事件，比如肢解俄塞里斯，砍下俄塞里斯的头颅，等等。"普鲁塔克为什么只讲述主要情节而故意忽略这些可怕的事件呢？他认为，即使讲述出来，别人也不会相信。"对那些关于神竟会有如此荒诞不经和野蛮的想法的人，你本人也会感到厌恶。"（第 47 页）但除掉他主动删除的部分之外，这一神话故事的主要部分是真实的，这意味着两个层面的含义。一方面，故事本身是实际发生过的，俄赛里斯是历史上真实存在的埃及国王，有人说他活了 28 岁，也有人说他统治了 28 年（第 37 页），但不管哪种说法，都暗示俄赛里斯是历史上的真实人物，他总结说："我刚才向你讲述的这件事，与诗人与散文作者们杜撰的那些不可靠的传说，那些空洞的假想不尽相同。……我的讲述中包含着真实的事件和某些确切的事实。"（第 48 页）另一方面，故事还隐藏着重要的真理。"如同数学家所说，彩虹是太阳自己的光线在云彩中折射而形成的彩色影像；同样，我刚才向你讲述的神话，也是某个真理在不同环境下折射出来的同一种思想，正如某些仪式带有哀悼和明显的哀伤痕迹，它们让我们懂得同样的道理，此外还有神庙的建筑布局。"（第 48 页）和上文一样，作者重复强调，探索关于神的真理可以从两个方面着手：一是神话故事，二是各种"迹象"，如神庙布局、宗教仪式等。解读的方法其实是一样的，只是讽喻之说只集中于语言的具体运用中。

在具体阐释中，神话主人公是历史存在的，并不意味着他就一定是俗体凡胎，是与读者一模一样的人类。普鲁塔克反对将神灵等同于那些古代建立了丰功伟绩的君王，"让这些尊贵的名字从天上跌落下来""向一大群无神论者敞开大门"（第 52 页）。他也同样反对将神祇看作某个具体的自然事物，如说俄赛里斯是尼罗河，伊希斯是尼罗河三角洲的土地，而堤丰则是大海。尼罗河泛滥，淹没土地象征了俄赛里斯和伊希斯的结合，而尼罗河最终流入大海，被大海吞没则象征着堤丰暗害并阉割了俄赛里斯。还有人说堤丰代表了太阳的世界，俄赛里斯代表了月亮的世界，而伊希斯则代表了地上的世界。上述这些说法都缩小了神祇的范围，“将神的名字赋予没有知觉的自然、没有生命的物品”（第124页），为普鲁塔克所不取。相对来说，他比较赞同将这些神祇归为精灵，最赞成的说法是将这些神祇看成纯粹的灵魂。

普鲁塔克在阐释中征引柏拉图、毕达哥拉斯等前代哲学家的看法，认为俄赛里斯和伊希斯都是一些巨大的精灵，他们介于神祇和人类之间，既有神一样的纯粹本质，又有超越人类的感觉能力和强大力量，他们是好的精灵，死后变成了神。与之相反，堤丰则是恶的精灵，代表了“宇宙的形体中会死亡的有害的一面”（第100页）。但善与恶这两方面并不是完全对等、势均力敌的，总是较好的一方占优势，因为伊希斯这位女神名字的词源学意思是“前进”，它和柏拉图所说的“理智”“实用智慧”等表达灵魂运动的词语相关，灵魂永远向着自己的本原前进（第114—116页）。堤丰的名字则有“颠倒、向后跳”之意，恶的一方显然趋向于不存在和毁灭。如果用柏拉图哲学术语来表述，我们就可以将俄赛里斯看成理念、模型和父亲，而伊希斯则是物质、生殖的处所，他们结合产生的何露斯则代表了现存世界。

在毕达哥拉斯学派看来，直角三角形中两条直角边平方之和等于斜边的平方。用在“伊希斯和俄赛里斯神话中”，俄赛里斯代表一条直角边和阳性，伊希斯代表底边和阴性，他们结合产生的后代何露斯代表斜边。普鲁塔克强调指出：“很可能，埃及人将直角三角形视为最美的三角形，他们还将这个图形比作宇宙的本质。”（第109页）由此看来，埃及人用神话的形式表达了希腊人用数学公式表达的真理，只是希腊科学理性显然处于比埃及人的神话思维更高级的阶段。盖源于此，哲学才能指导读者用讽喻的方法解读神话，“我们必须以理性为启蒙者和向导，再辅之以哲学，才能接受其中神圣的思想”（第125页）。

普鲁塔克用讽喻的方法来解读神话，前提是假设神的观念普遍存在于各个民族之中，即使神的名字各不相同也没有关系。当埃及国王登上王位之时，必须先学习哲学，而在哲学中，“语言与神话用晦涩的表面包裹着真理，只让它若隐若现，许多东西就隐藏在下面”（第25页）。语言或神话既表现真理又遮蔽着真理，语言或神话就像谜语一样，让人猜测或者推导出真理，而它自身却不是真理，这就是在埃及神庙前放上斯芬克斯雕像的原因。然而，不言而喻的是，谜语并不是每个人都能猜出来的，只有哲学家才能透过表面，看到背后隐含的真理。柏拉图和亚里士多德“想让我们明白，那些在理性的帮助下超越众说纷纭的人，他们直奔这个最初的、简单的和非物质的生命，无需中介就到达了环绕在这个生命身边的纯粹真理”（第143页）。

普鲁塔克从解读中获得的哲学真理正是他的最初设想。他认为，神话建立在理性原则或者历史记忆之上，“他们的习俗一部分建立在道德原则或者实用的理由之上；另一部分则可以从巧妙的历史记忆或者从大自然中找到理由”（第23页）。但作为历史学家的普鲁塔克将阐释的重点放在第一个方面：“我们尤其要着力论述埃及人的神学与柏拉图的哲学的一致之处。”（第100页）“关于众神的话题，有识之士将宗教意义与哲学意义结合起来，这才是我们要接受的讲述和解释。”（第32页）讽喻解读的好处是可以避免两个极端的错误：无神论和迷信，前者是完全不相信，后者是完全相信，前者信得太少，几近于无；后者则信得太多，没有从理性的角度来区分，全盘接受，“这种说法是求助于一种不可靠的和可怜的譬喻”①（第63页）。

---

① 此句英译文为：...do in my opinion to make use of an over fine and subtle allegory。据此，“譬喻”应为“讽喻”。*Plutarch's Moralia* Vol. 4，Boston：Little，Brown，Co.，1878，Part 28。

第二章 《圣经》讽喻

《圣经》是欧美国家基督教传统文化的基本经典，包括《旧约全书》和《新约全书》两部分。《圣经》特别是其中《新约》部分所代表的信仰传统是欧美国家传统文化的重要组成部分，在各个历史时期都对其价值观念和其他精神活动产生显著影响。在《圣经》历史上，《旧约》先出而《新约》后起。公元1世纪生活在亚历山大城的犹太教信徒斐洛最早对《旧约》进行过开创性的讽喻阐释。基督教传统中的《圣经》讽喻解读以圣保罗为开创者，继以奥利金、哲罗姆等早期教父们，到奥古斯丁之时蔚为大观，他们的论述奠定了以后盛行的《圣经》"四重寓意说"基本框架。

《圣经》也是一部欧美文学的经典之作。"《圣经》文学"（the Bible as Literature）最早由19世纪中后期的英国诗人、社会评论家马修·阿诺德发明使用。20世纪的德国著名学者埃里希·奥尔巴赫的《论摹仿》首次对《圣经》文本做出文学阐释，将其提高到与"荷马史诗"并列的高度，主张"荷马风格"与"圣经风格"是西方文学史上表现现实的两种相互对立的艺术方式：前者是古典现实主义的，要求艺术风格与模仿对象的协调一致，将需要表现的生活世界放在"前台"；而后者则是严肃的现实主义的，将描述重点转向当代日常生活在人们心中引发的精神活动，挖掘日常生活的意义，因此《圣经》叙事就很自然地把故事细节置于“后台”，叙事显得神秘而破碎，但也因此而迫切需要读者的阐释。奥尔巴赫的研究被称为“对圣经做出现代文学理解的出发点”[①]，对20世纪的《圣经》文学研究产生了重要影响。一般认为，“圣经风格”是一个融会内容与形式的概念，《圣经》运用的大量文学手法并不是点缀，并不是将一段贫乏枯燥的神学话语变得富有说服力，而是用独特方式表达了对生活的认识。[②]加拿大著名批评家弗莱指出：“圣经既是文学性的，又能使自己完全不成为文学作品。”[③] 可见，宗教性和文学性都是《圣经》文本的基本属性，《圣经》叙事的独特成就是将二者巧妙结合在一起。现代学者的这些研究无疑都有助于确立《圣经》的文学经典地位。

《圣经》文学中多种意蕴的建构模式自然会潜移默化地影响到欧美作家的文学创作。就漫长的欧美文学史来说，这种影响或隐或显，但一直绵延不绝，即使那些怀疑或逃避这一影响的作家也仍然身处其中，“一个欧洲人可以不相信基督教信念的真实性，然而他的言谈举止却都逃不出基督教文化的传统，并且必须依赖于那种文化才有意义。只有基督教文化，才能造就伏尔泰和尼采”[④]。在文学创作范围内，欧美作家在作品的文本结构、形象塑造、意象象征等方面都会有意无意地借用、暗示，甚至模仿《圣经》文学，并特别在构建文本多义性方面效仿《圣经》讽喻。研究文学讽喻，首先需要知晓和探讨斐洛、保罗、奥利金、奥古斯丁等人如何构建《圣经》讽喻，并在古典时代的晚期塑造出《圣

① Robert Alter, Frank Kermode, *The Literary Guide to the Bible*, Cambridge: The Belknap of Harvard University Press, 1987, p. 23.

② T. R. Wright, *Theology and Literature*, Oxford: Basil Blackwell, Ltd., 1988, p. 4.

③ ［加］诺斯洛普·弗莱：《伟大的代码——圣经与文学》，郝振益等译，北京大学出版社1998年版，第90页。

④ ［英］T. S. 艾略特：《基督教与文化》，杨民生、陈常锦译，四川人民出版社1989年版，第205页。

经》讽喻的解读传统。奥古斯丁是这一传统的代表人物，他不仅极大地丰富了讽喻观念，而且创作出《忏悔录》这一早期讽喻文学的名作，将《圣经》讽喻汇入文学创作的洪流中。

第一节　斐洛：《旧约》解读

斐洛是耶稣基督、使徒保罗的同时代人，于公元前后生活于埃及北部港口城市亚历山大，该城为当时以色列人的主要“散居地”，会聚了大量犹太居民。斐洛家境富足，是当地犹太社区的上层人物，曾参加当地政治活动，但更倾心于“沉思哲学”的生活：“如果我能不期而遇地从市民公务的烦扰中获得一段好时光和一份安宁，我就插上翅膀，乘浪而行，破除云雾，享受时常和我结为同伴、共度岁月的知识微风的吹拂。”[①]

斐洛所“沉思”的哲学，内容极其广泛，涉及当时主要流派，但以犹太教宗教信仰为核心。他认为摩西是哲学之源，其他学派都是“很小的系统”，是摩西的“折光”[②]。他曾批评世俗哲学说：“繁盛于希腊和其他地区的所有哲学都探寻自然原则，但对哪怕是最细小的原则都无法获得清晰的认识。每一学派的追随者们之间都有不同意见，互不协调，他们教义不同，相互攻讦又反过来被人反驳，这就是明证。”[③] 与之相反，“摩西哲学”则是统一的，是“希腊化”时期生活在“流散地”的犹太人获得民族身份认同感和保持信仰统一体的重要途径，使犹太教的信仰者从一个“国家公民”变成“世界公民”。他在《论品德》（第64—

---

① *Philo* Vol. Ⅶ, trans. F. H. Colson, London: Harvard University Press, 1937, p. 477。另见章雪富《斐洛思想导论（Ⅰ）：两希文明视野中的犹太哲学》，中国社会科学出版社2006年版，第11页。

② F. H. Colson, “General Introduction”, *Philo* Vol. Ⅰ, trans. F. H. Colson and G. H. Whitaker, London: Harvard University Press, 1991, p. xvli, Note b.

③ David T. Runia, “Philo of Alexandria and the Greek Hairesis-Model”, *Vigliae Christianae*, Vol. 53, No. 2, 1999, pp. 117-147.

65节）中说，犹太民族在世界各国中地位独特。摩西坚信，上帝将犹太人的领导权赐予自己，“这不是对任何一般国家的统治，而是对世上万国中人口最众多的国家的统治，他们从事所有行业中最崇高的行业，即敬拜宇宙的创立者和天父；无论人们从最有名的哲学中学到什么，犹太人从其律法和习俗中全都学到了，并且通过这些知识，犹太人拒斥了信仰那些自身就是被造之神的错误”[①]。这种尊崇希伯来宗教信仰而贬斥世俗哲学的看法反映了当时的共识。百年之后的一位神学家说得更形象：“柏拉图，若不是一位操着希腊语的摩西，又能是什么呢？”[②] 总之，在一个思想潮流激荡不已、革故鼎新的时代里，他上承“希腊化”时期的新柏拉图主义、新毕达哥拉斯主义、诺斯替神秘主义和其他流派，下启基督教中的柏拉图主义，成为联结古典文化和基督教文化的主要中介之一。在当时涌现出来的《希伯来圣经》众多解释者中，他的影响最大。“他对克莱门特、奥勒根等为代表的亚历山大里亚基督教柏拉图主义的影响毋庸争辩，有争议的是这一影响的广度和重要性。”[③]

讽喻的类型

斐洛的影响主要来自他为《旧约》中的“摩西五书”写下的众多讽喻解读论文。[④] 总体上看，斐洛的解释可以分成四种类型。

---

① Philo, *The Works of Philo: Complete and Unabridged* (New Updated Edition), trans. C. D. Yonge, Peabody, Mass.: Hendrickson Pbulishers, Inc., 1997, p. 646.

② Jon Whitman, *Allegory: The Dynamics of Ancient and Medieval Technique*, Cambridge: Harvard University Press, 1987, p. 59: “What is Plato, but a Moses speaking in Greek?”

③ Robert Lamberton, *Homer the Theologian: Neoplatonist Allegorical Reading and the Growth of the Epic Tradition*, Berkeley and Los Angeles: University of California Press, 1989, p. 53.

④ 这些论文均收入娄卜丛书《斐洛全集》（希英对照版），共计10卷，另有2卷附录。*Philo*, trans. F. H. Colson and G. H. Whitaker, London: Harvard University Press, 1929—1962.

第一，纯粹的字面义解说。他经常理顺《旧约》文本的字面含义或主要内容，如他复述过亚伯拉罕、约瑟、摩西等人的故事，虽然他使用的是七十子译本，和现代通行译本有些许差异，但他对《旧约》文本的忠诚态度是无可挑剔的。除了信仰上的原因，斐洛一开始就意识到字面义和讽喻义同样重要。他在《论亚伯拉罕的迁居》（第 89 节）中批评说："有些人将字面律法当作属于灵魂之物的象征，对后者关注得过于细腻周到而对前者则轻松带过。就个人而言，我应当责备他们的草率，因为他们本来应当对二者都注意到，对不明显之事解释周详，而对明显之事则给予别人无可厚非的留意。"① 他的阐释理想是"对二者都注意到"。换言之，字面义与象征义、讽喻义应是均衡的，不可偏废任一方面。当然，人们经常犯的错误是过于轻视字面义了。

第二，在字面义之后解释象征含义或"预表"意义。《论特殊的律法》（第 1 章第 37 节）先说祭拜上帝仪式的一般过程，然后说："按照字面义来说，上述这些就是祭仪法令的全部内容。但这些象征传达出来的神秘性质也暗示了另一含义；包含平易之意的词语是深藏不露、晦暗之物的象征。"② 又如《创世记》中约瑟在埃及法老手下的一位内臣波提乏手下为奴，波提乏之妻随后勾引约瑟，但波提乏既是内臣或宦官，怎能有妻子呢？"对那些一心只考虑律法的字面义而不考虑其象征解释的人来说，这就显得像个难解的困惑。"③ 第一个例子是字面义通顺的条件下，解释者需要加上讽喻义；第二个例子是当字面解释出现困难的情况下，需要运用讽喻来解释。

---

① Philo, *The Works of Philo: Complete and Unabridged* (New Updated Edition), trans. C. D. Yonge, p. 261.

② *Philo* Vol. Ⅶ, trans. F. H. Colson, London: Harvard University Press, 1937, p. 215.

③ *Philo* Vol. Ⅰ, trans. F. H. Colson and G. H. Whitaker, London: Harvard University Press, 1929, p. 461.

第三，在字面义之后加上讽喻义的解读。某些《旧约》文本的字面义很难索解，如《创世记》说上帝用亚当的一条肋骨做成女人，斐洛说：“这些话就其字面意义来说属于神话性质。人们如何可以承认，一个女人的存在，或者干脆一个人的存在来自一个男人身体的肋骨呢？”①又如《出埃及记》（20：18）上帝颁布的“十诫”中说“百姓看见声音”，声音如何才能“看见”呢？“人的声音是可听的，而上帝的声音则是可见的。为何如此呢？因为上帝无论说出的任何话语，都不是词语而是行动，只能由眼睛而非耳朵来判定。”②当经文所述之事极大地超出了读者的生活经验（如用肋骨造出女人），或者违背了人们的语言规律（如“看见声音”）时，斐洛自然会相信经文不会有错谬乖张之处，解释者就只能从“更深”的讽喻含义上求解。

第四，纯粹的讽喻义解释。在讽喻义相对简单的情况下，他一般在给出字面义之后，立刻给出其讽喻义。如他对“逾越节”的分析，先说这一节日的时间、来历和祭祀特征，“但对于那些习惯于将字面事实转化成讽喻（to turn literal facts into allegory）的人来说，逾越节提示着灵魂的纯洁”③。显然，前面所述都是字面事实，都是发生过的历史事实，而后面的讽喻义则完全没有出现在《旧约》叙述中，需要解释者来挖掘。

由上所述可知，斐洛解读的主要内容是讽喻解读，这可能与一般读者的阅读经验颇有差异。多数读者会根据字面意义来理解《旧约》文本，在文字理解出现困难的时候才会想到文字表达背后的含义，若依此处理，《旧约》适用于讽喻解读的文本就相当有限，因为绝大多数《旧约》叙述在文字表达上还是通顺的。但在斐洛看来，即使文字表达没有问题，在文字背后

---

① *Philo* Vol. Ⅰ, trans. F. H. Colson and G. H. Whitaker, London: Harvard University Press, 1929, pp. 237－239.

② *Philo* Vol. Ⅶ, trans. F. H. Colson, London: Harvard University Press, 1937, p. 31.

③ *Philo* Vol. Ⅶ, trans. F. H. Colson, London: Harvard University Press, 1937, p. 397.

也有讽喻义。因此，他在解读中总会先说字面义，再说讽喻义，二者之间存在一个先后展开的顺序，当然，这种做法和后面要提到的他的神学观有密切的联系。在具体解读中，他很明确地告诉读者哪些是字面义，哪些是讽喻义。如《论特殊的律法》（第2章第7节）说："这些法令从字面上来理解的实质和概要就是这些。但我们也可以将它们讽喻化（allegorize），在形象意义上研究它们。"[①] 随后他就展开讽喻义的解说。同样惯例也见于他对人物的分析，如他先复述了《创世记》中约瑟被他的兄弟们出卖的故事，然后说："在对这些事件做出上述的字面解释后，还值得继续讨论这些事件的叙述背后的形象意义（figurative meaning），因为我们说上帝颁赐律法的历史的大部分事件中，绝大部分或者全部都充满了讽喻。"[②] 他随后解释了两点。首先，约瑟的名字为"主的附加物"，意味着国家或民族的律法都是自然律法上的附加物，而作为政治家的约瑟不过是自然本性之上再"附加上"上帝的律法；其次，约瑟被兄弟们出卖时身穿彩色的衣服，表明政治生活的多样性，随着环境、时间、人物的变化而变化。在给出这两点解释之后，他又说，"这一部分的主题讲这些就足够了"[③]。这就把解读引向下一个故事情节。

《创世记》的讽喻解读

《斐洛全集》第1卷收录了他的《对〈创世记〉第2卷、第3卷的讽喻解读》，这是他讽喻解读的代表作，第一次在古典文献

① *Philo* Vol. Ⅶ, trans. F. H. Colson, London: Harvard University Press, 1937, pp. 323 – 325.

② Philo, *The Works of Philo: Complete and Unabridged* (New Updated Edition), trans. C. D. Yonge, p. 437.

③ Philo, *The Works of Philo: Complete and Unabridged* (New Updated Edition), trans. C. D. Yonge, p. 438.

中详尽展现了讽喻解读的运作过程，尽管这是在神学领域中而不是在文学领域中。下面选取该书第 2 卷作为例证来具体分析斐洛讽喻解读的特征。

这一部分共包括 26 节，第 1 节的解释对象是《创世记》第 2 章第 18 节：耶和华神说："那人独居不好，我要为他造一个配偶帮助他。"[①] 只有上帝才是独居的，人不能独居，所以人需要帮助者。第 2 节和第 3 节的大意是：人分两种，一种为天上之人，一种为地上之人，斐洛引证此前《创世记》中上帝两次创造人的说法；对地上之人来说，独居尤其不好。上帝为他创造帮助者，这话的"更深的含义"意味着感觉和激情是灵魂的助手。第 4 节继续前面的话题，认为帮助者表现为感觉和激情这两种形式。然后，斐洛解释《创世记》第 2 章第 19 节的引文"耶和华神用土地所造成的野地上的各样走兽，和空中各样飞鸟，都带到那人面前看他叫什么，那人怎样叫各样的活物，那就是他的名字"。这说明上帝首先创造的帮助者是野兽，因为激情正如野兽一样"野蛮的而未被驯化，它们将灵魂撕裂成碎片，还因为就像长着翅膀的东西一样，它们向着理性飞去"。[②] 第 5 与第 6 两节，分析亚当为野兽命名的意义，"这不仅成为了被命名之物的名字，而且成为了命名之人的名字"（第 237 页），比如，一个人如果追求快乐，他不仅会将所追求的东西称作快乐，而且他也会被称为"追求快乐的人"。

从第 7 至第 11 节共有 5 节，解释的文本是《创世记》第 2 章第 21 节："耶和华神使他沉睡，他就睡了。于是取下他的一条肋骨，又把肉合起来。"斐洛认为，只有当理智"睡着"的时候，感觉才能产生，引用《申命记》中上帝对摩西的吩咐（第 23 章

---

① 本书《圣经》引文均出自《中英圣经·新旧约全书》（和合本—新国际版），圣书书房 1998 年版。

② *Philo* Vol. Ⅰ, trans. F. H. Colson and G. H. Whitaker, London: Harvard University Press, 1929, p. 231. 本节引用该著作均出自此版本，随文注明页码。

第13节)，《出埃及记》中摩西的话（第12章第23节）来证明理智对感觉或感官享受的抑制作用，“感官的觉醒意味着灵魂在睡觉，而灵魂的睡觉意味着感官的享乐时光”（第245页）。同时，感觉是后来才创造的，因此是被动的，就如同“女人”一样，而男人则是首先创造的，是主动的理智。

第12和第13两节阐释《创世记》第2章第23节——那人说：“这是我骨中的骨，肉中的肉”：在讽喻意义上，这意味着“上帝将感觉引到灵魂前”（第251页），亚当还提到“现在”，意味着感觉只关乎当前之事，只能感受当前之事，而灵魂或理智则可以回忆过去，期盼未来。第14节解释第2章第24节——“因此，人要离开父母，与妻子连合，二人成为一体。”这句的讽喻意义是“当比较高级的东西，如灵魂，和比较低级的东西，如感觉，结合而成一体的时候，它就把自己消解于肉体的秩序之中，成为激情的活跃之因”（第257页）。随后，斐洛征引《利未记》《申命记》说明这一含义。

从第15节直到本章的最后（第26节）都在解释《创世记》第2章第25节至第3章第1节——“当时夫妻二人，赤身露体，并不羞耻。耶和华神所造的，惟有蛇比田野一切的活物更狡猾。”其中第15节至第17节说明灵魂的三种状态：染上恶德、一心向善、保持原样。第一种情况以喝醉酒的挪亚为例（《创世记》9：21)，第二种情况以亚伦之子拿答和亚比户为例（《利未记》10：1)，第三种情况以赤裸身体进入至圣所的大祭司为例（《利未记》16：1)。第18节继续讨论上节的第三种情况：理智和感觉都是赤裸的，使它们运动起来，认识各自对象的途径是上帝创造的最狡猾的动物——蛇，它代表了快乐。因为快乐有多种形式，“快乐的运动就如同蛇一样，是弯曲的，变化无穷的”（第271页)。第19节举出经文的例证，“于是耶和华使火蛇进入百姓中间，蛇就咬他们。以色列人中死了很多”（《民数记》21：6)，来说明快乐带来死亡。第20节谈到抵抗死亡的方法，上帝命令摩西再造一条“铜蛇”，这条蛇象征克制或自制（self-mastery）。第21节继续谈论快乐的主题，人们在任何地点都容易受到快乐的引诱而堕落，如以色列人在埃及和在旷野中都可能变得堕落。第22节说以色列人在旷野中的堕落不是致命的，因为他们还有所节制。第23节说旷野中的摩西代表了以色列人的“有所节制”，他颁布了上帝的戒律用来代表自制的原则，“为的是让那些被快乐咬过的人可以依据自制的原则过上真正的生活”（第285页）。第24节转到《创世记》倒数第二章雅各对自己12个儿子的预言和祝福，其中第五子“但”将成为道路上的蛇，“咬伤马蹄，使骑马的坠落于后”。第25节认为上文提到的“马”象征激情，马有四蹄即是说激情有哀伤、恐惧、欲望和快乐等四种形式[①]，摩西说过“我要向耶和华歌唱，因他大大获胜，将马和骑马的投在海中”（《出埃及记》15：1）。这话的意思是“四种激情和骑在上面的邪恶灵魂都毁灭，投入无底的深渊”（第289页）。第26节继续探寻，为什么摩西说要淹死骑马之人？他解释说，摩西呼吁上帝淹死的是埃及人，他们即使要逃走，也必须在激情的洪流中逃脱。（第291页）

解读的递进结构

从上面的归纳梳理可以看出，斐洛的解读首先遵循着《创世记》原文的顺序依次展开，凡有引文的地方均开始了一个新的基本主题，这被当代研究者称为“文本的优先性”[②]。斐洛在做出讽喻分析时，主要不是作为哲学家或神学家，而是作为具体的固定文本的解释者在工作，他不可能完全脱离《圣经》文本来构建自己的神学体系，而必须从文本含义中合理引申出自己的看法。在

① 根据该书附录中的解释，这不是斐洛正文中的表述，见该书第481页。

② David T. Runia, “The Structure of Philo's Allegorical Treatises: A Review of Two Recent Studies and Some Additional Comments”, *Vigiliae Christianae*, Vol. 38, No. 3, 1984, pp. 209–256.

引用了这些《圣经》文本之后，他给出其字面含义，但随后就不断沿着解读出来的线索逐步前行，形成了一种层层递进的结构。如果斐洛每次引用的《圣经》原文都构成一个主要主题的话，那么后来的引申就自然演变成次要的，甚至更次要的主题，这样他对《创世记》第2章第18节至第3章第1节的讽喻就构成一个从主要主题—次要主题—更次要主题的完整有序的过程，这一阶梯式推进的过程也可以表述如下：

第1节（《创世记》2：18）唯有上帝是独立的，人独居不好，这才有助手的创造；

第2节：这一助手是上帝创造理智（即“人”）后的造物，只能是感觉和激情；

第3节：感觉和激情属于灵魂的非理性部分，比理智年轻但可以帮助理智；

第4节（2：19）亚当为万物命名；上帝创造各样野兽，野兽代表激情；

第5节：亚当为野兽命名，激情成为灵魂的助手；

第6节：亚当的命名也代表了命名者的属性；

第7—11节（2：21）只有当主动的理智沉睡时，被动的感觉和激情才能活跃；

第12—13节（2：23）上帝将女人（感觉）引到亚当（理智）的面前；

第14节（2：24）男人和女人的相互结合，就是感觉和理智的合二为一；

第15—17节（2：25—3：1）灵魂有三种状态：向善、向恶、保持原样；

第18节：上帝创造蛇，蛇代表快乐；有快乐才能认识理智、激情、感觉的对象；

第19节：无节制的快乐带来毁灭；

第 20 节：上帝命令摩西造“铜蛇”来抵御死亡；

第 21 节：人的堕落不分地点，以色列人在埃及和旷野中都曾堕落；

第 22 节：以色列人在旷野中的堕落是有节制的，有得救的希望；

第 23 节：摩西颁布律法来使以色列会众们自我克制；

第 24 节：雅各临终提到“道路上的蛇咬伤马蹄”“淹死骑马者”；

第 25 节：“马”的四蹄是激情的四种形式，蛇伤马蹄是自制；

第 26 节：埃及人骑马追赶摩西，淹死在水中即淹死在激情中。

在斐洛的解读中，从第 1 节开始就运用这种逐步递进的模式，但到了后半部分，他其实是在更大规模上来尝试使用这一解读公式，展现了从简单到复杂的演进过程，其思路演进的循序大致可以概括为：上帝是独立的，不依赖任何其他事物而存在，作为被创造物的人不可能和上帝处于同一状态，所以他需要帮助者；人固然需要帮助者，但如果帮助者不恰当，也有可能将人引上邪路；女人是上帝为人创造的帮助者，她象征了灵魂中的感觉和激情等非理性部分。世上的各类野兽也是人的帮助者，亚当为它们命名，表明人类高于野兽，但也表明命名者与被命名之物的相互联系；各类野兽中最狡猾的蛇是快乐的代表，无节制的快乐引诱人类堕落，而感觉和激情与理智相比较显然更容易受到外界的影响，所以蛇首先引诱女人犯罪堕落；由此可见，不加适当节制的感觉或激情足以使人放纵欲望，沉溺于追求无限快乐之中，完全背弃对上帝的信仰，所以摩西的戒律才能让人类有所自制，它是人类实现自制的最好规范。在这个意义上，“摩西十诫”是人类的真正帮手。这就从“人需要帮助者”开始，通过解读有限篇幅的《创世记》原文，推导出“摩西十诫”至高无上的地位。

讽喻之义在别处：以经解经

除了上述结构特点，斐洛的讽喻解读在具体构成采用了讽喻之义“在别处”的写法，就是当解释一句原文时，他都会大量征引“摩西五书”其他句子来反复引申或证明。就以上面总结的这一章为例，英语译文大概 34 页①，但其中直接引用“摩西五书”之处就有《创世记》10 次（不计需要阐释部分），《出埃及记》4 次，《利未记》4 次，《民数记》9 次，《申命记》4 次。斐洛的解读可以看成用“摩西五书”解释“摩西五书”、用《旧约》解释《旧约》、以经解经。在现存斐洛的二十余篇讽喻解读中，本书讨论的这部分还是引用较少的，像《论巨人》（第 2 卷）、《论上帝的不变性》（第 3 卷）等篇，引用的次数之多恐怕难以尽数。这一方面展示了斐洛对《旧约》文本的惊人记忆力和熟稔程度，但另一方面无疑也潜含着信仰层面上的原因。

对斐洛等信仰者来说，《旧约》的作者是上帝、圣灵或者“逻各斯”。即使犹太教传统上将“摩西五书”归于摩西，那也是摩西在圣灵启示之下写成的，而且《出埃及记》（7：1）说：耶和华对摩西说：“我使你在法老面前代替神，你的哥哥亚伦是替你说话的。”又说，“耶和华和摩西面对面说话，好像人与朋友说话一样”（33：11）。摩西对埃及法老等世俗之人就像上帝一样显现，或者摩西被视为“上帝之友”。正因摩西的崇高地位，斐洛在《论摩西的生平》开篇就说，摩西既是犹太人的

① 这一章在娄卜丛书《斐洛全集》第 1 卷中，从第 225 页始，至第 293 页止。该书为希英对照版。

立法者，也是神圣律法的阐发者，“他是最伟大、最完美的人”①。因此，摩西写下的“摩西五书”就是上帝的话语，也就是“神言”；而“摩西五书”的所有解释者，包括斐洛本人在内，只能写下“人言”等世俗话语。以有限、卑微的人言来复制无限的、崇高的“神言”注定失败。唯一的方法是让《圣经》解释自己，以“摩西五书”解释“摩西五书”；当他引用的范围超出“摩西五书”时，他的解释方式就变成“以《旧约》解释《旧约》”。一句经文固然出现在某章某节中，这是任何解释者都无权更动的，但这一句的另外的更深的含义，即讽喻之义，则完全有可能出现在其他地方，解释者因此有权从此处联系到彼处，从这一句想到另一句。斐洛的解读前勾后连，广泛征引。当代研究者指出：“斐洛显然将‘摩西五书’当作上帝启示的基本表现，而将旧约的其余部分（特别是《先知书》《雅歌》《箴言》部分）当作前者的评述或者次一等的经典。”②

斐洛解读之所以呈现出讽喻义“在别处”的特征还和他对上帝创世的理解有关。《创世记》记载了上帝两次造人的过程。第一次出现在第1章第26节：在上帝创世的第6天，上帝说：“我们要照着我们的形象，按着我们的样式造人。”应该注意的是，上帝并没有说创造“像我们”一样的人，而是说“要照着我们的形象，按着我们的样式造人”，那么，上帝在造人之前，显然需要首先创造“我们的形象”“我们的样式”，随后才能根据这一“形象”“样式”造人。由于在此之前的上帝所造万物中并没有“我们的形象”“我们的样式”，读者只能沿着两个方向理解：或者上帝的“形象”“样式”是上帝的一部分，所以无须再造，如果把这一想法和上帝“逻各斯创世”联系起来的话，那么就可理解成上

① *The Works of Philo*: *Complete and Unabridged* (New Updated Edition), trans. C. D. Yonge, p. 459.

② David T. Runia, “Philo of Alexandria and the Greek Hairesis-Model”, *Vigiliae Christianae*, Vol. 53, No. 2, 1999, pp. 117–147.

帝用“逻各斯”造人；或者上帝的“形象”“样式”是上帝创世的一部分，先有了“形象”“样式”，然后才能有人。[①] 不管怎么说，这一过程在上帝和人之间确立了一种中介，人不是直接地而是间接地来自上帝，人是上帝的摹本的摹本；上帝与人之间构成一种“原型—逻各斯（上帝的形象）—人”的关系，可以简单描述成“原型—摹本”的关系。

上帝第二次造人出现在《创世记》第2章第7节：耶和华神用地上的尘土造人，将生气吹在他鼻孔里，他就成了有灵的活人，名叫亚当。可见，上帝先用泥土造人的肉体，然后通过灌注逻各斯来使人获得灵魂。若人只有肉体，还不能叫“活人”，有了灵魂才是“活人”。换言之，人分享、拥有了上帝的逻各斯才成为真正意义上的人。或者说，人之为人，是由于拥有了上帝的一部分，如果上帝是唯一的，而人自身则繁盛无尽，上帝与人的关系就演变成“一”与“多”、整体与部分的关系。上述两处经文构成了人与上帝的两种关系，它们不可能在每个细节上都百分之百地前后一致。现代研究者多将由此产生的不协调归因于《旧约》的不同版本来源。那么，斐洛意识到这些问题了吗？如果意识到了，他又会如何解决呢？

斐洛认为，上帝第一次创造中，创造的是人的种类：“当摩西非常崇敬地把这一种类叫作‘人’的时候，他加上了‘造男造女’来区别他的种属，而这时具体的成员还未成形。”[②] 这时提到过“按照神的形象”创造人，其中“形象”既然可以指逻各斯，那么人就在逻各斯的作用下形成人的理智或灵魂，“任何人都不要将上

① 与这一思路相对应，在20世纪有影响的斐洛研究者中，主张逻各斯为被造之物的是 Harry A. Wolfson, *The Philosophy of the Church Fathers* (Vol. One), Cambridge, MA: Harvard University Press, 1956；主张逻各斯为上帝一部分的是 Erwin R. Goodenough, *An Introduction to Philo Judaeus*, New Heaven and London: Yale University Press, 1940。

② *Philo* Vol. Ⅰ, trans. F. H. Colson and G. H. Whitaker, London: Harvard University Press, 1929, p. 61.

帝和人的相像看成是身体形式上的，既不能说上帝具有人的形状，也不能说人长得像上帝。不是的，只是在说到理智这个灵魂中至高的因素时，才用到‘形象’这个词。每一相继而生的人的灵魂是根据唯一灵魂的样式而造的，将宇宙灵魂当作一个原型来造的"①。与之相反，上帝第二次创造的人，其肉体来自泥土，灵魂来自逻各斯，"这一具体的人的形成，这一感知的对象，是土地物质和神圣呼吸的组合物"②。也可以说，第一次所造之人是理念的人，是灵魂的人，是理智思考的对象，而第二次所造之人是具体的人，是灵肉结合的人，是感官知觉的对象。斐洛《〈创世记〉问答》（第1章第4节）说："（第二次）被造之人具有感官知觉，和能够被理智理解的一个存在物有相像性；但那个形式上是理智的、无形的人，他和主要原型在外表上相像，并且他是主要性质的形式；但这是上帝的言语，是万物之始，是最初的种类或者是原型的理念，是宇宙的尺度。"③ 这段话可以说是上面所述的总结，它构成了"上帝—理念的人—有灵魂有肉体的人"的公式：上帝第一次创造了抽象的、无形的、天上的人、原型的人，他和上帝相像；而第二次创造则创造了具体的、有形的、地上的人，灵肉结合的人，他和上帝并不相像，而逻各斯或上帝的话语则在二者之间起到了协调沟通的作用。

总之，斐洛虽然尽力协调其中的矛盾，但他还是给出了上帝与人的两种关系模式：一种是"原型—摹本"，另一种是"一—多""整体—部分"。我们既应看到二者的相互区别，也不应漠视它们的共同之处。和我们论题相关的是，这两种模型有交集的地

---

① *Philo* Vol. Ⅰ, trans. F. H. Colson and G. H. Whitaker, London: Harvard University Press, 1929, p. 55.

② *Philo* Vol. Ⅰ, trans. F. H. Colson and G. H. Whitaker, London: Harvard University Press, 1929, p. 107.

③ *The Works of Philo*: *Complete and Unabridged* (New Updated Edition), trans. C. D. Yonge, 1997, p. 791.

方在于上帝和人之间的“逐步接近”的关系。具体来说，在“原型—摹本”模式中，斐洛提到在雕刻和绘画中，“摹本逊于原作，从摹本中再描绘和再雕刻出来的东西更是如此，因为它们和原作距离很远”①。斐洛仅是从时间距离上考虑，其实从空间上也可以这样看。一件摹本固然不及原型，但不同摹本都从不同的角度“拷贝”或“接近”了原型，众多摹本累积起来，无疑会逐步地、无限度地接近原型。在“一—多”“整体—部分”模式中，也可以看到同样的情况。上帝是永恒的生命，是一个整体，他分出一部分给人从而造就了人的灵魂，上帝是整体，人是部分，显然，部分越多，就越接近整体；无限数量的部分就会无限地接近整体。无论在哪一种模式中，人与上帝都构成一种“越来越接近“的关系。

斐洛的讽喻解读贯彻了上帝与人之间的上述关系。面对一句经文，他都尽力搜集汇聚“摩西五书”中和这句经文相关的表述，这些表述都是不同的部分或者摹本，它们集合在一起才可以看出上帝的用意。如他解释作为撒旦的蛇引诱人堕落，但摩西根据上帝吩咐锻造的铜蛇则提醒以色列会众自我节制。同样是蛇，上帝既可以用它来代表邪恶，也可以用它来代表拯救；上帝既可以在索多玛和蛾摩拉城降下硫黄与大火，也可以在燃烧的荆棘中显现自身，在夜间的火柱中为摩西等人引导出埃及的通道。斐洛注意到《旧约》中并没有规定绝对的善或恶，语句中的同一事物在不同语境下有赖解释者来挖掘其含义，这种情况同样适用于整句的解释。《创世记》（15：5）说：“神领他走出来，来到外边。”斐洛问道：既然“走出来了”，那就是来到了外边，再说“来到外边”，岂不累赘多余？对此疑惑，斐洛的解释是，神领着亚伯拉罕走到最外边的空间意味着神领着理智既抛弃了肉体需求，也抛弃了感官知觉；既抛弃了可疑的论证，又抛弃了似是而非的修

---

① *Philo* Vol. I, trans. F. H. Colson and G. H. Whitaker, London: Harvard University Press, 1929, p. 113.

辞术，这就是“到外边”的意义所在。[1] 但在《出埃及记》（33：7）中说，摩西根据上帝的吩咐在营地外搭建帐篷，就住在里面。摩西的做法和上例中的亚伯拉罕相反，耶和华引导亚伯拉罕走出帐篷，但摩西却经常住在帐篷里，这看似矛盾。其实，摩西住在上帝赐予的帐篷里，它是上帝的智慧，而众人的营地则是肉体的居所，摩西和亚伯拉罕一样都力图摆脱“肉体的沉重负担”，[2] 这样才能追寻上帝的踪迹。

斐洛解释讽喻义“在别处”的做法还和他心目中的上帝创世顺序有关。《创世记》一开始就讲述上帝在六天之内创造世界。但斐洛特别强调，这里的“六天”不是时间概念，因为在世界尚未存在之时，计量时间的“天数”也不可能存在，“因为时间是一个度量的空间，它由世界的运动来决定，并且因为运动不能先于运动的物体，而是必然在其后发生或者同时发生，所以时间必然或者和世界同时或者在它之后”[3]。他将《创世记》的第一个词语“起初”没有解释成“时间的开始”，“起初，上帝创造天地”也就变成了“上帝在创造天地时就规定了天和地的等级秩序”，“天”之所以享有很高的地位，“因为它从最纯粹的存在物中创造而来”。照此解说，上帝创世不是一个时间过程，不会按照“第一天、第二天、第三天……”这样的时间顺序展开，那么，上帝的创世就只能是超越时间的，是在“同一时间”完成的，“即使造物主同时创造了万物，秩序仍是万物的美好属性，因为无秩序之处则无美”[4]。

---

① *Philo* Vol. Ⅰ, trans. F. H. Colson and G. H. Whitaker, London: Harvard University Press, 1929, p. 329.

② *Philo* Vol. Ⅰ, trans. F. H. Colson and G. H. Whitaker, London: Harvard University Press, 1929, p. 333.

③ *Philo* Vol. Ⅰ, trans. F. H. Colson and G. H. Whitaker, London: Harvard University Press, 1929, p. 21.

④ *Philo* Vol. Ⅰ, trans. F. H. Colson and G. H. Whitaker, London: Harvard University Press, 1929, p. 21.

上述看法简要归纳了斐洛对上帝“同时创世”的认识，也构成他讽喻解读中讽喻深意“在别处”的一个重要依据。在创世中，上帝一方面创造了世界，另一方面创造了作为“神言”的《旧约》，世界和《旧约》是上帝“写下”的两本书，一本书写在自然中，另一本书写在“神言”或逻各斯中，因此，世界和《旧约》之间存在对应互释关系。如果世界是在“同一时间”被创立的，那么，也就可以推论说《旧约》也是在“同一时间”完成的；反过来说，世界的创造不是一部分一部分地、一天一天地完成的，那么，《旧约》也就不是按照前后顺序一章章地写成的。《旧约》应该在某一特定的时刻，各卷或各章同时完成，整个文本构成一个相互渗透、彼此交融的整体。一句话的意思可能和别的地方的另一句话有联系。可以想见，这两句在含义上相互联系、渗透的话语不可能完全按照先后次序来排列，前后章节之间相互解释的情况就会经常出现，这就为他的讽喻解经提供了依据。再者，如果《创世记》确如上述具有“同时性”的话，那么上帝的创世意图或“神的规划”就会分布在整部《创世记》中，虽然不可能各章都按照固定比例来平均分享。他就特别看重“摩西五书”，他的讽喻解读也以这五卷书的相互征引占比最高。尽管“神的规划”在各章之间不会平均分布，但毫无疑问，它既会存在于这一章中，又会存在于那一章中，既可以在这一句中找到，也可以在另外一句中找到。这就意味着，这一章或这一句的深意要依靠另外的章节或句子的帮助才能阐明。

“斐洛式”解读的成果

“斐洛式”解读的成果之一是确立了《旧约》文本的开放性质。由于某一语句要依赖其他的语句来说明，从这一句过渡到另外一句或几句，这一联系过程只能由解释者确定。当然，这在很大程度是任意的，不同的解释者会有不同的选择，同一解释者在不同的语境下也会有不同的选择。假定有待阐释的《旧约》文本有 n 句话，那么从理论上说，一句话就会有 n－1 种可能性，这就规定了阐释文本的多种甚至无穷的可能性。当然，这很容易导致某一句话的解说前后不一，斐洛的一些说法也经常自相矛盾。然而，这些矛盾在斐洛看来并不值得大惊小怪，[①] 因为矛盾只会发生在解释者身上，是世俗的解释者还没有能力完全看清上帝旨意的结果。

“斐洛式”解读的另一成果是在“人格化”方面表现了和古代希腊的史诗解读不同的路径。史诗的讽喻解读大多将抽象概念附加到人物身上，抽象概念转化为具体的人物，使这些人物成为“愤怒”“勇敢”“贞洁”“多智”等抽象品质的代言人，其要点是从品质到人物、从“上”往“下”的抽象化，因此史诗解释中，哲学家是史诗的主要解读者，他们反复说荷马写的都是虚构的，都是不真实的，只有让人物变成了抽象品质的时候，“荷马史诗”才是真实的。与此不同，斐洛的解读是从“下”往“上”的过程，他首先就必须坚信上帝的旨意深藏在文本之中，深藏在从亚当到摩西众多《旧约》人物的言行思想中，解释者的任务是透过这些人物追随上帝的脚步。这两种做法都将“具体”和“抽象”结合起来，都是“人格化”的写法，然而方向恰好相反。但无论怎样，具体和抽象这二者之间总归存在着联系，可以从中观察到一种由此及彼的过渡过程。从长远来看，以后的浪漫主义讽喻恰恰是要终结这一过渡过程，祭出“象征”这面大旗，赋予象征“有限之中的无限”的含义，强调具体和抽象二者是和谐统一的，现代主义的讽喻则说二者有时统一，有时不统一，如在乔伊斯笔下的“神显”时刻；但后现代主义又重新回到原点，认为二者在任何情况下都不可能呈现和谐统一的关系，因为在字面义和讽喻义之间存在不可去除的时间间隔，用一个符号不可能去复制

① Samuel Sandmel, *Philo of Alexandria: an Introductio*, New York: Oxford University Press, 1979, pp. 94－97.

或重现另一个符号。

第二节　保罗："基督教讽喻来自圣保罗"[①]

耶稣基督在传教过程中多次宣布自己是《旧约》"先知书"所预言的拯救犹太人脱离苦难世界的救世主弥赛亚。《路加福音》（4：16）记载，耶稣在家乡拿撒勒的会堂上当众阅读《以赛亚书》的部分段落，并且对听众说，书中的预言今天应验在你们的耳中了，暗示自己就是书中提到的救世主。耶稣的弥赛亚身份还得到他第一代门徒的确认。《马太福音》第17章记载，耶稣带着彼得、雅各、约翰等人登上一座不知名的高山，在山上耶稣改变了形象，脸色明亮，衣裳洁白，而且使徒看到有摩西、以利亚的形象出现，和耶稣交谈。随后，又从空中传来上帝的声音，说"这是我的爱子，你们要听从他"[②]。除了自己宣称和门徒见证，"对观福音书"和《约翰福音》都记载了"耶稣骑驴进耶路撒冷"的场面，将见证者的范围进一步扩大到耶路撒冷全城的居民。据《马太福音》第21章[③]，耶稣进入耶路撒冷时，众人前行后随者众多，口中高喊："和散那归于大卫的子孙！奉主的名来，是应当称颂的！高高在上和散那！"当时全城轰动，有人问："这是谁？"众人就说："这是加利利拿撒勒的先知耶稣。"[④] 在当时的信仰者看来，耶稣集政治领袖、大祭司、先知于一身，是当代

---

① Henry de Lubac, S. J., *Medieval Exegesis*: *The Four Senses of Scripture* (Vol. 2), trans. E. M. Macierowski, Grand Rapids, Michigan: William B. Eerdmans Publishing Company, 2000, p. 4.

② 同一奇迹也见于《马可福音》第9章第2—13节、《路加福音》第9章第28—36节。

③ 另见《马可福音》第11章第1—10节、《路加福音》第19章第28—44节、《约翰福音》第12章第12—19节。

④ 《中英圣经·新旧约全书》（和合本——新国际版），圣书书房1998年版，第1228页。

的摩西和以利亚。

虽然耶稣的追随者众多，但这些人大多是犹太人，最早的非犹太人的基督徒是埃塞俄比亚的一位官员；[①]“对观福音书”和《约翰福音》都无须强调耶稣基督的第一代使徒的民族身份，因为他们都是犹太人；当耶稣被钉上十字架时，他被罗马当局委派的彼拉多嘲讽为“犹太人之王”；耶稣本人的传道范围仅及加利利、基地家、撒玛利亚等犹太人聚居地。虽然耶稣在《马太福音》（24：14）明确提到对他的信仰将传遍世界，“这天国的福音要传遍天下，对万民作见证”，但这更像是对未来的预言。早期基督教其实是犹太人的基督教，外邦信仰者数量有限，它仅是一种民族宗教，而非世界主义的宗教。随着基督教影响的扩大，非犹太人能否皈依耶稣基督、成为基督徒呢？或者通过什么方式才可以成为基督徒呢？他们成为基督徒以后，必须遵循犹太律法吗？这都是极其敏感的问题。如果不能圆满地回答这些问题，后世构成欧美文化基本特质的基督教信仰充其量也只是一个民族的宗教信仰，和犹太教的信仰一样带有明显的民族烙印。在从民族宗教向超民族宗教的转变过程中，使徒保罗的几封书信迸发出天才的火花，在很短的篇幅内从学理上论证了这一转变的合理性。

“义若是藉着律法得的，基督就是徒然死了！”

保罗对上述问题的解决方案主要体现在他的《加拉太书》中。此信的接受者是加拉太地方的基督教会。当时教会里出现了令保罗深感忧虑的情况：一方面，耶路撒冷教会中的“支柱使徒”彼得、约翰、雅各等人坚持非犹太族的基督徒仍然要守安息日、行割礼、遵守食物禁忌等律法仪式，当然，犹太族的基督徒

---

① ［古罗马］优西比乌：《教会史》，［美］保罗·L·梅尔英译、评注，瞿旭彤译，生活·读书·新知三联书店2009年版，第66页。

也要遵守律法要求；另一方面，某些非犹太族的“外邦的”基督徒以不守律法为名，肆意放纵自己的感官享受，导致教会里出现道德滑坡的现象。这两类人都是保罗要批驳、反对的对象，其中缘由也很简单，这些都不符合保罗接受的耶稣启示。据《使徒行传》第九章，保罗（当时还叫扫罗）在押解基督徒去大马士革的路上见到耶稣显灵，耶稣命令城中的信徒亚拿尼亚将圣灵灌注到保罗身上，此后，“保罗在各会堂里宣传耶稣，说他是神的儿子”。他从以前的基督教迫害者一变而为传教者，众人都很惊奇：“在耶路撒冷残害求告这名的，不是这人吗？并且他到这里来，特要捆绑他们，带到祭司长那里。”①

保罗接受耶稣启示的具体内容是什么？《使徒行传》并没有详细记载，但可以推想，它应与保罗书信中反复宣讲、传播的道理相差不远。《加拉太书》全文共六章，其中前两章涉及很多保罗个人生活和早期基督教会的史实细节，完全可与《使徒行传》或其他保罗书信参照互勘。作者开篇就宣称，自己的传道来自耶稣基督本人，除此之外再无福音，“但无论是我们，是天上来的使者，若传福音给你们，与我们所传给你们的不同，他就应当被诅咒”。第二章叙述了两件早期教会史上的重要史实，第一件是耶路撒冷使徒会议曾经接纳皈依后的保罗，选派他和巴拿巴在外邦人中传教，而彼得等其他使徒则专门在犹太人中事工，“那称为‘教会’柱石的雅各、彼得、约翰，就向我和巴拿巴用右手行相交之礼，叫我们往外邦人那里去，他们往受割礼的人那里去”。本来，传教等一切工作都按计划施行，但彼得后来退缩了，或有所动摇，“后来彼得到了安提阿，因他有可责之处，我就当面抵挡他。从雅各那里来的人未到之先，他和外邦人一同吃饭；及至他们来到，他因怕奉割礼的人，就退去与外邦人隔开了。其余的

① 《中英圣经 · 新旧约全书》（和合本——新国际版），圣书书房 1998 年版，第 1365 页。

犹太人也都随着他装假，甚至巴拿巴也随夥装假”①。

这段文字叙述了早期教会中最重要的一场争论，它发生在保罗与彼得之间，争论的问题是：一个基督徒，如果他是犹太人的话，是否在皈依基督后仍然必须遵守犹太律法，只和本族人同席进食，而不能和外邦人（哪怕他也是基督徒）一同吃饭？比如，彼得本来是和外邦人同席吃饭的，但当约翰派来的人抵达时，他就不再和外邦人一起吃饭了。保罗书信直斥这种行为是弄虚作假。和谁一起进餐，似是细枝末节，小事一桩，但其实不然，它涉及犹太基督徒是否必须尊奉犹太律法中的行割礼、守安息日、食物禁忌等其他仪式或规则；甚至可以继续推论，如果犹太基督徒必须遵奉律法，那么对外邦人中的基督徒是否也需要一视同仁？这恰恰牵扯到保罗负责的传教，这正是他在书信中表现得心情急迫的原因。书信中叙述的这段史实可以说是这封书信的写作缘由。

前面两章提出问题，交代书信写作的背景，第三章和第四章是《加拉太书》论辩的主体部分。保罗主张因信称义而非因“律法”称义，主要基于以下几方面的理由。首先，《圣经》记载上帝对亚伯拉罕说，“万国都必因你得福。”“万国”自然包括多个民族，而不会仅局限于犹太人一个民族，保罗说这是对外邦人传教的最早福音，由此可见，上帝宣布对万国之人或外邦之人的拯救信息这一事实发生在前，在此事之后，耶和华才命令亚伯拉罕率领其族人施行割礼，而摩西律法的宣布和确立更是多年之后才发生的，保罗计算中间的差距是430年，“没有一个人靠着律法在神面前称义，这是明显的；因为经上说：义人必因信得生”②。这一论辩有耶稣的亲口教训为依据。《马太福音》（19：4－9）记

① 《中英圣经·新旧约全书》（和合本——新国际版），圣书书房1998年版，第1446页。

② 《中英圣经·新旧约全书》（和合本——新国际版），圣书书房1998年版，第1447页。

载，有法利赛人试探耶稣，问他夫妻是否可以离婚，并且举出摩西的诫命为根据："摩西为什么吩咐给妻子休书，就可以休她呢?"耶稣回答："摩西因为你们心硬，所以许你们休妻，但起初并不是这样。"可见，《创世记》中耶和华造男造女，并将他们结为夫妻，这比后代的摩西律法具有更大的权威。

其次，律法确立的初衷是替人赎罪，"圣经把众人都圈在罪里"，但律法的赎罪功能只在耶稣出现之前有效，"这样说来，律法是为什么有的呢？原是为过犯添上的，等候那蒙应许的子孙来到"。既然耶稣基督已经在十字架上为世人赎罪了，人们就只应信仰耶稣，而不是信仰律法。但这样说，并不意味着律法是完全多余的，或者保罗要彻底否定律法。保罗在其他书信中也说过"律法是圣洁的"（《罗马书》7：12），"律法是蠢笨人的师傅，是小孩子的先生"（《罗马书》2：20），可见，律法是在耶稣基督降临之前起到对信仰者的指导作用，它将信仰者引向生命和真理，自身却不是真理；这样，当真理或生命"道成肉身"地体现在耶稣身上时，信仰者就应该抛弃真理的引导者，而直抵真理本身。再次，律法是管理者，负责在耶稣基督出现之前，将以色列会众引向对耶和华的信仰，但人们所信仰的唯一的神既然已经现身在他们的生活中，那么，律法的引导和管理作用也就失效了，"但这'因'信'得救的理'还未来之先，我们被看守在律法之下，直圈到那将来的真道显明出来。这样，律法是我们训蒙的导师，'引我们'到基督那里，使我们因信称义"。最后，耶和华既然将整个世界作为产业赐予亚伯拉罕及其子孙，而耶稣的肉体无疑是亚伯拉罕的唯一子孙。

综上所述，保罗实际上力图证明，律法的作用是有时效的，而不是永恒的，它必然是有限的，不可能对全体基督徒适用。由此可以得出结论，犹太基督徒固然可以继续遵奉律法，这并不影响他们信仰耶稣基督；非犹太基督徒则有充分的理由不守律法，不行割礼，但必须认识到犹太人尊奉的耶和华和耶稣基督乃是一体的，“难道神只作犹太人的神吗？不也是作外邦人的神吗？是的，也作外邦人的神。神既是一位，他就要因信称那受割礼的为义，也要因信称那未受割礼的为义”（《罗马书》3：29－30）。只有建立在对耶稣信仰的原则基础上，犹太基督徒和外邦基督徒才能彼此协调，形成一个统一的信仰团体，“这并不是说保罗看到了两个福音，一个是犹太人的，一个是外邦人的。应该说保罗从耶稣基督的启示中只接受了一个律法，它包括了犹太人与外邦人这两个判然有别的族群的团结一致”①。最后，在这段论证的结尾，保罗以激越昂然的语调宣布自己的信仰：“我如今在肉身活着，是因信神的儿子而活，他是爱我，为我舍己。我不废掉神的恩；义若是借着律法得的，基督就是徒然死了！”②

当然，从另一方面来说，这种看法可能带来新的问题，基督徒从律法中解脱出来，不再受到律法的约束，这种突然获得的自由是否会导致信仰者道德自律的下降呢？按照《提摩太前书》（1：9－10）的说法，“律法不是为义人设立的，乃是为不法和不服的，不虔诚和犯罪的，不圣洁和恋世俗的，弑父母和杀人的，行淫的和亲男色，抢人口和说假话的，并起假誓的，或是为别样敌正道的事设立的”。因此，《加拉太书》第五章流露出掩饰不住的担心，告诫当地的基督徒放纵情欲与上帝圣灵互不相容，督促他们以上帝之爱为榜样规范自己的言行。随后他历数了各种道德腐化堕落的情况，强调“行这样事的人必不能承受神的国”。

“那两个妇人就是两约”

在谈到律法的引导作用时，保罗在书信第四章中先用一个比喻来表述。他说我们犹如儿童，在年龄很小的时候必要接受师傅

---

① George Howard, *Paul*: *Crisis in Galatia*: *A Study in Early Christian Theology*, London: Cambridge University Press, 1979, p. 81.

② 《中英圣经·新旧约全书》（和合本—新国际版），圣书书房 1998 年版，第 1446 页。

的管束，等到长大了，才能变成“儿子”，才有资格继承父亲的产业，也就摆脱了先前的管束，“及至时候满足，神就差遣他的儿子，为女子所生，且在律法之下，要把律法之下的人赎出来，叫我们得着儿子的名分”[①]。或许“儿童—儿子”的比喻激发了保罗的灵感，他随后过渡到“父亲—母亲”的意象，继续阐发“丈夫—妻子—儿子”的相互关系，只是随后的阐发更加明确，以亚伯拉罕的两妻两子为例，将整个书信的论辩推向高潮：

> 你们岂没有听见律法吗？因为“律法上”记着，亚伯拉罕有两个儿子；一个是使女生的，一个是自主之妇人生的，然而那使女所生的，是按着血气生的；那自主之妇人所生的，是凭着应许生的。这都是比方[②]：那两个妇人就是两约：一约是出于西乃山，生子为奴，乃是夏甲。这夏甲二字是指着亚拉伯的西乃山，与现在的耶路撒冷同类，因耶路撒冷和她的儿女都是为奴的。但那在上的耶路撒冷是自主的，她是我们的母。……弟兄们，我们是凭着应许作儿女，如同以撒一样。当时那按着血气生的，逼迫了按着“圣”灵生的，现在也是这样。……弟兄们，这样看来，我们不是使女的儿女，乃是自主妇人的儿女了。[③]

保罗首先简要回顾了在《创世记》第 15 章亚伯拉罕（当时还叫亚伯兰）求子的故事。亚伯拉罕年老无子，就和妻子撒拉（当时叫撒莱）的使女夏甲生下以实玛利，以后耶和华的三位使者显现，许诺他和撒拉将有儿子。以后，在神所指定的日期，撒

① 《中英圣经·新旧约全书》（和合本——新国际版），圣书书房 1998 年版，第 1448 页。

② 这句也译为“这些事情都是讽喻性的”。

③ 《中英圣经·新旧约全书》（和合本——新国际版），圣书书房 1998 年版，第 1448—1449 页。

拉生下儿子以撒继承亚伯拉罕的产业。保罗在论述中强调了撒拉—夏甲，以撒—以实玛利这两组人物之间的对比关系：

夏甲—以实玛利	撒拉—以撒
使女	妻子
奴役之中	自主之妇
按着血气	凭着上帝的应许
(自然）而生	(恩典）而生
夏甲—西乃山—地上的	天上的耶路撒冷
耶路撒冷	(“我们的母”)
律法的所在之地	上帝及其应许的所在之地
后代都是为奴的	后代都是自由的
施加迫害的一方处于奴役中	被迫害的一方处于自由中
律法、割礼之约（“旧约”)	信仰、信心之约（“新约”)

保罗从上述对比中最终引出了“旧约”和“新约”之间的联系和区别，他强调前者就像以实玛利一样来自自然，而后者就像以撒一样出于上帝的应许。但这两者并不是完全对立的。实际上，在《旧约·创世记》记载的历次立约中，从挪亚到亚伯拉罕，应许或承诺都是必备内容。这些立约都包括两方面的内容：其一是世人要信仰耶和华，相信他是世上唯一的真神；其二是上帝的承诺或应许。上帝的承诺也包括两个方面：子女与土地。比如《创世记》第 15 章中耶和华和亚伯拉罕立约，上帝承诺他的后裔像天上的星辰一样众多，同时，“你的后裔必寄居别人的地……后来他们必带着许多财物，从那里出来”。拥有无数后代的亚伯拉罕自然拥有了整个世界，在这方面，上帝的承诺是前后一致的：亚伯拉罕第一次蒙召时，耶和华对他说“地上的万国都因你而得福”（《创世记》12：3），亚伯拉罕为罪恶之城索多玛求情时，耶和华又说“亚伯拉罕必要成为强大的国，地上的万国

都必因他得福”（《创世记》18：18），在亚伯拉罕经受了将独子以撒献祭的考验后，耶和华说“我必叫你的子孙多起来，如同天上的星，海边的沙，你子孙必得着仇敌的城门”（《创世记》22：17）。但具有反讽意味的是，此时亚伯拉罕并没有很多后裔：他甚至连一个儿子都没有，因此为了实现上帝的承诺，他和使女夏甲生下以实玛利；当他和撒拉都已年老之时，上帝的三位使者出现，“到明年这时候，我必要回到你这里；你的妻子撒拉必生一个儿子”（《创世记》18：10）。应许他们会生下自己的后代，这才有以撒的诞生。这一后代降生的“延误”或者“耽搁”，正突出了“应许”的重要，保罗由此看出了以撒是“应许而生的”。与撒拉的情况相反，夏甲这一名字的词源学意义就是“游荡”“短暂的停留”等，而她“游荡”的“亚拉伯”地区则意味着“死亡”。[1] 夏甲在死亡之地的短暂停留、游荡都和耶和华对撒拉的应许形成了鲜明的对照，前者是暂时的，后者则是永恒的；前者只能在死亡之地徘徊，后者才有可能获得真正的拯救。

如果说耶和华完全实现了自己的应许，“我应许亚伯拉罕的话都成就了”（《创世记》18：19），那么在亚伯拉罕这一方表现出来的突出品质就是对耶和华的信仰。每当亚伯拉罕表现出这种品质之时，他都会得到耶和华的赞许和奖励。从上面引文中可以看出，索多玛城人因为背弃信仰而堕落，亚伯拉罕则因信仰坚定而使耶和华重申了“强大之国”的承诺；他又因甘愿献出以撒而被耶和华赐予“仇敌的城门”；当上帝的使者许诺他和撒拉会有后代时，撒拉暗中偷笑，唯有亚伯拉罕严肃对待。在《旧约》人物中，亚伯拉罕素来享有“耶和华的忠实的仆人”的美誉。《加拉太书》（3：6－7）强调了亚伯拉罕信仰的忠诚：“正如亚伯拉

① 这是哲罗姆的说法，Mark J. Edwards ed.，*Ancient Christian Commentary of Scripture*：*New Testament* Ⅷ（*Galatians*，*Ephesians*，*Philippians*），Chicago and London：Fitzroy Dearborn Publishers，1999，p. 69。

罕信神，这就算为他的义。所以你们要知道：那以信为本的人，就是亚伯拉罕的子孙。”可见，成为“亚伯拉罕的子孙”并不在于种族或民族身份，而在于信仰。实际上，非犹太族的基督徒不可能承认自己就是“亚伯拉罕的子孙”。面对这些信徒，负责“向外邦人传教”的保罗极力淡化亚伯拉罕的种族特征，将其转化成信仰的符号，而不是民族或种族身份的符号。正像他在其他书信中指出的，没有信仰，犹太人也是外邦人；有了信仰，外邦人也是犹太人。在这一语境下，读者就可以理解《加拉太书》在建立“以实玛利—以撒”的对比关系中，基本忽略了对以实玛利“有利”的《创世记》叙述细节，如亚伯拉罕对以实玛利行割礼（《创世记》21：4），而且他是亚伯拉罕后代中行割礼的第一人；上帝使者预言以实玛利也将成为大国（《创世记》21：18）。《加拉太书》有意“遗忘”了上帝对以实玛利的“应许”的细节，从而突出只有以撒才是按照耶和华的应许而生的。

在保罗看来，亚伯拉罕是信仰虔诚的信徒的代表，任何人只要像亚伯拉罕一样坚定地信仰，就能成为亚伯拉罕的子孙。虽然上帝许诺亚伯拉罕拥有万国，但实际上亚伯拉罕寿限虽高，却不能长生不老，他只有通过后代子孙才能拥有万国。这一祖先和后代彼此交融的观念也体现在《创世记》第25章第23节。当以撒之妻利百加生产时，耶和华说：“两国在你腹内，两族要从你身上出来；这族必强于那族，将来大的要服事小的。”这表明，利百加孕育了雅各和以扫，也就孕育了他们分别建立的国家，这两个大国通过儿子“活”在母亲的身体中：两国在你腹中，祖先“继续活在”后代身上，后代子孙则通过承续祖先的信仰传统而“活在”祖先的身上。同样，“地上的万国都因你而得福”，万国因为成为亚伯拉罕的子孙而得福。外邦人也因为信仰而成为亚伯拉罕的子孙，而像亚伯拉罕真正的犹太族裔的子孙一样得福。

像亚伯拉罕一样坚定地信仰，并不意味着亚伯拉罕的子孙们和他的信仰内容完全等同。亚伯拉罕信仰耶和华，而保罗时代的亚伯拉罕的子孙们则信仰耶稣基督。这一转变的关键是耶稣为我们赎罪，为拯救世人而被钉上十字架，“基督既为我们受了诅咒，就赎出我们脱离律法的诅咒；因为‘经上’记着：凡挂在木头上的都是被诅咒的。这便叫亚伯拉罕的福，因基督耶稣可以临到外邦人，使我们因信得着所应许的圣灵”（《加拉太书》3：13）。实际上，亚伯拉罕第一次蒙召时，耶和华对他说：“你起来，纵横走遍这地，因为我必把这地赐给你。”（《创世记》31：17）古代解经家指出，亚伯拉罕“纵横”地在大地上行走，也就相当于在地上画出了一个巨大的十字架，[①] 耶稣也像亚伯拉罕一样接受信仰的考验，在旷野中受魔鬼的诱惑四十天，等等，亚伯拉罕就像是古代的耶稣，至少在他的行动中预言了耶稣的出现，这样，就在亚伯拉罕和耶稣之间建立起同一性的关系，耶稣就像是当代的亚伯拉罕，“万国因你而得福”也就变成了“万国”因为信仰耶稣而得福。

进而言之，就像“两国在你腹中”一样，亚伯拉罕的子孙们信仰了耶稣基督，也就生活在祖先亚伯拉罕的身体中，也就等于生活在耶稣这一当代的亚伯拉罕的身体中，“所以，你们因信基督耶稣，都是神的儿子，你们受洗归入基督的，都是披戴基督（you have clothed yourself with Christ）了。并不分犹太人，希利尼人，自主的，为奴的，或男，或女：因为你们在基督耶稣里都成为一了”。未能因信称义的属于地上的耶路撒冷，而因信称义者则属于“天上的耶路撒冷”，这一说法将“上帝的天国”从时间层面转向了空间层面，对耶稣基督的信仰具有强大的力量，足以使信仰者“披戴基督”，和其连为一体，“上帝的天国”首先在信仰者个人身上实现，而无须等待上帝的天国在末世降临，所以他

① Judith Frishman, “‘And Abraham had Faith’: But in What? Ephrem and the Rabbis on Abraham and God's Blessing”, in *The Exegetical Encounter between Jews and Christians in Late Antiquity*, eds. E. Grypeou & H. Spurling, Leiden and Boston: Koninklijke Drill NV, 2009, p. 166.

说因信称义者都属于天上的耶路撒冷，对保罗来说，以行割礼为核心的“旧约”和以因信称义为核心的“新约”几乎是同时存在的，区分的标准不是是否属于犹太人，而是在于对耶稣的信仰。此后圣奥古斯丁在《上帝之城》中进一步发展了地上的耶路撒冷和天上的耶路撒冷的预示、对立、融合的关系。

在保罗的讽喻解读中，“两妻两子”是真实的历史史实，发生在具体的时空中，具有历史的真实性。这固然无可怀疑，但其含义还是不完备的，只有等到耶稣的出现，“新约”的订立，这一史实的真正含义才显露出来：“那两个妇人就是两约。”这一讽喻解读展现了“过去—现在”的关系问题，解读者无须否认过去史实的真实性，只需要强调“过去”的不完备性：它出现过，但没有人可以理解其意义，只有在《新约》信仰的框架下，过去的史实才有意义。过去和现在之间，是一种递进的、逐步实现的关系。这一想法的创新之处，和传统的古典讽喻加以对比就看得很清楚。古代讽喻既然要应对诗歌虚构、不真实的指控，就须否定其字面义，强调实际上说的和表面上说的不是一回事，这是一种“不是—而是”的肯定结构，而保罗的神学讽喻则强调亚伯拉罕确实有两妻两子，但这一事实蕴含了对《新约》的预言，因此这是一种“不但是—而且是”的强化肯定结构，旨在强调《旧约》只是《新约》的预备或者铺垫，而《新约》信仰才是真理自身。

“亚当乃是那以后要来之人的预像”

上述的“亚伯拉罕两妻两子”包含了“夏甲—以实玛利—《旧约》”和“撒拉—以撒—《新约》”两组对立关系，其中后者对《新约》作者们特别重要。在他们看来，耶稣宣讲的福音并非另起炉灶，而是此前耶和华信仰的继续提升和完善；同时，《旧约》和《新约》记载的都是历史史实，因此，就有必要在《旧约》的人物、事件、事物和《新约》的人物、事件、事物之间确立相互对应、前后预言的历史联系。就人物来说，《旧约》中的亚当是人类始祖，人们自称是“亚当的子孙”，《新约》的核心人物耶稣基督则是人类的救世主，重造全新的人类，基督徒“披戴基督”也就是生活在对基督的信仰中，保罗将亚当—耶稣之间的对应关系概括为“亚当乃是那以后要来之人的预像”（《罗马书》5：14）；就事件来说，亚伯拉罕将独子以撒献给上帝和耶稣说自己是上帝的独生子而且注定要上十字架之间、摩西带领古代以色列人出埃及与耶稣带领众门徒像帝王一样进入圣城耶路撒冷、埃及人过红海和耶稣接受施洗者约翰的施洗之间都存在前后对应关系；就事物来说，摩西手下的十二个支派和耶稣的十二个门徒之间、古代约柜和十字架之间、《出埃及记》中耶和华赐予食物“吗哪”和耶稣“五饼二鱼”使五千人免于饥饿之间也可以发现类似的关系。新旧约之间的这种联系，由保罗、彼得等《新约》书信作者们提出，后经历代解经家不断挖掘，形成《圣经》阐释学中的“类型学”或“预表学”（typology）：在《旧约》人物、事件、事物和《新约》的相应部分之间，《旧约》所记都是类型（type），《新约》的才是典范（antitype）；前者是预像，后者则是完全意义上的形象（figuration）；前者是预示（prophecy/shadowing），后者是预示的实现（fullfilment）。《彼得前书》（2：4）说耶稣坚韧犹如磐石，后代的基督徒也和耶稣一样，这实现了《以赛亚书》的预言：“我把所拣选，所宝贵的房角石安放锡安；信靠他的人必不至于羞愧。”

新旧约之间的上述关系，在保罗等人看来，并不是自己的发现，在《旧约》叙述中就可以找到明确的记载，最明显的例子是《旧约·耶利米书》（31：31－32）说：“日子将到，我要与以色列家和犹大家，另立新约。不像我拉着他们祖宗的手，领他们出埃及地的时候，与他们所立的约。我虽做他们的丈夫，他们都背了我的约，这是耶和华说的。”这显然预示了“新约”的诞生。《申命记》（18：15）中，摩西说：“耶和华你的神要从你们弟兄中间，给你兴起一位先知像我，你们要听从他。”《以赛亚书》

(9：6）说："因有一婴孩为我们而生，有一子赐给我们，政权必担在他的肩头上。他名称为奇妙，策士，全能的神，永在的父，和平的君。"在新约作者们看来，耶和华即将树立起来的先知、这位即将诞生的神圣而全能的婴孩无疑就是耶稣。《何西阿书》(12：9）耶和华对先知何西阿说："自从你出埃及地以来，我就是耶和华你的神，我必使你再住帐篷，如在大会的日子一样。""再住帐棚"暗示了一场新的"出埃及"的历程。

耶稣与《旧约》人物、事件之间的联系还得到他自己的印证，在《新约》的福音书记载中，这种联系的核心事件是"摩西带领众人出埃及"。耶稣诞生在伯利恒，应验了古代先知的预言；随后约瑟带着耶稣为逃避希律王的滥杀，去往埃及，在上帝启示后才回到加利利的拿撒勒。他的传道生涯以受洗开始，他穿过约旦河，接受约翰的洗礼，随后天上有声音传来，宣告"这是我的爱子，我所喜悦的"。约旦河相当于摩西等人穿过的红海，而耶和华的声音在这一过程中也多次出现。受洗后的耶稣在旷野中接受魔鬼四十天的诱惑，同样，摩西、约书亚等人带领以色列人在旷野中徘徊四十年，"以色列人吃吗哪共四十年，直到进了有人居住之地，就是迦南的境界"（《出埃及记》16：35）。随后，耶稣开始宣讲"天国近了"的福音，他在传道之初就表明对传统律法的态度："莫想我来要废掉律法和先知；我来不是要废掉，乃是要成全。"他的"登山宝训"实际上是颁布了新的律法，是耶稣"成全"传统律法的具体体现，对应着在西奈山上接受上帝颁赐"十诫"的摩西。在自己传道的最后阶段，耶稣主动将自己和逾越节上献祭的羔羊联系起来，在"出埃及"中，耶和华吩咐摩西准备羔羊，避免死亡，逾越节和献祭的羔羊一道，成为耶和华眷顾古代以色列人、拯救他们脱离苦难的标志；同样，耶稣在最后的晚餐上说："这是我立约的血，为多人流出来，使罪得救。"因此，献祭的羔羊仅是一个类型，其含义只有在耶稣的牺牲中才能得到完满的体现，耶稣是典型或典范，也是以前类型的最终实现。

虽然《旧约》人物预示了耶稣的形象，但他们都只能在某一方面类似耶稣，整体上没有任何一个人物可以替代或完全等同于耶稣。在预表论里，《新约》大于《旧约》，里面的历史演进不是循环论而是“进步论”。《新约》的耶稣不是简单地重复《旧约》人物，而是以前所有预示的集大成和最终实现。《旧约》人物可以在某一方面对应着耶稣，但整体来说，没有一个《旧约》人物就是耶稣基督；恰恰因为《新约》大于《旧约》，类型才永远小于典范，形象的预示永远小于形象的最终实现。归根结底，《旧约》人物都是凡胎俗人，而耶稣基督则有神、人两重性，这是预示论能够成立的神学前提。亚当、挪亚、亚伯拉罕、以撒、摩西、约书亚、约拿、大卫、约伯等都与耶稣属于同一类型，这些人物所代表的某种或某几种突出品质在耶稣身上达到高潮，得到了圆满的实现。但是，他们不可能在整体上，而只能在某一特质上“预先表述”了耶稣的本质：他的信仰、受洗、遭受的苦难、奉献生命、拯救世人等。如约拿在鱼腹中停留三天，预示了耶稣在被钉上十字架三天后复活；大卫是古代以色列的著名国王，耶稣即来自大卫家族，是大卫的后裔，《马太福音》在开头列出耶稣的谱系，经大卫一直追溯到亚伯拉罕等古代以色列人的最早的族长。

“讽喻”“预表”和“形象”

“讽喻”“预表”和“形象”这三个术语都和《圣经》阐释有着密切的关系，三者之间既有联系，又有区别。众多研究者在厘清三者的关系问题上说法不一，聚讼纷纭。概括说来，三者之间的区别似乎更加重要，主要表现在以下几个方面。

首先，这三个术语分别活跃于不同的历史时期。“讽喻”借自古代哲学和诗学传统，经由保罗书信进入基督教《新约》经典，“讽喻解经”和“字面解经”是中世纪基本的释经路径，讽喻义是这一时期大力阐发的《圣经》“四重意义”之一，因此，“讽喻”从古代一直到中世纪结束以前都比较盛行，但丁在中世纪晚期提倡“从神学家的讽喻”转换成“诗人的讽喻”，在新的历史条件下运用讽喻这一传统手法为诗歌创作服务，为讽喻注入世俗文学的新鲜内涵，直到18—19世纪歌德、柯勒律治等人提倡浪漫主义的象征诗学，讽喻理论才有所衰落，但20世纪加达默尔等人提出“为讽喻恢复名誉”。

“预表”是典型的《圣经》解释学术语，没有古典传统的根源，保罗书信最早提出“预表”之说。《罗马书》（5：14）说：“然而，从亚当到摩西，死就作了王，连那些不与亚当犯一样罪过的，也在他的权下。亚当乃是那后来要来之人的预像。”《哥林多前书》（10：1－6）说：“弟兄们，我不愿意你们不晓得，我们的祖宗从前都在灵下，都从海中经过；都在云里海里受洗归了摩西……所喝的，是出于随着他们的灵磐石；那磐石就是基督。但他们中间，多半是神不喜欢的人，所以在旷野倒毙。这些事都是我们的鉴戒，叫我们不要贪恋恶事，像他们那样贪恋的。”保罗提出，《旧约》叙述中的亚当、摩西等都是《新约》中耶稣基督的“预像”、先前的形象、预先的表述，二者的基本性质相同，亚当是人类始祖，摩西接受上帝的律法，耶稣为世人带来“天国已经临近了”的福音，为人类和上帝签署“新约”；同样，《旧约》中的“出埃及”也不仅仅是历史事实，它还对当今人们的生活提供教训和真理：摩西带人从红海中通过就等于接受了耶和华的洗礼，现在耶稣也代表世人接受了洗礼，如果信仰耶稣，就有了耶稣这“磐石”作依靠，如果拒不信仰，就会像古代的以色列人一样“倒毙在旷野中”，古代的记载为当今世人从正反两反面提供了“鉴戒”或“类型”（example，type）。

尽管有学者将《罗马书》中的“预表”称为“创世预表”，而将《哥林多前书》中的“鉴戒”称为“契约的预表”，[①] 但

---

① E. Earle Ellis, *History and Interpretation in New Testament Perspective*, Leiden & Boston：Brill，2001，p. 115.

它们都流露出《新约》作者们在《圣经》阐释中大致相同的旨趣。最突出的一点是，《旧约》叙述中的“创世—契约—信仰—洗礼—拯救”的过程都再现于《新约》中，特别是都应验在耶稣基督的身上。除了福音书中耶稣明确提到的那些《旧约》预言，保罗还将全部《旧约》都看作一部预言书，从《创世记》开始一直到《旧约》最后的“预言文学”。如果亚当、摩西预示了耶稣，《旧约》预示了《新约》的话，那么《新约》又预示什么呢？在保罗看来，《新约》的预言就是向基督徒揭示信仰。从《旧约》史实到耶稣传道经历，这些故事都和他们的生活有着密切联系，都和他们生活中的事实属于同一种类型。

通常认为，“预表”这一术语只能追溯到《圣经·新约》，[①]是一个相对年轻的术语，更集中地使用于研究《新约》和《旧约》的相互关系，主要适用于“基督论”，在中世纪非常流行；作为一个文学批评术语，在16—18世纪比较活跃，现代研究者使用得不多，在20世纪50年代弗莱感叹：“西方文学从圣经中接受的影响比其他任何一部著作都多，然而尽管对奥利金满怀敬意，批评家对这一影响的了解，除了这一事实存在，就所知不多了。圣经预表论今天是一种死亡的语言，以致于绝大多数读者，包括学者们，都不能建构起运用预表的一首诗歌的肤浅之意。”[②] 因此，相对于“讽喻”来说，“预表”带有更加浓重的神学色彩，也是一个基本上被现代文学研究者遗忘的术语。

“形象”是20世纪著名学者奥尔巴赫的发现，其《论形象》

---

① 持不同意见的是 R. P. C. Hanson 的 *Allegory & Event*：*A Study of the Sources and Significance of Origen's Interpretation of Scripture*，Louisville，Kentucky：Westminister John Knox Press，2002，p. 370。

② Northrop Frye：《批评的剖析》（英文版），上海外语教学出版社 2009 年版，第 14 页。

(“Figura”）一文是这一领域的经典之作。[1] 在他看来，“形象”一词比“讽喻”和“预表”都更有优越性，这表现在几个方面。第一，“形象”暗示了形象背后的真实人物的存在，因为有了真实的人物才可能产生形象，“形象是真实的历史的某些事情，它也宣布其他事情也是真实的和历史的”（第 29 页）。“形象的结构在将某一历史事件当做启示来阐释的同时，留存了这一事件；而且为了阐释它，它也必须保留它。”（第 68 页）第二，“形象”包含着过去和现在之间的相互联系，也将过去对现在的预言扩展到未来的维度上。在这方面，圣奥古斯丁发挥了重要作用，“奥古斯丁心目中有两类应许，一类掩盖于《旧约》中，看似有时间性的，另一类清楚地表现于福音书，是超越时间的”（第 42 页）。第三，“形象”暗含着“形式”的意味，这是其他两个术语所不能媲美的。但除此之外，奥尔巴赫也指出，历史上这三个术语经常交换使用，如奥古斯丁解释《撒母耳记》（上）中哈拿的赞美诗“就既是讽喻的，又同时是形象的”（第 38 页）。“自第四世纪开始，形象一词以及与之相关的阐释方法在所有的拉丁教会作家笔下发展起来。通常讽喻也被叫做形象，这是确实无疑的，而且这一实践以后变得普遍化了。”（第 34 页）

其次，从奥尔巴赫的论述中可以看出，这三个术语的区别之一在于表明了不同的历史观念和神学观念。预表论主张，《旧约》中的人物或事件都为耶稣基督的出现做好了准备，最适合解读和确立《新约》和《旧约》之间的相互联系，《旧约》是准备，《新约》则是实现，强调“《新约》—《旧约》”“过去—现在”之间存在一致性、整体性、预言性的关系。“形象论”则在过去—现在关系的基础上，增加了未来的维度，过去预言了现在，但现

---

① Erich Auerbach, “Figura”, in Erich Auerbach, *Scenes from the Drama of European Literature*, Minneapolis: University of Minnesota Press, 1959, pp. 11 – 78。本节引用该著作均出自此版本，随文注明页码。

在还不是完全的实现，过去和现在都预言了未来，只有未来才是人类历史的完全实现，才最终体现了上帝的规划，正如《旧约·阿摩司书》（3：8）说的："狮子吼叫，谁不惧怕呢？主耶和华发命，谁能不说预言呢？"《新约》的作者们既是历史学家，也是预言家，他们对《新约》进行讽喻或预表解读之时，必然会面临这样的问题：如果《旧约》预示了新约，那么《新约》又预示了什么呢？如果现在蕴含于过去，那么未来又何尝不蕴含于过去和现在呢？因此，福音书既是对基督降临的描述，又暗含着对基督的"再次降临"的预言和警示，这一未来图景最明显地被描绘于《新约·启示录》中。

"讽喻"通常不像其他两个术语那样强调过去事件的真实性，它源于对"荷马史诗"《神谱》等神话、诗歌作品的解读，这些作品都带有明显的虚构特征，与此相联系，讽喻解读认为字面义是不真实的，真正的含义是讽喻义。"预表论"与"形象论"则认为《旧约》叙述、《新约》叙述都是真实的，所谓"真实"，至少有两个方面的含义：一是历史上的真实，它们都在某一具体的时空发生过；二是信仰上的真实，它既发生在现实世界，也发生在"在上"的精神世界，是精神上的现实，和地上的耶路撒冷相对应，还存在一个"天上的耶路撒冷"。除此之外，"形象论"还强调了末世论上的真实，现在尚未发生的将来也会发生，过去、现在、未来都纳入上帝整体规划。

虽然三个术语彼此不同，但它们的相同或相近之处才是研究者重点关注的重点。从古代晚期到中世纪的漫长岁月中，这些说法被交替使用。保罗《加拉太书》中"这都是讽喻的说法"这句话也经常被翻译成"这都是形象的说法"；奥尔巴赫最倚重的奥古斯丁和但丁都大量而明确地使用讽喻解经的方式。如果仅限于文学研究的范围内，而不顾及其中涉及的众多神学问题，我们也就没有必要特意强调孰优孰劣的问题了。

第三节　奥利金：《圣经》的精神义

奥利金生活在公元2—3世纪，是保罗之后、圣奥古斯丁之前的重要的基督教思想家。他的生平主要记录于优西比乌的《教会史》第六卷“奥利金与亚历山大的暴行”。优西比乌是奥利金的学生，编辑过他的著作，他自称奥利金的传记材料“部分来自他本人的书信，部分引自其尚存友人的回忆”①。优西比乌笔下的奥利金是一位成就斐然的《圣经》研究者、诲人不倦的传道者、勇敢虔诚的殉道者，这些形象都为后世所熟知。从优西比乌保存下来的奥利金著作目录可以看出，奥利金的一生研究工作都以《圣经》研究为核心，现代学者评价他开创了后世绵延不绝的“《圣经》评论”这种新形式，“基督教的圣经阐释学开始于奥利金”②。奥利金在《圣经》评论中特别关注的问题是：《圣经》应该在信仰者手中如何解读？奥利金在回答这一问题的过程中获得了“讽喻理论家”的美誉，他的研究也为“讽喻解经”开辟出新领域。

“上帝不做无用之功”

和所有基督徒一样，奥利金坚信《圣经》是在上帝圣灵的启示下写成的，它是“神言”而非“人言”。《旧约》中的《创世记》《出埃及记》《利未记》《民数记》《申命记》等前五卷传统上被称为“摩西五书”，认为摩西是作者，如《出埃及记》（20：1）说：“神吩咐这一切的话”；《利未记》（1：1）说：“耶和华从会幕中

① ［古罗马］优西比乌：《教会史》，［美］保罗·L·梅尔英译、评注，瞿旭彤译，生活·读书·新知三联书店2009年版，第262页。

② R. P. C. Hanson, *Allegory & Event: A Study of the Sources and Significance of Origen's Interpretation of Scripture*, Louisville, Kentucky: Westminister John Knox Press, 2002, p. 360.

呼叫摩西，对他说”；《民数记》（1：1）说：“耶和华在西乃的旷野，会幕中晓谕摩西说”；《申命记》（1：3）说：“摩西照耶和华借着他所吩咐以色列人的话，都晓谕他们。”这些说法都可以证明“摩西五书”记载了耶和华的话语。随后的《约书亚记》（1：8）中耶和华对约书亚说：“谨守遵行我仆人摩西所吩咐你的一切律法”；《撒母耳记上》（12：6）中撒母耳对以色列众人说：“从前立摩西、亚伦，又领你们列祖出埃及地的，是耶和华”；《尼希米记》（13：1）说：“当日，人念摩西的‘律法’书给百姓听”；《但以理书》（9：13）说：“这一切灾祸临到我们身上，是照摩西律法上所写的，我们却没有求耶和华我们神的恩典。”“摩西的律法书”“摩西的律法”等说法都强化了《旧约》作者是受到耶和华启示的摩西的说法。《旧约》最后一部分被称为先知文学，其中的《何西阿书》一开始就说“耶和华的话临到备利的儿子何西阿”，该卷书通篇都是耶和华对以色列民族未来的警示和预言，其他“先知书”的情况也大体遵照此例。

《旧约》是神启之作。这一说法也得到了后来《新约》作者的普遍认同。《路加福音》（16：16）记载耶稣的话说：“律法和先知到约翰为止，从此神国的福音传开了，人人要努力进去。”这表明，在耶稣本人受洗传道之前，律法书和先知书都是神启示下的文字记载。《彼得后书》（1：21）说得更清楚：“因为预言从来没有出于人意的，乃是人被圣灵感动，说出神的话来。”在此基础上，《新约》作者认为《新约》本身也是神启之作。四大福音书自不待言，因为耶稣本身就是神，即使带有强烈个人色彩的使徒书信也是在圣灵启示下完成的。保罗《加拉太书》（1：15）说，耶稣在作者保罗的心中，“然而，那把我从母腹里分别出来，又施恩召我的神，既然乐意将他儿子启示在我心里，叫我把他传在外邦人中”，保罗书信和传道活动都是在耶稣启示之下进行的。《提摩太后书》（3：16）总结说：“圣经都是神所默示的。”

但另一方面，至善的上帝不可能使用虚妄之词来愚弄世人，

《圣经》中的每一句、每一字都来自上帝，都有含义。这也意味着，如果读者知晓了隐藏在文本背后的意义，也就获得了真理。上述说法可以概括为“上帝不做无用之功”：“对奥利金来说，坚信圣经来自上帝圣灵的启示，意味着圣经不仅在广泛的、通常的意义上是真理，而且在最微小的细节上也是真理。上帝不做无用之功（God does nothing in vain）……上帝的每一词语都有目的；对那些了解应该如何阅读圣经的人来说，其中没有任何细微之处不能带来精神收获。”[①] 由此出发，就可以确定《圣经》阐释的一条基本原则：即读者不能完全根据自己的生活经验或者世俗语言来理解《圣经》，而必须体会上帝这一《圣经》的唯一作者的真实用意，“对神言的理解遵循这样的规则：我们不能根据词语的通常性质来判断，而必须根据圣灵的神圣性来判断，因为只有圣灵才启示了这些词语”[②]。

奥利金在坚持“圣经为圣灵启示”的前提下，也承认《圣经》中的某些经文不能仅仅依靠字面意思来理解。例如，《创世记》的第一章就提到了“第一天”“第二天”“早上”“晚上”等，但日月星辰当时还没有创造出来，耶和华在第四天才创造了天上的光体，怎么会有“早上”“晚上”呢？既然通常依据日起日落来判断某一天的开始与结束，那么，在太阳尚未存在之时，就说“第一天”“第二天”等显然不合理。《新约·马太福音》第 4 章第 8 节记载耶稣基督受魔鬼诱惑，魔鬼引领耶稣来到高山之上，将地上万国的繁华都指给他看，奥利金问道：“根据字面义，这怎么可能呢？”（第 189 页）又如《创世记》（4：16）说：“该隐离开耶和华的面，去住在伊甸东边挪得之地。”文中“耶和

---

① P. R. Ackroyd and C. F. Evans eds. , *A Cambridge History of the Bible Vol.* Ⅰ: *From the Beginnings to Jerome*, London: Cambridge University Press, 1976, p. 475.

② Origen, *An Exhortation to Martyrdoom*, *Prayer*, *First Principles*: Book Ⅳ, *Prologue to the Commentary on the Songs of Songs*, *Homily XXVII on Numbers*, trans. Rowan A. Greer, Mahwah: Paulist Press Inc. , 1979, p. 204。本节引用该著作均出自此版本，随文注明页码。

华的面”，给读者的印象是好像上帝真的具有人类的脸庞，这种看法显然不对；《马太福音》（10：10）记载，耶稣教导自己的门徒说：“行路不要带口袋，不要带两件褂子。”对此，奥利金不禁发问：“这条诫命在极端寒冷、夜间结冰的天气中如何恪守呢?”（第189—191页）奥利金并不讳言，读者很容易从《圣经》中找到和这些例子相仿的记述，“其中的事情好像真的发生了，但根据叙述意义，我们却不能相信它们发生得恰如其分，合情合理”（第189页）。

奥利金承认《圣经》中矛盾错漏、不合情理之处，并不等于说《圣经》写错了，或者圣灵启示下的《圣经》出现了什么问题。他分析这一现象，认为不仅不是《圣经》出错了，而且是圣灵的有意为之。首先，《圣经》叙事超出了人类的理解程度，人们总会发现某些地方难以索解，这正证明《圣经》来自圣灵启示，绝非人力所能为，如果反其道而行之，《圣经》每一处都写得文从字顺，我们就会将它当作人类智慧的产物，由此而产生的严重后果就是我们只会崇拜自己的能力或智慧，而忘掉了上帝的全能。他引用保罗《哥林多后书》（4：7）的说法：“我们有这宝贝放在瓦器里，要显明这莫大的能力，是出于神，不是出于我们。”“宝贝”只能放在不起眼的容器里，如果放在漂亮夺目的容器里，谁还会注意内在的宝贝呢？那就很容易引发“买椟还珠”之类的错误。在此基础上，他加以引申：“如我们的著作使人相信是因为写得修辞优美，又有哲学技巧，我们就认为信仰建立在词语艺术和人类智慧上，而不是建立在上帝的全能上。”（第177页）这一说法后来圣奥古斯丁也同意，后者说过不能因为旅途风光之美而耽误了行程。

其次，当《圣经》中出现不可理喻之处时，读者才会变得警觉起来，迫使自己反复钻研其中的奥秘，越是不可理解的才越有价值，“神圣智慧的宝藏掩藏在词语的更低劣、更粗陋的容器内”。表面粗陋不堪的叙事总能蕴含丰富，这种现象理应不是自然形成的，而只能出自上帝的特别设计或规划：

> 神圣的智慧在叙事意义中安排了某些绊脚石或中断之处，在其中插入某些不可理喻的和矛盾的地方，在阐释者的道路上扔下某些障碍。这样做，神圣的智慧否定了通常理解的一般路径；当我们被挡住了或受阻退回，我们就回到了其他道路的起点，从而获得了一条更高级、更高尚的道路，通过其狭窄的小路，它就为我们打开了神圣知识的广阔领域。（第 187—188 页）

当然，他心目中的那条"更高级、更高尚的道路"也必定是更艰辛崎岖的道路："那些不畏惧艰苦工作反而愿意辛苦劳作以获得品行和真理的人们，才能通过研究理解其意义，并在发现这些意义后根据理性的要求来运用它们。"[①] 这段话可以看作他自我激励从事长期不懈的研究工作的座右铭。然而，如果仅仅证明《圣经》中的难解之处都是合理的，不会动摇基督徒的信仰，那还是很不够的。任何研究者都不可能对其中的这些矛盾之处置之不理，让它们自始至终都存在于《圣经》中而无所作为，让它们不断地困扰着一代代的《圣经》读者或信仰者。作为一位虔诚的信徒或者恪守职责的阐释者，奥利金毫无疑问将阐释《圣经》中的难解之处当作自己的神圣使命。在这方面，奥利金承认自己具有一个特别有利的条件，即他生活于耶稣、保罗之后，在"后耶稣"的时代里，耶稣本身就是真理，也是对真理的揭示。《希伯来书》（1：2）说："就在这末世，藉着他儿子晓谕我们；又早已立他为承受万有的，也曾借着他创造诸世界。"奥利金用自己的语言重新解释了这句话："基督降临的光辉，用真理的光芒照

① Origen, *Contra Celsum*, trans. Henry Chadwick, Cambridge: Cambridge University Press, 1980, p. 403.

亮了摩西律法，祛除了一直掩盖在文字之上的那层帷幔，向所有信仰他的世人表明深藏其中的美妙之事。”（第 176 页）“关于世界的智慧，过去曾经由神秘之事加以披露，但长期以来都是秘密，现在通过预言书和耶稣基督的出现而显示出来。”（第 178 页）

因此，任何基督徒所做的阐释工作都只能以耶稣和保罗的阐释为圭臬。《马太福音》（22：29）记载耶稣和犹太教的文士激辩复活后的情况：“你们错了；因为不明白圣经，也不晓得神的大能。”不明白《圣经》，当然不是无法看懂《圣经》，关键是不理解其背后的真正含义。耶稣的批评表明，仅仅引用《圣经》经文还是不够的，在表面经文的背后另有深意。那么，奥利金是如何“看懂圣经”的呢？或者说，他心目中的《圣经》解释又会呈现出什么样的面貌呢？

“人据说由肉体、灵魂和精神构成，圣经也是如此”

在奥利金看来，《圣经》读者可以分为初学者、中等程度者和完善之人三个等级。《圣经》中的矛盾之处是专为高级读者或完善之人准备的，“圣经在许多地方是含混不清的，但这当然不是说它是没有意义的”[①]。只有完善之人，才能看出《圣经》经文包括了叙述意义、道德意义、神秘意义等三种不同的含义。

奥利金的三种含义的说法有《圣经》文本依据。他翻译《旧约·箴言》第 22 章第 20—21 节：“为你的缘故，为你描述了三重意义上的警示与知识，这样你可以对质疑你的人答出真理的言语。”[②] 可见，圣灵会在一种描述中同时启示出“三重意义”。

① Origen, *Contra Celsum*, trans. Henry Chadwick, Cambridge: Cambridge University Press, 1980, p. 404.

② 中文和合本的译文略有不同：“谋略和知识的美事，我岂没有写给你吗？要使你知道真言的真理，你好将真言回复那打发你来的人。”见《中英圣经·新旧约全书》（和合本——新国际版），圣书书房 1998 年版，第 812 页。

《旧约》中的以色列人经常自称“亚伯拉罕、以撒、雅各的子孙”，奥利金认为这三位族长预示了《圣经》的三种寓意，其中亚伯拉罕以信仰虔诚著称，是道德哲学的化身；以撒曾经挖井取水，得到一口活水井（《创世记》26：19），他探索事物的根本，代表了自然哲学；雅各曾在梦中看见通向天国的天梯，有天使在上面上下，曾经和神摔跤，耶和华为他改名叫“以色列”，他是三位族长中唯一可以窥见天国之人，对上帝神秘意义多少有所了解。①

既然《圣经》文本给出了这些依据，奥利金就相当自信地坚持《圣经》的多义性是《圣经》阐释学的基本特征，《旧约·箴言》中的“三重意义上的警示与知识”也就意味着“一个人理应在其灵魂中将神圣语言摹写三遍”，其中的每一遍都针对不同的读者。

第一种读者的情况是，“使简单的心灵提升到圣经的身体，那就是我们所说的圣经的通常的和叙述的意义”。《圣经》中的大部分叙述都是可以理解的，或者依照常识就可以理会的部分在数量上远远超出了那些矛盾错漏的地方，这就使简单心灵的读者也能大体上看懂，这种设计体现了上帝的恩典，对智力水平不高的读者也充分地照顾到。

第二种读者是中等程度的读者，“但如果有人业已取得进步并能沉思更圆满之事，他们就应该被提升到圣经的灵魂”。

第三种读者才是完善之人、义人，可以真正理会上帝的真理，“而那些完善之人，使徒们这么论述他们，‘然而，在完全的人中，我们也讲智慧。但不是这世上的智慧，也不是这世上有权有位将要败亡之人的智慧。我们讲的，乃是从前所隐藏，神奥秘

① Origen, *Spirit & Fire—A Thematic Anthology of His Writings*, ed. Hans Urs von Balthasar and trans. Robert J. Daly, Washington, D. C.: The Catholic University of America Press, 1984, p. 104.

的智慧，就是神在万世以前，预定使我们得荣耀的。’（《哥林多前书》2：6－7）这些人应该得到精神律法的提升”。

但无论这些《圣经》读者在信仰程度上有多么不同，他们都是活生生的个体。因此，这段论述的最后重新回到了信仰者和《圣经》整体上来，将人自身比作《圣经》，“就像人据说由肉体、灵魂和精神构成，圣经也是如此，它由上帝施以恩典才能成型”（第182页）。人与《圣经》之间的类比关系也可以这样表述：

> 地上与天上、灵魂与肉体、身体与精神相互联系，这个世界是由这些联结关系构成的，因此，我们也必须相信，圣经是由这些看得见的和看不见的事情组成的。它有一个身体，即可见的字词，也有一个灵魂，即字词之中的意义，也有一个精神，天国之事存在其中。①

他将“人”自身与《圣经》相比较。人有肉体、灵魂、精神，所以，《圣经》经文相应地具有了叙述意义、道德意义和精神意义，其中精神意义涉及天国秘密和末世图景，也被称为神秘意义，而且这些不同意义对应不同类型的读者或者一个读者精神成长、信仰确立和坚守的不同阶段，它们可以被分别描述成简单的、进步的、完善的，每个读者都可各取所需。

根据读者的不同需求，全部《圣经》就可以被分成三种类型：有的只能从叙述意义上去理解，有的只能从精神意义或者讽喻义上去理解，还有的则可能二者兼而有之：“既有那些根本不可能从文字规律上去依循的事情，也有那些讽喻根本不可能改

---

① Origin, *Spirit & Fire—A Thematic Anthology of His Writings*, ed. Hans Urs von Balthasar and trans. Robert J. Daly, Washington, D. C.: The Catholic University of America Press, 1984, p. 105.

变、只能从文字上去遵循的事情，还有那些事情，他们自身就可以根据圣经去理解，但从讽喻上去探寻其义也属必要。”① 至于哪一句话属于上面三种情况中的哪一种，则需要具体研究。这和上文提到的他的阐释方法论有关系，如果这一条路走不通了，那就只能尝试另外一条，但人们在阐释中经常犯下的错误是完全执着于一种模式来解释，特别是拘泥于字面义的解释。奥利金举例说，犹太教徒根据《以赛亚书》（11：6－7）对救世主的预言，“豺狼必与绵羊同居，豹子与山羊羔同卧；少壮狮子，与牛犊，并肥畜同群；小孩子要牵引它们。牛必与熊同食，牛犊必与小熊同卧；狮子必吃草与牛一样”等，认为这些现象在现实世界中一个都没有出现，而这些现象却是弥赛亚降临的征兆，他们由此就认定耶稣基督仅仅自称是弥赛亚，却不会真的就是《旧约》先知书中描述过的那个弥赛亚，他们甚至犯下大罪，将耶稣钉上了十字架。犹太教徒拒绝皈依耶稣，乃是他们完全按照字面义解读《圣经》，仅仅相信《圣经》的叙述意义②。他引用《哥林多后书》（3：15－16）中的说法来批评犹太教徒，“然而直到今日，每逢诵读摩西书的时候，帕子还在他们心上。但他们的心几时归向主，帕子就几时除去了”。“摩西书”相当于文本的表面含义，在其中总有一层遮掩之物，如果不能通过讽喻解读来去掉它，那就不可能找到和确立信仰。

根据上文对《圣经》文本三种情况的划分，奥利金承认在《圣经》中有些经文根本就没有字面义或他所说的“叙述意义”，在这些地方，顺理成章、逻辑严密的叙述意义付之阙如，只能找到道德义或精神义。这样就意味着，或者是三种意义都有，或者

① *Origin*: *Spirit & Fire—A Thematic Anthology of His Writings*, ed. Hans Urs von Balthasar and trans. Robert J. Daly, Washington, D. C.: The Catholic University of America Press, 1984, p. 103.

② 英文译者在注释中说明“叙述意义”中的“叙述的”拉丁文是“历史的”(historia)。见该书第179页。

是只有后两种意义，换言之，每一段经文都有意义，但不是每一段都有叙述意义。这既保证了“上帝不做无用之功”，又为讽喻解读《圣经》留下了广阔的空间。他评论《创世记》（7：1）时说：“我们难道认为圣灵的意图就是写写故事，叙述一个小孩如何断奶，一顿盛宴如何预备，他如何玩耍以及其他孩童之事吗？或者我们应该想到，他通过这些事盼望教给我们能从神言中学到的，神圣而有价值的事情呢？”① 《旧约》有这方面的暗示，如建造约柜时，既可以造成两层的，也可以造成三层的；《新约》福音书将这个道理隐约启示给世人，如《约翰福音》（2：6）说：“照犹太教洁净的规矩，有六口石缸摆在那里，每口可以盛两三桶水。”这里说的“两三桶水”，在奥利金看来，就意味着《圣经》有些地方只能容纳两三种含义。

奥利金认定有的文本可在没有叙述义的前提下提供精神义，这听起来似乎很奇特，这和斐洛的讽喻解释有了很大的不同，就是和保罗的说法也有距离。奥利金说的叙述义的缺席都和信仰有关，我们可以他分析“耶稣洁净圣殿”的故事为例。这一故事“对观福音书”和《约翰福音》都有记载，但区别在于，根据前者，这事发生在耶稣殉道前的最后一周，根据后者，它发生在耶稣刚出来传道之时，是他受洗、受试探、征召门徒后的第四件神迹，当时他只有 27 岁。为什么一件事情会发生两次？如果事实真相只有一个的话，“对观福音书”和《约翰福音》孰对孰错呢？奥利金的研究带有明显的护教目的。他显然不会说经过圣灵启示的福音书的是非对错。他的解释是，在历史事实之中福音书作者们编制了某些历史故事。② 他在《第一原则》（第 4 部）中总结

---

① Marc Hirshman, “Origen's View of ‘Jewish Fables’ in Genesis”, *The Exegetical Encounter between Jews and Christians in Late Antiquity*, eds. E. Grypeou and H. Spurling, Boston and Leiden: Koninklijke Bril NV, 2005, p. 247.

② 这一例子取自 Samuel Laeuchli 的论文“The Polarity of the Gospels in the Exegesis of Origen”, *Church History*, Vol. 21, No. 3, 1952, pp. 215 - 224。

了这种做法，“我们经常发现，仅仅依靠词语本身是不可能的，是不够的，描绘出来的词语是不合乎情理的、不可能的。但圣灵的目标是在可见的叙述之中编织进各种真理，若经内在的沉思和理解，就能发现对人类有用、对上帝有价值的规律”（第192页）。与此类似，他还认为某些《圣经》描写如果仅从字面义或叙述意义去理解，就会有损《圣经》人物的圣洁和虔诚，与其这样，那就不如放弃字面义。

“叙述意义”与“精神意义”

虽然奥利金素享讽喻理论家的盛誉，但现存文献中从来没有出现过他对“讽喻”的明确定义。和前人相比，奥利金的突出特点是将讽喻运用得非常广泛，远起希腊神话和史诗，近至《新约》中的使徒书信，他都运用讽喻概念予以解读。也许，他将讽喻解经的范围扩大到极端的程度，招致现代研究者的批评——“对付圣经中讲不通的地方，他都有一个现成的灵丹妙药，那就是讽喻。”[①] 比如，赫西俄德的《神谱》（第53—82行）曾经记述宙斯为惩罚人类盗火，造出女人潘多拉送给人类。在《反驳塞尔修斯》中，奥利金批评塞尔修斯没有看到耶和华用亚当的肋骨造夏娃的深意：

> 神启的赫西俄德讲述了关于女人的神话，你说她是作为邪恶送给人类的，这不是讽喻解读吗？然而，你却认为上帝以男人的肋骨造女人没有任何更深的更隐蔽的寓意。你拒不笑话前者是传说，而对其中包含的哲学真理满心倾慕，却嘲笑圣经故事，以为毫无价值，这是不公正的，你的判决仅仅

① R. P. C. Hanson, *Allegory & Event*: *A Study of the Sources and Significance of Origen's Interpretation of Scripture*, Louisville, Kentucky: Westminister John Knox Press, 2002, p. 371: “He had in his hand a panacea for all biblical intransigence, allgory.”

建立在字面义之上。[①]

在反驳中，读者可以清楚地看到，奥利金在运用讽喻方法阐释古代希腊最知名的神话之一。柏拉图的《理想国》最后部分讲述了阿尔米纽斯之子厄洛斯在死去 12 天后，在火葬的柴堆上复活的故事，他复活后讲述了自己在冥界的经历，奥利金以此为例来证明耶稣的复活也是可信的："他完成了很多超人才能完成的奇迹，清楚明白地让那些无力行奇迹的人否认它们曾经发生过，将它们贬斥到妖术的等级，这么一个人死得超乎寻常，如果他愿意，他的灵魂离开身体，去做必做之事，当他的灵魂愿意回来的时候就回来，这有何奇怪的呢?"[②] 在这一对比中，奥利金对柏拉图的叙述进行了讽喻解读，并在这一基础上，将其"基督教化"，认为柏拉图故事中的讽喻意义在于预示了耶稣基督的复活故事，如果柏拉图没有将自己的故事当作纯粹虚构的话，这一故事"预表"之下的耶稣的复活无疑也不是虚构的。奥利金在解读《荷马史诗·伊利亚特》（2：204－206）"这里只应有一位王者/一个统管，此君执掌工于心计的克洛诺斯/之子授予的王杖，辖治民众，行使评判的特权"[③] 时，他只同意"只应有一位王者"，而反对"工于心计的克洛诺斯之子授予王杖"的说法，"只有上帝才能统治万物，才能授予君王权力"。[④]

奥利金的《圣经》阐释以讽喻为核心，因为他确信字面义、历史意义、叙述意义等都相当于人的肉体，肉体败坏而无法永恒，因此肉体之中无真理，这里不难发现他对柏拉图真理定义的

① Origen, *Contra Celsum*, trans. Henry Chadwick, Cambridge: Cambridge University Press, 1980, p. 213.

② Origen, *Contra Celsum*, trans. Henry Chadwick, Cambridge: Cambridge University Press, 1980, p. 82.

③ ［古希腊］荷马：《伊利亚特》，陈中梅译，译林出版社 2000 年版，第 36 页。

④ Origen, *Contra Celsum*, trans. Henry Chadwick, Cambridge: Cambridge University Press, 1980, p. 504.

回声；同时它也表明，要想获得真理，只能在精神领域寻找。他最直接的灵感来源是保罗书信。保罗在前引《加拉太书》中提到过存在着“天上的耶路撒冷”。《希伯来书》（8：5）说：“他们供奉的事，本是天上事的形状和影像。”《罗马书》（8：5）说：“因为随从肉体的人，体贴肉体的事；随从圣灵的人，体贴圣灵的事。”[①]《哥林多前书》（10：18）说：“考虑一下那些属于肉体的以色列人。”如果存在着随从肉体、属于肉体的以色列人，那么就存在着随从圣灵、属于精神的以色列人。保罗在《罗马书》（9：9）中有一句名言：“并非所有来自以色列的人都是以色列人。”这也概括了“两种以色列人”的观念，强调存在着纯粹精神化的、属灵的以色列人。奥利金对此的解读是：“如果在这个世界上有一些灵魂被称为以色列人，在天上有一个城市被叫作耶路撒冷，可以推知那些属于以色列民族的城市就是天上的耶路撒冷。”（第195页）地上之事和天上之事呈现出对应的关系，物质的现实和精神的现实也同时并存。地上的其他城市也可以这样来理解，每个城市都有天上的城市作为它的对应之物。它们是世上各个城市的居民死后的居所，是灵魂的归宿之地。这可以被称为“精神的现实”。由此看来，《圣经》的任何一句经文，在描写地上之事的同时，也可能同时暗示着天上之事。“精神解释为那些能够理解天上之事的人所用，这些地上之事，在犹太人从肉体之意看来只能是天上之事的摹本和阴影。”（第184页）

正如上节提到的，“预表”在早期教会中专指《旧约》预言对耶稣基督的描述，前者是“样式”，后者是“典范”，而且强调耶稣本人完美实现了这些预言。这就在两个历史事件之间建立起“前”与“后”、预言与应验的相互关系，但保罗和奥利金的说法则把这种关系改造成“上”与“下”的关系，一个历史事件不需

① 《中英圣经·新旧约全书》（和合本——新国际版），圣书书房1998年版，第1402页。

要在将来依靠另一个历史事件才能真正地实现出来，它自身在现在的时间维度上就对应着一个更有超越性和精神性的现实，地上的耶路撒冷对应着“天上的耶路撒冷”。对此，奥利金本人的概括是：“我们不应当设想历史事件是其他历史事件的样本，物质之事是其他物质之事的样本；我们反而应当认为，物质之事是精神之事的样本，历史事件是智慧现实的样本。”① 在他的论述中，预表被改造成讽喻，传统的预表说被讽喻说所代替，“很多预言家以多种方式提及耶稣的事迹，一些用谜语，另外一些用讽喻或其他方式，有些甚至使用了文字表达”②。

在奥利金的大量阐释中，他通常使用“讽喻”一词来描述“物质之事”和“精神之事”、“历史事件”和“智慧现实”的相互关系。如他解读《创世记》（12：1）耶和华对亚伯拉罕的吩咐“你要离开本地，本族，父家，往我所要指示你的地方去”时，认为这句话就相当于对我们这些信仰者说的，意味着“从整个世界中走出去”或“离开这个世界”，因为耶和华将很快向我们显现天上的王国（第43页）。

值得注意的是，在奥利金“叙述意义—道德意义—精神意义”的讽喻公式中，叙述意义虽然处于最低端，但并非没有意义。肉体至少在现世世界中是灵魂和精神的寓所和基础，叙述意义是任何读者首先接触和理解的部分，它是历史事件的叙述，在多数情况下构成了后面两种意义的基础。在他看来，叙述意义虽然不是最高级的、最重要的含义，但也有其自身价值，它尤其不可能是虚构的，因为它要担负教育功能，对思维简单之人更是如此。如果它是虚构的，就不能担负教育功能。这一点，柏拉图在批评“荷马史诗”之时就已经论述过了。奥利金的阐释学间接接

① P. R. Ackroyd and C. F. Evans eds, *A Cambridge History of the Bible* Vol. Ⅰ: *From the Beginnings to Jerome*, London: Cambridge University Press, 1976, p. 484.

② Origen, *Contra Celsum*, trans. Henry Chadwick, Cambridge: Cambridge University Press, 1980, p. 47.

受了柏拉图对虚构的批评，这是人们称他为基督教中的柏拉图主义者的原因之一，同时代人批评他：“将希腊的思想与异邦的虚构臆造掺和在一起。他经常提及柏拉图。”①

奥利金重视叙述意义的真实性，甚至有时进行实地的野外勘察。他确认《创世记》提到的“以撒打水井”故事的真实性，因为直到他那时，这些水井都还存在。② 他在反驳塞尔修斯时，就首先肯定了这一史实：“根据《创世记》的记载，义人曾经在非利士人的土地上挖井，这一点从位于阿斯卡隆（Ascalon）之地的漂亮水井上还可以看出来，和其他水井相比，这些水井以其奇特非凡的建造风格而值得提及。”③ 当然，塞尔修斯也会承认这一史实，但问题在于塞尔修斯不会从这一史实中看到它背后的讽喻意义，奥利金则从此引发出自己的阐释原则：“在很多段落中，逻各斯使用实际事件的故事，记录它们以显现更深的真理，这都通过暗示的方法表现出来。属于这种情形的有关于水井、婚姻、义人和不同妇女结亲的故事。”④ 因此，叙述意义虽然针对初级读者，但不等于说他不重视《圣经》的历史意义或者他说的叙述意义。

奥利金解读中经常引起后世研究者困惑的不在于他没有试图在字面义和讽喻义之间取得平衡，而是他很少谈到讽喻义中的道德意义，只简单列举了“纯洁”“自制”“仔细观察”等三种品质（第186页），随后很快转向谈论《圣经》神秘意义对末世图景的揭示，似乎道德意义不像神秘意义那样重要；他也很少论述灵魂和精神、道德意义和精神意义之间的相互关系，经常将预表、讽喻、道德义

---

① ［古罗马］优西比乌：《教会史》，［美］保罗·L·梅尔英译、评注，瞿旭彤译，生活·读书·新知三联书店2009年版，第283页。

② P. R. Ackroyd and C. F. Evans eds, *A Cambridge History of the Bible* Vol. Ⅰ: *From the Beginnings to Jerome*, London: Cambridge University Press, 1976, p. 472.

③ Origen, *Contra Celsum*, trans. Henry Chadwick, Cambridge: Cambridge University Press, 1980, p. 219.

④ Origen, *Contra Celsum*, trans. Henry Chadwick, Cambridge: Cambridge University Press, 1980, p. 219.

等这几个方面都笼统地叫作“精神意义”或“神秘意义”。他解读保罗《加拉太书》,“他写信给加拉太人，责备他们仅从表面上理解律法，却不能体会其真意，因为他们没有意识到圣经中有讽喻”(第185页)。随后引用保罗《歌罗西书》(2：17) 中的著名说法，“这些原是后事的影儿”。无论是《加拉太书》中的讽喻义，还是《歌罗西书》中的预表说，他都解释成精神义 (第185页)。在这方面，他给后世留下了广阔的研究空间。当代研究者认为，道德义来自信仰者的净化灵魂的心理原因，精神义来自基督教的末世论和宇宙论，“心理原因解释了听众获得永恒拯救的途径，这一拯救是精神义的终极目标”。[①] 今天，我们对比中世纪成熟的“字面义—讽喻义—道德义—《圣经》神秘义”的“四重寓意”说，我们可以发现他的“叙述意义—道德意义—精神意义 (神秘义)”已经描绘出中世纪那个固定公式的基本蓝图了。

第四节　奥古斯丁：“上帝也用事物来讽喻”

圣奥古斯丁是基督教思想史和欧美讽喻文学史上的关键人物，足以和使徒保罗、奥利金、托马斯·阿奎那、马丁·路德等人比肩。他著述宏富，影响深远，以后各派神学家几乎都能从他的著作中汲取营养，获得灵感。至中世纪晚期，几乎每个人都是“奥古斯丁派”。[②] 一般认为，他的代表作是《忏悔录》《上帝之城》和《论三位一体》。第一部是欧美文学中优秀的传记作品，后两部涉及讽喻神学和诗学，“任何神学家只要写出其中的一部，都能成为智识历史上的主要人物，奥古斯丁完成了这三部，而且

---

① Elizabeth Ann Dively Lauro, *The Soul and Spirit of the Scripture within Origen's Exegesis*, Boston and Leiden: Koninklijke Bril NV, 2005, p. 146.

② Jaroslav Pelikan, *The Christian Tradition: A History of the Development of Doctrine* (Vol. 4): *Reformation of Church and Dogma* (*1307—1700*), Chicago and London: The University of Chicago Press, 1984, p. 17.

还写得更多"[①]。

然而，奥古斯丁并非一开始就是基督教的神学家或基督徒。他的母亲是基督徒，但他的父亲并不信仰基督教。奥古斯丁在皈依基督教之前，曾信仰摩尼教，在职业上先后学习和讲授修辞学。虽然对他的古典语言知识或掌握程度，学者们评价不一，但修辞学的长期训练无疑培养了他对文本、语言的敏锐感觉和分析能力，他后来在《论基督教教条》[②] 中特意指出世俗学问并不和信仰相冲突，反而应该是信仰的准备和铺垫，比如以色列"出埃及"之时，遵照上帝的吩咐，随身带走了埃及人的金银财宝以为自己所用，"世俗学问的各分支领域也包含了丰富的训诫，可以为真理所用，包含了道德问题的某些极其精彩的洞见；甚至在崇拜唯一的上帝方面，某些真理也可以在其中找到"[③]。米兰主教安布罗斯的《圣经》讽喻解读曾对奥古斯丁的信仰转变产生重要影响。奥古斯丁的《忏悔录》把自己的精神成长描写得生动细致而又富有戏剧性。从这个意义上看，也可以说讽喻拯救了奥古斯丁。

《圣经》文本的多义性

文本的多义性在《圣经》中客观存在，这是早期教父们相当一致的看法，奥古斯丁对此并无异议，而且表现得相当宽容和开放。他自己的皈依经验表明，《圣经》中既有文字意义，还有其他的精神意义。他赞美安布罗斯的讲道说："特别是在我听到他频繁地使用讽喻的方法来解读《旧约》中的不同段落，当我以前

---

① Jaroslav Pelikan, *The Christian Tradition: A History of the Development of Doctrine* (Vol. 1): *The Emergence of the Cathalic Tradition (100 – 600)*, Chicago and London: The University of Chicago Press, 1971, p. 292.

② 该书标题英译文为 *On Christian Doctrine*。其中 doctrine 一词在奥古斯丁笔下和今天的意思有所不同，英译本也译为 *On Christian Culture* 或者 *Teaching Christianity*。

③ Augustine, *On Christian Doctrine*, trans. J. F. Shaw, Mineola, New York: Dover Publishing, Inc., 2009, p. 97.

从字面上理解时陷入绝境。因此，当很多段落从精神上理解时，我责怪我的绝望，在绝望中，我曾经相信律法书和先知书在痛恨和嘲弄它们的人面前无法自圆其说。”① 这种态度非常明显地贯穿于奥古斯丁的研究生涯。在《论三位一体》中，他解释过“你为什么以善事问我呢？只有一位是善的，那就是上帝”② 一句，但也承认在自己的解释之外还有其他的合理解释：“若另有什么解释，只要它不把父看得比那创造万物的言即子更善，又只要它不违反纯正的道理，我们就可以放心采用它，而不必只有一个解释，反倒可以有我们所能找着的许多解释。”③ 传统认为，摩西在圣灵启示下写下“摩西五书”，后人有不同的解释，面对这些不同的解释，奥古斯丁说：“如有一人说，‘他说出了我的意思，’另一人说，‘不对，他说出的是我的意思，’我认为下面的说法才更能体现对上帝的敬仰，‘如果二者都对，为什么不能都采用呢？’如果还有第三、第四，或任何人在这些文字中看到的真理，为什么我们不能相信摩西看到了所有这些真理呢？上帝通过摩西写下神圣的文字，适合很多人的阐释，使真实而多样的事物可以被洞见。”④ 他甚至将自己想象成摩西，设想自己该如何写作《创世记》，竭尽全力使得文意蕴藉无穷：

> 如果我能成为过去的摩西，奉您的命令撰写《创世记》，希望赐予我语词流畅的强大力量和组织词语的那些方式，让那些尚未理解上帝如何创世的人服从它们的力量，将不能拒绝我的词语，而且不仅他们，那些早就理解的人，不管他们

---

① Augustine, *The Confessions of St. Augustine*, translated with an Introduction and Notes by John. K. Ryan, New York: Doubleday & Company, Inc., 1960, p. 131.

② 语见《马太福音》(12：35)、《马可福音》(10：17)。

③ ［古罗马］奥古斯丁：《论三位一体》，周伟驰译，上海世纪出版集团2005年版，第60页。

④ Augustine, *The Confessions of St. Augustine*, translated with an Introduction and Notes by John. K. Ryan, New York: Doubleday & Company, Inc., 1960, p. 332.

> 在思想中达到了多么正确的各项解释，也不会忽略您的仆人我的简单的言语；若有他人凭借真理的光照已经窥见了更深一层的涵义，他们也能从我的词语中获得同样的理解。①

这段引文不仅谈到了《圣经》文本的多义性，而且像奥利金一样，奥古斯丁也将《圣经》的读者分成了三种类型，第一种是"尚未理解上帝如何创世的"的读者，第二种是"早就理解的"读者，第三种则是幸蒙神启，理解得更深的读者。这实际上涉及《圣经》多义性的存在原因。在奥古斯丁看来，这种多义现象首先体现了基督教的上帝是一个仁慈的上帝，他能照顾不同的读者需求，这本身就是上帝之爱的流露。鉴于获得上帝启示的第三类读者少而又少，这一类读者在奥古斯丁的多数论述中存而不论。因此，奥古斯丁把圣经读者分成两种类型，分别对应着不同的读者，他在《论基督教教条》中说："圣灵以令人羡慕的智慧和出于对我们福祉的关怀而这样安排圣经：意思平易的段落满足我们的饥饿，更隐晦的部分激发我们的渴望。"② 根据《圣经》文本的实际情况，他在《论三位一体》中说，《圣经》读者可以分成两类，一类是"较慢的读者"："正是从这点我开始引导较慢的读者穿过了肉眼可见的外感之物。"③ 另一种读者则可以直接感受三位一体的存在："我们察觉到，它既离我们不远，又在我们之上，这不是指空间上的，而是指其威严及卓越，这样它凭着它的普照的光看来亦与我们同在，或在我们之中。"④ 大体一致的分类也表

---

① Augustine, *The Confessions of St. Augustine*, translated with an Introduction and Notes by John. K. Ryan, New York: Doubleday & Company, Inc., 1960, pp. 327 – 328.

② Augustine, *On Christian Doctrine*, trans. J. F. Shaw, Mineola, New York: Dover Publishing Inc., 2009, p. 52.

③ ［古罗马］奥古斯丁：《论三位一体》，周伟驰译，上海世纪出版集团 2005 年版，第 379 页。

④ ［古罗马］奥古斯丁：《论三位一体》，周伟驰译，上海世纪出版集团 2005 年版，第 409 页。

现在他的早期著作中："有些人的眼睛非常健康而充满活力，只要一睁开就能毫不犹豫地看到太阳。他们不需要教师教导，可能只需要些许的警示。"① 这些人相当于那些可以直接感悟神圣的三位一体的读者，然而，"另外一些人会被他们眼见之物的亮光击倒，时常没有看到光明就心满意足地重归黑暗。那么，他们就应当被引导看看日常的火焰，然后是星辰，月光，晨曦，逐步看到明亮的天光"。这些人相当于"较慢的读者"，他们必须被耐心引导和逐步训练才能走向上帝，奥古斯丁在这里运用了"光的比喻"，生动形象地写出了读者的不同类型和他们的不同需求。他在《论教师》中总结上述情况："每个理性的灵魂都关注神圣的智慧，但每个人能得到多少，则依据其能力，依据其或善或恶的意志。如果谁被欺骗了，那可不是真理之过，就像白天的日光也经常欺骗肉眼一样。"②

《圣经》多义性的另一个原因在于，它会破除人类自认为可以找到一劳永逸的《圣经》含义的想法，或许永远不会有人可以确保完全读懂了《圣经》，这无疑会打破人类的狂妄自大："有些表达方式极其晦涩，将其意义封闭在最浓厚的黑暗中。我不怀疑这是出于神意的有意安排，为的是依靠艰苦的劳动减轻傲慢，阻止智力上的满足感，这种感觉对不费力气就找到的意义通常视之甚低。"③ 同时，在更深层次上，奥古斯丁的上述说法也意味着，《圣经》不是获得基督教信仰的唯一途径。事实上，《旧约》时代的以色列族长们和其他人物并没有《圣经》，但依然信仰耶和华；耶稣之后的很多修道士在沙漠或洞穴中苦苦修行，也未必读得懂

① Augustine, *Earlier Writings*, ed. and trans. J. H. S. Burleigh, Louisville and London: Westminster John Knox Press, 2006, p. 37.

② Augustine, *Earlier Writings*, ed. and trans. J. H. S. Burleigh, Louisville and London: Westminster John Knox Press, 2006, p. 95.

③ Augustine, *On Christian Doctrine*, trans. J. F. Shaw, Mineola, New York: Dover Publishing Inc., 2009, p. 51.

原文《圣经》，但仍然信仰虔诚。即使没有《圣经》也是可行的，只要达到了对上帝的信仰、希望和上帝之爱等，就是标准的基督徒，即使没有《圣经》在手也是可以接受的，“只要坚信这些的人，并不需要圣经，除非为了教导他人的目的。由此缘故，许多人没有圣经，甚至完全孤寂，凭借这三种恩典的力量也能生活下去”①。

奥古斯丁还指出，《圣经》的多义性和其形象的表达方式有关。《圣经》中大量使用比喻、讽喻、寓言、反讽、暗示、类比等生动形象的表达方式，对其文意的解读自然也就“诗无达诂”，但这无疑会给读者带来更大的阅读快感和审美愉悦：“没有人会否认这样的事实，通过形象交流的知识才更令人愉悦，在探寻中遇到困难然后获得的知识，在发现中才更有快感。”② 举例说来，《雅歌》（4：2）说：“你的牙齿如新剪毛的母羊，洗净上来，个个都有孪生，没有一个丧掉子的。”这几句诗歌表达的意思，如果用最简单的语言表现出来而完全去掉其中的各个形象，读者是否所获更多呢？奥古斯丁回答说，圣洁之人在母羊的形象下表现出来，它们刚刚剪毛，剪去的羊毛就像世俗的负担，“洗净上来”表示它们刚刚经过洗礼，“有孪生”说的是它们的后代数量庞大，兴旺发达。他坦言“我获得了更大的快乐，但我不知道为什么”。

《圣经》阐释中的“信仰的原则”

虽然奥古斯丁可以包容多种解释，但这种态度是有前提条件的，那就是它们都必须符合他心目中的“信仰的原则”，而且正是这一原则决定着哪些是有效的，它们有效的程度如何，

① Augustine, *On Christian Doctrine*, trans. J. F. Shaw, Mineola, New York: Dover Publishing Inc., 2009, p. 43.

② Augustine, *On Christian Doctrine*, trans. J. F. Shaw, Mineola, New York: Dover Publishing Inc., 2009, p. 51.

等等。因此，多义解释不是漫无边际的随心所欲的解释。多义性指向一个共同的方向，为了一个共同的目标，那就是信仰。不同背景、不同知识层次、不同理解能力的读者可以做出不同解读，但都必须容纳在信仰的范围之内，突破这一原则的唯一特例是上帝直接启示的信仰教条。“上帝，你向我们指出那种或其他真实意义，都唯你所愿。不管你向我们指示了像你的仆人摩西同样的意义，还是向我们指示其他意义，你都滋养我们，不让错谬误导我们。”① 上帝的神启是唯一可以和摩西的权威相媲美的因素，除此之外，任何解读都不能违背信仰，而必须对信仰有所裨益。如有的异教徒故意将“太初有道，道与神同在，道就是神”读成了“太初有道，道与神同在，而神存在着”，避免将“道”（The Word）与上帝完全等同起来，② 像这样的解读就不属于多义性的范围，它是错误的，要依靠基督教的基本信仰来纠正。

在奥古斯丁看来，如果凭借字面解读就已经符合信仰了，那就没有必要求之过深，如果字面解读不能导致信仰，那就只能使用其他方式的，特别是讽喻的、形象的解读。“无论何种的神言，当不能按照字面解释时，应该考诸纯洁的生活或者完善的信仰教条。”③ 他举的例子出自《旧约·箴言》（25：21－22）：“你的仇敌若饿了，就给他饭吃；若渴了，就给他水喝；因为你这样行，就是把炭火堆在他的头上，耶和华也必赏赐你。”这一句在保罗的《罗马书》（12：20）中也可以找到，但保罗并没有详加解释，只是在引用后说：“你不可为恶所胜，反要以善

① Augustine, *The Confessions of St. Augustine*, trans. John. K. Ryan, New York: Doubleday & Company, Inc., 1960, p. 333.

② Augustine, *On Christian Doctrine*, trans. J. F. Shaw, Mineola, New York: Dover Publishing Inc., 2009, p. 103.

③ Augustine, *On Christian Doctrine*, trans. J. F. Shaw, Mineola, New York: Dover Publishing Inc., 2009, p. 113.

胜恶。”奥古斯丁指出，如果按照字面意思来解释后面的一句，那就只会给敌人带来伤害（“炭火堆在他的头上”），这显然不符合信仰，他提倡一种讽喻解读：你对敌人施以善意和爱，那就会引发他的愧疚之心，他的内心就像炭火一样在猛烈燃烧。

在神的启示缺席的情况下，《圣经》就成为培育虔诚信仰的唯一权威。奥古斯丁提出“有关信仰和生活方式的所有事情，都被清楚地写在圣经中了”[①]。他在一封书信中强调：“在我看来，认为《圣经》中包含了有意编织的任何谎言，这是灾难性的看法。”[②] 这一看法是从“信仰的原则”中推论出来的，堪称最早版本的“圣经无误”论，主张《圣经》无论有多少错谬脱节、前后矛盾之处，《圣经》都永远是正确的，它永远都不会出错。

语言的符号学特征

在强调《圣经》文本的多义性和“信仰的原则”的基础上，奥古斯丁在西方历史上第一次以“符号”这一概念构造语言理论，并从此出发将符号语言学引入《圣经》阐释之中，开辟出从符号学角度解读《圣经》的新路径。讽喻，按照传统定义，是认定词语在字面义的基础上还指向在此之外的更深含义；同样，符号，特别是语言符号，也都在自身之外指向其他意义，这表明在讽喻和符号之间存在广阔的交汇领域，这两个概念的相互阐发由此才是可能的。作为一位虔诚的基督徒，奥古斯丁无疑会信仰《约翰福音》一开始的著名说法“太初有道，道与神同在”，因此阐发“道”就是阐发上帝本身。按照《以赛亚书》的说法，“除

---

① Augustine, *On Christian Doctrine*, trans. J. F. Shaw, Mineola, New York: Dover Publishing Inc., 2009, p. 57.

② Gerald Bonner, "Augustine as Biblical Scholar", *The Cambridge History of the Bible* (Vol. I), London: Cambridge University Press, 1970, p. 555.

非你们信仰，否则你们就不会知道”[①]，信仰是获得知识的前提，它总是走在理性的前边。因此，在信仰的原则之下，继续阐释“道”或词语的运作规律或特征，是神学家的必尽义务。但另一方面，《圣经》语言如果是符号的话，鉴于符号总会指向自身之外，那么，《圣经》符号又是通过何种方式引导读者走向信仰而不是怀疑或者背弃信仰的呢？《圣经》符号与一般符号又有哪些本质性的区别呢？解决这些问题都需要从语言符号的基本定义开始谈起。

奥古斯丁对《圣经》的符号学解读主要表现在《论教师》和《论基督教教条》两书中。前者是奥古斯丁和其子阿都底特斯（Adeodatus，意为“上帝的礼物”）的对话录，全文共 14 章。参与对话的阿都底特斯当时只有 16 岁，他在前 10 章中表现得很活跃，但从第 11 章开始，他显然很难跟上奥古斯丁的论辩思路，基本上无话可说，《论教师》一书的最后部分几乎变成奥古斯丁的长篇独白。这种情况也完全符合奥古斯丁的预期，因为他把前几章叫作“心灵的敏感性的训练”，是“孩子式的游戏”。

《论教师》以提问题的方式开篇，奥古斯丁提出的第一个问题是：“我们为什么使用词语？”[②] 对此，父子二人讨论的结论是：“为了教授知识或者提醒自己或他人注意某事。”阿都底特斯显然不是非常情愿地接受这个结论，他举出的反面例证是当我们默默祷告上帝时，我们并没有传授知识，奥古斯丁在回应这一异议时顺便引出了“语言是现实的符号”的观点：

> 虽然我们没有发出声音，但我们在思考中使用了词语，因此就在我们心中使用了言语（speech），但这些言语只不过

---

① 奥古斯丁引用的是“七十子译本”，这句经文在中文和合本中译为：你们若是不信，定然不得立稳。

② Augustine, “The Teacher”, in *Augustine: Earlier Writings*, ed. and trans. J. H. S. Burleigh, Louisville and London: Westminster John Knox Press, 2006, p. 69. 本节引用该文均出自此版本，随文注明页码。

让我们想起了各类现实（realities），而词语则不过是现实的符号。①

这一说法是第一章的结论，也是下文论证的出发点。当然，说语言是符号，并不等于说符号就是语言，正如认为马是动物，并不等于说动物都是马一样。但如果去除符号的不同分类，只关注语言符号自身的话，那么我们很快就能发现，作为符号的语言特征是：或者一个语言符号需要另一个同一类型的语言符号来解释，比如使用同义词，或者一个语言符号使用非语言类型的符号解释，比如用图画、动作来解释语言，但无论哪种情况，显然都是符号解释符号。比如，如果有人询问"走路"是什么，而我要向其演示"走路"，就只能示范一下"走路"这个动作。在分析中，奥古斯丁区分了两种情况，第一种是：如果我是在走路的时候向询问者演示，那我就只能走得快一点或者慢一点，那就将"速度"这个因素掺杂进我的走路中，我所演示就不是"走路"（《论教师》，第4章第6节，第74页）；如果我是在静止的时候，有人向我询问"走路"是什么，那我就开始走路向他演示，但我如何才能肯定我走过的这段距离就是走路呢（《论教师》，第10章第29节，第90页）？在上述两种情况中，通过演示或者做出实际动作的方式，我都不能教会别人什么是"走路"。同样，如果我看不懂《但以理书》（3：27）中的这一句"头发也没有烧焦"中的"头发"一词，而别人告诉我它意味着"头上的毛发"，那我就需要先知道"头"是什么，"毛发"是什么，这还是没有解决问题，直到我亲眼看到了"头发"这一事物之后，我

① Augustine, "The Teacher", in *Augustine*: *Earlier Writings*, ed. and trans. J. H. S. Burleigh, Louisville and London: Westminster John Knox Press, 2006, pp. 71 – 72: "... though we utter no sound, we nevertheless use words in thinking and therefore use speech within our minds. But such speech is nothing, but a calling to rememberance of the realities of which the words are but the signs..."

才能真正解除疑惑，“在我做出这个发现之前，这一词语不过就是声音而已。当我知道事物之后，它才变成了符号。这一点，我不是从符号身上，而是从实际对象身上发现的”（《论教师》，第10章第33节，第93页）。

上述分析表明，用语言符号解释语言符号，仅是同义反复，是从一个符号导向另一个符号，而不会导向事物自身；用非语言符号解释语言符号，即使用图画的方式也会导致误解，如果我们用图画来表示苹果是什么，那么不知道苹果为何物的人就会将与图画中的苹果同样大小、同样形状、同样色彩的苹果才看作苹果，而其他样子或者颜色的苹果就不是苹果。这和奥古斯丁在该书一开始就指出的语言符号是传授知识的必需手段的观点自相矛盾，如果知识只能依赖语言来传授，而语言又只能使人误入歧途，那么知识的确定性该如何保证呢？

奥古斯丁首先试图在二者之间做出妥协。他指出符号不能直接展现事物，但具有“唤醒”“导向”事物的功能，“我能分派给词语的最大功效是这样的，它们促使我们寻求事物，但是不能替我们展现（show/display）事物，以便使我们了解事物”（《论教师》，第11章第36节，第94页）。我们固然需要了解事物本身才能有知识，但我们也需要符号以便获得关于事物的直接经验。“当词语脱口而出时，它们的意义我们或者知道或者不知道。如果知道了，我们就不用学习了，反而会唤醒我们的知识。如果不知道，那就连唤醒也没有了，但它促使我们去探寻。”（《论教师》，第11章第36节，第95页）上述引文中的“唤醒”“探寻”等说法，暗示奥古斯丁将研究的注意力转向读者的内心，特别是将知识和读者的信仰联系起来。在他看来，知识的确定性只能依赖信仰才能得到保障，“我们的真正的教师就是那人，他极其愿意倾听我们，据说身居我们的内心，也就是基督，他是上帝永不变化的权能和永恒的智慧”（《论教师》，第11章第38节，第95页）。

《论教师》最后以奥古斯丁承诺将来继续进行“词语用处的

研究”（第 14 章第 46 节）结束。多年后出版的《论基督教的教条》一书延续了他的符号学研究课题。该书第一章就指出和《论教师》的承续关系：只有事物（a thing）才能存在，不是事物就不能存在。如果继续考察事物存在之后和其他事物的相互关系，就可以得到三种类型：第一，一个事物只是其自身而不能引发他物，如自然界中的石头、树木、牛马羊等；第二，一个事物引发了他物，如各类肢体动作、表情、词语，这被称为“符号”；第三，一个事物既是自身，又能引发他物，如《创世记》中亚伯拉罕经受耶和华考验时献给上帝、代替独子以撒的羔羊，雅各睡觉时枕在脖子下的石头。从这种分类中人们可以得出两个结论：所有的符号都是事物，但不是所有的事物都是符号；传授知识都应该传授关于事物的知识，但任何传授都以语言为手段，所以关于事物的知识的传授或学习都通过符号来进行。

对于这些不同的事物，人们的态度也会有所不同：它们或者是享受的对象，给我们带来幸福；它们或者是使用的对象，在我们追求幸福时助我们一臂之力；它们或者是使用兼享受，介于上述两者之间。如果混淆了这些区别，我们就会放弃真正享受的目标，只满足于低级的甚至邪恶的享受。在各种事物中，唯有永远不变的事物才能提供真正的知识，因此，只有永恒不变的包括了圣父、圣子、圣灵的三位一体才是“真正的享受的对象”[①]。

“符号”是奥古斯丁研究的重点，他给出了“符号”的定义：“符号就是一个事物，它在感官上留下印记，在这印记之上，它将其他事物作为自己的结果引入心灵中：当看见脚印，我们推断说这是动物的脚印，而动物已无踪迹；看见冒烟了，我们知道其下会有火烧；听到人声，我们想到他心中的情感；当军号吹响，士兵们知道前进或者退却，或做出战场形势要求他们做出的任何

① Augustine，*On Christian Doctrine*. trans. J. F. Shaw，Mineola，New York：Dover Publishing Inc.，2009，p. 6.

事情。”① 在这一定义中，奥古斯丁突出了符号中的三项因素：符号自身，符号引起的他物，符号中的感官印象——心灵的因素。其实，这三者之中的每两项之间都会构成不同的关系。一方面，如果我们强调符号自身和符号引发的他物之间的密切关系，而忽略感知符号的过程中的心理因素，那么符号和他物之间就是一种自然而然的关系，奥古斯丁称为“自然符号”，如动物留下足迹，山中自燃的山火会产生烟雾，动物并不是有意识地留下足迹，山火也不是故意地冒出烟雾。另一方面，如果我们强调符号自身和符号产生过程中心理因素的密切联系的话，那么，符号引发的他物就会和符号的制造者、阐释者建立相互关系，这样形成的符号被奥古斯丁称为“传统符号”，在某一共同分享的文化传统或价值体系中，这样的符号才有可能，比如他举出的后两个例子，人会有意识地发出声音，如果他不是故意欺骗的话，我们就会从“人声”中想到他的感受，士兵听懂了号声，就会采取相应行动，或进或退，号声的产生是有意识、有目的的人的主动行为。语言是传统符号的主要部分。奥古斯丁说得很清楚，他不关心动物留下足迹之类的自然符号，而只关心士兵听到军号声的“传统符号”，因为语言符号即属于这一类，而《圣经》则是用语言写成的，解读《圣经》其实就是解读语言符号。这样看来，《圣经》阐释者的最大困难在于有的《圣经》符号是陌生的，有的是含混的，解决含混符号的主要规则是上文提及的“信仰的原则”，而解决陌生符号的方法，他也罗列出很多，如语言学方面，阐释者需要懂得希伯来语和希腊语这两种《圣经》语言；还需具备古典学、星象学、神话学、历史学、自然科学、修辞学、数字科学、辩证术等多方面的知识，这样可以确保阐释者至少能够读懂《圣经》的词语含义。

---

① Augustine, *On Christian Doctrine*, trans. J. F. Shaw, Mineola, New York: Dover Publishing Inc., 2009, p. 45.

“传统符号”对符号产生过程中心理、情感因素的关注可以和《论教师》一书中提到的“内在的教师”联系起来思考。他在《论教师》（第12章第40节，第95—96页）中说：“即使我说的是真的，他也认定是真的，那也不是我在教导他。他不是被我的词语而是被那些事情本身教会的，那些事情由内在的上帝对他显现出来。”那么，上帝是如何“对他显现出来”的呢？而且，在“传统符号”的解读中，人们又是如何对符号含义达成共识的呢？

在《论三位一体》中，奥古斯丁根据《智慧书》（2：1）的经文“他们对自己说话，不出声地思想”，推导出“思想是心的一种言说”① 的结论。思想的言说不会使用任何语言，是一种前语言的状态，他称为“内在的注视”，其功能在于看到自己的思想，“毕竟，思想是意识的一种视觉，不管肉眼所见或感觉所感之物是否在场，也不管它们虽不在场其相似物却在思想中得到观察；不管这些都没被想到，想到的既非物体亦非物体的样子，而是诸如美德与邪恶及思想本身的东西；不管它们是自由教育学问所教之物，或所有这些事物的更高级的原因与观念其不变本性被想到过；也不管……”（《论三位一体》，第415页）他为什么要否定各式各样的思想内容呢？其实，他在论述中已经完全舍弃了“想”的具体内容，为的是突出和肯定“想”本身总是存在的。换言之，“想”的内容千变万化，思想或思考的动作本身却不会停止，在接下来的一节的开端，他就给出更详细的说明，“现在谈我们在意识到它们时便想到它们，即便不在想它们时也存在于意识中的东西”。其实，语言的符号化斩断了人们从外部获得知识的可能性，只能返归于心，从外在的眼睛转向内心的眼睛。

“想”本身是存在的，也就是说，人们可以沉默地、不出声地思考，这是内在的语言，但这种语言并不能使人懂得，就像

---

① ［古罗马］奥古斯丁：《论三位一体》，周伟驰译，上海世纪出版集团2005年版，第416页。本节引用该书均出自此版本，随文标明页码。

《论教师》一开始提出来的，教师传授知识都是通过语言符号，所以，“想”必须经历一个符号化的过程。“鸣声在外的言乃是明亮于内的言的符号。”（《论三位一体》，第418页）蕴藏于心则为思想，脱口则为声音，落笔则为文字。从思想到声音到文字，这就构成了一个连续的符号化过程。但文字、声音，都是空洞而无意义的，因为它们都不是事物，“我们从词语只能学到词语，的确，我们学到的仅是它们的声音和噪声”[①]。

“上帝也用事物来讽喻”

唯有上帝的词语才可以为这一符号的连续化过程画上句号。因为单纯的符号化本身只能导致无穷回溯，不能带来关于事物的知识。正像柏拉图早就指出的，中断无限回溯的过程，唯一的办法是出现一个和前边的、同一系列的事物完全不一样的事物。在奥古斯丁看来，“上帝的词语”足以终结这一符号化过程，因为它就是事物本身，而且不仅如此，它还是最重要的事物，从它得到的知识才是真正的知识。按照《约翰福音》的说法它还是上帝自身。《论教师》（第14章第46节）引用《马太福音》（23：10）的话“你们的教师只是一位，他在天上”[②]。奥古斯丁随后说，所谓“在天上的教师”，“他是在警示我们，通过人类的代理者和外在的符号，内在地皈依耶稣，接受他的教诲”[③]。这里，“内在地皈依”是信徒们了解和接近事物本身，即词语的本原，而“人类的代理者和外在的符号”则指人类的语言。信仰者由末端而至本原，由外而内，由人的词语而至先此以前就存在的“神言”才能了解事物的真相。

---

① Augustine，“The Teacher”，in *Augustine*：*Earlier Writings*，ed. and trans. J. H. S. Burleigh，Louisville and London：Westminster John Knox Press，2006，p. 94.

② 和合本译为：也不要受师尊的称呼，因为只有一位是你们的师尊，就是基督。

③ Augustine，“The Teacher”，in *Augustine*：*Earlier Writings*，ed. and trans. J. H. S. Burleigh，Louisville and London：Westminster John Knox Press，2006，p. 100.

在《新约》各部“福音书”中，耶稣也同人间的教师一样，使用词语教导使徒，显然这是在使用符号；但同时，如果耶稣教给使徒们的知识是真正的知识的话，那么这些知识一定是关于事物的知识，因此他也在使用事物传授知识。这就引发出奥古斯丁的著名观点：上帝既是在用词语，也是在用事实讽喻。这一说法具体表述于《论三位一体》(第 15 卷第 15 节)：

> 但保罗谈到比方（讽喻）时，并未下定义，而只是讲事实，说新旧两约须从亚伯拉罕的两个儿子来理解，一个是为奴的女人生的，一个是自主的女人生的；这不只是说说而已——而是真的发生过。在他解释之前它的意思是含糊难懂的。(第 415 页)

保罗早就说过，亚伯拉罕的两妻两子乃是新旧两约，他将其定义为“讽喻”，在这一说法的基础上，奥古斯丁有哪些新的贡献呢？首先，他强调说，“这不只是说说而已”，他们，包括亚伯拉罕和两妻两子，都在历史上真实地存在过、生活过，这是史实；其次，这一史实不是词语，而是事实，保罗指出亚伯拉罕的故事是讽喻，但没有强调这一点，其实可以理解成这是“词语的讽喻”，而奥古斯丁所说的实际上不是从词语，而是从“事物”这个角度来审视同一个史实，词语总是不可靠的，事物才能带来知识，这样他为了挽救“词语的讽喻”，强调指出了这一故事实际上是“事物的讽喻”“事实的讽喻”。

如果说无穷数量的“事实”“史实”等连续发生，构建了人类历史的基本内容，那么，奥古斯丁强调“事实的讽喻”也就体现了他将人类世俗的历史加以神学化的愿望。词语既然是符号，就必然引发他意，这是用词语来讽喻，从而导致讽喻义，但这是世俗语言就可以做到的，而上帝的词语理应做到得更多。上帝的词语具有特殊性，首先因其来自上帝，而按照奥古斯丁在《论基督教文化》中的划分（上文已经论及），上帝乃是一切事物的根本或者本原，当摩西询问“你是谁”时，上帝回答：“我是自来永有的。”（《出埃及记》3：14）可见，上帝就是事物本身，但作为事物本身的上帝并没有被完全隔绝于这个世俗世界，“他降临以使自己向那些内在的视力虚弱昏暗的人的外在的肉眼显现”①。在基督教信仰看来，这种“显现”的方式主要表现为上帝在《创世记》中的以言词造世和耶稣基督的“道成肉身”，前者表明上帝的词语外化为世俗世界，整个世界都是上帝的居所，如果说“上帝来到某个地方”，不是说他来到了以前从来没有来到的新的地方，而应理解成他处处都在，但可以用肉身的形式向“内在的视力虚弱昏暗的人”显现；后者，即耶稣的“道成肉身”则是以更加直接的方式，以当面教诲的方式向人们表明世俗历史不过是上帝规划的外在的、暂时的体现。这些都将世俗世界及其历史看成指向背后真正意义的符号，也就转化成创始者的痕迹，而其本身则没有意义。然而，人类生活在符号的世界里，总会有人无法认同上面的说法，这被奥古斯丁在《论三位一体》中称为“人的这一完善形象的绝对的不足之处”，他引用保罗的话：“我们如今仿佛对着镜子观看，模糊不清，到那时，就要面对面了。”（《哥林多前书》13：12）

保罗说的“那时”将在奥古斯丁的《上帝之城》中得到充分描绘，“上帝创造了人这一存在物，如果他情愿将人间的肉体提升为天国的肉体，什么能挡得住他呢？”但在“那时”之前，历史上的史实早就孕育或暗含着对未来场景的预示。从神学化的语言符号学来说，上帝的词语既是事物，又是词语，也可以说，上帝的词语进入人类的语言系统，并成为它的一部分。因此，如果上帝在《创世记》中使用词语来讲述一段过去的史实，那

① St. Augustine, *On Christian Doctrine*, p. 13: “He condescended to make Himself manifest to the outward eye of those whose inward sight is weak and dim.”

么这史实本身就是事物，这不仅因为它的作者是上帝，而且因为它是上帝规划的一部分，这段史实对我们来说是符号，但看透其背后的含义则意味着把握和理解关于这一事物的知识。因此，在每一段历史叙述的背后无疑潜藏着上帝的寓意。这寓意是作为事情的历史故事本身就具有的，而不是也没有必要从作为符号的词语身上引申出来。历史史实的含义可被称为历史义：它是真实发生过的历史史实本身就具有的，“真实性”是它的突出特征。

在《宗教的用处》（第3卷第5节）中，奥古斯丁明确提出了“历史义”的问题：“对于那些勤勉渴望了解旧约的人来说，旧约流传下来，包含了四种寓意——历史的，原因的，类比的，讽喻的。不要认为我笨拙地使用希腊语的术语，因为首先这些就是别人教会我的术语，除了我已经学会的东西，我不会冒险传播任何其他事情。……在圣经中，根据历史义（the historical sense），我们被告知已经写下的和已经发生的事情。有时，历史事实就是如此这般被简单记录下来的。根据原因义（the aetiological sense），我们被告知出于什么事情，某事被做出来或被说出来。根据类比义（the analogical sense），旧约和新约并不冲突，这点被显现给我们。根据讽喻义（the allegorical sense），我们被教导，圣经中的所有事情都不能按照字面意思来理解，而必须形象地去理解。”① 但问题在于，奥古斯丁随后举出的例子似乎和这里的定义式的说法有所脱节。奥古斯丁接着上文说：“在上述这些意义上，我主耶稣基督及其使徒们使用圣经。当有人反对使徒们在安息日掐下麦穗来吃时，耶稣的回答就取自历史记载，‘大卫和跟随他的人在饥饿时做了什么？你们没有念过吗？他和跟随他的人们如何进入圣殿，吃了祭神用的面包？他和他的那些人吃这种面包是

---

① Augustine, *Earlier Writings*, ed. and trans. J. H. S. Burleigh, Louisville and London: Westminster John Knox Press, 2006, pp. 294 – 295.

不合法的，只能由祭司们吃。'”奥古斯丁的解说到此为止，随后他又举例说明其他各项意义。从这个例子来看，历史义不是历史学家秉笔直书、逢事必录，耶稣为自己的门徒辩护，一方面说不遵守安息日的禁食在大卫那里就有先例，但这并不意味着大卫做过的事，任何人都能做；耶稣随后说的，是强调自己是“人子”，而“人子是安息日的主”，以安息日戒律为特征的《旧约》只能服从而不能约束“人子”。从耶稣的用法来看，他的理由的确“取自历史记载”，但没有后面的阐发，一般的理解也就只能是把大卫和耶稣等量齐观，而无法和《新约》的信仰更紧密地结合起来，耶稣其实在借古喻今中展现出一个历史史实的真正含义。

总之，当奥古斯丁说“圣经既用词语，也用事实”来讽喻的时候，它其实展现出一种多层次的、逐步递进式的讽喻化过程。一方面，在他看来，《圣经》本身就以“多义性”著称。词语本身除了字面义，还另有含义，他袭用希腊术语称为“讽喻”，他坦言如果翻译成拉丁语，只会自寻烦恼，越来越乱，这是第一层讽喻，前人多有论述。但词语符号代表的事实是和符号相对立的“事物”，它自然也有意义，而且往往意义更重大，这是第二层讽喻，这层讽喻一般建立在具体的历史记载和史实的基础之上。如果仅就“真实记录”来说，历史事实应该属于字面意义。但另一方面，在奥古斯丁所举的例子中，当大卫及其追随者们[①]进入挪伯神庙向祭司亚希米勒索要祭神的贡品（《撒母耳记》21：1－9）[②]时，肯定不会想到自己的行为会被耶稣基督拿来为自己的使徒们辩护，大卫等人做出了这件事情，但不知道其含义到底是什么。当时大卫多日流亡，饥肠辘辘，寻找食物

---

① 大卫是一个人还是连同其他人一起进入神庙，后世还有争论。

② 《中英圣经·新旧约全书》（和合本——新国际版），圣书书房 1998 年版，第 374 页。

才是当务之急，其他事情都不在他的考虑之中。在《马太福音》中耶稣强调的是，他不仅知道大卫的故事，而且认为这一史实“预示”了耶稣使徒的事迹，这是在《圣经》阐释中经常出现的“预表”手法，在《新约》中屡见不鲜，一般认为，“预表”是讽喻的一种，这样，历史史实的意义就会进入讽喻，从而成为讽喻义的一部分，而且它是奥古斯丁新增加的一部分。在奥古斯丁之前，人们早就认识到词语是符号，但似乎还没有人考虑到它既是符号，也是事物，也就没有人挖掘出这层寓意。

《忏悔录》："先下降，然后你才能上升"[①]

奥古斯丁在一封书信里说过，当基督教的真理用讽喻或象征的方式表现出来，要比用平白的语言直接表达带给我们更大的愉悦。[②] 这一特点主要表现在基督教《圣经》中。在奥古斯丁的心目中，《圣经》无疑具有至高无上的权威，“圣经超过了人类的聪明才智设想出来的任何作品”，“比使徒时代以后的任何作品都优秀”，[③] 因此，写出《旧约》前五卷的摩西无疑是最伟大的作家。奥古斯丁曾经反躬自问：“如果我是摩西，我该如何写呢?”他在《忏悔录》第 12 卷里回答了这个问题，前文已经论及。简单地说，奥古斯丁的理想是在自己的作品中建构多种含义或意蕴，适合不同层次读者的需求。简言之，类似《圣经》这样的作品是他的写作理想。当他青年时期第一次接触《圣经》时，他的印象

---

① Augustine, *The Confessions of St. Augustine*, trans. John. K. Ryan, New York: Doubleday & Company, Inc., 1960, p. 105: “Descend, so that you may ascend.” 本节引用该书均出自此版本，随文注明页码。

② Schaff Philip ed., *The Nicene and Post-Nicene Fathers of the Christian Church* (Vol. 1), Grand Rapids, Michigan: William B. Eerdmans Publishing Company, 1973, p. 309.

③ Quoted in Michael McCarthy's “‘We are Your Books’: Augustine, the Bible, and the Practice of Authority”, *Journal of the American Academy of Religion*, June 2007, Vol. 75, No. 2, pp. 324 – 352.

是："我看到其中有意义，但对高傲之人隐而不宣，小孩子看不明白，在其入口处，人们需先下降，但进去之后越走越宽敞，里面内容都被神秘之事遮挡着。"（第 82 页）如果这个记载确是作者当时的切身感受的话，那么，他已经直觉地猜测到讽喻在《圣经》解读中的关键作用，"这是整个《忏悔录》文本中第一次出现讽喻解经的地方"[①]。同时，这一先下降、再上升的旅程也是全书对世人寻找上帝、探索精神永恒的暗示和讽喻，奥古斯丁将尽其所能地在书中详细展现这两个阶段的全部细节。

综观奥古斯丁卷帙浩繁的著述，他的创作或以反驳异教为主，或以教义论述（《论三位一体》《上帝之城》）为主，或以《圣经》阐释（《创世记的字面含义》）为主，并不适合使用讽喻这种带有文学色彩的创作手法。唯有在他的传记作品《忏悔录》中，他才有可能尽情发挥其艺术创作才能，有意识地使用讽喻的方法。他描写自己在个人肉体成长和精神成长之间、个人皈依与集体信仰之间、个人成长与上帝创世之间建立明确的、无处不在的讽喻关系。从这个角度说，奥古斯丁不仅以"上帝也用事实来讽喻"的说法为讽喻观念史注入了新鲜内容，而且他本身就是一位卓越的讽喻作家。他的《忏悔录》将肉体成长变成精神成长，将个人成长变成集体成长，将个人、集体的成长看成上帝创世的重演或复制，从而使"个人生活""训诫读者""赞美上帝"这三大主题彼此渗透、相互融合，形成一个艺术整体。

从"果园偷梨"到"花园皈依"：走向上帝的精神之旅

《忏悔录》共有 13 卷，前 9 卷主要记载奥古斯丁个人的传记材料，基本上按照时间顺序展开对作者个人生活的回忆，从他在公元 354 年降生直至公元 386 年抛弃摩尼教信仰，彻底皈依基督

---

① Carl G. Vaught, *The Journey toward God in Augustine's* Confessions: Books Ⅰ-Ⅵ, Albany, New York: State University of New York Press, 2003, p. 77.

教以及次年返回北非的途中母亲莫妮卡去世为止。一般认为，《忏悔录》成书于公元400年前后，此时距离《忏悔录》所载史实在时间上延后了10年以上，而离他去世（公元430年）还有将近30年的时间。可见，《忏悔录》不是作者年老时的临终忏悔，不是个人生活的完整传记，只涉及从354年到387年大约34年的历史；同时，该书也不是在作者动笔时对此前个人生活的完整记录，没有使用事无巨细、有闻必录式的写法，作者省略了大约10年的生活经历，其间发生过他升任希波城的基督教主教，经历丧子之痛等重要生活变故。在奥古斯丁看来，皈依基督教是他人生中最重大的转折点，标志着他那漫长的精神探索旅程终于抵达了终点。在此之后，他就安详地生活在上帝的怀抱中，信仰再也没有动摇过，此后诸事也就无须记录了。

《忏悔录》前9卷记载的信仰皈依过程并非一帆风顺，在这一精神旅途中作者内心不时掀起阵阵惊涛骇浪。特别是像他这样一位古典文化积淀深厚、博闻强记、思虑精深周详的人，坚定不移地获得一种虔诚的信仰，尤其显得艰难。《忏悔录》第1卷前5章可以看成全书的引言。首先，奥古斯丁宣布人类是上帝的造物，理应赞美和寻找上帝，但寻找上帝首先必须知道上帝是什么，否则即便找到了上帝，我们也不知道已经找到了，这一方面将一个信仰问题转化成神学认识论问题，另一方面也暗示寻找上帝的旅途将充满波折，并不是沿着一条通衢大道，就可以直接找到上帝，而是一个曲折迂回的甚至是反方向的寻找过程，他说过，“先下降，然后你才能上升，以便你能上升接近上帝”。那么，人们为什么不能从起点出发，沿着一条上升的道路寻找上帝呢？如果那样的话，人们就会认为自己没有什么过错，从无罪的状态向更好的境界攀登，这只会鼓励人们的自大和傲慢，奥古斯丁引证《旧约·诗篇》（73：8－9）的话：“他们讥笑人，凭恶意说欺压人的话：他们说话自高。他们的口亵渎上天，他们的舌毁谤全地。”其次，如果人们的探索之路是“先下降，然后你才能上升”式的，那就注定其间充满了迂回波折，甚至经常面临灭顶之灾，但也只有绝境中的拯救才是真正的拯救，历经千难万险而来的美好结局才是最值得珍重的，这是奥古斯丁从自己的皈依中得出的结论，下文还会更多论及。

在奥古斯丁笔下，他的“精神下降”之旅始于他的降生。根据《旧约·诗篇》（51：5）的说法，“我是在罪孽里生的，在我母亲怀胎的时候，就有了罪”，他认为：“无人能免除罪，即使在地上只活了一天的婴儿也不能。”（第 49 页）他观察到婴儿总会拼命争夺乳汁，即使自己不需要也不会让给别人，他总结说，“婴儿的无辜并不因为天性纯洁无害，而是因为他们尚且软弱无力”（第 49 页）。此后，奥古斯丁回忆了自己儿提时代、少年时期的一系列罪孽：如他喜欢异教作家的作品，特别喜欢《埃涅阿斯纪》所描述的潜伏着勇士的木马，熊熊烈焰中的特洛伊城，埃涅阿斯之妻克鲁萨的鬼魂，但现在看来那些都是“最甜蜜而又最空洞”的场景了（第 1 卷第 13 章）；他喜欢听神话故事，欣赏泰伦斯的戏剧，从中获得了乐趣（第 16 章）；他上台扮演过朱诺，得到别人的赞赏，自己也扬扬得意（第 17 章）；更加严重的是，他还曾故意撒谎、从父母那里偷偷拿钱等，这些小的过失都预示着他长大之后更大更严重的犯罪（第 19 章）。果然，他在 16 岁时和自己的伙伴们游荡街头，在深夜去偷梨果：

> 在我家葡萄园附近的一个花园，长着一棵梨树，上面缀满了颜色既不鲜亮、滋味也不诱人的果子。一天深夜，按照我们形成的老习惯，我们游荡在街头，我们一帮坏小子就去晃动梨树，抢夺果子。我们从树上采摘的果子为数不少，但不是自己吃，而是拿去喂猪；即便我们确实吃了几个，这样做能使我们快活，仅仅因为这件事是被禁止的。（第 70 页）

这里的花园正是奥古斯丁的伊甸园。正像亚当、夏娃在伊甸园中偷食禁果，犯下原罪，这一“偷采梨果”的故事也构成了奥古斯丁“原罪”的具体表现，意味着他继续向下滑去，滑向更深的深渊。这里的关键在于，他们的这一行为纯粹是为作恶而作恶，他承认自己作恶的动机是为犯罪而犯罪，因为喜欢罪恶而犯下罪恶，而不是因为获得权力、财富等而去犯罪，这正是奥古斯丁眼中的人性“原罪”：人性之堕落乃是根本性的，与生俱来的，不需要外在理由就是如此。他后来反思说，“比那些梨果更好的我有很多，但我偷那些果子，仅仅为了偷窃本身，偷来的果子我都丢弃了”（第72页）。

在《上帝之城》中，奥古斯丁进一步分析说，“原罪”的特征之一在于灵魂背弃了本该抓住不放的上帝而以自身为目的，“当它把自己当做自己的满足之物时，这种情况就发生了”[①]。当然，奥古斯丁也为自己的偷盗行为做出了辩护，强调如果当时他独自一人的话，他是不会去偷盗的，“相比一个人单独作案来说，有了犯罪同伙似乎更有乐趣”（第75页）。但这恰恰说明，堕落的不是他一个人，身旁的每一个人都天性堕落，都有原罪。此时的奥古斯丁显然不可能抵御同伴们的蛊惑，这种情形和亚当的基本相同。当亚当犯下“原罪”时，“他不能忍受和唯一的伴侣分手，即使这会将他卷入一种罪恶的伙伴关系”[②]。正像亚当和夏娃互为犯下原罪的同伴，堕落的奥古斯丁也不乏堕落的同伴。奥古斯丁犯罪的动机乃是以自我为中心的傲慢，希望获得同伴的赞赏，以赢得自己虚荣心的满足。上述“偷窃梨果”故事是第2卷的核心事件，一半以上的篇幅围绕它展开。从中我们可以看到，奥古斯丁既爱堕落的同伴，也爱邪恶本身。他16岁的身体和灵魂中洋溢着爱的情感，但爱的对象大成问题。在此后的4卷回忆

① ［古罗马］奥古斯丁：《上帝之城》英文版，［英］玛库斯译，世界图书出版公司2011年版，第441页。

② ［古罗马］奥古斯丁：《上帝之城》英文版，［英］玛库斯译，世界图书出版公司2011年版，第440页。

中，他描写了自己对异性、朋友、异教知识的狂热之爱，但唯独没有爱上帝，所以这些爱的情感都只能导致死亡和毁灭，正像他自己所说的，“在最辛酸的记忆中，我重新踏上最邪恶的道路”(第 65 页)。

比如，奥古斯丁很快离开家乡，来到北非的首府迦太基，“那是一个大锅[①]，在我周围每个方面都沸腾着，鸣响着邪恶之爱的情感”。他始终没有控制约束自己的欲望，他在迦太基找了一个情人，生育一子，这段恋情他自己说是“出于欲望之爱的讨价还价”（第 94 页）。两人共同生活了 13 年，当奥古斯丁希望过圣洁的独身生活时，他就将其送回北非，但不久他又故态复萌，很快就找到一个替代者（第 6 卷第 15 章），“我并不热爱婚姻，反而屈从欲望的奴役”（第 154 页）。这两位异性朋友他都没有提到名字，而他这一时期结识的同性好友则是内布瑞丢斯（Nebridius）。奥古斯丁和他志趣相投，形影不离。在他早逝后，奥古斯丁伤心欲绝，倾诉说朋友是自己的一半儿，自己和朋友的灵魂，是一个灵魂分装在两个躯体中。朋友死后，自己的生活是悲惨的，因为无论何人都不能依靠半个灵魂生存（第 4 卷第 6 章）。当时奥古斯丁认为只有时间的流逝才能抚平他的伤痛（第 8 章），但他现在明白了，人类的友谊不会长久，人间万物易逝，犹如说话，前边的词语消失了，后边的词语才能说出来，全都消失了，整句话才能说完（第 103 页）。对比之下，只有人和上帝的友爱才是永恒的（第 9 章），因为只有在上帝身上才能找到固定性、永恒性(第 11 章)。

青年时期的奥古斯丁继续保持了以前对世俗知识的爱好。他在迦太基求学时喜欢上了戏剧，四处去看悲剧，喜欢从悲剧情感中获得欣赏愉悦，他后来认识到自己喜欢的仅仅是低等生物身上

① 据《上帝之城》英译本注释，拉丁语中“迦太基”和“大锅”读音相近，见英译本第 376 页。

的美，这种情感并不是基督教所提倡的善与仁慈：“虽然有人对某个罪人感到悲伤，这是他心地善良的行为，值得表彰；但具有兄弟同情之心的人更喜欢根本就没有那样的场合来表现悲哀。但在我当时堕落的情况下，我喜欢感到悲哀，寻求这样的机会。”（第 79 页）他还广泛涉猎西塞罗、亚里士多德、柏拉图、普罗提诺等人的著作，但这些古代哲人没能回答此时奥古斯丁最关心的问题：善与恶是统一的还是分开的？恶是什么？恶从何而来？这些问题，奥古斯丁从主张善恶二元论的摩尼教那里获得了初步解答。

研究者大多将摩尼教的影响完全视为一种否定的因素。但我们也应当看到，奥古斯丁的信仰转变正是从怀疑摩尼教教义开始的。首先，摩尼教的福斯塔斯虽然声誉很高，但其实不过逞口舌之辩，并不是事物的高明的判断者，当奥古斯丁向他提问时，他并没有贸然应战（第 5 卷第 7 章），从此奥古斯丁开始怀疑摩尼教：“我没有完全与他们决裂，就像还不能找到比我走得跌跌撞撞的这条路更好的道路，我决心对现状暂时表示满足。”（第 121 页）其次，奥古斯丁的怀疑是他独立思考的产物，按照摩尼教的教义，“使我们犯罪的不是我们，而是我们内心中的另一本质。这给我高傲感，可以让我超脱所有罪孽”。但是，“如果我是一个完整的存在物，而我心中有某种不属于我的本质的话”，那么，“我就和我自己被那种本质分隔开来了”（第 126 页）。主张“我”与“我的本质”可以相互分离，这是荒谬的。奥古斯丁认识到，摩尼教主张的二元论最终导致自我分裂的后果，他后来总结这种影响时说，摩尼教的邪说适合于当时自己渴求真理的心态，但那不过是心造的幻影，“睡梦中的食物很像清醒时的食物，但梦中人不能以此来充饥”（第 83 页）。当奥古斯丁的母亲来到米兰和他共同生活时，奥古斯丁描述自己是耶稣著名寓言中的“浪子”：“虽然我还没有真正地找到信仰，但我已经从邪说中获救了。”（第 133 页）在他极端怀疑摩尼教的时候，他甚至偏激地认为任何世俗知识都对解决信仰没有帮助，大字不识的信仰者比哲学家还要幸福，“一个人如果有一棵树，他为了树上的果子而赞美你，即使他不知道这树有多高，枝桠铺展开有多宽，也比另一个人知道树有多高，数遍所有枝桠，却不知道拥有它，不认识也不知道赞美树的创造者，情形好得多”。他还没有领悟到这些知识都可以拿来为信仰上帝服务。

可见，奥古斯丁将自我精神成长中负面的、下降的原因归纳为人类原罪、少年调皮或恶作剧、青春期之后的性欲、世俗知识与异教的影响等。但即使在这一过程中，也潜含着正面的积极因素的幼小萌芽，如他小时候生病，病得很厉害，妈妈计划带他去教会参加洗礼仪式，但他痊愈后，洗礼就被推迟了（第 1 卷第 11 章）。他小时候也接触过《圣经》，但很快就放弃了：“我目空一切的傲慢使我离开了《圣经》的平易风格，我锐利的目光也没有看透其中的内在含义。”（第 82 页）他和基督教的这些早期因缘际会为他后期转变埋下了伏笔。

奥古斯丁在公元 383 年离开迦太基，满怀对摩尼教的怀疑和对信仰问题的重重顾虑，他先后在罗马和米兰两地开馆授徒，讲授修辞学。在听了米兰主教安布罗斯的讲道后，奥古斯丁深受启发，被对方的“讽喻解经”所吸引，特别当他听到安布罗斯解释“人类是按照你的形象被你创造”时，他感到羞愧脸红：以前他都根据这句话，认为上帝像人一样有肉体，必然受到身体形状的局限：“我狂吠了这么多年，针对的并不是天主教的信仰，而是一种肉体想象的幻影。”（第 137 页）在安布罗斯的启发下，奥古斯丁认识到《圣经》来自上帝，具有无上的权威，它看似平易，实则潜藏着深意（第 6 卷第 5 章）。奥古斯丁很快成为天主教会的“新信徒”（catechumen）（第 5 卷第 14 章）。

但奥古斯丁的上升旅途并不平坦。就像上文提到的，在他下降的旅途中，他的生活中会出现上升的因素；同样，在他上升途中，只要没有最后把握住真正的信仰，在他抵达顶点之前，他的身上也总会表现出下降的因素。比如奥古斯丁曾经和朋友们商量，遵循耶稣的教导，创办共同生活的社区，但众人想到自己作为丈夫对妻子和家庭应尽的义务，都纷纷放弃了（第6卷第14章）。他自己也徘徊犹疑，既要追求智慧和信仰，又不愿意放弃世俗生活，究竟该选择哪一条道路（第6卷第11章）？又如克制性欲或保持独身的问题一直困扰着他："我被自己对女性的喜爱束缚住了。虽然上帝的使徒没有禁止我结婚，但他鼓励我寻求更好的事物，特别希望每个人都像他一样。"（第182页）在他转变的关键时期，两种因素、两种力量短兵相接，突出表现为他的精神迷惘困惑和踌躇不前，他甚至觉得自己还不如某天在米兰街头邂逅的乞丐，乞丐只需酒足饭饱，就很满足、很快乐，喝醉了酒，睡上一宿也就醒了，而奥古斯丁以精神上的神圣快乐为目标："就在那天夜里，我睡下又起来，然后继续睡去，继续起来。这样的日子，过了多少天啊！"（第140页）

此时，他在安布罗斯的启发下已经领会了《圣经》叙述中的讽喻手法，也尝试着借鉴这种手法。他把声誉、习惯、欲望等都比作"旧日的情人们"："她们拽动我肉体的衣裳，对我轻声耳语：'你要抛弃我们吗？从那时起，我们就不能和你在一起了'……就像她们在我身后低声说话，在我离开时她们偷偷挑逗我，好让我再回头留意她们。她们确实阻止了我，使我在和她们决裂时犹疑不定。"（第200页）随后，他把紧接着出现的"节制"这一抽象品质塑造成一位女性的形象："在我面向的道路上，在我害怕走去的道路上，出现了节制的女神，庄重宁静，欢快活泼，毫无放荡之色，劝人向善，所以我不再犹豫走近她。为了将我举起、拥抱我，她伸出圣手，里面放满了各式各样的楷模。……她向我微笑，略带嘲弄，像是在说：'难道这些小伙子和姑娘们做到的，你却做不到吗？为什么你仅凭一己之力站立呢？把你交给他吧，无需恐惧，他不会撒手让你跌倒的。'"（第201页）奥古斯丁将两种相互对立的选择用两种女性形象表现出来，让人想起色诺芬《回忆苏格拉底》中著名的"赫拉克勒斯的选择"，其中两位女神分别代表了“美德”和“恶行”，她们在赫拉克勒斯即将踏上人生道路的关键时刻现身，是对赫拉克勒斯意志品质的严峻考验，只有做出了正确的选择，他才有可能成为众人仰慕的古代英雄。同样，处在极度心理矛盾之中的奥古斯丁也面临着意义重大的选择，他的“旧日的情人们”代表了世俗快乐的各种方式，她们似乎喜欢采用强制的方式来诱惑他——“拽动我肉体的衣裳”。其结果是：“她们确实阻止了我。”与之相反，“节制”女神则呈现了完全不同的面貌，她的主要方法是柔声细语的劝诫，或者出示别人的榜样，特别是比“我”还要年轻的小伙子姑娘们的具体事例来引导“我”，或者是鼓励“我”抛弃恐惧，激发“我”信仰上帝的坚定信念，也正是在她示例和话语的双重鼓励下，奥古斯丁才做出了正确的选择。值得注意的是，作者在这里使用了世俗文学中的古典讽喻。显然，此时此刻奥古斯丁还不是真正意义上的基督徒，使用古典讽喻也在情理之中，在下文当他真正皈依基督教信仰时，他就转而使用《圣经》讽喻或基督教讽喻了。

总之，虽然我们可以以奥古斯丁离开迦太基为标志，将他下降和上升的旅途划定一个大致的界限，但这种划分并非绝对，前后两个阶段也不是泾渭分明、截然对立的。《忏悔录》最成功的地方就在于它展现了作者信仰皈依的复杂性和艰巨性。前进的每一步都是前进和倒退争斗妥协的产物，是上升和下降两种力量相互较量的暂时结局，今天决定的，明天就可能反悔。他描述自己一会儿在“肉体的阵营”，一会儿又跑到了“精神的阵营”。从这个意义上说，上升和下降二者总是相互渗透纠缠、重叠交叉，并不是一个阶段结束了，另一个阶段才开始。

《忏悔录》的第 6 卷至第 8 卷表明，随着奥古斯丁思考的深入，上升的力量在逐步增强。此时困扰他的，除了个人生活问题，主要还是他的神学问题。上帝是可见的还是不可见的？恶是存在还是不存在的？上帝如果至善，为什么创造恶？这些问题，他的最后解答都在巨作《上帝之城》中。皈依前的奥古斯丁还不能说完全想清楚了这些问题，他当时的思考记载在《忏悔录》第 7 卷中，该卷叙事很少，是前 9 卷中神学思辨色彩最浓重的部分。在他看来，唯有上帝才是真正的存在者，除此之外的万物既不是真正存在的，也不是真正不存在的，因为只有抗拒变化、永不败坏的才能真正存在；万物，包括“我”，只有依托上帝这个真正的存在者才能存在（第 11 章）。上帝乃是至善，如果万物也是至善的，那它们就不会毁坏，这显然不是事实；万物如果至恶，那它们之中就没有可以变得毁坏的东西，这也不对（第 12 章）。恶是从善而来的变化，是变坏的本体（substance）：“或者它是一种可以不会变坏的本体，或者它是一种容易变坏的本体，除非它是善的，它就不可能变得毁坏了。”（第 172 页）因此，恶是意志的扭曲，是离开最高本体的上帝而转向较低事物的扭曲（第 16 章）。那么，我们如何认识到这些呢？因为我们感官印象千变万化，但理性能力却始终不变，一切印象、感受都必须提升到理性的面前才能得到判断。如同灵魂高于肉体一样，理性的判断力这一不变之物也高于一切可变之物。这些都被我们的“心灵的眼睛”看到，“我深入到内心的最深处，依靠心灵的眼睛，看到在此之上的永恒不变的光芒”（第 170 页）。奥古斯丁将这种现象描述成一种瞬间而至的顿悟：“在令人眩目的惊鸿一瞥中，我接近事物的本体。”（第 176 页）但随后他又后退了一步：“但我不能将我的目光盯在上面看”，“我还太软弱了，只带回了回忆和渴望”（第 176 页）。

虽然奥古斯丁对真理之光的洞见转瞬即逝，但上述思考毕竟在很大程度上廓清了他的犹疑。第 8 卷详细记录了当代名人维克托利努斯在公众面前宣布改信基督教的故事（第 2 章），这一皈依故事可以看成后面奥古斯丁转变的“提前叙述”，奥古斯丁将会走维克托利努斯的道路吗？还是他将在彷徨犹疑中继续挣扎？这无疑是读者非常关心的问题。随后他听到了埃及隐修士安东尼的故事（第 6 章）。对比这些坚定执着的人物，奥古斯丁深深地为自己的软弱感到羞耻：对世俗幸福的完全厌弃，他始终没有做到。他内心展开无比激烈的斗争，“在由欲望、习惯等组成的铁链中不断翻滚”（第 11 章），随后，在邻居的花园中，他经历了人生中最富有戏剧性的一幕：

> 我不知怎地，躺在一棵无花果树下，让我的泪水任意流淌。……我啜泣地说：“要多久，要多久呢？明日复明日吗？为什么不是现在呢？为什么不是当下就了结我的不洁呢？”说着这些话，内心哭泣着，满怀懊悔。我听到一个像是男孩或女孩的声音：“拿起来，读吧。拿起来，读吧。”我立刻想到这是不是孩子们哪个游戏中的一句话，但我记不起来在何处听到过了。我止住奔涌的泪水站起身，我把它当成上帝的命令，让我拿起书，随便翻开阅读我第一眼看到的章节。……我抄起圣经，打开它，默诵眼光一下子看到的章节“不可耽于酒食，不可溺于淫荡……”立刻，一股宁静之光注入我的心田，以前那些阴暗的疑云瞬间全部散去。

上述引文描述了奥古斯丁“花园中的皈依”这一著名场景。同样是在花园中，在他 16 岁时，他从邻居的花园中伙同一群游荡街头的少年偷窃梨果，在他固有的“原罪”之上重复犯下上帝眼中的罪孽，而在 15 年之后，经历过漫长而曲折的寻找和探索，他终于抛弃了所有的怀疑和焦虑，抵达上升阶段的顶点。花园就是他的伊甸园，他在花园里堕落，也同样在花园里求得新生。第一次花园中的梨树其实是知识之树，他偷窃了梨树的果子，也就等于他像亚当、夏娃偷食了禁果，而偷食禁果只能使人堕落；第二次花园中的无花果树则是生命之树，他在无花果树之下获得永恒的信仰和生命。在《新约·约翰福音》（1：48）中，记载了腓力和拿但业追随耶稣基督的故事：拿但业对耶稣说：“你从哪里知道我呢?”耶稣回答说:“腓力还没有招呼你,你在无花果树底下,我就看见你了。”拿但业说:“拉比!你是神的儿子,你是以色列的王。”按照这里的说法,腓力和拿但业是受到耶稣召唤的第一批使徒,“在无花果树底下”因此就有了一系列深层含义。奥古斯丁使用讽喻手法所要表达的,不仅指他是在“花园中皈依”,他在经过漫长的灵魂堕落和下降之旅后重新返回了伊甸园,而且指他“在梨树下”犯罪,在“无花果树下”痛哭悔悟、重浴神恩。梨树和无花果树,是两个相互对立的讽喻意象,前者是知识之树,引领他追求世俗知识、异教信仰等,但这些都不是确凿无疑的信仰,导致他一次次的精神危机和信仰危机;而后者则是生命之树,他在无花果树这一生命之树的庇护下:“一股宁静之光注入我的心田,以前那些阴暗的疑云瞬间全部散去。”(第 202 页)

重获新生的奥古斯丁满怀喜悦,将这一“先下降,然后你再上升”的旅途归因于“神的规划”或上帝的恩典。真正走完这一旅途的人不是满身疲惫、劳顿不堪,而是收获了更大的喜悦。在这方面,奥古斯丁和使徒保罗的情况相仿。保罗曾经严厉地迫害基督徒,是教会的仇敌,但在耶稣显现的异象中获得启示;奥古斯丁也曾经信仰和传布摩尼教,无论在思想上和行动上都是基督教信仰的敌人,但也在上帝的呼召下走向信仰。他们都曾经置身于极度的危险之中,由此而得救才更显得珍贵,“一个人的灵魂从巨大的危险中解脱出来,他获得的快乐,要远比那个一直满怀希望、只有较小危险的人更多。……水手们在海上的风浪中颠来倒去,受到海难的威胁,大难将临,面色苍白。然后,天明海静,他们达到极致,就像此前遇到的危险达到极致一样”(第 185—186 页)。

“在最辛酸的记忆中,我重新踏上最邪恶的道路。”

虽然《忏悔录》被称为西方传记文学的典范,但它在结构上并非处处都和现代人心目中的传记文学相吻合。特别是第 10 卷至第13卷的4卷，和前面9卷记载个人生平完全不同，看上去很不协调，它们的主题分别是：记忆、时间、形式、创世。以上述这些神学或哲学话题为核心构建出来的最后4卷是否属于传记作品，长期以来研究者争议不断。那么，出于什么考虑奥古斯丁竟会这样组织或结构全书呢？其实，《忏悔录》可以分成前9卷和后4卷两大部分，前边的重点是个人生活和精神成长故事，后边的重点是通过阐释《创世记》的部分章节来讽喻解读创世故事。如果仅有前一部分，那么整部作品展现的无非是个人生活的一个个案，一个特例，如果每个人情况都不完全相同，那么读者也就没有必要重复奥古斯丁的故事，这样的话，全书的训诫功能就会落空。奥古斯丁将这两个部分大胆地并列起来，这种前无古人的创新写法旨在强调，他的情况不是特例，而是上帝创世故事的具体而微的体现。在结构上，《忏悔录》的这一特征也许与《旧约》和《新约》之间的“预表”或讽喻关系有联系。像亚伯拉罕之类的《旧约》人物也是独一无二的，《圣经》读者不可能成为亚伯拉罕，但亚伯拉罕预示着耶稣基督的生平事迹，而耶稣的生活在基督教的宗教训诫中毫无疑问就是每个人学习和模仿的楷模。当然，即使奥古斯丁将自己视为《旧约》人物，他也绝不可能再写一部《新约》了，但他可以像《约翰福音》第1章所做的那样，重新解读《旧约》中的创世故事，把自己的生活故事看成创世故事的一个缩影，从一粒沙子中反映整个世界，从中折射出更广泛的人生或世界景象，使自己的生活记述带有普遍意义。

在后4卷中，以讨论记忆为核心内容的第10卷是前后两部分的过渡，既衔接前9卷的生平故事，又蕴含着全书第二部分的基本主题，是使前面的生平事迹获得更高意义的关键部分。

奥古斯丁在前9卷中展开对自己生活的忏悔与回忆，他在回忆中忏悔，在忏悔中回忆，也在回忆中寻找上帝。正像他在第2卷第1章说的：“在最辛酸的记忆中，我重新踏上最邪恶的道路。”（第65页）“最邪恶的道路”是作者写作时站在基督教信仰的立场上对既往生活的评判，“最辛酸的记忆”则说明展现过去的具体方式，全书是在回忆中依次展开的。仅就“记忆”本身来说，这种回忆在全书第 9 卷达到高潮。在此之前，绝大多数回忆是他的亲身经历，他只需要记住并且把它写出来就可以了，但在第 9 卷，主要展开的是他母亲莫妮卡的回忆，这一卷共有 13 章，一半左右的篇幅和莫妮卡有关，涉及她的家庭、婚姻，她为奥古斯丁所经受的担心、痛苦、焦虑，等等，很多内容只能是莫妮卡经历过的，这些内容都是她先记住，然后再转述给奥古斯丁。此前的内容是奥古斯丁的记忆，第 9 卷的内容是莫妮卡的记忆，然后再变成“我”的记忆，从奥古斯丁的角度来说，前 9 卷既是自己的记忆，又是别人的记忆，因此它是“记忆的记忆”。按照《忏悔录》的记述，莫妮卡对奥古斯丁信奉基督教发挥了不可替代的重大作用，因此，第 9 卷充分展现出来的记忆的“叠加”表明记忆在精神成长中的重大作用，奥古斯丁向上帝这样诉说：“我进入心灵的最深处，它就在我的记忆之中，因为心灵也能记得住它自己。你不是身体的形象，也不是生物的一段情感，就像我们快乐、哀伤、渴望、恐惧、记住、遗忘，以及诸如此类的事情，你不是心灵本身，而是心灵的主人。……你屈尊存在于我的记忆中，从那里我得知了你。”（第 254 页）

无论自己的记忆还是他人的记忆，前 9 卷记录的都是他回忆起来的事情，如果什么事情他经历了，但是没有在记忆中留下痕迹，那就不可能被唤起，也就不可能被写在《忏悔录》里。这表明，心灵既会记忆，也会遗忘。而且回忆中的生活和真实经历的过去生活并不是一回事，如何保证记忆中的内容就是对过去生活的真实复制呢？这些问题将奥古斯丁从记忆的内容引向记忆本身。他要探讨的问题是：记忆是怎样的一种心灵能力？它如何保证我们接受上帝的启示？如果解决了这些问题，那么，奥古斯丁前边的皈依才不是个人的心血来潮式的突发奇想，不是某个人的心理幻觉，而是人类心理能力在正常地发挥作用。这样，他对记忆本身的探讨将为前边 9 卷的回忆奠定理论基础。

奥古斯丁在写完记忆的“内容”之后，回过头对“记忆”自身展开论述。他从人们接受感官印象入手。显而易见，人们每时每刻都在不停地接受外界刺激，形成感官印象，但在感官印象的背后必然存在一个单独的或独立的心灵或生命来统辖感官印象，眼睛只能看见而不能听见，耳朵也只能听见而不能看见，唯有心灵既能看见也能听见（第 7 章）。上述看法的另一个理由是，人们如果经历痛苦，那肯定会在身体和心灵上都感到痛苦，但如果回忆以前经历的痛苦，却不会感到痛苦，因此，肉体是一回事，心灵是另外一回事（第 242 页）。显然，感官都属于肉体，但肉体不能给肉体以生命，必然有更高的生命存在，它负责赋予肉体以生命，上帝是生命的生命，只有上帝才能给肉体带来生命（第 6 章）。因此，探索自己如何走向基督教信仰必须超越感官印象，在内心深处寻求答案，或者说，在内心深处的探寻才可以将探索者引向上帝：“我将超越我本性的能力，沿着一步步的阶梯攀登接近上帝，我进入我的记忆的广阔领域和宽敞的宫殿，在那里存在着各种样式的无穷无尽的事物的形象，它们借助感官从对象身上汇聚而来。”（第 236 页）

值得注意的是，虽然奥古斯丁主张在内心探索，在记忆的深处探寻上帝的身影，但他把这一过程称为一步步攀登的向上的旅程，这和他在前 9 卷反复描写接近上帝是一个上升的过程是完全一致的，因为上帝本来就无限高于个人的灵魂：“那个在我灵魂头上的他是谁呢？我将超越我自身的能力来向上接近他。”（第 235 页）“ 我将超越被称为记忆力的能力，一心抵达可以抵达的地方，也就是你那里，在可以抓住你的地方抓住你。”（第 246 页）从中可以看出，第 10 卷的说法依然在呼应前 9 卷的基本思路。

更为重要的是，在上面的引文中，他只说记忆中“存在着各种样式的无穷无尽的事物的形象”，这些形象就是记忆的全部内容吗？答案是否定的。在他看来，记忆的东西可以分成两类，一类是形象，另一类则是实体或事物自身。前者如我们见到一个人，以后在记忆中回想起他/她的音容笑貌，浮现在心头的不是这个人自身，而只是这个人的形象。但是，我们也学习很多知识，如概念、公式等，学完之后再复习的时候，呈现在脑海中的绝不会是这些知识的影像，而只是这些知识自身，否则我们就永远掌握不了知识。又比如我们掌握了各种数字，在我们的回忆中都只能出现数字本身，而不可能是数字的形象。奥古斯丁的意思也可以用这个例子来说明。如果我们遇到一个朋友，他 30 岁了。过几天我们回想起这个朋友，自然就想起了他的形象，但 30 这个数字本身却没有形象，如果我们事先不知道他 30 岁了，仅凭回忆中的记忆或者心中的印象我们不能根据他的形象得出结论说他 30 岁了。下面这段话可以作为奥古斯丁的结论："看吧！在我记忆的田野和大大小小的洞穴中，填充着各种类型的不可胜数的事物，它们或者通过形象，如各种身体或物质的事物；或者通过它们的实体而存在，如各种人文技艺；或者通过某些概念，如内心的激情——即使心灵不再经历这些情感的时候，记忆仍然抓住它们。"（第 246 页）

记忆可以留存事物自身，这是在内心探索上帝存在的前提。在内心寻求上帝，这样探寻而来的上帝无论如何不应该仅仅是上帝的影像，它还必须是上帝自身，如果我们的记忆可以维持或保存上帝这一实体、现实、事物的话，那么，像奥古斯丁亲身经历的那样，用心灵的眼睛看见上帝才是有可能的。同时，我们的记忆中保留了关于上帝的记忆，我们自己才能确信自己找到的乃是上帝，而不是别的。这一观点在《忏悔录》开篇就讲过，在第 10 卷再次重复：如果我丢失了什么东西，不管是什么，"除非我还记得它，即使把它拿到我面前，我也不能说重新发现了它，因为我不能确定那就是这件东西"（第 247 页）。这样看来，奥古斯丁的皈依并非从零开始，而是对以前关于上帝的记忆的复活。这很容易使人想到，奥古斯丁在第1卷记载的故事：他的母亲莫妮卡曾经在他小时候患重病时，计划给他施洗，但后来他痊愈了，这件事情就被耽搁下来。奥古斯丁从那时起就在记忆中留存了上帝的名字，后来世事纷纭，又将其遮蔽或淡忘了，但奥古斯丁强调说，凡是完全忘记的事情，我们就再也找不回来了，只能说我们淡忘了一部分，但记住了另外一部分（第248页）。这些记述为奥古斯丁的精神成长打下了伏笔，他的皈依旅程可以看成"记忆—淡忘—重新记忆"式的，是对以前原点的回归。比如，奥古斯丁对上帝这样忏悔：

> 自从我得知了你，你就停留在我的记忆中，每当我在心中呼唤你，在你的存在中感到快乐的时候，我都发现了你。（第253页）

据精通拉丁文的学者研究，这句话在语法上并不正确，存在时态上的混乱。[①] 其实，这也不完全是一个语言运用的问题。奥古斯丁故意交错使用过去时态和现在时态，旨在表明上帝自始至终都在心中，自己时刻都对上帝有记忆，但又不能回避自己早期那些堕落之举。前9卷告诉读者的是，他信奉上帝的过程就是在记忆深处或在他心灵最深处重新看到了上帝，因此，第10卷从第27章到第39章，他罗列了那么多诱惑，包括梦境、好吃好喝的、美味的、好听的、好看的、好奇心、智力傲慢、世俗声誉、自我虚荣心、自私自爱等，旨在说明肉体的享受唆使精神分心旁顾，从主人变成了奴隶，不再集中精力探讨自己的内心深处，自然无法发现上帝，"一个人爱别的事情越多，爱你上帝就越少，即使他一道爱你和别的事情，那也不是为了你的缘故才爱你"

① Todd Breyfogle, "Memory and Imagination in Augustine's Confessions", *New Blackfriars*, 1994, Vol. 75, No. 881, pp. 210–223.

(第256页)。

在记忆中寻找上帝，这是奥古斯丁的经历告诉他的。但是，奥古斯丁面临的更重要的问题在于：如果一个人从来没有听到过上帝，在某些尚未开化的原始民族那里，上帝之名从来没有出现过，上帝的实体也就自然无从谈起了。如果是这种情况，他该如何在记忆中、在灵魂中寻求上帝呢？或者说，如果一个人根本就没有听说过上帝，那么，他在灵魂中也能够发现上帝吗？答案是肯定的。这和奥古斯丁对《创世记》的解释有关。上帝创世将自己的印迹烙刻在整个世界上，通过祝福亚当后世子孙的繁盛，将自己的话语送给亚当的后裔。由此看来，人类作为亚当的后代、亚当的子孙就不能说对上帝毫无所知。这正是全书最后3卷要讨论的内容。

“我”的旅程与上帝创世：从混乱中创造秩序

第11卷一开始，除了例行的赞美上帝，奥古斯丁特别祈祷上帝让他明白“起初”（in the beginning）的含义。事实上，这一卷的思考都是围绕着“起初”这一词语展开的。一般认为，这一词语不过是下文详加叙述的上帝创世过程的概括总结，但在奥古斯丁看来，这一词语具有独立意义。“起初”标志着上帝在创世中首先创造了时间。他后来又强调说，在上帝创世之前没有时间(第13章)，因为时间本身也是上帝创造的。虽然作为上帝的创造物，时间不是永恒的，但上帝创造的都有价值，绝无多余之物。时间的价值在于向我们启示了永恒这一概念。在奥古斯丁看来，过去已经消失得无影无踪，而未来则尚未到来，那么我们所能经历的就只有现在，只有现在才能被我们看见、由我们切身体验到。在时间的三个维度中，我们只能把握现在，而过去不过是现在的过去，将来是现在的将来（第20章）。但我们所能把握的现在是向过去和未来拓展和延伸的现在，因为将来的实现了，即变成现在；现在的消失了，就变成了过去。现在是过去和将来的共同的必经之路，因此现在是永远的现在。

但另一方面，尽管过去已经不复存在了，但关于过去的记忆我们还保留着（第 17 章）。将来的尚未存在，但关于将来的迹象或者征兆已经存在（第 18 章）。这些记忆或征兆、迹象的把握主体已经不再是肉体的眼睛，而是心灵的眼睛，“过去的存在于记忆，现在的存在于直觉，未来的存在于期望”（第 20 章），也就是说，它们都存在于人的心灵中。至此，奥古斯丁可以回答“时间是什么”这一“别人不问我知道，别人一问我就不知道”的问题：“在我看来时间不是别的，只是心灵的起伏延伸。”（第 298 页）心灵是把握时间的主体，也是容纳时间的居所，因为过去的印象在心灵里，对未来的想象和期待也在心灵里（第 27 章）。这表明，心灵具有将多种认知对象加以综合归纳的能力，这一心智的综合能力是从“多”走向“一”、从有限走向无限的过程，流露出非永恒的被造之物回归永恒的创造者的持久渴望。奥古斯丁说：“在时间中，我被毫无所知的时间秩序分散了精力，我的思想，我心灵中最隐秘的部分，被混乱和变化弄得四分五裂，直到上帝之爱的火焰将其冲洗干净，那样我就能归向上帝了。”（第 302 页）这一从部分变成整体、从无序转向有序、从变化转向永恒、从庞杂混乱转向整齐划一的特征被奥古斯丁认定是上帝创世的基本特征之一，但它最早从“起初”这一词语中透露出来。理解了这一点，也就容易理解奥古斯丁在后面几卷中分析的具体创世活动了。

《创世记》的第一句是“起初，神创造天地”。在解释“起初”之后，奥古斯丁继续解释“神创造天地”。在他看来，这可以分成上帝创造天和地这两个方面。首先，上帝创造“天”，是在以时间记数的具体创世之前，这里的“天”乃是“众天之天”(the heaven of heavens)，是在大地和天空之上的“天之天”。其次，这里的“地”也不是大地或土地，《创世记》（1：2）第二句接着说：“地是空虚混沌，渊面黑暗；神的灵运行在水面。”既然神的灵要运行在水面上，那必须先存在着“水”，但上帝创造水在创世第二日，显然，在此之前，必须先存在着一种更加原初形态的水，它和“空虚混沌”的“地”一道构成了无形式的“质料”（matter），也就是说，上帝在创世之前，先为自己准备了“质料”这一创世的材料。创世之后的万物获得了固定形式，而创世之前的“质料”是无形式的，在世界的各个部分中，只有大地和深渊最接近“无形式”（第12卷第4章）。人的感官只能看到各种形式的质料，要想看到无形式的质料，“正确的理性说服我，必须去掉任何形式的任何残留，如果我设想一个完全无形式的话，这一点我无法做到。我更容易得出的结论是，它缺乏所有的形式，而不是介于形式和虚无之间的某件事物，既不是成形的事物也不是虚无，是一种未成形的接近虚无的事物”（第307页）。这一段可以和奥古斯丁对“起初，神创造天地”的解释联系起来看，上帝从虚无中创造天地，天幕高悬而巨大，更接近上帝；大地低卑而体积较小，更接近虚无（第7章）。在接下来的具体创世活动中，上帝从无形式的质料中创造世界。在第一天创造光；在第二天，创造天空；在第三天，创造大地、海洋；等等（第8章）。总之，在创世的具体日子之前，上帝已经创造了一重天，但这是“天之天”（“起初，神创造天地”），大地本身，是无形式的质料，是不可见的，无秩序的，只有黑暗漂浮在深渊上（“地是空虚混沌”）。正是从这一无形式的、无秩序的、不可见的质料中，从这“未成形的近于虚无的事物”中上帝才创造出整个世界。

奥古斯丁的阐释紧紧抓住了一点，即他在时间、创世的质料之间既看到了相互区别，也看到它们的共同之处。一方面，时间包容一切，而唯有大地和深渊这两样质料不在时间之内，此时时间的记数还未开始。另一方面，时间有多种形式，初始阶段的世界也是混沌一片，它们都是无秩序的。奥古斯丁在《忏悔录》中展开回忆，但他必须先知道自己要回忆的是什么，然后才能回忆。尚未发现信仰的奥古斯丁感谢上帝：“那永不失效的甜蜜，将我从那支离破碎的状态中聚拢起来，在那种状态中，我背离了你，生存于破碎的片段中。”（第 65 页）在信仰的指导下，奥古斯丁的回忆才整理了那些杂乱无章的原始记忆的记录，当需要什么的时候，就能迅速从中提取出来，“通过思想的行为，我们汇集或聚合有关事物，它们在记忆中放在这里或那里，毫无秩序可言；然后我们观察到它们，确保它们能拿来就用，但此前它们都四处分散放置，无人关注”（第 240 页）。同样，上帝创世之初只有质料，表现为无形式的、无秩序的混沌的大地和蕴含着无底黑暗的深渊，这也是无秩序的，上帝创世可以理解为把秩序赋予世界。《创世记》的最初两句，“你已经将无形式的概念缓慢地注入了”（第 313 页），上帝将要从中创造有形式的、处于时间之中的、优美的天地。那么，《创世记》为什么不能直接而明确地提出“无形式的质料”这一点呢？其实，这也正是《创世记》讽喻写法的妙处。在奥古斯丁看来，如果那样写，人们必然将这一质料错误地等同于虚无，所以《创世记》“注入”了这层含义，但在字面意义上仍然可以让一般读者都能理解。

上帝创世这一从混乱混沌中创造秩序的过程也是奥古斯丁自己在精神上接受上帝的皈依旅程：但他身处下降阶段时，他身处黑暗和深渊中，“我跌倒在物质的事物上，周身处于黑暗，但即使在那里，我也爱你。我走入歧途，但我没有忘记你。‘我听到你的声音在后面叫我，’叫我返回正路，但由于周围憎恨宁静之人的喧嚣，我几乎听不见你。但现在，我返回了，热情高涨，渴望着你的源泉”（第 310 页）。这段话出自第 12 卷第 10 章，是在作者提出“深渊上的黑暗”和“诸天之天”之后，作者由“深渊上的黑暗”联想到自己也曾经身处黑暗，具体情况都记录在前 9 卷中：他曾偷窃、放纵、相信异教等；而“诸天之天”则象征着自己最后将要达到的境界。

向上帝的居所“诸天之天”的逐步接近被奥古斯丁描述为在心灵中展开的灵魂朝圣之旅，它绝不会一路坦途，但总体方向无疑是向上的，“我们受到内在之火的煎熬，我们向上抬起。在心中向上攀登，口中唱着‘逐步向上’的赞美诗”（第341页）。同样，上帝创世也展现了向上的方向，创世将世界本身从深渊、大地这些质料当中生发出来，从大地、深渊这些位置较低的材料创造出天空、日月星辰、在大地上奔跑繁衍的动物、扎根并栖息于大地之上的各类植物，以至在大地上辛勤劳作、生生不息的人类自身。

在最后两卷中，奥古斯丁把上帝创造天地、从一片混沌中创造、给世界带来光明的过程比拟成他自己在前9卷中所展开的过程：带着原罪降生，逐步堕入黑暗，在“偷窃梨果”中达到高潮，穿过一系列的混乱，在内心深处寻找上帝，倾听内在的声音，在“花园皈依”中信奉上帝，接受光明。这两个过程之间是讽喻的关系，它们都体现了“从混沌和黑暗中诞生”的主题，作者写前面这一个，其实就是在为后面做准备；而后面的故事则进一步提升了前面的故事、“我”的故事的意义。《创世记》中的上帝在创世的每一天结束时都会评价“好”，上帝创造了一个从未存在过的美好世界。同样，达到了“诸天之天”的奥古斯丁也不是原来的“我”，而是变成了一个“新我”，他不再住在地上的耶路撒冷，而成为天上的耶路撒冷这一上帝之城的公民（第11章）。“你已经抹去了我所有的罪孽，你走在前边一路帮助我的善德，以便你能将它们交到我的手上，这样你就创造我。”（第335页）

在上述基础上，奥古斯丁力图进一步扩大“我”的故事和上帝创世的讽喻关系，这种关系仅仅适用于“我”自己，还是也适用于其他人呢？第13卷解读《创世记》第1章的剩余部分，奥古斯丁关注的核心是其中上帝对人类的祝福：“要生养众多。”（1：28）奥古斯丁理解上帝的祝福，是要信仰者在数量上的增加和扩大，他在下面这段话中自觉地将“我”的旅程替换成“我们”的旅程：

> 我们从哪里堕落，就从哪里崛起。什么像它们？什么又不像它们呢？它们是情感，它们是爱：我们精神的污秽不洁夹带

着顾虑和爱将我们向下冲去。但那里也有你神圣的圣灵，只有爱、没有顾虑地将我们向上托起，这样我们就将我们的心灵举到你的面前，你的圣灵“运行在水面上”。(第 339 页)

这一段重写了奥古斯丁体会到的精神上的朝圣之旅，但是用集体的历史代替了个人的历史，而信仰者的集体在他那个时代只能是教会。就像上帝在创世中，每创造出一样事物，都说“好”，而这些事物集合在一起，上帝评价为“很好”。这一信仰者集体中的每一个人都曾经堕落，“因为我们有罪，背离你堕入黑暗的深渊”，但是，上帝的圣灵“在我们头上盘旋，时间合适了就来帮助我们”，“将我们混乱的部分重新归位”（第 368 页）。这表明，这一从混乱混沌中提升的公式同样适用于每一个人。上帝既拯救了“我”，也拯救了其他人。“我”的拯救清楚明白地记载在前 9 卷中，读者可以从中得到有益的训诫。从这个角度说，“我给别人的教益不算少”（第 231 页）。奥古斯丁把自己的生活故事，看成上帝创世规律的缩影和模型，也是其他信仰者的必经之路，这三者之间存在着彼此呼应、言此及彼的关系。如果我们简单地将前 9 卷和后 4 卷对立起来，只看到二者之间的对立关系，[①] 那就无论如何都难以将整部作品设想成一个整体。《忏悔录》的故事当然属于奥古斯丁个人，但又超出这个范围，成为其他人的故事，世界诞生的故事。这三者，无疑都来自上帝。所以，上帝才是《忏悔录》的真正主角，他才是值得赞美的：“我们会被感动做好事，在我们的心灵从圣灵中生发出来之后，但在此前，我们曾经背弃你做坏事，但是你，唯一的善的上帝从来没有停止做好事。我们确实做了一些好事，全都出自你的恩典，但它们并非永恒的。我们希望在这些善事之后在你的伟大的神圣中找到安息。”（第 370 页）

---

① Ann Hartle, *The Modern Self in Rousseau's Confessions*: *A Reply to St. Augustine*, Notre Dame, Indiana: University of Notre Dame Press, 1983, p. 26.

第三章　从“神学家的讽喻”到“诗人的讽喻”

一般认为，奥古斯丁标志着古典时代的结束和中世纪的开始，在现代研究者看来，他开创了“西方传统中第一个伟大的阐释系统”①，影响了此后千余年的欧洲历史进程。与奥古斯丁一样，但丁也是世代更迭的代表性人物，他象征着中世纪这一旧时代的终结和现代时期的开端，恩格斯曾将但丁称为旧时代最后一位诗人，同时又是新时代最初的一位诗人。在奥古斯丁和但丁两人的“中间”，是漫长的“中”世纪。这一时期欧洲历史和文化上的主要特征是所谓的“向基督教的皈依”。公元380年，以君士坦丁堡为首都的东罗马帝国皇帝狄奥多西（Theodosius）颁布政令宣布基督教为唯一信仰：“我们的愿望是：在我们的仁慈（Our Clemency）的行政统治下，诸民族都将奉行由神圣的使徒彼得传给罗马人的宗教，他传播的这一宗教时至今日已很清楚。……我们命令那些遵从此政令的人们将拥有大公基督徒之名。但是，我们将裁定不遵政令的其他人是心智混乱与癫狂的，他们将承受信仰异教的丑名，其聚会之所不得再称为教堂，他们将首先遭受神的复仇的打击，其次蒙受我们以神的判断

---

① Fredric Jameson, *Political Unconscious*: *Narrative as a Socially Symbolic Act*, London and New York: the Taylor & Francis Group, 2002, p. 3.

发起的报复。”[①] 公元392年，狄奥多西率兵攻占西罗马帝国首都罗马，完全禁止帝国境内一切形式的异教崇拜和信仰。在西罗马帝国崩溃后的中世纪早期，北方蛮族征服大部分欧洲地区，蛮族分支的各个国王纷纷皈依基督教，以争取战争的胜利和维护世俗权力的合法性。法国历史上的第一位国王克洛维接受基督教洗礼在当时产生了很大影响。当时为克洛维国王施洗的圣雷米主教说：“谦卑地低下你的头，西干布尔人（日耳曼人的一支）；尊崇你已经烧毁的，烧毁你曾经尊崇的。”[②] “就这样，这位国王确认了三位一体的全能的上帝，以圣父、圣子、圣灵之名受洗，以圣油和耶稣的十字架受封册立。与他一道，三千多人接受洗礼。”[③]

基督教信仰成为中世纪占据统治地位的主流意识形态，规范着人们对生活、真理、世界的认知框架和本质把握。作为这一信仰的主要文本依据，《圣经》取代了古典时期的“荷马史诗”，成为西方社会的主要权威，“圣经是中世纪文化领域的基本著作，中世纪文化主要是一种圣经文化”[④]。《圣经》研究是中世纪知识阶层的占据主导地位的智识活动和精神活动，从中发展出比较完备的《圣经》阐释理论，即“圣经的四重寓意说”。作为《圣经》“四重寓意”之一种，讽喻自然会受到特别关注，也对中世纪大量宗教剧、道德剧、神秘剧、诗体罗曼司、世俗故事产生一定影响。传统研究认为中世纪的神学导向和文化氛围阻

① J. N. Hillgarth ed., *The Conversion of Western Europe 350 – 750*, Hillgarth, Englewood Cliffs, N. J.: Prentice-Hall, Inc., 1969, pp. 45 – 46.

② J. N. Hillgarth ed., *The Conversion of Western Europe 350 – 750*, Hillgarth, Englewood Cliffs, N. J.: Prentice-Hall, Inc., 1969, p. 82: “Meekly bow thy proud head, Sicamber; adore that which thou hast burned, burn that which thou hast adored.”

③ J. N. Hillgarth ed., *The Conversion of Western Europe 350 – 750*, Hillgarth, Englewood Cliffs, N. J.: Prentice-Hall, Inc., 1969, p. 82.

④ G. W. H. Lampe ed., *The Cambridge History of the Bible* (Vol. 2): *The West from the Fathers to the Reformation*, London: Cambridge University Press, 1969, p. 197.

碍或迟滞了文学艺术研究，维姆萨特和布鲁克斯认为“这不是文学理论或批评的时代”①。但越来越多的当代研究者认为在中世纪经院哲学和人文主义指导下的世俗创作之间存在着辩证关系，“而不是简单地相互对立的关系，它们持续不断地激励着双方的复苏和增长”②。这种“辩证关系”的例证之一即为中世纪晚期的意大利诗人但丁。但丁是中世纪文化沙漠上的唯一绿洲，他在“神学家的讽喻”之外标举“诗人的讽喻”，《神曲》是中世纪讽喻文学的集大成之作，对当时和后世的文学创作都产生了重大影响，隐含其中的讽喻手法对此后的文学创作和批评都具有典范意义。

第一节 《圣经》四重寓意:“从历史中看出讽喻”

“历史是信仰的基础”

在《圣经》阐释方面，尽管各家各派的说法不尽相同，但中世纪神学家都继承了早期教父释经的基本看法，认为《圣经》本身蕴含着字面义和精神义，二者之间的关系可以用一个比喻来说明：“上帝的词语包裹在肉体的外衣里通过圣母马利亚来到这个世界上——我们在他身上肉眼见到的和我们对他的理解不一样：肉体方面对所有人都是明显的，只有少数人或者被选中的人才能看到他的神性——同样，上帝的词语通过预言家和律法的制订者来到这个世界，它并非没有掩盖在适当的外衣之下。正像他的身体被遮盖着，他在这里也被词语的面纱遮盖着：词语被视为肉体，内在的精神义则被视为神性。”③

① W. K. Wimsatt & C. Brooks, *Literary Criticism: A Short History*, New York: Alfred A. Knopf Inc., 1959, p. 154.

② Alastair Minnis and Ian Johnson eds., *The Cambridge History of Literary Criticism: Vol. II: The Middle Ages*, Cambridge and New York: Cambridge University Press, 2005, p. 8.

③ Henri de Lubac, *Medieval Exegesis* (Vol. 2): *The Four Senses of Scripture*, trans. Mark Sebanc, Grand Rapids, Michigan: William B. Eerdmans Publishing Company, 1998, p. 108.

如果进一步研究的话，精神义还有不同的表现形式。有人依据奥利金、哲罗姆（345—420）的说法，认为《圣经》包括历史义、讽喻义和道德义等三重寓意：“我们渴望首先接触到引发行动的历史义，然后揭示负责培育信仰的讽喻义，最后再加上道德义，它负责组织令人尊敬的生活。”[①] 也有人依据奥古斯丁的说法，主张“四重说”，其中第四重含义“神秘义”是从讽喻义中分离出来的，或者说是更加难以索解的讽喻义。12 世纪的一位神学家罗伯特（Robert of Melun）说：“有些作者习惯于加上圣经的神秘义。在他们看来，圣经不是由三股线拧成的绳索，而是由四股线拧成的。在我们看来，神秘义就包括在讽喻义中。”[②] 也有人将讽喻义和神秘义视为一个整体，保留了讽喻义和神秘义各自的名目，但实际上指称的对象区别不大，“在我们考察了圣经历史后，我们就应该考察其道德方面。同样，在考察了道德方面后，我们就应该进而通过研究其讽喻来考察其神秘义方面”。尽管有这些区别，但总体上说，中世纪普遍流行的，也最为后世所知的是“四重寓意说”，这是中世纪的主要释经范式。1330 年利亚的尼古拉（Nicholas of Lyra，1270—1340/49）给出了这一观念的公式化表达，为了使其语境更明确，我们不得不引用他较长的一段论述：

> 然而，这部书（指《圣经》）是独特的，因为它的一段文字包含了许多意思。原因在于上帝是这部书的主要作者。他不

---

① Henri de Lubac，Henri. *Medieval Exegesis*（Vol. 1）：*The Four Senses of Scripture*，trans. Mark Sebanc，Grand Rapids，Michigan：William B. Eerdmans Publishing Company，1998，p. 89：“We have been eager first of all to touch on history，which produces actions，then to reveal the allegorical significance，which builds up faith，and lastly also to add morality，which orders an honorable life.”

② De Lubac，Henri. *Medieval Exegesis*（Vol. 1）：*The Four Senses of Scripture*，trans. Mark Sebanc，Grand Rapids，Michigan：William B. Eerdmans Publishing Company，1998，p. 91.

仅有能力使用词语代表事物（因为人类也有能力这样做，并且已经这样做了），而且使用词语代表的事物来代表其他的事物。因此，所有书籍都普遍用词语来代表事物，但这部书的独特之处在于它用来代表事物的词语又用来代表别的事物。根据第一个意义化的过程，这一过程来自词语，我们可以理解成字面义或历史义。但根据另外一个意义化过程，这一过程通过事物自身才能实现，我们理解成神秘义或精神义，这一意义通常是三重的——因为，如果词语所代表之事被说成我们在新的律法中信仰之物的意义，那就是讽喻义；但如果它们被说成我们应该做的事情，那就是道德义或者道德隐喻义；如果它们被说成我们在上帝护佑的未来希望得到的事物，那就是神秘义（这个词 anagogical 来自 *anagō*，意思是"我被拯救"，I raise up）——因此就有了下面的诗句：

字面义教给你们过去的事件，讽喻义教导你们应信仰何物，

道德义教导你们应该做什么，神秘义教导你们向何方奔去。①

简言之，《圣经》的字面义（历史义）叙述过去的历史，具有纪实性；其背后蕴含的讽喻义告诉读者《旧约》历史和耶稣基督之间的必然联系，证明耶稣就是《旧约》先知书中多次预言的"弥赛亚"，这是读者信仰和崇拜的对象，从而自然帮助读者培育基督教信仰，因此它具有训诫性；道德义则关注灵魂与上帝的关系，引导人们以耶稣基督为榜样安排自己的生活，这是其道德性；神秘义则负责揭示世界或历史的末世场景，是对未来的展

① Philip Rollinson, *Classical Theories of Allegory and Christian Culture*, Pittsburgh: Duquesne University Press, 1981, p. 78。下面是四句诗歌的英译文：The Letter teaches deeds, allegory what you should believe, The Moral what you should do, anagogy where you are going。

望，因此具有预言性。举例来说，“耶路撒冷”的字面义是一座城市，讽喻义是教会，道德义是人的灵魂，神秘义是上帝的天国。[①]

上述公式鲜明地表现了基督教讽喻的特色，这一点如与古典讽喻做一对比则更容易看出来。古典讽喻表现出将讽喻看成文字意义或字面义的倾向，似乎比喻、寓言等所表达的超出字面义以外的意义就是讽喻义。但在基督教讽喻看来，这些意义都只能归属于字面义。首先，比喻义、寓言的意义仍然属于“词语”的范畴，而不属于“事物”的范畴。基督教讽喻说认为讽喻之所以是讽喻，是因为词语代表的事物还另有含义，这些事物是已经存在的，是已经“实现”的事物而不单纯是词语。比喻义或寓言的意义都不可能“存在”或者“实现”，所以它们不是讽喻义。这也是基督教讽喻特别重视历史义的原因，因为他们所说的讽喻义必须是在历史上已经出现过或者存在过的事物的意义，而不是词语的一个意义之上的另外一个意义。

其次，基督教讽喻认为讽喻是词语代表的事物本身所具有的意义，这是一个“词语—事物—事物的意义”的过程，蕴含两个“意义化”的过程；而比喻义或寓言的意义，无论其含义多么难以理解，也只是“词语—意义”的过程，仅仅是一个单一的“意义化”过程。在《新约》中，耶稣基督大量使用比喻或寓言的形式来布道，有的寓言他给出了解释，有的他没有解释，读者很难理解，但耶稣明确指出，它们的意义等到末世来临的时候就清楚了，这表明，寓言将会变成事物，寓言的“实现”还有待来日，即它们的第一个“意义化”过程尚未启动，因此比喻义或者寓言的意义都应该属于文字的意义或者字面义。当然，基督教讽喻会将大量意义聚集在字面义的身上，

然而，在奥古斯丁和这一公式最后定型之间，《圣经》阐释

① Christopher Ocker, *Biblical Poetics before Humanism and Reformation*, Cambridge: Cambridge University Press, 2002, p. 21.

学走过了将近千年的漫长旅途，其中，各种说法并不完全一致。考察这些不同说法，有助于我们发现中世纪“四重寓意说”的基本发展路径和主要倾向，从而厘清从基督教讽喻向“诗人的讽喻”过渡或转化的内在机制。这一时期的神学论述堪称纷纭繁复，很多重要文献仍然以手稿或抄本的形式沉睡在图书馆或档案室里，从来没有被整理、编辑、翻译成现代世俗语言出版。我们从主要神学家的论述中归纳出和本书论题有关系的几个问题：首先，《圣经》中为什么有讽喻？其次，《圣经》中包括历史义在内的字面义和讽喻义是什么关系？最后，讽喻义如何培育《圣经》读者的信仰，即它如何实现上文公式对讽喻的要求：讽喻义教导你们应信仰何物？

大格里高利（540—604）是中世纪早期的重要人物，是一位产生了重大影响的神学家，一向被视为连接早期教父神学和中世纪信仰的主要桥梁。在他之前的奥利金和奥古斯丁都对他产生了直接的影响，他像奥古斯丁一样承认《圣经》既有容易理解的部分，也有含义晦涩的部分，它们分别针对着不同的读者，“圣经中很多事情非常简单地表达出来，以滋养年轻人，但其他事情确实遮蔽在晦暗不明之中，只有心灵强健者才能看懂，因为这些难懂之事在付出努力之后才能懂得，也就更加令人满意”[①]。同时，他也像奥利金一样，认为“人有肉体和灵魂，圣经有字面义和精神义”，因此《圣经》“既是内在地写成的，又是外在地写成的”（a book written both within and without[②]），所谓“外在地写成”对应着《圣经》的字面义，而“内在地写成”则对应着《圣经》的精神义。因此，《圣经》中“写在内部”的内容就需

① George E. Demacopoulos，“Gregory the Great”，in *The Spiritual Senses*：*Perceiving God in Western Christianity*，eds. Paul L. Gavrilyuk and Sarah Coakley，London：Cambridge University Press，2012，p. 73.

② G. W. H. Lampe ed.，*The Cambridge History of the Bible*（Vol. 2）：*The West from the Fathers to the Reformation*，London：Cambridge University Press，1969，p. 184.

要研究者采取适当的手段或步骤来予以揭示，他通常的做法是从历史义出发，经过讽喻义或预表义，最后到达道德义。如他解释《以西结书》(1：7)“他们的腿是直的，脚掌好像牛犊之蹄”，认为这里分趾的牛蹄，是说教会指导者们应该有足够的智慧来区分何时应该坦率直言，何时只应委婉劝说。当然，无论何种解释，研究《圣经》的最终目的是获得基督教信仰：“在整部圣经中，上帝都是为了一个目的来向我们说话，就是把我们引导到爱上帝自己和爱我们的邻居上来。”① 虽然研究者可以区分《圣经》的各种寓意，但这并不等于说字面义或历史义就一定低于讽喻义或道德义，因为《圣经》的历史记载本身就蕴含着道德义，《圣经》中并没有哪一部分只讲道德义，“简单而真实的文字，却格外高妙，伴随着多样深沉的隐蔽涵义”②。反过来说，如果过分地、无节制地使用讽喻解经，获得的只能是毫无依据的主观幻想，同样不是真理，“一个人如果忽视了通过字面义来接受历史记载中的词语，他就为自己遮盖了真理之光”(第74页)。

中世纪经院神学兴起之前的最后一位重要人物圣维克的雨果(Hugh of Saint Victor，1093—1141)也像奥利金、奥古斯丁一样，承认《圣经》在字面义上不乏矛盾，但只要认识到《圣经》的精神义，这些矛盾都会得到解决，“神圣的书页，在其字面意义中，包含了许多相互对立的甚至看上去有几分荒谬的或者完全不可能的事物。但是精神义不会承认任何对立；其中的很多事情可以有所不同，但绝无相互对立的事情”(第267页)。而且，《圣经》同时具有字面义和精神义，这一事实本身就可以使《圣经》获得

① G. W. H. Lampe ed.，*The Cambridge History of the Bible*（Vol. 2）：*The West from the Fathers to the Reformation*，London：Cambridge University Press，1969，p. 185.

② Henri de Lubac，*Medieval Exegesis*（Vol. 2）：*The Four Senses of Scripture*，trans. E. M. Macierowski，Grand Rapids，Michigan：William B. Eerdmans Publishing Company，1998，p. 52：“…the simple，true letter，yet exceedingly high，being accompanied by a deep multiplicity of hidden senses.”本节引用该书均出自此版本，随文注明页码。

超越世俗文学或哲学的优越地位：诗歌使用各种形象的手段来把握对象，而哲学虽然阐述真理，但却是抽象的说教，《圣经》里面没有虚构，这就超越了诗歌，同时《圣经》使用大量的形象的语言，这就超越了哲学。表面上看，《圣经》讲述了各种具体事物，但这些事物本身又另有含义。雨果的学生，圣维克的理查（Richard of St. Victor，1123—1173）后来总结说："在神圣文学中，意义不仅代表事物，而且那些事物还代表其他事物。"① 他将《圣经》中的各类事物划分成六种情况：物理事物、人物、数量、地点、时间、事件。这些事物都出现在《圣经》中，但它们都另有含义，这种含义可以脱离上下文的语境而独立存在；它们脱离语境之后所获得的新的含义就是精神义或讽喻义。究其原因：这些事物都存在于大自然中，而自然或世界都是上帝的创造物，和上帝有关，也都在某种程度上代表着上帝。"所有的自然都预示着上帝。所有的自然都在教导人类。所有的自然散发着理性，自然中并无任何干瘪无机之物。"② 从中不难看出奥古斯丁"上帝既用词语来讽喻，也用事实来讽喻"这一理论的影响。

"讽喻培育信仰"

在《圣经》字面义方面，中世纪阐释者强调历史是全部信仰的基础，他们认为所谓的"历史"是指"报道那些已经被做过了或者被看见的事情"。《旧约》历史从上帝创世开始，随后叙述

---

① Christopher Ocker, "Scholastic Interpretation of the Bible", *A History of Biblical Interpretation* (Vol. 2): *The Medieval through the Reformation Periods*, Grand Rapids, Michigan: William B. Eerdmans Publishing Company, 2009, pp. 263 - 264.

② Christopher Ocker, "Scholastic Interpretation of the Bible", *A History of Biblical Interpretation* (Vol. 2): *The Medieval through the Reformation Periods*, Grand Rapids, Michigan: William B. Eerdmans Publishing Company, 2009, p. 264: "All nature bespeaks God. All nature teaches human being. All nature imparts reason, and there is nothing barren in the universe."

“上帝的选民”跌宕起伏的历史过程，以对未来的展望结束；《新约》则叙述上帝之子耶稣基督道成肉身，降临人世拯救世界的过程，以对“末日审判”场景的描述结束。整个《圣经》历史是上帝创造、救赎人类的“见证”，它表明上帝不是和这个世界毫无关系，而是不断介入或者指导人类的全部活动，“即使圣经历史空无一物，只有赤裸裸的字母，我们也应该对此感到欣慰，因为它饱含着深挚之爱：历史报道过亚伯拉罕的妻子利百加的故事，耶稣就属于她的后代中延续出来的家族，耶稣将我们道德的本性体现在她的身上”（第46页）。利百加，在《圣经》中并不是多么惊天动地的关键人物，但即使这么一个小人物，也能体现出上帝的拯救规划。

“令人尊敬的比德”（the Venerable Bede，673—735）今天主要以其《英吉利教会史》而为人熟知，但在比德生前，他的《圣经》阐释才是真正“令人尊敬的”。一方面，他继承了奥古斯丁的说法，认为《圣经》中既有词语讽喻，也有事实讽喻，他给出的讽喻定义影响很大，长期被后人沿用，“讽喻就是基督和教会的隐含的秘密被神秘的词语或事物表达出来”[①]。另一方面，作为一位职业的历史学家，比德非常重视历史的教育意义和价值，他在《英吉利教会史》的“前言”中说自己撰写此书为的是“教诲后代”：“如果一部历史著作记载了善人善行，那么细心的人听到这些故事后就会深受感动而去仿效他们；如果一部历史著作记载了恶人恶行，那么它同样可以使忠诚善良的读者或听众避免那些对灵魂有害的东西而更加自觉地追求他知道是合天主意的善事。”[②] 一般认为，比德比前人更加重视文本的历史义

① Henri de Lubac, *Medieval Exegesis* (Vol. 2): *The Four Senses of Scripture*, trans. E. M. Macierowski, pp. 91-92: “Allegory is when the hidden mysteries of Christ and the Church are signified by mystic words or things.”

② ［英］比德：《英吉利教会史》，陈维振、周清民译，商务印书馆2009年版，第6页。

和字面义。[①]

圣维克的雨果针对有人在解释《圣经》时不重视字面义的情况，反驳说："如果你不从字面义上来阅读圣经，你怎么能够阅读圣经呢?"[②] 他将字面义或历史义比作词语的外在形式："上帝词语的外在形式在你看来就像是尘土，你可以将它踩在脚下，你可以轻视词语在肉体上和在表面上吩咐你做的一切。但是，请听好！那些你踩在脚下的尘土，使盲人睁开了眼睛。阅读圣经吧，首先仔细体悟它在表面上吩咐你做的一切。"[③]

可见，历史记事是信仰的基础，但解释《圣经》不能永远停留在这一基础上，还必须从历史中挖掘出更深的含义。奥古斯丁之前的圣安布罗斯（Ambrose of Milan，339—379）就指出历史记事的教育意义："让那些旧约族长们教育你们，不仅用他们的教诲，而且用他们的错误。"他还略带讽刺地说："我承认人类存在着，这并不令人惊奇；我承认一个普遍的事实，即人类犯罪，人们犯罪，就像国王通常也犯罪；但人们悔悟了，就像国王通常都不悔悟一样。"（第 65 页）随后的大格里高利等人也强调学习历史的当代意义。在他们看来，历史并不是单纯的过去事件的记录材料：过去的事情已成过去，而且再也不会回来了，这对我们有什么用处呢？但正是通过这些历史事件，上帝才向人类说话，才向人类披露了自己。上帝是永恒不变的，上帝的言语也是永恒不变的，人类只有理解了这些言语才有希望获得拯救。"只是了解了过去的事情却没有理解它们，这能有什么好处

① Mary A. Mayeski, "Early Medieval Exegesis: Gregory I to the Twelfth Century", in Alan J. Hauser and Duane F. Watson eds. , *A History of Biblical Interpretation* (Vol. 2): *The Medieval through the Reformation Periods*, Grand Rapids, Michigan: William B. Eerdmans Publishing Company, 2009, p. 97.

② Beryl Smalley, *The Studies of the Bible Studies in the Middle Ages*, Notre Dame, Indiana: University of Notre Dame Press, 1964, p. 93

③ Beryl Smalley, *The Studies of the Bible Studies in the Middle Ages*, Notre Dame, Indiana: University of Notre Dame Press, 1964, pp. 93 – 94.

呢?”（第 80 页）

的确，仅仅“了解”过去还不是对历史进程的真正的“理解”。在单纯的记事层面，历史仅是历史，里面展现的过去和现在没有多少关系，过去和现在就是分离的，甚至是矛盾的，只有通过讽喻义，人们才能看到过去和现在之间的相互联系，二者才能构成一个整体。在第一种情况下，“神圣律法的历史，就是那些行为和言辞，其中不带有对未来之事的任何预兆”（第 86 页）。只有在第二种情况下，即对历史记事做出讽喻解读的时候，上帝介入人类历史的隐蔽含义才能被挖掘出来，“对圣经读者来说，历史义不仅是不够的，而且他们还必须考虑那些预言的话语意味着什么”（第 84 页）。举例来说，摩西率领以色列民众渡过红海、在饥饿困顿中上帝降下的食物吗哪、摩西按照上帝吩咐打造的圣幕和约柜，这些事物都是真实的历史事实，但同时它们也都是未来之事的预示形象，这些未来之事像渡过红海所预示的耶稣基督为信众施洗礼，圣幕和约柜所预示的教会，吗哪所预示的耶稣基督最后晚餐上的面包和酒等。未来场景首先通过历史记事预示出来，如果基督徒相信前面讲述的这些历史事实，可能就不会怀疑由这些事实引发出来的讽喻义。圣维克的雨果概括说：“在历史中，你有根据来仰慕上帝的所作所为，在讽喻中，你有根据来相信他的圣礼。”[①] 这其实是一个从“相信”过去到“信仰”现在的过程，因为中世纪所说的“现在”是“后”耶稣时代：“律法时代”早已过去，现在是“恩典时代”了。大格里高利在中世纪初期就指出“讽喻培育信仰”（Allegory builds up the faith），这个说法在很大程度上规定了中世纪讽喻研究的基本路径。总之，中世纪的阐释者们既承认历史是信仰的基础，又承认仅有历史还是

① Henri de Lubac, *Medieval Exegesis* (Vol. 2): *The Four Senses of Scripture*, trans. E. M. Macierowski, p. 113: “In history you have the wherewithal to admire God's deeds; in allegory, that to believe his sacraments.”

不够的，还必须从讽喻义方面对过去的历史做出解释，披露深藏不露的神的规划，这两个方面的意思可以锻造成一个精悍简洁的说法："时刻注意从历史中看出讽喻。"①

阐释实例："有一张床"

中世纪的《圣经》阐释不仅是神学研究的主要课题，而且是人们日常操作的具体实践。下面从美国学者斯莫利女士的名著《中世纪圣经研究》中借用一个例子来具体分析中世纪释经学如何发现同一词句的多层寓意。假定我们的分析对象是"床"这个词语或者"有一张床"这个句子，人们就会汇集、辑录《圣经》中和"床"有关的经文，然后再把这些经文中的"床"的意义分成字面义、讽喻义、道德义、神秘义等四种寓意。②

1. 历史义或字面义：我的良人啊，你甚美丽可爱，我们以青草为床榻。(《雅歌》1：16)

2. 讽喻义：看哪！是所罗门的床（中译本作"轿"），四周有六十个勇士。(《雅歌》3：7)

3. 道德义：我每夜流泪，把床榻漂起，把褥子湿透。(《诗篇》6：6)

4. 神秘义：不要搅扰我，门已经关闭，孩子们也同我在床上了。(《路加福音》11：7)

具体来说，《雅歌》现在通常被认为是夫妇之爱、恋人之爱的爱情诗篇，但在中世纪则被认为是描写确实无疑、持续永恒的"上帝之爱"的典型。《圣经》中其他篇章经常在比喻意义上使用

---

① Henri de Lubac. *Medieval Exegesis* (Vol. 2): *The Four Senses of Scripture*, trans. E. M. Macierowski, p. 85: "But let him note the allegory through history."

② 《中世纪圣经研究》就"讽喻义""道德义""神秘义"分别举出两个例子，本节只选取一个。

夫妻之爱，如《以赛亚书》（54：5）：“因为造你的，是你的丈夫。”耶稣在《马太福音》（9：15）中说：“但日子将到，新郎要离开他们，那时候他们就要禁食。”按照奥利金的说法，犹太人满30岁以后才可以阅读《雅歌》，或许只有当读者心智成熟到一定程度时，才能从描写男女之爱中看出对上帝、耶稣的热烈爱慕情感。《雅歌》的作者是所罗门，全诗共8章。诗人在第一章中想象“良人”和“佳偶”对唱的场景，其中第16节出自“佳偶”之口，接下来的第17节则是“良人”的回应：“以香柏树为房屋的栋梁，以松树为椽子。”按照诗中描写的场景，国王和诗歌作者等人在无垠沙漠环绕的绿洲之上栖息游乐，一对恋人抒发炽热的爱情，在想象中搭建爱情的居所。他们一一列举了建筑施工中需用的各种材料：青草、香柏树、松树等。这些材料都取自眼前“绿洲”这一预设场景，从诗中人物在此情此景之下目之所及所引发出来的，并没有超出两个恋人的感觉范围。尽管《雅歌》这8章诗篇直到今天仍被研究者认为是“神圣的讽喻”，但这里举出的诗句是对当时场景具体而细腻的描述，呈现的是一个现实和想象相互交织的世界，因此它具有历史义或字面义。

第二个例子“看哪！是所罗门的床，四周有六十个勇士”也出自《雅歌》，但主要表现的是讽喻义。虽然《中世纪圣经研究》只选了这一句，但其实上一句就透露出讽喻的意味。上一句说：“那从旷野上来，形状如烟炷，以没药和乳香，并商人各样香粉熏的，是谁呢?”其中，“烟炷”很容易使人想到摩西等人出埃及地时，上帝白天以烟炷、夜晚以火光为信号引导他们；“旷野”则是《圣经》对世俗世界的传统讽喻，著名的例子像耶稣在旷野中经受魔鬼的四十天试探（《路加福音》14：1），福音书中的“施洗约翰”是“旷野中的一声呼喊”（《马可福音》1：3）等。和上面例证有关的是，摩西遵照上帝旨意保护圣幕行走在旷野中，诗人看到的所罗门王坐着“床”或者“轿子”从天降临，四周有人护卫。所罗门的“床”暗中指涉摩西的约柜，当年护卫约柜的以色列会众是六十万人（《民数记》2：32），而现在护卫在所罗门周围的是六十个勇士。这里，诗人通过数字讽喻，以六十个勇士和六十万民众之间的联系，将所罗门王描绘成拯救以色列人出埃及地的耶和华、拯救世人走出“旷野”的耶稣基督。

第三个例子“我每夜流泪，把床榻漂起，把褥子湿透”表现饱受病痛折磨的信仰者的忏悔、悔悟之情。像其他诗篇一样，例证所在的第六篇也以主人公第一人称写出，“我”因为病痛而“骨头发颤”，感到是上帝在惩罚自己的罪恶，因而灵魂备受折磨，“我”于是首先祈求上帝不要因为我的过失或罪恶而发怒。随后，在夜晚祷告时，“我”流出悔恨的泪水，甚至沾湿了身下的床褥，而“把床榻漂起”之类的描写则是在使用文学夸张的手法极言泪水之多、忏悔之真诚、祈求上帝恩典之急迫。《圣经》在道德寓意上具有强烈的训诫功能，不断劝人避恶趋善，其前提是强调人人皆是罪人，唯有真心忏悔才有希望获得拯救；获得拯救并不是因为自己的道德完善，而是因为上帝的恩典或上帝之爱。这个例子聚焦于“我”坎坷潦倒、祷告忏悔的特殊瞬间，正是在这一刻，“我”的情感才最强烈，祈求上帝宽恕的心理需求才最迫切。

第四个例子“不要搅扰我，门已经关闭，孩子们也同我在床上了”出自《路加福音》的第11章，这一章在整部《圣经》中非常著名，耶稣在这里亲自规定了日后基督徒祷告的基本形式。本章一开始，就有信徒祈求耶稣教给他们如何向上帝祷告。耶稣告诉他们应该首先做什么，然后做什么，最后按照他的通常方式说出一个讽喻故事：一个人的朋友半夜来敲门，求借三个饼，因为家里忽有不速之客登门，这个人就回答“不要搅扰我”云云，等于拒绝了他。耶稣由此教导信徒说：“你们祈求，就给你们；寻找，就寻见；叩门，就给你们开门。”同样的词句也出现在《马太福音》（7：7）中。这里神秘的地方或许在于，上帝固然会回应人们的祈求和祷告，但是立刻就回应呢还是将来回应呢？是以人们就能知晓的方式回应呢还是以人们难以察觉的方式呢？这都是需要祈求者思考的问题。

还应该注意到，“床”或“有一张床”的《圣经》用法几乎不可尽数，像“以色列勉强在床上坐起来”（《创世记》47：31）具有历史义或字面义，“我又用没药，沉香，桂皮，熏了我的榻”（《箴言》7：17）则有讽喻义，“我的床必安慰我，我的榻必解释我的苦情”（《约伯记》7：13）有道德义，而“你在高而又高的山上安设床榻，也上那里去献祭。你在门后，在门框后，立起你的纪念，向外人赤露；又上去扩张床榻，与他们立约。你在那里看见他们的床，就甚喜悦”（《以赛亚书》57：7－8）则蕴含了神秘义。这些说法，都是将四种寓意分配到各个语句中，这是“四重寓意的最简单的形式”①，更为复杂的形式是从一个词语或语句中找出不同含义，使其同时具有四种含义，这在后面讨论但丁“诗人的讽喻”中就可以看出。

神学家的讽喻：总结

“讽喻”从词源学上说是“表面说的是一回事，实际上说的是另一回事”②。用讽喻方法解读文学作品意味着在表层叙述背后探寻深层含义。从希腊化时期到文艺复兴之前，为数众多的神学家使用讽喻方法解读《圣经》。中世纪占据统治地位的《圣经》“四重寓意说”认为《圣经》文本包含了文字义或历史义、讽喻义、道德义和神秘义，后三种意义也被称为“讽喻义”或“精神义”。比如，“耶路撒冷”的文字义或历史义是指古代的一座城市，存在于《圣经》叙述和历史发展中；其讽喻义是耶稣基督的

① Beryl Smalley, *The Studies of the Bible Studies in the Middle Ages*, Notre Dame, Indiana: University of Notre Dame Press, 1964, p. 247.

② Jon Whitman, *Allegory: The Dynamics of an Ancient and Medieval Technique*, Massachusetts: Harvard University Press, 1987, pp. 263 – 264: “The composite word thus means to ‘speak otherwise,’ to ‘say other things,’ to say other than what is meant.”

教会，道德义是人类灵魂，神秘义是上帝的天国之城。[①] 人们当时普遍认为《圣经》字面义或历史义讲述历史事实，告诉读者发生了什么；讽喻义涉及信仰内容，即教育读者应该信仰什么；道德义涉及伦理学，使人明白应该做什么；神秘义则展现死后灵魂的拯救前景，告诉读者应该向何处努力。

上述“讽喻解经”的阐释范式经历了一个长期形成和发展的过程，其中贡献最大的首推斐洛、使徒保罗、圣奥古斯丁、圣托马斯·阿奎那。[②] 希腊化时期亚历山大城的犹太教学者斐洛在《“创世记”的讽喻解释》中认为，《创世记》说“那天黄昏，他们（指亚当和夏娃——引者注）听见上帝在伊甸园里走，就跑到树林中躲起来”[③]，隐含的教义是恶人躲避上帝，堕落为逃离美德之城的流浪者，就像以撒的长子以扫是个猎人，流浪于旷野中，而次子雅各因没有躲避上帝，得到了父亲以撒的祝福。斐洛从这两类人物的对比中，看出恶人将上帝看成一个具体的对象，幻想可以躲避他，但实际上上帝处处都在，绝非按其字面义所说的是一个可以躲避的对象，“如果不把这句经文看作比喻语言，就完全不能接受了”[④]。这一方法把《旧约》各处的叙述前后连接起来，如堕落后的亚当、夏娃和以扫都属于这类人，他们躲避上帝，却不知道上帝根本就不能被躲避。这就从某一句经文，联系到同类的人物或事件，然后再上升到相关的教义。

如果说斐洛的阐释还只限于《圣经·旧约》本身的话，那么，使徒保罗就把这种方法拓展到《新约》和《旧约》之间的教义联系上，认为《旧约》讽喻地宣示了《新约》教义。他在

---

① Beryl Smalley, *The Study of the Bible Studies in the Middle Ages*, p. 28.

② 艾柯的 *The Open Work* (trans. Anna Cancogni, Harvard University Press, 1989, p. 5) 罗列了11位对“讽喻解经”有贡献的神学家，可参看。

③ 《圣经》（现代中文译本·修订本），新加坡圣经公会1995年版，第3页。

④ *Philo* Vol. Ⅰ, trans. F. H. Colson & G. H. Whitaker, London: Harvard University Press, 1929, p. 303.

"加拉太书"第4章中重新阐释了"亚伯拉罕有两妻两子"的史实。由此可见，在"后"耶稣基督时代，人们应当站在基督徒的立场上重新审视和挖掘史实含义，在肯定史实的同时，发现其精神义或讽喻义，使被解读的文本或历史事件最终获得真正含义，以保罗为代表的《新约》神学家们"逐步地非常成功地阐释《旧约》的主要涵义，他们至少有时候在遥远过去的史实和耶稣基督的生平事迹之间建立起思想和情感的真正的共同体"①。这种阐释方式后来被圣奥古斯丁总结为"《新约》隐于《旧约》，《旧约》显于《新约》"②，意思是说《旧约》记载的史实只有文字义或历史义，其精神义或讽喻义在《新约》的信仰指导下才显现出来。同时，用《新约》来阐释《旧约》，从《旧约》人物、场景、意象等联系到《新约》的对应部分，使《旧约》叙述成为《新约》信仰的预言，《旧约》只是准备，《新约》则是完成。二者之间的这种关系有时也被称为"预表学"或"类型学"，如果我们不去追究神学论辩的细节的话，这显然也是一种讽喻解读。

从上引奥古斯丁论述新旧约相互关系的话中可以看出，他坚信讽喻解经是研究《圣经》的主要途径，这是因为《圣经》中确有讽喻。就阅读实践来说，《圣经》中含义明显的部分满足了一般读者的求知饥渴，但含义晦涩的部分无法单纯依其字面义来理解，"其涵义就像隐藏在最厚重的黑夜中。我不怀疑这些都出于神意设计"③。而且对于神学问题，人类如果轻易获得解答就会导致人类智力的傲慢态度，经过艰苦努力获得的发现才最受珍视，《圣经》真理即属此类。更为重要的是，《圣经》的讽喻性质还来

① C. K. Barrett, "The Interpretation of the Old Testament in the New", in P. R. Ackroyd and C. F. E. Evans eds., *The Cambridge History of the Bible: From the Beginnings to Jerome*, London: Cambridge University Press, 1970, p. 401.

② 杨慧林、黄晋凯：《欧洲中世纪文学史》，译林出版社 2001 年版，第 45 页。

③ Augustine, *The Confessions*, *The City of God*, *On Christian Doctrine*, trans. M. Dods and J. F. Shaw, London: Encyclopedia Britannica, Inc., 1988, p. 638.

自语言的符号特征。奥古斯丁《论基督教教义》第1卷将万事万物分成两类：事物与符号，前者依赖自身而存在，后者借助它们指向的意义而存在。语言显然属于符号，而且是“有生命的存在物相互交流的符号”[①]，人类掌握任何知识都必须通过语言符号。但是，关于语言符号的知识并不是真正的知识，因为符号总是指向自身之外。因此，只有关于“事物”的知识才是真正的知识，而唯有上帝才是真正的“事物”，他只依赖自身而存在，是自在自为的纯粹灵魂。《圣经》既由语言写成，也就是运用符号写成，总是指向自身之外的“事物”，上帝是最完善的事物，解释《圣经》文字义因此和信仰上帝密切相关，任何“讽喻解经”都是为了获得关于上帝的真正知识和上帝之爱，“无论何人，如果他自认为读懂了圣经或圣经的任何部分，但这种理解并没有建立起他对上帝和对邻居的双重之爱，那他就不像他自己所想的那样读懂了圣经”[②]。

当然，上帝是最完善的“事物”，并不等于说上帝是唯一的事物。上帝还创造包括人类在内的万事万物，这些事物在时间长河中迁徙演变，形成以往历史中的各类事件。在使徒保罗的讽喻解读中，他不仅将《旧约》叙述，而且将耶稣基督的生平都当作“文本”来对待。[③] 这无疑会启发奥古斯丁将讽喻解读的范围从文字扩展到历史事实。他在《三位一体论》中强调，“上帝既用词语也用事实来讽喻”[④]。和语言符号具有字面义相对应，这些事实具有历史义，它们都生成于各自的历史语境中，也只有放到这一语境中才能理解其含义。《旧约》人物和事件不是

---

① Augustine, *The Confessions*, *The City of God*, *On Christian Doctrine*, trans. M. Dods and J. F. Shaw, London: Encyclopedia Britannica, Inc., 1988, p. 637.

② Augustine, *The Confessions*, *The City of God*, *On Christian Doctrine*, trans. M. Dods and J. F. Shaw, London: Encyclopedia Britannica, Inc., 1988, pp. 634 – 635.

③ 此为谢大卫教授的观点，详见其 *People of the Book: Christian Identity and Literary Culture*, Cambridge: Wm. B. Eerdmans Publishing Co., 1996, p. 68。

④ Jon Whitman, *Allegory: The Dynamics of an Ancient and Medieval Technique*, Massachusetts: Harvard University Press, 1987, p. 81.

苍白空洞的符号，而是活生生的历史事实。这一思想是他对“讽喻解经”的重要贡献，初步显露出神学家关注字面义的倾向。此后的《圣经》阐释大多将字面义和历史义并列，把它们都作为《圣经》“四重寓意”的第一层含义。进而言之，上帝既“写”了《圣经》，也创造了世界，上帝无疑是《圣经》和世界这两本“书”的作者，因此圣经词语和历史事件就都是真实的，也就是说，《圣经》的字面义和历史义都是真实的，因为至善的上帝不可能用虚幻的东西来蒙蔽世人。这一在中世纪逐步发展起来的思想在圣托马斯·阿奎那关于“神学家的讽喻”的论述中表现出来：“圣经的作者是上帝，他有力量不仅用词语（仅用词语传达意思，人类也会），而且用事物自身来表达他的意思。……于是，词语表达事物的含义属于第一义，即历史义或字面义。被词语表达的事物也有一个含义，即精神义，它建立在字面义之上，并且预先假定了字面义。”① 如上所述，《圣经》使用了语言文字，因此有字面义；“世界”这本书不是用文字写的，而是用“事物”写的，这些事物也有含义，即精神含义，精神义决定着字面义，所以当神学家解读字面义时，就自然联系到精神义。但应该强调的是，这两本“书”不是矛盾的，而是相互统一的，因为上帝是它们的共同作者，上帝的意图、“神的规划”只有一个，它既体现在《圣经》之中，也体现在世界这本“无字之书”中。可见，上帝既用“词”及其字面义，也会用“物”及其精神义来表达其意图，“词”与“物”是统一的。

但另一方面，在这些“神学家的讽喻”中，“词”与“物”、语言符号与事实毕竟不能完全等值，而且正是这些不同导致了中世纪神学家们对文学艺术普遍估计不足。首先，正像奥古斯丁说过的，“词”为感性的符号。愚钝蔽塞的普通民众无法直

① Thomas Aquinas, *Thomas Aquinas* Vol. Ⅰ: *The Summa Theologica*, trans. Fathers of the English Dominican Province, London: Encyclopedia, Inc., 1988, pp. 9 - 10.

接领会上帝真理，上帝只好用“词”这种感性符号写成《圣经》以传达“神的规划”。虽然语言符号容易理解，但任何符号都低于它所代表的“事物”，显然“物”高于“词”，“世界与《圣经》，这两部上帝之作，世界要高于《圣经》，行为大于言语，这是中世纪的普遍信条”[1]。《圣经》是有字之书，但有字无“物”；世界这本“书”则是无字有“物”，代表了《圣经》精神义。文学使用感性的语言符号表现世界，低于上帝创作的世界本身。其次，语言符号仅是认识上帝的工具，它自身不是目的。奥古斯丁举例说，就像一个人乘坐交通工具前往某地，如果工具太美好，沿途景致太优美，他就会在工具上流连忘返而忘掉旅途目的地，不愿意尽早结束旅途。[2] 人类使用语言，为的是接近上帝，如果把使用语言变成欣赏语言，就会导致非法使用或者滥用语言。由此看来，创造语言之美的诗歌潜含着诱人偏离正道的危险。最后，感性符号虽然易于把握，但它不是直接而是间接呈现上帝形象，它既表现了上帝又遮蔽了上帝。人类借助符号来把握符号背后的东西，毕竟隔了一层，保罗曾说，透过世界这面镜子看上帝，总是看得不够清晰。[3] 同理，透过符号看上帝也看不清楚，如果再在语言符号上极力雕琢修饰，那就更看不清楚了。

由此可见，“神学家的讽喻”认为，虽然《圣经》的文字义和讽喻义、道德义、神秘义在不同层次上、从不同的角度体现了上帝意图，但它们都拥有上帝这个共同“作者”，都是“神的规划”的一部分，仅此一点就可以保证它们都是真理。与此相反，

---

① Alastair Minnis, “Medieval Imagination and Memory”, in Alastair Minnis & Ian Johnson eds., *The Cambridge History of Literary Criticism* (Ⅱ): *The Middle Ages*, New York: Cambridge University Press, 2009, p. 265.

② Augustine, *The Confessions*, *The City of God*, *On Christian Doctrine*, trans. M. Dods and J. F. Shaw, London: Encyclopedia Britannica, Inc., 1988, p. 625.

③ 《圣经》（现代中文译本·修订本），新加坡圣经公会1995年版，第191页。

任何使用语言符号的世俗诗歌皆非上帝之作，也未接受圣灵启示，因而是不真实的；越是灵活地、艺术地、创造性地使用语言符号的作品就越不真实，因为它们把读者的注意力吸引到语言表现形式自身。诗人不是上帝，不可能像上帝那样“用一个行动理解所有事物”①，把多种含义同时注入语言符号，诗歌在字面义上就是虚假或虚构的，更别说发现和表达真理了。中世纪神学家将字面义比喻成肉体，讽喻义则是灵魂②，没有肉体就没有灵魂，诗歌在字面义上就已是虚构的，精神义或讽喻义也就无从谈起了。这些理由导致神学家们倾向于怀疑和贬抑诗歌，托马斯·阿奎那的老师大阿尔伯特说“诗歌充满了谎言”③，阿奎那说诗歌中使用比喻是为了获得快感与愉悦，而《圣经》中使用比喻是“必要的和有用的”④，神学这一“以上帝为研究主题的科学”价值最高，而“诗歌是所有科学中最没有价值的”⑤。这些说法将历史悠久的“诗与哲学之争”转变为“诗与神学之争”或者“神学家的讽喻”与“诗人的讽喻”之争，这就等于向诗人下了战书，逼迫诗人就诗歌价值展开一番辩护。

第二节　诗人的讽喻:“藏在美丽的虚构之后的真理”

但丁是中世纪最后一位诗人，也是新时代最初的诗人。他

---

① Thomas Aquinas, *Thomas Aquinas* Vol. Ⅰ: *The Summa Theologica*, trans. Fathers of the English Dominican Province, London: Encyclopedia, Inc., 1988, p. 10.

② Beryl Smalley, *The Study of the Bible in the Middle Ages*, p. 293.

③ Alastair Minnis, “Literary Theory in Discussions of ‘Formae Tractandi’ by Medieval Theologians”, *New Literary History*, Vol. 11, Number1, Autumn 1979, p. 140.

④ Thomas Aquinas, *Thomas Aquinas* Vol. Ⅰ: *The Summa Theologica*, trans. Fathers of the English Dominican Province, London: Encyclopedia, Inc., 1988, p. 9.

⑤ Thomas Aquinas, *Thomas Aquinas* Vol. Ⅰ: *The Summa Theologica*, trans. Fathers of the English Dominican Province, London: Encyclopedia, Inc., 1988, p. 8.

提出的“诗人的讽喻”是讽喻诗学发展中里程碑式的成就，旨在强调讽喻的虚构特征和修辞特征。正像但丁虚构了自己游历“地狱”“炼狱”和“天堂”的故事一样，乔叟也虚构了“坎特伯雷朝圣之旅”，指出伟大诗人的标志是“美丽的修辞”，弥尔顿则以清教主义信仰为基础，重新书写创世故事。在延宕了一千年之后，讽喻再次被诗人有意识地大规模地运用于世俗诗歌的创作中。在讽喻观念史和文学史上，但丁都开创了一个新时代，惠及兰格伦、乔叟、斯宾塞、弥尔顿、阿里奥斯托等人，他们共同创造了中世纪之后讽喻文学的繁盛局面。

“诗人是第一个神学家”

在《神曲》中，但丁不时停下游历的脚步，提醒读者注意在他所讲述的故事背后隐含着真理。他在《神曲·地狱篇》中说“你们这些思维健全的人啊！/请注意发现那奇特的诗句/纱幕隐蔽下的教益”①；他在游历炼狱时说，“读者啊，请在这里用锐利的目光仔细探索真理，/因为纱幕是如此稀薄，/透过那纱幕肯定是轻而易举”（《炼》：第80页）；“读者啊，请你仔细地看一看：我在如何提高我的主题”（《炼》：第94页）；在全诗结尾部分但丁告诉读者，“这些简短的字句将会在很小的篇幅里说明很多内容”（《天》：第269页）。依照“讽喻”概念的通常含义，研究者大多认定但丁使用了中世纪通行的讽喻手法，然而，但丁的《飨宴》提出，在“神学家的讽喻”以外还有“诗人的讽喻”。那么，《神曲》的讽喻究竟属于“神学家的讽喻”还是“诗人的讽喻”呢？这成为20世纪下半叶但丁研究的焦点问题，甚至造

① 本节《神曲》引文均出自《神曲·地狱篇》《神曲·炼狱篇》《神曲·天堂篇》（黄文捷译，译林出版社2005年版）。此处引文在《神曲·地狱篇》第77页。后文随文标注《神曲》各篇首字与页码。

成研究但丁学者的尖锐对立。[①] 其实，中世纪的讽喻本来只有《圣经》讽喻或“神学家的讽喻”。但丁反对当时罗马教廷利用“讽喻解经”介入世俗政治：“我们注意到求助于神秘的解释时有两种谬误：一种是探索时不得其法，一种是歪曲原意。”[②] 这番话透露出他对“神学家的讽喻”的不满。以此为背景，但丁大力标举“诗人的讽喻”，显现出从一种讽喻向另一种讽喻过渡或转变的倾向，这一转变的具体轨迹表现在但丁的理论论述和《神曲》创作中。

中世纪晚期最著名的神学家托马斯·阿奎那去世后即被教会封为圣徒，很多神学家尊奉托马斯主义。然而，但丁既不是神学家，也不是托马斯主义者，而是文学批评家和诗人。作为批评家，他用讽喻手法解读维吉尔《埃涅阿斯纪》中的诗句“新的子孙则从天降临”（《炼》：第254页）是在引导读者信仰耶稣基督。当然，但丁更多的是评论自己的诗歌，习惯于先写诗歌，后写对诗歌的解读。青年时期的但丁曾宣布，一个诗人如果不能解读自己的诗歌，那就是耻辱。[③] 他的第一部诗集《新生》把诗歌和散文解释组合在一起。他的《飨宴》涉及其3首诗歌，总是在给出了诗歌的字面义后再给出讽喻义，如他在解释了其中第二首诗歌后说：“上述就是这首诗的字面义，随后的操作程序要求我们跟随真理给出讽喻的解读。”[④] 这一“操作程序”也见于他解读

---

① 主张“神学家的讽喻”的以 Charles S. Singleton 与 Robert Hollander 教授为代表，分别见其论文“The Other Journey”（*Kenyon Review*, Vol. 14, No. 2, 1952, pp. 189–206）和专著 *Allegory in Dante's Commedia*, Princeton, NJ: Princeton University Press, 1969；主张“诗人的讽喻”的以 Richard H. Green 教授为主，见其论文“Dante's ‘Allegory of Poets’ and the Mediaeval Theory of Poetic Fiction”（*Comparative Literature*, Vol. 9, No. 2, 1957, pp. 118–128）。

② ［意］但丁：《论世界帝国》，朱虹译，商务印书馆2009年版，第66页。

③ 详见［意］但丁《新生》，王独清译，光明书局1934年版，第87页。另见吕同六编选《但丁精选集》，北京燕山出版社2004年版，第43页。

④ Alighieri Dante, *The Banquet*, trans. Elizabeth Price Sayer, North Hollywood: Aegypan Press, 2011, p. 98.

《天堂篇》的《致斯加拉亲王书》①。这些解读均强调诗歌文本的多义性，直接针对上引阿奎那的论断（诗人不可能像上帝那样“用一个行动理解所有事物”，诗人不能在文字义上加上其他含义）。但丁似乎想证明，如果诗人真的创造了多种含义，那会怎么样呢？那就把诗人变成了上帝，至少变成了解读上帝的神学家。这条“神学家—诗人”的线索潜藏于但丁论辩之中，以后薄伽丘为但丁辩护时曾引用亚里士多德的话“诗人是第一个神学家”，因此，“不仅诗是神学，神学也是诗”。②

但丁在《飨宴》第1篇就抱怨读者误读了他的诗歌，因为他们仅从字面义上来理解而完全忽略了讽喻义，第2篇一开始他就指出：

> 诗歌解读既是字面义上的，又是讽喻义上的；所有作品理应而且必须按照四种含义来理解。第一种意义被称为字面义，它不会比词语的字面义延伸得更远；第二种被称为讽喻义，就是那种隐藏在这些故事掩盖之后的意义，是藏在美丽的虚构之后的真理。

他随后从讽喻义的角度概括奥维德《变形记》中奥菲士拨动琴弦的故事，并总结说“情况确实是这样的，对于讽喻义，神学家们理解的和诗人们理解的完全不同；但因为我在这里遵循诗人们的理解方式，我将按照诗人们的用法来理解讽喻义”③。由此可见，和“神学家的讽喻”不同，存在一种主要依据“诗人们的理

---

① 《致斯加拉亲王书》是否为但丁所作，尚存争议。详见 *The Cambridge History of Literary Criticism*（Ⅱ）: *The Middle Ages*, pp. 583－589。本节无意介入著作权之争，仅依从该书提到的“大多数但丁学者”的意见，认为这封信为但丁所作。

② ［意］薄伽丘：《但丁传》，周施延译，广西师范大学出版社2008年版，第63页。

③ 吕同六编选：《但丁精选集》，北京燕山出版社2004年版，第583页。

解方式”“诗人们的用法”来理解的讽喻，此即“诗人的讽喻”。本来在中世纪，讽喻从来就只有一种，即《圣经》中的讽喻，或者神学家解读《圣经》得来的“神学家的讽喻”，除此并无其他类型。但丁单独标举出“诗人的讽喻”本身就意味深长，表明他意识到诗人在创作中会使用一种区别于“神学家的讽喻”的讽喻手法，其特点之一是把诗歌看作“美丽的虚构”，但在其背后又隐含了讽喻义、道德义、神秘义等，他也将后面这三种含义统称为讽喻义，这一做法旨在强调在构成文本的深层含义时讽喻手法发挥了主导作用。

但丁认为诗歌是对真理的美丽的“虚构”自有依据。在他看来，上帝只有灵魂，而人类既有灵魂又有肉体，所以“神言”是属灵的或纯粹理性的，而“人言”则既是属灵的，又是属于肉体的，或者既是理性的，又是感性的。同时，人类相互交往需要语言，而人既受理性支配，又受本能支配；当人受本能支配时，属灵的符号就不能担当交往之责，可见，“人类必须有某种既是理性的，又是感性的信号来交换思想”①，这也决定了语言符号既有理性的一面，也有感性的一面。总之，“神言”是真理，“人言”并非真理，就会带有虚构特征。上述特征带来的后果之一是即使人类“看见”了真理，也不能用语言来表达。因为“即使他想起它，保留它，但语言也不济事”②。他举柏拉图为例，尽管这位哲学家凭借理性看出许多东西，却大量运用比喻，而不能用他自己的话来表达真理。

但丁心目中的诗歌虚构性与诗人在中世纪的地位密切相关。上帝和诗人都是“作者”，但含义不同。在《致斯加拉亲王书》

① 本文所引但丁《论俗语》和《致斯加拉亲王书》均出自章安祺编订《缪灵珠美学译文集》（第一卷），中国人民大学出版社 1998 年版，第 263—322 页。此处引文在第 265 页。

② ［意］但丁：《致斯加拉亲王书》，章安祺编订：《缪灵珠美学译文集》（第一卷），中国人民大学出版社 1998 年版，第 319 页。

中，但丁专用第13、14这两小节谈论《神曲》的“作者”问题，或许会让今天的读者颇感困惑，难道还有人怀疑《神曲》不是但丁所作吗？其实，但丁强调《神曲》自始至终都是一个叫但丁的作者写的，[①] 是想说明《神曲》是世俗诗人之作，而非“神启”之作。但丁自己知道这个“叫但丁的作者”和《圣经》作者有很大不同。在《神曲》中，维吉尔曾对但丁说，自然起源于上帝，“你们的艺术是尽可能追随自然，/犹如学生追随师尊；/因此，你们的艺术几乎就是上帝之孙”（《地》：第98页）。自然为上帝亲手创造，乃是“上帝之子”，人类艺术模仿自然，距离上帝甚至比自然还要遥远，是“上帝之孙”。如果上帝是真理的话，与上帝相隔更远的人类艺术，显然真理性减弱而虚构性增强。诗人不是上帝，他在尘世生活中也不能看到上帝，只能看到上帝创造的万事万物即上帝的影像。诗人模仿自然时最多抓住上帝的影子。因此，他在字面上写出来的不可能是真理。

当然，距离上帝更加遥远，并不一定意味着就不能追随或接近上帝。作为信仰者，基督教诗人只能竭尽全力接近上帝，而不会心甘情愿地被放逐于上帝之外。接近上帝有两种方式：其一，他不是上帝但可以模仿上帝；其二，他可以沿着“雅各的梯子”向上攀登。上帝是世人仰慕和模仿的榜样，诗人模仿上帝，首先意味着学习和使用上帝使用过的方法，成为一个类似于上帝的“作者”。长期以来无数神学家使用讽喻的方法来阐释《圣经》，人们从来没有怀疑过上帝正是使用讽喻的方法才“写下”《圣经》。诗人当然也可以使用同样方法创作诗歌。其次，在中世纪信仰的“存在的伟大链条”中，上帝创造的万事万物构成一个环环相扣的链条，每个存在物都可以在其中找到自己的位置，“神圣的生命溢出自身，创造出一个划分成很多层级的系列，这一系

---

① ［意］但丁：《致斯加拉亲王书》，章安祺编订：《缪灵珠美学译文集》（第一卷），中国人民大学出版社1998年版，第312页。

列也可以被想成向上的阶梯，一直延伸到神圣的生命”[①]。站在上帝的角度来说，这一链条是向下的；站在人类的角度来说，这一链条却是向上的，人类沿着这条由万事万物构成的上升道路接近上帝。但丁在《天堂篇》里描绘过“雅各的梯子”（《天》：第290页）。人类在梯子上攀登得越高，信仰就越虔诚纯洁。中世纪经常运用这一世界观来解释各种活动。同样，诗人也从最初使用虚构的字面义开始，通过讽喻义、道德义等几个阶梯，不断上升，最终目的是揭示《圣经》神秘义，即接近上帝。

从“神学家的讽喻”到“诗人的讽喻”

对诗人来说，在“雅各的梯子”上向天国攀登意味着创作出意蕴丰富的诗歌，但丁对此认识得很清楚，他说：“我这部作品的意义不是简单的，反之，可以说是‘多义的’，就是说，含有多种意义。”[②] 如前所述，中世纪的主导意识形态认为上帝是世界与《圣经》这两本“书”的作者，二者之间存在同一性或一致性，“物”与“词”共同组成了现实的众多层面。与上帝不同，但丁只能写一本“书”，即由“词”组成的书，而且根据上文对诗歌虚构性的分析，甚至这一本书在字面义上也是虚构的。世俗诗歌的价值不在于它对应着一个外在世界，而在于它自身包含一个层层递进的语义系统。语言的虚构性决定着诗歌中“词”与“物”的分离，神学中二者是同一的，诗歌中则是分裂的。通过强调词的“多义性”，但丁把神学家“现实的多层面性”转换成诗歌“语义的多层面性”，将“词”与“物”的同一关系改造成“词”的“字面义与讽喻义”的递进关系，如但丁举出摩西率领古代以色列人出埃及的故事，包括但丁在内的后世读者，都不可能亲历其

① Arthur O. Lovejoy, *The Great Chain of Being: A Study of the History of an Idea*, Cambridge: Harvard University Press, 1961, p. 83.

② ［意］但丁：《致斯加拉亲王书》，章安祺编订：《缪灵珠美学译文集》（第一卷），中国人民大学出版社1998年版，第308页。

事，这件事是否真的发生过其实并不重要，哪怕它是虚构的，它仍然引导读者关注或走向更高、更深的意蕴，而这种解读或关注又只能在“诗人的讽喻”式的阅读中实现。同理，但丁也可以虚构自己的地狱—炼狱—天堂之旅，只要这种旅行在诗人想象中展开并蕴含了更深意味。从读者角度来说，阅读诗歌即是发现诗歌中深藏不露的讽喻义或精神义，正如弗莱指出的，“所有评论都是讽喻阐释”①。但丁在将“神学家的讽喻”改造成“诗人的讽喻”的过程中也为世俗化的文学批评开辟了广阔天地。但丁《致斯加拉亲王书》第9节具体描述了“字面义和讽喻义”的具体表现形式：

> 处理的形式或方法是诗歌的，虚构的，描写的，旁及的，比喻的，同时也有定义，有分析，有证明，有反驳，也有举例。②

这10个形容词一般被分成两组，且都和“诗人的讽喻”有关，但深究起来，仍有值得关注之处。首先，书信第8节说：“我们必须看看全书的主题，首先按照字面义来了解，然后再从讽喻方面来解释。”但丁在第8节给出了字面义和讽喻义的两个主题，第9节便紧接着谈如何处理或表现这两个主题，字面义对应着一种处理方式，即第一组形容词；讽喻义则对应着另一种，即第二组。这里所谈的具体的“处理的方式或方法”显然应该承接上文而来。我们可以发现，以前理解上的混乱在某种程度上是生硬地将第8节和第7节联系起来，而不是将第8节和第9节看作一体才导致的。但丁在第7节中曾举出“以色列人出埃及”的故事来说明“四重寓意”，这个例子毫无疑问属于“神学家的讽

① Northrop Frye, *Anatomy of Criticism: Four Essays*, New York: Princeton University Press, 1967, p. 89.

② ［意］但丁：《致斯加拉亲王书》，章安祺编订：《缪灵珠美学译文集》（第一卷），中国人民大学出版社1998年版，第310页。

喻”。有人据此认为第 8 节也是谈论这种讽喻。这一观点似乎在要求但丁的每个例子都来自世俗作品，难免强人所难；而且下文（第 9 节）谈到这种讽喻是“诗歌的，虚构的”，表明此处的讽喻不是“神学家的讽喻”

其次，研究者基本上同意第一组来源于诗学或修辞学，第二组来自哲学或神学传统。我们可以补充的是，第一组形容词偏重于作品形式，而第二组偏重于思想内容。但丁谈论自己的处理方式，二者不可偏废。在当时的信仰背景下，我们可以理解他将思想内容都归纳到宗教信仰。由此可见，“诗人的讽喻”与“神学家的讽喻”的区别之一在于表现形式上，因为基督教的信仰或真理只有一个，“诗人的讽喻”隐含着和“神学家的讽喻”相同的真理，但表达方式不同。

最后，按照阿奎那的说法，诗歌是最没有价值的科学。但即便如此，诗歌仍然包含科学因素。第二组形容词包括“有定义，有分析，有证明，有反驳，也有举例”等五项，都和神学或科学认识论有关，而且这一功能是在对诗歌讽喻义的阐释中体现出来的。他的《飨宴》解释第 3 首诗歌《怀着满腔激情》[①] 时说，“当人们听到我从初恋中抽身而出时，或许长期责备我心态轻浮。为了免除这一指责，没有比指明这个改变我的女士到底是谁更好的论辩了……”[②] 可见，这些论述是但丁严格运用“论辩”的形式写出的讽喻义，它隐藏在诗歌背后。在其中的确可以发现“有分析，有证明，有反驳”，这表明字面义虚构故事，讽喻义则集中体现诗歌的训诫功能或认识功能。

总之，但丁在第 9 节中用了 10 个形容词，分两个方面描述

---

① 详见吕同六编选《但丁精选集》，北京燕山出版社 2004 年版，第 731 页。

② Alighieri Dante，*The Banquet*，trans. Elizabeth Price Sayer，North Hollywood：Aegypan Press，2011，p. 74：“I thought that for a long time I might be reproached by many with levity of mind，on hearing that I had turned from my first love. Wherefore，to remove this reproach，there was no better argument than to state who the Lady was...”

"诗人的讽喻",其间用"同时"联结起来,表明读者在看到字面义之时也领悟到诗歌的讽喻义。至少,但丁希望读者像他那样看到这一点。这些做法都强调诗歌具备了认识能力,"把经院哲学从总体上否认的诗歌认识功能归还给诗歌"[①]。换言之,诗歌也能像神学那样认识真理,不过是以自己的独特形式认识真理。这一形式上的独特性突出表现在诗歌是"美丽的虚构"。那么,讽喻之"美丽"从何而来呢?

首先,它来自诗歌的修辞特征。"诗人的讽喻"是"描写的,旁及的,比喻的",有时诗人直接描写,而有时就需要运用各种修辞手段曲折委婉、旁敲侧击式的表达,展现语言操作的高超技巧与表现魅力,而"修辞学是所有学科中最赏心悦目的,它的主要目的是给人提供愉悦"[②]。这一修辞特征突出表现在诗歌可以用拟人化的手法来表现抽象观念或根本不存在的事物。早在《新生》中他就说过,"诗人将无生物作为有感觉和有理性而使之说话,或使之互相议论,这些,也不待说是俗语诗人所应当接受的"[③]。他在《神曲》中又说,人类的智力只能凭感觉才能了解事物,要把抽象观念转变成具体形象才能使人理解,所以《圣经》中的上帝也有手和脚。《天堂篇》第四首说:"《圣经》才屈就你们的能力,把足与手赋与上帝。"(《天》:第 43 页)可见,拟人化特征贯穿但丁诗歌创作始终。

其次,讽喻之美和诗歌的音乐性密不可分。但丁在"论俗语"第二卷中详尽考察了诗歌的选词造句、诗行韵律、音节长短等特点,不厌其详地探索"歌体诗"的形式规则。应当强调的

---

① Ernst Robert Curtius, *European Literature and the Latin Middle Ages*, trans. Willard R. Trask, Princeton, NJ: Princeton University Press, 1990, p. 225.

② Alighieri Dante, *The Banquet*, trans. Elizabeth Price Sayer, North Hollywood: Aegypan Press, 2011, p. 63: "Rhetoric is the sweetest of all Sciences, since it principally aims at sweetness."

③ [意] 但丁:《新生》,王独清译,光明书局 1934 年版,第 85 页。另见吕同六编选《但丁精选集》,北京燕山出版社 2004 年版,第 43 页。

是，但丁认为上述音乐性和修辞性特征都是诗歌的本质特征，正像他曾指出的，“诗不外是一种配上音乐的修辞作品而已”①。

最后，讽喻之美来自诗歌对读者的情感共鸣作用。但丁自述，《神曲》之所以采用喜剧风格，主要考虑到读者的接受，能够读懂或接受的读者越多，影响的范围越大，诗歌也就越优秀，因此但丁写《神曲》采用俗语，“因为这种语调甚至是女流之辈谈话时也采用的”②。这就使女性读者也能阅读《神曲》。诗歌一方面由诗人创作出来，但只有在读者的阅读接受中才能最终实现，“歌在写成之后由作者或别人来吟诵，不论其声调是否抑扬”，读者都受到某种程度的触动，因此，“歌是一种情感”，“它能感动别人”。③ 在他看来，理想的诗歌应当“使每个听者都喜闻乐道，留心倾听，愿意承教”④。今天看来，他在新的历史条件下“重述”了“寓教于乐”的古典信条，并将其基督教化。

由上可见，“神学家的讽喻”的字面义和讽喻义都是真实的，而“诗人的讽喻”的字面义不以“真”为标志，却以“美”独擅胜场；“神学家的讽喻”仅是解读阐释方式，而“诗人的讽喻”既是创作方式，又是解读方式，故而但丁先写诗，然后自己解读其作品；“神学家的讽喻”强调了四种寓意同时存在，特别是第四种寓意“《圣经》神秘义”更是它所独具的，而“诗人的讽喻”更关注形式之美，也更关注获得读者的情感共鸣。

---

① ［意］但丁：《论俗语》，章安祺编订：《缪灵珠美学译文集》（第一卷），中国人民大学出版社 1998 年版，第 290 页。

② ［意］但丁：《致斯加拉亲王书》，章安祺编订：《缪灵珠美学译文集》（第一卷），中国人民大学出版社 1998 年版，第 310—311 页。

③ ［意］但丁：《论俗语》，章安祺编订：《缪灵珠美学译文集》（第一卷），中国人民大学出版社 1998 年版，第 297 页。

④ ［意］但丁：《致斯加拉亲王书》，章安祺编订：《缪灵珠美学译文集》（第一卷），中国人民大学出版社 1998 年版，第 313 页。

《神曲》："讽喻方面的主题乃是'人'"

《神曲》中但丁的旅途是在想象中虚构出来的。《神曲》最后说自己"在运用那高度的想象力方面，已经力尽/词穷"（《天》：第443—444页），不得不结束全诗，暗示全诗都是运用想象的结果。"诗人的讽喻"是描述这个想象世界的主要方法。

但丁认为《神曲》的主题是人类灵魂的死后状态，他们或因过错而受惩罚，或因美德而得奖赏。受惩罚或受奖赏的具体形式并非诗人随意而为，而是与人物的生前事迹存在密切联系。即使对那些尚未死去的人物，他也根据他们已有的事迹做出判断。这些"赏或罚"的场景构成诗歌描写的主要内容，但更重要的是，诗歌还详尽真实地写出但丁身临其境的反应：他在地狱中或因恐惧震撼、或因内心怜惜而数次晕倒，在炼狱中不时因身陷困境而困惑忧郁，在天堂中向贝阿特丽切痛哭忏悔。这些反应都是每个置身那种环境下的人会自然而然地产生的，是"人同此心，心同此理"式的反应，它们可能发生在每个读者身上。但丁说："因为他（指但丁——引者）若可能，别人何独不能呢？"① 暗示在他身上发生的事情也可能发生在别人身上。《天堂篇》说，"因而你们完全可以把你们的船只放入浩瀚的咸水，/顺着我的航道驶进"（《天》：第16页）。可见他的旅途是示范性的，他为读者开辟航路，他的道路乃是每个人的道路。这一想法最早流露于《地狱篇》开始部分，但丁说贝阿特丽切这个"贤德的圣女"可以拯救众生（《地》：第15页），她不仅是他一个人的领路人，而且是每个读者走上天堂的领路人。在这个意义上，全诗构成一个庞大的讽喻，代表了每个人走向天国的道路。因此，"如果从

---

① ［意］但丁：《致斯加拉亲王书》，章安祺编订：《缪灵珠美学译文集》（第一卷），中国人民大学出版社1998年版，第314页。

讽喻方面来了解这部作品，它的主题便是‘人’”[①]，是每一个人的生活。

但丁将此次个人的想象之旅描述为人人之旅的主要技巧是他直接出面，向读者发出呼吁。如《地狱篇》第 8 首、《炼狱篇》第 31 首和《天堂篇》第 10 首都直接呼吁读者想象当时境况。此时，但丁变成了故事叙事者，完全脱离了当时场景，从故事中分离出来，要求读者借助想象力进入诗歌的虚构世界。但丁不止一次地流露出急切心情，迫不及待地要求读者分享他本人的想象或回忆，把读者卷入故事的展开和解释中。当全诗唯一一次出现“但丁”这个名字时，他说：“实录我名实在是万不得已”（《炼》：第 357 页），他很不情愿地把眼下的旅行看成纯粹个人化的。《神曲》的结构是讽喻性的，诗歌讲述的故事指向每个读者的生活，他们像但丁一样有过失，但也有进步，有忏悔，有希望获得拯救。

应该强调的是，“诗人的讽喻”不仅表现在《神曲》的结构上，而且体现在每一段旅途的描写上。在旅途的最后阶段，但丁抵达天堂，他并没有花费多少笔墨直接描写上帝，而是在诗中逐步建构“光的讽喻”揭露天国秘密，即通过写自然的可见的光来暗示超自然的不可见之光、上帝之光，即在字面上描写阳光、月光、星光、火光等自然光的同时，时刻让读者想到“至高无上的光芒”“崇高光芒”“永恒之光”。

作为上帝创世时创造的第一个物质，“光”比其他事物更接近上帝，耶稣基督也说自己是道路，是光。但丁说在上帝创造的宇宙秩序中，上帝之善君临万物，像阳光一样普照天地，从天使到矿物质概莫能免。但万物对阳光的接受程度不同。人处于透明的天使和完全不透明的土地之间，“完全是半透明的”[②]，犹如半

---

① ［意］但丁：《致斯加拉亲王书》，章安祺编订：《缪灵珠美学译文集》（第一卷），中国人民大学出版社 1998 年版，第 309 页。

② Alighieri Dante, *The Banquet*, trans. Elizabeth Price Sayer, North Hollywood: Aegypan Press, 2011, p. 88: “…being entirely transparent…”

个身子站在水中。他还指出：“最简单的实体乃是神性，在人类中比在兽类中显得多些，在动物中比在植物中多些，在植物中比在矿物中多些。”① 上帝是精神上的太阳，与自然界的太阳相对应；而且在每一物种之内，接受上帝之善也多少不均，好的个体接近上一等级，而坏的个体接近下一等级，善人上升而为天使，恶人沉沦而为禽兽。这些构成了但丁的主要信仰，《天堂篇》第1首和第29首都有详细解说，其他例证散见于第7首、第13首、第26首等。

在开始天堂之旅时，但丁发现他的引导者贝阿特丽切“把太阳注目观看”，他立刻模仿，“她的行动通过双眼渗入我的想象，/我的行动也便同样从她的行动中产生”（《天》：第3页）。太阳显然暗示着上帝，两人都通过仰望太阳表达对上帝的渴望和信仰。天堂中的贝阿特丽切已变成天使，此时的她不但美丽而且圣洁。她提醒但丁“不仅在我的眼睛里才有天国”（《天》：第252页），意味着她的美貌来自信仰，来自“更加明亮的地方”（《天》：第58页）。同时，她“用充满爱抚光辉的双眼把我注视”（《天》：第46页），“她那双含笑的秀目的光芒，/把我那专一的心思分散在更多东西上”（《天》：第138页）。因此，“秀目的光芒”不仅是爱情的注视，更重要的是，它是上帝之光的反射，是上帝之爱的表露：

> 在凝视她的同时，我的情感
> 曾摆脱其他一切欲念，
> 只要那从贝阿特丽切身上直接焕发出来的永恒之美，
> 从那秀目中射出……（《天》：第252页）

---

① ［意］但丁：《论俗语》，章安祺编订：《缪灵珠美学译文集》（第一卷），中国人民大学出版社1998年版，第282页。

他在“凝视”中看到其中潜含的“永恒之美”和上帝的形象，它们帮助他摆脱与信仰无关的私心杂念，因为“视线与爱都朝一个标的对准”（《天》：第 415 页）。正是在这种彼此眼光交流中，但丁才能逐步将世俗之爱变成神圣之爱。上述转折的标志之一是肉体的眼睛多次失效，取而代之的是“心灵的眼睛”（《天》：141）。肉眼丧失了功能，心灵的眼睛才能发挥作用。所罗门对但丁说，“倘若你能擦亮眼睛，仔细观看那‘生出’一词的采用”（《天》：第 191 页），对词义的理解，并非肉眼所能看到，这里说的是用心灵的眼睛来“观看”和理解。在太阳天时，但丁丧失视力，随后在贝阿特丽切的帮助下才恢复视力。当他看到基督的最后胜利时，强烈的阳光、燃烧的星辰使他再次失去视力（《天》：第 318 页），在理解了“上帝就是爱”的信条后，但丁的视力不但恢复了，而且“随后看得比以前更明”（《天》：353）。在全诗的结尾，他能直接观看三个圆圈连成一体的“崇高光芒”，因为他的视力“在观望的同时，不断增强”（《天》：第 442 页）。另一个标志是上帝之爱超越世俗爱情。他来到火星天时，受到十字架和赞美诗音乐的启示，陶醉其中，“把那美丽的双眼带来的喜悦放到次要地位”（《天》：第 205 页），爱情第一次退居次席，让位于上帝之爱。同时，贝阿特丽切“秀目”的魅力也让位于天堂景象，“我的双眼被那重天体显露的景象所刺激”（《天》：第 377 页），“秀目”的吸引力远逊于“天体显露的景象”。但丁过分专注于这一新景象，甚至短暂忘掉贝阿特丽切；等到再想起她时，她早已离去。但丁在圣贝纳尔多带领下进入天国最高层，“把双眼转向那首要之爱”（《天》：第 430 页），目睹最后秘密。

总之，当时神学家们大多质疑或否认诗歌价值，诗人但丁则认为诗歌在虚构的字面义背后隐藏着基督教真理。这和亚里士多德《诗学》中“诗比历史更有哲学意味”的说法颇有异曲同工之妙，但《诗学》被欧洲诗人或批评家所熟知已是两个世纪以后的事情了。[①] 但丁的讽喻诗学既在“讽喻解经”的传统之内，又为这一传统注入了更多的诗学或美学内涵，从“神学家的讽喻”过渡到“诗人的讽喻”。他的理论和实践标志着文学讽喻手法开始获得自觉意识，它完全有可能被大规模地运用于文学创作之中，促进后世欧美讽喻文学的繁荣发展。

第三节 《坎特伯雷故事》:“另一种旅程”

乔叟（1343/1344—1400）被誉为“英国诗歌之父”。英语姓氏中的“乔叟”（Chaucer，Chaucier）来自法语“Chaussier”，和制鞋有关，暗示这一姓氏的人最早来自这一行业。[②] 但杰弗里·乔叟的祖父和父亲都不是鞋匠，而是英国王室的酒类供应商，一直和王室保持着密切联系。诗人乔叟大概在 14 岁时进入乌尔斯特女伯爵、王子里昂内尔的王妃伊丽莎白的府上当差。随后，乔叟曾为两位王子、三位国王服务，比如在 1359—1360 年间他跟随爱德华三世在法国征战，参与了英、法两国休战协议的谈判，并在 1369 年作为朗卡斯特公爵的部下再次从军，在 1377—1378 年间参与理查二世和法国查理五世之女玛丽公主的联姻谈判。[③] 在一系列重要军事和外交行动中，他表现得精明干练、勤勉忠诚，所以历经三朝君宠不衰，待遇优渥，多次被国王赏赐年金，甚至连酒都是国王钦赐的。在三十多年的王宫近侍生涯中，他先后担任伦敦港的税收官、肯特郡治安法官、国会议员和王室总管的副手等重要官职，数次承担英王秘密使命出访法国、西班牙、意大

---

① Gilbert Hight, *The Classical Tradition: Greek and Roman Influences on Western Literature*, New York: Oxford University Press, 1957, p. 123.

② F. N. Robinson, “Introduction”, in *The Works of Geoffrey Chaucer*, ed. F. N. Robinson, London: Oxford University Press, 1957, p. xix.

③ Martin M. Crow and Clare C. Olson eds., *Chaucer Life-Records*, London: Oxford University Press, 1966, p. 31; pp. 52 – 53.

利等国，亲身见证了英法百年战争、14世纪下半叶频发的英国“黑死病”（鼠疫）大流行、威克里夫宗教改革等社会历史事件。

在紧张而忙碌的行政事务中，乔叟有机会接触方兴未艾的意大利人文主义和英国宗教改革的新思潮，了解英国社会从王室贵族到下层平民的各个阶层，洞察世态人情，为其文学创作积累了大量素材。他的作品包括《坎特伯雷故事》《特洛伊罗斯与克瑞西达》《名誉之堂》《众鸟议会》等7部诗作，代表了英国文学史上的第一次创作高潮。这些作品是中世纪晚期英国社会的缩影，反映着14世纪下半叶的社会生活风貌，也凝聚着人们的道德理想和精神追求。像但丁一样，处于新旧交替之中的乔叟是结束一个时代，又开启一个新时代的著名诗人。

“优美的修辞”

诗人乔叟曾经代表英国国王出使意大利。他对拉丁文学、意大利文学都非常熟悉，对大诗人但丁颇有耳闻，了解但丁的诗歌和诗论。《坎特伯雷故事》“巴思妇人的故事”中的一个人物表达了对但丁的仰慕之情，称其为“大诗人”，“名叫但丁的佛罗伦萨大诗人/在这问题上说的话非常中肯”。①

如上节所述，但丁认为自己的诗歌不再是“神学家的讽喻”，而是“诗人的讽喻”。在同时代的读者看来，如果按照中世纪“四重寓意”说来解读，《神曲》显然含有以下四种含义：从字面义上来解释，诗人讲述了一场游历过程：从讽喻义来说，这一过程和古代以色列人“出埃及”一样，都是从奴役之地走向自由之地的旅程；从道德义上来说，这是一个从恶到善的旅程；从《圣经》神秘义上来说，这一旅程代表了从地上的王国到天上的上帝

---

① ［英］乔叟：《坎特伯雷故事》，黄杲炘译，上海译文出版社2011年版，第462页。以下该作品引文均出自黄译本，随文注明页码。这两句诗的原文：Wel kan the wise poete of Florence，/That highe Dant，spoke in this sentence（*The Works of Geoffrey Chaucer*，ed. F. N. Robinson，London：Oxford University Press，1957，p. 86）。

之国、从世俗之城到天国之城、从堕落到拯救的过程。但从“诗人的讽喻”来说，《神曲》的字面义是虚构的，这一旅程并没有具体地发生过，没有在某一具体的时空中展现出来；这并不等于说诗人写的都是虚假编造之词，诗人在虚构故事之中可以融入道德或神学内涵，和人们的信念信仰相联系；仅就表现形式来说，“诗人的讽喻”是虚构的、修辞的、形式优美音律和谐的；它不诉诸读者的理智而是诉诸读者的情感，让读者在对“美丽的虚构”的体验和享受中获得启迪。

乔叟也注意到诗歌应以“虚构性”和“修辞性”为主要特征。《坎特伯雷故事》的“总引”末尾，诗人自述其创作原则是“有闻必录”，无论书中人物说什么，他都要忠实记录下来：“哪怕是兄弟的话也不能更改：/必须按原话把每个字说出来。”（第34页）这一原则的依据是：“能读柏拉图作品的人还清楚：/他说语言必定是行动的亲属。”在乔叟看来，言为心声，特定语言表现特定人物，要想使特定的人物性格跃然纸上，就必须忠实地复制人物语言。但乔叟很快又表现出“诗人的谦逊”，“另外，我还要请你们把我原谅，/如果对每个人物身份的状况/没能在故事里给以恰当表现——/你们会理解，因为我智力有限”（第34页）。那么，既然确立了表现的原则，为什么又很快表现出“诗人的谦逊”呢？仅就诗歌形式而言，乔叟似乎对自己写诗的本领颇为自信，“律师的故事”的“引子”这样说：

> 而乔叟，虽然他音步相当粗糙
> 却能够非常熟练地把韵押好，
> 而且很多人知道，他就凭往时
> 他那种英语，讲述了许多故事。（第186页）

随后他罗列了乔叟作品中主要爱情故事。这段话可以视为诗人乔叟的自我评价。此外，在讲述故事时，乔叟也注意到应该尽快切入主题，以免读者的兴趣因故事拖沓而不断减弱：

每一篇故事里总有一个要点：
如果这要点迟迟地总不出现，
有些观众的热情也许会冷淡。（第 635 页）

这种开门见山、直接切入故事主题和主要线索的写法，在全书第一个故事“骑士的故事”中就有多处表现：

那些画就这样披露他们命运，
就像天上主吉凶的星星一样，
注定了谁将为爱被杀或死亡。
古代故事中举一个例子就行，
即使我想多举，也根本举不尽。（第 86 页）

很快，他又将这层意思重复了一遍：“在这里我看到了许多奇妙的画，但那些故事我不去回想也罢。”（第 87 页）当国王忒修斯款待骑士时：

还有，哪些猎鹰是歇在栖木上，
或者是，有哪些猎犬趴在地下，
所有这些，我现在全都不提啦——
只讲个结果，这看来最为合理；（第 92 页）

“律师的故事”的第三部一开始就说：

那城堡长官只感到冷汗直冒，
就把全过程详细地作了汇报——
这事你们已知道，我不必多谈——（第 220 页）

在这些片段中，乔叟突然中断了叙述过程，站出来对读者说：或者由于你们都熟悉古代的例子，或者例子太多，或者前边讲过了，总之，由于各种原因，我省略这部分内容，由你们自己去想象。这一技巧受到现代研究者的关注，[①] 它将读者引入故事中，带有口头传唱文学的明显痕迹。值得注意的是，乔叟大量使用这种修辞格和他对意大利诗人彼特拉克的批评有关。《坎特伯雷故事》中的“学士的故事”原作者是彼特拉克，但乔叟认为原作的故事序言过于冗长累赘了：

> 这么讲起来，也就是篇长故事。
> 说一句心里话：根据我的判断，
> 我认为这段文字与正题无关。（第 513 页）

或许正是通过反思彼特拉克的缺陷，乔叟才大力弘扬一种干脆利落地切入主题式的写法。当然，指出彼特拉克创作的缺陷，并不等于否认他是一位优秀的诗人。乔叟借人物之口这样赞美彼特拉克时，特别提到了“修辞”的重要性：

> 彼特拉克是这位学者的名字；
> 他是桂冠诗人，他优美的修辞[②]
> 把诗的光辉洒遍意大利全国。（第 512 页）

可见，彼特拉克作为诗人的成功之处正在于他具有了“优美

---

① 现代研究者称之为 occupatio，修辞格的一种。详见（1）Heather Boyd，“Fragment A of the ‘Canterbury Tales’：Character，Figure and Trope”，*English Studies in Africa*，Vol. 26，No. 2，1983，pp. 77 – 97；（2）*The Works of Geoffrey Chaucer*，ed. F. N. Robinson，London：Oxford University Press，1957，pp. 670 – 671。

② 原文是“rethorike sweete”，*The Works of Geoffrey Chaucer*，ed. F. N. Robinson，London：Oxford University Press，1957，p. 101。

的修辞”。但乔叟既然要真实复制每个朝圣者的神态表情，如果讲述者没有多少文化教养，乔叟显然不能代替他们进行过多的润色修饰，《坎特伯雷故事》中的平民地主说：“我说话粗俗，你们别放在心上。/我过去确实没学过修辞学。……修辞的色彩我当然一窍不通。”（第648页）

在虚构性方面，在《坎特伯雷故事》的最后一篇中，轮到堂区长讲故事，他一开场就声明：“你不要指望我讲虚构的事情。”（第772页）在他看来，前边所讲的二十几个故事，虽然来源各异，有的是民间故事，有的是翻译了他人之作，还有的取自古典作品，但它们都毫无例外地是虚构出来供人调笑娱乐的，愉悦性有余而教益性不足，堂区长要反其道而行之，强调“讲出的故事最有意义最有趣”（第36页）中的“最有意义”方面，他讲的故事根本就不是故事，而是一篇布道词。这种意见在多大程度上代表了乔叟的意见，值得研究。紧随这篇故事的“本书作者献词”说，他以前写过大量的虚构作品：“那些讲空幻尘世的译文和作品，在这里，我撤回那些书。”（第834页）诗人乔叟显而易见受到这篇布道词的影响。

上述问题还与乔叟《坎特伯雷故事》的基本创作方法有关。乔叟谦虚地承认自己的作品缺少“修辞”，但这并不意味着就真的没有具体表现方式。乔叟说他要原原本本地记录故事，这是他创作伊始就规定好的，但这一原则也必须依靠具体的创作手法才能实现。在这方面，他创造性地使用了颇有现代叙事学特色的手法：在叙述者和故事本身之间创造距离，即记录故事的乔叟始终和故事保持着若即若离的关系。乔叟卓越地呈现给读者每个讲故事者的外貌、服饰、职业、精神气质等，但做出这些描述的乔叟本人却很少作出评判；朝圣者几乎每个人都讲述了故事，但乔叟的骑士故事却被店主人粗暴地打断了，乔叟随后讲出的故事和众人都不同，它是以一种散文体形式呈现出来的，在整部作品中，只有乔叟的“梅列别斯的故事”和堂区长的布道词没有使用诗歌形式，而采用散文体。乔叟用这种方式将自己和其他众人区别开来，造成一种微妙的距离感。而且，乔叟讲述故事的基本程式是：在讲完故事后，乔叟都写出听众的反应，他们或者捧腹大笑，或者心怀向往，或者怀疑自己受到讽刺而愤愤不平，或者认为自己观点受到挑战而奋起应战，但在各类反应中，读者很少看到乔叟这一记录者的回应或反馈，可能比较明显的例外是在“总引”中乔叟直接出面评价修道士的话：“我认为他这种说法没有错误。”（第 11 页）

诗人对大多数故事的价值评判上的缺位造成了作品的戏剧化效果。整部作品就像是一场“故事会”，乔叟在“总引”中树立起一座舞台，随即上场的店主人是“故事会”的主持人，乔叟却退居幕后，场上演员依次表演，喜怒哀乐尽情呈现，但故事的叙事者既不是演员，也不是观众，他只负责将台上的表演客观而不动声色地转述出来。作品的读者意识到自己了解的一切都经过转述者的过滤，但无从知晓转述者本人的判断。这种写法，传统上认为是现实主义的，现代研究者或者认为是反讽的，或者认为是伪装的，它或许就是乔叟为弥补缺乏“修辞”而做出的艺术更新。

故事时间的讽喻

乔叟被誉为将古典传统有机融入英国文学的开创性人物。[①]《坎特伯雷故事》的“总引”一开始就引用了希腊神话中“Zephyrus”代表舒畅柔适的西风（中译文为“和风”）。不仅如此，《坎特伯雷故事》还将但丁开创的“诗人的讽喻”引入英国文学创作。乔叟显然重视诗歌的修辞、虚构、音律等形式特征，在作品中运用戏剧化手法来呈现人物形象；同时，他也尝试在《坎特伯雷故事》中运用讽喻手法来构思和建构作品的时间框架和主要情节线

① Gilbert Highet, *The Classical Tradition: Greek and Roman Influences on Western Literature*, New York: Oxford University Press, 1957, p. 103.

索，使一场貌似平淡无奇的集体朝圣活动变得意蕴丰富。

作品中提到的“坎特伯雷”位于英格兰的东南部，该地建有供奉圣托马斯遗骨的坎特伯雷大教堂，是基督徒的传统朝拜之地。该地距离伦敦六七十英里，乔叟的朝圣团体从伦敦的泰巴酒馆出发，书中没有提到他们在路上投店的情况，实际上只记录了第一天的旅途见闻。在书中记录的 23 个故事之上，乔叟设计出一个“框架故事”：他在泰巴酒馆看到了陆陆续续赶到的朝圣者，他逐一描述了他们的职业、外貌等；随后泰巴酒馆主人也加入进来并提议大家结伴而行，每个人都在路上讲故事，谁讲得最好，回来时可以享受一顿免费的美餐，大家都同意这个提议，推举酒馆主人做“总管”和“裁判”；每个故事讲完，酒馆主人都插科打诨地调笑戏谑一番，再请出下一位讲述者，这构成了每个故事的“引子”。在框架故事中，乔叟三次出面提到旅程中的准确时间：他们在第二天“雄鸡报晓”的时候出发，讲到第四个故事即“律师的故事”时，时间是上午十点；讲到最后一个故事即“堂区长的故事”时是下午四点，接近黄昏时分。照此看来，乔叟基本上每隔六个小时就“报告”一次故事的叙述时间；而且，旅途结束的时间显然和开始的时间相对应，朝圣之旅开始于天光朦胧的拂晓，结束于暮色苍茫的黄昏。

乔叟相当精心而合理地勾勒出旅途中完整一天的详细时间。与之相比，他给出的旅程日期似乎不太准确，也更容易引发争议。“总引”一开始就先写日期：

> 当四月带来它那甘美的骤雨，
> 让三月里的干旱湿进根子去，
> 让浆汁滋润每棵草木的茎脉，
> 凭其催生的力量使花开出来；
> 当和风甜美的气息挟着生机，
> 吹进树林和原野上的嫩芽里，

年轻的太阳也已进入白羊座，
已把白羊座一半的路程走过；（第3页）

但随后在律师故事的“引子”中，他却说：

旅店主人看到大太阳已很高，
已把白天四分之一的路走掉——
事实上还超过了半个多小时——
尽管他没有什么高深的学识，
却知道这是四月的第十八天，
也正是为五月开道的先行官。（第185页）

最后一个故事即“堂区长的故事”的“引子”又说：

伙食采购人讲完故事的时候，
我看了一眼已经不高的日头，
它早越过最高点，偏斜在西方，
其高度不会在二十九度以上。
这时该是四点钟，按我的估计。
……
这时候我们正走近一个村子，
而与此同时，月亮也正在兴起，
我是说，天秤宫已开始在升起。（第771页）

细心的读者可以从上面这些说法中发现两个问题：第一，书中记载的朝圣之旅发生在4月18日，但太阳停留在白羊座的时间是3月21日至4月19日，[①] 在故事发生的日期，太阳应该即将走

① Gertrude Grace Sill, *A Handbook of Symbols in Christian Art*, New York: Macmillan Publishing Company, 1975, p. 218.

出白羊座，很快进入金牛座，因此乔叟说“已把白羊座一半的路程走过”至少是不准确的；第二，有学者推断在 4 月 18 日的下午四点，人们不会看到“天秤宫已开始在升起”，这里的月亮或是土星之误。[①] 但诗人乔叟留下一篇未完成的论文“论星盘”（A Treatise on the Astrolabe），[②] 文章是写给他十岁的儿子的，年幼的“路易斯”不懂拉丁语，所以乔叟以英语写出。虽然他自称是“古代天文学家劳动成果的没有学问的编纂者”，但既然向下一代传授科学知识，写作态度不言而喻应该是认真负责的。和我们论题相关的是，一位写过天文学论文的诗人似乎不太可能在主要诗作中将星辰的名字搞错。

实际上，基督教传统将上帝创世的时间确定在三月份，依据是《旧约·出埃及记》（12：2）耶和华的训示，“你们要以本月为正月，为一年之首”。耶和华说的“本月”被古代以色列人规定为尼撒月，从春分开始。3 月 21 日的春分时节还是逾越节或无酵节，以纪念古代摩西带领以色列民众“出埃及”的日子。

在《坎特伯雷故事》的故事时间设置上，乔叟接受了中世纪传统。他同意将三月确定为上帝造世的时间。书中“修道院教士的故事”说：“当初天主创造人，是在三月份，/世界的开始也就在那个时分。”（第 360 页）“差役的故事”有一段叙述讽刺托钵教士，说他们对《圣经》不求甚解，但也可从中看出中世纪教士在布道时既要遵循《圣经》经文，也要参考、采用后代神学家对经文的页边注释：

> 我今天去你们教堂主持弥撒，
> 根据我粗浅的想法讲了一番，

① ［英］乔叟：《坎特伯雷故事》，黄杲炘译，上海译文出版社 2011 年版，第 772 页注释①。

② Jeoffrey Chaucer, *The Works of Geoffrey Chaucer*, ed., F. N. Robinson, London: Oxford University Press, 1957, pp. 544 – 563.

同《圣经》上写的并不完全有关，
因为依我看，那文字比较艰深，
所以要经过解释，再告诉你们。
作解释是件很了不起的事情，
因为学者说：文字能致人死命。(第490页)

其中，“作解释”的原文是golsynge，现代英语的对应词是glossary，有的译本翻译为“paraphrase and interpret”[1]。中世纪的神学家正是从这些解释或解释汇编中发展出《旧约》和《新约》之间的整体联系。“自由农的故事”中女主人公说：“永生的天主啊，你以远见卓识/对这个世界进行有效的统治；/人们都说，没用的东西你不造。”（第656页）这几句用诗歌的形式重写了奥利金“上帝不做无用之功”的思想，从中也可以看出中世纪的释经传统对普通民众的影响。

《坎特伯雷故事》的旅程发生在4月18日，但作者从3月开始写起，因为3月的春分才是上帝造世或人类存在的起点。那么，作者为什么不干脆从春分开始写起呢？显然，这时的大自然还没有呈现出诗中描绘的景色：4月多雨，滋润万物，西风吹拂，催生着树林和原野上的嫩芽，大自然万物复苏，生机盎然。但单纯描写本月的景色意蕴简单，所以作品一开始就从3月的“干旱”着手：“当四月带来它那甘美的骤雨，让三月里的干旱湿进根子去。”作者既不能把朝圣之日定在3月21日，又不能随便确定一个什么日子；其解决方案是将3月和4月联系起来写。4月18日已经和春分有了相当的时间距离了，但作者仍然“不太科学”地说“年轻的太阳也已进入白羊座，/已把白羊座一半的路程走过”，两次提到“白羊座”，这把古代的星象观测和基督教传

① Jeoffrey Chaucer, *The Canterbury Tales by Geoffrey Chaucer*, translated and adapted by Peter Ackroyd, New York: the Penguin Group, 2009, p. 193.

统结合起来，“白羊”（ram）是“羔羊”（lamb）的变体或变形，也同“羔羊”一样带有“拯救世人”的含义，太阳代表着耶稣，白羊座对应着上帝看守或护佑的羊群。耶稣在春分后的“耶稣受难日”拯救世人，这一拯救的过程被讽喻地描写成太阳走过白羊座的过程。最后，太阳亘古长存，无所谓年老也无所谓年轻，但作者特意写明“年轻的”太阳，强调4月的太阳刚刚诞生于上帝的创始活动，通体鲜亮，生机勃勃，预示着一天的旅程蓄势待发。

作品开始的9句诗歌，在描写自然景色的同时会使读者产生丰富的联想。首先，4月份的万物复苏景象来自上帝的创世活动，表明世俗的来自神圣的；其次，创世的过程也是拯救的过程，上帝介入人类存在和历史发展，耶稣既是“羔羊”，也是羊群的“牧者”，他“道成肉身”，既是人类中的一员，又是人类的拯救者，他的牺牲和复活开启了人类救赎和永生的历史，而太阳走过白羊座的一半，表明这一历史尚未终结；最后，冬去春来的季节循环从外表上看是自然现象，但实际上它和观察与描述这一现象的诗人的信仰传统和文化背景密不可分，用“白羊座”来讽喻“羔羊”在更深的含义上使二者并置对称，其实是采用某些古典传统的内容，将其置于基督教信仰的框架之内，二者的融会又预示着古代学术复兴的新趋向。

在全书最后一个故事的“引子”中，乔叟说在当天下午四点钟左右，他看到了月亮和天秤座在升起。这种描写应该出自作者的想象。作品开始时的“太阳”“公羊座”和此处的“月亮”“天秤座”构成对应关系。上帝在创世的第四天创造太阳和月亮，一个掌管白天，另一个掌管夜晚。月亮有盈有缺，从新月开始，历经初月、半月、凸月而至满月，太阳则在一年中走过12个星座，其中的白羊座和天秤座之间相隔四个星座，需要半年的时间。上文已经提及，太阳运行于公羊座的时间始于春分，而运行于天秤座的时间则始于8月23日，在秋分的第二天9月22日结束。天秤座在星相学上表现为一根横木上悬挂着两个盘子，左右对称，意味着“均衡”与“平均”，就像秋分将白天和黑夜的时间均分一样；它的引申含义则是“衡量”“裁判”“公正地赏罚”等。

作者在全书即将结束之际使用了“月亮”和“天秤座”这两个相互补充的意象，强调“终结”和“裁判”的意思。月亮升起，意味着白天的结束和黑夜的开始，秋分之后白天会越来越短，而黑夜越来越长。基督教传统中最重要的“裁判”是“末日审判”，它出现在世界和时间的结束之时，典型的意象来自《新约·启示录》(12：1－2)：“天上现出大异象来：有一个妇人身披日头，脚踏月亮，头戴十二星的冠冕；她怀了孕，在生产的艰难中疼痛呼叫。”一般认为，这里的妇人是圣母，头上的太阳是上帝，而脚下的月亮则是世人。《启示录》全书都展现末日审判的情形，这里以“异象”的形式表明上帝将“裁判”世人，使公正公平、毫无偏袒的赏罚各得其所。这些含义将读者的注意力从世俗世界的旅程转向未来的精神世界，预示着即将展开的另一种旅程。

“通向天国的耶路撒冷的旅程”

乔叟在构建“时间讽喻”中引入了星象学或占星术等古典传统，借此表明“自然作用于人的力量”①，然而，这仅是一个方面。此外，中世纪世界观中还有与此相对立的另一方面，即强调人与自然的相互区别及人对超自然的理想生存状态的追求。从创世开始，人就是上帝创世活动的最终完成品，在创世的链条上位于最顶端的位置，人自上帝造世之初就是和神相像的唯一的被造物，理应追求超越自然需求的理想状态。比乔叟更晚一些的帕斯

① ［英］C. S. 路易斯：《中世纪和文艺复兴时期的文学研究》，沃尔特·胡珀收集，胡虹译，华东师范大学出版社 2010 年版，第 82 页。

卡尔说，人是一棵能够思想的芦苇，虽然柔弱，但却凭借思想战胜比他强大无数倍的自然力量。[①] 当然，这种追求不仅在死后展开，在世俗生存中就应该表现出模仿上帝这一创造者的愿望和行动。

《坎特伯雷故事》表面上描述一群朝圣者在 4 月 18 日这一天踏上前往坎特伯雷大教堂的旅程，他们一路上谈笑戏谑，以口述故事取乐。这一在具体时空中向某一具体场所的进发，在讽喻意义上也是向着理想状态的进发。作品一开始就说：

> 人们尤其要去的是坎特伯雷，
> 去拜谢荣登天堂的殉难圣徒，
> 因为人们有病时他给予救助。（第 3 页）

但乔叟笔下的朝圣者并不是因为生病或为了以后驱灾祛病才去朝圣的，他们在旅途中从来没有说过自己或家人朋友患病治病的情形。乔叟留下了一首短诗《真理》，把朝圣者塑造成响应上帝呼召，敢于挺身而出追求真理的形象，诗中一节是这样说的：

> 这不是你的家园，仅余荒野，
> 走，朝圣者，走！弃旧态前行！
> 环顾再仰望，感谢万物神灵；
> 守正道，让他引领你的心志；
> 真理使你自由，这无须怀疑。[②]

---

① ［法］帕斯卡尔：《思想录》，何兆武译，商务印书馆 1985 年版，第 157—158 页。

② Jeoffrey Chaucer, *The Works of Geoffrey Chaucer*, ed. F. N. Robinson, London: Oxford University Press, 1957, p. 536: "Here is non hoom, her nis but wilderness: /Forth, prlgrim, forth! Forth, beste, out of thy stal! /Know thy contree, look up, thank God of al' /Hold the heye wey, and lat thy gost thee lede; /And trouthe thee shal delivere, it is no drede."

此诗中的“朝圣者”厌恶堕落的世界，视之如荒野，丝毫不值得留恋，也不愿意与之同流合污，转而追随耶稣足迹，坚信依赖信仰才能进入天国，从而获得永恒的生命。在基督徒看来，“朝圣之旅”才是乔叟诗歌中说的“正道”，因为朝圣者一路上有耶稣的引导，才不会偏离方向，朝圣者即使一个人上路，也并非孤身一人前行，“我虽然行过死荫的‘幽’谷，也不怕遭害；因为你与我同在，你的杖，你的竿，都安慰我”（《诗篇》23：4）。因此，朝圣者对耶稣基督的信仰是一种精神旅途。

上述想法都可以在《坎特伯雷故事》“堂区长故事”中发现，这一故事的“引子”说：

> 愿耶稣以他的恩典赐我智慧，
> 让我在这旅途中给你们指路，
> 指出一条完美而光明的路途，
> 也即去天国的耶路撒冷之道。（第 773 页）

可见，在此时此刻展开的走向坎特伯雷大教堂的旅途之外，还有一条通向天国耶路撒冷的道路；在具体时空展开的旅途之外，还有抽象的精神之旅。随后，在故事的正文中，他又重复这一看法：“有很多精神之道引导人们走向主耶稣基督和那荣耀的国度。在这些道中，有一条十分高尚正确的道，无论对于男人女人都切实可行，尽管他们由于犯了罪孽而迷路，偏离了通向天国的耶路撒冷之道。”（第 774 页）这些说法点明了这次旅行的精神意义，在此之前它一直潜藏在诗句描述的坎特伯雷之旅的背后。

读者不难发现，《坎特伯雷故事》的第一个故事是“骑士的故事”。两位主人公阿赛特和帕拉蒙身上体现着中世纪盛行的“宫廷之爱”。按照 C. S. 路易斯的说法，“宫廷之爱”起源于 11 世纪普罗旺斯地区的游吟诗人的创作，14 世纪传播到英国，其核心观念是四项：谦卑、礼仪、婚外恋、爱的宗教。[①] 这种观念第一次将发生在男女之间的爱慕之情当作文学描写的中心，带来欧洲文学史上的重要转变。“宫廷之爱”的体现者主要是中世纪的骑士们。应该注意的是，骑士们和宫廷贵妇人之间的浪漫爱情和他们的基督教信仰并不矛盾，因为爱情生活局限于世俗生活，只掌管着现世，而宗教信仰则掌管着人们的未来展望和永生期待。[②]

显而易见，乔叟本人就是典型的成功骑士，他先后在王妃、王子和国王手下当差，充当他们的冲锋陷阵的战士、折冲樽俎的谈判代表、间道潜行的外交密使。骑士生活是他的理想。《骑士的故事》将中世纪贵族或国王骑士的爱情故事当作正面形象，两位骑士阿赛特和帕拉蒙为了获得心上人的爱情历尽波折，不惜牺牲自己的生命。“总引”中骑士一出场，乔叟就毫不吝惜赞誉之词：

> 从他一开始骑着马闯荡人间，
> 就热爱骑士精神和荣誉正义，
> 就讲究慷慨豁达与温文有礼。（第 6 页）

当阿赛特在普路托派来的恶鬼的惊吓下，从马上跌落下来重伤致死后，国王忒修斯在葬礼上发表了长篇演讲，嘉许阿赛特的所作所为都符合一个理想骑士的标准，特别是他的死亡：

> 如果一个人带着荣誉断了气，
> 他的亲友们该为他感到欣喜，
> 因为等他令名因年龄而枯槁，

---

① C. S. Lewis, *The Allegory of Love*: *A Study in Medieval Literature*, p. 12: “Humility, Courtesy, Adultery, and the Religion of Love.”

② Kathy Cawsey, *Twentieth-Century Chaucer Criticism*: *Reading Audiences*, Burlington: Ashgate Publishing Company, 2011, p. 44.

那时他的能耐已完全被忘掉。(第 127 页)

按照作品中的描写，“骑士的故事”讲完后，众朝圣者一致认为“这个故事很崇高”“完全值得大家在脑子里记牢”(第 131 页)。总之，乔叟将“骑士的故事”放在篇首，恰如其分。但令人惊奇的是，当轮到乔叟讲“托帕斯爵士”的骑士故事时，他却被粗暴地打断，店主人说，这类故事都是“无聊的东西”。乔叟不得不换一个故事来讲。乔叟的新故事和其他人的故事有两处明显的区别。首先，它是用散文叙述出来的，整部作品只有乔叟的“梅利别斯故事”和“堂区长的故事”用散文写出，其余故事都是诗体，这一特点将这两个故事从书中 20 余个故事中区分开来。不仅如此，“梅利别斯故事”讲述了一个有权势的年轻人梅利别斯忽然无辜遭到三个仇人的报复，他的妻子普鲁登丝和女儿被打成重伤。他得知后急于复仇，准备向仇人开战。但普鲁登丝反复地耐心规劝他，引用的例子是《约伯记》中约伯无辜遭难反而赞美上帝的例子，她还多次引用《圣经》上的教诲和塞内加的名言。梅利别斯最后同意宽恕仇敌。他的三个仇敌也登门谢罪，甘愿受罚。最后，梅利别斯总结说：“毫无疑问，对于我们在天主注视下犯下的罪过，如果我们感到懊恼和悔恨，/那么宽宏大量的天主会宽恕我们的罪过，把我们带进他永无止境的巨大幸福。”(第 305 页)

其次，该故事的突出之处在于描写人物的戏剧性转变：主人公从义愤填膺到通过解读一个个类比事例而变得宽宏大度，饶恕他人。这个故事的最大贡献在于将“转变”的主题引入《坎特伯雷故事》中。如果说《坎特伯雷故事》一开始就树立了骑士“宫廷之爱”的理想，无论这种爱情多么忠贞不渝，它也只能限定在当下的世俗生活中，但和灵魂拯救与永恒密切相关的“上帝之爱”才更值得推崇。出现在《坎特伯雷故事》接近中间位置的乔叟亲口讲述的“梅利别斯故事”标志着乔叟生活理想的不易被人察觉的转移，它与全书最后一个故事“堂区长的故事”以及结尾处的“作者献词”相呼应，从而在全书形成“宫廷之爱—转变—上帝之爱”的三段式结构。

“梅利别斯故事”的主题是以德报怨、宽恕仇敌。这也是最后一篇故事“堂区长的故事”的核心意旨。当店主人催促堂区长讲故事时，堂区长回答说：

> 你不要指望我讲虚构的事情，
> 保罗曾经给门徒提摩太写信，
> 责备有些人讲话背离了事实。
> 讲些虚构的故事或这类坏事。
> 既然只要我愿意就可播种麦，
> 那么去播种糠皮我又何苦来？（第772页）

堂区长认为别人播种的都是“糠皮”，而他要播种真正的麦子，对人们的生活的确有益，这里使用的“种麦”的比喻，照应着全书“总引”中“四月骤雨滋润草木茎脉，和风吹拂原野上的嫩芽”的描写，此前各位朝圣者都像农夫一样辛勤耕作，但他们收获的只是糠皮。堂区长心目中的“麦子”就是他随后展开的故事，但那其实根本不是故事，而是一篇用散文写出的长篇布道词，其主旨是忏悔。他论及忏悔的三种形式即心中痛悔、口头坦白、苦行赎罪等，分析骄傲、妒忌、愤怒等七宗罪，反复呼吁听众用对罪恶的苦苦忏悔换取永生。在堂区长讲完后，乔叟没有提及其他朝圣者的反应，也没有向听众或读者发出任何呼吁，而是直接在“作者献词”中写下自己的反应：“特别是我那些讲空幻尘世的译文和作品，在这里，我撤回那些书”，“但说到我翻译波伊提乌斯的《哲学的安慰》，说到我写的其他一些圣徒行传、讲道文和有关道德与献身于神的书，我要感谢主耶稣基督”（第834页）。由这些表白来看，似乎乔叟已经无暇顾及他人是否受到了感动，至少他已经被这篇布道词“转变”过来，迫不及待地要踏上“通向天国耶路撒冷的道路”。

第四章 小说是"讽喻的历史"

上一章的主人公、诗人但丁完成了从"神学家的讽喻"向"诗人的讽喻"的过渡，显示了讽喻的巨大创作潜力。以《神曲》为代表，中世纪晚期出现了《仙后》《坎特伯雷故事》《农夫皮尔斯的故事》等大量讽喻作品，它们或直接受到但丁讽喻诗学的影响，或孕育于中世纪流行的讽喻解经的文化传统中，代表着讽喻文学发展史上一个量多质高的繁荣时期。

在但丁身后的三百至四百年间，欧洲主要国家陆续发生了文艺复兴和宗教改革运动，它们是塑造欧美现代国家基本形态的重要思想文化因素或力量，极大改变了社会意识形态、人们的生活观念和未来展望。其中，宗教改革对讽喻传统的影响比较复杂，既有正面的也有负面的。马丁·路德激烈反对以天主教会为代表的传统信仰，也非常严厉地指责和批评讽喻这一受到天主教会长期尊奉的《圣经》解读方式，"一个释经者应该尽量避免讽喻，以便自己不会在无所事事的梦境中游荡"；"讽喻是空洞的胡思乱想，是圣经上掉下来的浮渣"。[①] 他完全否认《圣经》中存在四种寓意，认为其中的修辞意义、比喻意义等都可以归入字面义，《圣

---

① Brian Cummings, "Protestant Allegory", in Rita Copeland and Peter T. Struck eds., *The Cambridge Companion to Allegory*, London: Cambridge University Press, 2010, p. 177.

经》中只有一种含义，“每句经文只有一种字面涵义和意义：人类心中也应只有一种涵义与意义而不是两种意义”①。约翰·加尔文和路德的想法大同小异，他认为四重寓意说“是撒旦设计出来的堕落系统，为的是削弱圣经的权威，从圣经阅读中夺去其真正的收益”。他在保罗《加拉太书》的评论中批评中世纪的讽喻解经：“许多世纪以来，一个人如果没有必要的技巧和勇气将上帝的神圣的词语转变成各类奇特形式，那他就会被认为是不够聪明的。”②

今天看来，这些说法似乎流露出一种趋向极端的“过度简单的字面释义”，难免“将洗澡水和婴儿一起泼掉”的批评。显而易见的是，即使路德自己的《圣经》阐释，也没有按照他所设想的那样完全抛弃讽喻方法，比如在解释《旧约》和《新约》之间的相互关系时，“为了熨平他的神学中不协调或者矛盾之处。路德也将旧约讽喻化从而理解新约”③。“讽喻化”是解读《圣经》的必要方式，无论承认与否，都会自觉或不自觉地加以运用，似乎无人可以逃脱，“尽管改革宗一再坚持对圣经字面义的解释，但仍然维持着对讽喻本体论的深深承诺。……简言之，改革宗的思想讽喻化了基督徒，就如同中世纪神学讽喻化了古代的以色列人，二者的程度相同”④。

---

① Thomas H. Luxon, *Literal Figures*: *Puritan Allegories and the Reformation Crisis in Representation*, Chicago and London: The university of Chicago Press, 1995, p. 10: “There is no but one literal sense and meaning of every Scripture: So should men have but one sense and meaning in their minds, and not a double meaning…”

② Thomas H. Luxon, *Literal Figure*, p. 10: “For many centuries no man was considered to be ingenious, who had not the skill and daring necessary for changing into a variety of curious shapes the sacred word of God.”

③ Brian Cummings, “Protestant Allegory”, in *The Cambridge Companion to Allegory*, pp. 179 – 180: “Luther is allegorizing the Old Testament to make sense of the New, in order to iron out any inconsistencies or contradiction in his theology.”

④ Thomas H. Luxon, *Literal Figures*, p. 26: “…reformed Christianity, for all of its insistence on literalism, remains profoundly committed to an allegorical ontology…In short, Reformed thought allegorizes the Christian much as medieval theology allegorized ancient Israel.”

尽管路德或加尔文的说法并不一定准确，但对讽喻的各种批评仍然是早期小说家必须认真面对的严峻挑战。这至少迫使班扬、笛福等人在使用讽喻时加倍小心谨慎，如果他们在小说中运用讽喻的话，就势必会被迫做出一番辩护。班扬在《天路历程》的“序言”一开始就说自己“突然跌入讽喻”，暗示自己使用讽喻方法来写小说是不得已而为之，这样做并没有违背其信仰。笛福在《鲁宾孙飘流记》第三卷的“序言”中指出，他心目中的小说既是讽喻性的，又是历史性的。这是笛福确定的早期小说的最初定义，警诫后世小说家们小说不能脱离讽喻而存在。与但丁主张的“诗人的讽喻”略有不同，笛福提出的“小说家的讽喻”更强调小说如实记述的特征，将小说的性质归结于完全世俗化的历史叙述，将小说这一现代社会的主要文学创作体裁视为对现代社会世俗化进程的艺术回应。在这一语境中，如何界定小说的信仰与世俗、讽喻性和历史性的关系就会成为“小说的兴起”研究中的重点。班扬、笛福等人的新教信仰如何对小说的诞生产生重大影响呢？回答这一马克斯·韦伯式的问题，也就变得尤为迫切。总之，文学史表明，讽喻抵抗住了宗教改革领袖人物的严厉指摘而存活下来，并逐步渗透进方兴未艾的小说创作中。这一事实至少暗示着，讽喻契合了文学创作的某些基本要素或规律，它在文学中可能比在神学中活得更加长久。

第一节 《天路历程》:“突然跌入讽喻”

在乔叟《坎特伯雷故事》的第一个故事中，骑士阿赛特在决斗中负伤而死，雅典全城陷入哀伤之中，只有一位饱经沧桑的老者劝慰众人：

> 人间只是条大道，充满了哀伤，
> 而我们是路上过客，来来往往；

死亡把人世间的痛苦全了结。①

人生短暂，难免一死；人生在世，不过是行色匆匆的过客。这一想法在《圣经》中早有论述，但《圣经》的说法更强调信仰者的人生终点乃是天国之城，“这些人都是存着信心死的，并没有得到所应许的；却从远处望见，且欢喜迎接，又承认自己在世上是客旅，是寄居的。说这样话的人，是表明自己要找一个家乡。……他们却羡慕一个更美的家乡，就是在天上的。所以神被称为他们的神，并不以为耻，因为他已经给他们预备了一座城”（《新约·希伯来书》11：13－16）。耶稣也反复称呼自己是“生命、真理和道路”。照此来说，耶稣基督既是基督徒向往的真理，又是他们走向真理的道路。

尽管如此，沿着耶稣道路的旅途究竟应该怎样走，基督徒怎样到达那个“天国之城”，每个时代的人理解不尽相同，理解上的差异到了中世纪晚期的乔叟时代已经表现得比较显著。简单来说，有人赞成天主教会的说法，有人则会提出质疑。同样是在《坎特伯雷故事》中，“船长的引子”中的旅店主人曾经这样说：“我在风里闻到了罗拉德的气味，/……再等一会儿，为基督受的苦难，/我们将可以听到大道理一篇；这位罗拉德将会对我们说教。”②

看来，同样是讲解“基督受的苦难”，“罗拉德”似乎另有说法。“罗拉德”派是宗教改革运动中反对天主教会的宗教团体，亦称“威克里夫派”，以14世纪英国宗教改革家约翰·威克里夫（1320—1384）为代表，主张“基督把他的律法不是刻在石板上，

---

①［英］乔叟：《坎特伯雷故事》，黄杲炘译，上海译文出版社2011年版，第119页。原文是：“This world nys but a thurghfare full of wo，/And we been pilgrymes，passynge to and fro，/Death is an ende of every worldly sore.” *The Works of Geoffrey Chaucer*，ed. F. N. Robinson，London：Oxford University Press，1957，p. 44。

②［英］乔叟：《坎特伯雷故事》，黄杲炘译，上海译文出版社2011年版，第232页。

或是羊皮上，而是刻在人的心板上”[①]。威克里夫和他的追随者居无定所，走街串巷，身着红褐色长衫，手持一根木杖，他们自己翻译《圣经》，向下层民众传道，这一翻译活动是后来“钦定本”英语《圣经》的雏形。“罗拉德”派在信仰上与天主教传统有冲突，所以，旅店主人提议的“罗拉德”派的讲道立刻就遭到另一位朝圣者船长的激烈反对，乔叟的描写隐约涉及当时的信仰分歧。

乔叟笔下的“罗拉德”派信仰在数百年的时间中深刻改变了欧洲大陆的面貌。以马丁·路德（1483—1546）和约翰·加尔文（1509—1564）为核心的“改革宗”从各个方面抨击天主教会，也表现出对讽喻传统的明显敌视态度。然而，约翰·班扬虽然信奉新教，但没有完全照搬路德或加尔文等人对讽喻不屑一顾的轻蔑看法。班扬的名作《天路历程》的主人公“基督徒”更像是前引《新约·希伯来书》中早期基督徒的人物典型：他只是暂时居住在这一世界上，这一世界并不是其归宿或家乡，周围环境也不会善待他们；他的“寄居”过程因而成为在一个充满敌意的世界中不断寻找探索、经历考验的旅途；这一寻找过程可能不会使探索者最终步入天国之城，而只能远远望见上帝许诺、为他们准备好的天国之城。这些想法不大可能是班扬的一时兴起，与他的生活经历和精神成长都密切相关。

《天恩浩荡》与《天路历程》

约翰·班扬出身贫寒，他的父亲托马斯·班扬是斐德福郡的补锅匠。班扬长大后子承父业，后来自述他的家庭是“世上所有家庭中最低贱最受人鄙视的”[②]。这一说法可能有夸张的成分。[③]

---

① ［美］布鲁斯·雪莱：《基督教会史》，刘平译，北京大学出版社 2004 年版，第 257 页。

② John Bunyan, *The Pilgrim's Progress and Grace Abounding to the Chief of Sinners*, ed. James Thorpe, Boston: Houghton Mifflin Company, 1969, p. 8.

③ Roger Sharrock, *John Bunyan*, Melbourne: Hutchinson House, 1954, p. 9.

班扬早年就喜欢阅读马丁·路德的名作《〈加拉太书〉评论》，后来在他第一位妻子送给他的《普通人的天国之路》和《敬虔的生活》等宣教作品的影响下，加入家乡"浸礼会"这一非国教的清教徒教会。他在皈依后在乡下传道，被英国政府以"无执照传道"的罪名逮捕。他曾多次被监禁，最长一次竟达12年。但他即使在监狱里也不断向狱友传教，同时开始写作《天路历程》这部讽喻小说。小说第一部在1678年出版后大受欢迎，也引发了一些批评意见和别人的"伪续作"。6年之后，班扬发表小说第二部，特意在"序诗"中为自己的创作进行辩护。小说第二部不像第一部那样成功，但后来的通行做法是将两部分作为一个整体出版。《天路历程》是17世纪英国文学中传布最广、影响最大的作品，出版后不久即成为英国普通民众的家庭必备书，印量堪与《圣经》媲美。19世纪的小说家乔治·艾略特、萨克雷、狄更斯等人都深受其影响。这部作品也突破民族、宗教、时代的界限，不断被翻译成各种语言，是英国小说中风行全球的名作。

除了《天路历程》，班扬还于1666年发表《天恩浩荡》一书，这是班扬60余种出版物中唯一可以和《天路历程》比肩的重要作品，其中涉及作者早期生活和精神发展演变的主要史实，是17世纪众多"精神传记"中的翘楚，[①] 也是研究班扬创作的第一手资料，其中描述的作者思想发展中"信仰皈依""响应上帝呼召""传道"等几个重要阶段都在《天路历程》中有所体现，但其重点以"皈依"以后的心理描写为核心，这一点也影响了《天路历程》。《天路历程》3/4的篇幅写的是人物皈依以后的经历，写的是对皈依的怀疑和一次又一次的重新确认。无论班扬还是基督徒，都在不断质疑：皈依，为什么不是个人

---

① Kathleen Lynch, *Protestant Autobiography: in the 17th-Century Anglophone World*, Oxford: Oxford University Press, 2012, pp. 179 - 232.

的过度自信甚至狂妄自大？它有没有可能仅仅是由于绝望而产生的心理安慰？

在加尔文主义的教义中，救赎论中的“预定说”当时影响最大。加尔文说：“我主张神因拣选人得永生而预定施恩给他们，而这恩典来自神的拣选。换言之，神预定施恩给他早已预定得救得荣耀的人，因神喜悦借拣选之恩使他的选民称义。”[①] 因此，在这一教义的框架下，重要的不是做出各种英雄行为来显示自己是多么虔诚，而是确认自己是被上帝选中的选民之一。任何清教徒，都首先受到“我是否被上帝选中”这一问题的困扰，班扬也不例外：

> 有一天，全能的上帝呼召我到贝德福德镇去工作。在城里的一条街道上，我走到坐在门口阳光里的三位妇女前，她们在谈论上帝之事；因为想听清她们的谈话，我靠近她们以便听得真切，因我自己现在是宗教问题的热心谈论者……她们谈到一场新生，谈到上帝在心中做工，谈到她们如何确信自然的悲惨。她们谈到上帝带着耶稣之爱访问她们的灵魂，在上帝词语与许诺的冲洗、安慰和支持下抵御魔鬼的诱惑。

在描述了这一场景之后，作者紧接着描述自己的心理反应：

> 此时我感到心灵在震撼，因我从不相信自己的状态竟然一无是处；在我关于宗教与拯救的思考中，从未想到过新生的问题，也不知道词语与许诺的安慰为何物，不知道我自己堕落心灵的欺骗性和狡猾之处。[②]

---

① ［法］约翰·加尔文：《基督教要义》（中册），钱曜诚等译，生活·读书·新知三联书店2010年版，第953页。

② John Bunyan, *The Pilgrim's Progress and Grace Abounding to the Chief of Sinners*, ed. James Thorpe, Boston: Houghton Mifflin Company, 1969, p. 14.

这是班扬对人的原罪的最初体悟，在意识到人的堕落后，如何获得拯救就一直纠缠着他，挥之不去，“因此，这一疑问仍然挥之不去。你如何才能断定你是被选中的？如果未被选中，又会发生什么呢？又会出现怎样的情形呢？啊，上帝，我想，如果真的未被选中，我该怎么办呢？诱惑者说，你或许未被选中：我想，或许真的未被选中。撒旦说，你最好停步不前，不再努力了”①。

作者在《天恩浩荡》中的这些描述从一开始就带有“具体化、形象化”的特点，他没有抽象谈论自己的精神状态，而是将内心对上帝的渴望和自己的疑惑转化成某种具体形象，通过“诱惑者”“撒旦”等形式表现出来。班扬曾经批评同时代的精神传记：“他们只会写下别人的感受，或者研究别人在困惑中提出的问题的答案，而不会自己深入内心深处。”②“深入内心”式的写法，是写出自己的内心波澜和冲突，但并不是将自我分裂为相互对立的两部分，一方是善的，另一方就是恶的，而是把抽象的善或恶转化成具体的形象或力量，然后写出自己在这些力量的作用下所获得的切身感受。

按照加尔文主义的说法，面对自己是否选中的疑惑，最佳解决办法是“倾听内在的声音”。这种声音通常表现为《圣经》的词句：

> 一天早上，当我再次祈祷时，心中因为没有听到上帝帮助我的声音而恐惧战栗，一句话忽然刺向我，“我的恩典足够了。”听到这话，我立刻感到有了支撑的力量，好像希望浮现出来一样。但是，上帝发送了他的词语，这是多么好的

① John Bunyan, *The Pilgrim's Progress and Grace Abounding to the Chief of Sinners*, ed. James Thorpe, Boston: Houghton Mifflin Company, 1969, p. 19.

② Kathleen Lynch, *Protestant Autobiography: in the 17th-Century Anglophone World*, Oxford: Oxford University Press, 2012, p. 29.

事情啊！有两个星期之久，我努力搜寻同样的地方；想到它再也不会接近或安慰我的灵魂。我在一阵狂怒中彻底放弃了圣经。那时我想，恩典还不够巨大，是的，不够巨大；但现在，好像恩典的手臂宽阔得足以拥抱我和除此之外的许多人。①

《圣经》词句是上帝声音的具体表现。如果一个人熟记《圣经》,《圣经》字句自然会不断地经常浮现在脑海中，这固然是一种合情合理的自然现象。但班扬并不会以此为满足。如果说“我想起了圣经”，那么，由此想起的《圣经》词句仍然发生在自我的内部，必然是自我的主观的东西。宗教改革运动坚决反对教会的权威，必然会寻求新的权威来替代旧的权威，来确保自己听到的上帝的声音是真实的，而不是自我的想象或自己希望看到的幻象。否定了外在的权威就只能在自己身上寻找新的权威，因此，这一新权威又只能发生在自我的内部，不可能是外在力量强加给自己的。但是如果完全是自我的产物，那就是主观的、任意的标准，每个人都能宣称自己就是耶稣基督，这里仍然需要客观标准。如何处理这个矛盾呢？如何描写既在自我之内又在自我之外的事物呢？

班扬的创造性在于他从《天恩浩荡》这一“精神自传”的写作开始，就把上帝的呼召或《圣经》的词句描写成一种外在的力量，他说“一句话忽然刺向我”，而不会说“我想起某一句话”。二者的区别在于，前者是外在的，而且“我”会在“刺向我”的时候产生切身之痛；后者是内在的，“我”愿意想起某事的时候，“我”才会想起，选择权利完全在于个人。同样的例子很多，如他描写自己的心境时说：

起先，说到我是否能被选中的问题，我发觉尽管我满腔

---

① John Bunyan, *The Pilgrim's Progress and Grace Abounding to the Chief of Sinners*, ed. James Thorpe, Boston: Houghton Mifflin Company, 1969, pp. 53 – 54.

热情地探寻天堂之路，尽管任何事物都不能阻止我，然而，这一问题仍然让我恼火沮丧，以致于有时甚至我的身体也毫无力气。圣经经文将我的全部热望都踩在脚下，“这不在乎那定意的，也不在乎那奔跑的，只在乎发怜悯的神”。①

可见，《圣经》教训就像一种触手可及的外在之物，它的力量极其强大，以至于可以把“我”“踩在脚下”。在其他地方，他也从来不说我想起了《圣经》，而总是会说《圣经》临到“我”的身上，或者说“圣经经文确实撕裂或搅动了我的内心”②；或者说，“这一句就像磨坊的石头一样压在我的背上”③。直到《天恩浩荡》的结尾，他已经相当确信自己被上帝选中了，该书第 230 节说：“确实，我的脚镣从我的腿上脱落，我从我的煎熬和束缚中解放出来，我的诱惑离我而去，从那时起，我就不再受到上帝圣经的可怕经文的困扰。”④

班扬将《圣经》词句描写成来自自我之外的客观力量，这符合加尔文主义的主要教义。拯救不是个人选择，甚至不完全是个人努力的结果，任何人都不会想获得拯救就能获得拯救，它主要来自上帝的恩典，表现为自我之外的《圣经》教训，这种描写无疑回响着加尔文“预定论”的回声。同时，熟悉《天路历程》的读者也能看出来，这些用法或者意象几乎都被作者转用于小说创作。上面引文中的“像磨坊的石头一样压在我的背上”，被作者使用于

① John Bunyan, *The Pilgrim's Progress and Grace Abounding to the Chief of Sinners*, ed. James Thorpe, Boston: Houghton Mifflin Company, 1969, p. 19。此处引文在《新约·罗马书》9：16。

② John Bunyan, *The Pilgrim's Progress and Grace Abounding to the Chief of Sinners*, ed. James Thorpe, Boston: Houghton Mifflin Company, 1969, p. 29.

③ John Bunyan, *The Pilgrim's Progress and Grace Abounding to the Chief of Sinners*, ed. James Thorpe, Boston: Houghton Mifflin Company, 1969, p. 50.

④ John Bunyan, *The Pilgrim's Progress and Grace Abounding to the Chief of Sinners*, ed. James Thorpe, Boston: Houghton Mifflin Company, 1969, p. 60.

小说一开始的著名场景："我梦见一个人衣衫褴褛，站在洞穴的边上，背对自家的房屋，手里拿着一本书，背上捆绑着沉重的包袱。"[①] 这方面的其他例证还有《天恩浩荡》第121节的描写：

> 当我想到他复活的意义，记起圣经上说的，"玛丽，不要碰触我"，等等，我看到，他仿佛面对着坟墓，因为满心欢喜而跳跃，他已经从死中复活，征服了我们最可怕的敌人。[②]

这里"因为满心欢喜而跳跃"用于小说主人公基督徒在十字架前得知自己获拯救时的狂喜状态："基督徒高兴得接连跳了三次，一边走一边唱着：神圣的十字架！神圣的坟墓！/更神圣的非你莫属——那为我/蒙受羞辱而又从死中复活的救主！"（第63页）

《天恩浩荡》还记录了作者早年的一件逸事，"我听到有人在我身后大声地叫我，西蒙，西蒙，我想，确实就像我告诉你的，有人在我身后呼叫，在背后半英里的地方；虽然那不是我的名字，我猛然回头去看，心中想着他既然这么放声大叫，那就一定是叫我。"[③] 同样的情况也出现在小说中，基督徒走在死亡的荫谷里，"就在他走近那个火焰熊熊的地狱之口的时候，一个邪恶的家伙溜到他的身后，蹑手蹑脚地靠近他，轻声细语地对他说了许多亵渎神灵的坏话，他还一度认为那是从自己的心里生出的坏念头呢"（第100页）。这里，作者明确地表明，那种邪恶的亵渎神灵的坏话、念头或想法都不是作者内心深处产生的，尽管他曾经错认为那是他自己的想法。

---

① ［英］约翰·班扬：《天路历程》，王汉川译，山东画报出版社2002年版，第20页。本节该小说引文均出自此版本，随文注明页码。

② John Bunyan, *The Pilgrim's Progress and Grace Abounding to the Chief of Sinners*, ed. James Thorpe, Boston: Houghton Mifflin Company, 1969, p. 33.

③ John Bunyan, *The Pilgrim's Progress and Grace Abounding to the Chief of Sinners*, ed. James Thorpe, Boston: Houghton Mifflin Company, 1969, p. 27.

值得注意的是，当作者将自己生活中的经历或经验移用于小说时，并不是百分之百地复制照搬，而是经过了一番改造。《天恩浩荡》记述了班扬早年生活的一个细节：“你们一定知道，我以前从敲钟中得到了很大乐趣，但自从我的意识变得微妙以来，我觉得这种乐趣不值一钱，强迫自己放弃它。但我又在心里特别想去看，于是我就去了教堂的尖塔，自己不敢敲，看着别人敲钟。很快我想到，如果大钟坠落下来，那又会怎样呢？”[①] 这一故事在小说中用于基督徒想寻找“循规蹈矩”之家而误入歧途，在山崖边上左支右绌，“于是，基督徒离开原路到循规蹈矩先生家里寻求帮助。但是，当他好不容易走近那座山岗的时候，却看见那山岗高耸屹立，而且靠近道路的那一边怪石嶙峋。基督徒不敢贸然前行，唯恐那山会倒下来压在他的头上”（第 39—40 页）。首先，这段描写的特点在于有前边的生活经验为基础，他以前恐惧大钟会掉下来砸伤自己，现在恐惧高山会一朝倾覆，给自己带来灭顶之灾；其次，作者在旁注中说那山就是西奈山，“循规蹈矩先生”（Mr. Legality）代表了《旧约》时代的“律法”，而身处恩典时代，仅靠律法得救是相当危险的，不仅不能达到目的，反而时有生命之虞。这是作者在描写中又添加了讽喻义，其创作依据只能从班扬反复强调的“跌入讽喻”中去寻找。

“突然跌入讽喻”

在班扬生活的时代，“预表论”或“类型论”等经常用于文学创作，“十七世纪中叶，预表论在很多宗教与世俗诗歌中得到了肯定；到了这个世纪末期，类型指涉与结构已经成为常见的诗歌材料，出现于文学散文中”[②]。但用预表或者讽喻的方法写小说，

---

① John Bunyan, *The Pilgrim's Progress and Grace Abounding to the Chief of Sinners*, ed. James Thorpe, Boston: Houghton Mifflin Company, 1969, p. 13.

② J. Paul Korshin, *Typologies in England, 1650 – 1820*, Princeton: Princeton University Press, 1982, p. 76.

无疑还是件新鲜事。对于文学讽喻这种传统形式，班扬既濡染其中，受其恩泽，又须有所创新，“如果说班扬是一首老歌的结束，那它也是一首新歌的开始。他的讽喻具有此前从来没有的独特力量”[①]。

班扬在《天路历程》一开始就迫不及待地宣布自己运用了讽喻。小说正文之前是一首230余行的诗歌，作者称为“辩解词”。在这篇充当全书序言的诗歌中，作者为自己使用讽喻方法创作小说做出了解释和辩护。“辩解词”一开始，作者就说自己本来想写一本书，但写来写去，却变成了另外一部：“我本来要写的，是另外的构思，/等到即将写完，才感到始料未及。”（第1页）造成这种情况的主要原因在于，作者“突然跌入讽喻”：

> 当初我的意思，是描绘我们这个福音时代，
> 圣徒们如何奔向所盼望的未来；
> 没想到写成了一个寓言（allegory），
> 关于他们的历程，和如何到达荣耀的境界。[②]（第1页）

依据上文，小说所写的绝非圣徒传记，他想完成一部书，写成后却成了计划之外的其他类型的作品。有研究者指出，班扬计划完成的圣徒传记应该指他的《天国的仆人》（*The Heavenly Footman*），描写以圣保罗为代表的“圣徒一族”（the race of saints），写作日期应该在1660—1672年他在监狱服刑的后半段，该书在他去世后才出版。[③] 我们可以补充的是，“突然跌入讽喻”一词说出了采用讽喻的突发性，它出现得毫无征兆，就意味着他此前的作品不是讽喻，他也从来没有将精神传记或宣教作品称为讽喻。在班扬至此完成的所有著作中，一类是“圣徒传记”等宣教作品，

---

① Roger Sharrock, *John Bunyan*, London: Hutchinson House, 1954, p. 93.

② 此处英文为：“I, writing of the way, /And race of saints, in this our gospel day, /Fell suddenly into an allegory/About their journey, and the way to glory.”

③ Roger Sharrock, *John Bunyan*, London: Hutchinson House, 1954, pp. 71 – 72.

另一类是精神自传。班扬意识到，《天路历程》和这两类作品都有所不同。其中，圣徒故事和讽喻小说的不同在很大程度上是“结果”与“过程”的区别。从《新约·使徒行传》这一最权威、最古老的圣徒传记来看，主要描写耶稣第一代门徒和圣保罗的传教故事，描写他们信仰虔诚以及对天国的展望。《天路历程》则是“The Pilgrim's Progress”，强调它描述了信仰者在信仰道路上取得的“进步”（progress），是在作者想象中展开的奔向天国之城的旅途。在小说的结尾，我们目送着基督徒和希望这两个人走进天国之城的大门，班扬没有继续描写天国之城的内部场景。可见，班扬将重点放在写“过程”上。

此外，讽喻小说之所以不同于精神传记在于，精神传记是个体性的精神生活与宗教体验，仅对班扬一个人有效，而讽喻小说则致力于表达信仰者的集体经验，对大部分读者有效，他的故事乃是每个人的故事。作者多次提到，小说受到普遍欢迎，表明小说说出了不同教派的信徒们共同关心的问题，获得了大家的一致共鸣；一般读者并不是神学家，似乎不太关注里面具体的神学教条。班扬成功地将属于他个人的经验转换成集体的财富。究其原因，小说首先建立在共同信仰的基础上；其次它强调信仰皈依以后信仰的保持和恪守要比单纯的信仰转变更为艰巨。威廉·詹姆斯曾说班扬皈依后，又不断陷入怀疑或疑惑，“他的恢复看上去尤为缓慢”[①]。《天路历程》表明，信仰问题绝非转变之后就一劳永逸，在到达终点之前还有很长的道路要走，名为“慈悲”的人物这样承认自己的错误：“我还认为过了窄门一切危险都已经过去，从此后就万事大吉了呢！”（第301页）最后，小说人物在死亡阴影之谷、绝望山谷、名利场、迷魂地等处经历，是用讽喻方

① Williams James, *The Varieties of Religious Experience*: *A Study in Human Nature*, London: Collier MacMillan Publishers, 1961, p. 158: "Bunyan's recovery seems to have been even slower."

法写成的，每个读者或许没有将它们全部体验一遍，但都体验过其中的类似场景，认同主人公的经历或经验。总之，在班扬看来，小说应该是圣徒传记和精神传记这两类作品的综合，理应兼具纪实性、传记性和训诫性、讽喻性这两大特征。

班扬意识到，讽喻形式特别适用于描写那些其表面特征和真正性质并不一致的事物。他在“自辩词”中宣布自己坠入讽喻后，连续使用了农民种地、渔夫捕鱼和猎人捕捉野禽等三个比喻来说明外表华丽的事物并没有益处，而表面上看起来阴郁、晦涩的则往往蕴含着真理，“乌云裹着雨水翻卷，/璀璨的云彩里却没有雨滴”。乌云里有农民种地急需的雨水，而表面上很漂亮璀璨的云彩却毫无用处。外表华丽的事物可能没有多少用处，也没有人对它们感激不尽。显然，《天路历程》也算作这一类外表不好看，其实很有用处的事物：“我那隐秘难懂的叙事里，千真万确寓含着真理，/就像在橱柜的抽屉和格子里，珍藏着金币。”（第8页）此处“我那隐秘难懂的叙事”的原文字面意思是“我那黑色的乌云笼罩的词语”（my dark and cloudy words）对应着上文中“乌云裹着雨水翻卷”。作者在小说中使用的一系列讽喻也可被描述为“黑色的”，黑色总是和讽喻相联系，也就不奇怪人们会把讽喻描写成“黑色的奇喻”。

作者之所以可以放心使用这些“黑色的词语”，关键在于它们都被《圣经》使用过，“难道上帝的律法，他的福音的律法，/在古时候不是通过比喻（types），预兆（shadows）和隐喻（metaphors）传达给他的子民?”而且，上帝亲自启示的先知们也这样做过，“先知们往往用许多隐喻显现真理”。与但丁想法相仿，班扬认为他有充分的理由来模仿上帝的行为。作为讽喻小说，《天路历程》既模仿了《圣经》文学，又模仿了后来的先知或教父们对《圣经》的讽喻解读。具体表现在小说中，基督徒在“晓谕之家”通过“晓谕”的讲解，体会在基督画像、洒水扫地、以油浇火等事物背后的含义；随后他满心欢喜离开“晓谕”，在十字架前因信称义，身上的负担堕入一座坟墓的裂口，他获得了天使赐予的盖着印戳的公文卷宗。作者通过这些彼此连贯的描写表明，讽喻方式可以挖掘《圣经》中蕴含的真理，而只有正确地解读《圣经》才能获得上帝的救赎。

讽喻，对班扬来说，并不是一个陌生的词语。《天恩浩荡》第71节说：《旧约》中摩西曾将动物分成洁净的和不洁净的两种类型，“我想那些野兽代表人类的类型，干净的类型是上帝的子民，而不洁净的是邪恶之人的后裔”[①]。《天路历程》中小说人物“守信”反驳别人的信仰谬误时，也使用过这个解释（第123页）。显然，这是相当明显也是相当初步的“讽喻解经”。《天路历程》的封面上印着：“我曾经使用类似之物。”[②] 这句话出自《旧约·何西阿书》（12：10），班扬使用的英语《圣经》和后来的“钦定本”不太一样，[③] 但主要意思都是强调小说主人公的生活也就是一般信仰者的生活，他在世上的“寄居”“客旅”中取得的“进步”也是每个人都会经历的。联系到“辩护词”一开始就提到的“突然跌入讽喻”，班扬用讽喻来写小说，至少包括了以下几个方面的含义。

首先，跌入讽喻就是跌入世俗世界。“跌入”（fell into）一词意味着从上往下的坠落，从精神世界向世俗世界的堕落，“圣徒传记”的主人公都已经达到了理想境界，而小说主人公则不同，他还是这个世俗世界上的普通人，必须通过一番拼搏才能望见天国。小说人物“晓谕”引用《圣经》上的话说，所见之事都是短暂的，而不可见之事才是永恒的（第54页）。尽管可见之事不是真理，但却是主人公必须经历的，无论信仰多么坚定，他都不能一步就抵达终点，必须经历困难山、绝望潭、名利场等世俗

---

① John Bunyan, *The Pilgrim's Progress and Grace Abounding to the Chief of Sinners*, ed. James Thorpe, Boston: Houghton Mifflin Company, 1969, p. 21.

② “I have used similitudes.”

③ “I spoke to the prophets, /give them many visions, /and told parables through them.”

场景才能抵达天国之城。在经历这些场景时，小说一方面否定它们的意义，另一方面又写出了人物的世俗感受。当主人公步入歧途时，他像芸芸众生一样感到懊恼羞愧，在面对巨人或者猛兽时，他也像每个人一样恐惧得肝胆俱裂。这一特点和但丁的《神曲》加以对比就看得更清楚了。《神曲》也写一场梦境，但这场梦境很快使但丁进入一个和世俗世界迥异的想象世界，其中的每一细节都意味深长，如但丁在地狱门口碰见的老虎、狮子、豹子等三头猛兽，象征着暴力、凶残、贪婪这些抽象品质，而《天路历程》中的猛兽狮子则很难让读者产生类似的联想。班扬小说的着重点不在于将深意赋予描述对象，而是放在描写人物的世俗化的正常反应上，在个别地方，小说还写出了不同人物的不同反应，一个人看见的另一个人未必能看见，如第二卷“女基督徒”等人在经过屈辱谷时，只有“女基督徒”看到了一个奇形怪状的丑陋的恶魔，同行之人都没有察觉（第 366 页）。由于每个人的虔诚程度不同，他们对周围世界的感知也不同，观察到的现实层面也彼此有异。小说相当有节制地使用讽喻，它既不会完全否定讽喻，也不是中世纪意义上的讽喻之作。

其次，作者在“跌入讽喻”后，很快展开了对自己的一场梦境的描写。小说中描写基督徒丢失了证明自己称义的公文卷宗，在难过和困惑之中睡着了，他睡醒后，“为自己那罪孽深重的昏睡而哀泣”（第 72 页）。在作者看来，睡着了或做梦是有罪的，甚至“罪孽深重”，班扬显然会认为只有世俗生活才是“罪孽深重”的。而且，“辩解词”还把这一想法推广到小说读者身上：“你们是否愿意没有睡着，但却身处梦境?”[1] 班扬告诉读者，“我”睡着了，然后在梦中目睹了基督徒的旅途；读者们身处尘世，也就相当于身处梦境，在世俗生活中展开一番和基督徒相似的天路历程。这种写法有助于将作者的个人经验转化成读者的集

① 原文是：Wouldst thou be in a dream，and yet not sleep?

体经验，让每个人都感到，主人公的故事乃是“我”的故事。

总之，正像上文提及的，班扬认为万事万物分为两类，一类和我们接近，一类和我们距离遥远。人们一般可以看到近的、身旁的，而不能看到遥远的、潜在的；这两类事物性质相反，一类是真实的，另一类是虚幻的。“圣徒的世界和我们的世界不同。”这并不等于说立刻就抛弃这个世界。小说一开始就描写基督徒离开家乡，踏上寻求天国之路；它重点描写了主人公在这条道路上的“进步”。意味深长的是，小说人物一天也没有生活在那个永恒的世界；第一卷结束时，读者目送基督徒步入天国之城的大门，第二卷也是如此。小说始终拒绝正面描写天国，因为主人公基督徒和大多数读者一样，都主要生活在世俗世界中。只有在尘世中，人们才可以从影像中看到真实，从转瞬即逝的纷乱世相中洞见真理。正像毁灭之城是对天国之城的讽喻，小说中的生活世界是对天国世界的讽喻。

“‘诚信的’，但不是抽象的‘诚信’，才是我的名字”

《天路历程》不仅在主要创作方法上延续了欧洲讽喻文学传统，而且在很多方面具有成熟小说的特征，这突出表现在人物性格刻画上。《天路历程》的人物多以抽象名词为名，表示某种特殊类型或特定的道德品质，带有明显的类型化、抽象化的特点，正面人物如“基督徒”（Christian）、“女基督徒”（Christiana）、“晓谕”（Interpreter）、“睿智”（Sagacity）、“神勇”（Great-Heart），反面人物如“顽固”（Obstinate）、“俗人智”（Worldly Wise-man）、“无知”（Ignorance）等，这些人物显然还没有像百年之后笛福、理查逊笔下的人物那样“几乎都有完整而又现实的姓名或化名”①。但我们不能因此就断定《天路历程》人物塑造是失败的。事实

① ［美］尹恩·P. 瓦特：《小说的兴起——笛福、理查逊、菲尔丁研究》，高原、董红钧译，生活·读书·新知三联书店 1992 年版，第 13 页。

上，小说人物符合其名字所明示或暗示的类型或品质，但又不乏变化，具有某种独特经历或品质，为人物性格增加了新的维度，使其变得多姿多彩。小说第二卷中，女基督徒等人路遇同乡“诚信先生”，后者特意强调说：“‘诚信的’，但不是抽象的‘诚信’，才是我的名字，并且我希望我的本性能和我的名字相称。”①在此之前，“审慎”对“慈悲”说过类似的话，“在我们这个时代，慈悲不过是虚名，无需别的；你的所作所为，几乎无人可以遵从”②。

在上述引文中，“诚信”和“审慎”从正反两个方面强调了同样的意思，“诚信”和“慈悲”这样的美好品质，既要有名义，更要有具体的言行，而且言行应该彼此一致。“本性和名字相称”这一特点并不仅仅局限在“诚信”这一个人物身上，在多数人物描写中也可以得到验证。如小说第1章写基督徒、“顽固”、“柔顺”三个人物对话，“顽固”固执己见，几次谈话的内容差不多，拼命劝告基督徒放弃拯救之旅；“柔顺”则左右摇摆，对两种对立的意见都很温柔，这预示了他后来一遇到困难就后悔退缩的情节。又如“顽固”说道：“世上总有一群疯癫狂热的浮华之辈，他们一旦鬼迷心窍，就会自以为是，觉得自己比七个善于应对的人更有智慧。”（第27页）这番话听起来更像是对“顽固”的自我嘲弄，只有“顽固”才会极度地自以为是，反复劝说基督徒放弃天路历程；与他相比，基督徒反而不那么自以为是，经常听从别人的意见和劝告，比如他既听从传道者的正确意见，也会听从“俗人智”的错误意见，从“循规蹈矩”那里寻找通向天国之城的道路。在和基督徒的辩论中，“无知”说：“我永远也不能相信

① John Bunyan, *The Pilgrim's Progress and Grace Abounding to the Chief of Sinners*, ed. James Thorpe, Boston: Houghton Mifflin Company, 1969, p. 21: “Not Honesty, in the abstract, but Honest is my name, and I wish that my nature shall agree to what I am called.”

② 原文为：“Mercy in our days is little set by any further than as to its name, the practice, which is set out by thy conditions, there are but few that can abide.”

我的心会有那么坏。”（第 219 页）“无知”为自己辩解说，自己一向行善，从不为非作恶，这应该是自己获得拯救的保证。基督徒启发他说，人生而有罪，只有借助上帝才能获得拯救，而且除非经过彻底的堕落，否则就不能得到拯救，这些观点是基督教信仰的重要内容，又在班扬信奉的清教教义中反复强调过，“无知”拒绝了“人的罪性”的认定，这是他的最大的无知。“无知”经过基督徒的耐心启发，仍然执迷不悟，基督徒不禁感叹说：“你的名字叫无知，真是名副其实。”（第 223 页）

在上面的引文中，“诚信先生”还强调说自己的名字不是“抽象的”，这意味着名字所暗示的抽象品质不能囊括人物性格的全部内容，人物总在主要或主导特征之外表现出其他特点，甚至弱点和缺陷。如“女基督徒”并不单纯就是主人公基督徒的女性翻版，她还是基督徒的妻子，除了像基督徒那样信仰坚定而虔诚，她还具有作为妻子的似水柔情，对丈夫关爱惦念。在第二卷中，当“女基督徒”等人经过屈辱谷时，他们来到基督徒冒险经过的险峻之处，这时深爱丈夫的“女基督徒”立刻发出感慨：“可怜的人噢，他只身一人摸黑赶路，穿过幽谷的整个行程几乎都在夜间。”（第 367 页）她触景生情，想象着基督徒走过这段危险旅途的艰难困苦：既是在夜间，又是孤独一人。别人似乎对这一场景无动于衷，也不会产生只有妻子才会产生的联想，她的感慨中饱含了对丈夫安危的关切之情。

又如基督徒在途中遇到了“俗人智”，这一人物正像他的名字所暗示的，洞察人情世态，“俗人智看到他艰苦跋涉的模样，听到他长吁短叹的声音，察言观色。就猜个八九不离十了”（第 36 页）。这一人物的性格特征和内心活动通过外在行动的结果表现出来，“于是，他开始和基督徒搭话儿”。俗人智说：“听我的话，我比你年长。”（第 37—38 页）的确，在世俗的智慧中，年长者久经世故，经验丰富，自然有资格向基督徒提供生活指导，这里的人物性格和人物名字是相互和谐的，名字提示了人物性格的主要特征，而他的言行以及由此透露出来的生活“智慧”则进一步验证了人物的名字。俗人智不仅知道基督徒已经经过了“绝望潭”，而且知道他将来的遭遇：“在你走的这条路上，你还将经历困倦、痛苦、饥饿、险恶、衣不蔽体、刀光剑影、狮子和恶龙以及黑暗的困扰。”（第 38 页）这些事情此后都会发生，俗人智在这里并没有夸大事实来恫吓基督徒，他甚至是一位预言家，能说出尚未发生的事情，只是两个人对这些遭遇的态度会有很大不同。俗人智身上也有“智”的一面，只是这些智慧是建立在世俗生活的经验基础上，而非信仰的基础上，谁的智慧更高级，要由读者来加以阐释和判断。

总之，小说既写出了反面人物身上的正面因素，也写出了正面人物身上的弱点甚至缺陷。熟悉小说的读者不难发现基督徒经常犯错误，比如他听信俗人智的建议误入歧途，希望从“循规蹈矩先生”那里获知如何走向天国之城；他甚至遗失了带着封印的官方证书，迫不得已原路返回，把丢失的东西找回来；他经过死荫的幽谷时，也一度感到恐惧困惑：“我可以听见他沉重的叹息，因为除了上面提到的险恶，谷中的道路笼罩在黑暗之中。”（第 99 页）他犯下的最大错误或许是，当绝望巨人将他和“盼望”一起幽禁在地牢的时候，他竟然忘记了他总是随身携带的“应许”赠给他的神奇钥匙，白白受了两天的酷刑折磨，他后来猛然想起了这件事，才和“盼望”一起逃出绝望巨人的魔窟。

从上文的分析可以看出，《天路历程》的人物性格塑造并没有沦为抽象的“宣称”或定义，作者有意识地尽力避免这种情况。瓦特认为，人物既是连续的，又是有所变化的，“人的个性是一种持续性存在，而且经验的变化可以使其改变”①。班扬笔下的人物也符合这样的标准。小说主人公基督徒，首先就名如其

① ［美］尹恩·P. 瓦特：《小说的兴起——笛福、理查逊、菲尔丁研究》，高原、董红钧译，生活·读书·新知三联书店 1992 年版，第 19 页。

人，信仰虔诚，其个性具有自我意识的前后连贯性；其次，他又在历险途中屡犯错误，从生活中学习生活，逐步臻于完善之境。小说描写了人物在历险中的“人之常情”，它们是大多数人在类似的情况下产生的情感反应，并非基督徒一个人才会具有。

小说在塑造人物方面的做法和小说的创作主旨密切相关。早在作为小说序言的“自辩词”中，班扬就说，“但是那些英勇无畏的历险，/却远远胜过空洞的概念”。作者无疑认识到，小说感动读者，起到训诫作用，让读者有意识地追随或模仿基督徒的做法，主要应该依靠具体生动的人物形象。读者会在主人公的历险中看到一系列人物形象，首先是主人公基督徒的正面形象，“您将看到他来自哪里，又奔向何方，/他撇在身后的东西，以及他求索的足迹”；其次还会看到反面形象，那些追名逐利之徒，“您将看到为什么他们前功尽弃，/最终像傻瓜一样悄然死去”（第13页）。在上述两方面的教育下，读者最终会体会到小说的宗教训诫作用：“这本书将使你成为一个天路行客，/把你带到天国中神圣的地方。”（第14页）

小说第一卷和第二卷的讽喻关系

班扬本来属于清教主义中的分离主义派别，是清教信仰中比较激进的派别，[①] 在17世纪晚期，类似班扬的清教徒被称为“不服从国教的分离主义者”[②]。一般来说，《天路历程》宣传清教主义这一非主流教派的宗教主张，极易受到其他教派的攻讦；但它反而成为宣传基督教共同信仰的名作，可以适合基督教信仰中不

---

① R. Greaves, *John Bunyan* (Abingdon, Berkshire: Eerdmans Publishing Company, 1969), p. 23。关于“分离派”，参看柴惠庭《英国清教》，上海社会科学院出版社1994年版，第四章。

② Leland Ryken, *Worldly Saints: The Puritans as They really Were*, Grand Rapids, Michigan: Zondervan Publishing House, 1990, p. 8: “But as the seventeenth century worn on, Puritans were in fact increasingly, and against their will, nonconfoming separatists.”

同派别的信徒之需，班扬在第一卷的结尾这样自豪地宣称，“我的《天路历程》已经走遍天涯海角”，各国之间、各国人民之间虽然经常因为信仰不同而争执不断甚至战火连绵，但他们都一致欣赏《天路历程》：

在法国和佛兰德，人们互为仇敌，
而我的天路行客却被双方尊为贵友和兄弟。
在荷兰，据我所知，
我的《天路历程》比黄金还有价值。（第257—258页）

小说第二部也屡次提及第一部的影响，神勇对女基督徒说，“你丈夫奔走天路的事迹闻名遐迩、妇孺皆知，这位先生就是受到他的启发而走上天路的”（第443页）。当然，在一片赞扬声中，也出现了不同意见，甚至有人出版“伪续作”来弥补他们发现的原作缺陷。比较有代表性的是署名“T. S.”的《天路历程》第二部，该书作者批评班扬“极不恰当地忽略教会生活和宗教仪式”[①]。班扬在第二部“序言”中特别强调“只有你们/才是我塑造的天路行客”（第256页）。其实，在第一部的结尾，班扬就警告读者不要误解《天路历程》，而且调侃说万一第一部不受读者大众的欣赏，他就只好再做一梦。

在第二部中，班扬确实又做了一梦：他梦见基督徒的妻子“女基督徒”和她的儿女们踏上基督徒走过的天路历程。第一部写得才情四溢，想象丰富，班扬说自己的构思犹如“燃煤爆出的火星”四处飞迸，而第二部更像是作家精心撰述之作。班扬研究专家罗杰·沙罗克就此做出的评述非常精彩：“第一部从个人经验中自然生长出来，其形式看上去是不可避免的。有了第一卷的成功，以前默默无名的单独个人主题的探索者发现自己变成了一

① Roger Sharrock, *John Bunyan*, London: Hutchinson House, 1954, p. 139.

位面对着公众的作家；第二部是作家之书，充满自我意识，是获得某种风格的艺术家的作品。”① 造成这种情况的原因，主要在于班扬在第二部中既要对第一部提出正确解释，又需要吸取合理的批评意见，这些方面的考虑成为塑造第二部的重要力量。

像小说第一部一样，第二部在构思上仍然借用了讽喻写法，但更偏重在结构方面。从奥古斯丁时代开始，人们就普遍认为《圣经》中的《旧约》和《新约》部分构成了“类型学的”或“预表式的”结构关系，把《新约》视为对《旧约》预言的最终实现，《旧约》中晦暗不明之处在《新约》中都得到了阐释。从文学批评角度来说，现代研究者认为《旧约》和《新约》“都运用了协调性虚构，坚持了互补性原则”②。在《圣经》这一“家喻户晓的历史模型”③ 作用下，班扬完全有理由将《天路历程》的第一部和第二部分别看作《旧约》和《新约》式的作品，用第二部来阐释第一部。换言之，第一部的含义需要依靠第二部才能确定下来，第一部仅仅展现了一场旅程，而第二部既展现了一次类似的旅程，又写出对第一次旅程的解释。比如基督徒踏上天路历程不久，就在传道者指导下，来到一座窄门前，受到“善意”的热情接待，“善意”还说：“我们不拒绝任何人，不论他们到这里来之前做过什么，他们绝不会被丢弃。”（第48页）随后他又替基督徒指点那条通向天国的既笔直又狭窄的正路。第二部中，女基督徒等同样走进这座窄门，守门人接纳了他们，随后女基督徒多次称呼守门人为“我的主”：“但愿我们的主不会因为他的使女敲他那高贵的门而生气。”（第289页）可见，这里的守门人和

① Roger Sharrock, *John Bunyan*: “*The Pilgrim's Progress*”, London: Edward Arnold, 1966, pp. 43 –44.

② ［英］弗兰克·克默德：《结尾的意义：虚构理论研究》，刘建华译，辽宁教育出版社2000年版，第59页。

③ ［英］弗兰克·克默德：《结尾的意义：虚构理论研究》，刘建华译，辽宁教育出版社2000年版，第6页。

以前接待基督徒的“善意”乃是同一个人，即耶稣基督。一个人物的身份要到第二部里才得到确认。

又如第一部中基督徒在十字架下卸掉了背上的负担并欢呼雀跃，生动描述了人物行动；而到了第二部，当女基督徒等人经过此处时，“神勇”向女基督徒讲解了一番基督救赎的道理。女基督徒终于明白了，“岂不就是耶稣的救赎使我的好丈夫的重负从他的肩头脱落了吗？岂不就是这件事使他高兴地跳跃了三次吗？”（第322页）在这一语境中，配合着“神勇”关于耶稣“中保的公义”的论述，女基督徒或者说小说读者至此明确了第一部中有关神学意义的描写。

上文提到，有人批评班扬在《天路历程》第一部中“极不恰当地忽略教会生活”，这一意见受到班扬的重视。《天路历程》第二部从几个方面加以改进。首先，第一部是单一主人公，只有基督徒一个人成为焦点，第二部的主人公表面上看是“女基督徒”，但实际上“神勇”也发挥了极大作用，他一路上斩妖除怪，先后杀死“血腥巨人”、“肆虐”大汉、“宰善巨人”、“绝望巨人”，帮助其他人脱离险境。其次，第一部中，只有基督徒一个人在历险，第二部中，女基督徒，她的儿女马太、撒母耳、约瑟、雅各，她的邻居“慈悲”都基本上走完了全程，而且这一团体在旅途中吸纳了更多的成员加入，如“诚信”老人，这突出了信仰者的集体特征，志同道合者自然结成一个紧密团体向天国进发。这一部分还四次写到了婚姻，分别是马太和慈悲、雅各和该犹的女儿非比、撒母耳和浮华镇上的拿孙先生的大女儿恩典、约瑟和拿孙的小女儿马大，暗示这一团体将会产生下一代，数量还会继续增加。当然，因为成员众多，叙述的聚焦点就会被分散，这会在很大程度上削弱第一部主人公基督徒身上的优越感。在第一部中，基督徒显得与众不同，他身上背负着沉重的负担，手持《圣经》，随后获得了盖着印记的公文卷宗，胸中有天使送给他的钥匙，头上有特殊的标记。第二卷中的女基督徒更像是普通人，她的手上只有一封来自天国之城的书信就踏上了旅途。

总之,《天路历程》是一部成功的讽喻小说。班扬从来没有给出过“小说”的定义,也不可能意识到自己正在创造一种日后流行的文学体裁。如果他没有远见的话,至少表现出对讽喻文学传统的相当的尊重和借鉴。有“小说之父”美誉的笛福总结说,小说既是讽喻性的,又是历史性的。我们不难发现,二者之间不会天然地协调一致,总会有些不够协调的地方。事实上,20 世纪的众多研究者关注了《天路历程》中潜含的矛盾,只是立论的角度互不相同,有人认为它是基督教教义特别是清教教义和故事叙述的矛盾,[①] 有人认为它表现了“预定论”的确定性和主人公自我定位的不确定性之间的矛盾,[②] 有人认为它表现了叙述逻辑和宗教仪式逻辑之间的矛盾,[③] 也有人认为它表现了耶稣基督所代表的真理和实际生活中仍然走在探索道路上的芸芸众生之间的矛盾。[④] 从讽喻文学的角度来说,这是讽喻性和历史性、训诫性和叙述性矛盾。一方面作家需要讲故事,依照人们共同认可的人情物理,在一定的逻辑顺序中展开故事叙述,另一方面又要将作者心目中的真理借助小说这种新的文学形式传达给读者。班扬在“自辩词”中说,“我那隐秘难懂的叙事里……珍藏着金币”(第 8 页)。这是说小说有真理。但第一部“尾声”说,“谁会为了保存果核而扔掉整个苹果?”(第 249 页)这一比喻则在强调小说形式的重要性,人们首先接触的是光亮新鲜的苹果表面,而不是内

---

① Roger Sharrock, “Life and Story in *The Pilgrim's Progress*”, in Vincent Newwey ed., *The Pilgrim's Progress: Narrative and Historical Reviews*, New Jersey: Barnes and Noble, 1980, pp. 49 – 68.

② F. James Forrest, “Allegory as Sacred Sport: Manipulation of the Reader in Spencer and Bunyan”, in Robert G. Culimer ed., *Bunyan in Our Time*, Kent: Kent University Press, 1989, p. 109.

③ David J. Leigh, “Narrative, Ritual, and Irony in Bunyan's Pilgrim's Progress”, *Journal of Narrative Theory*, Vol. 39, No. 1, Winter 2009, pp. 1 – 28.

④ U. Milo Kaufman, “The Pilgrim's Progress and the Pilgrim's Regress”, *Bunyan in Our Time*, Kent: Kent University Press, 1989, pp. 186 – 199.

核。当然，妥善合理地处理苹果与果核的矛盾绝非易事，班扬也没有做到尽善尽美。《天路历程》第一卷把这一矛盾处理得相对成功，就写得更精彩；而第二卷过于强调训诫特点，把神学论辩处处都解释得天衣无缝，艺术上逊色了不少。正像路易斯指出的："如果讽喻的作者做起他在布道词或神学论文里做的工作，哪怕他做得同样出色，那讽喻就会陷于失败。"① 当用布道词或论文的写法来创作小说时，自然会让读者丧失反复思考咀嚼的兴致。

第二节　丹尼尔·笛福：小说"尽管是讽喻的，也是历史的"

班扬在《天路历程》之外出版的《白德曼先生的生活与死亡》（1680）一书，以"明智先生"（Mr. Wiseman）与"认真先生"（Mr. Attentive）两人对话的形式，记述作者一位熟人的生平事迹，白德曼是作者给人物取的化名。和《天路历程》主人公基督徒一心一意地奔向天国截然相反，白德曼先生不思悔改，堕入地狱。班扬在该书"致读者"中说，虽然白德曼先生业已故去，但他的亲戚、朋友、后代还有很多。班扬得知白德曼先生的生平事迹："或者是我亲眼所见、亲耳所听的，或者从其他人的讲述中得来的，而这些人的说法，是我一定要信以为真的。"② 为了使读者信以为真，班扬特意强调自己的记述其来有自，各有所本，这也决定了他的这两部讽喻小说都从第三人称的角度来叙述故事。

下一代的重要小说家、素有"小说之父"之称的笛福对班扬的做法既有所继承，又有新的发展。笛福告诉读者，他的小说

---

① Quoted in Carolynn Van Dyke, *The Fiction of Truth: Structures of Meaning in Narrative and Dramatic Allegory*, Ithaca and London: Cornell University Press, 1985, p. 178.

② John Bunyan, *Grace Abounding and The Life and Death of Mr. Badman* (Everyman's Edition), London: J. M. Dent & Sons Ltd., p. 141. 原书无出版时间。

《罗克珊娜》第一部分记载的故事，他可以保证都是真实的，因为他与罗克珊娜的父亲和丈夫都很熟悉，第二部分是小说女主人公亲口告诉笛福的，也是真实可信的，因此，笛福给《罗克珊娜》中的故事取了一个新名称，即“历史”。笛福还告诉读者，小说《鲁滨孙飘流记》是鲁滨孙·克鲁索自己写的；《摩尔·弗兰德斯》则是女主人公在新门监狱中写下的手稿，笛福仅是原稿的编辑者。因此笛福的小说和班扬的不同，都是用第一人称写成的。更为重要的是，笛福在班扬式的讽喻小说的基础上加上了“历史”的概念，认为小说是“讽喻的历史”①，强调了小说对真实性的诉求，力图使小说这种新兴的散文叙述形式兼顾历史和讽喻、真实记录和道德训诫、故事叙述和讽喻传统这两大方面。如果小说在18世纪40年代形成自己独特的、固定的、可供辨认的体裁规则和形式特征的话，② 那么，笛福的说法无疑是这一形式的最初约定，对同一时期展开的“小说的兴起”影响深远。

小说的兴起

“小说的兴起”是20世纪国际学界持续关注的研究课题。卢卡奇的《小说理论》（1920）、何塞·奥特加·加塞特的《〈堂吉诃德〉沉思录》（1914）、巴赫金的《长篇小说话语》（1934—1935）分别从现代社会中人的生存处境、人对现实的观察视角、小说话语的特殊性等方面探讨现代小说的诞生条件、运作机制、思想内涵、社会作用等。美国学者伊恩·瓦特1957年发表的《小说的兴起——笛福、理查逊、菲尔丁研究》认为，小说是由笛福、理查逊、菲尔丁开创的崭新文学形式，小说与中产社会的诞生、国

---

① Daniel Defoe, *Serious Reflections during the Life and Surprising Adventures of Robinson Crusoe with his Vision of the Angelic World*, London: J. M. Dent & Co. Aldine House, p. xii. 原书无出版时间。本章引用此书均出自该版本，随文注明页码。

② Michael McKeon, *The Origins of English Novel, 1600 – 1740*, Baltimore: John Hopkins University Press, 2002, pp. 19 – 22.

民文化水平（识字率）的提高一道构成了“三重兴起”。小说是“对人类经验的完整而真实的报道”，关注个人经验的独特性，关注作品语言和实际对象之间的紧密联系。笛福等人最早创立的创作规则被命名为“形式现实主义”，构成了此后小说的通用形式。瓦特教授的著作是20世纪小说研究的原创性成果，此后，“小说的兴起”一词在文学研究，特别是小说研究中流布甚广。但这一理论框架中首先带有明显的“文学传统割裂论”的色彩，过分强调小说的独创性，有意无意地割断文学创作传统，否认小说对罗曼司、圣徒传记、忏悔录等传统文学形式的继承关系。其次，它还带有“男性中心主义”的倾向，完全不提及阿弗拉·贝恩、撒拉·菲尔丁、玛丽·曼利等女性小说家对现代小说的塑造之功，此后饱受女性主义文学研究者的指责。最后，对外国读者来说，它还流露出明显的“英国中心论”倾向，对《堂吉诃德》《吉尔·布拉斯》等非英国小说的成就认识不足，“小说的兴起”只能说是“英国小说的兴起”或“大不列颠小说的兴起”，无法扩大为众多民族文学中的“小说的兴起”。

或许为了弥补上述缺憾，此后欧美学者不断推出专研“兴起”问题的新作。20世纪60年代，J. Paul. 亨特教授的《不情愿的朝圣者：笛福的象征方法与形式追求》提出，笛福的小说在思想内涵上融会了清教主义关于人的观念，该书逐一研究了道德训诫文学、启示文学、教徒日记等叙述形式对小说的影响，认为清教徒在信仰生活中特别喜欢使用各种比喻、象征、预表、讽喻等，小说作为一种艺术形式从清教徒的思维方式中获益良多。在亨特教授的上述专著中，“精神传记”部分仅占了27页，另一位学者G. A. 斯塔尔的《笛福与精神传记》则将这一主题发展成一部专著。在作者看来，笛福小说展现了主人公在精神生活中自我审视、自我发现、自我放弃从而归于上帝的过程。两位作者都质疑瓦特《小说的兴起——笛福、理查逊、菲尔丁研究》中“笛福在道德上是中立的”说法，将笛福的创作置于广泛而久远的宗教文化传统中。

20 世纪 80 年代，英、美、法三国的学者都对本国小说的起源进行了深入研究。M. 麦基肯尼教授的《英国小说的兴起：1600—1740 年》（1987）诞生于英国“文化唯物主义”和美国“新历史主义”的理论语境，认为小说的兴起是西方从贵族社会向中产阶级社会转换时期的文化产物，它起源于“真理问题”和“品德问题”这两大概念的辩证演绎，其社会作用在于将不停变动的阶级或阶层差距、各种社会危机转化成对小说文本的彼此不同，甚至相互对立的解读。该书属于思辨式的文学史专著，理论性强，但也在具体论述中流露出机械抽象的缺陷。同时，美国教授 C. N. 戴维森发表的《革命与词语：小说的兴起在美国》分析了 1789—1820 年间的感伤小说、流浪汉小说、哥特式小说，论及当时的小说印刷出版、广告发行、版权法、读者消费和接受等多方面的社会历史细节。但该书分析的美国早期小说艺术质量不高，很多还是手稿，作者依据读者反应批评，重点研究读者的接受情况而不是小说创作特征。几年之后，托马斯·迪皮埃罗教授的《危险的真相与犯罪的激情：1569—1791 年间的法国小说演变》认为法国小说源于路易十四去世后的社会财富重新分配而引发的社会动荡，小说成为协调社会矛盾的工具，将敢于敌视现存秩序的小说人物宣布为病态。上述两部著作都将小说视为社会意识形态的工具，是对瓦特“三重兴起”说的细化。

20 世纪 90 年代西方学界涌现的“现代性热”也对“小说的兴起”研究产生了一定影响。亨特教授的《小说之前：18 世纪英国小说的文化语境》认为，现代性文化存在于历史、传记、游记、日记等各种“亚文学”体裁中，这些体裁为小说的出现准备了空间，小说是文化现代性的重要组成部分。20 世纪 80 年代后期，女性主义文学研究日益深化，“小说的兴起”演变成“女性主义小说的兴起”，相关论著如过江之鲫，有代表性的当推由 23 篇高质量论文组成的论文集《受缚抑或自由?》，分析简·奥斯汀之前的萨拉·菲尔丁、玛丽·曼利等人的作品，探讨她们如何以小说创作冲破社会经济的、道德的、文学的传统束缚而获得精神自由。

通过回顾半个多世纪以来的“小说的兴起”研究可以看出，学者们普遍将小说的出现和特定的文化、社会语境联系起来，将小说和“非”小说联系起来。仔细考察就会发现，研究者们对文化和社会语境的具体界定并不一致。瓦特的《小说的兴起——笛福、理查逊、菲尔丁研究》认为现代小说兴起于现代人的个体生活体验的表现需求，以经济个人主义为前提，强调传达个人感受，以“形式现实主义”重现具体时空中的世俗生活。这种看法在一定程度上忽略了小说形式与基督教文化传统的密切联系，引发一系列问题。首先，他认为笛福小说中“清教的遗产无法为主人公的经历提供一种持久性的、主导性的方式”[①]。然而，沃尔夫冈·伊瑟尔的研究表明，《汤姆·琼斯》中占主导地位的世界观多种多样，既有世俗的、经济的，也有神学的、宗教的，[②] 我们显然不能顾此失彼。在这方面，另一位学者 J. Paul. 亨特指出，《鲁滨孙飘流记》的最初几页就确立了“悖逆—惩罚—悔悟—拯救”的基本模式并贯穿全书，[③] 并由此而使小说读者产生强烈共鸣。显然，读者必须诉诸小说字面意义之外的文化传统或信仰体系才能产生对小说文本的认同感。对这一问题的探讨是 20 世纪 70 年代以后美国的文学研究中“文学理论的神学化”趋势的一部分，这一趋势以弗·克默德、罗伯特·奥尔特、贾尔斯·冈恩等为代表，挖掘《圣经》和其他世俗文学经典中的神学或宗教维度。

由上可见，在“小说的兴起”问题上几乎所有研究者都注意

---

① ［美］伊恩·P. 瓦特：《小说的兴起——笛福、理查逊、菲尔丁研究》，高原、董红钧译，生活·读书·新知三联书店 1992 年版，第 83 页。

② Wolfgang Iser, “Interaction between Text and Reader”, in Susan R. Suleiman and Inge Crosman eds. , *The Reader in the Text*: *Essays on Audience and Interpretation*, Princeton, New Jersey: Princeton University Press, 1980, pp. 106 – 119.

③ J. Paul Hunter, *The Reluctant Pilgrim*: *Defoe's Emblematic Method and Quest for Form*, Baltimore: The Johns Hopkins Press, 1966, p. 19.

到小说中“神学的”与“世俗的”相互关系问题。在现代学术话语体系中，这一关系可以用“世俗化”这一术语来表达，它意味着“教会机制的力量和基督教信仰的权威与世俗机制（特别是民族国家）和世俗信仰（特别是自然科学）之间的历史矛盾”[①]。但二者之间到底呈现出一种怎样的关系呢？是相互之间的完全替代，还是对立双方的矛盾并存，抑或是二者之间的相互渗透呢？有学者总结出“世俗化”概念的六种表现类型：“宗教的衰落”“对现世这个世界的服从”“社会从宗教中的脱离”“宗教信仰和机制的转型”“世界的笛卡尔化”“从神圣社会转向世俗社会”等。[②] 最为人们熟知的德国学者马克斯·韦伯关于“祛魅化”的论述即属于上面六种类型中的第5种“世界的笛卡尔化”或世界的理性化，即现代人不再将自己身外的自然看成充满神秘力量的对象，它们都被剥落了神秘性质而代之以严格的科学思维。韦伯指出：

> **只要人们想知道，**他任何时候都**能够**知道；从原则上说，再也没有**神秘莫测、无法计算的力量在起**作用，人们可以通过**计算**掌握一切。而这就意味着为世界除魅。[③]

这一“世俗化”过程可以引发很多问题，现代人通过理性计算解决了如何合理地认识世界的问题，却无法找到这种理解的价值或意义，只好将“神圣性”放逐到神秘生活的超验体验和“个人之间直接的私人交往的友爱之中”。韦伯《以学术为业》演讲

---

① Bryan S. Turner, “Introduction: Defining Secularization”, in Bryan S. Turner ed., *Secularization* Vol. I: *Defining Secularization: The Secular in Historical and Comparative Perspective*, Los Angeles: Sage Publications Ltd., 2010, pp. xxiii – xxiv.

② Larry Shiner, “The Concept of Secularization in Empirical Research”, in Bryan S. Turner ed., *Secularization* Vol. II: *The Sociology of Secularization*, Los Angeles: Sage Publications Ltd., 2010, pp. 25 – 40.

③ ［德］马克斯·韦伯：《学术与政治》，冯克利译，生活·读书·新知三联书店1998年版，第29页。

的最后一节指出："只要我们对事情有正确的了解（这是必要的前提），我们就可以迫使，或至少协助一个人，**对自己行为的终极意义做出说明**。"[①] 在他看来，确立终极价值完全是个人的事情，每个人都应对自己的立场做出说明，并承担其相应的责任和义务。韦伯版本的"世俗化"带有强烈的个人主义色彩，又与其反复论述的"清教伦理"一脉相承：清教徒只有不断克服自己的欲望，才能在俗世生活中寻求获得上帝恩宠的证据以避免最终拯救的焦虑。韦伯理想化的"世俗自我"的榜样乃是奉行禁欲主义的清教徒，除此之外似乎很难再在其他文化中找到类似的形象，"韦伯使人不可能再去设想，一个自主的强大自我竟会完全不同于禁欲主义清教徒的自我"[②]。

由上述可见，韦伯的"世俗化"包括理性化、祛魅化和终极价值这三个侧面，终极价值不过是在一个意义缺席的世界上人们对生活意义的不断寻求，而在一个价值多元化的现代世界里，正像韦伯所说的，人们侍奉一个神，就会得罪其他的神，任何个体面对众多"神灵"，都不得不对自己的选择做出说明。显而易见，如果一个人敢于这么做，那就必须具备相当强大的内在力量："特立独行，倾向于禁欲主义劳动，献身于一种终极价值，克己和条理化的自制，一个统一的中心或核心，抵制自身欲望及他人欲望和压力的能力，这就是韦伯所说的强有力的自我所拥有的全部品质。"[③] 在世俗化的进程中，神圣性改换成"意义""价值"的新名目继续存在。换言之，世俗化并没有完全消除神圣性，只是发现神圣性的领域被严格限定在个人生活中。

---

① ［德］马克斯·韦伯：《学术与政治》，冯克利译，生活·读书·新知三联书店1998年版，第44页。

② ［美］哈维·戈德曼：《自我的禁欲主义实践》，［美］哈特穆特·莱曼、京特·罗特编：《韦伯的新教伦理》，阎克文译，辽宁教育出版社2001年版，第175页。

③ ［美］哈维·戈德曼：《自我的禁欲主义实践》，［美］哈特穆特·莱曼、京特·罗特编：《韦伯的新教伦理》，阎克文译，辽宁教育出版社2001年版，第167页。

韦伯的理论是研究“小说的兴起”的文学史家通常使用的基本范式。麦克肯尼说：“就像韦伯的命题所暗示的，在现代早期新教主义的历史性过渡领域中，精神的与世俗的动机不仅是相互‘协调的’；二者是一个复杂智识与行为系统的不可分离的组成部分，如果最终相互矛盾的话。”[①] 即使研究者没有提到韦伯的名字，实际上仍然着重探讨世俗价值和宗教价值这两个极端之间的紧张关系，如“小说意识形态”的概念就内含着世俗的与宗教的两种因素：“准确地说，我并不是主张18世纪通俗小说读者的心灵或感受力只使用这种冲突来解释他们的时代或世界，而是认为这些小说叙述表明，通俗小说读者被这一冲突的不同表现形式而感动（被训诫、被震惊、被愉悦）。”[②] 现代小说的“世俗化”与“神学化”特征都不同程度地客观存在于《堂吉诃德》《鲁滨孙飘流记》《帕梅拉》《汤姆·琼斯传》等主要起源性小说中。换言之，正是在世俗世界观和宗教世界观的双重影响之下，早期小说才能表现出“世俗化”与“神学化”并存的特征。笛福“鲁滨孙小说”的第三部《严肃反思》就生动反映了这一点。

其实，神学世界观和世俗世界观相互关系的问题还可以追溯得更远。奥尔巴赫在对比“荷马史诗”和《圣经》文学时说，《圣经》文学带有明显的强制性、专断性，它要求我们将其当作唯一的真理，否则我们就是背叛者。[③]《圣经》是专写上帝之书，而在中世纪大量涌现的骑士传奇中，上帝再也没有出现，取而代之的是圣杯、圣女等一系列讽喻形象。故事叙述是手段，其目的

---

① Michael McKeon, *The Origins of the English Novel*, *1600 – 1740*, p. 319: “As the Weber thesis suggests, in the historically transitional territory of early modern Protestantism, spiritual and secular motives are not only ‘compatible’; they are inseperable, if ultimately contradictory, parts of a complex intellectual and behavioral system.”

② John J. Richetti, *Popular Fiction before Richardson*: *Narrative Patterns 1700 – 1739*, Oxford: Clarendon Press, 1969, p. 13.

③ ［德］埃里希·奥尔巴赫：《摹仿论：西方文学中所描绘的现实》，吴麟绶等译，百花文艺出版社2002年版，第16—17页。

是接近上帝，“作者是想借助世俗间的叙事来达到天堂上的目的；矛盾位于文本内部”①。随后，在宗教改革和文艺复兴之后的17—18世纪，奥尔巴赫所说的《圣经》的专断性似乎受到进一步的考验。“世俗化”开启之后，人们的生活中似乎出现了一大片空白领域，完全依赖中世纪的《圣经》阐释不能满足人们的需求：“毫不夸张地说，在神学光谱上，一个重大逆转已经出现：阐释是将圣经故事协调进带有另一个故事的另一个世界，而不是把那个世界组合到圣经故事中去。”② 在以前的神学的或宗教的世界观中，世俗生活被“组合”到神学框架内，而且按照奥尔巴赫的观点，它是被“专横地”“强制性地”组合进神学框架中，但伴随着“小说的兴起”，作为“另一个世界”的世俗世界有其自己的故事，也有自己的价值。

神圣的、世俗的两种世界观框架一旦并存，自然会产生相互协调的问题。解决这一问题，比较有代表性的做法是将“圣经故事协调进另一个世界中”，将神学的组合进世俗的，使后者带有明显的神学意味，天上的耶路撒冷变成地上的耶路撒冷。这个时代人们强调说，上帝的天国现在就能实现，在个体身上就能实现。“新的天国必须被定位于地上生活的范围之内的某个地方，因为这是一个哲学信条：人生的目的就是人生本身，就是人的完美的尘世生活以及未来的生活（由于尘世生活尚未完成的缘故）。”③ 这不是说人们应该只关注和追求物质利益，只关注世俗

① ［法］茨维坦·托多罗夫：《散文诗学——叙事研究论文集》，侯应花译，百花文艺出版社2011年版，第98页。

② Hans W. Frei, *The Eclipse of Biblical Narrative: A Study in Eighteenth and Nineteenth Century Hermeneutics*, New Haven and London: Yale University Press, 1974, p. 131: “It is no exaggeration to say that all across the thological spectrum the great reversal had taken place; interpretation was a matter of fitting the biblical story into another world with another story rather than incorporating that world into the biblical story.”

③ ［美］卡尔·贝克尔：《18世纪哲学家的天城》，何兆武译，生活·读书·新知三联书店2001年版，第120页。

生活的享受。所谓“完美的尘世生活”，不仅仅是物质的，还应该是精神的。其特征在于：首先，认为尘世生活是有意义、有价值的，有理由比以前更关注尘世生活；其次，尘世生活的意义不在于它是可以享受的，甚至也不在于它是将来拯救的准备，而在于它本身就是拯救。在这种理解框架下，世俗之人就像耶稣基督一样被一分为二，一部分是精神的，另一部分是世俗的。

那么，在世俗与神圣这二者之中，谁是谁的讽喻呢？在传统解释中，天国是尘世的讽喻，尘世预示着将来的天国；在新框架下，尘世是天国的讽喻，尘世之中有真理，或者说，尘世本身就是讽喻。天国既然可能在个体、现世中实现，这一时期有影响的文学作品也就不会主动去描写天国的情形。在使徒保罗、奥古斯丁、但丁笔下被详细描写的天国景象，也就不是文学作品的重点了。典型的例证是《天路历程》，在其结尾处，我们眼看着主人公“基督徒”走进天国之城的大门，却不知道此后的情形。为什么他不写呢？因为作者没有必要写。天国已经在“基督徒”的身上实现了：他遵从上帝的呼召，历尽艰险，抵御各种诱惑，犯过各种错误，走过很多岔路，甚至走过回头路，但一直在信仰之途上勉力奔波。他必然会获得拯救，朝圣之路上的诸多“迹象”早已预示了这一点，这样的话，又何必非要写出拯救的场景来呢？

当世俗的现实有价值的时候，对现实的精确再现才是有价值的。此时，现实才值得被具体细致地表现出来。自《鲁滨孙飘流记》以来的小说充满了精致细腻的细节描写。小说家当然不可能一夜之间突发奇想，突然想起来进行细节描写。小说家之所以愿意进行类似的描写，在于他们认为这些描写有价值、有意义。当然，这些价值或意义应该宽泛地去理解，除了《圣经》教训或神学真理，还包括世俗的尘世生活给人的道德启示。人们除了从《圣经》中，还可以从尘世生活的以往记录中获得启示。神学之光和自然之光，可以并列而成为启示的来源。当然，这样说并不意味着《圣经》信仰就会彻底消失，而是说以前的那种独霸局面被打破了。在古今对比中，这一特征就表现得很清楚，“一种不同的历史现实在这个阶段被描述出来。在古代，它是人与上帝之间的相互交叉，在随后的时代里，它是持续的、变动不居的历史运动和社会的下层或上层建筑对个人影响”[1]。可见，在《圣经》，现实也具有其他的左右人们命运的力量。在小说的创立者笛福那里，他将《圣经》传统对小说的影响称为“讽喻的”，而将其他的世俗力量对小说的介入或渗透称为“历史的”。

小说“尽管是讽喻的，也是历史的”

笛福以鲁滨孙探险游历为题材创作的小说共有三部，广为人知的《鲁滨孙飘流记》仅是第一部，结束于鲁滨孙离开小荒岛，在伦敦结婚成家，作者在小说结尾承诺将来会继续记述鲁滨孙的传奇经历；小说第二部是鲁滨孙的“进一步探险”[2]，以他不幸丧妻为开端，继续描写他在小荒岛的殖民活动和游历非洲东海岸各地、南亚、中国、俄罗斯等地。在艺术成就上，第二部远逊于第一部，情节冗长枝蔓，虽然不时出现海难事故和战斗场面，但故事冲突的激烈程度反而有所降低，整部作品看起来更像是一部未经剪裁的个人游记。或许笛福也意识到了这个问题，特意在小说中为自己辩护：“对于大千世界，万般风光，古往今来的旅行家们不知写下了多少游记，什么海上游记啦，路上游记啦，等等。可我对他们并不感兴趣。……英国人写的游记也很多，已出版的和正在出版的也足够人们看的了。在这里，我只想告诉读者关于我的亲身经历。”[3] “鲁滨孙小说”第三部经常简称《严肃的反思》，一反前两部的写法，不再以记述个人历险经历为主，转而

---

① Hans W. Frei, *The Eclipse of Biblical Narrative: A Study in Eighteenth and Nineteenth Century Hermeneutics*, New Haven and London: Yale University Press, 1974, p. 136.

② 小说题目为：*Further Adventures of Robinson Crusoe*。

③ ［英］丹尼尔·笛福：《鲁滨孙飘流续记》，艾丽、秦彬译，甘肃人民出版社1983年版，第161—162页。

记录主人公的个人沉思："如果我对我孤独的、充满传奇色彩的岁月无话可说，那就必须说，那些令人惊叹的生活，对我的用处少而又少。"① 全书以《鲁滨孙·克鲁索的历险记和生平中的严肃反思》为题，思考的主题包括"孤独""诚实""信仰皈依""上帝呼召""传教"等，像是哲理散文或是布道散文而非小说，但这些"反思"涉及笛福这位"小说之父"对小说性质的思考，对研究小说起源颇有价值。

笛福在《严肃的反思》"序言"中，首先将该书和《鲁滨孙飘流记》《续记》的关系看成"道德教训"和"寓言"的关系，"寓言总是为了道德教训而作，而不是道德为了寓言而作"（第 ix 页）。所以，《严肃的反思》虽然最后出版，实际上却是最早构思的，而且，寓言是承载道德教训的形式，其重要性显然不及作者意欲表达的道德教训，这为下文笛福论证小说的讽喻特征埋下了伏笔。随后，笛福针对个别读者对"鲁滨孙小说"前两部的批评，发表了一番长篇议论：

> 我，鲁滨孙·克鲁索，此时心智清醒、记忆准确，这一切都要感谢上帝，我正式宣布他们的反对声在意图上是不够光彩的，也与事实不符；我可以确认，这个故事尽管是讽喻的，也是历史的（I do confirm that the story, though allegorical, is also historical）；它是从未出现过的一连串不幸的美丽表现，与其类似的情况在世上从未有人经历过，这个故事为了人类共同益处而被采纳，也以此为目的，从一开始它就被用作最严肃的目的，而本书则是这些严肃目的的进一步运用。（第 ix 页）

---

① Daniel Defoe, *Serious Reflections during the Life and Surprising Adventures of Robinson Crusoe with his Vision of the Angelic World*, London: J. M. Dent & Co. Aldine House, p. 1。原书无出版时间。本节引用此书均出自该版本，随文注明页码。

笛福为什么在这里强调说小说尽管是讽喻的，也还是历史的呢？一般认为，这表明笛福要将“鲁滨孙小说”与某一具体的真实人物联系起来，认为鲁滨孙的故事表面上是鲁滨孙的历险记，而实际上说的或者是作者笛福本人,[①] 或者是当时广为人知的苏格兰水手亚历山大·西尔科克（Alexander Seilkirk[②]）的故事，并在二者之间寻找一一对应的关系。但是，鉴于笛福或者西尔科克都是历史中的真实人物，他们自然都是“历史的”，如果继续循此角度去理解“讽喻的”，那么，“历史的”与“讽喻的”就变成了同义反复，在这种情况下，笛福为什么要用两个词语来表达同一个意思呢？

在笛福笔下，这两个术语既有联系，又有区别，而且似乎笛福更强调不同之处。显而易见，上述引文出现的语境是第三部的“序言”，他要规定这一部和前两部之间的关系。前两部都是鲁滨孙自己写的，这一部也是鲁滨孙自己写的，前两部是事实的记录（第一部“序言”说它是“事实的历史”），而第三部则是在事实基础上引发出来的鲁滨孙的思考。至于鲁滨孙或者笛福到底“沉思”了什么，得出了哪些结论，可能对研究“小说的兴起”并不重要。其关键之处在于，笛福告诉我们，在前两部之外还存在由此引发的第三部，如果前两部特别是第一部是典型的小说的话，那么，笛福心目中的小说显然还应指向自身之外的更多“沉思”，而不再是单纯的历史记录。小说表面上说的是一回事，而实际上却可能另有所指，这是笛福为什么只有在第三部“序言”中才会提出这个说法，因为只有在读完小说第三部之后，读者才能明白笛福所说的这个故事的“讽喻性”指什么。

既然小说的讽喻特征规定了小说的寓意可以指向自身之外，那么小说的讽喻意义也就应该宽泛地理解，既包括宗教信仰，也

---

① John Robert Moore, *Daniel Defoe*: *Citizen of the Modern World*, Chicago: The University of Chicago Press, 1958, p. 225.

② 一般认为这人是主人公的原型。

包括道德教训，甚至包括对具体社会问题的关注。《严肃的反思》将小说的讽喻性和历史性结合起来论述，称其为“讽喻的历史”，其功能是提供道德教化作用，“所有寓言、讽喻的历史的正当而唯一正确的目的是道德和宗教的改善”①。所谓“道德和宗教的改善”以及诸如此类的说法几乎在笛福每一部小说的序言中都有所体现。他力图说明自己的创作目的或者是传播基督教的福音，或者是改善或解决某一具体的社会问题，如《杰克上校》的“序言”中说这部小说通过杰克上校的亲身经历和观察来研究英国少年儿童的教育问题，指出大量儿童由于教育不良而沦为街头乞丐。小说对国内公立学校或慈善学校的改进无疑大有裨益，“这些问题都有待改进，鉴于研究课题复杂多变，需要像此书规模的著作来论证这些问题”②。在笛福看来，这些社会问题非常重要，讨论这些问题是任何读者都不会拒绝的，因此出版类似的小说才是合理的。

当然，指出早期小说的讽喻性，并不等于说讽喻性就是小说的全部性质。笛福比宣布“跌入讽喻”的班扬更高明的地方，在于他还指出了小说具有历史性。当小说兴起时，它表现为一种长篇散文叙述形式。加拿大批评家弗莱指出：“小说倾向于扩展成为对历史的虚构处理方式。”③ 处于诞生之中的小说学习借鉴历史叙述是再合理不过的事情了。同时，“历史编纂或写作是当时最流行的写作类型”④，小说借鉴历史写作，可以为自己赢得潜在的

① Daniel Defoe, *Serious Reflections during the Life and Surprising Adventures of Robinson Crusoe with his Vision of the Angelic World*, London: J. M. Dent & Co. Aldine House, p. xii: “Besides all this, here is the just and only good end of all parable or allegoric history brought to pass, viz., for moral and religious improvement.”

② Daniel Defoe, *Colonel Jack*, Whitefish, Montana: Kessinger Publishing, 2004, p. 2.

③ ［加］诺斯洛普·弗莱：《批评的剖析》（英文版），上海外语教学出版社 2009 年版，第 306 页：“The novel tends rather to expand into a fictional approach to history.”

④ Michel Baridon, “Historiography”, in *The Cambridge History of Literary Criticism* (Vol. Ⅳ): *The Eighteenth Century*, eds., H. B. Nisbet and Cloude Raswson, London: Cambridge University Press, 2005, p. 282.

读者大众。除了这些显而易见的原因，这里的关键是当时对历史的认知发生了某些引人关注的变化。

首先，18 世纪的人们在面对自然时，其想法和中世纪已经有了明显的不同。中世纪将自然视为上帝的造物，其中映射着上帝的规划，但 18 世纪的人们从自然中最先发现的乃是人自身。以前观察自然，看到的是上帝；而现在观察自然，看到的则是人们自己的生活，因此自然界可以比拟或者想象成人类世界中的万事万物，自然具有一定的道德暗示或信仰启示含义。笛福的《大不列颠诸岛环游记》发现自然界不仅为人们提供了猎物和食品，而且其中也有等级之分，这显然站在人类社会的角度上来观察自然界。约翰逊博士在《苏格兰西部群岛游记》（1775）中认为，对自然的观察可以帮助人们理解道德问题，例如他看到尼斯湖冬天也不会结冰，就说这个问题需要在“自然哲学这一苏格兰民族最喜欢的学科之一”中加以精细研究；① 他在途中看到赫布里底群岛农家饲养的鹅，就说它们是动物世界中的中产阶级：“它们看上去似乎属于中等阶级，介于野生的和驯养的之间。它们温顺得可以拥有一个家庭，有时野蛮得可以冲天飞去。”②

其次，如果在无生命的自然界中都可以找到社会形态的影射或其他道德启示的话，那么，在繁衍不绝、生生不息的人类社会或历史进程中就更容易发现过去的人或事物与当前生活的密切联系。18 世纪的思想家普遍意识到这一点，经常为人所引用的说法是：“历史是用事例来进行教诲的哲学。”③ “历史”观念的关键

---

① Samuel Johnson, *A Journey to the Western Islands of Scotland* and James Boswell, *The Journal of a Tour to the Hebrides with Samuel Johnson*, ed. R. W. Chapman, London: Oxford University Press, 1924, p. 27.

② Samuel Johnson, *A Journal to the Western Islands of Scotland* and James Boswell, *The Journal of a Tour to the Hebrides with Samuel Johnson*, p. 49.

③ Hans W. Frei, *The Eclipse of Biblical Narrative: A Study in Eighteenth and Nineteenth Century Hermeneutics*, New Haven and London: Yale University Press, 1974, p. 151: "History is philosophy teaching by examples."

词是“事例”和“教诲”，二者都是小说家对小说的期待，菲尔丁的小说《安德鲁斯传》第一段说得最清楚：“这是一个老生常谈却真实可靠的观察，事例比观念对人的心灵影响更为有力，如果这个说法在令人反感或惹人批评的事例中是有效的话，那么在令人赞美的事例中就更加显著。这里，模仿在我们身上更加有效地发挥作用，激励我们用一种不可遏止的方式来模仿。一个好人，在他熟人中是一个活生生的教训，在那个圈子里比一本好书发挥更大的作用。”①

如果强调用各种“事例”来训诫的话，那么历史著作也是小说，不过是只描写或记述过去之事的小说，而小说则把故事发生的环境、背景、人物移植到当代生活中，使其发生在当代语境中。小说作者生活在当代，所写的事情就发生在不久的过去，小说不过是充满哲学意味的当代史。小说从创立之初，就试图协调过去和现在、历史和当下之间的差异，原本与当下生活毫无联系的过去历史通过具体事例中所蕴含的“哲学”联系起来，变得对当代读者有用、有益。亨特教授指出早期小说具有十大特征，“当代性”为其首要特征：“小说从根本上来说是现在的故事，或与现在有关的过去生活事件的故事，过去汇聚于现在，现在是在不稳定与变动中保持平衡的瞬间。”② 这种看法是比较切合小说史史实的。早期小说家都异口同声地宣称自己写的是历史，像塞万提斯说《堂吉诃德》最初是一位阿拉伯历史学家熙德·阿默德·贝南黑利的作品，他是“第二位作者”。笛福说《鲁滨孙飘流记》是主人公的“私人冒险经历”“私人的历史”，他仅是编者，《摩

① Henry Fielding, *Joseph Andrews and Shamela*, ed. Douglas Brooks-Davies, London: Oxford University Press, 2008, p. 15.

② J. Paul Hunter, *Before Novels: The Cultural Contexts of Eighteenth-Century English Fiction*, New York: W. W. Norton & Company, 1990, p. 23: “…novels are fundamentally stories of now, or stories about events in a relevant past, one that has culminated in a now, a moment poised in instability and change.”

尔·弗兰德斯》是女主人公在新门监狱里写下的个人自述，笛福也仅仅是小说的编辑者。理查逊的《克拉丽莎，或一位小姐的故事》是个人通信的汇编。菲尔丁评论他的《汤姆·琼斯》：“其实，正如我们在本书其他地方所提到过的，书里所有人物都是有根有据的，其真实可靠不下于大自然那本记载善恶、主宰生死的登记簿。所以我们这本苦心经营的作品完全够资格称为历史。”①

但在小说家宣布小说是历史的同时，我们也可以注意到，小说家并没有完全“冒充”成历史学家，塞万提斯、笛福等人将自己说成历史著作的编辑者，他们负责搜集或汇聚历史进程中的相关事例或者证据，那么，他们在汇集各种历史事例的过程中最容易出现的问题就是能否随时随地都发现合适、恰当的证据或事例。证据不足的问题直到两百年后仍然纠缠着亨利·詹姆斯这样的小说家和小说批评家。在《小说的艺术》一开始，詹姆斯就谈到了小说家和历史学家的共同之处，认为小说乃是历史：“表现并且用具体的事例来说明过去以及人们的行为，这是这两种作家的共同任务，我能看出来的两种之间的唯一的差别，乃是小说家在搜集证据方面（它远非纯属文学性的劳动）有着更多的困难。”② 如果詹姆斯尚且如此，那么，早期小说家就会更容易发现证据不足的问题。他们如何解决这个问题呢？在这方面，他们只能依靠虚构。

理查逊说他之所以采用书信体写克拉丽莎的故事，不是让读者把这个故事想成是真实的，而是“避免伤害读者阅读小说经常会有的那种历史的信仰，尽管我们知道这是虚构作品”③。小说家一方

---

① ［英］亨利·菲尔丁：《汤姆·琼斯》（上），黄乔生译，译林出版社 2004 年版，第 483 页。

② ［英］亨利·詹姆斯：《小说的艺术：亨利·詹姆斯文论选》，朱雯等译，上海译文出版社 2001 年版，第 7 页。

③ Quoted in Frei's, *The Eclipse of Biblical Narrative: A Study in Eighteenth and Nineteenth Century Hermeneutics*, New Haven and London: Yale University Press, 1974, p. 144.

面承认自己的作品是虚构的，另一方面又小心翼翼地不去揭穿这个幻象，维持着读者的“历史的信仰”（historical faith），让读者将虚构的看成历史上发生过的。引文中提到的历史信仰，使读者将小说看成真实的，有了这种信仰，小说就可以采取一种“类似历史”（history-like）的材料，而不是历史记录本身。它要求小说家描写的不一定是实际发生的事情，还可能描写或许发生的事情。

笛福在《杰克上校》“序言”的最后一段说：“考究杰克上校自己亲述的故事是真是假，丝毫都不重要；无论他把这些故事当做历史还是寓言，它们都同样有用；这样说，小说就无需任何序言来加以推荐了。”[①] 在笛福看来，小说的道德或宗教等方面的说教性，赋予小说家虚构的权力，只要能发挥这样的作用，无论人们将小说“当做历史还是寓言”，都无关紧要。尽管笛福从来都不承认自己的小说乃是虚构，但即使别人用虚构来批评他，笛福也会使用“目的严肃”来加以辩护。他在致其恩主哈里的一封书信中说，谎言不是用词语来歪曲事实，而是在于说谎者有意识地存心欺骗或伤害别人，如果虚构故事的小说家在创作目的上符合道德原则的话，那么，“这种虚伪是一种美德”[②]，即小说家享有一种特权，可以用虚构来教育他人。如果小说的真正用处在于改善世道，敦化人文，就像上述《严肃的反思》引文最后强调的那样，小说家的主观目的是“为了人类的共同益处”，那么写作目的的严肃和高尚可以为小说提供合法性，人们也就无须考察小说讲述故事的真伪，哪怕是虚构的，也应受到赞扬。

那么，如果笛福将道德的训诫性看成小说的首要性质，那他为什么不去写伦理学作品或者宣教作品而去写小说呢？概括地回

① Daniel Defoe, *Colonel Jack*, Whitefish, Montana: Kessinger Publishing, 2004, p. 2.

② Quoted in Maximillian E. Novak's "Defoe's Theory of Fiction", *Studies in Philology*, Vol. 61, No. 4, 1964, pp. 650 - 668.

答，这是因为在笛福看来，小说更受欢迎，更容易给读者留下深刻印象，也就更容易达到这一目的。其实，无论是理查逊的“历史信仰”论，还是笛福说的历史与讽喻“等同”论，都着眼于读者的感觉，而不是论证小说描写与现实之间的关系，更不是为了反映现实。一件事人们没有听说过或者经历过，并不等于说它不真实；越是稀奇罕见之事才越能打动读者。《严肃的反思》说：“真正触动人心的事情必定发生在遥远之地，必是人们闻所未闻的。”（第 xiii 页）他随后举例说，耶稣基督在世之时也行过很多神迹，受到人们的奚落嘲笑，但不能说这都是编造的。在这里，笛福引用耶稣基督的奇迹为小说的性质辩护，但他没有像班扬所做的那样，说《圣经》作者都使用过讽喻，所以他也可以使用讽喻；而是说“鲁滨孙小说”中的那些描写不能因其超出常规、令人惊叹而受到指责，恰恰相反，它们采取了令人惊叹的形式，正可以给人留下更深的印象。笛福在一封书信中说：“当在象征或讽喻的掩盖下暗示出来的时候，所述之事对理解力就显得更为生动，在心灵上造成更强烈的印象；特别在道德教条都是良善的，实施这些教条都有简单易行之处。”① 从读者接受的角度来说，讽喻可以给人制造更加深刻的阅读印象，可以使人联想得更多，可以取得更加显著的效果。

总之，笛福关于小说“尽管是讽喻的，也是历史的”论断，针对着“鲁滨孙小说”而发，其实是对小说性质的最早约定。他把小说看成历史记述的一种，在强调小说记录的真实性的同时，也说明小说具有道德或信仰方面的训诫特征。正如人们经常从过往历史中汲取经验教训，人们也会从小说中学习生活。正是在训诫特征上，“历史的”和“讽喻的”才找到了相互沟通的领域。小说的讽喻性总是将一个故事从自身引向自身之外，它和作为历

---

① Quoted in Maximillian E. Novak's “Defoe's Theory of Fiction”, *Studies in Philology*, Vol. 61, No. 4, 1964, pp. 650 – 668.

史的小说的启迪作用不谋而合。在笛福的论述中，他使用了“尽管—也是”而非“不是—而是”的结构，旨在强调二者既有区别，但又不是截然对立的关系。

小说是“人生的模型”

由上可见，以《鲁滨孙飘流记》为代表的起源性小说表现出明确的信仰劝导、伦理训诫方面的功能。这一现象，仅用古代罗马诗人贺拉斯所说的诗歌“寓教于乐”来解释尚嫌不足。小说是一种新兴的文学形式，其功能应该和诗歌这种传统形式有所区别。在贺拉斯提出“寓教于乐”说的时候，小说（至少是现代小说）尚未诞生，从诗歌中概括出来的结论未必适用。与之相比，笛福总结出讽喻性和历史性这两大小说特征，而其交汇之处则是强调小说对普通读者的启迪作用。

早期小说的启迪作用首先表现在小说家不断宣称小说可以启发读者思考人生、为读者提供生活借鉴。塞万提斯《警世典范小说集》的“自序”说：“无论从哪一篇小说，你都能找出一些有用的鉴戒范例。如不是为了不过多地议论这个题目，也许我会从全书或书中的每一篇故事中摘出一个美味可口的诚实之果供你品尝。”① 显然，塞万提斯认为，每一篇小说都可以提供一个范例，小说启示的生活教训是多种多样的。

当然，小说中记载了过去的事例，并不意味着过去的事件现在或将来还会原封不动地在读者的生活中重复上演，而是说过去的事件本身就是一个更高层次上的“模型”的代表。菲尔丁《阿米莉亚》第一卷第一章“绪言”说：“像本书这样性质的历史，我们可以把它适当地称为人生的模型；在这部历史中，有几个事件导致整个事情的结局或收场；对这些事件以及它们形成的详细

---

① ［西］米盖尔·阿德·塞万提斯：《塞万提斯全集》（第五卷），张云义译，人民文学出版社1996年版，第4—5页。

原因进行细致的观察，我们就将会在这门极为有用的艺术（我称之为人生的艺术）中受到极好的教益。”[①] 作者指出，小说的具体故事提供了人生的模型，小说艺术其实就是人生的艺术、生活的艺术，或者说，小说故事代表了这个模型，也就是作家心目中的道德观念、人生理想等。读者将生活中的故事来对照这个人生的模型，就会按照小说人物的做法采取适当的行动。

菲尔丁随后论证说，小说是一种创造发明，“实际上，发明，顾名思义，只不过是发现，或者说找到而已；或者，更广义地说，就是迅速而且聪慧地深入到我们所思考的一切事物的实质中去的本领”[②]。这里说的“事物的实质”和“人生的模型”其实是一回事。作者认为，个别事例不过是“事物的实质”或“人生的模型”一次次的具体化或具体实现，每个事例都不一样，但都有共同点，彼此之间也就可以相互联系，相互启发。小说主人公的独特的个人经历因为体现了这一“人生的模型”，也就可以用于读者生活中。这是对读者产生训诫作用的根据。比如，笛福小说中多用海难、沉船等突发事故使人物命运发生逆转，这表明主人公生活在一个信仰或者品德不能完全决定一切的世界里，品德高尚、信仰虔诚，未必有好运。然而，没有品德或者信仰肯定不会做好事。好人或许遇到灾难，但这并不意味着成为一个诚实或虔诚的好人就没有意义，更不意味着每个人都不需要努力去做好人。这就将小说描述逐步转向了道德伦理方面的论辩。

早期小说名作在具体叙述中委婉表达了小说人物如何思考人生、反思生活。如《堂吉诃德》第二卷的主题之一是人物的转变及其道德训诫性，它具体体现在配角人物桑丘身上。塞万提斯在第五章一开篇就亲自出面，以“正话反说”的形式提醒读者注

---

① ［英］亨利·菲尔丁：《阿米莉亚》，吴辉译，译林出版社2004年版，第2页。

② ［英］亨利·菲尔丁：《汤姆·琼斯》（上），黄乔生译，译林出版社2004年版，第484页。

意："这部传记的译者译到这里，怀疑这一章是假造的，因为在这一章里，桑丘·潘沙的谈吐不像他往常的口气；他头脑简单，绝不会发这么精辟的议论。"① 此后，小说家又两次出面："这部传记的译者就为桑丘这种语气和下面的一段话，怀疑这章是假造的。"（第 39 页）"桑丘这段话又使译者断言本章是假造的，因为桑丘说得出这样高明的话吗？"（第 41 页）小说家的直接评述可谓不胜其烦，而桑丘"精辟的议论""高明的话"的核心是"命运已经把这人提拔起来了"（第 42 页）。那么如何"提拔"呢？桑丘主动学习堂吉诃德的做派和谈吐，如他在第十章用"堂吉诃德式的"方法完成了主人交给他的几乎无法完成的任务，将三个过路的乡下姑娘指认为杜尔西内娅及其侍女，她们丑陋是因为魔法师捣鬼，故意和堂吉诃德作对。当然，桑丘沾染堂吉诃德的疯傻，也仿效他的真诚和智慧。小说临近结尾时，堂吉诃德已经不把桑丘看作仆人："我去买几只绵羊和牧羊用的东西；我取名牧羊人吉诃悌士，你就叫牧羊人潘希诺。咱们在山林旷野里来来往往，唱歌吟诗……"（第 475 页）这些描写在小说家的插入评论下显得不同寻常，它不仅告诉读者近朱者赤，近墨者黑，跟着骑士做侍从，最后也能变成骑士。而且，桑丘的改变表明，生活是可以改变的，又傻又笨、贪吃贪睡的乡下农民也有改变命运的合理愿望和潜在能力。从农民到骑士，不仅是社会阶层和地位的变迁，更是普通人自觉自愿地改变人生态度、提升道德境界的过程。其实，早在第一卷中，塞万提斯就流露出类似的想法。堂吉诃德路遇囚犯希内斯，听说他亲手写下自传，堂吉诃德问他写完了没有，希内斯回答说："我一生还没有完，怎么能写完呢？"（第 172 页）的确，"盖棺"才能"定论"，"一生还没有完"的人物无法预知生活的跌宕变迁，又怎能知道命运会把谁"提拔起

---

① ［西］米盖尔·台·塞万提斯：《堂吉诃德》（下），杨绛译，人民文学出版社 2000 年版，第 36 页。本节引用此小说均出自该版本，随文注明页码。

来”呢？

小说中人物的转变动力不仅来自向其他人学习，而且来自这些人物的自我反思。《鲁滨孙飘流记》的同名主人公在海难后登上“伤心岛”的著名场景在小说中被叙述了三次：第一次是按照故事的时间顺序，发生在海难之后；第二次是在主人公的日记中；第三次是在主人公发现西班牙船长等三个人在海滩上饱受哗变的水手虐待，他回想起以前自己海难后第一次登陆时的情景。与前两次就事论事式的细节描写不同，这一次在简述以前场景后首先加上了一个生活经验：生活中极端的坏事也能变成好事，“就在他们认定自己已经没命了，已经完全没有出路的时候，他们的安全实际上已经完全没有问题了”①。紧接着下一段就把这个生活经验提升到道德教训和宗教信仰的高度：至善的上帝无处不在，“有时甚至表面看来是把他们送上毁灭的道路，实际上却是救他们脱离大难”②。这里的生活经验和道德训诫，特别是后者，都是亲身经历“登岛”场景的鲁滨孙根本没有想到的，他当时只会感到恐惧和孤独，在日记中称小荒岛是“绝望岛”，它只能是自述者在事后的补充叙述。这也就明白无误地告诉读者，经历故事的人和后来讲述或写下这篇故事的人其实不是一个人，虽然他们都叫鲁滨孙。那么，在第三次描写中叙述者具体加上了什么呢？显然，他不是把细节变得更完备，场面更生动，而是将故事引向宗教信仰方面，他有了这样的信仰，也就比那位西班牙船长看得更远，想得更深，回应了笛福在“原序”中提到的“述者处处采用质朴而严肃的态度”。对一般读者来说，鲁滨孙的形象的确是一个“人生的模型”，警戒读者即使在极端困难的情况下也没有必要沮丧绝望。

---

① ［英］笛福：《鲁滨孙飘流记》，徐霞村译，人民文学出版社 1997 年版，第 227 页。

② ［英］笛福：《鲁滨孙飘流记》，徐霞村译，人民文学出版社 1997 年版，第 227 页。

小说叙述中的讽喻

如果笛福说的小说讽喻性是符合实际的话，那这种现象就理应表现在小说中从前言到正文的各个角落，我们可以从小说序言和小说中的插入故事这两个经常被人忽略的方面来探讨《堂吉诃德》《吉尔·布拉斯》《安德鲁斯传》等早期小说名作的讽喻性质。

《堂吉诃德》的研究者大多注意到塞万提斯在小说中反复说自己是小说的“第二位作者”，他假托一位阿拉伯历史学家熙德·阿默德·贝南黑利为小说的真正作者。但这种“假托”关系最早体现在小说前言中。《堂吉诃德》“前言”的第一句话是：“这部书是我头脑的产儿。”[①] 但仅仅几行之后，塞万提斯又说：“我呢，虽然好像是《堂吉诃德》的爸爸，却是个后爹。”细心的读者自然能够体会“爸爸”和“后爹”的微妙区别。塞万提斯的头脑产生了小说，他自是小说的“爸爸”，但他又假托贝南黑利才是小说的真正作者，那他就只能是小说的“后爹”了。“爸爸”和“后爹”的关系暗示了小说中“第一位作者”和“第二位作者”的关系。有意思的是，这一关系在“前言”中就有萌芽。在宣布自己是小说的“后爹”之后，塞万提斯立刻诉说自己写作“前言”的苦恼，正在他一筹莫展之际，“忽然来了一位很有风趣、很有识见的朋友”（第4页）。这位朋友发表了长篇议论，这些议论占据了“前言”的主要篇幅。“前言”中，塞万提斯偶尔插话，它连对话录都算不上，主要部分是这位朋友长篇议论的实录。也就是说，不仅小说正文不是塞万提斯写的，而且小说“前言”也不是他写的，而是他的一位朋友替他写的：“他的议论句句中听，我一无争辩，完全赞成，决计照他的话来写前言。”（第

① ［西］米盖尔·台·塞万提斯：《堂吉诃德》（上），杨绛译，人民文学出版社2000年版，第3页。本节引用此小说均出自该版本，随文注明页码。

10 页）“前言”中的“爸爸”与“后爹”的关系指向自身之外，统辖着后面“我的朋友”和“我”、贝南黑利和“我”的关系，前者是后者的预示，后者是前者的讽喻。

可见，塞万提斯给读者或批评家开了个玩笑，他首先在“前言”中表明了讽喻关系，随后又把这种关系运用到整部小说中，而且这种运用本身就是“戏仿”手法，它和《堂吉诃德》的“戏仿”风格相互呼应。应该指出的是，在“前言”和正文之间建立讽喻关系，并非完全是《堂吉诃德》的独门绝技，18 世纪初期的法国小说《吉尔 · 布拉斯》的写法就与此相似。这部小说的正文前面的“吉尔 · 布拉斯致读者”主要讲了一个小故事：两个人看到一块奇怪的墓碑，一个人径自离去，另一个围着墓碑深挖细掘，得到一笔意外之财，墓主人还给他留下一张小卡片：“你既是个有心人，要寻究碑文的意义，我的钱就传给你。”① 这个小故事就是小说的“前言”，作者以此说明小说不仅是讲故事，在小说人物跌宕起伏、光怪陆离的经历背后，还有劝人为善的道理，这才是小说带给读者的“意外之财”。

“插入故事”在早期小说中屡见不鲜。作家在主要小说叙述中或故事中穿插或加进其他故事，这一“插入故事”的作者是小说中的某个人物或匿名作者，但在故事主题上往往和主导故事相向而行。如《堂吉诃德》上卷有 7 个插入故事，其作者是几个牧羊人、“山中绅士”、《何必追根究底》的匿名作者、“俘虏军官”等。上卷大量插入故事，在小说发表后引发批评。塞万提斯在下卷第 44 章辩解说：“《何必追根究底》和《俘虏的军官》那两篇和本传无关，可是另外几篇却和堂吉诃德的遭遇交缠在一起，不能不写。许多人……一心要读堂吉诃德的故事，没看到那些故事写得多好。”（第 306 页）在小说家看来，“写得多好”的标准是“和堂吉诃德的遭遇纠缠在一起”。这一说

① ［法］勒萨日：《吉尔 · 布拉斯》，杨绛译，人民文学出版社 1959 年版，第 2 页。

法或许启发了劳伦斯·斯特恩，他的《项狄传》以讽刺小说创作规则著称，提到写插入故事的“作者的苦恼”，并且设计解决方案：“我将主体部分和附属部分交叉起来构建，它们非常复杂，包含了旁逸斜出和向前运动的部分，一个轮子在另一个里面，由此形成的整台机器就运转不停了。”① 上述两位小说家的说法异曲同工，都要求各个插入故事不能像一串项链上的珍珠，而应像一座大厦的各个房间构成一个整体，都指向一个整体目标。具体来说，在《堂吉诃德》中，不但美人多若泰的故事，米戈米公娜贵公主的故事和主人公的经历密切相关，它们都最后结束于堂吉诃德落脚的小客栈中，而且《何必追根究底》和《俘虏的军官》的故事也不像塞万提斯说的那样和“本传无关”，比如《何必追根究底》中的主人公安塞尔模对妻子贞洁、朋友忠诚过于自信，非要设计来考验他们，临终前才醒悟他的妻子“没有义务创造奇迹，我也没有必要这样要求她”（第327页），安塞尔模陷于自信，罗塔硫和卡蜜拉陷于爱情，而此时此刻的堂吉诃德陷于酣睡，正在梦中大战红酒袋，桑丘陷于狂想，满心指望着获得伯爵封邑。插入故事的人物和主仆二人处于相似的心理状态中，插入故事叠加在主导故事之上，在产生作者身份“延误”的同时扩展延伸了主导故事的思想意蕴，这正是塞万提斯“不得不写”的关键所在。

“小说的兴起”中的另一位小说家菲尔丁多次声明自己以塞万提斯为榜样从事小说创作，其《安德鲁斯传》在运用插入故事的技巧上学习借鉴了《堂吉诃德》的做法。《安德鲁斯传》主要描写天性善良而单纯的约瑟夫和亚当斯逃离城市生活重返淳朴乡村的历险经历。在史诗般的“返乡”途中，他们既遇见过强盗、骗子、势利小人，也遇见过各式各样的好人或热心人。在小说第

---

① Lawrence Stern, *Tristram Shandy*, New York: The New Library, Inc., 1980, p. 63.

三卷第一章中，菲尔丁赞美《堂吉诃德》不是一时一地、一个民族的历史，而是“一般意义上的世界的历史”①，是从世界初创到终结的历史。

《安德鲁斯传》全书共四卷，除了第一卷，“莉奥诺拉不幸爱情的故事”“威尔逊的生活故事”“两个朋友的故事”等三个插入故事均匀分布于其余各卷。第三个故事没有讲完，其他两个在故事主题上呼应着小说主要故事。如“莉奥诺拉不幸爱情的故事”中女主人公莉奥诺拉被男友贝拉曼抛弃后被迫隐居乡间，“从此过着郁郁寡欢的生活”（第112页）。她或许没有想到，曾经山盟海誓的贝拉曼竟然会因为嫁妆问题而抛弃她，使她成为街谈巷议的笑柄。如果莉奥诺拉遇人不淑，遭遇婚姻挫折的话，那么，第二个插入故事的主人公威尔逊先生则历尽世态炎凉。他起初混迹社会就腰缠万贯，肆意挥霍，随即穷困潦倒；在幸运地买彩票发财后，他和一位富家小姐结婚：“我已看清，世上享乐都是假象，世上万事绝大多数都是你欺我诈。一切都不过是虚荣。”（第194页）在获得这样的生活知识后，他决定做乡间的隐士，“从一个到处都是喧嚣、吵闹、敌意、忌恨和忘恩负义之地退居于安宁、平静、充满爱意的地方”（第195页）。在上述两个插入故事中，主人公不管出于什么原因，都选择隐居乡下作为他们的人生归宿。可见，《安德鲁斯传》的插入故事在主题上呼应着小说主题，这一技巧和《堂吉诃德》的写法如出一辙。

更重要的是，菲尔丁更重要的创新表现在他有意识地将小说人物置于小说读者的位置上，他们对插入故事的解读也就预示着小说读者对《安德鲁斯传》的解读，约瑟夫和亚当斯等小说人物是小说读者的讽喻形象。

---

① Henry Fielding, *Joseph Andrews and Shamela*, ed. Douglas Brooks-Davies, London: Oxford University Press, 2008, p. 164。本节引用此书均出自该版本，随文注明页码。

鉴于《安德鲁斯传》的插入故事和小说主题具有同一性，人们自然会看到，如果正确地理解这些插入故事，读者也就会正确地理解小说。但实际上，小说中的人物并没有这样做，关键是虽然插入故事讲完了，但小说人物却没有“听”完。在讲述第一个插入故事时，约瑟夫没有听到前半部分而只听到了后半部分，亚当斯则相反，只听到前半部分而没有听到后半部分。在讲述第二个插入故事时，约瑟夫中途去睡觉了，遗漏了和自己的身世密切相关的部分；亚当斯虽然听到了整个故事，但心里始终惦记着论慈善的布道词，他也没有完全领会“威尔逊的生活故事”的真正含义。当他们离开威尔逊先生重新上路后，他们在威尔逊夫妇准备的午饭中发现了一小块金子，亚当斯想要还回金子。约瑟夫则劝他相信，这是威尔逊先生有意为之，“以解他们旅途之需”（第202 页）。这一“意外之财”，令人想起《旧约·创世记》（第 42 章）“约瑟和他的兄弟们”故事里约瑟的兄弟们去埃及籴粮回来，在旅途中发现买粮的银两仍在布袋子里。《圣经》文学用这一情节来启发约瑟兄弟们的道德觉悟和悔罪意识，而菲尔丁的写法则表明，尽管亚当斯念念不忘那篇讲论慈善的布道词，但当“慈善”真正在生活中出现时，他竟然茫然不知，不能准确地辨认出来。在接下来的第 6 章，菲尔丁让约瑟夫而不是亚当斯做了一篇论慈善的演讲，嘲讽之意不言而喻。

小说中的亚当斯犯下可笑的错误，根源在于他坚信人们的一切知识都只能来自书本，他对约瑟夫说：“人们的知识只能从书本上学习，柏拉图和塞内加就是这么说的，但恐怕这些作者，你都没有读过。”对此，约瑟夫回答：“没有，我没有读过。我所知道的是，在绅士阶层中，做出承诺最多的人往往实现得最少，而且我也经常听人们说起过，在根本没有作出承诺的家庭中，人们倒可以发现最多的帮助。”（第 155 页）尽管亚当斯学识渊博，却不相信人们能从生活中获得有用的知识，也不像约瑟夫或威尔逊先生那样能从亲身经历中体验到雪中送炭式的慈善的重要性。以此为例，读者发现人们对故事的理解囿于其信仰、信念、生活环境等多种因素，完全可能对同一个故事做出不同的阐释。在讲述第一个插入故事时，听众对莉奥诺拉的行为做过两次集中的讨论（第 90、112 页），从中可以看到人们根据善良天性（亚当斯）、性别身份（Mrs. Slipslop）、社交礼仪（Mrs. Grace-airs）而做出的不同反应。

小说人物解读插入故事，也就相当于《安德鲁斯传》的读者解读这部小说。菲尔丁心目中的理想读者或者被称为“审慎的读者”：“这类读者能够发现爱的激情在精致而有教养的心灵中和在粗糙气质中发挥的作用完全不一样。”（第 29 页）或者被称为“明智的读者”，“在这部历史中，场景仅仅显露出有限的部分，而明智的读者提前两章就能看清它们”（第 41 页）。这类读者不像“好奇的读者”那样只满足于小说中各个环节的前后连贯，也不像“好心的读者”那样只对各种场景发出多愁善感式的移情反应，他们能够见微知著，从蛛丝马迹中发现生活中那些影响人物命运的微妙力量。在他们的影响下，小说读者也会从充满好奇心变得世事练达，审慎而明智。“明智的”“审慎的”“好奇的”“好心的”，是菲尔丁对小说读者的不同期待，如果完全不在这些范围之内，读者也就很难读懂小说，甚至没有资格阅读小说。《汤姆·琼斯传》说：“要是您不相信的话，就说明您所阅读的内容已经超过您的理解力了。那么，与其浪费时间来读这既不合您胃口又不能被您理解的东西，还不如去料理您自己的事务或者干脆找点儿什么去消遣消遣。”①

总之，菲尔丁在转述插入故事时，表现出自己对小说读者的阅读期待。《堂吉诃德》《安德鲁斯传》等的插入故事发挥了阐释小说的作用，表达出小说家对读者的心理预测。在“小说的兴

---

① ［英］亨利·菲尔丁：《汤姆·琼斯》（上），黄乔生译，译林出版社 2004 年版，第 260 页。

起”中，塞万提斯、菲尔丁当然并不知晓笛福关于小说性质“讽喻性、历史性”的约定，但仍在“如何写插入故事”这一具体问题上充分挖掘了小说的讽喻功能。

第三节　鲁滨孙·克鲁索：荒岛上的新亚当

18 世纪英国作家笛福的小说名作《鲁滨孙飘流记》，长期以来被视为表现资产阶级上升时期进取精神的现实主义小说。这一看法与英美学者 20 世纪 70 年代以后的研究成果相比存在较大差异。美国学者保罗·德曼指出，近来研究已经扭转了将笛福视为现代“现实主义”创作规范的发明者之一的趋势，重新发现了他思想中的清教主义因素。[①] 英国学者伊恩·P. 瓦特在其早年出版的《小说的兴起——笛福、理查逊、菲尔丁研究》中认为小说中“清教的遗产明显地太微薄了，以致无法为主人公的经历提供一种持久性的、主导性的方式”[②]。但他后来在一定程度上引人注目地纠正了这一观点。他的《现代个人主义的神话——浮士德、唐吉诃德、唐·璜、鲁滨孙·克鲁索》分析笛福时，将经济个人主义和宗教个人主义作为小说分析的两大框架，研究重心已经明显转向清教主义，尽管他也批评小说中世俗观点和宗教观点是平行并置的，没有在小说建构上彼此协调。[③] 无论瓦特的“平行”论还是德曼的“扭转”论，都表现出当代研究重心的转移：从现实主义转向清教主义，从真实描述转向讽喻描述。今天看来，小说研究中的这一“范式转型”为我们思考主人公与《圣经》人物之

---

① Paul de Man, *Blindness and Insight – Essays in the Rhetoric of Contemporary Criticism*, London: Methuen & Co., Ltd., 1983, pp. 203 – 204.

② ［美］伊恩·P. 瓦特：《小说的兴起——笛福、理查逊、菲尔丁研究》，高原、董红钧译，生活·读书·新知三联书店 1992 年版，第 83 页。

③ Ian Watt, *Myths of Modern Individualism – Faust, Don Quixote, Don Juan, Robinson Crusoe*, New York: Cambridge University Press, 1997, p. 163.

间的重要关系提供了重要依据。

鲁滨孙和《圣经》人物之间的“预表”关系

类型学或类型论（Typology，又译“预表论”“象征论”“预示论”），是基督教神学家“讽喻解经”的一种，但更关注从历史层面解释经典。《旧约》先出，而《新约》后起，二者并非同时完成，就不可避免地存在着时间差异。把二者联系起来解释，在揭示文本意蕴的同时自然涉及对历史进程的解释，方能建构基督教的神学历史观。换言之，新旧约之间的互释，既是借助《旧约》权威来为《新约》寻求合法性依据，也是从《圣经》神学的角度理解人类的历史进程。公元2世纪的神学家把摩西、亚伯拉罕、以撒、约瑟、大卫等都看作耶稣基督的“类型”或“预表”，① 因为他们的某些生平事迹可以和耶稣基督联系起来，如摩西率领以色列民众出埃及，向耶和华的“应许之地”进发，和耶稣基督背负十字架走向各各他受刑，为人赎罪，将人类引向天国，这两件事情都代表着人类从奴役走向自由、从尘世迈向天国的历史进程，因而具有平行关系，属于同一类型。而在“预表解经”中，《旧约》人物和事件成为“预示”、“预表”或者类型（type），而耶稣基督或其生平事迹则成为典型（antitype）。从亚当、亚伯拉罕、摩西、约书亚，直到大卫等，这些“预表性”（typical）的人物在历史上不断出现，构成了一个包括众多成员的人物类型，他们都成为耶稣基督的“预表”，在某种程度上预示着耶稣基督的降临。

如果把《圣经》叙述和阐释者的日常生活联系起来，上述历史观也可以用来解释当代现实生活。犹太教—基督教的文化特征在于坚信“上帝不断干预人类事务”②，因此，上帝神意的宣示

---

① P. R. Ackroyd and C. F. Evans eds.，*The Cambridge History of The Bible Volume* Ⅰ：*From Beginnings to Jerome*，London：Cambridge University Press，1970，p. 415.

② Gabriel Josipovici，*The World and the Book*，Stanford，California：Stanford University Press，1971，p. 25：“…God's intervention in the affairs of man.”

虽然最早表露于《圣经》文本，但并不终止于这一文本，还会体现在当代生活中。从《圣经》阐释的角度说，《旧约》和《新约》构成了一个整体，《旧约》人物或事件的意义都在于为耶稣基督做准备，都终止于耶稣基督。而对于生活在《圣经》之后的世俗世界的信仰者来说，人们为什么不能把同样的解经方法用来解释日常生活呢？也就是说，人们完全可以把“预表解经”的方法加以扩大，从而超越《圣经》文本，把《圣经》的人或事作为预言，而把身边发生的当代故事或人物当作《圣经》中的人或事在当代世界中的“再次出现”，这样新旧约之间的关系就被改造成《圣经》文本和世俗世界的关系。或者说，整个《圣经》叙述变成了预表或者类型，而日常生活则成为类比物。这一想法被笛福同时代的英国著名神学家威廉·沃伯顿表述得最清楚，他的名言是：“世俗历史和《圣经》历史的连续整体之间具有类比关系。”[①] 由此可见，经过改造后的预表论从解释《圣经》转向解释现实，并认为现实生活的真正意义仍然来自《圣经》启示。这成为 18 世纪初期基督教信仰中的主流观念之一。早在宗教改革时期，英国国王亨利八世就被描述成把英国从“罗马法老”手中拯救出来的摩西，是“一位英国的大卫王”，而他的儿子爱德华六世则是大卫之子所罗门。[②] 这种做法，把当代事件和《圣经》事件联系起来，为当代的人物或事件挖掘出更深层次上的神学意蕴，促使人们探索平淡无奇的日常生活中的潜在意义。

“预表论”不仅促使基督徒从《圣经》历史的角度来阐释当代生活，而且对中世纪及其以后的欧美文学创作产生了重要

① Earl Miner ed., *Literary Uses of Typology: From the Late Middle Ages to the Present*, Princeton, New Jersey: Princeton University Press, 1971, p. 181: "…civil history was clearly analogical to the historical continuum of the Bible."

② Stephen Prickett ed., *Reading the Text: Biblical Criticism and Literary Theory*, Oxford & Cambridge: Basil Blackwell, 1991, pp. 86 – 87.

影响。据奥尔巴赫研究，但丁已经在创作中大量使用这种方法，《圣经》人物或事件与《神曲》描写的当代生活具有“类比”或“预表”联系。① 对笛福这样的清教主义作家来说，他们更迫切地需要从日常生活中寻找上帝的旨意，因为清教主义深受加尔文主义影响，清教信仰者最关注的问题是：“我是被上帝选中的还是被上帝诅咒的?”而这一问题只有提问者自己才能回答，无人能替他给出确定无疑的答案。每人都须从生活的细微之处寻求答案，甚至这些寻求本身就可能成为自己被选中的证据。就像瓦特指出的，“清教徒倾向于把他个人经历的每项内容都看成在道德和精神意义上具有潜在的丰富性”。② 当然，如何在作品中建构这种精神意义上的丰富性，每位作家的选择不同，“类型”或“预表”方法至少是可能的选项。如果说这一方法在神学家手中是一种解经方法的话，那么，在生活在世俗世界中清教小说家的手上则有可能演变成一种创作模式，内在地制约着尚处于“兴起”阶段的小说的结构方式。

《鲁滨孙飘流记》出版后，曾有人认为小说不过是一篇虚构的罗曼司。毫无疑问，笛福反对这一说法。他在小说的“原序”中指出，他在讲述这个故事时，“把一切事迹都联系到宗教方面去”，以后又在小说第三部《严肃的思考》的“序言”中说，小说目的在于“道德与宗教的改良”。笛福显然相当重视瓦特上文提及的“道德和精神意义”。至少在作者看来，这一故事超出了猎奇式的冒险故事的范畴。主人公在世俗世界的冒险，具有精神探索的含义。小说通过一个典型事例来教育读者大众，起到宗教训诫作用，正像作者说的，读者可以在“教训”方面得到收益。在此基础上，笛福强调指出，这部小说不仅是训诫性的，而且是

① Erich Auerbach, *Scenes from the Drama of European Literature*, p. 67.

② ［美］伊恩·P. 瓦特：《小说的兴起——笛福、理查逊、菲尔丁研究》，高原、董红钧译，生活·读书·新知三联书店 1992 年版，第 80 页。

"历史性的"，是"具有典型性的历史"[①]。所谓"历史性的"，不仅说它是过去历史中曾经发生的真人真事，而且强调这些故事发生在基督徒身上，和他们对历史的理解有关。一般来说，清教徒的历史观只能是"圣经式"的，当代故事也只能从《圣经》文本中获得"道德和精神意义"。因此，小说人物尽管活动于当代，但他更有可能被视为《圣经》人物在当代生活中的"再次出现"，成为《圣经》人物在当代生活中的"类比物"，《圣经》人物和小说人物之间存在某种明确的"类比"关系。概括起来，小说从两个方面确立这一关系：主人公精神探索相当契合清教主义关于精神生活的四阶段设计：即"原罪—彻底堕落—悔悟—拯救"。小说运用"浪子回头""伊利亚""约拿"等多个《圣经》隐喻把《圣经》人物和主人公联系起来。

从"原罪"到拯救：鲁滨孙天路历程的四个阶段

小说从主人公鲁滨孙·克鲁索事后回忆的角度来描写自己的冒险经历，一开始的基调是自责式的、忏悔式的。鲁滨孙多次说自己的经历是"悲惨的"，并把造成这些悲惨经历的原因归结为一种"原罪"："我认为，我违反了父亲的忠告，就是我的'原始犯罪'。"[②] 在他父亲看来，社会上的中等阶层过着一种"安适幸福的生活"（第3页），避免众多烦恼，就像亚当、夏娃生活在伊甸园中一样幸福，同时他也预言，这孩子"如果一定要出洋去，他就会成为世界上最苦命的人"（第5页）。后来鲁滨孙离家出走，抛弃中等阶层生活方式这一伊甸园，这成为他堕落过程的起点。

鲁滨孙离家出海闯荡，不仅违背父命，而且违背了上帝的旨意，这是他的"原罪"更深一层的含义。早期清教徒把上帝和人

① Ian Watt. *Myths of Modern Individualism – Faust*, *Don Quixote*, *Don Juan*, *Robinson Crusoe*, New York: Cambridge University Press, 1997, p. 164.

② ［英］笛福：《鲁滨孙飘流记》，徐霞村译，人民文学出版社 1997 年版，第 172 页。本节该小说引文皆出自此版本，随文注明页码。

类的契约论运用于家庭关系中，父子之间不是等级关系而是契约关系，双方各有应尽的义务，也有相应的权利。流亡荷兰的英国清教徒威廉·埃姆斯说，“没有父亲的同意，儿子不能背弃父亲，因为他属于他的父亲们”。[①] 儿子既属于世俗世界的父亲，也属于上帝这位“天父”。父亲是上帝在世俗家庭中的代表，违背父亲的忠告，也就是违背上帝的旨意。小说中多次把“父亲”和“上帝”并称，即说明这一点。更为重要的是，小说还暗示，鲁滨孙的“遨游四海”并非上帝的“呼召”（calling）。鲁滨孙犯下“原罪”，一心想去遨游四海。当他第一次出海失败后，船长警告他不要再去航行，并说自己出海是因为“航海就是我的呼召，因此是我的职责”[②]。而鲁滨孙第一次航海的失败经历，则可以理解为上帝的预警信号。但鲁滨孙尽管有“数次来自理性的大声呼召”（several times loud calls from reason），他仍然坚持出海遨游世界，“放弃了对父亲对上帝的天职”（第5页），最终遭遇大难。事后鲁滨孙总结说，自己犯罪的倾向简直难以理喻，同时又强大无比，是一种“神秘而统辖一切的裁决”。因此，主人公离家出走，从根本上是背弃上帝“呼召”的犯罪行为。这和他悔悟之后的表现形成鲜明对比。在考虑是否应该屠杀食人土著时他说，“我不会杀戮他们，除非我有来自上天的更明确的呼召，出于自卫的需要”。[③]

原罪，不仅是他犯罪的起点，致使他一开始就犯下致命的错误，而且促使他越走越远。实际上，他并没有接受第一次航海失败的教训，继续出海，因此厄运接踵而至。他不久沦为土耳其海盗的奴隶，生活在异教徒的世界里，跟一些和他“一样罪大恶极，不信上帝的人混在一起”（第77页），彻底断送了悔悟和拯

---

① Larzer Ziff, *Puritanism in America: New Culture in a New World*, New York: The Viking Press, 1973, p. 16.

② Daniel Defoe, *Robinson Crusoe*, New York: Penguin Books, 1985, p. 37: “It is my calling, therefore my duty.”

③ Daniel Defoe, *Robinson Crusoe*, New York: Penguin Books, 1985, p. 179.

救的机会。他在巴西致富之后，又筹划新的冒险，随后跌入人生旅途的谷底。他被风浪冲上海滩，欣喜若狂，却没有想到这是“上帝对我的特殊恩典”，他对上帝的感激之情转瞬即逝，没有演变成虔诚的信仰：“我不过像一般水手一样，翻船以后，侥幸平安上岸，心里照例感到很高兴，喝上几杯，就忘得干干净净。”(第 78 页）鲁滨孙上岛伊始，就树立一个十字架，但并不是用来遵守安息日，敬拜上帝，而仅用来计算日期；当他初次在岩石下发现大麦的麦穗时，先是一阵惊愕，觉得这简直就是上帝创造的奇迹：在荒无人烟的小岛上不用播种，竟然长出了庄稼。他后来回忆起曾经将一袋鸡食抖落在那里，这一奇迹得到解释：“我对造物的感激热忱也就减低了。”（第 69 页）在清教徒看来，自然现象背后蕴含着上帝的用意，是上帝规划的一部分。尚未觉悟的鲁滨孙显然主要从自然原因来解释这些现象，为其提供理性的、因果论的证明，和清教信仰的要求还有很大的差距。

这些描写突出表明，鲁滨孙在犯下原罪之后经历了一个继续堕落的过程，这在小说中表现在人物身体和精神两个方面。他离上帝越来越远，用因果关系解释“麦种出现”等现象；同时身体也越来越差，在小岛上几乎因病死去。处于最低点的主人公内外交困，只能依赖上帝的恩典才能获得救赎。个人越无助，上帝就越是具有至高无上的权威；而且正因为他无依无靠，甚至连自己都不能依赖，内心一片虚空，把自我贬低到极致，深感罪孽深重：“我心里深深地感到自己有罪。”（第 79 页）正是在极度困难的情况下，他“才勉强发出几句类似祷告的话”（第 79 页）。和大多数清教徒的皈依一样，小说把主人公的宗教意识的觉醒安排在“彻底堕落”的最低点，从而将“堕落”和“拯救”这两个发展阶段结合起来：“我的精神由于肉体的病痛而逐渐萎顿了，我的体力由于剧烈的发热而逐渐消耗了；我那沉睡已久的良心，便开始醒觉。”（第 79 页）主人公最堕落的时刻因此构成了他悔悟的契机。这一悔悟的精神标志是他的“感恩”。在清教主义看来，人们的拯救固然依赖上帝的恩典，但能否体察到恩典则因人而异，而且领会或者接受恩典，并不是通过奇迹，而是通过人们仔细体验渗透在自然现象之中的神意。鲁滨孙在海难中获救，而同船旅伴竟无一人生还，他在岛上发现麦种，然后经历地震、疾病，这一系列事故看似偶然，其实隐藏着上帝对他的拯救。主人公认识到以前的过错在于，蒙受了恩典却不知道感恩："我觉得，我们对于所需要的东西感到不满足，都是由于我们对于已经得到的东西缺乏感激之心。"（第 115 页）他进一步思索"应该感激谁"的问题。显然，只有造物主上帝才具有移山填海、安排人类命运的伟力。他最后总结自己一生的冒险经历是"造物的彩色版"（第 276 页）。

鲁滨孙意识到上帝的格外眷顾，也就彻底改变了他的生活观念："我现在完全改变了对于忧愁和欢乐的看法；我的愿望已经大大的不同，我的性情已经完全发生变化。"（第 99 页）这一转变发生在他上岛两年后。此后他一天三次阅读《圣经》[①]；每到他在海难中获救的纪念日，他都举行仪式敬拜上帝，斋戒禁食；当他发现食人土著时，立即想到杀死他们，但想到杀人并不是上帝的呼召，就放弃了。此时的主人公已经转变成清教徒虔诚信仰的榜样，是荒岛上的新亚当。因此，他救下星期五后，并没有询问其姓名，而是像亚当为各种动物命名一样，直接把这个野人叫作"星期五"。

信仰皈依以后，鲁滨孙生活的重要内容是像耶稣基督一样拯救他人。他从野人手中救下星期五，并向他这个外邦人传教，在肉体和精神上拯救他；随后又救下星期五的父亲和一个西班牙人；他救下了被哗变的船员们囚禁的英国船长；他允许哗变的船员留在小岛上，以免回国后受刑；最后在翻越阿尔卑斯山时，击退狼群的进攻，救下所有的旅伴。这一系列"救人"活动的顶

---

① Daniel Defoe, *Robinson Crusoe*, New York: Penguin Books, 1985, p. 126.

点，是他在营救被哗变的水手们囚禁的英国船长时，船长竟然认为鲁滨孙是“从天上派遣下来的”（第229页），暗示主人公获得拯救后变成了天使。当然，悔悟并非一劳永逸的，只要人仍然处于肉体之中，就有可能犯罪，主人公的精神拯救也是一个经常出现反复的过程。比如当鲁滨孙在岛上发现野人的踪迹时：“恐惧的心理驱走了我的全部宗教上的希望；我从前因为亲身受到上帝的好处而产生的对上帝的信仰，现在完全消失了。”（第138页）但他经过反思后得出结论，认识到自己的职责乃是听从上帝的“呼召”：“我的责任就是绝对地、毫不保留地，服从他的意旨……我也有责任对他抱着希望，向他祈祷。”（第139页）他随意翻开《圣经》，看到的是“等候着主吧”之类的训诫。可见，在他获得精神拯救以后的天路历程中，虽有反复和怀疑，但其总体趋势无疑是向上的。

小说中的《圣经》讽喻

为确立主人公和《圣经》人物之间的预表关系，小说在人物精神生活的每个阶段，都使用了相应的《圣经》讽喻：“罪与罚”阶段的鲁滨孙相当于“浪子回头”中的“浪子”和“他施船上的约拿”，“忏悔与拯救”阶段的鲁滨孙则相当于“何烈山上的以利亚”，而小说的主要结构则可以概括成主人公“抛弃/重返”伊甸园的过程。这些《圣经》隐喻将主人公的经历描述为古老的《圣经》故事在当代生活中的翻版。小说用《圣经》故事来解释主人公的生活，挖掘其道德训诫意蕴，把一篇冒险故事改造成主人公宗教信仰确立和成长的精神传记。

“浪子回头”是小说最早使用的《圣经》讽喻。据“路加福音”记载，耶稣讲述了一个分得父亲财产的“浪子”，不愿意守在家中，却出去游荡，最终挥霍、败坏了父亲的财产，穷困潦倒，几乎饿死。他幡然悔悟后回到父亲身边，父亲为他宰杀肥美牛犊来款待他，并解释说，他的“浪子”是死而复活，失而复得。寓言中的浪子，不满足以前富足安康的生活，违背父亲旨意，终于遭到了惩罚，但他悔改后，父亲并没有抛弃他，反而热情地接纳了他。可见，违背上帝只会招致灾祸或死亡，而重循上帝之道，则会获得新生。小说把鲁滨孙比喻成耶稣寓言中的“浪子”：他先是不顾父亲的忠告，擅自离家，“不求上帝或是我父亲的祝福”（第5页），“放弃了对上帝对父亲的天职”（第5页），他第一次出海遇险，就发誓说：“假使上帝在这次航行中留下我的性命，假使我有日再次踏上陆地，我一定一直跑到我父亲身边，一辈子不再坐船了；说我一定听从他的忠告，不再自寻这种烦恼了。”（第6页）此时主人公“决定要像一个真正的回头浪子，回到我父亲跟前去”（第6页）。但海上的风暴过去后，他就完全忘记了以前发下的誓言：“我的旧有的欲望又涌上我的心头。”（第7页）他第二次出海又遇上险情，事后他想：“假使我当时回到家里，我一定会很幸福，我的父亲也一定会像耶稣喻言中的父亲一样，为我宰杀肥牛。”（第11页）由此可以看出，鲁滨孙和福音书中的浪子不同，不是经过一次挫折就悔改了，而是经过数次失败才彻底看清自己的生活道路。他后来总结出一条生活教训：“一般人——尤其是青年人——不以道德上的犯罪为耻，反以悔罪为耻；不以自己的傻瓜行径为耻，反以纠正自己为耻。”（第13页）可见，即使做一个回头浪子，也需要经历生活的诸多磨难。

作为违命的浪子，主人公是《旧约》人物“他施船上的约拿”的讽喻形象。根据《旧约·约拿书》，上帝命令约拿去尼尼微城斥责当地人的邪恶。约拿却违命逃往他施。他在船上遇到大风暴，船员们将他抛入大海，风暴才平息。约拿在一条大鱼的肚子里待了三天，向上帝祷告，承认“救恩只有从天上来”，上帝命令大鱼将约拿吐到沙滩上。得救后的约拿听从上帝的呼召，赶往尼尼微城。与约拿的遭遇相似，鲁滨孙第一次出海就遇到大风浪。事后，船长得知鲁滨孙违抗父命的故事，认为这就是鲁滨孙这次海上遇险的原因，气愤地说："我们这次遭遇也许就是由于你的缘故，就像在他施船里的约拿一样。"（第12页）这一说法让人联想起《圣经》故事中约拿的说法——"我知道是我的罪过使你们遇到这场风暴。"违背父命和上帝旨意的鲁滨孙就像"他施船上的约拿"一样，只会给自己或他人带来灾难。同时，小说开篇不久就出现的这一比喻也是一种"预示"（foreshadowing）式的手法，它在隐约预示着鲁滨孙将来也会像《旧约》人物约拿一样，感恩上帝的拯救，最终成为一个随时听从上帝呼召的虔诚信徒。

如果说"浪子回头"和"他施船上的约拿"主要遵循着"罪与罚"的模式，那么，小说引入的第三个讽喻"以利亚在何烈山"的故事则把侧重点转向了悔悟和拯救方面。以利亚是古代犹太人的著名先知，他在神圣的何烈山上经历狂风、地震和震后的大火，随后耶和华直接和他对话，吩咐他膏立新的以色列王。和小说有关的是，以利亚首先经历了一系列自然灾难，随后听到了上帝的旨意。虽然《圣经》叙述明确指出，耶和华不存在于烈风、地震、大火之中，但这些灾难无疑都在显现着上帝的巨大权威，成为随后出现的耶和华声音的预兆。小说根据"以利亚在何烈山"的故事来设计鲁滨孙的悔悟过程。他在荒岛上首先经历可怕的地震，"有一座小山的岩顶，也给震得崩裂下来，发出我生平所没有听过的可怕的巨响"（第70页）。随后，"就刮起了可怕的飓风"。两个月后，类似经历又出现在他的梦境中：一个人满身发光，从天而降，"当他两脚落到地上时，我仿佛觉得地都震动了，好像地震一样；同时空中罩满了火焰"（第77页）。"以利亚在何烈山"与鲁滨孙的上述经历几乎遵循同样的叙述顺序：首先写自然灾难，然后写人物经历的某种异象或奇迹。小说叙述对应着先知以利亚的故事。不同的是，虔诚的以利亚不需要忏悔，而犯罪的鲁滨孙则需要借此悔悟自己的过失：他从亲身经历的地震、飓风等自然现象中，感悟到这些都是上帝的警示，来促使自己认识到上帝是万物的创造者，也就直接支配着一切，甚至自己的灾难和拯救也都在上帝的掌握之中。因此，上帝的救恩是摆脱灾难的唯一方法。这一思路正是主人公在荒岛上确立虔诚信仰的关键步骤。他从自然现象出发，直到彻底理解这些现象背后的意蕴。一旦完成了这一启蒙过程，鲁滨孙就自觉地成为另一位以利亚："我应该认为我是在被奇迹养活着，这种奇迹之伟大，不亚于以利亚之受到乌鸦的养活。"（第 117 页）

与上述不同，伊甸园的讽喻潜藏在小说文本之中，对应着主人公的全部冒险经历，在更高层次上支撑着小说的主要结构。小说一开始，鲁滨孙的父亲为他描述了安宁舒适的中等阶层生活，鲁滨孙本来完全可以像伊甸园里的亚当一样享受无忧无虑的幸福生活。他最后在荒岛上发现上帝，在精神上把小荒岛建成新的伊甸园。同时，在现实生活中他游历全岛，发现小岛风景优美，野生植物丰富，足够供养他生活下去，不禁由衷地感叹自己是小岛的主人和国王。这些描写，从精神和物质两个方面将荒凉的小岛改造成人间乐园，鲁滨孙演变成这座崭新的伊甸园中的新亚当。他的生活经历可以概括成"抛弃/重返"伊甸园的过程。连接上述两个伊甸园场景的则是主人公在世俗世界上的旅途，包括他离家出走、海上遇难、病中悔悟和其后的岛上生活，分别对应着犯下原罪、彻底堕落、向上帝忏悔、终获拯救等四个阶段，也对应着"犯下原罪的亚当""他施船上的约拿""何烈山上的以利亚""浪子回头"等《圣经》故事或人物。小说中描述的历险生活，演变成众多古代《圣经》人物在当代生活中的重现。虽然主人公和《圣经》人物生活在完全不同的历史时空中，但他们遵循着大致相同的生活轨迹，建立起一种互释关系。后世读者也只有从《圣经》文本出发，才能理解鲁滨孙的世俗生活可能获得的更为深邃隽永的文化意蕴。

第五章　讽喻与象征的优劣之争

文学讽喻从中世纪晚期直到18世纪末，经历了几个世纪的兴盛繁荣。但丁区分出“神学家的讽喻”和“诗人的讽喻”，认为后者是藏在美丽的虚构背后的真理；“小说之父”笛福认为小说具有历史性和讽喻性等两种基本属性，小说的价值在于向读者提供道德训诫。这两种辩护的共同特点是强调讽喻最终会导向真理，它或者与读者的信仰相关或者与读者对世俗生活的体验感悟有关。

然而，上述观点逐步受到挑战。17世纪被称为“理性的时代”，理性成为裁判一切事物的权威，18—19世纪盛极一时的启蒙主义、科学主义更强化了理性的地位。理性化的世界首先是一个符合自然科学观念和体系的严整而规则的世界，“一个由因果关系统治的世界，一个没有奇迹、没有先验东西的世界”[①]。在这样的思想氛围中，充满“奇迹、先验东西”的《圣经》叙事首先就会引发质疑。早在17世纪斯宾诺莎就在《神学政治论》中指出《圣经》记载的各种奇迹、预言或者是人类在心存恐惧时为获得心理安全感而编织出来的幻想，或者是后世注释者对原文的语义误解，“圣经的某些段落明明告诉我们说，有些事情连

① ［美］R. 韦勒克：《批评的诸种概念》，丁泓、余徵译，四川文艺出版社1988年版，第231页。

先知也不能理解，圣经评注者们不是说自己不懂得，就是曲解原意显豁的经文，就是不肯说先知们不理解。如果我们将最简单的段落都弄得晦涩难解，或者妄以己意去索解，那用圣经就什么都证明不了”[1]。

比斯宾诺莎更晚些的英国哲学家洛克认为人的心灵本来只是一张白纸，因为接受外来影响或“经验”，在理性能力的作用下才能形成各种观念，因此人类本来没有任何先天固有的观念，一切都来自后天的影响或灌输。但如果一切都可以归结为后天因素的话，那么，传统信仰中反复强调的“人性中的神性”观念就会受到质疑，同时，这也意味着人自身似乎不必承担任何道德义务或社会责任，把一切问题都归结于外在世界。正是对这个问题的回答才触发了后来启蒙思想家的论述。尽管不同国家、时代的人们“经验”不同，由此而形成的知识、道德观念，甚至社会组织形式都彼此相异，但“相异”不等于在价值相同或优劣程度上的“相等”；如果我们的理性可以整理经验材料形成对自然界的正确认识的话，那么也可以运用理性判断人们头脑中各种观念的正误。康德为启蒙运动提出的著名定义是“要有勇气运用你自己的理智”[2]。这一说法其实暗示，理性的运用范围本就没有边界，既可以用于知识论，也可以用于人们的信仰。19 世纪德国历史学家施特劳斯认为耶稣基督只要曾经生活在这个世界上，就会具有人所皆有的各种弱点，“基督无罪论”其实有害无益，而且研究历史人物的主要任务是探索个人与社会、历史之间的因果律，“把一种外来的、超自然的创制力引进历史的齿轮，不可避免会破坏它的连续性，而使历

---

① Benedict de Spinzosa, *Theological-Political Treatise*, ed. Jonathan Israel and trans. Michael Silverthorne and Jonathan Israel, Cambridge: Cambridge University Press, 2007, pp. 4, 33.

② ［德］康德：《历史理性批判文集》，何兆武译，商务印书馆 1990 年版，第 22 页。

史成为不可能”①。按照这一设想，他的《耶稣传》按照“人类可能性的一般标准”，从各方面详尽考察福音书叙述，从而形成一部求实的、批判的传记。

19 世纪是科学理性高奏凯歌的时代，对理性的信仰动摇了传统的宗教信仰，似乎要取而代之，重新登上新的神坛，但却受到文学或诗歌的挑战。对统辖时代精神的科学主义最早发出质疑之声的首先是作家、诗人。滥觞于 18—19 世纪之交的浪漫主义诗学在某种程度上构成了对唯科学主义的挑战。柯勒律治曾说："500 个以撒·牛顿先生们的灵魂才能造就一个莎士比亚或弥尔顿，牛顿仅仅是个物质主义者，在他的体系中的心灵总是被动的——是外在世界的一个懒惰的旁观者。"② 在浪漫主义理论家看来，科学主义回避了人与自然的互动关系，将人的精神或心灵物质化、被动化，仅仅当作整个世界的机械因果链条上的一环，也就不可能解决人对外在世界的认识和创造问题，而诗歌可以超越科学的地方在于可以将情感注入科学研究对象，因此它可以提供比科学更多的人与世界相互关系方面的知识。

浪漫主义诗学从唯科学主义的上述失败中得到的教训之一是完全放弃形而上学或神学的框架并不一定成功，就像康德提醒人们的，人类只有首先具备了先验范畴才能整理“物自体”提供的材料进而获得知识。这种对科学既非完全肯定亦非完全否定的态度也表现在浪漫主义诗学对传统宗教信仰的改造中。浪漫主义诗学在和唯科学主义竞争中提出了“自然的超验主义”的解决方案：“浪漫主义作家努力拯救关于人类历史和命运的整体看法、实验图景和他们宗教遗产的核心价值，依靠的是将这些内容重新整合以使它们当下在理智上容易被人接受，也在情感上与人

① ［德］大卫·弗里德里希·施特劳斯：《耶稣传》（第一卷），吴永泉译，商务印书馆 1996 年版，第 21 页。

② Marshall Brown, *The Cambrdge History of Literary Criticism*: Vol. V *Romanticism*, Cambridge: Cambridge University Press, 2000, p. 115.

们相适应。”① 也可以说，浪漫主义的“自然的超验主义”有两个重点，它一方面从自然中寻求超越自然的规律、目的，另一方面将打通神性与人性的隔阂，赋予自我超越世俗、尘世的价值或力量。艾布拉姆斯引用的英国诗人斯蒂文森的诗歌最有代表性：

用人类的声音谈论超越人的事物，
这不会成功；换用超越人的声音
来谈论人的事物，这也不会成功；
从人类的高度或深处发出人性的
声音，这才是最明智的谈吐。②

这里提到的“用人类的声音谈论超越人类的事物”指的是自然科学，因为科学规律仅适用于万有引力构造的机械世界，没有资格涉及人类的精神世界，而“用超越人的声音来谈论人的事物”则指宗教信仰，用上帝的言语来规划人的命运，前者虽然在理智上容易被人理解，但情感上不能接受，后者则相反，虽然符合文化传统，但又无法圆满回答理性的质疑，因此，浪漫主义诗人对这两种做法显然都有所保留，他希望从人类心灵中探索符合人性、但又超越世俗的物质维度的描述。在19世纪初期的浪漫主义作家中，雪莱在《为诗一辩》中明确提出诗歌是人类知识的核心与边界，诗人是这个世界未被承认的立法者，同样的观念也见于柯勒律治的诗论。在他看来，诗人具有想象力，具有听从诗人意愿的精神创造活动的能力，将本来分散的片段化的世界在想象中联结成

① M. H. Abrams, *Natural Supernaturalism: Tradition and Revolution in Romantic Literature*, New York and London: W. W. Norton & Company, 1971, p. 66: “Romantic writers undertook to save the overview of human history and destiny, the experimental paradigms, and the cardinal values of their religious heritage, by reconstituting them in a way that would make them intellectually acceptable, as well as emotionally pertinent, for the time being.”

② M. H. Abrams, *Natural Supernaturalism: Tradition and Revolution in Romantic Literature*, New York and London: W. W. Norton & Company, 1971, p. 69.

一个有机的整体。雪莱和柯勒律治的看法都将人自身提升到创世者也就是神的高度。如果在一个理性的时代里，上帝是不可知、不可实证的话，那么至少“我”是可知的、可以经验和实证的，华兹华斯在《序曲》长诗中坦言“我的题材就是我内心中经历的一切”，承认人的心灵世界是“浪漫的诗”的恰当的描述领域。

总之，浪漫主义诗学将诗人关注的焦点在很大程度上从神圣的上帝转移到诗人的自我意识身上，它并非完全放弃神性而是将神性“重新整合到”一个自然的可以纳入经验的框架内。当然，至于宗教文化传统中哪些因素是需要拯救的，哪些是需要整合的，哪些是需要放弃的，这都没有现成适用的标准答案，只会因人而异、因地而异。在欧洲大陆，讽喻这种传统的解经方法备受质疑，甚至名誉扫地，其影响甚至远及20世纪文论。浪漫主义诗学在很大程度上是以“作者”为导向而不是以“读者”为导向的诗学，这也是讽喻这种传统阐释框架失效的原因之一，詹姆逊指出：“在其较为狭窄的意义上，凡是阐释都要求将既定文本有力而不露痕迹地转换成其特殊的主导叙述或超验之物的讽喻：因此阐释和讽喻都在同一时间变得声誉不佳。”① 但在备受冷遇和贬斥的同时，讽喻在“兴起”得较晚的美国小说中却赢得意外尊敬。霍桑提出自己的小说不是小说，而是罗曼司，他对讽喻有着“根深蒂固的热爱”。另一作家爱伦·坡的短篇小说也不乏讽喻的因素。总体上说，讽喻文学传统在19世纪呈现出曲折发展的局面，是20世纪讽喻的“当代复兴”的前提。

第一节　柯勒律治:“象征优于讽喻”

19世纪浪漫派诗学以“象征”为核心，德国诗人诺瓦利斯的

① Fredric Jameson, *The Political Unconscious: Narrative as a Socially Symbolic Act*, London and New York: Methuen & Co., Ltd., 1981, p. 43.

“蓝花”堪称浪漫派诗歌象征的代表。在其兴起之初，浪漫派象征就以强烈的异国情调、神秘色彩和无意识内容对抗强调道德训诫的传统文学观念——“讽喻”。德国文豪歌德首先提出了象征和讽喻的相对优劣论：“象征的作用是间接的，不必诠释，而寓意（即讽喻——引者注）则是知性的女儿。寓意破坏了表现的栩栩如生的客体的兴趣。”① 晚年歌德还强调自己是象征诗人而席勒是讽喻诗人。在歌德、谢林等德国理论家的影响下，英国诗人、批评家S. T. 柯勒律治对“象征优于讽喻”论做出公式化的经典表述，20世纪加达默尔、弗莱、詹姆逊、保罗·德曼、乔纳森·卡勒、乔·维特曼等人都围绕这一表述提出反驳，试图“为讽喻恢复名誉”（加达默尔语）。但“此优彼劣”式的比较研究很容易使人过分关注象征与讽喻相互对立的一面，忽略甚至淡忘二者相互联系的一面。

事实上，柯勒律治的形而上学理论认为表面上二元对立的事物之间大多存在“有区别但非完全分开”（distinction but not division）的关系，这一关系无疑会潜在地影响他分析象征与讽喻等概念，正像其名著《文学传记》一开篇就表明的，他的志向是“要从哲学的原则演绎出艺术规则，并将其用于诗歌和文学批评”②。因此，认真分析象征和讽喻之间相互联系、彼此渗透的关系有助于我们弥补此前研究的不足，更全面地把握它们的概念内涵。

事物之间的关系是“有区别但非完全分开”

柯勒律治的形而上学理论认为自然既包括自然现象，也包括现象背后的规律或力量。如果将各个自然现象仅仅理解为一连串的因果关系，那就会导致无限回溯。自然现象不能完全依靠现象

---

① ［美］韦勒克：《近代文学批评史》（第一卷），杨岂深、杨自伍译，上海译文出版社1987年版，第278页。

② S. T. Coleridge, *Biographia Literaria, or Biographical Sketches of My Literary Life and Opinions* (Ⅱ), London: Oxford University Press, 1958, p. 1.

来解释，能够解释现象的事物肯定不是现象，“现象的解决方法不能从现象本身引导出来”①。现象背后的规律或力量是不可见的，它们是超感知的，但不是超自然的。这些规律或力量创造、制约着具体的自然现象。“自然”一词，在古代欧洲语言中既意味着“自然现象”（naturata），也意味着“本质、规律”（naturans）。在柯勒律治笔下，上述规律或力量又被称为“前潜力”“生命”“先在的整体”，从中分化出积极的、消极的两种力量，由此生发万物。他模仿笛卡儿的名言——“给我物质和运动我将为你重建宇宙”——说超验主义的哲学家需要相反的两种力量来理解和呈现完整的世界秩序，② 它们既互相区别又彼此联结，一方的存在建立在对方存在的基础上，犹如交战中的两个国家表面上两军对垒，相互对峙，暗地里在对方的阵营里通过地下组织或游击队广泛渗透。自然界中磁力的两极、电流的正负极、水中的氧与氢等，都体现了这两种力量。他举例说，溪流中的小鱼既有自己的游进方向，又受到水流的冲击，但最后产生的运动方向既不是小鱼想去的方向，也不完全是水流冲击的方向，而是两种力量合力的结果。③ 上述衍生万物的生产力量在自然万物中并没有用尽，还会继续表现出来，“力量的最早产物是物质自身，但它没有用尽自己，反而会流溢出来，四处流散，变成产品的个别性质、品行和功能。简言之，它变成身体的功能”④。在不同的事物中，残存的力量剩余越多，物质的等级也就越高。自然界中最高等级的物质无疑是人类自身，这突出地表现在自然不会思考或反

① Owen Barfield, *What Coleridge Thought*, Middletown, Connecticut: Wesleyan University Press, 1971, p. 43.

② S. T. Coleridge, *Biographia Literaria* (Ⅱ), London: Oxford University Press, 1958, pp. 195 – 196.

③ S. T. Coleridge, *Biographia Literaria* (Ⅱ), London: Oxford University Press, 1958, pp. 85 – 86.

④ Owen Barfield, *What Coleridge Thought*, Middletown, Connecticut: Wesleyan University Press, 1971, p. 34.

思。动物虽然有本能或理解力，但缺乏反思能力，不可能认识理性原则，“蜜蜂彼此忠诚，麻雀自己筑巢，结成伴侣再不分开，蚂蚁部落中展现了多方面的智识之举，这些都是形成之中的人性的影像”①。各种动物似乎在为人的出现做准备，而人则是集自然万物之大成的最高产物。人是自然奥秘的揭示者，英国浪漫主义先驱布莱克也说过，当人不存在的时候，自然一片荒芜；歌德在阅读中国古代小说时指出，人和自然是生活在一起的。这一点在伟大作家那里表现得最突出。柯勒律治盛赞弥尔顿和莎士比亚，前者将自身“投射于”外在世界，后者将世界或宇宙“吸收进”自己的内心之中，他的作品就是整个世界，“莎士比亚变身为万事万物，但又永远是他自身”②。由此可见，自然是人经历的一个阶段，他曾经从那里走过，每当面对自然，他都会产生似曾相识的亲近之感。自然可以唤起人的怀旧情绪，激发他重返自己本原的愿望，这就是浪漫派诗学反复强调“返回自然”的原因。人在自然中发现自己的影像：“我们看见、听见、感觉、触摸的所有事物就在而且必须在我们自身之中。”③

如果自然这一“大宇宙”和人类心灵这一“小宇宙”之间确实存在对应类比关系的话，那么这种关系又是如何产生的呢？探索这一问题，很容易启发柯勒律治做出“神学的转向”：“人的心灵在其自身的主要的和构成的形式中代表了自然的各种规律，这是一个奥秘，仅此一点就足以使我们变得虔诚。”④ 他首先阐释

---

① S. T. Coleridge, *Aids to Reflection*, ed. H. N. Coleridge, Port Washington: Nennikat Press, 1971, p. 140.

② S. T. Coleridge, *Biographia Literaria* (Ⅱ), London: Oxford University Press, 1958, p. 20.

③ Owen Barfield, *What Coleridge Thought*, Middletown, Connecticut: Wesleyan University Press, 1971, p. 80.

④ S. T. Coleridge, “The Sateman's Manual”, in R. J. White ed., *The Collected Works of Samuel Taylor Coleridge* (Vol. Ⅵ), Princeton: Princeton University Press, 1972. See also *The Stateman's Manual's* Appendix, Part C, XⅧ.

《旧约·创世记》第一章和《新约·约翰福音》，认为宇宙中两种对立力量的最初形态即来自上帝的创世活动："上帝说应该有光，所以便有了光。光从黑暗和存在的深处升起，变成了自然界主要的两个极端，即光和引力。"[①] 根据《旧约·创世记》的说法，上帝随后按照自己的形象创造人。人比自然显然更接近上帝，表现在人能够摆脱"感官的专制"："把心灵从眼睛的专制中解放出来是从感官影响和侵入中解放出来的第一步。因此抽象能力才被最有效地召唤出来，加以强化和熟练化。"[②] 人能抽象地思考或形象地想象那些不能被感官感知的事物。正是在想象力和理解力的协调作用下，人类才能具备抽象理性思辨的能力，"如果人的理性能力不能和理解力相互区别的话，那么上帝依照自己的形象造人这一点就没有根据，很难理解，因为低等动物（至少许多是这样）也程度不同地拥有理解力：神的形象或理念不是在程度上有区别的问题"[③]。他基本上依从康德关于想象力是知性（理解力）和理性之间沟通媒介的说法，但更强调人类理性能力的神学内涵。神性不仅属于上帝，而且属于现世的个人，这种现象可以被称为"世俗的神性化"。

在柯勒律治看来，人不但有能力思考"眼见为实"的具体事物，而且有能力思考各类事物之间无法感知的各种抽象关系。他反复强调的一种关系可以用他发明的"有区别而非完全分开"这一术语来界定。虽然在思考中我们有必要对不同事物做出区分归类，但不能只看到区别或对立而忽视联系，"为了获得关于真理

① 引文为柯勒律治的手稿，转引自 M. H. Abrams，"Coleridge's 'A Light in Sound'：Science，Metascience，and Poetic Imagination"，*Proceedings of the American Philosophical Society*，Vol. 116，No. 6，pp. 458 –476。

② Owen Barfield，*What Coleridge Thought*，Middletown，Connecticut：Wesleyan University Press，1971，p. 21.

③ S. T. Coleridge，"The Sateman's Manual"，in R. J. White ed.，*The Collected Works of Samuel Taylor Coleridge*（Vol. Ⅵ），Princeton：Princeton University Press，1972，pp. 22 –23.

的足够概念，我们必须在智力上将其分成不同的部分；这是哲学的技术过程。但在这样做之后，我们还必须将它们还原到以前各部分共同存在的整体上去，这才是哲学的结果"①。在自然界和人类生活的各个方面都可以发现这种关系的例证，如自然中的磁力同极相斥，异极相吸，这不是说有两种磁力，而是磁力蕴含了积极的或消极的趋势或潜力，它既可以表现为吸引力，又可以表现为排斥力。在公民与国家关系上，如果公民完全臣服或从属于国家，就会导致绝对主义或专制主义；如果公民和国家根本没有关系，就会导致无政府主义，理想的关系应该是公民个体与爱国义务的统一，"任何社会的最好状态都是公民的爱国主义赋予个人能动性以尊严，而不是压倒个人"②。在人类智力因素中，我们可将人的心理机能分成知、情、意三种，但这不是说有三种相互完全独立的能力，"当我对人类天性做出三分法的时候，我完全意识到这是一个区分（distinction），但不是分开（division），在人的心灵的每一举动中，他都将知、情、意等能力结合起来"③。如果说上述关系适用于自然科学、政治学、认识论等广泛领域的话，那么它亦应适用于文学研究中他经常讨论的"象征与讽喻"问题。

"象征优于讽喻"论溯源

柯勒律治的"象征优于讽喻"的论述主要出自他在1816年出版的《政治家手册》。此书以"圣经作为政治技巧和远见的最佳指南"为副标题，原本不是文学批评著作，而是《圣经》的研究和阐释之作，关注《圣经》启示和当代政治生活之间的联系。

---

① Owen Barfield, *What Coleridge Thought*, Middletown, Connecticut: Wesleyan University Press, 1971, p. 19.

② S. T. Coleridge, *The Table Talk and Omniana*, ed. T. Ashe, London: G. Bell and Sons, Ltd., 1923, p. 183.

③ Owen Barfield, *What Coleridge Thought*, Middletown, Connecticut: Wesleyan University Press, 1971, p. 19.

柯勒律治在书中反复论证法国大革命前后欧洲出现的政治版图在《圣经》中早就出现过，但人们对此视而不见，其缘由在于多数读者对《圣经》的片面理解，“当今时代的一个可悲之处恰恰在于它从不承认在字面意义和比喻意义之间存在着中介之物。信仰或者被埋葬于僵死的文字中，或者其名声与尊荣被机械理解力的盲目的沾沾自喜剥夺”[①]。显然，过于执着于字面意义，就会把《圣经》启示变成文字教条；过于关注比喻意义，就会忽略《圣经》和现实生活的相关性。柯勒律治想要证明的是，《圣经》业已预言了当今欧洲的重大政治历史事件。如果把这一段读作文学批评的话，那么他所批评的对象应是18世纪欧洲古典主义诗学。18世纪写景诗歌关注人与自然、主观与客观之间的联系，但把这种联系看成平行对应关系，把自己的道德感赋予外在世界，诗人们“把景物描写和情感、道德主题，历史逸事，感人叙述或自传经验结合起来，以此将外在景致人格化”[②]。换言之，柯勒律治批评当代诗歌过于匆忙地从自然意象转变为道德寓意，既没有中间过渡领域，也没有找到适当的媒介物，把文学作品降格为抽象道德观念或品质的个别例证。他心目中的批评对象是两个，即当时《圣经》阐释中的教条化和诗歌创作中的道德抽象化。在此语境下，他提出的补救措施是标举“象征”这个概念：

> 讽喻不过是把抽象概念翻译成图画语言，这一语言本身什么都不是，不过是感官对象的抽象；这一原则甚至比它虚幻的代理者更无价值，二者都是非实体性的，而前者无形无状，不能固定。另一方面，象征以半透明性为特征，即个别中显出特殊，特殊中显出一般，一般中显出普遍。在此

① S. T. Coleridge, “The Sateman’s Manual”, in R. J. White ed., *The Collected Works of Samuel Taylor Coleridge* (Vol. Ⅵ), Princeton: Princeton University Press, 1972, p. 36.

② E. R. Wasserman, “The English Romantics: the Grounds of Knowledge”, *Studies in Romanticism*, 4: 4, Autumn 1964, pp. 17 – 34.

之上，还有永恒通过时间，在时间中显现。象征总是参与现实，并使其变得可以理解；尽管它放弃了整体，但继续使自己成为整体性的一个生动的部分，而它正是整体性的代表。①

对这段公式化的表述的理解历来聚讼纷纭。在柯勒律治看来，象征之所以优越于讽喻，出于以下理由。首先，讽喻是把抽象“翻译”成具体，而象征是用具体“显出”一般或普遍。既然是翻译，两种语言的关系是任意关系，一种语言可以任意翻译成其他任何一种语言，其中没有什么必然性，而象征则不同：“永恒通过时间，在时间中显现。”永恒与时间是“显出”“代表”的关系，没有永恒则没有具体时间，而没有具体时间的话，人们就永远无法思考永恒，象征所蕴含的就不是任意关系，而是一种必然性。其次，讽喻是部分与部分的关系，而象征则是整体与部分的关系。他举例说，“那个勇士是个老虎”这句话是讽喻，勇士和老虎是彼此分离的两个部分，“来了一片船帆”一句则是象征，船帆是船的一部分，说到前者也就说到了后者。

换言之，船与船帆的关系意味着“整体在部分中”，这正是柯勒律治论述的重点。结合他的形而上学理论，这种关系首先表现在自然界，犹如地球引力作用于所有物体，自然界中的普遍规律作用于具体物体上，这可以说是自然界中的“整体在部分中”。在人与上帝的关系上，他对比了古代希腊和希伯来诗歌，认为只有在古代希伯来诗人那里，“每件事物都有自己的生命，但又从属于一个生命”，每个诗人都是信仰者，既有自己的个性特征，又虔诚信仰上帝，生活在上帝这个“生命”中；“在圣经中，每个人都作为自足独立的个体登场和行动：每个人有自己的生命，

① S. T. Coleridge, “The Sateman’s Manual”, in R. J. White ed., *The Collected Works of Samuel Taylor Coleridge* (Vol. Ⅵ), Princeton: Princeton University Press, 1972, pp. 36 – 37.

但全体又都是一个生命”。[①]“整体在部分中”因此演变成上帝的生命在每个个体身上。

上帝的生命或规划集中体现在《圣经》人物和故事中。基督教文化传统中的普通读者也都拥有上帝的生命，也就最容易被这些故事或人物打动。柯勒律治说在《圣经》中处处都“能发现表达我最隐秘思想的话语，表达我欢乐的歌曲，表达我隐蔽的哀伤的方法，为我的羞耻和软弱做出的申辩。简言之，在我身上无论发现什么，都在证明它自身来自圣灵”[②]。他们的故事乃是“我”的故事，他们的生活也是“我”的生活。约翰·邓恩早就说过，没有一个人是一个完全属于他自己的岛屿，每个人都是陆地的一小部分。因此，“我”跟别人都属于一个整体。但只有在反思中，“我”才能意识到这一点，而不是在外在的世界中找到这个整体，整体不是现象，而是我们对现象背后规律、本质或生命的思考。因此，意识到整体是“我”的意识的一部分，整体在“我”的意识这一“部分”中。当每个人都尊奉相同的信仰时，也就在个体中承担着更大的整体。

《圣经》叙事最典型地体现了“整体在部分中”，也就是说，《圣经》的人物或故事构成了柯勒律治心目中的象征。其实，韦勒克早就指出，柯勒律治虽屡次谈及象征，但其卷帙浩繁的实用批评却很少使用象征。象征只能在《圣经》和莎士比亚作品中找到。柯勒律治认为：“在圣经中每个事实和人物都必然具有双重含义。他们必须同时是形象和观念。”[③] 每一个体都指向或象征着自己之外的更大生命。但问题在于，《圣经》中表达“言外之意”

---

① S. T. Coleridge, “The Sateman’s Manual”, in R. J. White ed., *The Collected Works of Samuel Taylor Coleridge* (Vol. Ⅵ), Princeton: Princeton University Press, 1972, p. 38.

② David Norton, *A History of The Bible as Literature* Vol. 2, Cambridge: Cambridge University Press, 1993, p. 161.

③ S. T. Coleridge, “The Sateman’s Manual”, in R. J. White ed., *The Collected Works of Samuel Taylor Coleridge* (Vol. Ⅵ), Princeton: Princeton University Press, 1972, p. 36.

的方法，从《新约》时代开始就被确定为讽喻，早期教父发展出和“词语解经”相对立的“讽喻解经”的方法，并将其运用于《圣经》多重含义的阐释中，而象征更多地带有世俗文学特征。圣奥古斯丁说过“上帝既用词语也用事实来讽喻”，但丁把神学家的讽喻改造成诗人的讽喻。柯勒律治将传统的《圣经》讽喻说成象征，这是否证实了本雅明《德国悲苦剧的起源》的指责：浪漫派的象征取代讽喻，它仅是一个残暴的篡位者？

事实上，讽喻和象征的关系是在柯勒律治经常论述的“有区别但非完全分开”的关系框架内展开的：表面上对立的事物并非绝对分开，完全对立；它们一方面彼此渗透，另一方面可以相互转化，融为一体，产生的新事物是二者的综合，而不是简单的机械的相加。因此，要想正确把握象征与讽喻的相互关系，首先必须关注二者在一定条件下相互转换的问题。值得注意的是，在柯勒律治的论述中象征和被象征之物之间部分与整体的关系并非一蹴而就，而是经过了逐步提升、演进的过程。上述引文中，象征以“个别”为起点，经过“特殊”“一般”两个阶段才到达“普遍”。象征总是通过象征物指向一个更高层次的被象征物，这是一个层层递进、不断上升的过程，其归宿是普遍或者无限。可以想见，当被象征之物乃是无限的对象时，象征与讽喻也就融为一体，难分彼此了。因为讽喻的传统定义是“言此及彼”，但并没有规定说讽喻不能指向无限这个对象。如果“此”指向的“彼”是无限对象时，这一对象当然也就变成了讽喻。在柯勒律治批评的18世纪描写自然的诗歌中，自然景色往往指向单一的道德品质。他批评的不是诗歌总是涉及“言外之意”，而是这种言外之意或者指向的对象不能过于狭隘单调。可惜的是，柯勒律治在论述中对象征指向无限对象的可能性估计不足，他的象征有时看起来更像是一种修辞手法。他的例子“来了一片船帆”使象征沦落为修辞格中的举隅法或提喻法，无疑会削弱它的美学功能。

当象征或讽喻与无限对象结为一体时，部分和整体的界限也就消失了，人们面对部分也就等于面对整体。此时此刻，欣赏者往往产生崇高感："当既无整体也无部分，只有无边无尽的全体的时候，那就是崇高。"[①] 比如远眺绵延群山或仰望深邃星空之时，人们心旌摇荡，似乎要跟随群山起舞，或者腾空而去，探索星辰背后的夜空。欣赏者在无限空间中体察到的崇高感，柯勒律治归结为上帝这一纯粹灵魂的"微弱的回声"："空间是希伯来语中上帝的名字，它是灵魂，纯粹灵魂的最完善的形式，对我们来说它是不受管束的行动，除此什么都不是。"[②] 他对比古代希腊和希伯来文学，认为崇高只能在《希伯来圣经》中找到："你能在希腊古典文学中找到崇高吗？我从来不能。崇高生来就属于希伯来。"[③] 这就把希伯来文学与希腊文学截然对立起来，而没有看到，上帝的崇高也来自讽喻。实际上，《希伯来圣经》既有象征也有讽喻，从中产生的崇高既可以说是象征的，也可以说是讽喻的。比柯勒律治稍晚的美国小说家霍桑在小说中说过，讽喻作品如果不是凑巧从一个合适的角度来读的话，"它们看来很难说不是废话"[④]。我们应该加以补充的是，从与无限对象相互联系这一角度来看，讽喻不仅不是废话，而且具有崇高等美学价值。

象征与讽喻的共同之处

从象征与讽喻的共性着眼，我们不难发现讽喻和象征在表达方式上都具有"半透明性"特征，这构成讽喻和象征相互联系的又一重要方面。《新约·罗马书》（第1章）说，人们透过世界看

---

① S. T. Coleridge, *The Table Talk and Omniana*, ed. T. Ashe, London: G. Bell and Sons, Ltd., 1923, p. 324. See also *Biographia Literaria* (Ⅱ), p. 309.

② Elinor S. Shaffer, "Coleridge's Revolution in the Standard of Taste", *The Journal of Aesthetics and Art Criticism*, Vol. 28, No. 5, pp. 213 –221.

③ S. T. Coleridge, *The Table Talk and Omniana*, ed. T. Ashe, London: G. Bell and Sons, Ltd., 1923, p. 174.

④ ［美］纳撒尼尔·霍桑著，陈冠商编选：《霍桑短篇小说集》，冯钟璞等译，山东人民出版社1980年版，第389页。

上帝，总是看不清楚。可见无限对象和具体形式之间的中间领域并非一目了然、完全透明。奥古斯丁认为《圣经》作者在圣灵启示下考虑得最为周到，含义明显的部分为一般读者设计，而晦涩含混的章节则专为好学深思之人准备。与他们类似，但丁也说过，即使柏拉图看见了真理，也不能直接说出来，因为真理之光过于强烈，不能用世俗语言直接表现。①《神曲·地狱篇》劝告读者，“请注意发现那奇特的诗句/纱幕隐蔽下的教益”。这里的“诗句—纱幕”在掩盖真理的同时才能揭示真理。柯勒律治和讽喻传统中的理论家同样认为无限对象不能成为感官感受的对象，要把握无限，只能将无限的一部分作为代表来观察和体验。

在柯勒律治笔下，但丁的“纱幕”变成了“水晶体”。在其公式化表述中，柯勒律治认为“象征以半透明性为特征”，他举例说，如同在通常情况下人的肉眼无法捕捉光线，只有当光线穿过水晶体时受到了阻碍，才能使其自身在这种阻碍中让肉眼看见。水晶体在阻碍光线的同时表现了光线，象征也是如此，它一方面使无限显形，一方面又使无限本身与我们隔了一层，而不是无限的完全透明的显现。在当时语境中，柯勒律治既要反对无神论，也要反对泛神论。如果大自然与上帝完全无关，就导致无神论；如果把大自然完全等同于上帝，则会导致泛神论，甚至从崇拜上帝转向崇拜自然。前者是完全不透明的，而后者是完全透明的，柯勒律治寻求的表达方式是不完全透明的，它恰恰介于二者之间。他认为上帝既表现于自然，又没有完全表现于自然，“自然乃是上帝的外衣”，我们可以从外衣推测外衣下的体型，但这种推测所得仅是体型的大致情况，外衣勾勒了上帝的轮廓，它是上帝的展现但又同时是上帝展现的阻碍。他强调象征的“半透

① ［意］但丁：《致斯加拉亲王书》，章安祺编订：《缪灵珠美学译文集》（第一卷），中国人民大学出版社 1998 年版，第 319 页。

明”性质，将其列入“一般批评原则”之一，但也在一定程度上忽略了讽喻手法的同样特质。

无论象征还是讽喻，它们都通过“半透明”的方式指向上帝这个无限的对象。上帝规划既展现在自然中，也展现在人类历史进程中。自然和历史，同样是象征或讽喻指涉的对象。在前引公式化表述中，象征作为部分在整体中的显现可以分成两种情况，一种是“个别”在“普遍”中显现，另一种是“永恒”通过“时间”或者在“时间”中显现。永恒和上帝规划有关，而时间则构成世俗历史，负责体现永恒，正像他在《政治家手册》一开始就指出的，“每件作品都必然对应着作者的性格与谋划，它对当下事态的指涉作用明显得不容被忽略，清楚得不容被抵制”①。上帝不仅是一个创世的上帝，而且是一个介入世俗事务的上帝，《旧约》中的上帝在创世后不时出场，参与人们的谈话，倾听人们的诉求，也回答人们的疑惑。从信仰者的角度来说，人们会不断领悟到上帝的干预，并从中解读上帝的意图，感到神性的存在。世俗历史由于体现或潜藏着上帝的“干预”或“介入”而带上神圣历史的痕迹。但关键是如何把握或确定上帝介入的方式或特点。

在柯勒律治以前，人们大多认为上帝介入的方法是讽喻，圣保罗认为亚伯拉罕有两个妻子预示了《圣经》有《新约》和《旧约》，从而在前后相继的历史事件之间建立预言关系。《旧约》是准备，而《新约》则是这一“准备”的实现。从《旧约》到《新约》，神学意义逐步发展，直到在耶稣基督的身上实现最后的完成。同时，耶稣基督的生活讽喻地代表着每个人的道路。文学史上有很多作家运用讽喻手法，如《天路历程》描写主人公“基督徒”历尽艰辛，奔向光明之城等。但柯勒律治的阐释对象并不

① S. T. Coleridge, “The Sateman’s Manual”, in R. J. White ed., *The Collected Works of Samuel Taylor Coleridge* (Vol. Ⅵ), Princeton: Princeton University Press, 1972, pp. 3 –4.

是《圣经》历史或神圣历史，而是世俗历史和当代史。《政治家手册》是写给世俗政治家阅读参考的，而不是写给神学家研究的，因此他有理由用一个世俗化的术语来表达神圣历史和世俗历史的相互关系。身处历史洪流中，人们往往迷惑于当前纷纭熙攘的个别史实，而忘记一个简单的道理：就像自然现象的背后有规律一样，历史事实背后有原则。“我曾读过所有的著名史书，而且读过历史上存在过的每一国家的不止一部史书；但我从来没有为了故事本身读故事。让我感兴趣的唯一事情在于从事实中引申或显示出来的原则。我获得原则以后就将事实搁置一旁，任其生灭。”① 进一步说，只有这些原则才是决定性的：

> 普遍原则对于事实，就像树根和树的汁液对于树叶。如果我们为了事实而不是为了原则去解释历史，历史就可以在小说身上找到一个危险的竞争者；不，这样说也不对，就其或然性而论，小说还要更胜一筹呢。②

历史事实本身并不重要，只能依据原则才能获得意义，而这些原则又只能从《圣经》中找到。柯勒律治认为“可以挑战任何不信宗教的裁判者，看他能否提出任何一条重要的真理，任何一条有效的、实用的教训没有以更健全、更明智、更全面的方式事先存在于圣经中”③。《圣经》历史体现了上帝规划，它超越了过去、现在和未来的区别，是永恒的而不是短暂的。从这些原则到当代历史的史实，是原则和案例的关系，也是整体和部分的关

---

① S. T. Coleridge, *The Table Talk and Omniana*, ed., T. Ashe, London: G. Bell and Sons, Ltd., 1923, pp. 108 – 109.

② S. T. Coleridge, “The Sateman’s Manual”, in R. J. White ed., *The Collected Works of Samuel Taylor Coleridge* (Vol. Ⅵ), Princeton: Princeton University Press, 1972, p. 14.

③ S. T. Coleridge, “The Sateman’s Manual”, in R. J. White ed., *The Collected Works of Samuel Taylor Coleridge* (Vol. Ⅵ), Princeton: Princeton University Press, 1972, pp. 20 – 21.

系，二者之间构成象征关系。这也就是他说的阅读《圣经》的正确方式是“历史地和象征地”阅读，所谓“历史地”阅读是指尊重《圣经》产生的历史语境；所谓“象征地”阅读则指《圣经》本身，特别是其中的《旧约》部分，只记载史实，但又蕴含深意，既充满道德寓意和教训，又暗含着对当代历史的预言。

如果《圣经》历史可以被象征性地阅读的话，那么世俗历史也就可以同样阐释了。虽然当代史的人物或事件都是新的，但其原则早就被确立下来了。新出现的历史事件不过一遍遍地再现这些原则。理解了历史原则的研究者就像站在河岸上，静观时间之流在身边淌过，“圣经的内容将绵延不断的生命和永恒象征的时间河流呈现给我们，即过去和未来实际上包含在现在之中。根据我们站在岸边的相对位置，神圣历史变成预言性的，神圣预言变成历史性的”①。《圣经》人物或事件一方面在具体的历史语境中出现，另一方面又带有普遍意义，预言了当代史。如法国大革命的教训隐藏在《旧约·以赛亚书》中。

但另一方面，历史的河流总是沿着一定的方向前进，虽有曲折却不可能倒流，对历史预言性的理解也就是对历史方向的把握，即把历史理解成向着某一固定方向发展的连续进程，因此象征的阐释就会表现出历史决定论的倾向，这个意义上的象征也像讽喻一样带有训诫色彩。他在一条注释中提到拿破仑大军在莫斯科遭受史上最罕见暴风雪的重创，暗示这种自然现象是出于上帝的安排。② 象征所蕴含的训诫色彩不是指出某一具体教条，而是认为历史本身是有目的的，它展现从堕落到拯救的过程，这一普遍命运是由具体个人展现出来的。个人生活带有精神价值，是普遍永恒的历史理念和具体形象的结合。由此可见，他心目中的象征也就带有预言

① S. T. Coleridge, “The Sateman's Manual”, in R. J. White ed., *The Collected Works of Samuel Taylor Coleridge* (Vol. Ⅵ), Princeton: Princeton University Press, 1972, p. 36.

② S. T. Coleridge, “The Sateman's Manual”, in R. J. White ed., *The Collected Works of Samuel Taylor Coleridge* (Vol. Ⅵ), Princeton: Princeton University Press, 1972, p. 43.

性、训诫色彩，表明象征与讽喻具有可以相通的地方。

总之，在当时的历史条件下，如果仍然将历史事件和《圣经》叙述认定为一种讽喻关系，那么二者之间就仍然存在着差异和断裂；反之，如果将二者改造成象征的关系，那么现实生活中的历史事件就被看成《圣经》原则的当代再现。虽然柯勒律治的新阐释可以把神圣历史和当代史结合起来，但这是以牺牲讽喻与象征的内在联系为代价的，这似乎是我们今天分析 19 世纪盛行的“象征优于讽喻”论时应当注意的。

第二节　华兹华斯：诗歌与讽喻

威廉·华兹华斯是 19 世纪英国浪漫主义诗歌的重要代表，他与柯勒律治合作的《抒情歌谣集》（收录华兹华斯诗歌 14 首，柯勒律治诗歌 4 首）最具创新性。华兹华斯撰写的该诗集“序言”提纲挈领地阐述了他的创作主张：“从日常生活中选取一些事件和情景，自始至终尽可能选择人们实际使用的语言，来叙述或描写，并且同时替它们敷上某种想象的色彩，从而把寻常的事物以不寻常的样子呈现给读者的心灵。”① 这里涉及了诗歌取材范围、语言形式、想象的功能等问题，明确提出诗歌素材来自“日常生活”，是生活中的“寻常的事物”，但毕竟没有提及这些“寻常的事物”究竟取自“日常生活”的哪些方面，这一缺憾可从华兹华斯为该诗集撰写的“广告词”得到弥补：诗集中除了两首诗歌，其他诗歌“或是作者的绝对发明，或是诗人本人或其友人观察到的事实”②。可见，诗歌有两个来源：诗人的匠心独运，诗人或友人亲历的事实。但

① ［英］华兹华斯：《〈抒情歌谣集〉序言》，伍蠡甫、胡经之主编：《西方文艺理论名著选编》（中卷），北京大学出版社 1986 年版，第 42 页。

② William Wordsworth and Samuel Coleridge：*Lyrical Ballads & Other Poems*，Hertfordshire：Wordsworth Edition Limited，2003，p. 4：“…they are either absolute inventions of the author，or facts which took place within his personal observation or that of his friends.”

这些事实是用诗歌语言还是用散文语言来“叙述或描写”的呢？结合华兹华斯的创作实践，我们不难发现，这些事实的最初出处，或诗歌的“本事”，大都由其亲属、友人以日记、书信的形式表现出来，但经过诗人一番改造之后，生活事实本身并无任何变化，这些“寻常的事物”后来却都“以不寻常的样子”面世，变成脍炙人口的名诗。那么，诗人是如何“点石成金”的呢？

散文如何转变成诗歌，与诗歌本质密切相关，早已成为西方文论史、批评史上反复讨论的话题，各家意见层出不穷。亚里士多德最早指出，希罗多德的著作可以改写成韵文，但仍然是历史；“荷马史诗”之所以是诗歌，不是因为它有韵律，而是因为“诗歌比历史更有哲学意味”[①]。20 世纪初期的俄国形式主义认为，比起日常使用的语言来说，诗歌语言更加注重表达自身，它是指向自身而非外部世界的语言。[②] 美国“新批评”的先驱之一、著名批评家瑞恰慈认为，散文代表了语言的科学用法，散文陈述可由外在指称的真假来做出判断，而诗歌是语言的感情用法，功能在于激发情感反应，因而是一种“虚假陈述”[③]。另一位“新批评家”布鲁克斯认为，诗歌完全不同于散文，诗歌语言自相矛盾，其中充满了含混、反讽、矛盾修辞等。英国学者斯诺提出“两种文化”理论，认为在“科学家”与“文学知识分子”之间存在对立和断裂关系。[④] 21 世纪研究者认为，如果人们回忆同一生活经验，回忆中既可能呈现“文学的画面”（the literary pic-

---

① ［古希腊］亚理士多德、［古罗马］贺拉斯：《诗学 · 诗艺》，罗念生、杨周翰译，人民文学出版社 1988 年版，第 28—29 页。

② ［俄］维克多 · 什克洛斯基等：《俄国形式主义文论选》，方珊等译，生活 · 读书 · 新知三联书店 1989 年版，第 83 页。

③ ［英］艾 · 阿 · 瑞恰慈：《文学批评原理》，杨自伍译，百花洲文艺出版社 1992 年版，第 243 页。

④ ［英］C. P. 斯诺：《两种文化》，陈克艰、秦小虎译，上海科学技术出版社 2003 年版，第 4 页。

ture)，也可能呈现“科学的画面”（the scientific picture）。[①] 在这一悠久的诗歌传统中，生活于18—19世纪交汇时期的华兹华斯正处在承上启下的关键点上，其贡献可通过考察其诗歌创作过程加以探究，从中我们不难发现，华兹华斯如何通过讽喻将更深含义注入诗歌文本中。

《孤独的割麦女》

1803年华兹华斯与其妹多萝西在苏格兰地区旅行。他曾说：“在我旅行过的地方中，苏格兰是最有诗意的。”[②] 1807年他发表《两卷诗》（*Poems in Two Volumes*），其第二卷第一组题为“苏格兰旅行期间的诗作”（“Poems Written during a Tour in Scotland”），收诗9首，《孤独的割麦女》为其中的第2首。这首诗下面还有华兹华斯亲自给出的注释：“本诗受到一位朋友的苏格兰游记手稿中一个美妙句子的启发，最后一行就是从这本游记中逐字抄录过来的。”[③] 这表明，这首诗貌似旅行途中的见闻，实际上其起源并非来自个人亲历，反而另有“本事”。文学史的事实是，华兹华斯在1805年读到他的朋友托马斯·威尔金森（Thomas Wilkinson）的一段日记，受此启发才创作这首诗歌，不仅最后一行诗句取自该日记，首节与日记关系也极其密切。威尔金森的日记和诗歌有关的记述是：

---

① Avishai Margalit, *The Ethics of Memory*, Cambridge: Harvard University Press, 2002, p. 133.

② Nicola Trott, “Wordsworth: the shape of the poetic career”, in Stephen Gill ed., *The Cambridge Campion to William Wordsworth*, London: Cambridge University Press, 2003, p. 6.

③ Susan J. Wolfson, “Wordsworth's craft”, in Stephen Gill ed., *The Cambridge Campion to William Wordsworth*, London: Cambridge University Press, 2003, p. 113: “This Poem was suggested by a beautiful sentence in a MS. Tour in Scotland written by a Friend, the last line being taken from it verbatim.”

我路过一位正独自割麦的妇女，当她挥镰收割时，用厄尔斯语唱歌；这是我听过的最甜蜜的歌声：无法听到歌声很久以后，她的歌声依然让人哀婉不已，非常甜蜜。

（Pass a female who was reaping alone；she sung in Erse as she bended over her sickle；the sweetest human voice I ever heard：her strains were tenderly melancholy，and felt delicious，long after they were heard no more.①）

可见，曾在苏格兰高地目睹割麦女独自劳作的是威尔金森而不是华兹华斯。我们不妨将威尔金森的日记也按照诗行写出来，采取与《割麦女》的第一段相同的抑扬格四音步（iambic tetrameter），把二者分成左右两栏并置起来：

（I）pass a female who was	Behold her，single in the field，
Reaping alone；she sung in Erse as	Yon solitary Highland Lass！
She bended over her sickle；	Reaping and singing by herself；
The sweetest human voice I ever	Stop here，or gently pass！
Heard，her strains were tenderly	Alone she cuts and binds the grain，
Melancholy and felt delicious.	And sings a melancholy strain；
	O listen！For the Vale

① Susan J. Wolfson，“Wordsworth's Craft”，in Stephen Gill ed.，*The Cambridge Campion to William Wordsworth*，London：Cambridge University Press，2003，p. 113.

profound
Is overflowing with the
sound. ①

即使威尔金森的散文叙述加上了韵律，排列成诗行，仍然难以变成诗歌。日记讲述了一段逸事或史实，故事主人公是一位边劳作边独自歌唱的割麦女，根据日记改写而成的诗行的前3句是叙述语气，后3句涉及主人威尔金森对歌声的评价，说它是“最美的”、“哀婉”和“甜蜜”的，记录下来的故事与日记作者的评价或感受各占一半。诗歌则不然，诗歌的抒情主人公开篇即登场：“看，一个孤独的高原姑娘/在远远的田野间收割。”② 这句向读者发出了热情的呼吁，希望读者对高原姑娘寄予极大关注，还在表达上使用了一句《圣经》成语。《新约·约翰福音》（19：5）记载彼拉多审判耶稣基督时说：“你们看这个人。”（Behold，this man!）德国哲学家尼采以“打碎偶像”为己任，用“看哪这人!”这句话来命名他的自传或许隐含讽刺之意，但现代《圣经》注家却不这么认为：“无论彼拉多说这话是什么意思，这三个词都已被全体基督徒热切采用，在心中永远将其奉为对受难上帝的宁静、爱慕的崇高表达方式。”③ 显而易见，诗歌首句运用这一典故，旨在表达诗人对割麦女歌声的赞叹之情，从而很容易使人联想到“收割”（reaping）的基督教文化内涵。《新约·马太福音》

---

① William Wordsworth，*The Collected Poems of William Wordsworth*，with an introduction by Antonia Tiel，Ware：Wordsworth Editions Limited，2006，pp. 344 – 345.

② ［英］华兹华斯：《孤独的割麦女》，飞白译，飞白主编：《世界诗库》（第2卷），花城出版社1994年版，第305页。

③ Robert Jamieson，A. R. Fausset and David Brown，*Commentary on the Whole Bible*（New Clear-Type Edition），Grand Rapids：Zondervan Publishing House，1982，p. 1071：“But，be *his* meaning what it may，those three words have been eagerly appropriated by all Christendom，and enshrined for ever in its heart as a sublime expression of its calm，rapt admiration of its suffering Lord.” 斜体为原文所有。

（13：30－39）记载耶稣传道时举出的比喻："当收割的时候，我要对收割的人说，先将稗子薅出来，捆成捆，留着烧；唯有麦子要收在仓里；……撒稗子的仇敌，就是魔鬼；收割的时候，就是世界的末日；收割的人，就是天使。"麦子成熟收割之时即为末日拯救之时，成熟麦粒被当作信仰者的灵魂，而收割者则是上帝的天使。当然，这种文化意蕴上的联系，日记的散文叙述也能产生，但诗歌的巧妙之处在于，它先用一个读者耳熟能详的《圣经》典故做铺垫，引出这层含义，自然比从散文叙述中引申出来更为自然顺畅。也可以说，散文和诗歌的区别之一，在于是否能将更为浓厚的文化底蕴赋予看似平淡无奇的生活事件的记述，在这方面诗歌显然比散文做得更为出色。

值得注意的是，这一呼语的形式在诗歌首节中多次运用。第4句说"请你站住，或者悄悄走过！"[①] 第7句说"屏息听吧！"这3行诗句之间呈现递进关系：第一次唤起读者注意，第二次说明读者注意的主要内容：用祈使句的形式要求自己或行人停下脚步原地静止，或在毫不惊扰割麦女的情况下悄然走过，第三次则说无论静静走过还是驻足，都要凝神倾听割麦女的歌声。这三句进一步解释和拓展了日记里"pass a female who was reaping alone"中的"pass"一词。

诗歌的首节展现了陷入沉思的抒情主人公形象。全诗既是关于割麦女的故事，讲述其边劳作边歌咏的故事，但这也是诗人自己的故事，多层次展现诗人的情感反应，这一特征通过第2节的想象、第3节的比喻、第4节的回想越来越清晰地表现出来。如第2节将歌声比喻为"夜莺百啭"和"杜鹃迎春"，说它可以慰藉沙漠中"疲惫的旅客"，也可以打破"遥远的赫布利底群岛"（在苏格兰西北部沿海）的"大海的寂寥"。第3节继续诗人的沉思：

---

① 中译文加上了"你"，把这句呼语变成了对读者说的话，似乎削弱了诗歌的含混性。"Stop here，or gently pass"也可以理解成诗人的自言自语。

她唱什么？谁能告诉我？
Will no one tell me what she sings?
忧伤的音符不断流涌，
Perhaps the plaintive numbers flow
是把遥远的不幸诉说？
For old, unhappy, far-off things,
是把古代的战争吟咏？
And battles long ago:
也许她的歌比较卑谦，
Or is it some more humble lay,
只是唱今日平凡的悲欢，
Familiar matter of today?
只是唱自然的哀伤苦痛——
Some natural sorrow, loss, or pain,
昨天经受过，明天又将重逢？①
That has been, and may be again?

与威尔金森一样，华兹华斯也无法听懂 Erse（爱尔兰语），下一节第一行说“姑娘唱什么，我猜不着”（Whate'er the theme），他只能从歌声旋律中猜测其歌曲是“哀伤的”（plaintive）、“不幸的”（unhappy）、“哀伤苦痛的”（sorrow, loss or pain）。早在诗歌首节中就深受感动的诗人，此时将感动具体化为哀伤的悲诉。至于这些悲情的来由，批评家各持己见。有人认为是诗人的弟弟约翰不幸罹难，也有人认为这是诗人在抗议世俗化、机器化、商业化的现代社会。无论怎样，诗人对诗中哀伤的原因只字未提，却很明确地将此时沉思的内容从比喻转变为想象，想象的空间不再像首节那样沿着“沙漠”（原文为 Arabian sands，中译本未

① 飞白主编：《世界诗库》（第2卷），花城出版社1994年版，第306页。

译“阿拉伯”)、“赫布利底群岛”等空间意象展开，而是转变成时间维度上的拓展，这一节中出现“遥远”、“古代”、“今日”(today)、“昨天”(that has been)、“明天”(may be)等标示时间尺度的词语。与此相联系，诗歌第1节、第3节使用现在时态，第2节、第4节使用过去时态。在时态运用上显出有规律的变化。

这一节的显著特点还在于出现了大量疑问句，这在威尔金森文本里完全没有。这些疑问句均无须读者回答，其功能在于将读者的思绪从现在引申到遥远的过去:“是把遥远的不幸诉说?”或者“是把古代的战争吟咏?”这一节的结尾几句“只是唱今日平凡的悲欢，/只是唱自然的哀伤苦痛——/昨天经受过，明天又将重逢?”则将过去、现在、未来三个时段联系起来。以上几点——灵活运用人称、时态、疑问句、时间维度的想象拓展，都使得诗句呈现熔铸古今、汇通现在与过去的永恒意蕴，这在单纯使用过去时态记述故事的日记体那里确实难以做到。

如前所述，诗歌最后一节使用过去时态，这为他的思绪朝向过去的延伸和拓展提供了极大便利。诗人从“当下”出发，同时想象和沉思路遇割麦女的经历（这一经历华兹华斯并不具备）。割麦女的歌声像未曾中断的链条把诗人的过去和现在的经历联系起来，就像诗歌说的，她的歌声好像永无止境（as if her song could have no ending)。诗人在回忆中重回虚拟的过去，持续沉思歌声对他的影响，暗示这歌声直到今天还让他无法忘怀，全诗最后4句将诗人定格为回忆中的诗人形象:

> 我凝神不动，听她歌唱，
> I listened，motionless and still;
> 然后，当我登上了山岗，
> And，as I mounted up the hill，
> 尽管歌声早已不能听到，

The music in my heart I bore,
它却仍在我心头缭绕。
Long after it was heard no more.

总括来说，当把一段现成的散文改造成诗歌时，华兹华斯除了省略歌谣语言的名称（Erse），又增加了很多内容，改写变成了“扩写”式的再创造。首先，他运用典故，指涉字面意义之外的更深含义；其次，他灵活使用时态、人称变化，使用祈使句、呼语等，这其中可看出欧洲古代颂诗的影响，但关键目的是塑造抒情主人公的形象，任何祈使句、呼语等都是无主句，它们多会使人联想：谁在发出这些呼语？谁在写下这些祈使句？这就帮助读者将注意力从割麦女身上转移到诗人身上。随着诗歌的展开，这一形象变得丰满多样：他是一个听觉敏锐的鉴赏家，即使听不懂歌词，无法确定歌曲的主题，仍然很有把握地将歌声解释为缠绵哀婉。读者或许疑惑这一解释的准确性。其实，是否准确并不重要。诗歌的重点不在歌曲本身，而在歌声对诗人情感上的感染力量。正是受到歌声的感染，诗人才能在修辞（主要是比喻）和想象这两方面施展才华，驰骋飞腾于诗的王国。如果说比喻等修辞格还带有理性思考的印迹（如割麦女的歌声在哪些方面类似于“夜莺百啭”），那么，沿着时间和空间展开的想象则挣脱诗人狭小生存语境的局限，将诗人置于永恒时空之中。华兹华斯曾经非常庆幸地说：“谢天谢地！我从未读过德国形而上学的任何一个字。”① 但这首诗歌展现的情感刺激功能和艺术感染力仍然佐证了康德这位现代形而上学家的著名论断：审美经验是想象力与诸种官能的和谐运动。

① M. H. Abrams, *Natural Supernaturalism*: *Tradition and Revolution in Romantic Literature*, New York: W. W. Norton & Company, 1973, p. 278: “I have never read a word of German metaphysics, thank Heaven!”

《我孤独地漂流，像一朵云》

由上可见，华兹华斯从一段散文叙述出发，经过一番再创造写出名诗《孤独的割麦女》，主要方法包括使用典故、呼语、疑问句、修辞格、变换时态、开拓想象空间等。那么，这些方法是否具有普遍意义呢？我们不妨拿他的另一首名诗《我孤独地漂流，像一朵云》来检验一番。诗人妹妹多萝西·华兹华斯1802年4月15日的日记记载了她与华兹华斯外出散步，在湖边发现水仙花丛的情形：

> 当身处高巴罗公园后面的树林时，我们看到水边的一些水仙花。我们猜想湖水冲来的种子已经发芽长大了。我们一路走来，却发现越来越多，最后我们看到湖畔的水仙花，在树枝下，沿着岸边排成了一条长带儿，大概有收费公路那么宽。我从未见过如此美丽的水仙花。它们就长在布满青苔的石头四周；有些疲倦得头枕在石头上；其他的则在摇曳、旋转、舞蹈，仿佛正伴随湖面的微风欢笑。它们看上去那么快乐，不停闪烁，姿态万千。
>
> (When we were in the woods beyond Gowbarrow Park we saw a few daffodils close to the water-side. We fancied that the lake had floated the seeds ashore & that the little colony had so sprung up—But as we went along there were more & yet more & at last, under the boughs of the trees, we saw that there was a long belt of them along the shore, about the breadth of a country turnpike road. I never saw daffodils so beautiful. They grew among the mossy stones about & about them; some rested their heads upon these stones as on a pillow for weariness & the rest tossed & reeled & danced & seemed as if they verily laughed with the wind that blew upon the Lake to them, they looked so gay ever glancing ever

changing. [①])

在这段优美的散文中，多萝西依照时间顺序描述了她与诗人一道发现湖畔大量水仙花的情景，文学特征显著，比喻、拟人等修辞格俯拾皆是，如说水仙花丛的长度是“一条长带儿”（a long belt of them），说其宽度是“像收费公路那么宽”，还将水仙花这种植物视为动物或人群，它们像人一样有头，“头枕在石头上”，它们甚至也有身子有脚，在湖水里“摇曳、旋转、舞蹈”。多萝西毫不掩饰自己的感受和评价，坦陈这是她见过的最美丽的水仙花，甚至把自己的喜爱之情赋予描述对象，她高兴也就意味着水仙花都“高兴”：“它们看上去那么快乐。”

虽然华兹华斯从未提过《我孤独地漂流，像一朵云》与多萝西日记的联系，这和他发表《孤独的割麦女》时给出注释的做法大相径庭。但一般认为此诗创作即以多萝西的这段日记为基础（此诗的另一名称即为《水仙花》“The Daffodils”）。日记中描绘的情景，华兹华斯兄妹都曾亲临其境，但多萝西写成散文而诗人写成诗歌，这为对比散文和诗歌提供了绝佳案例。

此诗以名句“I wandered lonely as a cloud”开篇，韵律仍用抑扬格四音步，句中音节轻重搭配，诗句重音和单词重音结合得恰到好处。但就句意来说，这句仍有含混之处。它可被理解为“I wandered [as] lonely as a cloud”，强调“孤独”“独自”，潜含自由自在、一无拘束之意，但如果加上“as”，固然语法上正确，却破坏了诗律，打乱了轻重替换的节奏。诗人追求音乐之美，付出的代价是语义含混。这句也可以被理解为“I wandered lonely [in the form of] a cloud”，[②] 强调诗人在想象中发生奇异的变形：

① Dorothy Wordsworth, *The Grasmere and Alfoxden Journals*, edited with an Introduction and Notes by Pamela Woof, Oxford: Oxford University Press, 2002, p. 85.

② David Simpson, *Wordsworth, Commodification and Social Concern: The Poetics of Modernity*, Cambridge: Cambridge University Press, 2009, p. 166.

他化身为空中孤独漂泊的云朵。这两种理解基于介词“as”的不同含义，第一种理解为“像某某一样”，后一种理解为“作为某某”。既然原句本身就有含混，译者当然无法传达多重意蕴，多数译文都采用第一种理解，认为诗人首先想象自己在空中漂泊不定，犹如一片孤云，然后他俯视山川河谷，发现大量水仙花在水边聚集，随后的描写比多萝西日记更为简洁，但在很多方面其实是换了一种表述方式。如果将日记和《我孤独地漂流，像一朵云》的前两段对应起来，就像分析上一首名诗时那样，除了韵律上几乎无法做到单词重音和诗行重音完全吻合，其实很难看出区别。下文左栏是根据日记改写的，右栏是第1节中的最后4句：

We saw a few daffodils	When all at once I saw a crowd,
Close to the water-side,	A host, of golden daffodils:
Under the boughs of the trees,	Beside the lake, beneath the trees,
Dancing and laughing with the wind.	Fluttering and dancing in the breeze. ①

第2诗节写湖边的水仙花数量众多，在水中翩翩起舞，除在一处使用倒装外，与日记内容几无差异：

A long belt of them along the shore,	Continuous as the stars that shine

① William Wordsworth, *The Collected Poems of William Wordsworth*, with an introduction by Antonia Tiel, Ware: Wordsworth Editions Limited, 2006, p. 219. 中译文为：“忽然间我看见一群/金色的水仙花迎春开放，/在树荫下，在湖水边，/迎着微风起舞翩翩。”见飞白主编《世界诗库》（第2卷），花城出版社1994年版，第304页。

About the breadth of a country road.	And twinkle on the milky way,
With the wind blowing upon them	They stretched in never-ending line
They tossed and reeled and danced;	Along the margin of a bay:
They laughed and looked so gay,	Ten thousand saw I at a glance,
Ever glancing and ever changing.	Tossing their heads in sprightly dance. ①

诗歌与散文的关键差别发生在随后的第 3 诗节第 2 句“与这样快活的伴侣为伍，/诗人怎能不满心欢乐!”此后诗歌便与散文分道扬镳，其内容几乎是诗歌独具而日记未有。诗歌的描述重点从此由水仙花转到诗人身上，从描述对象转移到描述者身上。此时，诗人不惜亲自出场：“与这样快活的伴侣为伍，/诗人怎能不满心欢乐！/我久久凝望，却想象不到/这奇景赋予我多少财宝，——”② 这里的新颖之处是人称代词的变化：不再说“我”而是说“诗人”（a poet）的喜悦，从“我”转向了任何一位诗人，从个体转向了群体；从此句开始，华兹华斯的个人感受被转化为诗人群体感受，将水仙花带来的审美愉悦视为所有人的“财宝”（a wealth）。而且，“财宝”和诗歌第 1 节第 4 句的“金色”（a host of golden daffodils）相互呼应，这也是日记未曾提到的。

至于为什么这次与水仙花不期而遇对诗人来说是一笔财富呢?

① 中译文为：“连绵不绝，如繁星灿烂，/在银河里闪闪发光，/它们沿着湖湾的边缘/延伸成无穷无尽的一行；/我一眼看见了一万朵，/在欢舞之中起伏颠簸。”见飞白主编《世界诗库》（第 2 卷），花城出版社 1994 年版，第 304—305 页。

② ［英］威廉·华兹华斯：《我孤独地漂流，像一朵云》，飞白译，飞白主编：《世界诗库》（第 2 卷），花城出版社 1994 年版，第 305 页。

诗歌末节说诗人经常在情绪低沉、默默沉思的时候回想起水仙花，此时水仙花让他心中洋溢着快乐，水仙花变成了诗人“孤独之中的福祉”（the bliss of solitude）。虽然结尾一行也提到了水仙花——“和水仙花一道翩翩起舞”，但显然，水仙花已经不再是诗歌的主角，诗人的心境由沉郁到高昂的转变过程才是末节关键，这延续了上一节的主要思绪——诗歌始终聚焦于诗人内心（inward eye）而不是一个外在的审美对象。诗人说“每当我躺在床上不眠”（For oft, when on my couch I lie）的时候，这种审美享受都会如期而至，几乎成为诗人摆脱忧郁和低沉情绪的灵丹妙药。

以上分析追溯了两首诗歌从散文体到诗体的转变过程。根据本节对《孤独的割麦女》的分析，诗歌之所以区别于散文，不在于诗歌具有和谐悦耳的节奏，威尔金森日记中出现的“(I) pass a female who was/Reaping alone; she sung in Erse as/She bended over her sickle”等句也具备相当和谐的节奏感，但无人会把它当作诗歌。同样，诗歌之所以区别于散文，也不在于诗歌使用了多种修辞格。多萝西的日记描写水仙花，多次使用比喻、拟人等，如“有些疲倦得头枕在石头上；其他的则在摇曳、旋转、舞蹈，仿佛正伴随湖面的微风欢笑”，但就整体而言，她的日记并不是诗歌。再者，诗歌之所以区别于散文，也不在于诗歌用典而散文没有用典，《孤独的割麦女》固然使用了几处典故，但《我孤独地漂流，像一朵云》几乎没用典故（或许“inward eye”可勉强算作典故），也一样是著名诗篇。这两首名诗共同具有而又同时区别它们对应的散文文本的特征其实只有一项，那就是它们都将重点放在个人情感世界的描述上，用席勒的话来说，古代诗人表现素朴的自然和感觉，而现代诗人深刻体验到个人与自然的相互分离，并在分离中“沉思事物在他身上所产生的印象”①。华兹华斯

① ［德］席勒：《素朴的诗与感伤的诗》，曹葆华译，伍蠡甫、胡经之主编：《西方文艺理论名著选编》（上卷），北京大学出版社 1985 年版，第 477 页。

在《抒情歌谣集》"序言"中表达了几乎相同的意思——诗歌"起源于在平静中回忆起来的情感"[①]。

《爱丽丝·菲尔》

相比于《孤独的割麦女》《我独自地漂流，像一朵云》两诗，华兹华斯的叙事诗《爱丽丝·菲尔》在英国诗歌史上似乎并不那么有名。此诗的"本事"先由格雷厄姆告诉华兹华斯，后者又转述给多萝西·华兹华斯，[②] 多萝西在1802年2月16日的日记中写道：

> 格雷厄姆先生说他希望那天威廉能和他在一起——他坐邮车的时候听到一声莫名其妙的怪异哭声，这声音持续不断，他就让邮车停下。原来是一个小女孩哀哭，哭得心都要迸裂了。她在车尾上车，斗篷被车轮夹住，卷进车轮，挂在那里。此后她就哭个不停。可怜的小家伙。格雷厄姆先生把她安置进邮车，她的斗篷也从车轮里拽出来，但这孩子的悲苦还不止这些，她的斗篷已成碎片；尽管那衣服原本就不成器，可她再也没有别的斗篷了，这的确是她碰上的最大的哀伤。她叫爱丽丝·菲尔，无父无母，住在邻城。格雷厄姆先生一到那个城市就给城里一些受人尊敬的人士留下钱，给小女孩买件新的。
>
> (Mr. Graham said he wished William had been with him the other day—he was riding in a post chaise & he heard a strange cry that he could not understand, the sound continued & he called to the chaise drive to stop. It was a little girl that was crying as if her heart would burst. She had got up behind the chaise & her cloak had been caught by the wheel & was jammed in & it hung there.

① 伍蠡甫、胡经之主编：《西方文艺理论名著选编》（中卷），北京大学出版社1986年版，第54页。

② Dorothy Wordsworth, *The Grasmere and Alfoxden Journals*, edited with an Introduction and Notes by Pamela Woof, Oxford: Oxford University Press, 2002, p. 222.

She was crying after it. Poor thing. Mr Graham took her into the Chaise & the cloak was released from the wheel but the Childs misery did not cease for her Cloak was torn to rags; it had been a miserable cloak before, but she had no other & it was the greatest sorrow that could befal her. Her name was Alice Fell. She had no parents, & belonged to the next Town. At the next Town Mr. G left money with some respectable people in the Town to buy her a new cloak.[①])

华兹华斯于同年3月13日完成叙事诗《爱丽丝·菲尔》,[②] 题目为"Alice Fell: Or, Poverty",[③] 其间显然经历了将近一个月的沉思。与散文叙述相比，华兹华斯的诗歌采用了格雷厄姆先生讲述的主要故事，如菲尔的身世（菲尔的名字、孤儿身份）、她在邮车上遭遇的不幸等。这些方面，《爱丽丝·菲尔》都和日记保持一致，而全诗计有15节60行，比日记篇幅长得多，可见诗人在创作过程中，做了很多"加法"，这才可能将更为深邃丰富的意蕴注入诗句，也让批评家或读者有意无意地感知到诗歌震撼人心的艺术魅力。

《爱丽丝·菲尔》第1节前两行描写诗人乘坐马车夜行，天空乌云密布："赶车少年驾着车，快马加鞭，/因为乌云已经淹没了月亮。"[④] 这两句开场白语调冷静，中立客观，似乎出自一位旁观者。但诗人"我"在第三句就很快登场："突然间，我似乎听

① Dorothy Wordsworth, *The Grasmere and Alfoxden Journals*, edited with an Introduction and Notes by Pamela Woof, Oxford: Oxford University Press, 2002, p. 70.

② Dorothy Wordsworth, *The Grasmere and Alfoxden Journals*, edited with an Introduction and Notes by Pamela Woof, Oxford: Oxford University Press, 2002, p. 77. *The Collected Poems of William Wordsworth* 据此断定该诗作于3月12—13日。见 *The Collected Poems of William Wordsworth*, with an introduction by Antonia Tiel, Ware: Wordsworth Editions Limited, 2006, p. 94。

③ William Wordsworth, *The Collected Poems of William Wordsworth*, with an introduction by Antonia Tiel, Ware: Wordsworth Editions Limited, 2006, pp. 94 – 95.

④ ［英］威廉·华兹华斯:《华兹华斯叙事诗选》，秦立彦译，人民文学出版社2018年版，第301页。

见/一声哀吟，一种悲伤的声响。”① 可见，与多萝西的日记相比，诗歌开篇即转换人称，从格雷厄姆先生（G 先生）转换成诗人“我”。这不是简单地用诗人替代了 G 先生，而是通过转换人称，造成诗人在场的印象，诗歌为叙事诗，主要情节浅显易懂——小女孩菲尔与“我”同车，她的斗篷夹在车轮里，“我”和她一路攀谈，后来托人为她买一件新的。诗歌故事主要在“我”和菲尔之间展开，两人对话构成了全诗 15 节中的 5 节，占据相当的篇幅。但除了哭泣和简短答语，菲尔并未采取多少主动行为。诗歌聚焦于“我”这个讲述者而非菲尔这一被述者。其动人之处不在于用写实手法呈现外在世界，而在于呈现诗人“我”对此事的现场反应和随后的思考。多年后，华兹华斯说写这首诗歌是“为了人性的缘故”（for the humanity's sake）。② 诗歌讲述了“我”的善举和对小女孩的同情。同情心固然是“人性”的一部分，但诗歌主题似乎更为宽广。诗歌的立意并不在呼吁、训诫人们对任何身陷困境者都要给钱给物，施以援手，那就把诗歌简单化地理解成伦理学教科书了。

在华兹华斯的诗歌创作中，儿童形象大多具有特殊含义。他认为，儿童浑然天成、天真无邪，尚未受到尘世的玷污，与外在自然融为一体，比成年人更接近人类的自然状态，其名诗《我的心儿跳跃》说“儿童乃大人之父”，③ 说的就是儿童更具有淳朴完整的人性。但这样一个近乎完美的小女孩正遭遇双重的不幸。她在某个漆黑的夜晚，不得不独自漂泊在路上，奔向自己居住的城市；她身为孤儿，无父无母，尘世的居所未必就是她真正的家

---

① ［英］威廉·华兹华斯：《华兹华斯叙事诗选》，秦立彦译，人民文学出版社 2018 年版，第 301 页。

② Dorothy Wordsworth, *The Grasmere and Alfoxden Journals*, edited with an Introduction and Notes by Pamela Woof, Oxford: Oxford University Press, 2002, p. 222.

③ *The Collected Poems of William Wordsworth*, with an introduction by Antonia Tiel, Ware: Wordsworth Editions Limited, 2006, p. 91: “The Child is father of the Man.”

园。这种凄苦人生犹如客居寄旅。或许，诗人从菲尔的身世看到了自己的影子。他出手帮助菲尔，其中也暗含着对自己人生的喟叹。

由上可见，小女孩菲尔奔波在归家途中，生活环境相当不利，就像她的姓氏所暗示的，她“跌倒”（fell）在一个“堕落”（fallen）的世界中。“Fell”的多义性提醒读者关注诗歌的宗教文化内涵。那么，多萝西日记中也出现了“Fell”，为何它无法产生这些联想呢？其原因既与环境有关，也与语境有关。首先，与日记相比，诗歌大量增加了环境特别是天气环境的描写。故事一开始，“乌云已经遮没了月亮”，随后天气越来越差，“风朝着四面八方吹”，“几匹马在雨中奔腾踊跃”。[①] 这样一个乌云压顶、风雨交加的夜晚，完全不像华兹华斯经常描写的风和日丽、秀美温馨的自然风光。一位孤苦的小女孩此时风雨载途，其遭际该有多么悲凉，这反衬出她周围世界的冷漠残酷。其次，语境的问题。诗歌中出现了 garden、creature、cloak 等一系列宗教文化意象，如“斗篷”（cloak）一词，至少与两个《圣经》故事有关。一是《旧约·创世记》第 39 章约瑟拒绝波提乏之妻的诱惑，逃走时将“衣裳”遗留在她手中，成为随后波提乏之妻指控的证据；二是《旧约·列王记下》第 2 章先知以利亚用“外衣”打水，水就左右分开，外衣是上帝恩宠和拣选的证据。[②] 在诗人的眼中，菲尔的“斗篷”被夹在车轮里，变得破烂不堪，是她不幸处境的证据，“如菜园（garden）里稻草人上挂的布条。”在叙事诗结尾，“我”托人为她买件新的，并且想到：“爱丽丝·菲尔这小小的孤女，/第二天她是多么扬扬自得（Proud creature was she the next day）。”此时诗人变成了菲尔的拯救者，而菲尔则是其新的被造物（creature）。“garden、creature、cloak”等词彼此联系，同频共振，一

① ［英］威廉·华兹华斯：《华兹华斯叙事诗选》，秦立彦译，人民文学出版社 2018 年版，第 301—302 页。

② 此处的“外衣”“衣裳”对应的《圣经》（钦定本）中的英文均为“cloak”。

起渲染出宗教文化氛围，暗含着苦难与拯救的主题。

值得注意的是，现代诗歌渲染这种文化氛围，并不像中世纪传统诗歌那样让先知、天使，甚至上帝出场，但对信仰传统的指涉或暗示无疑增厚了诗歌意蕴。在《彼特·贝尔》一诗的“献辞”中，华兹华斯说：“想象力的运用，不仅不需要超自然的代理者的介入，而且，即使摒弃了这些代理者，想象力也能毫发无损地被最卑微日常生活中且在诗歌或然率范围之内的事件激发出来，并创造各类快感。”[①] 菲尔的故事取自凡人琐事，起承转合不悖人情事理，诗人面对这个不幸的女孩，就像任何人一样，自然而然产生同情之心，这当然不会引发争议，正如他在《抒情歌谣集》“序言”里说的，“不论在什么地方，只要我们对苦痛表示同情，我们就会发现同情是和快感微妙地结合在一起而产生和展开的”[②]。可见，诗歌要想为读者创造快感，首先要激发读者的同情。《序曲》提供了众多此类形象或例证以使读者“对苦痛表示同情”，如第 4 卷“一位退伍士兵”、第 5 卷“一位溺水而亡的年轻人”、第 7 卷“一位盲人乞丐”等。

根据《抒情歌谣集》“序言”的说法，同情之心，凡人皆有，激发同情是诗歌主要使命。但对比日记和《爱丽丝·菲尔》，我们就会发现，并不是同情之心越强烈，诗歌就越优秀。其实，日记中也表达过格雷厄姆先生或多萝西的同情之心，次数之多甚至超过诗歌，如感叹菲尔是“可怜的小家伙”（a poor thing），她是“悲苦的”（the Childs misery），她有“最大的哀伤”（the greatest

---

① William Wordsworth, *The Collected Poems of William Wordsworth*, with an introduction by Antonia Tiel, Ware: Wordsworth Editions Limited, 2006, p. 279: “the Imagination not only does not require for it exercise the intervention of supernatural agency, but that, though such agency be excluded, the faculty may be called forth as imperviously, and for kindred results of pleasure, by incidents within the compass of poetic probability, in the humblest departments of daily life.”

② 伍蠡甫、胡经之主编：《西方文艺理论名著选编》（中卷），北京大学出版社 1986 年版，第 51 页。

sorrow)；而相比之下，华兹华斯的同情却是相当克制的，诗歌只有“这声悲哀的呻吟”（this piteous moan）一处正面流露了诗人的同情。从这个角度来说，诗歌在淡化或削弱人道的同情的同时，却增加了宗教意味。诗歌情感不是在单一情感的强度上发展，而是在情感本身的丰富内容上做出了开拓。换言之，与其说诗歌增加了抒情的强度，不如说增加了抒情的广度。《爱丽丝·菲尔》将人道的同情与宗教的同情融合起来，才使其情感更为丰厚多样。

《抒情歌谣集》“序言”

由上文可见，华兹华斯利用三种方式将散文升华为诗歌：《孤独的割麦女》运用回忆，《我独自漂流，像一朵云》运用反思，《爱丽丝·菲尔》则运用对基督教文化传统的指涉，其核心都在倾诉诗人的情感上。即便《爱丽丝·菲尔》之类的叙事诗，讲述故事也不是诗歌的主要诉求，关键在于将何种情感以何种方式注入诗歌文本。《抒情歌谣集》“序言”说：“情感给予动作与情节以重要性，而不是动作和情节给予情感以重要性。”[①] 这三首诗歌出色体现了华兹华斯的诗学主张。

然而，主张情感的极端重要性，并不等于说诗歌中的情感就是直接的或单一的。华兹华斯的《抒情歌谣集》“序言”被称为英国浪漫主义诗歌创作的宣言书。这篇“序言”主张：“一切好诗都是强烈情感的自然流露。”[②]（For all good poetry is the spontaneous overflowing of powerful feelings[③]）这一说法流传甚广，但也

---

① 伍蠡甫、胡经之主编：《西方文艺理论名著选编》（中卷），北京大学出版社1986年版，第44页。

② 伍蠡甫、胡经之主编：《西方文艺理论名著选编》（中卷），北京大学出版社1986年版，第43页。

③ William & Coleridge：*Lyrical Ballads & Other Poems*，Hertfordshire：Wordsworth Edition Limited，2003，p. 8.

易误导人们认为浪漫主义诗歌就是诗人情感的热情洋溢、直抒胸臆式的坦率抒发，似乎抒情越充沛激烈，诗歌就越优秀。但此类理解并不准确，至少很不全面。在做出上述宣称之后，他又说优秀诗歌“深思了很久”才能写出，后文又做了一大段补充：

> 我曾经说过，诗是强烈情感的自然流露。它起源于在平静中回忆起来的情感。诗人沉思这种情感直到一种反应使平静逐渐消逝，就有一种与所沉思的情感相似的情感逐渐发生，确实存在于诗人的心中。一篇成功的诗作一般都从这种情形开始，并且在相似的情形下向前展开。[①]

这一论述在很大程度上完善了他此前的观点。诗人在日常生活获取经验，有时这种刺激还会很强烈，但这种经验或刺激本身不是诗歌想要表达的“强烈情感”。比如很多人经历过伤心欲绝的失恋，但唯有华兹华斯才写出“露西组诗”这样的诗篇来哀婉和叹息情人香消玉殒。诗人之所以是诗人，并不在于现场反应有多么激烈，而在于他事后对事件的反思或回顾。华兹华斯身后出版的巨著《序曲》第2卷说，虽然“广阔/的空间隔开现时的我与过去的/日子，只让它们实在于我的内心”，但诗人在回忆往事时，仍然“自觉有两种意识，意识到我自己，/意识到另一种生命”。[②] 正是在对过去的改造和变形中，才使“我自己”这一“另一种生命”不断成长。今日之“我”已非昨日之“我”，至少“我”的情感会积淀得更为丰富醇厚。

那么，诗人在回忆、反思中会有什么收获呢？或者说，诗人

---

① 伍蠡甫、胡经之主编：《西方文艺理论名著选编》（中卷），北京大学出版社1986年版，第54页。

② ［英］威廉·华兹华斯：《序曲或一位诗人心灵的成长》，丁宏为译，北京大学出版社2017年版，第35页。

的反思成果是什么呢？假如诗人失恋了，他如何将这种伤心转变成“所沉思的情感”呢？转变的动力在于“一种反作用”（a species of reaction[①]）。比如，对失恋的诗人来说，哀伤之上再加上哀伤，等于同类情感的简单叠加，并不能称为“反作用”，只有哀伤和另一种“非”哀伤的情感融会起来，才能被合理地称为“一种反作用”。当然，情感也可能与根本不是情感的因素如理性、伦理判断等相互作用。华兹华斯显然意识到，诗人的情感是综合的而非直抒胸臆式的单一情感。正是因为这种综合情感包含着多种多样甚至截然相反的成分，最后出现的“与所沉思的情感相似的情感”才是经过调和中介之后的平静情感。晚年的华兹华斯仍然坚持这一观点。《序曲》“前言”谈到诗人与芸芸众生的区别：“众人将心智的/能力分门别类，择取各种/感觉在不同的橱窗里展示。”[②] 而诗人则将恐惧、痛苦、遗憾等融合在心中，“一种不可捉摸的匠艺神秘地/调节着不和谐的因素，使它们/簇拥到一起，密不可分”[③]。

上文对比分析了散文和诗歌的区别，我们从中不难发现，诗歌中发生的明显变化首先是时间的滞后性。华兹华斯在苏格兰的旅行发生在1802年，他读到威尔金森关于苏格兰割麦女的日记在3年之后，《孤独的割麦女》作于1805年11月[④]，发表于1807年；他在1802年看到湖畔的水仙花，《我独自漂流，像一朵云》（《水仙花》）作于1804年，发表于1807年[⑤]；同样，他花费近一

① William and Coleridge：*Lyrical Ballads & Other Poems*，Hertfordshire：Wordsworth Edition Limited，2003，p. 21.

② ［英］威廉·华兹华斯：《序曲或一位诗人心灵的成长》，丁宏为译，北京大学出版社2017年版，第43页。

③ ［英］威廉·华兹华斯：《序曲或一位诗人心灵的成长》，丁宏为译，北京大学出版社2017年版，第18页。

④ William Wordsworth，*The Collected Poems of William Wordsworth*，with an introduction by Antonia Tiel，Ware：Wordsworth Editions Limited，2006，p. 344.

⑤ William Wordsworth，*The Collected Poems of William Wordsworth*，with an introduction by Antonia Tiel，Ware：Wordsworth Editions Limited，2006，p. 219.

个月来创作《爱丽丝·菲尔》。从获得某一生活经验到写成或发表诗歌，诗人在其间酝酿了相当长时间，这一反思过程都在诗歌末节“曲终奏雅”中得到暗示。如《孤独的割麦女》最后说歌声至今“却仍在我心头缭绕”，暗示诗人对歌谣久久不能忘怀；《我独自漂流，像一朵云》最后说诗人心绪不佳时，水仙花“常在我心灵中闪现”；《爱丽丝·菲尔》最后说，小女孩第二天（the next day）将变得非常高兴，表明诗人立足现在，对过去的未来做出预测，所以使用“the next day”。

在实际经验发生后的滞后时间里，诗人做了什么才能写诗呢？诗人做的无非是反思和回忆。而且，诗人反思和回忆的具体成果都表露在诗歌中。首先，诗歌相对于散文更具有异乎寻常的想象力。生活中的具体场景刺激了诗人，使诗人产生久久无法平息的情感反应，他自觉地将本来不相干的事物或概念联系起来。就第一首来说，如上文所述，诗人想象力沿着时空两个方向不断延伸，把歌声和“夜莺百啭”“古代的战争吟咏”等联系起来；就第二首来说，诗人在第一句诗行就把自己想象成一朵孤云，为水仙花加上色彩（“金色”），并把它们想象成银河里的繁星。这种上天入地、天马行空式的丰富想象力是散文所不具备的，它只能来自诗人的心理或精神活动。

其次，诗人在反思中获得一种新的混合情感。在第1首诗中，诗人一方面承认自己并不知道割麦女歌声的主题，另一方面又说她唱出了“忧伤的音符”；同时，诗歌开篇就引用《圣经》典故，将割麦女和末世拯救联系起来，随后诗人呼吁“轻轻走过”，放慢或者放轻脚步意味着更能接近割麦女，静静欣赏其歌声，似乎诗人或旁边走过的路人正亲临一个神圣静穆的场景，这为歌声赋予了一种崇高感。考虑到这些因素，很难说诗歌仅仅表达忧伤之情，至少人们会承认，忧伤中还掺杂了其他成分。第二首诗歌也不仅仅单纯表达对水仙花的喜爱之情。在描述水仙花簇后，诗歌提出了一个论辩：面对这一情景，任何诗人都会感到欣喜，“我”也不例外，但“我”不是在心情舒畅的时候想到这一良辰美景，只有当无所事事、心绪低沉、郁郁寡欢的时候才想到水仙花。喜爱之情和低沉思绪混合起来，才能让“我”激昂。反思后获得的情感是喜爱加上其他的情感。他在《序曲》中说，自己的心灵是“一个斑驳陆离的秀场，陈列着/忧郁与欣喜、坚实与琐碎、肤浅与/深刻，各种性情癖好，或轻率，/或沉着，都收容在一个庞大的院落”[①]。同样，第三首诗歌不仅激发读者的人道的同情，也渗透进宗教文化的底色，暗含着苦难与拯救的主题。如果仅仅关注前者，就无形之中把诗人矮化为慈善家了。

最后，诗人的反思也是回忆。诗人在创作中不断回想起过去，诗歌创作仰仗从记忆的宝库中汲取养分和灵感。但准确地说，过去已一去不返，华兹华斯回忆起来的并不是过去，而是关于过去的记忆。诗人的回忆总是带着“当下”的印迹，不可能是过去的完整复活。普鲁斯特《追忆似水年华》的主人公每次想起玛德莱娜小点心，心境都会大不相同，这些差异并不是这种小点心造成的，只能是诗人的“当下”心境造成的。有研究者最近指出，“我们无法让一种情感复活，这是促使我们重新评价或改写我们有关过去情感叙述的因素之一”[②]。同样的情形，华兹华斯或许深有体会。他的长诗《序曲》历经数十年无法定稿，盖因过去的自我形象并不固定，每次回忆起来都显示出不同的面貌。诗人在回忆水仙花时，并没忘记写出“当下”的具体心境：“躺在床上不眠，/或心神空茫，或默默沉思。”也正是在这些心理活动中，诗人才感受到人类心灵的活动规律：诗人的知识不是数学、物理学等具体学科的知识，是关于人类心灵本身的知识。正是在

① ［英］威廉·华兹华斯：《序曲或一位诗人心灵的成长》，丁宏为译，北京大学出版社 2017 年版，第 102 页。

② Avishai Margalit, *The Ethics of Memory*, p. 140：“Our inability to relive an emotion is one of the things that make us reevaluate or revise our account of our past emotion.”

这一意义上“诗人是人类天性的磐石”[1]。诗人心灵的这一神秘功能，《抒情歌谣集》“序言”也曾触及，而本节从散文向诗歌的创造性转换入手，也许能看得更加清楚。

《序曲或一位诗人心灵的成长》

以上分析的几首名诗都体现了华兹华斯诗歌创作的一个显著特征：经历某一生活事件（阅读友人日记）或观赏自然山水（看到湖畔水仙花）的诗人在一瞬间获得精神启迪，这一瞬间被华兹华斯称为“时间点”（spots of time），散布于诗人心灵成长的各个阶段。他的代表作《序曲或一位诗人心灵的成长》（以下简称《序曲》）的下引片段集中讨论了“时间点”，经常被人引用：“在我们的生命过程中，有一些瞬间，/……，/能让我们高昂时/更加高昂，低落时心情振奋。它们如灵验的药酒，主要蕴含于/生活的一些时段，在那个期间，/我们能最深刻地知晓，在何种程度上，/以何种方式，心灵成为了主人。”[2] 显然，《孤独的割麦女》写了诗人情绪振奋高昂的情形，而《我独自漂流，像一朵云》则描绘出诗人心情从“低落”到“振奋”的转变过程。

但华兹华斯这种获得精神启示或创作灵感的方式在很大程度上偏离了欧洲诗歌的创作传统。欧洲诗歌史上的众多诗人都从缪斯、上帝那里获得启迪，上帝或其他神灵负责在诗人身上灌入创作灵感，正如柏拉图指出的，诗人写诗是“代神立言”；而华兹华斯却说诗人主要从自然中获得启迪。由此，自然俨然代替了上帝，它像上帝一样，也可以给诗人带来审美愉悦、精神启迪和道德训诫。他与传统诗人的另一不同之处在于，当描述超越感官知觉的超自然世界时，传统诗人往往使用讽喻手法，以形而

---

① ［英］华兹华斯：《〈抒情歌谣集〉序言》，伍蠡甫、胡经之主编：《西方文艺理论名著选编》（中卷），北京大学出版社 1986 年版，第 52 页。

② ［英］威廉·华兹华斯：《序曲或一位诗人心灵的成长》，丁宏为译，北京大学出版社 2017 年版，第 339—340 页。本节的《序曲》引文均出自该版本，随文注明页码。

下世界来暗示、影射或侧面表现那个“眼不见而心见”的超越世界。《抒情歌谣集》“序言”有一段论述涉及他对“讽喻”的看法：

> 这本集子里很少把抽象观念比拟作人，这种用以增高风格而使之高于散文的拟人法，我完全加以摈弃。我的目的是摹仿，并且在可能的范围内，采用人们常用的语言；拟人法的确不是这种语言的自然的或常用的部分。拟人法事实上只是偶尔由于热情的激发而产生的辞藻，我曾经把它当作这样的辞藻来使用。①

华兹华斯避免使用“讽喻”一词，似乎为其留有余地。他将讽喻简单认定为“抽象观念的拟人化”（personifications of abstract ideas），是“一种修辞格”（a figure of speech），无形中缩小了讽喻的含义。讽喻手法之所以能用于描述一个超越日常感知的形而上世界，是因为精神寓意渗透于物质实体之中，形而上的世界寓于形而下的世界。通过描绘日常生活中的凡人琐事，隐约透露出作家诗人对精神世界的微妙感知和领悟。如果《序曲》描写自然中的“不死的精神”“职分”“最高的真理”等，似乎就不应全盘拒绝这一手法。或许正是基于这些理由，华兹华斯也承认，即使这种狭义上的讽喻手法也能“偶尔由于热情的激发”（occasionally prompted by passion）。但问题在于，《序曲》中的讽喻手法是被“偶尔”激起的吗？

《序曲》第3卷有大量的讽喻形象。“愚蠢先生（folly）与虚伪先生（false-seeming）尽管/堂而皇之地挪动其训练有素的/步履”（第76页），“还有**勤勉**，成了自己的奴隶/**希望**只图不劳而

① 伍蠡甫、胡经之主编：《西方文艺理论名著选编》（中卷），北京大学出版社1986年版，第46页。

获；跛脚的/**慵懒**则拖着蹒跚的木屐；……”（第84—85页，黑体字原文所有）第7卷讽刺某些律师或议员发表演讲，“滔滔不绝，将辕轭架在/时间（the Hours）的颈上，好似刚升起的曙光女神”（第200页）。“时间”被描述成有头有颈的马匹，是对抽象时间观念的讽喻描写。

《序曲》是华兹华斯的精神成长史。任何人写传记都要追根溯源，华兹华斯也不例外。他从自我降生开始着笔。母亲是婴儿全身心依恋的第一个对象。母爱是儿童的人生第一课，他首先从母爱中获得人类之爱。儿童浑然天成，尚未诞生自我意识，与外在自然融为一体，也只有此时此刻，人类才最接近自然。他的名诗《我的心儿跳跃》说“儿童乃大人之父”（The Child is the father of the Man）。随后，他将这种仁爱之心扩展到自身之外，从热爱母亲发展为热爱大自然。“凄寂的大路与蜿蜒的小径”也都“充盈着人性的善良与纯朴的乐趣”（第351页）。“山岩上闪耀的晨曦向他们（山下的人群）投来/慈爱，山岩本身也充满爱，从高处/俯首关怀。”（第216页）诗人的心灵成长由此演变成与大自然精神交流的过程。大自然固然不会说话，但大音希声，自然的语言多彩多姿。只要能“听懂”小溪大河的缠绵呜咽、百鸟千虫的婉转啼鸣，能欣赏日月星辰的壮丽图画、悬崖高峰的伟岸身姿，能猜透凡人琐事背后的道德寓意，大自然就依然在与人做无声的交流，它本身教导人类。大自然是一座圣殿，“在如此壮丽的圣殿中，我的心灵必须献上不同一般的崇敬”（第174页）。诗人在热爱自然中实现心灵的成长：

> 在如此岁月里，幻想编织着纤巧的
> 绳索，牵着一个无思的孩子迈入
> 成年，而如果我在此说明：她能在
> 大自然的调动下怂恿一些伤感的
> 冥思，而这些思绪又完全适合

后来的年月。(第 233 页)

诗人反复歌唱的“大自然的魂灵”（第 23 页）是他成长的因素，他逐步从爱自然过渡到爱人类，并用是否“偏离自然的固定轨迹”（第 258 页）作为裁判法国大革命这一重大历史事变的根据。由上可见，华兹华斯完全有理由将《序曲》这首长诗定位为“哲思的长歌”（第 13 页）。当然，如果仅仅满足于流连秀美壮丽的山水景致之间，显然无法阐述诗人心中的“哲理”。仔细考察《序曲》，我们就会发现，他在歌咏自然的同时，也在竭力寻求或探索隐藏在湖光山色背后的精神世界：

大自然的精神
仍影响着我，美与不朽生命之灵魂
赐予我她的灵感，并借助粗陋的
线条与色彩以及乱纷自我毁灭、
过眼烟云之物，向我渗透着镇定，
漫然传播着托升灵魂的和声。(第 212 页)

英国批评家燕卜荪曾指出，华兹华斯既可以被理解成泛神论的，也可以被读为基督教神学的。[①] 但无论是泛神论的还是基督神学的，华兹华斯始终不能忘怀的是，大自然（包括人们的日常生活）往往具有超越生活常识的精神意义。比如，《序曲》第 4 卷详述诗人如何受到自然启发，将诗歌创作作为自己感受到的上帝的“呼召”。某一宁静的傍晚，诗人伫立原野之上，“我的灵魂轻轻地/揭去她的面纱，在嬗变中现出/原本的真实，如站在上帝面前”（第 94 页）。诗人站在自然中，就如同站在上帝面前，

① William Empson, *Seven Types of Ambiguity*, London: Chatto and Windus Ltd., 1956, pp. 152 – 153.

暗示自然等同于上帝。循此思路，也就很好理解诗人将自己的使命看作来自自然的启发。他在某日鸡鸣时分漫步高山，在“壮丽的美景”的启发下，逐步意识到自己的使命，“无意发誓，/却有誓言涌入胸膛；新的契约，/要我奉献终生，否则会犯下/重罪，不可饶恕”（第101—102页）。诗人把自己的使命理解为他与大自然签署的一份契约，立约双方是诗人与自然。传统做法是耶和华与诺亚、亚伯拉罕、以撒、雅各等之间签订契约，但诗人将其隐秘地改造成自然与人的契约，上帝的订约地位被自然所取代。就此而言，“他用心理学术语复活了神圣启示的理论。诗歌有神圣的起源，他本能地将诗歌与宗教联系起来”[①]。

但这种取代并不意味着人们从崇拜上帝转而崇拜自然。《序曲》经常把上帝和自然相提并论，置于同等地位。第2卷说他可以同时与“上帝和自然交流”（第53页）（with God and Nature communing[②]），第8卷说牧人和羊倌的职业是由“至高无上的/大自然（sovereign Nature）亲自分派并且美饰的”（第219页），他们在田野里劳作，“有如在大自然之下，上帝之下/统辖万物的神灵”（第225页）。《序曲》的1799年原初版本“两部分序曲”说：

> 对无机的自然景物，我倾注
> 自己的欢乐，或者，真理的力量
> 在启示中显现，我与
> 真正的事物交流，同时

---

① Michael Murrin, *The Veil of Allegory: Some Notes toward a Theory of Allegorical Rhetoric in the English Renaissance*, Chicago and London: The University of Chicago Press, 1969, p. 201: “…reviving the theory of divine inspiration in psychological terms. Poetry has a divine origin, and he instinctively associates it with religion…”

② William Wordsworth, *The Prelude and Other Poems*, Richmont: Alma Books Ltd., 2019, p. 38.

我看到身边伸展开恩典的海洋。[1]

这里提到的“真理”“真正的事物”“恩典”等让人联想到上帝的形象。进而言之，诗人反复歌咏和俯身膜拜的是自然中蕴含的抽象寓意，而不是具体的山崖或大海。自然景物本身并不具有深层的精神含义，即使它有意义，那么这种意义也只能来自“至高无上的实在”（Supreme Existence[2]）：“我感觉到恒久与普在的/支配力量，收获了最高的信仰，/我看到预兆宇宙万物的原始之型，/类似那至高无上的实在，它即是上帝，独享上帝的/名称。”（第146页）上帝是万物的“原始之型”，“宇宙万物”从上帝那里获得精神力量，因此，诗人才经常在自然中体悟到超越自然的另一世界，他称为“最高的真理”：

我细读地与天的容颜：
环顾大地，无处不见人类
被迫离开的那第一个乐园的证迹
仰望天空，她的伟名——天堂——
最能表达她的优美和博爱
……不必多说，此时我已
升离琐碎，结交了最高的真理。（第63页）

在华兹华斯看来，大地是一个堕落世界的“证迹”（trace），但至少“天空”还能让人想起“天堂”这一美名，一种“不死的

① William Wordsworth, “The Two-Part Prelude (1799)”, in M. H. Abrams et al., eds., *The Norton Anthology of English Literature*, New York: W. W. Norton & Company, 1975, p. 1470: “To unorganic natures I transfer/My own enjoyments, or the power of truth/Coming in revelation, I conversed/With things that are really are, I at the tine/Sawing blessings spread around me like a sea.” 中译文为笔者自译。

② William Wordsworth, *The Prelude and Other Poems*, Richmont: Alma Books Ltd., 2019, p. 95.

精神”（the deathless spirit[1]）弥漫于天地之间。诗人的心灵成长史实际上是探寻这种精神的历史。第 2 卷描写诗人：

常常在静谧的星空下独自
漫步，往往能于此刻感觉到声音的
各种内涵，听它弥散出超逸于形状
或形象的崇高情绪。(第 47 页)

宁静的自然界不仅有各种声音，而且在这些声音的背后还存在着“各种内涵”，它们超脱于“形状或形象”之外，为诗人昭示着更为崇高的精神境界。他认为，人类最崇高的属性是“一种渴望”，“所企求的是比人类生活的普通/外表或常见装束更高超，更秀丽的/情景”（第 136 页）。当这种渴望无法实现时，诗人漂泊各地，世俗生活犹如寄旅。《序曲》开篇就有一段抒情，

何方庐宅将我收留？何方的
山谷做我的港湾？何方林中
我将安家定居？何处清澈的
溪水将以淙淙低语诱我入眠？
整个大地都展现在我的眼前。(第 2 页)

诗人四处漂泊，无处安身，在整个大地的漫游中仍然难以寻觅到灵魂的归宿。他在漫游中度过青年时代，定居哥拉斯米尔（Grasmere）后常年在“湖区”漫游。在诗人遁世隐居背后，隐含着他躁动不安、探寻精神栖居之地的“渴望”。直到《序曲》接近结尾的部分，诗人还在感慨，“世界就像一处新传下来的房

① William Wordsworth, *The Prelude and Other Poems*, Richmont: Alma Books Ltd., 2019, p. 73.

产，/继承人本初次来此做客，却发现/这就是他的家，属于他自己。/……但是，若能够/让它们消失，那才是心中的乐事”（第312页）。可见，任何世人都是寓居之客，诗人在自然中四处漂泊，寻找真正的家园。

自然的寓意是深刻的，也是多方面的。前边曾提到，大地是堕落的，但天空还让人想起天堂。大地、天空都是自然的一部分，自然因此既有积极的、正面的寓意，也有消极的、负面的寓意。自然不仅能启人心智，激发诗人的想象力，也能劝人向善，为人提供道德训诫，具有伦理训诫功能。当诗人陷入创作低谷之时，自然就担负起复元、恢复的功能——“大自然引导着我”（第243页），“生机勃勃的自然，无疑具有/伟大而仁慈的力量，否则怎能/如此长时间地让我怠慢其他的/导师?”（第117页）当诗人偏离道德规范时，自然又会发出各种警醒和提示。第1卷谈及他小时候悄悄出去偷取别人的猎物、偷人小船这一“不安的游戏”。当时的情景是，前面的山峰“凶险而巨大”，显出“阴郁的形状”，他的“心情沉重而忧郁”（第19—20页）。这一并不符合道德规范的恶作剧多次纠缠着诗人，“巨大而超凡的形状，/其生命有别于人类，白天在我心灵中/移游，夜晚来骚扰我梦乡的安谧”（第20页）。可见，自然并不永远使他欣喜，获得安慰，在某些特定时刻，自然反而颇具威胁性。自然固然外在于人类，“其生命有别于人类，”但它无时无刻不在裁判人类言行，为其提供道德训诫。诗人在《序曲》“引言”部分归纳了自然的双重作用：

她（大自然）或蔼然
来临，无需畏惧；或引起轻轻的
惊恐，如无痛的光芒开启静憩的
白云；或为达目的她变得严厉，
让我更能感知她的职分。（第18页）

由上可见，自然景色仅仅是“实在的轮廓”（substantial lineaments）（第 29 页），有轮廓则必有使这一轮廓存在的事物，犹如衣服显示出体型的大致模样。在这一轮廓背后还存在更高层面和更深含义，披露这些含义乃是诗人的职责。然而，自然精神毕竟是抽象的，如何用诗歌来表现这一抽象寓意呢？华兹华斯认为是依赖诗人的想象力。第 6 卷著名的“辛普朗山口”一节指出，当感知能力“熄灭后”，诗人才看见“肉眼不见的世界，此时，前来/落脚的是伟大和高尚”（第 167 页）。他说想象力使“灵魂/只满足于自我完善、自我奖励的/思想——因自己而强大，只让极致的/幸福浸没”（第 168 页）。但另一方面，诗人在最后一卷回忆早年与朋友一道攀上斯诺顿山峰欣赏日出，认为眼前的美景：

> 揭示了如此心灵的一种特有功能
> 她借助一个壮观而令人惊叹的场面，
> 展现了她乐于让事物的外表所拥有的
> 相互支配力，让它们变形，结合，
> 分离。（第 367—368 页）

高耸山峰上的日出时刻，云蒸霞蔚，天地苍茫，千山万壑在白茫茫的云海和晨雾中变幻无尽。这启示诗人，自然乃是“心灵的表征”，诗人的想象力也如同此时的大自然一样具有支配力，可以将众多事物“变形，结合，分离”。同时，想象力还能将过去、现在、未来相互结合。这就从时间和空间两个层面淋漓尽致地展现了想象力的强大功能，他在这一段的最后提到“如此心智/实为造物主所赐”。显然，他将想象力视为上帝的恩典，上帝或自然启发了心灵的想象力。如果没有自然的护佑和恩赐，心灵也不会具有想象力。那么，想象力到底应该归因于自我还是归因于自然呢？华兹华斯无法解决这些矛盾。保罗·德曼分析“辛普朗山口”一节，指出其中的三处矛盾修辞，“林木在凋朽，朽极至永恒”（woods decayed，never to decayed），“有一个个/瀑布的凝止的冲落”（the stationary blasts of waterfalls），“轰鸣的激流从碧蓝的天际飞下”（the torrents shooting from the clear blue sky[①]）。[②]显然，“凋朽”的树木即将死亡，如何才能永恒？冲落的瀑布不会静止不动，而激流无论多么湍急，它都只能从高山上轰鸣而下，如何从天空降落呢？

其实，在华兹华斯看来，想象力这一名词本身就不无矛盾。他明确指出：“想象——一种因人类语言的无力/而得此名称的功能。”诗人必须用语言来描述想象力，但又深知人类语言“无力”描述。他或许真切感受到想象力的创造性，但在特定的文化语境和信仰传统中，又将其联系到超越自我的“最高的真理”“不死的精神”等。他不止一次表达疑惑，人类卑微的肉体如何可能承载崇高的精神？

> 心灵为何不能
> 将其形象印在与她气质相近的
> 元素中？为何善于表达精神，
> 却将它寄放于如此薄弱的神龛？（第 112 页）

或者

> 那些无形的力量受动于何种
> 作用，为何适时地屈尊垂顾，
> 前来侍奉地上凡人的心智。（第 146 页）

① William Wordsworth，*The Prelude and Other Poems*，Richmont：Alma Books Ltd.，2019，p. 109.

② Paul de Man，*The Rhetoric of Romanticism*，New York：Columbia University Press，1984，p. 14.

但诗人提出的这些矛盾或疑问，已足能使人意识到，自然与精神、形而下与形而上、理性与神秘、世俗与神圣相互联系，当矛盾的一方出现时，人们会很快意识到另一方。在这个意义上说，诗人把握并且说出了神秘世界的吉光片羽。

更为重要的是，《序曲》通过描述日常生活中的凡人琐事暗示了一个超自然的神秘世界。第 7 卷描写诗人某天发现一个盲人乞丐，“他靠墙/站立，扬起脸庞，胸前那张/纸上写出他的身世；他从哪来，他是何人”（第 206 页）。根据上文的描写，诗人在摩肩接踵的人流中自言自语，“从我身边掠过的每一张脸庞都是/一团神秘”。在熙熙攘攘的人流中，这位盲人乞丐显得最为神秘。诗人在人流中感到“一团神秘”的脸庞，固然言之成理，因为彼此都不熟识，因陌生而神秘，就像他在同卷说的：“尤其令我困惑不解的是，那里的人们/怎么可能互为邻舍，却永远/不相往来，竟不知各自的名姓。”（第 183 页）他感叹人们空间距离很小，但心理距离却很大。然而，既然“胸前那张纸”已经说明了乞丐的身世，他是何人，他是哪里人，为什么还要感到神秘呢？诗人用一处矛盾修辞揭示出一个抽象道理。正因为他是一个盲丐，眼睛看不见，而只有当肉体的眼睛失灵了，内在的心灵的眼睛才能发挥作用：

这景象抓住
我的内心，似乎逆动的洪波
扭转了心灵的顺流。这一纸标签
恰似典型的象征，兆示了我们
所能知道的一切，无论涉及自身
还是整个宇宙。凝视着这个默立的
人形，凝视着他那坚毅的面颊和失明的
眼睛，我似在接受别世的训诫。（第 206—207 页）

纸上的文字交代了盲丐的一切，但也掩盖了更为重要的事物。没有写出来的比写出来的还要重要。“逆动的洪波扭转了心灵的顺流”，“心灵的顺流”说的是人们可以根据常识来理解乞丐身上那“一纸标签”的字面义，一切都清楚明白，而心灵的逆流却反其道而行之，认识到任何个体存在都是整个宇宙的一部分。这乞丐是来自另一世界的“训诫”，训诫什么呢？当然不是教导世人组织慈善机构，收留和照顾类似不幸的人群，而是说任何个体与整体联系起来。诗歌下文说道：

> 一个人若善于凝神注目，
> 若能在零杂琐细中意识到无上的
> 宏伟，或视局部为局部，但同时感觉到
> 整体的存在，那么，这场景也不至
> 全然无序。（第 211 页）

局部固然为局部，但同时它也与超自然的整体相联系。只要意识到这一点，日常生活的各种事件、各种局部看似毫无关系，实际上它们都通过整体而彼此联系。当人们将各类事件组合并列起来的时候，人们就能意识到它们既是局部，也是整体中的局部。局部表面上说的个别事件，却让诗人联想到整体。整体无法描述，只能借助局部来加以暗示，从这个意义上来说，局部是整体的讽喻。同时，讽喻体现了故事与故事之间的紧密联系。第 10 卷的著名片段“罗伯斯庇尔死了”述说诗人得知罗伯斯庇尔倒台这一重大历史事件。在这一故事之前，诗人写了一系列死亡意象：他拜访童年良师的墓地，墓碑上刻着以《墓园挽歌》知名的英国诗人格雷的诗句，同时回想起老师当年的话语——“我的头颅很快/会躺在低处”，随后才出现了故事的高潮：

一个人向我走来，招呼未打，
直接就以时下人们常用的句式
喊道：“罗伯斯庇尔死了！”——经过一番
追询，我心中已无半点疑问：
他与他的追随者已全部倒台。（第 302 页）

在诗歌叙述中，几个故事围绕着死亡这一话题展开，一个故事的含义超出自身，指向另外的故事。与此类似，第 12 卷最后描述诗人盼望圣诞节假期返家。他焦急不安地等待马车，“将我们兄弟三人驮回家中”（第 343 页）。诗人在旷野中极力张望，天下大雨，昏黑阴沉，身旁是“一堵残墙”和“枯萎的山楂树”，呈现出衰颓破败的意象。随后，假期中父亲意外去世。诗人由此感悟到，“他的去世当然带给我深深的/悲痛，但更像是对我的惩戒”（第 343 页）。盼望回家的情景与父亲的意外去世看似毫无联系，诗人却认为这里有“俗套的道德含义”（trite reflections of morality），即“热切的憧憬”只会导致不幸的结局：

回忆起不久前的那一天，想到我曾
怀着那么热切的憧憬从荒崖上望去，
我于是转向使用如此手段来校正
我的企盼的上帝，将头颅深深地
恭垂，虽落入了俗套，竟联想到
道德寓义，但感受却是最深。（第 343—344 页）

诗人发现，在自己的热切期盼与父亲的意外去世之间存在某种联系，似乎“我”越是盼望，盼望的对象就越会莫名地过早消失。他将其中的缘由归于上帝——“我于是转向使用如此手段来校正/我的企盼的上帝，将头颅深深地/恭垂”（I bowed down/to God,

Who thus corrected my desires[①])，暗示了诗人对自然中神秘力量的揣测。随后，这一想法多次出现在他的反思中，似乎自然界中的狂风骤雨、倾颓的老树、绵羊迷雾等都蕴含深意，“所有这些都成为密切/相关的景象与声音，供我一次次/重历”；“我仍从那里移来某种精神的活动，某些内在的/风云”（第344页）。

综上所述，讽喻手法在《序曲》文本中发挥了重要作用。它向诗人暗示了形而下世界背后的超验世界，启示诗人坚信自然中的隐秘规律和运行轨迹，它还在故事与故事之间建立预示关系，预示着诗人事后想象、感悟和沉思，把个别篇章与诗歌整体联系起来，帮助诗人探索自然景色或生活事件的深层含义。

第三节　霍桑：“对讽喻形式的酷爱”

19世纪美国著名小说家纳撒尼尔·霍桑在其中篇小说《拉帕其尼医生的女儿》的“序言”中，借人物之口自述其对讽喻形式具有根深蒂固的喜爱。事实上，这种情感既表现在他的短篇小说中，也表现在他的《红字》中。《红字》一向为人所熟知，但很少有人注意到《红字》在发表时作者在前面加上了一篇长篇序言，名曰《海关》。这篇序言几乎占据全部小说的1/6，主要叙述作者担任萨勒姆地区海关检察官的经历。自从《红字》出版后，《海关》和《红字》的关系就备受争议。早在20世纪30年代，著名评论家奥斯汀·沃伦就严厉批评《海关》是“这部小说名著的令人莫名其妙的不恰当的序言”[②]。此后很多批评家挖掘出《海关》与小说正文之间的对应关系，比如《海关》的主人公作者自己和《红字》的主人公海丝特周围的社会都充满着敌意；《海关》

① William Wordsworth, *The Prelude and Other Poems*, Richmont: Alma Books Ltd., 2019, p. 217.

② Dan McCall, “The Design of Hawthorne's ‘*The Custom-House*’”, *Nineteenth-Century Fiction*, Vol. 21, March 1976, pp. 349 –358.

写作时，作者的母亲刚刚去世，而《红字》也以海丝特的死亡结束，死亡主题构成了小说序言和正文之间的循环结构；《海关》写了作家放弃海关检察官的职务，专事文学创作的原因，就像《红字》中的牧师丁梅斯代尔一样放弃了牧师职务，他们都放弃了原先的公职。[①] 但这些对应之处，如果仅仅是数量上的累积，还难以使《海关》成为整个作品的重要部分。霍桑原本计划把自己任职萨勒姆海关期间写作的数篇随笔连同《红字》的小说正文一起发表，取名《旧时的传说》，但最后出版的《红字》中仅仅保留了《海关》这一篇随笔，并把它作为小说的序言来使用。[②] 霍桑显然意识到《海关》与小说正文的某种密切关系。真正体现这种密切关系的并非某些细节，而是两个文本的背后都存在"原罪—彻底堕落—称圣"的"V"形结构，以及由此导致的二者框架的一致性等因素。

清教主义："彻底堕落"与"称义拯救"

《红字》以17世纪末18世纪初北美新英格兰殖民地为背景，清教主义是当时占据主导地位的意识形态。英国清教主义具有浓厚的加尔文主义色彩，是"改革宗"新教各派中比较激进的一支，主张彻底"清除"英国国教中罗马天主教的残余，建立一个纯洁的教会。北美大陆的清教主义发展出一套完善的宗教训诫理论。牧师们在宣道时反复告诫信众，人生的意义在于荣耀上帝，获得上帝的恩典，以期拯救。但这种信仰的获得主要不是逻辑推理演绎的结果，而是一种内心体验的特殊经历。重生或拯救，是发生在个人内心的转变过程，主要由以下两个阶段组成。第一个阶段从人类的原罪到"彻底堕落"。根据《旧约》的说法，亚当和夏娃偷食禁果，犯下

---

① Jonathan Arac, "The Politics *of The Scarlet Letter*", Bercovitch Sacvan ed., *Ideology and Classic American Literature*, London: Cambridge University Press, 1986, pp. 247–266.

② Emory Elliott ed., *Columbia Literary History of the United States*, New York: Columbia University Press, 1988, p. 417.

原罪。在奥古斯丁看来，他们是人类的始祖，人类的每个个体成员也都担负着他们违拗上帝的后果。[①] 因此，原罪的概念是每个人心理旅程的起点。人的灵魂经常被比喻成一个巨大的洞穴，其“洞口”，就是人类的原罪状态，由此往下探索，就会发现一个阴暗混乱的世界，而且越是往下，发现的堕落邪恶也越多。在这一下降过程的最低点，一个信徒终究会看到自己到底有多么堕落。处在这第二个阶段，就好像身临地狱一般。被称为“清教主义王子”的约拿单·爱德华兹在《自述》中说：“每逢我察看我的内心，想到自己的罪恶时，我就觉得我的罪像无底坑，深过地狱。”[②] 这就是清教主义反复宣讲的“彻底堕落”。此时，人们会认识到人性多么不可依赖。任何外在的世俗事业、权力地位，任何内在的美好本性、自我品德、能力，都是靠不住的，都是腐败堕落的。信徒不可能指望这些获得拯救。这就造成对自我的完全放弃。清教主义反复告诫信徒，人只有在一无所有、彻底无助的情况下，才能接受上帝，因为上帝是人类极度绝望中的唯一希望。“无助的自我与全能的上帝，这是清教主义使人获得重生的理论前提。”[③]

然而，既然人的本性彻底堕落了，为什么不能永远停留在这种状态之中，而必须寻求拯救呢？神学家辩解说，首先，因为人的心灵是不完善的，而上帝是完善的，不完善的渴望完善的，是最自然不过的事情。其次，如果不寻求拯救，那就只好永远沉沦了。经过“称义”（justification），彻底堕落的人类才有可能获得新的生命。这就开启了从“彻底堕落”到“称义成圣”的重生阶段。人的无助状态，就像没有出生的婴儿，这样，皈依上帝后，就是从没有生命到获得生命的过程，是一种“重生”。重生后，

---

① Linwood Urban, *A Short History of Christian Thought*, New York and oxford: Oxford University press, 1995, p. 141.

② ［美］海伦·霍西尔：《爱德华兹传》，曹文丽译，华夏出版社2006年版，第183页。

③ Perry Miller, *The New England Mind: The Seventeenth-Century*, Boston: Beacon Pressp, 1961, p. 26.

人们开始一种全新的生活。重生是发生在信仰者内心的逆转，其中，如果获得上帝的恩典是真实的话，就会感受到上帝的呼召，虔诚的程度或“灵性”不断增长。

上述的下降和上升这两个阶段在信仰者的内心之中形成了一个巨大的“V”形结构：起点是原罪，底点是悔悟，终点则是重生。显然，并不是每个信徒都可以走完这个内心旅途，有人永生，有人沉沦。每个信徒都不由自主地生活在恐惧战栗之中，饱尝着拯救希望的慰藉和自我怀疑的磨难。这里的问题在于，根据加尔文主义的“预定论”，在世俗世界中，没有任何行为可以确保自己就是承蒙上帝拣选的对象。信徒获得上帝的拣选，是上帝的绝对主权。在承蒙拣选时，个人可以有所作为，但无论怎样努力，都只能获得可能性，而不是确定性。清教主义既反对神恩独作说，也反对神人合作说，实际上试图调和二者，主张人们“需要有可见的归正经验，并且在成圣中不断成长”[①]。所以，成圣或称义的成长经历将永不停止地延续到生命的结束，其中，虽然有某些迹象表明自己可能已经获得了上帝的恩典，但绝对不可能获得一个一劳永逸的、让人完全放心的答案。这必然导致信徒们战战兢兢地不断反躬自问，今天的我是不是比昨天的我更接近上帝?[②] 通过宣讲人的“彻底堕落”和怀疑世俗拯救的确定性，清教主义笼罩上挥之不去的悲观色彩，被称为“清教主义的阴郁”。

应该引起注意的是，上述两个阶段在17世纪清教主义中并不是同等重要的。一般来说，清教主义更重视第一个阶段，即从原罪到彻底堕落的下降阶段，而不太关注第二个阶段。与之相反，19世纪盛极一时的完善主义则比较重视第二个阶段，即从彻底堕落到称义成圣的上升阶段。这一流派的代表人物诺伊斯认

---

① ［美］奥尔森：《基督教神学思想史》，吴瑞诚、徐成德译，北京大学出版社2003年版，第543页。

② David Lyle Jeffrey, *People of the Book*: *Christian Identity and Literary Culture*, Grand Rapids and Cambridge: William B. Eerdmans Publishing Company, 1996, p. 277.

为，信徒皈依耶稣基督，即被耶稣所拥有，后者的恩典彻底改变了人的内在生活，耶稣基督成为信徒的渴望对象。此时信徒摆脱了恶，渴望前所未有的完善。人只有非常渴望某件东西，才有可能获得它。但信徒有没有力量来获得完善呢？回答是肯定的。“人确信自己是天使般的造物，就能够战胜自私和罪恶，因为他获得了强大力量的隐蔽源泉。人能够获得完全超乎自己期望的完善。”① 完善主义重新阐发了《路加福音》中“上帝之国在你心中”这句话，认为内在的信仰主宰了个人灵魂，信仰者总是说“我的上帝”，而不会说“他的上帝”。信仰成为外在行动的基础，并在尘世生活中表现出来。这种说法实际上暗示，完善的世俗生活将“确保”拯救。

霍桑在波多因学院（Bowdoin College）求学期间的伦理学和心理学教授 T. C. 厄珀姆就是当时颇有影响的完善主义神学家。他主张：“心中的信仰对采取一种充满活力的行为方式大有益处。”“采取行动的程度和信仰的程度之间密切相关，这一关系看来是一个普遍规律。”② 在厄珀姆看来，“完善”的信仰者具有某些外在的标志，如心中充满了基督之爱，具有积极的入世精神等。③ 19 世纪的完善主义面临许多难题，如历史上是否出现过“完善”的基督徒，一生只做好事而不犯罪？虔诚的基督徒也可能在某种情况下犯罪，该如何解释？但作为当时主要的神学流派，完善主义不能不对霍桑的创作产生重要影响。只有在清教主义和完善主义的双重影响下，“V”形结构中下降、上升这两个阶段才变得清晰起来。这一模式在《海关》和《红字》中都有充分

---

① Richard Demaria. *Communal Love at Oneida*: *A Perfectionist Vision of Authority*, *Property*, *and Sexual Order*, New York and Toronta: The Edwin Mellen Press, 1978, p. 25.

② Thomas C. Uphan, *Life of Faith*: *In Three Parts*, Boston: Wafee, Piece and Company, 1845, pp. 277 – 278.

③ Claudia D. Johnson, “Hawthorne and Nineteenth-Century Perfectionism”, *Ameircan Literature* 44, 1972, pp. 585 – 595.

的表现。

《海关》中的作者形象

《海关》一开始，“我”就展开了对自己家族历史的追溯。霍桑家族曾经是北美殖民地的名门望族，其开创者威廉·霍桑（William Hathorne）是最早的移民者之一，后为萨勒姆地区民兵组织的上校，并担任议会议员和法官，残酷迫害“教友派”信徒；其子约翰·霍桑（John Hathorne）则是1692年“驱巫案”的三位主审法官之一。霍桑认为，先祖身上有一种“迫害精神”，不乏宗教偏执、狂热的痕迹。“不管怎样，我当前身为作家，作为他们的后人，特此代他们蒙受耻辱，并祈求从今以后洗刷掉他们招致的任何诅咒……”① 可见，霍桑的“原罪”，是其祖先宗教迫害精神留下的“污迹”：“那个污迹之深，埋在宪章街墓地中他的那身老枯骨，如果没有全然化作尘埃的话，上面定会依旧保留着。”（第6页）祖先的罪孽成为霍桑的心理负担。他曾经把自己的姓氏从“Hathorne”改为“Hawthorne”，② 用不同的形式表明要和自己的祖先有所区别。但无论他走到哪里，祖先的罪孽都时刻纠缠着他，挥之不去。《海关》承认，背负着祖先的罪孽就是自己的命运，祖先的形象“至今仍纠缠着我”，“仿佛萨勒姆于我是不可避免的宇宙中心”（第7页）。在他看来，既然犯下了罪孽，忏悔是不可避免的，“我不知道我的这两位先祖是否考虑过忏悔和哀告上天宽恕他们的酷刑”（第6页），即使他们没有忏悔，那么自己也应该挺身而出，代替他们忏悔。他的原罪意识，主要来自祖先当年犯下的罪孽，这使霍桑时刻怀有强烈的耻辱感，对当年的宗教迫害的牺牲品深感歉疚。

---

① ［美］纳撒尼尔·霍桑：《红字》，胡允恒译，人民文学出版社1991年版，第6页。本节引用该著均出自此版本，随文注明页码。

② Richard Ruland and Malcolm Bradbury, *From Puritanism to Postmodernism: A History of American Literature*, New York: Penguin Books, 1991, p. 148.

《海关》提到的两位先祖都是虔诚而严厉的清教徒，对包括文学创作在内的世俗事务持有深深的敌意和偏见。在他们看来，响应上帝的“呼召”就是最崇高的“职业”。[①] 因此，霍桑先祖的幽灵在《海关》中两次露面，第一次先祖鄙夷霍桑当了作家，“一个写故事的作家！……这算是为上帝争光、为人类谋福的什么方式呢?”（第 6 页）第二次出现时，先祖谴责霍桑为了“政府给的菲薄的金币”而背弃了家族传统。在他们眼中，现在的霍桑更彻底地背叛了祖先的期望。值得注意的是，先祖在霍桑心目中形象是复杂的，既有严厉偏执的一面，又有正直虔诚的一面。如果他们的形象是完全负面的话，那么霍桑背叛他们的意愿倒是值得庆幸的。事实上，虽然这些先祖们犯下罪孽，但也做过好事，是标准的清教徒。在霍桑的童年想象中，他们“笼罩着一种隐隐约约的高大伟岸”（第 5 页）。霍桑坦言做牧师是“极其沉闷的生活方式”。他的选择和祖先的期望渐行渐远，无疑是对祖先遗愿的背叛，也使他面对祖先的幽灵无从自辩，充满了内疚、负罪之感。

《海关》作者不仅是新英格兰名门望族的后裔，而且还是一位作家，海关官员，具有文学上和职务上的“祖先”或“先辈”。《海关》提到，英国著名诗人乔叟和彭斯也担任过海关官员，但都写出了文学巨著，他们是霍桑文学上的“先祖”；霍桑一百多年以前的前任督察普先生是霍桑官方职务上的“先祖”，而且他遗留下记载海丝特 · 白兰女士逸事的手稿，在某种意义上是《红字》的第一个作者。可以想到，创作《红字》的霍桑时刻感受到“影响的焦虑”，他现在仅是个“无足轻重的作家”，但内心“梦想着在文学上取得声誉并以此跻身世界名流之列”（第 18 页）。这种焦虑固然不是源于罪孽感，但仍然让霍桑觉得自己对他们欠下了一笔必须偿还的债务。由此可见，霍桑表现在《海关》中的

① 英语中“呼召”和“职业”是同一个单词 vocation。

原罪意识既针对具有血缘关系的两位先祖，又暗指没有血缘关系的文学或职务上的祖先。

霍桑在挖掘自己的原罪意识的同时还发现自己的创作境况日益恶化。三年的官场生涯已经使他的文学创作才能萎缩，想象力几近枯竭。可见，担任公职并不利于文学创作。“当他依傍着共和制的强大手臂时，他本人特殊的能力便会离他而去。”(第26页）在他看来，小说描写“介于真实世界和缥缈幻境之间”的中间地带，没有想象力当然寸步难行。从表面上看，文学想象力可以幻想出奇妙的故事，但它更重要的作用在于挖掘生活现象背后的深层意义，“使之成为一个明亮的透明体”（第25页)。因此，《红字》的创作，关系到作者恢复创作活力，重建作家自我的重大问题。霍桑曾经把《红字》命名为《一位被砍头的督察的遗稿》，丢了性命的督察正预示着丧失了创造力的小说家。

在《海关》的“V”形结构中，先祖犯下的罪孽是起点，由此开始，“我”的负罪感越来越强，“我”的创作境况日渐恶化，这构成了第一个阶段的最低点。从境况的恶化到作家恢复创造力，用小说来赎罪是第二个阶段。从第一个阶段到第二个阶段的转折是霍桑发现了督察普先生记录海丝特·白兰女士故事的手稿，并在其中找到了一块破旧的红色细布片，上面印着大写的“A”字。这些使作者立刻想到祖先的罪孽：当“我”把它拿到胸前一拭的时候，“我”感到“既不完全是又几乎就是肉体上的一阵烧灼”，“我”想到了大写字母A所代表的“通奸”含义，同时也想到清教徒社会严厉的道德束缚和对违禁者不近常情的责罚，从而唤起自己的原罪意识，使“我”倍感耻辱，“仿佛那字母不是红布做的，而是一块滚烫的熨铁”（第22页）。在这里，“我”才发现自己的“呼召”或“职业”：用文学创作来赎罪。霍桑借督察普的鬼魂说：“不过，在白兰老女士这件事上，我要托付你，这一理所当然的信任就是对你前辈的纪念。”（第23页）

如上所述，这里的“对你前辈的纪念”中的“前辈”既指“职务上的前辈”，又指自己的先祖。霍桑要完成督察普没有完成的任务，把海丝特·白兰女士的故事从手稿变成小说，同时又用艺术的形式为她平反，赎清自己先祖当年宗教迫害的罪孽。所以一方面《红字》第一章就把女主人公海丝特写成圣徒式的人物，把她和17世纪遭受迫害的安妮·哈钦逊相提并论（第33页），以后又赞扬海丝特和安妮·哈钦逊同为伟大的女先知（第127页）。另一方面，创作《红字》又可以使霍桑恢复艺术创造力，重新成为一位名副其实的作家，和彭斯、乔叟等名家一争高低。“A”的标志，也出现在乔叟的《坎特伯雷故事集》中，其中的女修道院长胸前佩带着刻着“A”字的金质饰针，意为“神爱战胜一切”。[①]在西方文学史上，乔叟的女修道院长这一人物几乎被人淡忘，但霍桑的“A”字却为他赢得了广泛的赞誉。霍桑在竞争中超越了前人，摆脱了“影响的焦虑”。

霍桑意识到的“呼召”“激发起我虔诚的使命感”（第21页）。第二个阶段正是他完成自己赎罪使命，重做作家的阶段。在这一上升过程中，即作者说的罗曼司“成形中的骚动阶段”（第30页）中，艺术才能不断恢复，创造才华挥洒自如。他生活在想象和现实交织起来的中间地带，完全沉浸在艺术世界，“故乡也就不再是我生活中的现实。我已经是别处的市民了”（第31页）。

《红字》主要人物的心理旅程

《红字》以清教社会处罚海丝特·白兰的通奸罪开始，这也是她全部心理探索过程的起点。由此到她的“彻底堕落”，是这一人物性格中“V”形结构的第一个阶段。通奸虽然是罪恶，但在霍桑笔下并不是不可饶恕的罪行。在他看来，真正不可饶

① ［英］乔叟：《乔叟文集》，方重译，上海译文出版社1979年版，第335—336页。

恕的罪行是犯下了罪孽后拒绝悔悟，拒绝要求宽恕，“不祈求宽恕是唯一的不可饶恕的罪行”。[①] 海丝特犯罪后经历了一段继续堕落的过程。这首先表现在她不但没有忏悔或悔悟，反而力图为自己辩解。“她战战兢兢又不由得不去相信，那字母让她感应到别人心中隐藏着的罪孽。”（第63—64页）海丝特受到“邪恶的天使的阴险的挑动”，逐步相信，“如果把一处处真情全都暴露在光天化日之下的话，除去海丝特·白兰之外，好多人的胸前都会有红字闪烁的”（第64页）。显然，海丝特把别人的堕落当作自己堕落的借口或理由来减轻自己的罪孽。她把自己的堕落和别人的联系起来，表明海丝特仍然在“依赖”某些东西，而不是无所依赖。海丝特在“依赖”别人胸前的红字，不可能真正悔悟。

海丝特离开监狱后，住在“远离居民区”的一间小茅屋里，唯一的谋生手段就是做针线活。在她手下，针线活也变成了一门艺术，成为“精致而富于想象力的技艺”（第60页），她胸前的“A”字象征着“艺术”（art）、“作者”（author）。但艺术一般会受到清教社会的鄙薄和敌视。离群索居的海丝特成为被社会放逐的对象，不可能像耶稣基督教导的那样去爱自己的敌人，去爱迫害和羞辱自己的社会公众：“她不准自己为敌人祈祷——她尽管宽宏大量，却唯恐自己用来祝福的语言会顽强地扭曲成对他们的诅咒。”（第63页）心中没有爱，当然不可能谈得上“称义成圣”，其外在证据就是和周围清教社会的紧张关系。

海丝特的上升阶段是个渐进的过程。霍桑赋予红字“A”以多重含义，它既代表“通奸”（adultery）或“通奸者”，也代表“能干”（able）和“天使”（angel）。海丝特的转变，是从“通

① Leonard J. Fick, *A Study of Hawthorne's Theology*: *The Light Beyond*, Westminster: The Newman Press, 1955, p. 140.

奸者”向“能干的”“天使”的转变。这一转变的内在力量，既非神秘莫测的神启，也不是牧师的忏悔说教，而是海丝特的自由意志。海丝特的转变，是人物自由选择的结果。“她采取了思想自由的观点。——她的观点会被认为比红字烙印所代表的罪恶还要致命的。”（第127页）“她只有茫无头绪地徘徊在思考的幽暗迷宫之中。”（第128页）小说结尾，海丝特在晚年自愿回到小镇。这些描写，突出了海丝特的自由意志，表明她的忏悔，是她自觉自愿的个人选择，而非外界重压。那么，海丝特能否自由地选择不信仰上帝呢？

首先，处于上升阶段的海丝特在没有任何人强迫的情况下自由选择去爱别人，并在自我牺牲中表现了强大力量。小说强调指出，“爱总比恨来的容易”（第123页）。海丝特说：“红字已经使我皈依了真理。”她紧接着反复劝告同为受害者的罗杰·齐灵渥斯“放宽容些”，宽恕别人，爱伤害自己的人（第134页）。在她的思考中，真理意味着对迫害者的基督之爱和宽恕。因此在实际行动中她自己毫无所求，却甘愿为他人牺牲一切，特别在瘟疫肆虐之际，“她胸前绣着的字母闪着非凡的光辉，将温暖舒适带给他人”（第123页）。她身上似乎蕴含着慰藉他人的无穷力量，“海丝特·白兰只是个弱女子，但她太有力量了”（第124页）。在和丁梅斯代尔“森林幽会”时，她的强大有力和丁梅斯代尔的孱弱疲倦形成了鲜明的对比：她主动提出了逃走的计划，而丁梅斯代尔只能被动地接受。在海丝特看来，远走他乡并不是躲避惩罚，她已经受过处罚，从罪人变成了人间天使。她转变的种种迹象，如心中之爱、主动精神和强大力量等，符合19世纪完善主义对信徒皈依上帝后“上升阶段”的描写。海丝特的转变仍然是在基督教神学构架中完成的。

其次，海丝特一旦养成自由思考的习惯，就开始独立思考周围世界。这是她思考的“新的题目”。她逐渐发现，她数年前承诺齐灵渥斯保守他身份的秘密，而齐灵渥斯反而利用这一承诺，暗中窥探、折磨牧师，使之深陷痛苦之中。在海丝特看来，牧师已经在良心折磨中领受了上帝的惩罚，齐灵渥斯“由于不顾一切地寻求复仇”（第128页），“仇恨已经把一个聪明而正直的人变成了恶魔”（第134页），根本就没有权力代替上帝行使惩罚，他的惩罚是以恶报恶，只能导致毁灭；而且齐灵渥斯窥探牧师灵魂，这行为本身就侵犯了别人神圣的自由意志，这才是“不可饶恕的罪孽”。在这方面，他可和霍桑短篇小说《埃丝恩·布兰德》的主人公相比。布兰德狂热地研究人心中不可饶恕的罪恶，但由于把他人的灵魂当作研究对象，“他再也无法抓住人性的宏大链条”[1]，从人变成了魔鬼。于是海丝特果断地抛弃自己的承诺，对牧师说出真相。海丝特的自由思考最终使她下决心用上帝之爱来帮助牧师。

最后，海丝特皈依上帝还有一个独特的有利条件，即她的女儿珠儿。珠儿任性顽皮，想象丰富，自由自在地生活在自己的幻想中。珠儿和森林之间存在一种天生的亲和关系，一心盼望着去会见魔鬼的化身，森林中“长得挺丑的黑男人”，而对“天父”却毫无概念。这里的森林是“从未被更高的真理照射过的大自然”（第159页）。这暗示人的堕落本性。清教主义教导人们，人有自由意志，可惜有的只是作恶的自由意志。[2] 珠儿的自由天性对海丝特具有提示或警戒作用：任性的不加约束的自由只能使她恐惧不已，“更高的真理”，即基督教信仰的真理才会使人幸福。牧师丁梅斯代尔早就预言，珠儿这个孩子“随时提醒着她（海丝特）记着自己的堕落”，并“把她带到天国”（第87页）。由此看来，上述这些正、反两方面的思考或例证都引导她皈依上帝，走完一段“称义成圣”的上升旅途。

---

① Nathaniel Hawthorne, *Selected Short Stories of Nathaniel Hawthorne*, ed. Alfred Kavin, New York: Fawcett Books, 1983, p. 233.

② Perry Miller, *The New England Mind: The Seventeenth-Century*, Boston: Beacon Pressp, 1961, pp. 260 – 261.

和海丝特一样，牧师丁梅斯代尔出场时也是罪人，随着小说情节的发展，他也经历了一段继续堕落的旅程。但海丝特的上升，出现得很早；而牧师的上升，则出现在小说的结尾。因此和海丝特相比，丁梅斯代尔的内心探索更漫长，更痛苦。他首先隐瞒罪行，拒绝忏悔，并千方百计地为自己辩解，“尽管有着负罪感，然而却保持着对上帝的荣光和人类的福祉的热情”（第 100 页），却没有意识到一个心灵遭到玷污的牧师本来就没有资格纯洁别人的灵魂；他把以前的过失归结为情感冲动，“那只是情感冲动的罪过，并非原则上的对抗”（第 156 页），却没有看到自己通过放纵情感触犯了“最为神圣的戒条”；他希望通过灵魂痛苦挣扎来赎罪，还在“依赖”自己的力量寻求拯救，却没有想到灵魂的痛苦不能抵消或代替忏悔，而罪恶在他心中逐日成长，直到最后不堪重负，“那桩罪孽的传染性毒素已经就此迅速扩散到他的整个道德体系”（第 174 页）。

既然牧师为自己的胆怯懦弱找到各种借口，也就已经使自己生活在欺骗之中，分不清哪些是真实的，哪些是虚幻的，只能盲目地怀疑一切，“不把任何人视为可信赖的朋友”（第 99 页）。“谁也无法使自己装扮出一副面孔，而对众人又装扮出另一副面孔，其结果必然是连他本人都会弄不清到底哪一副是真实的了。”（第 169 页）森林幽会后，他一方面竭力推迟自己的忏悔，欺骗自己说，要恪尽职守，完成选举日的布道词，另一方面他从森林回来时，连最起码的职责也弃置不顾了。他先是对一位老执事几乎说出亵渎圣餐的话语，然后又拒不安慰他教会中最为年长的女教友，最后则是对新近皈依的年轻女教友视而不见，“他抬起他那黑色法衣的宽袖遮住面孔，匆匆向前走去，装出没有认出她来的样子”（第 172 页）。这连续的三件事，是他堕落到最低点的征兆。此时的牧师就像霍桑短篇小说《小伙子古德蒙·布朗》中的主人公一样，参加了森林的魔鬼聚会，亲身领略了人心的彻底堕落，心如死灰，再也无法找到爱其他人的力量，甚至连妻子的亲吻也令他感到尴尬。[1] 布朗死后，人们“没有在他的墓碑上刻下充满希望的诗句”[2]。与灵魂的不断堕落相对应，牧师的身体力量也日渐萎缩。他在海丝特的眼中衰颓枯竭到了极点，“巴不得在最近的一棵树下躺倒，无所事事地躺上一辈子”（第 147 页）。从犯罪到最后忏悔，牧师就像一个可怜而疲惫的朝圣者，“在凄凉的旅途中，备感昏迷、病痛和悲惨的折磨”（第 157 页）。他走过了一段“越走越黑暗”的旅程。

对备受煎熬的牧师来说，剩下的路程就是完成他的“上升”阶段了。小说中三次写到牧师走上行刑台。这些“走”的动作是“上升”的隐喻，颇具象征性。他第一次走上行刑台，代表教会逼迫海丝特说出通奸的同谋。他在梦游中第二次走上行刑台，却不敢在光天化日下和海丝特在这里露面，进一步显露出他的伪善和欺骗性。这两次“上升”都是虚假的上升，因为每一次上升都促使他在堕落的道路上越走越远。在最后一次的“上升”中，“牧师靠在海丝特的肩上，由她用臂膀搀扶着走进刑台，跨上台阶”（第 198 页）。他在最后的忏悔中表示，只有上帝的力量才能最后战胜魔鬼的诱惑。他对魔鬼的化身罗杰·齐灵渥斯说：“你的权力如今已不像以前了！有了上帝的帮助，我现在要逃脱你的羁绊了！”（第 198 页）这些言行表明，称义的力量来自上帝的恩赐。他在生命的最后关头宽恕了残忍迫害自己的敌人齐灵渥斯，祈求上帝饶恕他的罪恶，表现出一个虔诚基督徒的美德。唯有最后这次“上升”才是真实的上升。是真正的“称义”。他经过漫长而痛苦的精神旅程，又回到多年以前和海丝特并肩站立的地方，似乎重回起点，但历尽了内心世界的沧海桑田。从森林幽会前后所代表的最低点到最后的悔悟，“V”形结构的第二段旅程极

---

① ［美］纳撒尼尔·霍桑著，陈冠商编选：《霍桑短篇小说集》，冯钟璞等译，山东人民出版社 1980 年版，第 68 页。

② ［美］纳撒尼尔·霍桑著，陈冠商编选：《霍桑短篇小说集》，冯钟璞等译，山东人民出版社 1980 年版，第 69 页。

其短暂，甚至和第一个阶段相比显得不成比例，但按照清教主义和完善主义内心旅途的标准来衡量，仍然真实可信。

《海关》与《红字》的共同结构

依据上文，《海关》的叙述者“我”和《红字》的两个主人公都经历了一段“原罪—彻底堕落—称义”的内心旅程。这一过程既发生在现实生活中的“我”的身上，也发生在虚构出来的《红字》主人公身上，具有普遍有效性。霍桑和他的清教主义祖先一样相信人类普遍具有的原罪意识。但问题是，面对这种人性状态，人们应该采取何种态度呢？贯穿《海关》和《红字》的共同之处在于，作者相信人们可以用一种世俗的方式来赎清罪恶，寻求灵魂自我拯救。这是霍桑与其祖先的不同之处。《海关》的叙述者反复申明，“我”要通过罗曼司这种小说形式赎清自己的“原罪”，同时还清从乔叟、督察普等文学或职务前辈那里拖欠已久的债务；海丝特则奉行基督之爱，用一系列世俗善行重塑自我。与之构成反讽关系的是，牧师丁梅斯代尔终日侍奉上帝，但经历的磨难最多，道德觉悟得最晚。可见，一个人的职业选择并不能确保灵魂得救。

霍桑对原罪的这一态度最早表露在《海关》之中。从这个角度看，《海关》预示了其后小说正文的主要框架。《海关》开篇就展现出一幅萧条落败、毫无生机的生活场景。海关办公室的外在环境呈现死气沉沉、毫无生机的颓败惨象。首先映入读者眼帘的萨勒姆码头“显示出倦态地度过多年岁月的痕迹”（第 2 页），悬挂的合众国的国旗“无风下垂”，海关办公室的绝大多数职员是镇上“最老的居民”，年老昏聩，谈论其早年的饕餮宴饮兴致勃发，但是，“没有思考能力，没有感情深度，没有烦人的敏感”（第 11 页）。而且整个环境中从来没有出现女性形象，表明这片寥落荒芜的乡土再也不可能孕育或诞生新的生命。生活在这样环境中的小说家感叹：“一向脱俗的所有富于想象力的愉悦，也从我的头脑中消失了。”（第 17 页）这是他文学创造力陷入危机的征兆。同时，他不断回忆起祖先过分严厉的惩戒行为，背负着沉重的心理负担，就像他在《七个尖角阁的房子》的“序言”中说的，“前代人的丑事继续存活在其后几代人的身上”①。但最后他完成了《红字》，心情愉悦地预言：“目前这一代人的曾孙们或许有时会善意地回想起我这位撰写往事的作家。”（第 31 页）作为一位作家，他终于写出了自己满意的作品；作为当地著名家族的后代，他也完成了替祖先忏悔的使命。在《海关》的结尾处，叙述者“我”离开了小镇。这一“离开”既有史实依据，又有象征寓意，作者相信，《红字》把故乡从心理负担转换成“愉快的回忆”，“我在其他面孔中间会做得更为出色”（第 31 页）。

与之相类似，《红字》首章描绘的场面以黑色为主，男人们“身穿暗色长袍”，监狱则被比喻成一株黑花，而且它和墓地相连，“似乎从来不曾经历自己的青春韶华”（第 32 页），主持惩罚仪式的威尔逊牧师是“波士顿神职人员中年事最高的一位”（第 46 页），围观者中唯一的年轻妇女在小说中途死去，“海丝特后来给她做了葬服”（第 193 页）。此后的小说主体部分展现了一个堕落邪恶的世界：罗杰·齐灵沃斯不断窥探和折磨牧师的灵魂，老巫婆西宾斯太太诱惑海丝特夜晚去老森林和黑衣男人相会，丁梅斯代尔饱尝内心苦难，等等。但同时，海丝特也在自由思考中皈依上帝，成为整个阴暗画面中凸显人性之美的亮点。像“我”一样，主要人物也在小说的结尾处“离开”原来生活的世界：丁梅斯代尔在悔悟后“离开”了这个世界；海丝特虽然后来重返小镇，但在精神上已经大大超越了或“离开”周围世界，展望“更光明的时期”（第 206 页）。可以说，他们既获得了拯救，又远离了令他们备尝艰辛的“新”英格兰殖民地。

① Elliott, Emory ed., *Columbia Literary History of the United States*, New York: Columbia University Press, 1988, p. 428.

除此之外，《海关》中某些重要的隐喻或象征在小说正文里重复出现，进一步强化了两个文本之间的同构关系。如印着“A”字的布片，最早是“我”在海关阁楼上发现的，此后成为女主人公的象征，她墓碑的铭文也提到“血红的A字”；如“我”在执政党更迭后被免去官方职务，成为“政治断头台”上的第一个牺牲品。而海丝特受到公开凌辱的地方也是一座行刑台，作者明确写出了二者之间的一致性：这座行刑台“如同法国大革命时期恐怖党人的断头台一样，被视为教化劝善的有效动力”（第38页）。以后她和丁梅斯代尔、珠儿等三人数次在这座行刑台上露面，推动情节不断发展，直到牧师在上面当众悔悟。又如《海关》一开始就表明“我”来自新英格兰的某一重要家族。海丝特在《红字》一开始也想到父母家园：“在门廊上方还残存着半明半暗的盾形家族纹章，标志着远祖的世系。”（第41页）小说结尾，海丝特收到珠儿的来信，“寄来的信件上印有纹章”（第205页），暗示海丝特的后代重新进入贵族世家。

由上述可见，霍桑在《海关》和《红字》中都展现了在清教徒心理上普遍存在的“原罪—彻底堕落—称义”式的“V”形结构，这一结构既内在地规定着作者对人物命运的把握，又外化为小说的主体框架，形成两个文本之间的同构关系，而反复出现的重要隐喻则进一步强化这种关系，把两个文本联结起来。

《胎记》：“心灵的讽喻”

北美大陆的早期移民大都是虔诚的清教徒，自信肩负着创建上帝的地上天国的崇高使命。在他们眼中，现实世界处处充满了神学意味，“清教徒倾向于把他个人经历的每项内容都看成在道德和精神意义上具有潜在的丰富性”[1]。在此基础上成长起来的世

[1] ［美］伊恩·P. 瓦特：《小说的兴起——笛福、理查逊、菲尔丁研究》，高原、董红钧译，生活·读书·新知三联书店1992年版，第80页。

俗文学也不可避免地带有浓厚的劝世、训诫性质，“美国小说开始于宗教讽喻，这种形式赋予道德冲动以广阔领域”①。作为清教徒的后代，霍桑习惯于从日常生活的凡人琐事中发现潜藏其中的另外的意蕴。他构建的文学世界既不是日常生活，也不是纯粹幻境或神话世界，而是二者的融合。他认为，这是“一个中间地带”，兼有两个世界的性质，“实在和虚幻可以相遇，并以各自的本质相互浸润”②。正因为现实和超现实、生活故事和道德训诫交织渗透，他在短篇小说集《重述的故事》“序言”中才宣布，他的短篇小说“永远都不需要翻译”。因此，他的小说描写除了字面意义，还特别有意识地指涉着另一个世界，表现出浓厚的讽喻倾向。这一点，仅从《羽毛盖：一个富有寓意的传说》（*Feather-top：A Moralized Legend*）、《利己主义；或，心中的蛇（录自未发表的〈心灵的寓言〉）》（*Egotism，or，The Bosom Serpent：From the Unpublished "The Allegories of The Heart"*）、《教长的黑面纱：道德寓言》（*The Minister's Black Veil：A Parable*）等短篇小说的题目中就可看出。

在其为数众多的短篇小说中，霍桑主要采用两种方法来创造讽喻，一种是设计某种意蕴丰富的意象，如花园、泉水、胎记、荒野、魔药、梦境、钟声、机械蝴蝶等，其意义总是“大于”日常生活的器物用品的意义。它们成为作者着力描述的对象，构成人物生活的核心，情节发展的关键。他的小说借此有意识地“说到另一个”世界。另一种则是描写主人公身体的某种变形，来折射人物内心的巨大变化，如《石人》（*Man of Adamant*）中的理查·狄贝从一个活生生的人变成了石头人，《教长的黑面纱》中的胡波牧师突然有一天莫名其妙地戴上了一副黑面纱，《伊桑·布兰德》（*Ethan*

① Harry Levin，*The Power of Blackness：Hawthorne-Poe-Melville*，Chicago，Athens，and London：Ohio University Press，1958，p. 20.

② ［美］纳撒尼尔·霍桑：《红字》，胡允恒译，人民文学出版社 1991 年版，第 24 页。

Brand）中的同名主人公投火自尽后，心脏竟然变成了石头。这些人物身体上的外在变化折射出人物内心世界的巨大变迁，小说的讽喻含义就潜藏在从身体到精神、从生理到心理的变化上。

《胎记》的主人公埃尔梅狂热地崇拜科学的力量，他发现美貌的妻子乔琪安娜的脸上有一块胎记，这“是尘世并非完美的明显标志”[①]。丈夫最后说服了妻子喝下一杯药水。虽然乔琪安娜脸上的胎记最终除去了，但她也几乎同时死去了。乔琪安娜脸上的缺陷与生俱来，形成她的“原罪”，但同时它也是“生命本身的色斑”（第 16 页），小说的讽喻意义在于，消灭缺陷，一味追求完美，超越自然，其实意味着消灭生命。埃尔梅的化学实验室摆放着一只熔炉、一套蒸馏设备、一架电气机械，这些设备组成了主人公的“知识之树”。他通过“知识之树”追求完善的结果是不恰当地运用知识毁灭生命。小说最后评论说：“如果埃尔梅智慧更深的话，他就不必这样地扔掉把……凡人生活和天国生活交织在一起的幸福。”（第 34 页）所谓“更深”的智慧，即指认识到不完善的“原罪”状态正是人性的基本状态。小说用一个科学家涂炭生命的悲剧重写了亚当、夏娃偷食禁果的故事，暗示人类由于“原罪”，注定是不完善的，完善不属于世俗世界，同时也隐含着对滥用科学的警示。

如果说“胎记”是人类固有缺陷的讽喻的话，那么《利己主义；或，心中的蛇》《拉帕其尼医生的女儿》等小说中的“泉水”则代表了完善、永恒生命，就像耶稣基督说的：“那信我的人有活水的河流要从他心中涌流出来。”（《约翰福音》第 7 章第 37 节）《利己主义》的主人公罗特里克感到心中有条蛇在不停地噬啮着自己，总是在自言自语地说“它在咬我！它在咬我！”为了克服心中的痛苦，甚至走路也要用手捂着胸口。他躺

---

① ［美］纳撒尼尔·霍桑著，陈冠商编选：《霍桑短篇小说集》，冯钟璞等译，山东人民出版社 1980 年版，第 16 页。本节后文的小说引文均出自该版本，随文注明页码。

在喷泉边，“喷泉的水花飞溅在婆娑点点的阳光下……它生生不息，与岩石同寿，比苍劲的古林更要年老的多”（第202页）。喷泉或泉水被描写成永恒生命的标记。后来，在妻子爱情的感召下，“忽见一阵波浪形的运动穿过了草地，接着听到一个清脆的响声，好像有什么东西投入了喷泉”（第204页）。“心中的蛇”被赋予具体形式，蜿蜒爬行着，最后跌入喷泉，归入永恒的生命。

霍桑创造讽喻的另一种方法是通过描写身体变形来喻示人物的心理世界。《石人》中的理查·狄贝是“清教徒中的清教徒”，最为严厉，最不能宽容异己，他自诩上帝把真正的信仰交付给他，就决定弃世隐居，此时他已身患当时无药可治的心脏结石病。他来到荒山的岩洞中隐居。这一山洞最后变成埋葬他的墓穴。一百多年后，人们发现山洞中端坐着一个人像，“由于这个岩洞里的水气具有石化的物性，它竟然把人的尸体石化了”（第106页）。主人公从最初的心脏结石病到最后的全身变为石头，伴随这一进程的是主人公对世界日益冷漠。这种精神变化自然有悖于《圣经》真理，所以主人公祈祷时，“森林的浓荫遮蔽了圣灵的天空”（第99页），他读《圣经》时，“不断读错字，所有通情达理、仁慈的预言变成了对一切人进行报复的斥责和无法形容的诅咒，只有他自己除外”（第103—104页）。在叙述者看来，“友谊、爱情、虔敬，一切人类的和圣灵的同情心都应该远离那个隐蔽的洞穴”（第106页），即抛弃了对世人的热爱、离群索居，无法找到通向天堂的道路。

和《石人》类似，《伊桑·布兰德》也讲述了一个肉体变成石头的奇特故事。小说的同名主人公原本是一所石灰窑的烧窑工，为了寻求“不可饶恕之罪”周游世界，最后回到原来的出发点，当人们询问他这一罪恶到底在哪里时，他指着自己的心脏说：“就在这里。”他当晚从石灰窑顶上跳入烈火中自杀，“说起来很蹊跷，在他尸体四肢中，有一颗心脏的形状”。旁观者不禁发出疑问："这家伙的心脏会是用大理石造成的么?"① 解决这一疑问的关键，在于弄清"大理石的心脏"和"不可饶恕之罪"之间的相互联系。布兰德费尽一生精力去搜寻"不可饶恕之罪"，似乎它是自己的身外之物，和他不相干，而18世纪清教主义著名神学家约拿单·爱德华兹却认为，每个人都应关注自己的拯救，他所能做的就是承认自己有罪并在上帝的惩罚中荣耀上帝。②布兰德关注别人之罪远甚于关注自身之罪，"他现在是一位冷漠的旁观者，把人类当成他实验的材料"。把别人当作"不可饶恕之罪"的实验品，在他人身上寻找这种罪恶，和上帝、和其他人隔绝开来，就使得他仇视人类，"他再也无法抓住人性的宏大链条"③。他的心脏，"确定无疑地，已经萎缩了—已经收缩了—已经硬化了—已经死去了"④。这些描写预示着他从一个人变成"非人"，因此他的心脏最后在熊熊炉火中并没有被化成灰烬，反而变成了一块大理石。当然，对狂热探寻"不可饶恕之罪"的布兰德来说，发现罪恶并不是目的，清除罪恶才是目的。既然罪恶就在自己内心，那么只能通过毁掉自己才能消除罪恶，正像主人公说的："我将毫不退缩地接受惩罚。"⑤

《拉帕其尼医生的女儿》：对讽喻形式的根深蒂固的热爱

值得注意的是，讽喻在霍桑的短篇小说中并非偶然出现，仅

---

① Nathaniel Hawthorne, *Selected Short Stories of Nathaniel Hawthorne*, ed. Alfred Kazin, New York: Fawcett Books, 1983, p. 236.

② Herbert W. Schneider, *The Puritan Mind*, Ann Arbor: The University of Michigan Press, 1958, pp. 226, 233, 261.

③ Nathaniel Hawthorne, *Selected Short Stories of Nathaniel Hawthorne*, ed. Alfred Kazin, New York: Fawcett Books, 1983, p. 233.

④ Nathaniel Hawthorne, *Selected Short Stories of Nathaniel Hawthorne*, ed. Alfred Kazin, New York: Fawcett Books, 1983, p. 233.

⑤ Nathaniel Hawthorne, *Selected Short Stories of Nathaniel Hawthorne*, ed. Alfred Kazin, New York: Fawcett Books, 1983, p. 226.

在个别地方起作用。他笔下的重要讽喻贯穿小说始终，成为塑造人物形象、构建小说结构的主导性因素。有评论家指出："没有讽喻的霍桑是难以想象的。"[①] 霍桑自己也明确地意识到这一点。在《拉帕其尼医生的女儿》的"序言：奥贝平的创作"中，霍桑化名法国作家奥贝平先生，[②] 写下一段夫子自道：

> 如果不是由于他对寓言形式的酷爱[③]，把结构和人物加上了一层扑朔迷离的气氛，而从构思中去掉了人情的温暖，它们本来是可以为他赢得更大的声誉的。（第 388 页）

所谓"把结构和人物加上了一层扑朔迷离的气氛"（to invest his plots and characters with the aspect of scenery and people in the clouds）的说法，使研究者注意到他的讽喻集中在"人物"和"结构"这两个方面，而且这些讽喻本身的含义就带有无法确定的、含混不清的性质，需要从上下文中仔细分辨。因此，他的讽喻不是把以前固有的含义拿过来就用，而是有意识地突出讽喻自身的复杂性。用这种方式塑造人物，人物自然会呈现出多面的、复杂的性格特征；用这种方式构思故事，故事不再是平面式的线性推进，而会包括相互冲突甚至矛盾的各个方面。如果说讽喻在他的短篇小说中无处不在，那仅仅是看到了讽喻特征在他短篇小说中的外在文本表现，我们更应该思考的是，这些讽喻如何使他创造出复杂的性格、充满张力的故事，从而把讽喻的训诫说教功能转化成美学建构功能。

---

① Richard H. Fogle, *Hawthorne's Fiction*: *The Light & The Dark*, Norman: University of Oklahoma Press, 1964, p. 41.

② 奥贝平先生，原文为 M. de l'Aubépine，其中，法语的"Aubépine"和英语的"Hawthorn"一样，都是"山楂树"的意思。

③ "对寓言形式的酷爱"原文为：an inveterate love of allegory，本节译为"对讽喻形式的根深蒂固的热爱"。

在《拉帕其尼医生的女儿》中，拉帕其尼医生用来培育各种有毒植物的花园是一座“毒花遍布的伊甸乐园”（第 411 页）。伊甸园成为这篇著名小说的核心讽喻。在这个大花园里，有一座大理石喷泉的废墟，尽管颓败不堪，“泉水则依旧欢乐地喷射，在阳光里闪闪发光”。对医学院学生乔万尼来说，“这泉水象个不朽的精灵，不管人世沧桑，总是在不停地歌唱”（第 391 页）。然而，拉帕其尼医生的花园里既有日夜不歇、象征永恒生命的泉水，也遍布着能致人死地的毒花毒草，“特别是一株灌木，种在池塘中央的一个大理石花盆中”（第 391 页）。

小说的女主人公，帕拉其尼的女儿碧阿蒂斯（和《神曲》女主人公的名字一样）每日就生活在这人工创造的伊甸园中，负责照料园中植物，久而久之，她自己也成为“毒花遍布的伊甸园”的一部分。一方面，她和园中有毒的植物非常相似，“这美丽的姑娘和那一棵华美的大灌木有着相似之处……而由于碧阿蒂斯选择衣饰的式样和颜色颇多奇想，使得这种相似更为显著”（第 398 页）。“她触弄一些植物，吸入它们的香气。”（第 394 页）碧阿蒂斯和这些剧毒花草之间不仅是相似，而且她还成为这些毒花的化身。在她照料花朵时，“几乎弄不清这究竟是一个姑娘在照管她心爱的花，还是一个姊姊在向妹妹施以爱抚的责任”（第 394 页）。但另一方面，碧阿蒂斯又和代表永恒生命的“泉水”联系起来：处于爱情之中的碧阿蒂斯，“她那珠玉璀璨的奇思妙想，如同喷泉中喷出的串串水珠，闪耀着钻石、宝玉的光辉”（第 408 页）。而且，园中毒性最大的那株灌木，正被泉水所环绕着。没有了泉水，植物就会凋谢死亡。这似乎暗示着，本身带有致命毒素的碧阿蒂斯内心也不乏向善的力量。

在人物塑造上，小说把碧阿蒂斯描写成“毒花遍布的伊甸园”的讽喻形象。就像生活在伊甸园中的人类始祖一样，她由上帝创造，纯洁快乐，充满爱意，对爱情真诚无私。她无意中杀死蜥蜴或其他小虫，都会在自己身上划着十字，口中发出一声深深的叹息。她劝阻乔万尼接近那些带毒的植物，警告说：“它们是致命的！”就像她说的：“虽然我的身体是毒药滋养的，我的精神却仍是上帝的创造。”在大理石喷泉边，她出于对爱情的失望，最后吞下乔万尼的解毒药死去了，临终前对乔万尼说：“是不是从一开始，你天性中的毒素就比我更多呢?”（第 423 页）这是纯洁的碧阿蒂斯对掺杂私心杂念的乔万尼的指责。而小说中乔万尼的错误，就在于他没有看清碧阿蒂斯是善恶交织的混合体，汇聚了两种特质，“他想象那充满她肉体的毒素也渗透了她的灵魂”（第 401 页）。

小说有意思的地方在于，看似无毒的、一切正常的乔万尼其实是有毒的、心灵受到毒害的，他导致了碧阿蒂斯的死亡，叙述者指责乔万尼：“啊，软弱的、自私的、卑鄙的灵魂！”（第 421 页）而看似有毒的碧阿蒂斯表面上摧毁一切，令人不寒而栗，其实倒是心地纯洁。这一切，都通过“毒花遍布的伊甸乐园”这一讽喻表现出来。这种用讽喻来塑造复杂人物的方法也见于其他作品。如《美的艺术家》中，钟表匠欧文·华伦“努力使美的精神化为有形的东西”（第 289 页），他最后创造出一只会自动飞舞的机械蝴蝶，它成为人物的讽喻形象，和欧文本人合二为一：“它把我的生命也吸收到它里面去了。”（第 311 页）身材矮小纤细的欧文用小巧玲珑的手指创作出更精巧的，可以站立在指尖上的机械蝴蝶。它遗世独立，不食人间烟火。与之类似，欧文也深深感到周围世界的敌意，“由于一种特殊的命运的摆布而同群众脱离”（第 298 页）；机械蝴蝶没有任何实用价值，甚至不像钟表那样可以用来计时，欧文也“毫不沾染实利主义的粗俗气息”（第 287 页）。而且，小说根本就没有描述蝴蝶的内部结构和机械原理，它是欧文想象的产物，而非理性的产物。欧文的理想是“在他那超凡的领域边缘之外的稍纵即逝的奥秘”，想象力是破解这一奥秘的唯一途径。与欧文相反，他的师傅哈文顿则具有敏锐的理解力，“并且毫不妥协地不相信一切看不到的东西”（第 302 页）。

所以他一接触机械蝴蝶，它就萎靡不振了。虚构的机械蝴蝶既是主人公欧文的理想，更是欧文的化身。

讽喻的结构功能在《罗吉·摩文的葬仪》中表现得最为明显。小说中讽喻众多，如主人公卢宾·布恩（Reuben Bourne）中的“布恩”与“born”（出生）谐音，但研究者似乎忽略了“卢宾”与《创世记》中雅各的长子（中文翻译为“流便”）同名。在“约瑟和他的兄弟们”的故事中，流便先是劝阻兄弟们不要伤害约瑟，以后警告他们说：“流他的血向我们追讨。”（《创世记》第42章第23节）小说中的卢宾没有信守承诺，安葬罗吉·摩文，最后他犯下的过失竟然需要误杀自己的儿子才能赎清。可见，罗吉·摩文的血也在向卢宾“追讨”。然而，仅就作品结构而言，“荒野”无疑是贯穿小说始终的重要讽喻。

故事主要在荒野中展开。小说描述的两个主要场面“卢宾与罗吉的分手”“卢宾误杀独子”都发生在同一片森林中，中间的过渡篇幅简短。小说一开始，荒野就呈现出明显的双重色彩。罗吉和卢宾在与印第安人的战斗中受伤后，来到一块“复杂多变的坡度不大的丘陵”上面，躺在“用枯干的橡树叶做成的卧榻”上，他们头上的花岗岩石“简直就像一座巨大的墓碑”（第108页）。荒野既为他们提供了暂居之地来临时休养，同时又是他们的葬身之地，具有神秘莫测的恐怖气氛，这一场景对其后展开的故事具有预示作用，表明后文将在荒野的温馨抚慰和野蛮恐怖这两种性质的对立中展开。在卢宾决定离开罗吉的关键时刻，小说文本再次聚焦于荒野的两面性：“朝阳灿烂，树木和灌木丛到处洋溢着五月甜蜜的芬芳；”紧接着，“然而，大自然似乎也满脸忧郁，好像她对临死的痛苦和悲哀也深表同情”（第116页）。十八年后，卢宾一家打算“到原野的处女胸怀中去寻求生计”（第121页），他们宿营时，“黑森森、阴郁郁的松树俯视着他们”（第125页）。“处女胸怀”意味着温馨安慰，而黢黑阴郁的森林则充满不祥之兆。可以说，在小说情节的每一关键之处都可以看到荒野的身影。

更重要的是，荒野在小说中并不是点缀似的重复出现，而是推动故事情节的重要力量。在荒野上谋生的边疆开拓者既是猎人、战士，又是宗教朝圣者，“徘徊在道德的荒野上”。这些清教徒在抗拒野兽和印第安人侵袭的同时，还必须抵御魔鬼的诱惑。他们或者像“对观福音书”中的耶稣基督那样拒斥魔鬼的诱惑①，或者像摩西手下的以色列民众，因信仰动摇而遭受惩罚②。使卢宾堕落的魔鬼诱惑并非来自外界的撒旦，而恰恰来自他的内心。他得救后，隐瞒真相，背弃承诺，“替本来无可争议的行为加上了一种隐蔽的犯罪感”（第119页）。对犯罪后的卢宾来说，原野显得越来越神秘、阴郁，像他这样的老猎手竟然能在密林中迷路，“像是个梦游者而不是猎手”（第126页），但同时他感到原野中“奇异力量”在召唤他赎罪，“有一种超自然的力量在阻止他后退，他深信这是上帝的旨意要给他一个赎罪的机会”（第127页）。荒野，既是使他“迷路”的诱惑者，又是让他赎罪的“超自然的力量”。它代表了人物行动的主要心理动机，推动故事在最后一刻发生戏剧性转变。“杀子”的悲剧发生后，他的祈祷，“多年来第一次，从他的嘴里直达上苍”（第131页）。此时荒野的角色，从野蛮而神秘的世界变成超自然的上帝，最终把主人公从一个犯罪者转化成赎罪者。卢宾在“道德的荒野上”犯罪，又在自然的荒野上赎罪。荒野的讽喻意义在于，处身荒野并不可怕，只要人能够面对上帝，即使“在大自然荒凉的中心”，也能发现“一处具有家庭温馨的地点”（第128页）。这一讽喻，从预示全文和干预人物命运这两方面构成小说的主要框架。

《教长的黑面纱》中的核心讽喻是胡波牧师脸上佩戴的“黑

① 《旧约·马可福音》第1章第12节：圣灵催促耶稣到旷野去。他在那里四十天，受撒旦试探。

② 《旧约·民数记》第15章第32—33节：“你们要死在这旷野，而你们的子女要在这旷野流浪四十年，为了你们的不信遭受苦难。”

面纱”。主人公胡波牧师的面纱具有两大功能，它首先突出了其后隐藏的另一个有罪自我，或人们心中的隐秘之罪，就像他临终前感叹的：“我看着我的周围，啊！每一张脸上都有一层面纱！”（第 381 页）但面纱同时也阻止了他和上帝的交流，“他宣讲圣经时，面纱的阴影也挡在他和圣书之间。……他莫不是要在他向之祝祷的敬畏的上帝面前隐藏自己的面孔吗?”（第 358 页）牧师的面纱阻断了他和上帝的交流，也破坏了他和世人的正常关系，不爱上帝的人当然也就不会爱上帝创造的世界。在面纱上述性质的基础上，小说为数不多的情节分成两大类，一类是描写他如何使人虔诚，另一类是描写他如何使人恐惧。比如，一方面“面纱”指向人的“原罪”，任何人都必然具有的犯罪的自我，从教区的代表团到他的未婚妻，没有人可以劝说他撤除面纱，他的讲道特别震撼人心，等等；另一方面，小说也描写他参加婚礼就像参加葬礼，“使得爱与同情永远到不了他身边”（第 377 页）。“他和蔼仁慈，但不为人所爱”（第 378 页），他死后，人们一想到他，“仍然使人不寒而栗”（第 381 页）。显然，不被教徒爱戴的牧师，很难说是称职的牧师。无力完成圣职的人，也就没有多少获得拯救的希望。这正是小说质疑或批判“阴郁”的清教主义正统神学的地方，“霍桑的祖先就站立在 19 世纪的霍桑身边，而二者的声音不能完全合拍”①。但这些质疑是通过面纱这一讽喻的结构功能来实现的，即挖掘出“面纱”这一讽喻的两种对立特征，并在此基础上设计出两类情节来构成作品的主要框架。

① Richard H. Fogle, *Hawthorne's Fiction*: *The Light & The Dark*, Norman: University of Oklahoma Press, 1964, p. 40.

第六章 “为讽喻恢复名誉”

文学讽喻在 19 世纪经过歌德、柯勒律治等浪漫派理论家的贬斥而变得声名狼藉，人人唯恐避之不及。20 世纪初期仍有个别理论家继承了 19 世纪的这一诗学遗产，较有代表性的是意大利美学家、批评家克罗齐。他认为：“凡是重视寓意的地方，就必然不重视诗，凡是重视诗的地方，又必然不重视寓意。”[①] 此处的“寓意”即为讽喻。但更多的理论家或批评家则重估、质疑甚至尽力逆转这一流行已近一个半世纪的偏见。海德格尔在 1935—1936 年的演讲中指出，“作品将不属于它自己的事物表现出来；它表现了其他事物；它是一个讽喻。在艺术作品中其他事物与制成之物联系起来。‘联系起来’一词在希腊语中是 *sumballein*。作品是象征”[②]。他认为作品既是讽喻的，又是象征的，但二者是平等的，这就取消了它们的等级秩序。与此类似，加达默尔的《真

---

① ［意］克罗齐：《论寓意观念》，《美学或艺术和语言哲学》，黄文捷译，百花文艺出版社 2009 年版，第 223 页。

② Martin Heidegger, “The Origin of the Work of Art”, in Martin Heidegger, *Poetry, Language, Thought*, trans. Albert Hofstadter, New York: Harper & Row, 1971, p. 20: “The work makes public something other than itself; it manifests something other; it is an allegory. In the work of art something other is brought together with the thing that is made. To binging together is, in Greek, *sumballein*. The work is a symbol.”

理与方法》(1960 年初版)指出:“为讽喻恢复名誉。”① 今天看来,恢复讽喻名誉的进程首先由德国批评家沃尔特·本雅明开启。他命途多舛,生前寂寞,身后却不萧条,其《德国悲苦剧的起源》一书在20 世纪下半叶畅销学界。该书将“浪漫派象征”请下神坛,代之以“辩证的讽喻”,挖掘其中蕴含的革命潜能。在他看来,只有强调断裂、差异、不协调的讽喻而不是强调连续、和谐、统一的象征才能中断或“爆破”线性演进的历史进步主义僵化逻辑,缔造充满激进意味的艺术乌托邦。

加拿大著名批评家诺斯洛普·弗莱也是20 世纪讽喻研究中经常被人关注的重要人物,其名著《批评的剖析》(1957 年初版)提出一个经典命题:“人们没有经常意识到:一切评论都是讽喻的阐释,是将观念联结到诗的意象结构上去。”② 那么,他所谓的“评论”又是什么呢?作者回答说:“评论是将诗歌中隐而不显的东西翻译成明确的或论述的语言。”③ 可见,对诗歌的任何批评,任何人写下的关于诗歌的任何评论,都是“翻译”,都是将隐含的意蕴“翻译”过来,变得通俗易通,也就意味着挖掘诗歌的“另外的”含义。谈诗不得不谈及讽喻。

弗莱之所以产生上述看法,主要因为他是一位形式主义批评家。他在美国“新批评”的影响下坚持“诗歌本体论”。作者在上述引文出现的同一节中研究诗歌的字面义,其结论是:诗歌只

---

① [德]汉斯-格奥尔格·加达默尔:《真理与方法——哲学诠释学的基本特征》(上卷),洪汉鼎译,上海译文出版社 1999 年版,第 90 页。此处的“讽喻”中译本作“譬喻”。Hans-Gero Gadamer, *Truth and Method* (Second, Revised Edition), trans. Joel Weinsheimer and Donald G. Marshall, New York: Continuum, 1994, p. 70: “…the rehabilitation of allegory.”

② Northrop Frye:《批评的剖析》(英文版),上海外语教育出版社 2009 年版,第 89 页:“It is not often realized that all commentary is allegorical interpretation, an attaching of ideas to the structure of poetic imagery.”

③ Northrop Frye:《批评的剖析》(英文版),上海外语教育出版社 2009 年版,第 86 页:“…and commentary is the process of translating into explicit or discursive language what is implicit in the poem.”

能是其自身，“从字面意义上说，一个历史事件除了是这个历史事件，什么都不是；描述这一历史事件的散文叙事，从字面意义上说，除了是一段散文叙事外就什么都不是。……如果从字面上说，诗歌除了是诗歌，什么都不是，那么诗歌意义的字面基础只能是它的字母，是其各种交织起来的主题而形成的内在结构”①。和传统的说法相比，弗莱将“结构、主题”等也包容其中，从而明显扩大了“字面义”的范围；与之相对应，讽喻义也变得无所不包，甚至将所有的批评或阐释都容纳进来，导致“一切评论都是讽喻的阐释”。但问题在于，即使读者看出字面上的“字母、结构、主题”等，也不能说自己完全理解了诗歌。诗歌毕竟不能自我解释，不能将自己的全部意义都宣布给读者。如果诗歌可以吐露自身全部意义的话，那诗人为什么要费上一番功夫写诗歌，而不把自己的意思直接告诉读者呢？这个美国“新批评”式的问题可能有很多答案，其中之一是诗人在操作着语言这种不够完善的工具，诗人的想象和艺术世界难以百分之百地被复制出来——既然如此，那么批评家就有责任说出诗人想说而没有能力说出来的话。这正是20世纪欧美文论始终纠缠讽喻的原因，讽喻成为过去一百多年理论家和批评家挥之不去的幽灵。

20世纪上半叶“为讽喻恢复名誉”的热闹场景在文学创作中也非常突出。作家、诗人的创作固然可以不理会批评家的争论，却不能脱离自己的文化或文学传统。在文学实践上，现代主义文学的创立者之一乔伊斯在小说中实践“现代主义讽喻”，而政治倾向更加激进的美国“红色三十年代”小说家们则把传统讽喻改造成“激进的政治讽喻”，它们预示着讽喻在20世纪的文学创作中将获

① Northrop Frye：《批评的剖析》（英文版），上海外语教育出版社2009年版，第76—77页：“An historical event cannot be literally anything but an historical event; a prose narrative describing it cannot be literally anything but a prose narrative…And if a poem cannot be literally anything but a poem, then the literal basis of meaning in poetry can only be its letters, its inner structure of interlocking motifs.”

得多方面、多领域的运用，影响和塑造着20世纪欧美文学创作。

第一节　詹姆斯·乔伊斯："现代主义讽喻"

20世纪爱尔兰著名作家詹姆斯·乔伊斯的早期创作深受意大利诗人但丁的影响。乔伊斯曾坦言："我像喜爱圣经一样喜爱但丁。他是我的精神食粮。"① 他的短篇小说集《都柏林人》已被公认为经典之作，其中借鉴和改造但丁"讽喻诗学"之处值得认真研究。《都柏林人》的成功表明欧美讽喻文学这一传统在20世纪文学创作中焕发出新的生机，也印证了当代文学、美学研究中为文学讽喻"恢复名誉"的新趋势。

乔伊斯："一个不带但丁偏见的但丁"

"讽喻"（allegory）一词，最早意味着"表面上说的是一回事，实际上说的却是另外一回事"②。从公元前3世纪开始，就不断有批评家对"荷马史诗"做出"讽喻解读"，认为其中粗俗不雅的描写背后其实隐含着道德教训。基督教思想家圣保罗最早挖掘出"讽喻"的神学含义。他曾指出："亚伯拉罕有两个儿子：一个是从女奴生的，另一个是从自由的女子生的。……这可以当作一种寓意：那两个女人代表两种约。"③ 他认为《圣经·旧约》记载的史实背后有着精神含义，即"亚伯拉罕有两妻两子"中蕴含着耶稣基督宣示的《新约》真理。由此可见，在"后"耶稣基督时代人们可以站在更高层面上来阐释已经发生的历史事实，寻找其精神含义。耶稣传播的信仰使《旧约》的历史叙述获得圆满

---

① Richard Ellmann, *James Joyce*, New York: Oxford University Press, 1983, p. 218.

② Edwin Honig, *Dark Conceit: The Making of Allegory*, London: University Press of New England, 1982, p. 24: "the word allegory: Gr. *allēgoria*, fr. *allos* + *agoria*, 'other + speaking.'"

③ 《圣经》（现代中文译本·修订本），新加坡圣经公会1976年版，第210页。

解读，使之最终“完成”。中世纪经院神学家大多采用“讽喻解经”的方法研究《圣经》，区分出字面义、讽喻义、道德义和神秘义，后三种意义也统称“讽喻义”。“讽喻解经”成为《圣经》研究的基本方法。然而，诗人但丁认为，在“神学家的讽喻”以外还存在着“诗人的讽喻”，即人们可以依据“诗人们的理解方式”或“诗人的用法”创作或者解读诗歌。但丁指出《神曲》乃是“多义性”的，在字面上看，全诗主题是“灵魂死后的情况”；就其讽喻义来说，全诗写的是人们“由于自由意志的选择，照其功或过，应该得到正义的赏或罚”[①]。《神曲》以一位世俗诗人想象中的游历为题材，将道德训诫与宗教信仰融入其间。随后薄伽丘认为，但丁的方式“具备了哲学论证、或其他诱导之词所不具备的吸引力”[②]。可见，世俗诗歌像《圣经》一样都是传播信仰的工具，只不过它在虚构外表下表达真理。从但丁的理论论述和创作实践来看，讽喻文学具有虚构性、多义性、艺术性等特征，与基督教文化传统中的神学主题、题材、意象等密切相关。

但丁的“讽喻诗学”是乔伊斯批评理论的主要来源之一。青年乔伊斯曾有“都柏林的但丁”[③] 之称，他后来写《尤利西斯》时还把自己比作写作《神曲》的但丁。[④]“诗人们的讽喻”暗示，虽然上帝和诗人的方法不同，但诗人也肩负着向世界揭示真理的重任，诗人类似于上帝。乔伊斯心目中的艺术家像上帝一样，首先是一个创造者，而不是模仿者。他在 1903 年的“美学笔记”中说，人们曲解了亚里士多德“艺术是对生活的模仿”的说法，“他在这里并不是要给艺术下定义，而是说艺术创造的过程乃是

---

① ［意］但丁：《致斯加拉亲王书》，章安祺编订：《缪灵珠美学译文集》（第一卷），中国人民大学出版社 1998 年版，第 308—324 页。

② ［意］薄伽丘：《但丁传》，周施廷译，广西师范大学出版社 2008 年版，第 62 页。

③ Richard Ellmann, *James Joyce*, New York: Oxford University Press, 1983, p. 75.

④ Marry Trackett Reynolds, *Joyce and Dante*, Princeton: Princeton University Press, 2014, p. 6.

一个自然的过程"[①]。乔伊斯的理解是否准确姑且不论，关键是他将自然过程和艺术的生产过程等同起来，把创造自然的上帝和创造艺术的艺术家联系起来，艺术家"就像创造万物的上帝，他存在于他亲手创造的成果的内部，后面，之外，之上，可是却看不见"[②]。在这个意义上，他批评巴尔扎克的"准确的描写"，认为年青一代的艺术家应该追求"深刻的表现"，如果他们不像但丁那样虔诚地信仰上帝的天国，那就需要重建一个充满讽喻意义的艺术世界，"他是一个不带但丁偏见的但丁，在无形的地狱和天堂中游荡"[③]。新一代艺术家其实就是乔伊斯自己。他的自传体小说《一个青年艺术家的画像》（以下简称《画像》）主人公斯蒂芬说："艺术家在创作中从毫无灵气的泥土里塑造出一种生命。"（第 377 页）但和上帝使用泥土造人不同，艺术家"从声音、形体和色彩，从我们灵魂的这些监狱大门中"来创造艺术。小说创作以词语为材料，可以看成上帝创世中"道成肉身"的过程："在想象的处女子宫中词语被创造成肉体。"[④] 这些说法都为诗人或艺术家确立一个"类似上帝"的创造者的地位，由此引申出现代主义艺术家隔绝感、非个性化等重要特征。

首先，上帝显然是不可见的，上帝超脱于世俗世界相当于艺术家与一般社会大众相脱离。乔伊斯的《世俗民众的节日》开门见山地宣布："尽管诗人可以利用大众，但他很小心地使自己脱离大众。"[⑤]

---

① James Joyce, *Occasional*, *Critical*, *and Political Writing*, New York: Oxford University Press, 2000, p. 104.

② ［爱尔兰］乔伊斯：《都柏林人·一个青年艺术家的画像》，徐晓雯译，译林出版社 2003 年版，第 427 页。下文引用《都柏林人》和《一个青年艺术家的画像》均出自此版本，随文标明页码。

③ James Joyce, *Occasional*, *Critical*, *and Political Writing*, New York: Oxford University Press, 2000, p. 73.

④ James Joyce, *A Portrait of the Artist as a Young Man*, New York: Dover Publishing, INC., 1994, p. 158.

⑤ James Joyce, *Occasional*, *Critical*, *and Political Writing*, New York: Oxford University Press, 2000, p. 50.

需要指出的是，乔伊斯强调的现代艺术家隔绝社会、大众的特征并不完全是消极的。这种脱离本身潜含着对现有社会体制或设置的质疑或否定。其次，乔伊斯根据“上帝—诗人”的类似性论证艺术家的“非个性化”特征。《尤利西斯》曾经提到，上帝就是“街上的一声喊叫”。上帝无处不在，世上最寻常之物中都有上帝的影子；而且上帝总是不期而至，就像无人预知何时听到街道上的喊叫。但问题在于，上帝并不局限于街上的喊叫。除此之外，他还表露于其他事物中。街上的一声喊叫，在暗示上帝无处不在的同时又取消了这种特性。与此类似，艺术家存在于作品之中，但不能将二者简单地等同起来。乔伊斯的说法是，“艺术家本人的个性过渡到了叙述本身当中，像一个生命的海洋，在人物和情节的周围涌动，涌动”（第 426 页）。19 世纪浪漫主义诗人在诗歌形象中坦率而直露地表达自我，现代主义作家则是“隐蔽的上帝”，隐身于小说叙述的背后，最后形成的艺术作品消融了艺术家的个性。

乔伊斯不但将艺术家比作上帝，而且比作上帝的人间代表，神父、教士等。他的兄弟斯坦尼斯劳斯·乔伊斯曾写下乔伊斯的一段话：“你难道不认为在弥撒的神秘性和我做的事情之间存在着相似性吗？我的意思是说，我正努力将日常生活的面包变成某些自身具有永恒艺术生命的事物。”① 艺术家不仅是创造者，而且他的创造过程就像“弥撒”这一重要的宗教仪式。弥撒中的面包经过神父的祝圣而被灌注圣灵，变成耶稣基督的肉体；神父赐予信仰者永恒的灵魂和精神生命。可见，神父负责将面包改造成“神粮”，艺术家则以日常经验为材料，从中创造出永恒的艺术品，提升人们的道德和精神。《画像》主人公斯蒂芬说自己“是具有永恒想象的教士”，“他每天把经验的面包变成光芒四射的永

① Stanislaus Joyce, *My Brother's Keeper*: *James Joyce's Early Years*, New York: The Viking Press, 1958, pp. 103 - 104.

生之体”（第433页）。

在乔伊斯的批评实践中但丁的影响也清晰可辨。乔伊斯18岁时发表处女作《易卜生的新戏剧》。在这篇评论文章中，乔伊斯指出易卜生的最后一部戏剧《当我们这些死人醒来》以“活着的死人”为主题，男女主人公虽然还活在这个世界上，但精神上已经死去了。其实，这一主题见于但丁《神曲·地狱篇》第33首，其中提到欺骗者一旦做出欺骗的行为，他的灵魂立刻下了地狱；他的肉体虽还活在世上走完剩下的一段旅程，但已变成行尸走肉。这一主题契合“诗人的讽喻”的说法。从字面义上看，它描述了欺骗者的灵魂状态；从讽喻义上说，它表明欺骗者必受惩罚，以彰显上帝公正。

“都柏林人”：“他感到自己的道德品质正在片片碎落”

乔伊斯的《都柏林人》将“活着的死亡”这一讽喻文学的传统主题改造成“精神瘫痪”，以此来描述都柏林人的信仰状态和精神生活，也触及他们对瘫痪状态做出的不同反应。乔伊斯表白说：“我的想法是写下我的国家道德史的一章，我选择都柏林作为故事场景，是因为在我看来这里是瘫痪的中心。”①

《都柏林人》的开卷之作《姐妹们》围绕一个小男孩眼中的弗林神父之死展开。小说题目暗示“拉撒路和他的姐妹们”的故事。据《圣经》记载，拉撒路由于他的“姐妹们”马利亚和马大的虔诚信仰而死后复生。但小说中的弗林神父却陷入空前的信仰危机。他在做弥撒时失手打碎了圣餐杯，发现“里面什么也没盛”（第11页）。此后他独自躲在忏悔室里，“一个人在黑暗中直直地坐着，非常清醒，自个儿轻声呵呵发笑”。甚至在他死后，躺在棺椁中还“松松地揽着一只圣杯”。这一精神上的低迷、瘫

① James Joyce, *Selected Letters*, ed. Richard Ellmann, New York: The Viking Press, 1975, p. 83.

痪状态在小说的第一句就有暗示："这一次他是没有希望了：这是第三次中风。""没有希望"的弗林神父让读者想到但丁笔下那镌刻在地狱门楣上的名句："抛弃一切希望吧，你们这些由此进入的人。"[①] 此后出现的神父或教士与弗林神父的情形类似。《都柏林人》的另一类主人公虽然没有神父或教士的头衔，但也担当着神父的职责。神父主持的"弥撒"仪式中最重要的因素是面包和酒，分别意味着耶稣基督的"肉体和血"。小说中人物精神生活的瘫痪和残缺特点很大程度上通过未完成的圣餐这一隐喻表达出来。《泥土》中玛丽亚去乔的家里过"诸圣节"，一路上想着要使乔和阿尔菲这对亲兄弟重归于好。她后来给孩子们分发节日糕点时，才发现自己把最昂贵的葡萄干蛋糕忘在公共汽车上了。随后，乔拒绝和兄弟和好，连乔的妻子也说，他不该那样对待自己的"血亲"。小说一开始就说玛丽亚是个不错的调停人，但她却无法调和兄弟矛盾。《悲惨事件》中的达菲先生拒绝了辛尼科太太的爱情，他们最后分手是在"公园门口旁的一家小糕饼店"。此后辛尼科太太借"酒"[②] 消愁，出车祸而死。得知此事的达菲先生自我反思，"他感到自己的道德品质片片碎落"（第 101 页）。

但丁在《飨宴》中曾说信仰是人类灵魂的"神圣之光""内在之光"。信仰衰微、内在之光缺席的都柏林人大多被黑暗笼罩，他们的生活故事恰在黄昏时刻、沉沉暮霭或茫茫夜色中上演。《伊芙琳》中，女主人公"坐在窗前，看夜色侵入到街道上"（第 29 页），她想起对已故母亲的承诺——照料好这个家。《车赛之后》中，主人公沉浸在彻夜赌博带来的麻痹、迟钝状态中，小说最后一句："天亮啦，先生们!"暗示人物一直生活在黑暗中。加布里埃尔在《死者》的结尾处说："我们用不着灯。"（第 201 页）并让看门人拿走蜡烛。另外，乔伊斯也在某些篇章中为人物的生

① ［意］但丁：《神曲·地狱篇》，黄文捷译，译林出版社 2005 年版，第 21 页。
② 原文中使用的"spirits"有"烈酒"之意，单数形式意为"精神"。

活环境提供些许的光亮作为对比和映衬，他笔下的人物经常在一片黑暗中瞥见远处的亮光。《两个街痞》中游手好闲的勒内汉“始终凝视着又大又朦胧的月亮，那月亮周围有双层的光晕”（第41页），这是他谋划个人生活的开端。《恩典》中几个商人坐在幽暗的教堂里，“庄重地凝视着远处高高的祭坛上悬挂着的那一点红灯”（第159页）。

浓重的黑暗与黯淡的光明的对比暗示人物大多数时间精神生活的窘迫处境，但也在一定程度上折射出他们渴望光明。小说中的“都柏林人”并非毫无作为，他们对生活现状做出不同反应，力图构建一个新世界。《阿拉比》中的“我”爱上了“曼根的姐姐”，并将爱情神圣化，把这个女孩儿当成自己的崇拜对象，“我”是神父，而那个女孩则是“我”的上帝，“我想象中，自己正捧着圣杯安然地在一大群仇敌中走过”（第23页）。将爱情理想当作解脱方式的还有《悲惨事件》中的辛尼科太太。她爱情失败后死于车祸，但车祸造成的伤害“并不足以使正常人死亡”。《伊芙琳》中的同名女主人公在面临生活选择时，主要从对过去的记忆中寻求答案。她将过去岁月理想化，觉着眼下生活尽管艰难，“却不觉得这是全然没有好处的生活”（第30页）。与这些人物类似，小钱德勒在《一小片云》中受到好友闯荡伦敦、获得成功的启发，把希望寄托在自己的创作才华上，想象自己也可以像拜伦那样写诗，但他的理想很快就被孩子的哭声击碎，甚至连拜伦的一首诗也没有读完。

“都柏林人”一方面聆听着“上帝离去的脚步声”[1]，另一方面又力图把爱情、过去岁月、个人才能等因素作为信仰的替代物，从这些方面构建“另一个世界”。这些尝试在《都柏林人》的最后一篇《死者》中达到高潮。在小说的最后部分，书评作家加布里埃尔欣赏妻子格里塔灯影里的优美身姿，后来才得知，她

① Richard Ellmann, *James Joyce*, New York: Oxford University Press, 1983, p. 96.

当时正在乐曲的伴奏下回想为她死去的旧日情人米迦勒。妻子的回答为他揭示了“另一个世界”，那个世界以“死人”米迦勒为代表，永恒而寂静，意味深长，是这个世界的最后归宿，就像任何“活人”终将死去一样。他想象着自己“动身投入另一个世界中，这强过凄凉地随着岁月衰老枯萎”。他感到只有把目前的生活和“另一个世界”联系起来生活才有意义。在相互对比中，他看见了一个亡灵组成的“灰色世界”，“而这边实实在在的世界却正在消解、消失”。此时此刻，他才体验到真正的爱情，“宽容的泪水充满了加布里埃尔的眼睛……他却知道这一定就是爱情”（第208页）。与此相比，以前的爱情不过是“把自己小丑般的欲望理想化”。

如上所论，文学讽喻手法由但丁首倡。在他那个时代，真理只能是基督教宣传的信仰，讽喻文学与宗教信仰有着不可分割的血缘联系。但对后世作家来说，特别是对20世纪的现代主义作家来说，生活真理主要是个人体验或建构的过程，而不是《圣经》教导或神父宣教的结果。《都柏林人》写出了信仰衰落以及人们对此做出的各种应对或反应，也表明在“上帝死了”的现代社会中文学讽喻手法正日益明显地世俗化。

《都柏林人》：讽喻与“顿悟”

“都柏林人”对“另一个世界”的渴望和重建集中体现在乔伊斯大量运用的“顿悟”手法。这一概念来自神学术语“神的显现”（epiphany）。据《圣经》记载，耶稣基督在正式传道前，曾分别向东方三博士、施洗者约翰、迦南婚宴上的宾客们显现自己为上帝之子。这些“显圣”故事表明，耶稣代表拯救的真理来到人间，但他的神性本质并非时时刻刻都显示出来，而是在某些特定的时刻才披露出来，而且即使在这样的重要时刻，耶稣仍然在外表上保持了肉身。为纪念上述“显圣”事件，教会专设“主显节”，它和降临节、圣诞节一道构成了“圣诞循环期”。这些节日本身就是讽喻解读。如同圣保罗解释“亚伯拉罕有两妻两子”、但丁解读“以色列人出埃及”一样，它们通过回溯历史事件，将古代史实的意义和当代信仰者的生活结合在一起。节日中举行的弥撒等仪式，强调耶稣是上帝亲自派来的拯救世界的“弥赛亚”。同时，教会仪式中不断出现的蜡烛、星辰、面包、酒等意象都有浓郁象征意味，这方面让乔伊斯很感兴趣。他在复活节期间曾经陪同妹妹们去教堂，但不参加仪式，静默地立于角落中，弥撒一结束就独自离去，并事先声明：“他去教堂是出于美学的动机，而不是因为虔诚。”[①]

“神的显现”是从耶稣基督的角度来说的。从世人角度来说，它意味着世人不仅看见了耶稣的肉体，而且“看见”或“瞬间领悟”了耶稣的神性本质。这正是乔伊斯借用“神的显现”或“显圣”概念的关键。他在《斯蒂芬英雄》[②] 中说：“顿悟是忽然之间的精神显现，它或者发生在粗俗的语言或动作中，或者在心灵自己值得记忆的片段中。”[③] 在《画像》中他又说：“心灵然后又豁然感知到美的终极品质，审美形象的清楚明晰，这感知发生的那一瞬间，是审美快感的一个明亮而静默的静止时刻。”（第425页）首先，从讽喻文学的角度来说，这些论述强调顿悟是对审美对象的本质把握，它不来自神，而来自人；它也不来自神的启示，而来自日常生活。顿悟不可能经常发生，然而它一旦出现，就形成对“另一个世界”、美的世界的体验或领悟。顿悟发生在此岸，实际上暗示着彼岸。其次，顿悟大多通过文学象征来暗示另一个世界。《姐妹们》中被神父打碎的“圣餐杯”、《死者》中“飘落到所有生者和死者身上”的“雪花”等，都在担负叙事功能的同时超越其字面含义，使读者关注其讽喻意义。再次，顿悟

① Richard Ellmann, *James Joyce*, New York: Oxford University Press, 1983, p. 310.

② 与《都柏林人》几乎同时创作的长篇小说，为《画像》的雏形，作者生前未出版。

③ James Joyce, *Stephen Hero*, London: HarperCollins Publishers, 1991, p. 214.

既然来自粗俗的日常生活，也就意味着它可能发生在每个人的身上，《都柏林人》有限的几个人物的生活乃是都柏林每个市民生活的缩影，这是“一面擦拭得很好为他们自己举起的镜子”①，每个人都能从中找到自己的故事。进而言之，这也是民族灵魂或精神的镜子，有助于爱尔兰人民锻造出新的民族意识。

更为重要的是，顿悟为讽喻意义的产生提供了基本结构。《都柏林人》中的小说，基本上以平铺直叙的散文叙述为主，描述人物的世俗生活细节；在完成这些铺垫或准备后，人物豁然开朗，理解了目前生活中以前从未想到的意义。顿悟往往出现在结尾处，讽喻意义随即产生。读者了解了讽喻意义后，文本中那些平淡枯燥的细节显得寓意深长。如《姐妹们》一开始，“我”推测弗林神父快要死了，就每天晚上去看他的窗户，心中想到如果他死了，就会点上蜡烛，有烛光映现出来。但实际上神父在下午去世，虽然点上了蜡烛，但阳光太强烈，烛光不可能被看到。弗林神父的死亡是没有烛光的死亡，暗喻这是没有光明或希望的死亡。

《都柏林人》中的顿悟，有的发生在读者身上，有的发生在人物身上。在“童年”“青年”“成熟时期”“公共生活”四个部分中，“童年”包括《姐妹们》等3篇小说，形成描写“我”的童年生活的三部曲。这时的“我”尚且年幼，不太可能在反思生活时得出多么深刻固定的结论，读者结合主要故事和细节暗示，可以看出它们分别围绕“希望”“信念”“爱情”的破灭展开。其他如《委员会办公室里的常春藤日》中，为政治家竞选拉选票的人们在饮酒和闲聊中度过无聊的一天，“常春藤日”纪念的民族英雄帕内尔在人们的颂诗中被写成“被出卖的耶稣”，过去的政治理想和现实中的毫无意义的选举游戏形成了鲜明对照。随着人物的成长或成熟，顿悟越来越多地发生在人物身上。如“成熟

---

① James Joyce, *Selected Letters*, ed. Richard Ellmann, New York: The Viking Press, 1975, p. 90.

时期”的小说《悲惨事件》中，主人公反思过去，意识到不爱别人的人也无人爱他，“没人想要他；他是生活盛宴的局外人”。“公共生活”的小说《死者》当时就被称为“十全十美”的小说，人物的顿悟在结局部分达到高潮。主人公在想象中进入了“死人们”组成的世界，感觉那个世界就像窗外的雪花一样更加真实，更加可以被感知。这一场景预示了《画像》第4章结尾的场景，斯蒂芬在海边的少女身上看到新的现实；它也预示了《尤利西斯》的最后一章，夫妻两人中一个睡去，另一个则展开长篇联想。

遍布于小说集各篇的“顿悟”是实现“另一个世界”的基本途径。它符合讽喻文学传统的要求：言于此而意在彼。只是“都柏林人”所追求的“另一个世界”，已非欧洲基督教传统文化所说的永恒信仰和真理。“都柏林人”由于信仰缺席而陷于精神瘫痪，在“但丁式的地狱”中苦苦挣扎。正像乔伊斯后来指出的，“缺席乃是在场的最高形式”[①]，他们仍然需要寻求精神价值，希望凭借一己之力，从粗俗不堪的生活琐事中找到真理。“神的显现”因此变为世人的“顿悟”，小说人物和读者都可借此窥见文学讽喻意义上的“另一个世界”。

第二节　沃尔特·本雅明：“讽喻是现代人的盔甲”

和但丁的“诗人的讽喻”、笛福的“历史的讽喻”不同，本雅明学术研究的课题之一是“辩证讽喻”（dialectic allegory）。在本雅明著述中，“辩证的”一词还出现在其他语境中，如《中央公园》[②] 第33节说：“辩证形象（dialectic image）是稍纵即逝的形象。就像在能够认出过去的现在面前闪现的形象一样，只有通

① Richard Ellmann, *James Joyce*, New York: Oxford University Press, 1983, p. 96.

② “中央公园”是本雅明为“巴黎廊柱计划”写下的修改笔记。本雅明在和阿多尔诺的通信中得知法兰克福社会学研究所当时正在纽约中央公园附近寻找房舍，即以此为名。和“巴黎廊柱计划”一样，“中央公园”在作者生前未出版。

过这一方式，过去才能被捕获，波德莱尔的情况就是如此。”[①] 他的散文作品《单向街》挑选邮票、建筑物、室内陈设这些日常事物，像电影“蒙太奇”片段一样出人意料地并置罗列以取得令人震惊的效果，这些事物经常被称为“辩证形象”；本雅明自杀前完成的《历史哲学论纲》第14节说，“同样的跳跃发生在广阔的历史中，这是辩证的跳跃”[②]。这些术语中的“辩证的”意味着各种相互矛盾的因素保存并列和消解融合。这一含义也见于“辩证讽喻”中。

本雅明将“巴洛克讽喻”作为“辩证讽喻”的代表，而将“浪漫派象征”作为其反面。他批评浪漫主义理论家“过于生硬地”综合部分与整体、艺术和理念，“由于缺乏辩证的活力，他们对内容的形式分析和对形式的美学内容所做的分析都是不公正的”。与之相反，“巴洛克的讽喻典范则是辩证的讽喻”。[③] 政治转向后本雅明更加强调“辩证的讽喻”中蕴含的激进的政治功能，试图在基督教信仰和犹太教神秘主义的“弥赛亚救赎”和马克思主义主张的“艺术对人的解放”之间找到契合之处。“辩证的讽喻”是本雅明对讽喻诗学的主要贡献，它一方面首次严肃回应了19世纪以来盛行的“象征优于讽喻”论，另一方面又开启了20世纪“讽喻的当代复兴”，对德里达的“语言符号学”、保罗·德曼的时间修辞学、詹姆逊的“政治的无意识象征”都产生过影响。与他之前的斐洛、圣奥古斯丁、但丁、柯勒律治等主要讽喻理论家相似，本雅明的“辩证的讽喻”也和他的语言哲学有密切联系，可

---

① Walter Benjamin, “Central Park”, trans. Lloyd Spencer with the help of Mark Harrington, *New German Critique*, No. 34, Winter 1985, pp. 32 – 58, the quotation on page 49.

② Walter Benjamin, “Theses on the Philosophy of History”, in Walter Benjamin, *Illuminations*, ed. Hannah Arendt and trans. Harry Zohn, London: Fontana Press, 1979, p. 253: “The same leap in the open air of history is the dialectic one, …”

③ Walter Benjamin, *The Origins of German Tragic Drama*, Verso Edition, trans. John Osborne, London: New Left Books, 2003, p. 160: “In contrast the baroque apotheosis is a dialectical one.” 依据上下文，此处的“apothesis”译为“讽喻典范”。

以追溯到他对《圣经》创世故事的“元语言学”① 解读上。

“没有人知道他‘站在’哪一边”

本雅明从事过文学创作与翻译、文学评论、历史理论研究、文化批判等众多领域的工作。本雅明论文集《启迪》（*Illuminations*）英译本的导言撰写人汉娜·阿伦特有过经典的论述：“用我们通常习惯的指涉框架来描述其人其作，我们不得不做出为数众多的否定判断。”② 在阿伦特看来，本雅明不是学者，尽管他学识渊博；他不是语文学家，尽管他研究文本及其阐释；他不是神学家，尽管他受到《圣经》文本及其解读的巨大吸引；他不是翻译家，尽管他是普鲁斯特作品的德译第一人；他不是文学批评家，尽管他写过众多论文和书评评论在世的或去世的作家；他不是历史学家，尽管写过《历史哲学论纲》，身后留下研究 19 世纪法国文化史的大量手稿。阿伦特的说法综述本雅明的一生主要涉猎领域，也暗示本雅明本人的思想来源、发展脉络及其对欧美学界的影响。本雅明既深受传统语文学、神学影响，又力图运用马克思主义来研究历史、文化、文学艺术现象。在 20 世纪早期的西方马克思主义理论家中，他似乎比卢卡奇涉猎的范围更广泛，比布莱希特更温文尔雅、更有文人气质，比阿多尔诺更神秘。作为“这场运动所产生的最奇特的马克思主义者”（阿伦特语），本雅明总会激起后来学者的研究兴趣。

在涉猎广泛的研究生涯中，本雅明素以思想复杂多变、兼容并包著称，以至有人感叹说“没有人知道他‘站在’哪一边”③。本雅明对此并不讳言。他在 1934 年致友人书中说：“我相信，你

① 刘象愚：《本雅明学术思想述略》，［德］瓦尔特·本雅明著，陈永国、马海良编：《本雅明文选》，陈永国等译，中国社会科学出版社 1999 年版，前言第 4 页。

② Hannah Arendt，“Introduction”，in *Illuminations*，ed. Hannah Arendt and trans. Harry Zohn，London：Fontana Press，1979，pp. 9 – 10.

③ Julian Roberts，*Walter Benjamin*，London：MacMillan Press，1982，p. 2.

心中的我的形象并不是那种轻易而草率地服膺某种‘信条’的形象。你知道我的写作确实和我的信念协调一致，但我很少有机会，除非在交谈中，来努力表达相互矛盾的全部基础，我的信念建立在这些基础之上并采取了各自不同的表现形式。”[①] 这些“相互矛盾的全部基础”，被多数研究者归纳为德国哲学传统、犹太教神秘主义、马克思主义或历史唯物主义。

青年时代的本雅明是位聪颖早慧的理论天才，在他身上首先折射出19世纪德国经验哲学的影响。加达默尔的名著《真理与方法》在综述“经验”概念的发展演变时，提到19世纪德国主要思想家反对现代工业社会极度泛滥的冷冰冰的理性主义倾向，在一定程度上导致20世纪初期的“德国青年运动”[②]。这场运动以狄尔泰、尼采等人为代表，虽然加达默尔并没有提及本雅明，但本雅明是这一运动中“维内肯集团”（the Wyneken faction）的“最有才华的代言人之一”[③]。他的《德国悲苦剧的起源》可与尼采的《悲剧的诞生》媲美，二者都不是严格意义上的文学史著作，而是文学批评或文化批评著作。在本雅明看来，首先，现有的理论体系尚不足以概括生活经验的全部；经验只有亚当在堕落之前的伊甸园生活中才是完整的，此后人们的生活经验都是断裂的。其次，这种现象在现代社会兴起之后尤为严重，因而才需要弥赛亚的拯救或者救赎；再次，根据康德美学，审美经验是联系人的纯粹知识理性和实践道德理性的中介或桥梁，在知、情、意三大领域中，审美的人才有能力将“理性的人”与“道德的人”整合为一体，审美经验是上述经验断裂进程中唯一可以暂时性、

① Walter Benjamin, *The Correspondence of Walter Benjamin* (*1910 - 1940*), eds. Gershom Scholem and Theodor W. Adorno and trans. Manfred R. Jacobson and Evelyn M. Jacobson, Chicago and London: The University of Chicago Press, 1994, p. 439.

② Hans-Georg Gadamer, *Truth and Method* (Second, Revised Edition), trans. Joel Weinsheimer and Donald G. Marshall, New York: Continuum, 1994, p. 63.

③ Richard Wolin, *Walter Benjamin*: *An Aesthetic of Redemption*, Berkeley: University of California Press, 1994, p. 4.

局部性地恢复经验整体性的手段。最后，人类的历史是堕落的，是退步的而不是进步的，在堕落中等待救赎。救赎对早期的本雅明来说是犹太教中的救世主弥赛亚，对于后期的本雅明来说，来自他的独特的马克思主义观或历史唯物主义观。在他最后的著作《历史哲学论纲》中，弥赛亚的形象依然清晰可见。

当然，以上所述并不都是青年本雅明的想法，其中涉及本雅明的语言哲学观和政治观的想法很多来自他政治转向后的论述。本雅明在1924年宣布政治转向后，曾引起他的朋友索伦的疑惑，索伦痛惜20世纪犹太教研究丧失了一位最有天赋的理论家。本雅明在1926年5月29日致索伦的长信中对此做出解释。本雅明首先阐明了对自己时代性质的判断："我们这代人中的每一个人都会感到他生活其中的世界正处于一个历史的时刻，这不是作为空洞词句的时刻而是作为一场战斗的时刻。"① 因此每个人都应离开"纯粹理论的领域"，做出实际的政治选择，但这种选择并不是一劳永逸的只能选择一次，而是可以选择多次，即在每一关头都应做出相应选择。本雅明理解的政治选择是实验性的，而且这次选择和下一次选择未必完全相同，他的立场是"永远激进的但从来都不是前后逻辑的"（always radically but never logically）②。那么，在离开"纯粹理论的领域"之后，本雅明的选择具体落脚在何处呢？他提到了两个领域：宗教的和政治的。在本雅明看来，这两个领域其实是相通的。他在书信中举过一个例子："我的研究和思考从来都不能在任何其他意义上而只能在神学意义（如你愿意这样称呼它的话）上进行，即根据塔木德的教诲进行，

① Walter Benjamin, *The Correspondence of Walter Benjamin* (*1910 - 1940*), eds. Gershom Scholem and Theodor W. Adorno and trans. Manfred R. Jacobson and Evelyn M. Jacobson, Chicago and London: The University of Chicago Press, 1994, p. 300.

② Walter Benjamin, *The Correspondence of Walter Benjamin* (*1910 - 1940*), eds. Gershom Scholem and Theodor W. Adorno and trans. Manfred R. Jacobson and Evelyn M. Jacobson, Chicago and London: The University of Chicago Press, 1994, p. 300.

这一教诲是《托拉》的每一段都有49层涵义。在我的经验中，最为俗套的马克思主义老生常谈也比只有一种含义即辩护含义的资产阶级渊博学识具有更多的含义等级系统（*hierarchies of meaning*，英译文为斜体）。"[①] 在犹太教和马克思主义之间，本雅明发现了理论文本的多层意蕴这一共同特征。他自杀前完成的《历史哲学论纲》将弥赛亚拯救和历史唯物主义的胜利融合在一起，认为获得自觉革命意识的无产阶级就是未来的弥赛亚。

"总体语言与人类语言"

本雅明的《德国悲苦剧的起源》专门研究德国17世纪巴洛克文学中的悲苦剧问题。他曾说要想理解全书的序言，必须从犹太教神秘主义入手。本雅明自己对"喀伯拉"[②] 的理解和他的朋友G. G. 索伦有关。索伦于20世纪20年代移居巴勒斯坦，后为"喀伯拉"领域的研究权威，他在分析犹太教神秘主义的主要特点时强调了语言的神秘性及其神圣来源："语言企及上帝，因为它来自上帝。人的普通语言表面上是理性的，却映射着上帝用以进行创造的语言。……上帝的隐秘自我用圣名自我命名，藉以开始和终结永远的创造。"[③] 这里指出的上帝以语言创世、创世以语言开始和结束、上帝本质是其自我命名等观点都体现在本雅明1916年完成的论文《总体语言与人的语言》中。

本雅明心目中的"总体语言"首先强调语言的普遍性，它无处不在，"覆盖"万物，"在有生命的或无生命的自然中，没有一事一物在某种程度上没有语言性质，因为交流它们的精神含义乃

---

① Walter Benjamin, *The Correspondence of Walter Benjamin (1910 – 1940)*, eds. Gershom Scholem and Theodor W. Adorno and trans. Manfred R. Jacobson and Evelyn M. Jacobson, Chicago and London: The University of Chicago Press, 1994, pp. 372 – 373.

② 喀伯拉，Cabbalah，犹太教神秘主义哲学体系，主要对《圣经·旧约》（《以色列圣经》）做出神秘阐释。

③ ［德］G. G. 索伦：《犹太教神秘主义主流》，涂笑非译，四川人民出版社2000年版，第17页。

是其本质”[①]。在本雅明的论述中，精神本性和语言实体（linguistic entity）相互对应，前者依靠后者来表达，但这一点仅仅适用于总体语言，而不适用于人类的具体语言，“比如说德语，它无论如何也不能表达我们——在理论上——通过它来表达的一切，而只能是可以在德语中能够表达的事物的直接表达”。[②] 总体语言具有超越性，是具体语言的根基和蓝本；同时，任何一种语言都不会无所不能，这一局限性为本雅明此后研究语言翻译埋下伏笔。“总体语言”观的第三个命题主张“语言没有言说者”“语言在自身中表达其自身”[③]。万物的精神实体只能由语言实体来表达，二者之间具有一致性；而语言实体构成语言本身，所以，语言既是精神实体，也是语言实体。本雅明举例说，鉴于万物皆有语言，一盏灯也会有自己的语言；如果这盏灯可以“说话”的话，那么它所言说的绝非这盏灯本身，而是关于这盏灯的语言、它的交流和表达方式。由此可见，在万物的交流活动中，其表达内容和方式二者是一致的。总体语言由此反对将语言简单地视为表达工具的“资产阶级观点”。

万物都有语言，并不意味着所有语言的完善程度都一样。按照精神实体的不同，语言有高下优劣之分。唯有上帝才是最纯粹的精神实体，上帝的创世语言才是最完善的语言。这就将论述的思路从形而上学转向神学。上帝的大多数创世活动经历了三个阶段：

① Walter Benjamin, “On Language as Such and on the Language of Man”, Walter Benjamin, *Reflections: Essays, Aphorisms, Autobiographical Writings*, ed. Peter Demetz and trans. Edmund Jephcott, New York: Schocken Books, 1978, p. 314: “There is no event or thing in animate or inanimate nature that does not in some way partake of language, for it is in the nature of all to communicate their mental meanings.”

② Walter Benjamin, “On Language as Such and on the Language of Man”, *Reflections: Essays, Aphorisms, Autobiographical Writings*, ed. Peter Demetz and trans. Edmund Jephcott, New York: Schocken Books, 1978, p. 315.

③ Walter Benjamin, “On Language as Such and on the Language of Man”, *Reflections: Essays, Aphorisms, Autobiographical Writings*, ed. Peter Demetz and trans. Edmund Jephcott, New York: Schocken Books, 1978, p. 316.

应该有（let there be）—上帝创造（He created）—上帝为所造之物命名（He named）。上帝为所造之物取名，也就意味着这一事物乃是独特的，和他物不能混淆，命名在有限和无限之间划定了一条界线。但这一公式或者“节奏”对于上帝创造亚当并不适用。《旧约·创世记》第2章记载亚当为在面前走过的走兽飞鸟命名，并将自己的配偶命名为“女人”，“万物中唯有人为自己的同类命名，就像他是唯一没有被上帝命名的一样”[①]。既然上帝命名了万物等于创造了万物，人为走兽飞鸟取名字也就使自己变成“自然的上帝”；同时，自然是喑哑无声的，而亚当的命名则是有声的。当上帝造人时，上帝在人的身上吹一口气，上帝在吹气时发出了声音，本雅明认为这就象征性地写出上帝不仅赋予人生命和心灵，而且还赋予人能够出声的语言；这是传统《圣经》解释者的说法，虽然本雅明强调自己的论文不是《圣经》解释，但在具体论辩中仍然难免“讽喻解经”的影响。但无论如何，以上所论都表明亚当在伊甸园中的语言是完善的语言，亚当把万物叫作什么，万物就是什么，在“叫什么”和“是什么”之间、“名字”和“是”之间没有差异，亚当是伊甸园中唯一的“知者”（knower），“上帝按照自己的形象创造了人，他也就按照创造者的形象创造了知者”[②]。

在亚当因犯下原罪而堕落之后，人类语言的性质发生了根本转变。亚当的堕落首先是语言的变质和腐坏。此前的单一语言变成了多样性的语言，“巴别塔”的故事可为佐证；此前的无须中介的直接语言变成了抽象的间接语言。亚当的语言是命名的语言，唯一可以威胁这一点的就是“非命名”的语言，“关于善恶

---

① Walter Benjamin, “On Language as Such and on the Language of Man”, *Reflections: Essays, Aphorisms, Autobiographical Writings*, ed. Peter Demetz and trans. Edmund Jephcott, New York: Schocken Books, 1978, p. 324.

② Walter Benjamin, “On Language as Such and on the Language of Man”, *Reflection: Essays, Aphorisms, Autobiographical Writings*, ed. Peter Demetz and trans. Edmund Jephcott, New York: Schocken Books, 1978, p. 323.

的知识，是不能加以命名的。在其最深刻的意义上，它毫无用处。这一知识本身是伊甸园中的罪恶”①。亚当因追求关于善恶的知识而堕落，善恶本身和亚当以前命名的走兽飞鸟相比，显然属于抽象的概念；而且，这一知识不是来自亚当的命名行为，而是来自外界，何者为善、何者为恶在堕落后的世界上、在不同的语言中有不同的界定。更重要的是，亚当的堕落将人类语言变成了象征和符号，“人类离开更纯粹的命名语言，将语言变成了一种工具（这一知识对他并不合适），因此，在任意程度上，他将语言的某些部分变成了单纯的符号”。既然是符号，那么意义和符号之间的关系就是任意的、多样化的，“这种情况后来导致语言的多样性”②。进而言之，语言变成了符号，也就意味着人们对事物的知识不再是全面的、直接的，而只能通过符号来部分地、间接地获得，“在任何一种情况下，语言不仅表达可以表达的，而且同时还是不可表达的象征”③。

针对人类堕落后的语言状况，人们会做出怎样的反应呢？本雅明告诉读者，人们只能对此表示哀伤，痛悼自己丧失了伊甸园的快乐时光，如果自然会说话，她也会表示同样的伤感，“甚至哪一个地方有树叶沙沙作响，那也是自然在哀叹”④。从此出发，也就可以理解，随后本雅明的重点会转向“德国悲苦剧”这一长

① Walter Benjamin, “On Language as Such and on the Language of Man”, *Reflections: Essays, Aphorisms, Autobiographical Writings*, ed. Peter Demetz and trans. Edmund Jephcott, New York: Schocken Books, 1978, p. 327.

② Walter Benjamin, “On Language as Such and on the Language of Man”, *Reflections: Essays, Aphorisms, Autobiographical Writings*, ed. Peter Demetz and trans. Edmund Jephcott, New York: Schocken Books, 1978, p. 328.

③ Walter Benjamin, “On Language as Such and on the Language of Man”, *Reflections: Essays, Aphorisms, Autobiographical Writings*, ed. Peter Demetz and trans. Edmund Jephcott, New York: Schocken Books, 1978, p. 331.

④ Walter Benjamin, “On Language as Such and on the Language of Man”, *Reflections: Essays, Aphorisms, Autobiographical Writings*, ed. Peter Demetz and trans. Edmund Jephcott, New York: Schocken Books, 1978, p. 329.

期乏人问津的艺术形式。由上可见，年仅十七岁的本雅明在很大程度上拓展和深化传统犹太教神秘主义的看法，表现了令人惊叹的理论创造力。

“浪漫派象征”与“辩证讽喻”

本雅明在《德国悲苦剧的起源》中指出：“讽喻世界观来自充满罪感的身体和更纯洁的诸神本质的冲突，前者由基督教作为例证，后者具体表现在万神殿中。”① “充满罪感”集中体现在人类的语言运用上。一方面，堕落前的亚当在伊甸园中命名万物，名称与事物本身是统一的，而堕落后的亚当获得了抽象的关于善恶的知识，语言只能是符号；另一方面，万神殿中的诸神雕像用艺术的手法形象地再现了一个形而上的理念世界，人们对诸神的敬拜和祭祀流露出对那个无法进入的理念世界的眷恋与期待。简言之，随着亚当被驱逐出伊甸园，人类进入一个词与物、经验与理念、现象与真理相互断裂的时代。本雅明在《德国悲苦剧的起源》中总结说：“亚当为事物命名一点都不是游戏之举或任意而为，它实际上确认了伊甸园的这种状态，即根本都不用为词语的表达意义努力。在命名中，并无倾向性的介入，理念就显露于外。”（第37页）

在后亚当的世俗世界中，基督教神学用耶稣基督来解决这一本体论的鸿沟（ontological gap）。耶稣基督是个人与集体、人性与神性、世俗与神圣、经验性与超验性、生活世界与真理世界的完美融合。中世纪的人维持了统一的宗教信仰，通过解读耶稣基督的奇迹满足自己追求形而上真理的渴望，认为在各种具体事物

---

① Walter Benjamin, *The Origin of German Tragic Drama* (Verso Edition), trans. John Osborne, London: Verso Publisher, 2003, p. 226: “The allegorical outlook has its origin in the conflict between the guilt-stricken physis, held up as an example by Christianity and a purer *natura deorum* [nature of the gods], embodied in the patheon.” 本节引用该著作均出自此版本，随文注明页码。

背后都潜藏着自己信仰的宗教真理。本雅明引用一位德国学者的话说，当文明草创、民智未开时，“智者们只好将敬畏上帝、美德、善行的教育内容埋藏或隐含在诗歌或寓言中，这样芸芸众生才能懂得”（第 172 页）。但中世纪结束后，在人文主义、基督教改革宗、理性主义的冲击下，传统的统一世界观日益解体，人们再也不能无视本体论的鸿沟。德国悲苦剧作为巴洛克文学的代表形式，是这一现实困境的艺术表达，在这种艺术形式兴起的 17 世纪，“传统形式被剥夺了宗教上的圆满实现，要求它们在自身之上发明一种世俗的解决方案来取而代之”（第 79 页）。

然而，本雅明以前的理论家并没有意识到这一点，仅将德国悲苦剧当作古典悲剧的回归或复兴。随后兴起的浪漫主义诗学以“美”的概念为中心，认为“美可以和神圣联结成一个毫无裂缝的整体”（第 160 页），象征把经验材料与超验真理之间的关系转化为生活表象与本质的关系，打通本来相互隔绝的现象界和真理世界，因而具有明显的拯救、救赎功能。这些想法表现在歌德、谢林、诺瓦利斯、柯勒律治等人的论述中。总之，本雅明在《德国悲苦剧的起源》中对讽喻理论的重构首先以人类语言的世俗性质为基础，其次以德国巴洛克文学为素材，最后以 19 世纪以来占据统治地位的“浪漫派象征”为反驳对象，上述三个方面构成了本雅明重构讽喻理论的三重背景。

本雅明的《德国悲苦剧的起源》力图拨乱反正，颠覆“浪漫主义的象征”这一“暴虐的篡位者”。全书围绕这一主题，从“废墟”“时间”“救赎”三个关键词出发展开论述。但值得注意的是，本雅明在论述中并没有简单地将象征完全视作讽喻的反面，似乎讽喻就一定要反其道而行之。在他看来，一方面象征与讽喻相对立，另一方面象征又是讽喻建构的基础，讽喻有必要吸收象征的合理因素，确立象征和讽喻之间的辩证关系。做到这些，讽喻才能从一般讽喻发展成“辩证讽喻”。

19 世纪“象征优于讽喻”论的主要根据可以概括为象征和所

象征之物之间是有机的自然的联系，这方面最流行的例子出自英国批评家柯勒律治，他认为“船帆”是“船”的整体的一部分，从属于整体又暗示着主体。部分的存在也就是整体的存在。这一点上文已经论及。本雅明并不完全否认真理的在场，他在《德国悲苦剧的起源》的“序言”中引用柏拉图的《会饮篇》，论证存在着一个形而上的理念世界，但他同时强调真理的不在场性质。真理和知识不同，真理不能被占有、被质疑，“在理念的舞蹈中被再现出来（represented）的真理，拒绝以任何形式被投射进知识的领域”（第29—30页）。真理是“理念的舞蹈”，它总是变动不居，一个动作是对前一个动作的否定，既表现什么又逃避或否定这种表现。即使存在一个形而上的理念世界，那么如何接近这一世界也大成问题。本雅明强调，感性经验或理性能力都不能帮助我们跨越“本体论的鸿沟”。耶稣基督的奇迹是神学秘密，不能简单地借用于世俗生活。由此看来，与暗示整体、无限、自由等理念在场或存在的“浪漫派象征”相比，主张“表面上说的是一回事，实际上说的却是另一回事”的讽喻就具备了一个突出的优点：它一方面说到某一件事，另一方面又否定自己说到这件事而很快转向另一件事。如果一件事物被讽喻地表现出来，那么也就意味着它不再是原有之物，“它表明原来所代表事物的不存在（non-being）”（第233页），而且，这也就意味着它除了可以被讽喻地表现出来，就再也没有其他性质或者存在。如此看来，理念可以被讽喻地表现出来，它既不是在场的，也不是不在场的；也可以反过来说，它既是在场的，又尽力逃避这种在场。讽喻，是理念在场和不在场的综合统一。

理念的在场与缺席在很大程度上决定着讽喻与时间、讽喻与自然—历史的辩证关系。“浪漫派象征”认为象征意味着理念的瞬间显现，正如本雅明总结的，“在对象征的体验中，时间的度量是神秘的瞬间，其间，象征假定其意义深入它那最为隐秘，如果可以这样说的话，它那被重重包围的内部”（第165页）。上述说法的缺陷在于，只看到理念在场的一面而忽略其不在场的一面，后者被本雅明称为“延续”，这点可以巴洛克文学为例：“连续不断地将各种碎片堆积起来，但心中也无法确定自己的目标是什么，只是满怀着对于奇迹的不可挫败的期待。”（第 178 页）德国悲苦剧的作者们虽然期待着理念显现的奇迹瞬间，但其实心中并不清楚这一瞬间何时到来，他们在大多数时间中体验到的仍然是对这一时刻的无穷无尽的延宕与推迟，只能“连续不断地”创造各种讽喻形象来暗示那个时刻。在全书的结尾处，本雅明对这一点还举例说明，“正如坠落的人从高处跌下时会翻跟头，讽喻的意愿从一个象征跌到另一个象征上，在无底的深渊中感到头晕目眩”（第 232 页）。从高处到“无底的深渊”必将是一个相当长的过程，其间虽有理念的瞬间显现，但难以持久，这一瞬间过后，讽喻还会继续跌落，“从一个象征跌到另一个象征上”。如果说“浪漫派象征”意味着在时间上是显现和体验，那么讽喻则强调这种显现既是瞬间完成的，又将会持续不断地继续进行下去，是瞬间和延续的统一。

上文中“讽喻跌落”的比喻暗示了本雅明“辩证讽喻”的自然观和历史观。“跌落”只能是由上而下的不断沉沦，这对应着中世纪以来的历史语境。本雅明认为中世纪注意到世上万物皆无用处、人生易逝等，但把这些特征看作“拯救之路上的座座驿站”，而德国悲苦剧“则完全渗透着世俗生活毫无指望的特征”（第 81 页），把拯救之路上的驿站改造成“衰落途中的座座驿站”（第 166 页），其历史观不是进步的、上升的，而是退步的、下降的，展现了一幅日益凋敝、败坏的画面。当然，不同的人在自然中看到的景色千差万别，或许有人眼中的自然生机勃勃、鲜花遍地，但对讽喻作者们来说，“他们在自然中看到了持续不断的转瞬即逝，而且唯有在这里，这一代人的视觉能力才能认得出历史”（第 179 页）。“在自然的脸庞上写着‘历史’这个字，其意义乃是转瞬即逝。”（第 177 页）历史和自然共同分享着一个日益败坏的进程，前者的终点是死亡，后者的终点，则是“废墟”。德国悲苦剧中经常出现的场景是满怀忧郁的主人公面对着死神的头颅或者骷髅大发感慨，陷入沉思，莎士比亚《哈姆雷特》中的“墓园”场景正与此类似，表明戏剧人物只有从死亡意象中才能了解历史意义。悲苦剧中另一典型意象是建筑物的废墟，它经常被用作戏剧行动的背景：

> 在废墟中，历史才确确实实地沉入背景之中。在这一变形中历史没有采取一种永恒生命进程的形式，而是采取无法抗拒的衰败的形式。① （第 178 页）

废墟是建筑物倾颓、坍塌、衰败的结果，它暗示人们“向后看”而不是“向前看”；废墟曾是完整建筑物的一部分，但现在却作为整体的片段、碎片而存在，“废墟这一意蕴丰富的碎片，这一遗留之物，是巴洛克所有创造中最优秀的材料” （第 178 页）。以废墟这一看似无用的、无意义的意象为例证，本雅明认为在讽喻作家笔下的自然既有意义又没有意义：说它没有意义，是因为在讽喻创造的过程中，自然被人为地剥夺了以前上帝创世时所赋予的意义、在亚当语言中所具有的意义：“它再也不能投射出它自己的意义或深意。”（第 183 页）说它有意义，是因为它在讽喻中被赋予了一种新的意义，“用来指涉他物的事物，从这一行为本身来看，都来自这种能力，就是使它们不再和世俗事物等量齐观，这就把它们提升到更高的层次，也的确可以将其神圣化”（第 175 页）。本雅明总结上述两方面说，“用讽喻术语来说，世俗世界既被提升了，又被贬低了”（第 175 页）。

---

① Walter Benjamin, *The Origin of German Tragic Drama* (Verso Edition), trans. John Osborne, London: Verso Publisher, 2003, pp. 177 – 178: “In the ruin history has physical merged into the setting. And in this guise history does not assume the form of the process of an eternal life so much as that of irresistible decay.”

在本雅明看来，讽喻是使世俗事物重新获得意义的一种方式，正像当代研究者指出的："在一个看上去远离意义的时代里，巴洛克时期的作家们通过讽喻技巧来构建和意义的关系。"[①] 无论是依赖西方形而上学传统的早期本雅明，还是站在马克思主义立场上的后期本雅明，"都坚持立足于世俗世界来拯救这一世界"[②]。这一点在与"浪漫派象征"的对比中表现得更为明显。在浪漫派象征中，象征始终是整体性、无限、神圣的一部分，然而在亚当之后的世界中，这种"部分从属于整体"的观念是一种假定，整体性既然不能存在，部分和整体的从属关系也就不会存在。讽喻不是部分，而是碎片（fragment），其功能是消除"整体性的虚假外表"（第176页）。"思想领域中的讽喻是什么，各种事物领域中废墟就是什么。"（第178页）废墟不是原有建筑物的一部分，只有经过时间的流逝才能形成废墟；作为"碎片"的讽喻同样和此前的整体性拉开了时间的距离，也不是原来整体性的一部分。然而，正像废墟使人想起原来的建筑物，碎片也让人想起整体性，或者说它指向了整体性。这就使讽喻脱离原来语境而置身于新的语境，是对原有语境的彻底毁坏，宣布原有语境不再有效，讽喻自身就可以孕育甚至诞生意义，这就等于宣布讽喻蕴含着潜在的激进功能，"这是对世俗世界发出的一个破坏性的、然而又是公正的判决"（第175页）。至少，讽喻为创造新的有意义的世界提供了一种可能性。

然而人们通过讽喻来赋予事物以意义的行为，这本身就是人为的、任意的行为。"任何人、任何客体、任何关系都可以绝对地意味着其他任何事情。"（第175页）讽喻不仅在内容上，而且在形式上、在表现模式上也是人为的，充满了主观性。毫不奇怪，这种行为像其他行为或自然界中的事物一样也会转瞬即逝，

① Richard Wolin, *Walter Benjamin: On Aesthetic of Redemption*, p. 69.

② Richard Wolin, *Walter Benjamin: On Aesthetic of Redemption*, p. 126.

以死亡或废墟来结束。死亡为讽喻标识出边界，它在世俗世界中将不能超越这个界限；达到这一极端的讽喻将无事可做，它不会再回到世俗世界而只能转向去指涉永恒的世界，用传统的神学术语来说，那是耶稣基督复活所代表的上帝的世界，“与其说转瞬即逝被表达出来或者被讽喻性地表现出来，不如说它被展现为讽喻，复活的讽喻。最终，在巴洛克死亡标志中，讽喻反思被扭转了方向；在它宽大弧形的第二部分，它返回来拯救世界”（第 232 页）。只有在弥赛亚再临、拯救现实的世界中，讽喻才能终止或被放弃，因为人们将重新直接面对真理或理念，“在上帝的国度里，讽喻创造者们才会醒来”（第 232 页）。

讽喻从指涉世俗世界转向永恒的理念世界，这被本雅明称为“朝向复活理念的不忠实的一跳”，它之所以“不忠实”，是因为讽喻抛弃或否定了那个孕育自己的世俗世界。这表明，辩证讽喻实现其激进潜能的具体途径是它既能设立对立因素，又能消解这一因素。比如德国悲苦剧中有大量表现阴谋篡位、血腥复仇的情节，这些罪恶都用讽喻的情节表现出来，但上帝创世时说过，自己创造的世界是好的，所以不会存在绝对之恶。德国悲苦剧用讽喻手法表明这一点，“讽喻恰恰意味着它所代表的事物的不存在。由暴君和阴谋家代表的绝对之恶不过是讽喻。他们不是真实的，他们所代表的、所拥有的只有在忧郁的主观性视角下才能存在；他们就是这一视角，因为他们只能代表盲目性，他们的子孙就会摧毁这一视角”（第 233 页）。显然，讽喻带有强烈的主观性，没有人可以规定必须使用某一事物来代表另一事物，舞台上的罪恶都表现出明显的主观色彩，它们只能是个人自我选择的结果，只能是相对的而非绝对的。

“波德莱尔的才能是讽喻制作者的才能”

由上可见，本雅明论述中的“总体语言”是上帝的创世语言，也是亚当命名的语言，遵循“词—物”的模式；人类的具体语言则遵循“词—符号—物”的模式，它不能直接指向事物，只能指向符号，或在指向符号的同时又暗示事物，带有讽喻性质；“浪漫派象征”是讽喻的一种变体或特例，在一个丧失了绝对意义、无限、整体性等理念的世俗世界中幻想用“部分代表整体”的方式重新获得这些理念；象征还不够“辩证”，关键在于它只关注了理念的在场而忽略了其缺席的一面，如上文所述，这一缺陷带来一系列后果。对本雅明来说，“辩证讽喻”不是另一种形式上的象征，而是在象征之上、层次更高的表现方式：

> 所象征之物被改变形状，最后消融于讽喻之中。……在象征吸引人的地方，讽喻就从存在的最深处涌现出来，打断其阐释并且战而胜之。①

“辩证讽喻”也被称为“巴洛克讽喻”，集中体现在 17 世纪德国悲苦剧中。如果说古代希腊悲剧的主题是描写主人公因为个人道德缺陷而导致的灾难，它挑战了神话中规定的社会秩序或人的使命等传统观念，而德国悲苦剧的主题则是描写人类作为被造之物在世上经历的各种磨难，它展现的是人类在一个“讽喻的时代”里的基本生存状态，其主人公展现的不是个人的个性，而是人类分享的共同命运，“作为悲剧生命形式的死亡，是一种个人的命运；而在悲苦剧中，它经常采取一种集体命运的形式，似乎将所有的参与者都召唤到最高法庭的面前”（第 146 页）。在舞台设计上，悲苦剧也表现出更多的虚拟性和象征性，“在全部欧洲悲苦剧中，舞台都不能作为一个实际地点严格地固定下来，因为它也是被辩证地分裂了”（第 119 页）。所谓“辩证地分裂”可以

① Walter Benjamin, *The Origin of German Tragic Drama* (Verso Edition), trans. John Osborne, London: Verso Publisher, 2003, p. 183: “...the symbolic becomes distorted into the allegorical ... Where man is drawn towards the symbol, allegory emerges from the depths of being to intercept the intention, and to triumph over it.”

有两层含义：首先，舞台道具按照其象征性排列，而不是照搬实际宫廷里的生活场面；其次，和古典主义戏剧强调“地点的整一”不同，悲苦剧虽然大多发生在宫廷，但这一地点并非固定不变，悲苦剧是流动的戏剧（a traveling theatre），从一个地方很快转向另一个地方，将世界本身当成自己的舞台。毫无疑问，以上这些特征都会对观众产生完全不同于古典悲剧的美学效果。观众不再认同一个具体时空中某一悲剧英雄的个人故事，而是发现舞台上人物命运也是自己的命运，舞台上的虚拟空间只能产生在观众的想象或内心中，德国悲苦剧具备了“向内转”的特征，“悲苦剧只能从旁观者的角度才能理解。他得知舞台上的空间属于一个内在的情感世界，与外在宇宙没有关系，戏剧环境被有力地展现在他的面前”（第 119 页）。

“巴洛克讽喻”的向内转倾向在数百年后体现在法国诗人波德莱尔身上。本雅明《中央公园》（第 32 节 a 部分）说：“讽喻在 19 世纪离开了外在世界，为的是落脚于内在世界。”① 当然，19 世纪的讽喻不可能仅是 17 世纪讽喻的简单复制，本雅明在《中央公园》第 36 节中的说法（“巴洛克讽喻只从外部观察腐尸，波德莱尔却也从内部观察它”）已表明作者意识到二者之间的巨大差异。《巴黎廊柱计划》在对比 17 世纪和 19 世纪的讽喻时说：“在巴洛克时代，商品的异化特征相对来说还没有发展起来。商品还没有深深地将其印记——生产者的无产阶级化——印刻在生产过程中。17 世纪的讽喻可以某种方式构成一种风格，在 19 世纪就再也不能这样做了。作为讽喻制作者的波德莱尔是完全孤立的。”② 同样的观点也出现在《中央公园》的最后一节（第 45 节）：“讽喻式的观察方式在 17 世纪塑造了风格，在 19 世纪就再也不能这样做了。……

---

① Walter Benjamin, “Central Park”, *New German Critique*, No. 34, Winter 1985, pp. 32 – 58, the quotation on page 49.

② Walter Benjamin, *The Arcades Project*, trans. Howard Eiland and Kevin McLaughlin, Cambridge, MA: The Belknap Press of Harvard University Press, 2002, p. 347.

如果19世纪讽喻的风格形成力量变得衰弱了，那么创作程式的诱惑力量也是如此，这一诱惑在17世纪诗歌中留下了众多痕迹。在很大程度上，这一程式阻止了讽喻的破坏性趋势，其重点在于艺术作品的碎片化特征。”① 这里提到的19世纪诗歌在讽喻中脱离了原有抒情诗的创作规范、对原有语境的质疑和破坏等特征和波德莱尔诗歌中对震惊经验、对现代社会的异化性质的体验和表现密切相关，是波德莱尔诗歌“辩证讽喻”的基本内容。

在本雅明看来，传统生活是重复的、可预知的，而现代生活则相反，可以“震惊”经验来概括：人们走在熙熙攘攘的城市街道上，一张张陌生的面孔扑面而来，人们无法预知将来会碰到什么。按照弗洛伊德的心理学定理，“意识到某事和记住某事是同一个系统中不能彼此兼容的两个进程”。也就是说，人们的意识系统不能同时做两件事：意识到某事和记住某事，做了这件事就不能做另一件，或者说一件事做得多了，挤占了意识的空间，那么另一件事就必然做得少。现代人在纷至沓来的匆匆行人的陌生面孔中体验到一次次瞬间诞生又稍纵即逝的震惊：他能意识到这些面孔，却无法记住它们；而传统社会中世代相传的集体记忆则标志着生活的经验，里面蕴含着丰富的生活智慧。现代人相对来说没有记忆，也就没有经验，或者说只有“经验的贫乏”：“除了天上的云彩，一切都变了，在这一风景的中央，在毁灭和爆炸的洪流力场中，是微不足道的人体。”② 打个比方说，人们的意识就像图书馆，如果超过了一定的容量，

① Walter Benjamin, “Central Park”, *New German Critique*, No. 34, Winter 1985, p. 55: “The allegorical mode of seeing which shaped style in the 17th Century no longer did so in the 19th…If the style-shaping power of allegory in the 19th century was weak, so too was the seduction to routine which left so many traces in the poetry of the 17th. This routine inhibited to a certain degree the destructive tendency of allegory, its emphasis on the fragmentary in the work of art.”

② ［德］本雅明：《经验与贫乏》，王炳钧、杨劲译，百花文艺出版社1999年版，第253页。

就会崩溃；现在想放进去更多的书籍，应该怎么办呢？方法之一是仅将每一部书的“摘要”放进去，这样图书馆的容量扩大了，但人们在图书馆中再也无法找到任何一部完整的书籍，人们只能看到书的“片段”。本雅明说：“在个别印象中震惊因素越多，作为抵御刺激的屏幕的意识就越需要保持警觉；它这样做得越有效，这些印象进入经验的数量就越少，在人的生活中只能停留一个小时的间隔。或许，震惊抵御的特殊成就可以从这一机能上看出：给每一突发事件在意识的时间中分配一个节点，但以牺牲内容的整体性为代价。”[①] 现代人面临着生活印象、震惊经历的无限堆积，为了防止意识崩溃只能放弃“内容的完整性”，就会选择储存单个的印象或者单个印象的一部分，这样获得的经验是片段化或碎片化的，在时间上是短暂的，不同经验之间相互孤立。这样看来，意识系统只起到对震惊经历的“登记注册”作用，那么，这一经历的其他部分去了哪里呢？或者说，当一部书的“摘要”登记在图书馆时，这部书的其他部分储存在何处呢？本雅明引用弗洛伊德的话说，只能放在“被认为是和意识不同的系统中”，或者像普鲁斯特说的，放在“不情愿记忆”中。普鲁斯特在《追忆似水年华》一开始就描写从一块玛德莲小点心引发的回忆，但如果事先没有被记住的话，那事后又如何可能被想起呢？从反面看，“如果震惊被直接整合进有意识记忆的登记系统（registry）中，引发诗歌经验的偶然事件就会变得贫乏”[②]，但从正面看，震惊经历可以通过“不情愿的记忆”，间接而非直接地进入人们的意识，成为现代诗歌的创作材料，波德莱尔、普鲁斯特等人都由此开拓出文学创作的新领域。

---

① Walter Benjamin, *Illuminations*, ed. Hannah Arendt and trans. Harry Zohn, London: Fontana Press, 1979, p. 159.

② Walter Benjamin, *Illuminations*, ed. Hannah Arendt and trans. Harry Zohn, London: Fontana Press, 1979, p. 158.

以震惊为核心的现代城市生活带给人们的最大感受是经验的片段化、短暂性和意义的缺席，这种新的生活体验通过波德莱尔笔下的人群中的行人、吸毒者、娼妓、腐尸、机器旁的工人、赌徒、捡拾垃圾者等形象表现出来。波德莱尔在《天鹅》一诗中环顾巴黎市景，不禁感叹："这一切对我来说都是讽喻。"他在描写击剑士时想到的是诗人自身：

我将独自把奇异的剑术锻炼，
在各个角落里寻觅韵的偶然，
绊在字眼上，就像绊着了石头，
有时会碰上诗句，梦想了许久。[①]

诗人只有像击剑士一样劈开周围的虚空，才能获得诗歌的灵感。他在描写娼妓、工人时触及的是现代社会普遍盛行的等价交换的商品原则，甚至将人与人的关系改造成物与物的关系的异化现象。波德莱尔用讽喻的手法描绘出现代社会精神价值和意义极度匮乏的画面，《中央公园》第27节说："如果波德莱尔坚信他的天主教信仰，他对世界的经验与尼采发明的那句话可以准确呼应：上帝死了。"

那么，《恶之花》中塑造的现代人的讽喻形象如何改造成"辩证讽喻"呢？波德莱尔诗歌在讽喻中既描写了地狱般的场景，也触及消除地狱的力量。他的名诗《应和》第一节就说"自然是座庙宇，那里活的柱子/有时说出了模模糊糊的话音；/人从那里过，穿越象征的森林，/森林用舒适的目光将他注视"[②]。本雅明的理解和传统象征主义不同，"波德莱尔用'应和'所意味的，或许是一种经验，它在抵御危机（crisis-proof）的形式中试图确

① ［法］波德莱尔：《恶之花》，郭宏安译，中国戏剧出版社2005年版，第66页。
② ［法］波德莱尔：《恶之花》，郭宏安译，中国戏剧出版社2005年版，第11页。

认自身”[1]。本雅明将“应和”视为现代人消除感受危机或经验贫乏的一种方式，而这种方式的特征在于：“森林用舒适的目光将他注视”，森林不是被动地接受人的目光，而是回应了这一目光。自然的“回看”问题如果置于现代社会语境中就更加明显了，本雅明曾引用恩格斯早期著作的说法，街道上的行人“没有人甚至想到对其他人瞥上一瞥”，这里所缺乏的“回看”是波德莱尔诗歌的主题之一。《给一位过路的女子》写路人的“回看”使诗人登上天堂，“美人已去，/你的目光一瞥突然使我复活，/难道我从此只能会你于来世?”（第80页）《我没有忘记，……》则把落日余晖写成自然的好奇的“回看”说，“傍晚时分，阳光灿烂，流金溢彩/一束束在玻璃窗上摔成碎块，/仿佛在好奇的天上睁开双眼，/看着我们慢慢地、默默地晚餐”（第84页）。在爱情的回忆和眷恋中掺杂进人与自然的彼此眷顾、互动和谐的图景。

上面《给一位过路的女子》写到了与邂逅的美人相会于来世，而《我没有忘记，……》则是对爱情的回忆，波德莱尔的诗歌讽喻大多融进时间因素，既诉说过去也梦想未来。象征强调部分和整体、有限和无限、世俗和神圣的瞬间融合，时间因素忽略不计，但讽喻从一件事说到另一件事，其间的时间间隔清晰可见。“辩证讽喻”将这种时间间隔明显地提示出来，在过去和将来这两个维度上扩展现在的含义，现在和过去的关系他称为“记忆”，现在和未来的关系则为“希望”。“应和”第一句就将自然比喻成一座供人们敬拜和祭祀的庙宇，而且它会发出模糊不清的声音来回应偶然路过的行人。这使读者想到自然的历史无比久远，在人类历史开始之前就已经存在，人类历史仅是自然历史的很小一部分，“‘应和’是记忆的材料——不是历史的材料，而是史前史（prehistory）的材料”。在史前史的时期，人们还不可能

① Benjamin, “On Some Motifs in Baudelaire”, *Illuminations*, ed. Hannah Arendt and trans. Harry Zohn, London: Fontana Press, 1979, p. 178.

面临经验贫乏的问题，所以回忆这一时期乃是解决现代问题的药方之一，“经验是有关传统的问题，在集体存在还是在个人生活中都是如此”①。当然，波德莱尔的回忆是多方面的，既缅怀早已逝去的黄金时代，也回忆人类受到统治者压迫的历史，“文明记录中没有一部不同时也是残暴的记录”②，典型的如《天鹅》一诗，波德莱尔从因受伤而踯躅在街道上的天鹅想到“一去不归的人”“被遗忘在岛上的水手”“想起囚徒、俘虏……和其他许多人”。

当然，以上所论并不意味着一定要将读者带回原始社会，辩证讽喻还蕴含着对未来的乌托邦的展望。一方面，就辩证讽喻本身来说，辩证法既包含了矛盾，也潜含着矛盾消解的前景。“多义含糊是辩证法的图画似的意象，是处于静止之中的辩证法的法律，这一静止是乌托邦，是辩证形象，因而也是梦境。”③ 在矛盾消解时辩证思考本身似乎凝固不动，但其间蕴含着新的希望。另一方面，就经验本身来说，对未来的想象也是必不可少的经验，“希望也是一种经验。……满足了的希望才是经验的王冠”④。没有未来幻想的经验是残缺不全的，不过是另一种形式的贫乏。但任何未来想象都是人类乌托邦的集体记忆和当前社会现象的结合，二者缺一不可。“在每一时代的眼前，接踵而来的时代都以形象呈现出来，在这一梦想中，这些形象看上去和史前史的因素连接在一起，也就是和一个无阶级社会（classless society）连接

---

① Benjamin, “On Some Motifs in Baudelaire”, *Illuminations*, ed. Hannah Arendt and trans. Harry Zohn, London: Fontana Press, 1979, p. 153.

② Benjamin, “Theses on the Philosophy of History”, *Illuminations*, ed. Hannah Arendt and trans. Harry Zohn, London: Fontana Press, 1979, p. 248.

③ Benjamin, “Paris, Capital of the Nineteenth Century”, *Reflections: Essays, Aphorisms, Autobiographical Writings*, ed. Peter Demetz and trans. Edmund Jephcott, New York: Schocken Books, 1978, p. 157: “Ambiguity is the pictorial image of dialectics, the law of dialectics seen at a standstill. This standstill is utopia and the dialectics seen at a standstill therefore a dream.”

④ Benjamin, “On Some Motifs in Baudelaire”, *Illuminations*, ed. Hannah Arendt and trans. Harry Zohn, London: Fontana Press, 1979, p. 175.

起来。这一现象的线索保存在集体无意识中，它和新事物结合以产生乌托邦，从坚固耐久的建筑物到时生时灭的时尚，都可以看到乌托邦在生活的数以千计的变形中留下的各种迹象。”① 任何时代都存在未来幻想，都有自己的乌托邦，乌托邦既融合了对史前史、对无阶级社会的记忆，又融合了现代社会中层出不穷的各种新鲜事物。本雅明随后举出的例子倒不是服装时尚，而是空想社会主义思想家傅立叶在现代机器生产条件下对未来人类居住之地的设计。傅立叶将机械的激情和神秘的激情融为一体，他的乌托邦看似一台机器，但又是高度复杂的有机体。类似描写也见诸波德莱尔的诗歌，如“让你的目光深深直视进/森林之神和水边仙女的固定目光中”，显然森林之神、水边仙女等都不属于人类成员，他们属于另一个世界，这些描写暗示人们可以在目光交流中展开乌托邦幻想。换言之，尽管现代人处于经验缺乏的不利状态，对抗危机的方法是防御性的，但并没有放弃对遥远未来的想象。

在本雅明之前的圣奥古斯丁、但丁、笛福、柯勒律治等人的讽喻理论中，讽喻总是和时间密不可分，本雅明的“辩证讽喻”也不例外。“辩证讽喻”虽然发生在现在，但这一“现在”总会自觉地向史前史的记忆、乌托邦的想象这两个维度拓展。表面上，现在似乎和过去、未来等这些“非现在”的因素处于矛盾中，但实际上，现在将过去、未来都集于一身，和过去、未来的联结更为厚重而紧密，这一具备了更多含义的特殊“现在”被称为“当下”，它承载着过去的记忆和未来的展望。因此，“当下”这一时刻是危机的时刻，也是消除危机的革命的时刻。身处这一时刻的人们总会不自觉地想到古代；这一时刻过后，人们将用各种纪念日来记住这个时刻。本雅明说：“就像我们之前的每一代人，我们已被赋予微弱的

---

① Benjamin, “Paris, Capital of the Nineteenth Century”, *Reflections: Essays, Aphorisms, Autobiographical Writings*, ed. Peter Demetz and trans. Edmund Jephcott, New York: Schocken Books, 1978, p. 148.

弥赛亚力量。"[1] 实现了救赎的"当下"展现乌托邦场景，它是"经验的王冠"，乌托邦并不需要在将来某一时刻来临，"时间的每一秒钟都是弥赛亚可能步入的窄门"。"当下"是对绵延不断的时间的彻底中断，它摧毁了过去也摧毁了未来，因为它实现了乌托邦；其外在标志是历史上的宗教节日和法国大革命以来新设立的各种纪念日，这些节日都区别于一般的时间，使人们回想人类经历过的弥赛亚拯救或乌托邦时刻。在本雅明看来，"当下"意味着和过去的决裂，这是无产阶级这个最后一个被压迫者阶级所应该具有的革命意识，"在毒害德国工人阶级方面，没有什么东西比相信自己沿着时间潮流前进更深的"[2]。如果相信自己代表了时代潮流，那么就会忘记今天的革命实际上是对过去传统的否定，它不可能来自过去的合乎逻辑的自然发展。无产阶级革命和弥赛亚拯救相类似，就像弥赛亚降临之后将不再有历史，革命也不是历史目标，而是历史的终结。这里既透露出本雅明在一个革命的年代里按捺不住的政治激情，也不免将革命本身简单化。

本雅明指出："17 世纪的辩证形象的规范演变成讽喻，而在 19 世纪这一规范则是创新。"[3] 本雅明所说的创新既包括形式上的，也包括内容上的。以波德莱尔诗歌为例，他善于将本来毫不相关的词语并列起来，类似于蒙太奇技巧，使词语在新语境中产生意蕴，在波德莱尔诗歌中，"一个讽喻突然出现，并没有先前的准备"[4]。可见，波德莱尔的讽喻虽然出现得很突然，却不断追

① Benjamin, "Theses on the Philosophy of History", *Illuminations*, ed. Hannah Arendt and trans. Harry Zohn, London: Fontana Press, 1979, p. 246.

② Benjamin, "Theses on the Philosophy of History", *Illuminations*, ed. Hannah Arendt and trans. Harry Zohn, London: Fontana Press, 1979, p. 250.

③ Benjamin, "On Some Motifs in Baudelaire", *Illuminations*, ed. Hannah Arendt and trans. Harry Zohn, London: Fontana Press, 1979, p. 158: "As in the seventeenth century the canon of dialectical imagery came to be allegory, in the nineteenth it is novelty."

④ Walter Benjamin, *Charles Baudelaire: A Lyric Poet in the Era of High Capitalism*, trans. Harry Zohn, London: New Left Books, 1973, p. 100.

求新语境下的新意义，具有中断时间之流，创造危急时刻的激进含义。本雅明描述自己的政治转向时曾说，其立场是“永远激进的但从来都不是逻辑的”，这一说法也可以用来形容“辩证讽喻”：它总是激进的，蕴含着革命的潜能，但又不是完全可以依靠逻辑连贯地从过去推导出来，因为它对过去的记忆和对未来的展望都可以追溯到或者延伸到一个遥远的“无阶级的社会”；正因如此，“讽喻是现代人的盔甲”①，是现代人抵御经验贫乏危机的武器，又是创造新天地的艺术手段。

第三节 “红色三十年代”小说：“激进的政治讽喻”

“红色三十年代”一词来自美国记者、作家尤金·莱昂斯1941年出版的《红色的十年：论美国三十年代共产主义的经典之作》，该书“描述和运用史料来展现共产主义影响的广度，它那令人惊叹的成功和取得成功的方法”②。此后，“红色三十年代”一说广泛流传。在“红色三十年代”期间，文学创作领域受到马克思主义影响尤其显著，10年间发表的左翼小说达70部③，其中不乏《北纬四十二度》《愤怒的葡萄》《就说是睡着了》之类的名作。这些小说作者满怀政治激情，呼吁彻底改变生活现状；但他们的小说并不是作者简单生硬的政治倾向的传声筒，也不是质量低劣的政治宣传，它们在借鉴现代主义艺术表现手法的同时，也注意汲取、借鉴包括讽喻在内的传统表现手法，其成功之处，值得关注。

---

① “Allegory is the armature of the modern”，语出本雅明《中央公园》第32节。

② Eugene Lyons, *The Red Decade: The Classic Work on Communism in America During the Thirties*, New Rochelle, New York: Arlington House, 1971, p. iii.

③ W. B. Rideout, *The Radical Novel in the United States (1900 - 1954)*, Oxford: Oxford University Press, 1956, pp. 292 - 300.

“和我的阶级一同崛起”：个人与集体的关系讽喻

跨入20世纪门槛的美国，迅速超越欧洲大陆上的传统资本主义国家，崛起为一个工业和金融的新兴帝国，创造和消耗着数量空前的物质财富。美国公众普遍相信进步主义、人的无限潜能、以个人成功为标志的“美国之梦”和资本主义制度的财富创造能力。但在创造巨大物质财富的同时，美国社会隐藏着贫富差距不断拉大、贫富阶层日趋对立的严酷现实。从19世纪末开始，美国就不断被描绘成“由流浪乞讨者阶级和百万富翁阶级组成的两个国家”，其中“流浪乞讨者阶级”包括大量涌进的外国移民、城市贫民区里的非洲裔美国人、犹太人等少数族裔和农业季节工人等。大多数产业工人生活相对稳定富足，左翼杂志《新群众》的一位编辑抱怨说，美国工厂的女工们穿着丝织长筒袜，工人们被收音机和福特汽车收买了，他们都没有丝毫的阶级意识。[①] 但即使这些人，也不可避免地在“大萧条”冲击下转变看法，认为现行制度出了问题。在各种带有进步主义特征的社会理论中，唯有马克思主义可望为合理解释现实境遇准备理性答案，这促使马克思主义在美国得到广泛传播。

20世纪30年代的小说家既拥有左翼小说的创作传统，又面临着“大萧条”的现实考验。新的现实，包括经济生活、社会生活以及人们对未来的想象图景，都在呼唤着新的文学。约瑟夫·弗里曼在《美国无产阶级文学作品选》“序言”中指出：“艺术的独特领域和实际行动、科学有所不同，它是人类经验的把握和传递。但是人类经验是一成不变、普遍有效的吗？12世纪的人类经验是和20世纪的完全一样吗？”[②] 30年代的文学创作从一开始

---

① Daniel Aaron, *Writers of the Left*, Oxford: Oxford University Press, 1977, p. 161.

② Joseph Freeman, “Introduction”, in G. Hicks ed., *Proletarian Literature in the United States*, New York: International Publishers, 1934, pp. 9 – 28.

就敏锐地把握住社会心理和民众情绪的新变化，明确呼吁“向左转”。麦克·高尔德在《新群众》上发表著名社论《年轻作家们，向左转吧》，影响很大。V. F. 卡尔弗顿也在1934年发表了《文学向左转》予以响应，并指出“无产阶级文学”的特征在于表明工人阶级不仅有力量赢得一场罢工，而且有能力创造一个更美好的新社会。①

“红色三十年代”小说在继承以往左翼小说批判锋芒的基础上，发展出鲜明的政治倾向性。小说大多以主人公的成长为主题，描写主人公对全新共产主义信仰的认同和皈依。它们和传统的成长小说不同，不再是对生活、世界的哲理思考或人生意义的体验领悟，而是具有一个确凿无疑的归宿，即全新的政治信仰。这成为“红色三十年代”小说叙述的时代特色。这些小说向读者展现美国普通民众获得明确阶级意识的具体过程，并在解释人物“向左转”的动因时关注两个问题。首先，它们强调人物的转变主要是个人生活经历的结果，是人物性格成熟发展的必然结局。主人公通过各种生活经历发现马克思主义，通过罢工斗争等方式走向新的信仰。以流浪、罢工、与警察搏斗为代表的直接反抗资本主义制度的实际斗争，成为这些小说中主人公成长的“通过仪式”。主人公此后获得新的政治认同，也获得继续生活下去、斗争下去的勇气和力量。这些写法暗示没有天生的马克思主义者或共产主义者，人物的政治信念归根结底是人物自主选择的结果，甚至一个家庭里的亲兄弟也会由于不同的生活道路而走向不同的政治归宿，如《挣我的面包》中，约翰成长为罢工的组织者，而他的哥哥巴希尔则把获得白领阶层的工作，和老板的千金小姐结婚作为自己的人生目标。其次，人物在成长过程中明确地意识到：他自己并不完全属于自己，还属于一个更为巨大的集体。人

① V. F. Calverton, “Literature Goes Left”, *Current History* (New York), Volume 41, Number 3, December 1934, pp. 316 – 320.

物总是自觉地将个人命运和集体的命运结合起来。个人生活因此而折射出工人阶级这个巨大集体的共同命运。杰克·康罗伊《被剥夺权利的人》的主人公拉里从小家境贫寒，一心想通过教育改变命运。但他不断面临失业威胁，感到失去工作也就失去了自尊。他最后积极组织农业工人罢工。下面这段描写堪称画龙点睛："我再也不会因为被别人看到我做这样的工作而羞耻，我以前一度是那样的。我知道我要想实现我青春岁月时的伟大梦想，哪怕是接近这些梦想的东西的唯一途径就是和我的阶级一同崛起，和那些被剥夺权利的人一同崛起。"① 又比如罗伯特·坎特韦尔的《丰饶之地》，它把工人的觉醒或成长分成两部分。小说第一部分"能量与光明"描写一家门窗木材厂的工人领袖哈根利用一次停电的机会，在黑暗中发动罢工。小说的第二部分"一个工人的教育"将叙述视角转向哈根之子约翰尼。他积极参与罢工，这一经历给他极大的启示，"从来没有什么东西给过他类似的奇特感受，既兴奋又有力，在接下来的一星期里，他将这种记忆视若珍宝，情绪低沉时就会想起它，就像唤起强烈有力的神奇之物"②。类似的小说还有 J. 斯梯尔的《搬运工》（*The Conveyor*, 1935）等。

这种集体主义的观念也影响了小说的叙述策略。多斯·帕索斯的小说《美国》三部曲运用了名人传记、新闻短片、照相机眼、人物故事等四种形式构成小说叙述的四个侧面，犹如四大支柱支撑起艺术想象的大厦。其中，"新闻短片"为人物千姿百态的活动重构一个活生生的世界，"名人传记"部分表达作者的爱憎情感，"照相机眼"聚焦于作者内心，写出作者从少年到中年的成长过程。小说将历史潮流和个人体验、集体与个体、史实与

① Jack Conroy, *The Disinherited*, New York: Seven Seas Publishers, 1965, p. 279.

② Robert Cantwell, *The Land of Plenty*, New York: Farrar and Rinebart, 1934, p. 298.

虚构组合成一个整体。小说将每个人物的生活都分成几个片段进行讲述，和其他人物命运产生交叉汇聚。没有主角，也可以理解成都是主角。这种“集体主义”式的写法，和作者的政治理想有一定联系。在即将到来的社会主义革命中，不是哪一个人，而是工人阶级这个整体将要扮演主要角色。这启发左翼作家不再使用单个主人公，而设计多个主人公组成一个整体，创造一种“集体主义”的小说形式。虽然小说描绘的人物都是失败者，但读者至少能看到人物为什么会失败，以及他们在痛苦生活中或沉沦，或挣扎，或抗争。法国哲学家萨特分析小说给读者的印象冲击时说：“在资本主义社会，人们没有生活，他们仅有命运。（多斯·帕索斯）从来没有说过这话，但他使读者感受到这一点。他审慎而又小心翼翼地表达出来，直到我们感觉好像碾碎了我们的命运。我们已转变成反叛者了；他亦如愿以偿了。”① 资本主义之所以不可接受，不仅因为它榨取工人的剩余价值，而且因为它把人变成了命运的牺牲品。此外，采用这一写法的还有斯坦贝克的小说《愤怒的葡萄》，作者在小说一、三、五等单数章节中展现了美国社会的广阔背景，它们篇幅较短，但构成了人物活动的主要背景；同时在二、四、六等双数章节中集中描绘了植根于这一社会背景之中的人物命运。随着故事进展，乔德、凯西等主要人物逐步提高政治觉悟，也在读者的心目中激发起改变现状的愿望和激情。《美国》三部曲最后一部《挣大钱》的结尾处，一个孤独的年轻人在城外公路边等着搭个便车，“他等待着，头脑晕眩，肚中饥肠纠结，闲下来的双手毫无知觉，身边车流呼啸而过”②。这一场景和“三部曲”开始的场景前后呼应，但缺乏了开头场景中关于美国经济繁荣、言论自由、为国家献身等方面的“宏大叙

① Jean-Paul Sartre, *Literary and Philosophical Essays*, trans. Annette Michelson, London: Rider and Company, 1955, p. 91.

② Dos Passos, *U. S. A*: *The Big Money*, London: Random House, Inc., 1937, p. 561.

述”。它以“生活失败”为主题昭示读者：生活在眼下的美国，即使圆了“美国之梦”，也仍然难免失败；而且正是因为失败，才说明美国社会出了问题，才需要改革或者革命。

“红色三十年代”小说中的《圣经》讽喻

这一时期的小说，在人物设计上，除了主人公，往往还有“引路人”形象（Mentor Characters）[①]。这一形象来自《圣经》文学中的耶稣基督。正如耶稣是基督徒的精神引导者和领路人，他不断对使徒发出“请跟随我”的呼召，小说中的“引路者”也往往成为人物信仰转变的外在力量，他们在小说中所占篇幅往往较少，而且一般出现在小说的后半部分，对其他情节作出解释。如麦克·高尔德的《一文不名的犹太人》是作者对少年生活的回忆，充满情感，甚至有些伤感地讲述个人经历，展现社会底层的生活悲剧。黯淡沮丧生活的唯一慰藉来自穷人之间的慷慨温情和无私母爱，主人公由此升华了对下层民众的态度：“妈妈！妈妈！我仍然通过出生时的脐带和你相连。我不会忘记你。我必须对穷人忠诚，因为我无法不对你忠诚！因为认识你，我才对穷人有信心。这个世界必须变得对穷人宽容仁慈一些！妈妈，你教会我这一点！”[②]在主人公最后“觉醒”时，他把即将到来的工人革命比作救世主弥赛亚，希望这是“一个伟大的开端”。小说结尾处站在肥皂箱子上发表演说的政治鼓动者扮演了“引路人”的形象。

传统讽喻手法在《愤怒的葡萄》中也有诸多表现。小说中乔德一家人离开俄克拉荷马州的沙化土地的旅程可以看成现代农民的“出埃及记”，他们一心寻求加州的就业机会，就像古代希伯来民众奔往上帝的“应许之地”。纳撒尼尔·韦斯特的《蝗灾之

---

① Barbara Foley, *Radical Representations: Politics and Form in U. S. Proletarian Fiction (1929 – 1941)*, Durham and London: Duke University Press, 1993, pp. 305 – 306.

② Michael Gold, *Jews without Money*, New York: Avon Books, 1965, pp. 112 – 113.

日》中的蝗虫意象主要来自《圣经·旧约·出埃及记》，散见于《旧约·列王记上》《新约·启示录》等，暗喻灾难、毁灭、动乱等，小说中的大多数人物和主人公一道，在“美国之梦”破灭后陷于与世隔绝，精神毁灭。

《就说是睡着了》：“另一别处的世界”

亨利·罗思是美国20世纪有影响的小说家，以《就说是睡着了》一书驰名美国文坛。他于1906年出生在欧洲奥匈帝国的一个犹太家庭，一岁多随父母移居美国，先后生活在纽约市布鲁克林、哈勒姆区。在纽约城市学院读书时，罗思在英语写作教师艾达·娄·沃尔顿（Eda Lou Walton）的指导下接触和阅读乔伊斯的小说《尤利西斯》和庞德、艾略特等人的现代诗歌，在大学一年级即发表了短篇作品。罗思在1934年发表的《就说是睡着了》，受到广泛好评，奠定了他在文坛上的地位。成名后的罗思投身30年代美国左翼工人运动等政治活动，参与美国工会的组织工作，此后仅发表过数篇短篇小说，再也没有出版长篇小说，他也逐渐被美国文学评论界遗忘。在此后的20多年间他组织行业工会，当过工人、教师、医院护工等。50年代初，赖德奥特教授再次发现罗思时，罗思正在缅因州经营一座家庭农场。《美国学者》杂志在1956年邀请美国评论家推选过去25年间被人遗忘的高质量作品，阿尔弗里德·卡赞（Alfred Kazin）和莱斯利·费德勒（Leslie Fiedler）同时提名《就说是睡着了》，这也是当选作品中唯一获得两位批评家提名的。同年出版的赖德奥特教授的《美国激进小说：1900—1954》评价这部小说是“最杰出的单本的无产阶级小说”，它不再像《没有钱的犹太人》之类的激进小说那样仅仅限于提供社会信息，而是“扩大了读者的想象力”①。

① Walter Rideout, *The Radical Novel in the United States*: *1900 - 1954*, Cambridge, Mass. Harvard University Press, 1956, p. 186, p. 188.

重返文学界的罗思在六七十年代发表过多篇访谈录，回忆三十年代的创作历程，晚年也发表过几篇短篇小说和一部长篇回忆录。

罗思是美国20世纪文学史上有名的“一本书作家”，《就说是睡着了》已成为20世纪文学经典之作，被称为教育小说、成长小说、无产阶级小说、移民小说、美国犹太小说、意识流小说、弗洛伊德小说、童话小说等。小说“序言”告诉读者，大卫的父亲阿尔伯特·瑟尔已于两年前移居美国，他在爱丽斯岛上迎接妻子吉娜和儿子大卫。瑟尔一家人团聚时，并没有像其他移民家庭那样彼此拥抱亲吻、欢呼雀跃。吉娜遗忘了大卫的出生证明，在进入海关时遇到了一些麻烦，而且她没有第一眼就认出丈夫，这让阿尔伯特非常生气，而且在阿尔伯特内心深处，他没有亲眼见到儿子出生，暗暗怀疑他是不是自己的骨血，因而他对吉娜母子非常冷淡。除“序言”之外，小说正文分为“地下室”“图画”“煤炭”“电车轨道”等四部分，主要描述犹太小男孩大卫·瑟尔移居美国后6—8岁的成长经历。小说从主人公大卫的视角展开叙述，以大卫对家庭、街道社区、学校等周围世界的感受和领悟为重点，如小说描写大卫第一次看到未来的姨父斯特诺维茨先生，在详尽描写了对方的五官和表情后，很快转入大卫的内心：“总体上说他看上去其貌不扬，甚至有几分奇怪。大卫一边打量着他，一边不断感到失望，不是为了自己而是为了自己姨妈的缘故。”[①]显然，小说将描写的重点从传统小说的全知叙述转向内心独白或自由间接风格，将巴尔扎克式的描写转换为乔伊斯式的。这种转换从第一部分“地下室”就显露出来。小说正文一开始就呈现了下述场景：已经六岁的大卫口渴难耐，却发现自己太矮了，根本无法触到水龙头，“大卫再次意识到这个世界被创

① Henry Roth, *Call it Sleep* (Penguin Classics Edition), London: Penguin Books, 2006, p. 177. 本节该小说引文均出自此版本，随文注明页码。

造出来时并没有想到他。他口渴了，但水盆上的铁质水龙头安装在像他一样高大的铁腿上，无论他怎样尽力伸出手臂，怎么蹦跳，他都够不到远处的水龙头的旋钮”（第17页）。主人公大卫登场伊始就展现出脆弱敏感、想象丰富的特征。他在心里不断由此及彼、从现在到过去或未来、从世俗到神圣展开想象或沉思。大卫为了理解身处其中的世界，他最初使用拟人化的手法，将安装水龙头的铁管子说成是“铁腿”，而他妈妈吉娜则高大得像一座塔一样。更为重要的是，他意识到自己生活在一个异己的世界中，只好独自面对这个世界，而这个世界并不是特意为他创造的，其中的一切只能使他感到陌生而疏离，他由此而生的第一反应是恐惧。在家里他恐惧态度傲慢而脾气暴躁的父亲阿尔伯特，离开家门他恐惧楼梯下面漆黑的地下室，走到街道上他会迷失方向，恐惧熟悉的街区之外的陌生世界。

面对这样一个令人恐惧不安、充满敌意的世界，大卫如何处理自我与外在世界的关系呢？他首先从妈妈吉娜的怀抱中寻求慰藉和温暖。但随着他的逐步长大，吉娜怀抱的安全感日益动摇。他从爸爸的朋友路特先生观察妈妈的眼神中看出异样含义，他从街上的淘气孩子们的口中得知他们偷窥吉娜洗澡之后，大卫意识到自己和吉娜之间的性别差异。年龄稍大一点的大卫再也不能像以前那样依偎在妈妈的怀抱中，他必须自己独立地探索这个世界。如果说“世界不是为我而创造的”是他的第一个重大发现的话，那么他随后又观察到，婚礼上使用的马车和葬礼上拉运灵柩的马车都是一样的，“‘它们都是一样的，’他用惊恐的语气说道。现在问题解决了。他把这件事看明白了。每一事物都属于同样的黑暗”（第69页）。他所得到的一个“可怕的启示”：相互矛盾甚至完全相反的事物都会并行不悖地存在着。他用这个启示来看待自己暴君一样的父亲。当他看到阿尔伯特孔武有力、肌肉发达的上身，他感到“羡慕和绝望的双重情感遍布他的身体”（第174页）。他一方面暗自嫉妒父亲，另一方面又在心中发誓自己将来某一天也会这么强健，充满男子汉气魄。他在犹太学校听到别人提到先知以赛亚的故事，得知上帝的使者把一块红炭放到以赛亚的嘴唇上，当他在电车轨道上也发现了煤炭时，他就认为这煤炭也具有消弭罪孽的功能，他告诉犹太拉比他在电车轨道中看到了光，完全不明就里的拉比斥责他："你拿头去撞墙吧！上帝之光是不会现身于轨道之中的。"（第254页）他有一天提前回家，发现吉娜的表情有些异样，吉娜告诉他阿尔伯特买回来一对牛角，"两件彼此相距甚远的事物为什么会成对地出现在他的心里呢？就像水盆上的牛角将它们联系在一起，好像一只角连着一个意象，而另一只角连着另一个。……为什么呢？为什么他就在同一时间想到这些呢？"（第295—296页）

在萌发性意识的过程中，大卫体会到周围世界的堕落特征。他将楼上邻居女孩安妮和自己在黑暗的壁橱里亲吻称为"做坏事"，他在逾越节帮助一位老太太点上蜡烛以获得一个硬币的回报，这违反了犹太人的宗教习俗，"每个地方都能看见，上帝。我不应该点灯的。一个硬币很糟糕。确实糟糕透顶。但一个硬币是好的。……在真正的黑暗中他如何看见的，而我们看不见他。什么是真正的黑暗？真正的黑暗。那次—安妮—壁橱—路特。哎！这是罪恶。快走！这是罪恶！在每一个地方，这是罪恶！"（第236—237页）在这段心理活动中，大卫将迄今为止所有的罪恶都集中起来，如路特对母亲吉娜的不成功的挑逗或引诱，邻居女孩和自己在壁橱里的所作所为，他自己黑暗中摸索着点灯，等等，并由此推断出这个世界是堕落的。大卫不仅是个敏感的孩子，而且具有超出常人的推理思辨能力。他其实可以把自己的生活感受组合成相当逻辑的论辩过程：世界是外在于我的；看似相反的事物其实可以并存（如灵车与婚车）；世界是堕落的，这一堕落世界背后还有与之相距甚远甚至完全相反的世界存在着，他把这一隐藏起来的世界称为"另一别处的世界"。当他听到一群小女孩一边做着游戏一边唱儿歌时，"这首歌让他奇异地感到苦恼。沃尔特·海特弗洛尔（Walter Wildflower）是个小男孩。大卫听说过他。他住在欧洲，住得远远的，大卫妈妈说他就出生在那儿。他浑身充满了温馨而伤感的思乡情调，闭上了眼睛。早已被忘却的河流的片断漂浮在他的眼前，布满灰尘的街道，树木身上不知缘由的曲线，烈日下搭在窗台上的树枝。某处的一个世界，另一别处的世界”（第23页）。

其实，大卫年龄太小，不可能对欧洲有什么记忆。他心中闪现的不是单纯的对过往生活的回想，而是对另一个世界的想象和揣测。大卫努力在这个世界中寻找“另一别处的世界”的蛛丝马迹，以便从中看出另一个世界，把这个世界当作另一个世界的讽喻。小说四大部分中，几乎每一部分都会写出大卫的具体想象图景，他几乎总是能够在这个世界上窥见另一个世界的身影，他把这一过程叫作寻找证据或者符号，“春天来了，带来了更温暖柔和的天气，带来了谨慎的满足情感，带来了他心中奇特的间歇期，似乎他在等待某些符号，某些可以使他永远摆脱惴惴不安，永远永葆他幸福安宁的记号”（第218页）。比如，大卫在第二部分“图画”中偷听了吉娜和姨妈的谈话，得知墙上玉米花的油画总会让吉娜想起自己失败的恋情；在第三部分“煤炭”中，大卫在逾越节的早上在河边沉思，似乎看到一个异象：一个船夫在拖船上对他说话，此后他感到：“这就好像他已经身处另一世界，另一一旦离开就永远都不能唤回的世界。他所知道的一切就是它是完整无缺而又炫人眼目的。”（第245页）在最后一部分“电车轨道”中，他犯下错误导致阿尔伯特大怒，他在吉娜的庇护下跑到街上，沿途随手捡起一把长柄勺插入电车电路，导致电车轨道短路，迸溅出来的火花使他感受到巨大的能量，他在那一瞬间拥有了上帝才能拥有的无穷力量，大卫在电击下进入无意识状态，以前经历的所有神秘场景一一呈现。在短暂休克之后，大卫被路人救活，重返家中，在吉娜的怀抱中昏昏欲睡，他想把这种状态叫作睡眠。

《就说是睡着了》的激进含义

在“红色三十年代”的时代背景下，《就说是睡着了》具有明显的社会批判倾向。50 年代重新“复活”《就说是睡着了》的批评家费德勒说：“犹太人不仅看上去特别擅长为教会之外的人群创造充满神秘力量的形象，而且擅长创造城市异化和恐惧的神话。……30 年代特别适合犹太作家将自身经验普遍化为西方世界生活的象征。”① 小说围绕犹太移民生活展开，这些少数族裔的移民生活在一个完全陌生、隔绝孤立的社会环境中。犹太人是生活在城市中的欧洲人的典型形象，在波德莱尔、乔伊斯、艾略特、庞德、卡夫卡等作家笔下被多次描写的现代市民形象转而由犹太人的形象来代替。吉娜说：“我知道在我的左手有座教堂，右手是菜市场，后面是电车轨道和碎石头，而在我前面，几个街区之外，有个商店窗户，孩子们在上面用白粉画上了人的脸庞。我的美利坚就在这一标志之内，如我想再走得远一点，我就会迷路。”（第 33 页）当然，作为一个成年人的吉娜不会走丢，但大卫的确迷过路，当他被带到警察局时，他在内心呼吁“千万别相信他们”。这一欺骗的主题也出现在小说的最后。大卫逃出家门，他听到一个声音在高喊：“他们将欺骗我们！在 1789 年，在 1848 年，在 1871 年，在 1905 年，那有力拯救之人会再次奴役我们！即使不奴役，也会在红色的公鸡啼叫时抛弃我们！只有辛勤劳作的穷人，只有痛苦不堪，走投无路，屡次上当的大众才能在红色公鸡啼叫之日给我们自由。”（第 414—415 页）这段叙述历数了从法国大革命以来欧洲主要社会革命，对每次革命许诺的美好前景深感失望和愤慨，其中还引用了“彼得否定耶稣”的典故，暗示新的革命就像耶稣基督会带来新天新地一样，和以前革命完全不同，其中流露出来的革命激情在当时“向左转”的语境中显得意味深长。这里引用了基督教文化和社会历史变迁这两种不同的参照系，罗思晚年接受访谈时强调根据我们观察事物的方式不

① Leslie A. Fiedler, *Love and Death in the American Novel* (Revised Edition), New York: Stein and Day Publishers, Scarborough House, 1982, p. 487.

同，我们的选择实际上数量众多。[①] 但这两种参照系的共同点在于呼吁新的彻底革命。虽然展现纽约贫民区的凄惨画面并非小说的重点，小说也没有描写少数族裔移民们衣不蔽体、食不果腹的日常生活。但在作者看来，现行的社会体制无论如何都不是完美无缺的，都有待变革或革命。全书“序言”前有两句诗体献辞：“我恳请你不要发问/这就是那黄金国。”（第9页）这放在小说构造的艺术世界中颇具讽刺含义，全书可以看成作者对所谓“黄金国”的质疑和批判。

《就说是睡着了》以小男孩大卫从6岁到8岁两年多的成长经历对“黄金国”提出质疑和“发问”，证明反抗意识是一个自然成长的合理过程。小说的反抗主题表现为，在一个异化的世界中人们有理由采取反抗行动，而且这种反抗是合理的。小说说服读者相信，这种反抗既是经济的、社会的环境所决定的，也是人物成长中的必经阶段。进而言之，反抗意味着改变现状，首先意味着对现状的感受和解释与社会主流意识形态不同，提供一种别样的、另类的生活经验及其对这些经验的解释，那么这就是激进的政治小说了。大卫生活在一个异己的甚至异化的世界中，他从生活中获得的体验和感悟最终使他渴望“另一别处的世界”。无论作者还是主人公，在困顿彷徨中都对未来充满期待：“罗思从来没有丧失希望，即使希望通过有裂缝的嘴唇向我们诉说。”[②] 小说将对未来变革的希望讽喻化地表述在大卫几次神秘经验中，大卫在其中领略到光明、力量、纯洁和神圣，从世俗世界中获得救赎，就像罗思自己指出的：“有一种主题，我喜欢的程度超过其他所有的主题，它就是拯救。”[③] 大

---

① Hana Wirth-Nesher 编：《〈就说是睡着了〉新论》（英文版），北京大学出版社2007年版，第51页。

② Gerald Green, “Back to Bigger”, in David Madden ed., *Proletarian Writers of the Thirties*, Carbondale and Edwardsville: Southern Illinois University Press, 1970, p. 37.

③ Harold U. Ribalow, “Henry Roth and His Novel ‘*Call It Sleep*’”, *Wisconsin Studies in Contemporary Literature*, 1962, 3 (3): 5-14.

卫的经历表明，只要一个人足够敏感聪慧，他自会对现实世界提出看法，形成自己的立场，这是没有弥赛亚的自我救赎。小说描写的并不是立场坚定的革命者，也不是皈依马克思主义的成年人，而是这一革命的成年人充满叛逆和反抗的少年时期。小说描述了“我们历史的前政治时期”，“大卫这位少年将来会成长为革命的成年人”。[①] 大卫在小说中当然还不是革命者，但革命意识已经深入内心，小说论证了这一意识萌发和锻造的合理性。

激进意识在小说最后一段中达到高潮。“他或许也会把它叫作睡眠。只有在接近睡眠时，眼帘的每次眨动才能在黑暗的云状的引火物上点燃一星儿火花，在卧室的阴暗死角中激发出大量而生动的形象……”（第440页）在昏昏欲睡中大卫终于像亚当命名万物一样，获得命名的权力：他不再完全遵从别人的说法人云亦云，而是“把它叫作睡眠”，他生活中的世界也正是他创造、他命名的世界。他有权利创造对生活世界的新描述。上引几句从视觉角度展开，将“黑暗”和“火花”等两类完全对立的因素相互并置，并在“睡眠”中加以协调融合，小说随后的叙述中又转向听觉、触觉这两方面。这些描写体现了本雅明提倡的“辩证讽喻”的基本要求，即对立因素的存在与消解。但在全段最后一句“一个人或许可以把它叫作睡眠。他闭上了眼睛”[②] 中，作者引人注目地将主语从“he”调整为“one”，即从有限定的人称转向无限制的人称代词，即从个人转向集体，作者以此来突出大卫经历的典型意义。小说展现的不是某一个人的历险记，而是在一个红色岁月中人们的集体经验和集体记忆。这或许就是为什么当时描写工人罢工起义的众多左翼小说都只具有文学史意义，而唯有这一部小说至今还能激起人们批评和阐释的兴趣。

---

① Barbara Foley, *Radical Representations: Politics and Form in U. S. Proletarian Fiction*, (1929 - 1941), p. 324, footnote 4.

② 原文为：One might as well call it sleep. He shuts his eyes.

第七章 “讽喻的当代复兴”

20 世纪 60 年代之后，欧美社会文化的显著现象是“后现代主义”的兴起。后现代思潮以放逐崇高、削平文本深度、质疑深层结构为特征，对欧美文学的讽喻传统提出严峻挑战。这也引发了批评家、理论家的回应。1979—1981 年间，美国《十月》《美国艺术》等杂志以“讽喻的复兴”为主题发表系列论文，代表了当代学者们研究文学、艺术中的当代讽喻问题的主要成果。如克里格·欧文斯的《讽喻的冲动：走向一种后现代主义理论》归纳了后现代主义建筑、绘画、雕塑的“短暂性、堆积性、混杂性”等主要特征，认为讽喻的冲动在当代艺术中表现为“解构的冲动”，解构的对象并不只是现代神话，而且包括现代艺术以之为基础的“象征的、整体化的冲动”：“后现代艺术既没有将所指放在括号里，也没有将其延后，却转而质疑指涉活动。”①

讽喻频繁出现于当代理论与批评话语之中，成为当代欧美文学艺术研究的关键词之一。这一复兴浪潮既可追溯到德里达、保罗·德曼与弗雷德里克·詹姆逊的讽喻理论，也同讽喻这一传统观念的理论潜能息息相关。艾布拉姆斯曾将“作家—作品—世界

① Craig Owens, “The Allegorical Impulse: Toward a Theory of Postmodernism” (Part 2), *October*, Vol. 13, Summer 1980, p. 80: “Postmodernism neither brackets nor suspends the referent but works instead to problematize the reference.”

（宇宙）—读者”视为文学研究的四大基本要素。在巴尔特宣称“作者已死”的后现代语境中，“作家”研究或许相对冷落，但其他三个要素都与讽喻关系密切。首先，以“作品”为导向的文论来说，“言此而及彼”式的讽喻在传统上就是描述作品多重结构、多重意蕴的语义系统的主要术语，是从文化原型转换到作品形式的主要理论武器；其次，以“读者”为导向的文论来说，无论作者在作品埋藏或嵌入了多么丰富的内涵，最终都需要读者的阐释和接受才能实现；讽喻往往在同一文化传统中比较容易理解，跨出这一传统就需要专门的研究，因此，讽喻在维系和传承文化传统和精神遗产中始终发挥着重要作用，大到一个民族，小到一个社区或团体，讽喻成为维系欧美文化共同价值观和传统赓续的主要载体、纽带和黏合剂。最后，以“世界”为导向的文论来说，讽喻不仅指向文本构建的艺术世界，而且指向文本之外的生活世界；不仅指向业已存在的现实世界，而且指向可能出现的想象世界。概言之，讽喻是可以贯穿这些基本要素的一个必不可少的因素，也是展现20世纪欧美文论多元景观和演变历史的一个缩影。

对以读者为取向的文学阐释学来说，加达默尔认为任何阐释者都身处具体的历史语境中，都带着某些“前见”去理解被阐释的对象，理解首先意味着理解者的“前见”有所改变，不管这种改变多么细微，它总会发生，而这种改变只能归结为受到被理解对象的影响，由此可见，“理解从来都不是对一个既定‘对象’的主观关系而是对其效果史的关系；换言之，理解行为属于被理解之物的存在”。[①] 理解行为不仅改变了“我”的存在，而且改变了“物”的存在：“我”为“物”增添了新的影响因素，无数的“我”的理解形成了“物”的“效果史”，在理解行为中，“我”

① Hans-Georg Gadamer, *Truth and Method* (Second, Revised Edition), trans. Joel Weinsheimer and Donald G. Marshall, New York: Continuum, 1994, p. xxxi: “(U) nderstanding is never a subjective relation to a given ‘object’ but to the history of its effect; in other words, understanding belongs to the being of that which is understood.”

的理解面对的不是“物”本身，而是“物”对“我”的影响或效果，这些效果才构成了“物”的存在。阐释学的“真理”是物、我双方存在意义的不断生成：“物”在效果中展现其存在，“我”在理解中开拓新的存在意义，正是在“存在”的意义上，“物”和“我”才有真正的共同点，这一过程被加达默尔称为“视野融合”：“发生在历史意识中的与传统的任何相遇都包含着对文本和现在的紧张关系的经验。阐释学的任务不是依靠尝试二者之间的幼稚融合来掩盖这一紧张关系，而是有意识地将这一紧张关系揭示出来。”①

那么，如何实现“视野融合”呢？文本是历史的产物，也就具有历史的视野，和现在的视野是对立的，具有他者性，但历史意识之所以是历史意识，就在于它能够意识到这种对立本身就是历史的，处于不断的变化之中，历史意识是统一的整体，不能容纳或允许“异于自身”的事物，历史的视野与现在的视野终究会交融在一起。这种分析实际上强调，视野融合以分裂、紧张关系为前提，而不会直接实现融合。在这一框架下，我们可以看到，讽喻比象征更为优越，象征强调部分和整体的统一，认为象征和被象征之物可以实现完美融合，这就排斥了阐释者的介入过程，似乎这是自然发生的事情，这是客观主义的误解；象征也强调诗人通过创造性想象实现主体和客体的统一，似乎这种过程是诗人强加于外在世界之上的，这是主观主义的误解；相比之下，讽喻“言此而意彼”，其中“彼”的向度暗示着阐释者介入的可能性，也暗示着被阐释对象不能完全自我实现，只能等待“彼”的出现才能获得存在意义，它的存在向着阐释者的存在呈现开放、有待

① Hans-Georg Gadamer, *Truth and Method* (Second, Revised Edition), trans. Joel Weinsheimer and Donald G. Marshall, New York: Continuum, 1994, p. 306: “Every encounter with tradition that take place within historical consciousness involves the experience of a tension between the text and the present. The hermeneutic task consists in not covering up this tension by attempting a naïve assimilation of the two but in consciously bringing it out.”

完成的姿态；同时，这一向度又以“言此”为基础，不能脱离“言此”而存在，这规定了理解行为不是阐释者主观随意的行为，其中已经预先规定了在阐释者主观世界之外的某些规则；在第一种情况下，讽喻不是脱离阐释者的绝对真理；在第二种情况下，阐释不是脱离阐释对象的“趣味”。加达默尔在《真理与方法》中表明他既反对像自然科学那样追求客观真理的客观主义，也反对任意阐释的主观主义，讽喻则是实现这一目标的重要途径。

第一节　弗雷德里克·詹姆逊:“讽喻现实主义”

弗雷德里克·詹姆逊是20世纪“新马克思主义”的领军人物，长期工作在欧美文化批评、文学研究的前沿，力图改变盛行于20世纪50年代的美国高校和学术界对马克思主义文学批评的冷漠敌视态度，“在复兴马克思主义文学批评方面，他或许比任何人做得更多”。[①] 这一成绩主要来自《语言的牢笼》《马克思主义与形式》《政治无意识》等专著，它们也被称为“新马克思主义文学批评的三部曲”。既然是“三部曲”，彼此之间就贯穿着大体一致的研究主题。如《马克思主义与形式》的结尾说作者心目中的“马克思主义阐释学”将要“通过揭示先在代码和先在模式的存在，通过重新强调分析者本人的地位，把文本分析和分析方法一起让历史来检验。……只有以此，或以相类似的东西为代价，共时分析和历史意识、结构和自我意识、语言和历史这些东西的成对的、显然是无法比较的要求才能得到妥协”[②]。这种新的阐释学见于他10年后出版的《政治无意识——作为一种社会象征行为的叙述》（以下简称《政治无意识》）一书。仅从该书题目就

---

① Sean Homer, *Fredric Jameson*: *Marxism*, *Hermeneutics*, *Postmodernism*, Cambridge: Polity Press, 1998, p. 1.

② ［美］弗雷德里克·詹姆逊:《语言的牢笼·马克思主义与形式》，钱佼汝、李自修译，百花洲文艺出版社1997年版，第182页。

可看出，作者将政治、行为等纯粹政治学或社会学术语和象征、叙述等纯文学形式方面的术语联系起来，但把二者之间的关系从传统现实主义的“A 表现 B”的关系改造成“A 象征 B”的关系。就全书论述来说，詹姆逊更多地使用“讽喻”一词来定义“主导叙述”（master narrative，即上面引文中的“先在代码和先在模式”）与文本叙述之间的关系。虽然《政治无意识》没有提及“讽喻现实主义”（allegorical realism）这一术语，但他在一篇讨论巴尔扎克小说《贝姨》的论文①中明确标示了这一概念。在笔者看来，《政治无意识》关于“讽喻”概念的讨论为“讽喻现实主义”提示了思考路径，这一概念不仅质疑了“伟大的现实主义”传统理论，而且在与 20 世纪后半叶神话学、语义学、结构主义、解构主义、后精神分析学等各种新潮文论的对话中重塑当代现实主义理论，是詹姆逊“综合的创新”的具体体现，但这其中的理论潜能似乎尚未被詹姆逊本人意识到，当然也就更容易被多数研究者忽略了。本节从《政治无意识》最富有理论色彩的第一章中关于“整体性”的论述出发，探讨“叙述整体性”中各种阐释视野间的相互关系，并依据詹姆逊的巴尔扎克小说研究来考察“讽喻现实主义”如何改写“伟大的现实主义”。

“整体性”与“叙述的整体性”

《政治无意识》正文之前印有一段话，摘自社会学家涂尔干（也译作杜尔干）《宗教生活的初级形式》“结论”部分，大意是说“整体概念”（中译文为“总体概念”②）是社会概念的抽象形式，社会乃是一个包含各种等级的整体。涂尔干是现代社会学研

① Fredric Jameson，“La Cousine Bette and Allegorical Realism”，*PMLA*，Vol. 86，No. 2，March 1971，pp. 241 – 254.

② ［法］E. 杜尔干：《宗教生活的初级形式》，林宗锦、彭守义译，中央民族大学出版社 1999 年版，第 492 页。但詹姆逊“题词”没有完整引用这一段，省略了“只有那种能包罗各种具体主体的总主体才能包括这样一个客体”。

究的开创者之一，但并不信仰马克思主义，詹姆逊引用其研究结论并置于卷首，旨在表明《政治无意识》阐述的“作为一个整体的社会”乃是现代社会学研究的起点，也是支撑《政治无意识》的理论基础之一。首先，涂尔干从研究澳大利亚原始族群的图腾崇拜、祭祀仪式等宗教活动出发，考察早期人类社会的起源与性质，认为原始宗教不是简单的虚幻的迷信，而是人类对社会形态的最初设想，它不应指向虚幻而应指向现实，而最大的、最能包罗万象的现实乃是“社会”，包括宗教敬拜仪式在内的现象都只能从社会这个整体中才能获得解释，这就确立了社会整体对部分的优先性地位。其次，涂尔干认为，在人类认识范围之外的世界或许并不存在，宇宙不可能依据人类认识或设想的其他方式存在，也就是说宇宙或世界存在的样子和人类对它的设想是相同的，我们设想的世界存在方式可以用“社会”这个概念来表示，因此，社会与整体性之间具有同一性，这就揭示了“社会”的整体性质，“社会”超越了但同时支配着生产、分工、分配等社会生活的具体形态，“这就是早期分类所依据的深奥的原则”。

总之，涂尔干从原始宗教研究中推导出“作为整体的社会”概念，而詹姆逊则将涂尔干的“结论”引为全书的“题词”，这本身就揭示出詹姆逊论著的宗教文化维度。毫不奇怪，《政治无意识》认为中世纪信仰的“圣经四重寓意说是西方传统中第一个伟大的阐释系统”①，在探讨个体与群体、个人与社会、文本与阐释、共时与历时的相互关系方面至今还给人启发，“题词”在这方面暗示着《政治无意识》的历时方面，但另一方面，“题词”也强调“社会”整体性含义，包含各种等级的社会整体是具体社会形式的抽象概括，这无疑又在暗示着《政治无意识》一书的共时层

① Fredric Jameson, *The Political Unconscious: Narrative as a Socially Symbolic Act* (Routledge Classics Edition), London and New York: Cornell University Press, 2002, p. 3。本节引用该著作均出自此版本，随文注明页码。

面。因此，《政治无意识》是作者努力协调上文提到的"共时分析和历史意识、结构和自我意识、语言和历史"等矛盾的理论实践。

涂尔干的说法预示着《政治无意识》的讨论重点是"整体性"问题。这一问题是个"老"问题，就像盖伊指出的，"整体性问题一直都位于马克思主义理论，至少是西方马克思主义理论论辩的核心位置"①。"西方马克思主义"的开创者之一卢卡奇最早触及"整体性"这一关键词。他在马克思《资本论》的启发下得出其对现代资本主义社会的基本判断：这是一个丧失了整体性的异化时代；在这样的时代里，资产阶级思想家无法克服认识主体和客体之间的巨大矛盾，而工人阶级被迫出卖劳动力，沦为商品，将自我转化成整个商品消费体系的一部分，变成了认识对象的一部分。但另一方面，工人阶级同时也是认识主体，唯有如此，它才能融认识主体与客体于一身，克服二者的矛盾，将理论和实践真正统一起来，这是工人阶级的优势："他有能力把整个社会看作是具体的、历史的总体；有能力把物化形式把握为人与人之间的过程；有能力积极地意识到发展的内在意义，并将其付诸实践。"② 工人阶级同时成为实践主体和客体、认识者和认识对象，它才会成为历史的主体，是自己创造的世界的主人，从而摆脱资产阶级意识形态对人类历史和社会现实的虚假认识。作为一位西方马克思主义者，詹姆逊无疑会同意卢卡奇的上述论断。《马克思主义与形式》基本上重复了卢卡奇的说法，指出只有工人阶级"能够获得对外部世界商品性质的真正认识"③，这是《政治无意识》第一章运用"整体性"来构建马克思主义阐释学的理论基础。

---

① Martin Jay, *Marxism and Totality: The Adventures of a Concept from Lakács to Habermas*, Berkeley and Los Angeles: University of California Press, 1984, p. 14.

② ［匈］卢卡奇：《历史与阶级意识——关于马克思主义辩证法的研究》，杜章智等译，商务印书馆 1995 年版，第 289 页。

③ ［美］弗雷德里克·詹姆逊：《语言的牢笼·马克思主义与形式》，钱佼汝、李自修译，百花洲文艺出版社 1997 年版，第 158 页。

对詹姆逊来说，运用“整体性”来建构马克思主义的阐释学面临着特殊的困难，因为“整体论”在20世纪欧美学界一直声誉不佳。詹姆逊提及，现代学者对整体论的普遍怀疑或不信任情绪，“我们的社会对将整个系统作为一个整体来思考的努力并不熟悉”。[①] 特别是现代学者经常将整体论和“极权主义”（totalitarianism）相混淆，认为“有一条直线从黑格尔的绝对精神通向斯大林的古拉格群岛”（第35页），“整体性”无论表现为黑格尔的“绝对精神”还是马克思的“历史”，“都让人想起秘密警察的敲门声”。[②] 这一倾向在西方马克思主义内部也有所反映，主要是阿尔都塞的“结构主义的马克思主义”明确反对整体论思想的历时维度，即蕴含其中的马克思主义的历史目的论。詹姆逊引用过阿尔都塞评论思想史上各种“整体性”的一大段论述。[③] 在阿尔都塞看来，迄今为止出现过的“整体论”包括“机械的”“表现的”“结构的”等三种形式，分别表现为笛卡儿的机械论、黑格尔的本质论和他本人的结构论。马克思将社会整体作为一个结构来加以研究，但没有明确阐述“社会结构”的概念，“他写作他的科学著作就是为了对这一问题做出回答，但没有在具有同样严格意义的哲学著作中生产出这一问题的概念”[④]。而阿尔都塞主张的“结构的整体性”则认为，结构外在于现象但又是现象的最终

---

① Sean Homer, *Fredric Jameson*: *Marxism*, *Hermeneutic*, *Postmodernism*, Cambridge: Polity Press, 1998, p. 16.

② William C, Dowling, *Jameson*, *Althusser*, *Marx*: *An Introduction to The Political Unconscious*, London: Methuen & Co., Ltd., 1984, p. 50.

③ 阿尔都塞论述中列举了三种“因果性”（causality），詹姆逊认为“整体性”（totality）是其中最重要的内容（*The Political Unconscious*: *Narrative as a Socially Symbolic Act*, London and New York: Cornell University Press, 2002, p. 35），詹姆逊也常将二者合而为一。为论述方便，本书统称“整体性”。这一长段论述见［法］路易·阿尔都塞、艾蒂安·巴里巴尔《读资本论》，李其庆、冯文光译，中央编译出版社2001年版，第217—220页。

④ ［法］路易·阿尔都塞、艾蒂安·巴里巴尔：《读〈资本论〉》，李其庆、冯文光译，中央编译出版社2001年版，第216—217页。

决定原因，它不可直接感知而只能通过结构的作用表现出来；社会结构的各种要素之间是“半自主”关系，不能说一种要素决定另一种，否则，就会将社会结构中的某些因素作为整体本质的现象性表现，单纯强调经济基础的决定作用而忽略其他社会生活形式的相对独立自主性，认为某些要素可以表现社会整体，这种“表现的整体论”绕开马克思而直接回到黑格尔，必然导致经济决定论等庸俗的马克思主义。

詹姆逊基本上同意阿尔都塞对经济决定论的批评，但也指出阿尔都塞的矛盾：一方面否定“马克思版本的历史目的论”，另一方面又重新将生产方式作为马克思主义的核心范畴（第18页）。换言之，虽然阿尔都塞字面上反对整体论，但实际上却在社会结构的研究中隐蔽地“复活”了整体论的思想。在詹姆逊看来，解决这一矛盾的方法是将生产方式或结构作为整体概念。詹姆逊将马克思《政治经济学批判·序言》中提到的“经济的、政治的、法律的、意识形态的、文化的”等各种因素组合在“生产方式”的结构中①，“如果人们希望将阿尔都塞的马克思主义定性为一种结构主义，那么他们就必须用下述必不可少的条款来完成这一定性，即它是只存在一种结构的结构主义：也就是只有生产方式自身或作为一个整体的社会关系的共时系统才存在着”②。因此，“生产方式或结构”内在地决定着各个具体因素，但它本身是“不在场的”，是“缺席的原因”。

首先，如果社会的整体性可以用“结构”来表达，那么人类

---

① 詹姆逊归纳的图表在《政治无意识》（英文版）的第21页。

② Fredric Jameson, *The Political Unconscious: Narrative as a Socially Symbolic Act*, London and New York: Cornell University Press, 2002, p. 21: “If therefore one wishes to characterize Althusser's Marxism as a structuralism, one must complete the characterization with the essential proviso that it is a structuralism for which only *one* structure exists.” Jameson's italics.

历史上出现过的任何一种社会形态都和这一抽象结构相联系，又是这一抽象结构的具体化，“个别的生产方式投射或暗示出一个完整系列的生产方式——从原始共产主义到资本主义到共产主义——这构成了马克思‘历史的哲学’的叙述”（第18页）。詹姆逊的改写旨在将历时因素引入一种共时的结构中，而且正是因为各种不同历史时期的社会形态分享了一个抽象结构，马克思主义才是一种统一的历史哲学，它描绘出人类社会从原始社会到资本主义、共产主义的发展史，人类历史既是进步的，又是有目的的。正像詹姆逊指出的那样，马克思主义不是18世纪法国启蒙主义思想家提倡的唯物主义，而是历史唯物主义，“它坚持物质的优先性，没有达到它坚持生产方式的最终决定作用的程度”（第30页）。

其次，“生产方式或结构”是外在于具体因素之外的“缺席的原因”、“真实自身”（the Real）、历史等，在这一点上，詹姆逊和阿尔都塞意见一致。但是，不在场的结构如何被感知呢？人无时无刻不在整体之中，如何才能把握或认识整体呢？阿尔都塞认为，“机械的整体性”从因果链条中推导最终原因，“表现的整体性”通过辩证思维从现象中思考本质，而“结构的整体性”则通过结构的功能或作用概括结构本身，“结构只是它自己的要素的特殊的结合，除了结构的作用，它什么也不是”。[①] 在这方面，詹姆逊作出新的“修正”：只有通过“叙述”，历史的整体性才能被把握：

> 历史不是文本，不是叙述，不管是主导叙述或不是主导叙述，但作为不在场的原因，除了通过文本的形式，它对我们来说就是不可接近的，我们接近它，接近真实自身，就必

① ［法］路易·阿尔都塞、艾蒂安·巴里巴尔：《读〈资本论〉》，李其庆、冯文光译，中央编译出版社2001年版，第220页。

然通过先在的文本化，通过政治无意识中的叙述化。①

显然，和阿尔都塞的说法不同，詹姆逊强调，“历史”如果是一种结构的话，那么其结构功能主要通过文本叙述表现出来，也只能从文本叙述这一特定对象中去把握。比如任何人都不可能经历数百年前发生的历史事件，除非通过历史记载等相关叙述。即使我们通过“巴洛克风格”“浪漫主义”等概念来把握历史，我们所认识的也只能是关于历史的概念而不是历史自身。

当然，上述说法并不意味着我们对历史自身的认识就无能为力了。詹姆逊指出：“包罗万象的单一代码（the single code）分享了社会系统的更大统一整体，并赋予其特征。”（第 74 页）按照詹姆逊随后的解释，“社会系统的整体”是生产方式，而“代码”则指代码、符号以及代码、符号的生产系统，我们可以把前者视为“生产方式的整体性”而把后者视为“生产方式的痕迹和预测”（第 62 页）。一方面，二者之间构成整体和部分的关系，鉴于部分理应体现整体的性质，因此如果生产方式或历史具有整体性，叙述也就具有整体性。另一方面，二者之间也可能构成结构主义说的“结构的平行性”关系。詹姆逊曾经评价戈德曼《隐蔽的上帝》中的“同构论”，既批评其机械化、简单化的做法，又肯定它的优越之处，“在文学与文化研究领域中，通过一种虚构程序，一种上下等级的秩序井然的模式就被构建起来，其中各种层级之间具有统辖与臣服的关系”（第 29 页）。可见，他基本上肯定了这一研究范式。但无论是“同构论”还是“整体—部分论”，叙述都带有整体性质。这一点，詹姆逊并没有明确地指出

① Fredric Jameson, *The Political Unconscious*: *Narrative as a Socially Symbolic Act*, London and New York: Cornell University Press, 2002, p. 20: "...history is *not* a text, not a narrative, master or otherwise, but that, as an absent cause, it is inaccessible to us except in textual form, and that our approach to it and to the Real itself necessarily passes through its prior textualization, its narrantivization in the political unconscious." Jameson's italics.

来，但在上面的引文中他同时使用了“分享”（share）与“赋予其特征”（characterize）这两个词语来描述历史与叙述之间的关系，其中，“分享”说的是外在关系、同构性的关系，而“赋予其特征”则是一种内在的同一性的关系。

进而言之，首先，詹姆逊笔下的“叙述的整体性”也意味着阐释的整体性，“批评家的任务就是寻求作品的统一含义，作品中不同层级或成分都按照等级秩序为之做出贡献”（第 41 页）。其次，“叙述的整体性”是马克思主义阐释学的主要研究对象，也是它的重要标志之一，《政治无意识》第 5 章说“叙述整体性（narrative totality）是此前各章论述的重要问题”（第 198 页）。最后，叙述或阐释之所以是整体性的，主要在于它包含各种层级，詹姆逊称为“政治的”“社会的”“历史的”等文本意义的三个不断扩大的同心圆，它们和社会整体性中的相应因素之间具有对应、平行关系，这从下面的简表中一目了然：

生产方式整体性	经济的	政治的	法律的	意识形态的 文化的
叙述整体性	叙述材料	政治的	社会的	历史的
文本		象征行为	阶级话语	形式的意识形态

以上讨论的结论是将社会研究中的“生产方式整体论”过渡到或转化成“叙述的整体性”或“阐释的整体性”。这种改造完成了詹姆逊所说的“整体性或整体化中的方法论要求”（第 41 页），它可以启发研究者重新定位生活与创作、社会语境与文学文本、作品内容与艺术形式的相互关系。比如，文本中固然有社会现实，但现实不是外在于文本之外的事物，而是和文本一道进入读者视野的。如果二者是分离的话，那么只能面对文本的读者如何构建社会语境并肯定自己的构建是正确的呢？如果硬要区分文本和现实、社会语境的话，那么也只能说现实是“社会潜文本”（social subtext）。潜文本当然不是文本，但它与和文本一起诞生，在读者的阅读中获得实现：“文学作品或文化对象，似乎

是第一次，恰恰将那种处境带入存在之中，而文学作品本身也同时是对这一处境的一种反映。”（第 67 页）根据这一说法，我们不能简单地认定文学是现实的被动反映，似乎一方是作品文本，另一方是社会现实，文学研究是在二者之间建立反映与被反映、表现与被表现的关系。实际上，潜文本经过文本的形式中介才能产生，即经历一个“文本化”的过程，否则是不会被人了解的。任何现代读者，即使是法国读者，也不会有人“穿越”到 19 世纪的法国，对当时社会生活拥有切身体验或感受，但巴尔扎克小说仍可让广大读者认识或领略那个早已逝去的时代的生活。如果法国社会是产生文本的语境，那么根本不了解那个语境的读者或者批评家又凭什么判断巴尔扎克的小说真实地反映了那个社会呢？其实，早在论述“整体性”时，詹姆逊就指出，“真实自身”“不在场的原因”“终极原因”等不可把握，认识它们的途径是探索“真实自身”在叙述中的痕迹，只有它被叙述出来，它才可能被理解。社会潜文本是历史、社会、结构、“真实自身”的一部分，文学作品“恰恰将那种社会处境带入存在之中”，也就等于将“真实自身”带入存在之中。除此之外的另一条论辩思路则是延续上文提到的文本与社会语境之间的关系是同构论的关系，据此，我们可以以小见大，以部分见整体，观察到文本结构也就等于观察到社会结构。总之，社会语境不能离开文本而单独存在，而只能依靠文本来“带入”读者的阅读体验。当然，上述引文所说的“带入”还是相当初步的，只是詹姆逊建构的“政治的—社会的—历史的”阐释结构的开端，随着这一结构的逐步展开，“带入”的含义也会不断丰富，具体表现在下节分析中。

“讽喻现实主义”的理论框架

以上讨论仍然没有说清楚各个视野之间的转换关系，这一问题是詹姆逊文论研究中的难点，“这三个阐释视野之间的关系以及彼此转换的机制是什么，由于詹姆逊聚焦于每一视野的特定对象，他的实践在解决这一问题上做得极少"①。"做得极少"的确属实，但这并不影响我们从《政治无意识》的零散论述中重新衔接或构建那些不为人所看重的论述环节。

由上节所论可以看出，如果叙述具有整体性质，那么它就和"结构整体性"包含许多层级（level）一样，也自然包含各种视野（horizon），有的是主导叙述（master narrative），有的则不是。在描述各层级相互关系时，传统马克思主义经常使用"中介"概念，阿尔都塞的结构主义的马克思主义使用"半自主性"，对此詹姆逊都不满意：前者过多地关注了各个层级之间的相同之处，而后者则不恰当地强调了它们的相异之处。詹姆逊转而使用"讽喻"来定义各种视野之间既相互联系又彼此区分的复杂关系：

> 阿尔都塞所说的"表现的因果性"（他所谓的"历史主义"）的最完备的形态因此被证明是一个巨大的阐释讽喻，其中，一系列的历史事件或文本或产品根据某些更深的，潜藏的，更"基本"的叙述，根据一种深藏不露的主导叙述而被重写，这一主导叙述是经验材料的最早系列的讽喻关键或者形象内容。②

可见，经验材料是最初的层级，其后是各种事件、文本、人为产品等，最后则是主导叙述。"讽喻"的原始语义是"言此而

① Sean Homer, *Fredric Jameson: Marxism, Hermeneutic, Postmodernism*, Cambridge: Polity Press, 1998, p. 55.

② Fredric Jameson, *The Political Unconscious: Narrative as a Socially Symbolic Act*, London and New York: Cornell University Press, 2002, p. 13: "The fullest form of what Althusser calls 'expressive causality' (and of what he calls 'historicism') will thus prove to be a vast interpretative allegory in which a sequence of historical events or texts and artifices is rewritten in terms of some deeper, underlying, and more 'fundamental' narrative, of a hidden master narrative which is the allegorical key or figural content of the first sequence of empirical materials."

意彼”：表面上说的是一回事，而实际上说的是另外一回事，在当前语境下意味着从一个视野联想、过渡到另一个，或者说较低层次的视野可以“重写”其他部分，一个叙述可以“重写”主导叙述。马克思主义的主导叙述是《资本论》所说的“从必然王国向自由王国迈进”，《政治无意识》第一章开始和结束部分都强调过。在历史终结之前，人们生活中的各类事件都会因与这一终极目标的关系而获得意义。反过来说，当人类徘徊在自由王国的门槛之前，“历史是必然性的经验”（第87页）。依照上节所论，历史只有经过文本化才能被发现。因此，感知历史也就是感知文本叙述。鉴于历史意义已经被确定，文本叙述“讲述什么”业已明确，剩下的关键是“如何讲述”，“必然性不是一种内容，而是事件的不可剥夺的形式；因此是一个叙述范畴”（第87页）。在历史终结之前，历史整体性和叙述整体性具有同样的含义，对叙述整体性的阐释也就是对历史整体性的阐释。

詹姆逊上面所说的各个视野之间的讽喻关系并非马克思主义首创，其最早形式为流行于欧洲中世纪的“圣经四种寓意说”，强调《圣经》字面义转化为讽喻义，是将古代希伯来民族的集体故事转化成耶稣基督的个人传记；从讽喻义到道德义，则意味着基督徒将耶稣基督看成自己道德选择的楷模，从而把个人生活“嵌入”（insert）《圣经》的文本叙述，耶稣降临于尘世相当于古代希伯来人生活在法老的埃及，而其受难牺牲则是“出埃及”，从堕落世界走向上帝许诺之地，对个体的信仰者来说，《旧约》叙述中的以色列民众在埃及备受歧视、历尽苦难的故事就可以被信仰者看成自己对尘世生活诱惑的屈服，而“出埃及”则意味着信仰者放弃尘世诱惑的道德选择。在最后一层含义即《圣经》神秘义上，个人故事再次被重写成集体故事，埃及被看成尘世历史的象征，只有“末日审判”才能将人类彻底拯救。在上述四层寓意中，古代希伯来人在埃及蒙难受苦的故事被改写了三遍，分别对应着除“字面义、历史义”之外的其他三种寓意：第一遍是把它改写成耶稣基督的受难故事，第二遍是信仰者个人放弃尘世诱惑的故事，第三遍则是全体信仰者被审判和被拯救的集体故事。显然，“圣经四重寓意”中的最后一层含义是整个故事的“主导叙述”，这不仅因为它本身就是神秘的，而且因为它突破了个人的局限，不再像此前的道德寓意那样仅仅局限于个体选择或行为，而是将个人故事“讲述成”集体故事，涉及信仰者集体的普遍的历史。

“圣经四重寓意”说的现代版本是加拿大批评家弗莱“文本结构四阶段（phase）”论。詹姆逊批评弗莱的原型批评，认为尽管它包括了“字面的（描述的）—形式的—神话的（原型的）—圣经神秘义的”等四重结构，但颠倒了第三层和第四层的相互关系。一方面，弗莱将第四层含义看成发生在个人层面上的个体力量的无限膨胀，这不符合“圣经四重寓意”的本意，因为“圣经四重寓意”的第三重“道德义”发生在个体层面上，只有在第四重“神秘义”上，《圣经》叙述才会变成信仰者的集体叙述，作为“选民”的以色列人的故事才是信仰者团体的共同命运。另一方面，弗莱的改写也有意识形态背景，詹姆逊对此也进行了“意识形态批判”：这种过分强调个体维度的做法实际上主张在个体的欲望满足中获得改造社会现实的效果，是20世纪60年代马尔库塞等人提倡的“身体政治”“欲望的意识形态”“力比多满足”等说法的理论回响。当然，詹姆逊对弗莱的理论也并不是完全否定，也有理论借鉴的成分，如詹姆逊的“潜文本”就借鉴了弗莱的“阶段”概念。另外，弗莱在《批评的剖析》“结论”部分指出：“一个神话是意义的向心结构，可以用来意味着无穷无尽的事情，研究神话实际上被人用来意味着什么，这会更有成果。”[①] 这里说的“意义的向心结构”或许直接启发了詹姆逊论证的“意义的三个同心圆框架”（concentric frameworks）。如

① Northrop Frye：《批评的剖析》（英文版），上海外语教学出版社2009年版，第341页。

果弗莱运用神话、仪式、象征等概念构建一个“包罗万象的全面的批评系统”尚有缺陷的话，那么，詹姆逊则运用阶级利益、生产方式、意识形态、对象化等马克思主义概念来论证马克思主义文学批评是任何现代阐释都不可能逾越的地平线。

詹姆逊分析“叙述整体性”的最初一步是分析文本叙述的“政治的视野”，主要围绕列维－斯特劳斯对印第安人部落卡都卫欧妇女面部装饰的研究展开。在后者笔下，卡都卫欧部落的社会结构具有严格的等级秩序，社会被分成三个等级，彼此不得通婚，致使贵族的生存面临危机：具有正统血缘的贵族成员越来越少。该如何解决这一问题呢？卡都卫欧妇女的面部装饰以繁复多样著称，它将一个平面分成四个部分，在主要层面上是相互对立的，但在次要层面是相互对称的，总体上来说，它既是对立矛盾的但又在否定这种矛盾，列维－斯特劳斯总结说：“在这里，我们又碰见一个复杂的情况，类似两种矛盾对立的二分法形式，解决的方法是妥协，达成一个次级的对立，使物件的理想轴和它所代表的形象对立起来。但为了达成这个结论，我们不得不越出风格分析的层次。”[①]“越出风格分析”的具体行动是研究者不得不考察其他部落。在与这一部落相邻的两个部落中，虽然社会结构也是等级制的，但远没有那么严格，整个社会又被划分成两个互婚亚族，“一个互婚亚族的男人必须与另一个互婚亚族的女人结婚，反之亦然”[②]。对比这些部落的社会结构，卡都卫欧的女性面饰艺术才能获得理解：它首先是矛盾对立的，对应着等级森严的社会制度，同时它又是彼此对称互补的，暗示着等级制度造成的社会危机的解决方案，因为它用一种想象的方式化解社会矛盾，解决社会权力结构中的不平衡、不平等的问题。它是“一个社会

① ［法］列维－斯特劳斯：《忧郁的热带》，王志明译，生活·读书·新知三联书店2000年版，第233—235页。引文中的最后一句话詹姆逊的《政治无意识》没有引用。

② ［法］列维－斯特劳斯：《忧郁的热带》，王志明译，生活·读书·新知三联书店2000年版，第237页。

的幻觉，一个社会热烈贪心地要找一种象征的手法来表达出那个社会可能拥有的制度，但是由于其利益和迷信的阻碍而无法拥有”①。社会生活中不能出现的事物、无法实现的理想，都须用艺术来加以补偿；即使原始部落的“野蛮的思维”也可以在艺术中象征性地构建一个相对平等的乌托邦世界。

在詹姆逊看来，尽管研究者的起点是对卡都卫欧女性的身体艺术中形式特征和结构特征的描绘，“然而它必然是这样一种描绘，它事先就已经准备好，并且指向了超越纯粹形式主义的方向，这一超越运动并不是依靠放弃形式层面而去追求外在的事物来获得——如追求某些消极的社会‘内容’来获得——而必须依靠内在地建构纯形式的模型，将它作为把社会因素象征性地运作于形式的和美学的因素之中的结果”（第 63 页）。正因为美学因素或形式因素是社会矛盾的象征性表达，任何艺术生产或审美活动才不可避免地都是政治活动。所谓“象征性表达”，用卡都卫欧面饰艺术这个例子来说，是社会层面（等级制度）的矛盾在艺术中用匀称均衡的图形来解决，具体表现为层层叠叠的图形、变化多端又平行对称的线条等。如果连原始民族的“野蛮思维”都精通此道，那么，现代人自然也不会例外，从高盛期的现代主义文学直到后现代主义的大众文化产品都能这样对待。因此，詹姆逊为文学艺术给出的定义是“一种社会化的象征行为”。

上述定义中的“社会化的”一词是广义的，社会矛盾也是政治矛盾、社会阶层或阶级利益的冲突。同时，从 19 世纪中叶柯勒律治提出“象征优于讽喻”以来，批评家普遍相信象征是无限的而讽喻是有限的；如果用马克思主义来分析文学艺术，那么无论文本叙述隔绝得多么遥远，它都是马克思主义主导叙述的文本体现，其社会历史内容就都有其特定旨归，不可能是无限的而只

① ［法］列维－斯特劳斯：《忧郁的热带》，王志明译，生活·读书·新知三联书店 2000 年版，第 238 页。

能是有限的。詹姆逊将上述两个方面结合起来，把第一个同心圆（“政治的”）和第二个同心圆（“社会的”）之间的关系看成一种“政治的讽喻”，“运用政治讽喻，这样一种时常被压抑的关于集体主体之间相互作用的元叙述或主导幻想，我们就已经移动到第二个视野的边界，在这一视野中，此前我们认定为单个的文本就被认定为本质上集体或阶级的话语”（第65—66页）。显然，“边界”联结或沟通了两个相邻的领域，边界上的“政治的讽喻”是对二者关系恰如其分的说明。

詹姆逊的“马克思主义阐释学”的第二个同心圆是“社会的”，这首先意味着文本不会孤立地存在而只能作为一种社会事实或社会机制存在。其次，这也意味着文本分析和社会分析之间存在相同或类似的操作范畴。按照马克思主义的基本观点，任何社会都会分成不同阶级，都会从自己的阶级利益出发创造相应的意识形态来为其合法性做出辩护，统治阶级为自己的特权和优势地位编织各种借口，而被统治阶级则会竭力削弱那些占统治地位的“价值系统”，二者之间会形成持续的对抗关系。文本的象征性意味着重写不同意识形态之间的对抗关系。比如，我们如何理解民歌、童话、节日、巫术、魔法等通俗文化的社会作用？传统的做法是对它们做出社会学的解读，将其作为处于非强势、非主流地位的社会团体的观念形态的文化载体，但詹姆逊主张，应该把它们视为一种“质疑和颠覆策略才能恢复它们在社会阶级的对话体系中的恰如其分的地位”（第71页）。反过来说，统治阶级也尽可以利用被统治阶级的文化产品，将其中立化、普遍化，消磨其质疑和颠覆的倾向，将多种声音打造成一种声音，“基督教这一奴隶的宗教被改造成强势的中世纪系统的意识形态工具；而民间音乐和农民的舞蹈则再造为贵族或宫廷庆典形式，被吸收进骑士牧歌的视野中”（第72页）。在这些例子中，詹姆逊的分析一端联系着主流意识形态，另一端联系着具体的文化现象。熟悉结构主义语言学的詹姆逊很自然地将前者看作“语言”，而将后者视为“言语”，作为具体语言行为的言语只是语言的部分的暂时的实现。同样，詹姆逊借鉴了结构主义神话分析中的“神话素”概念，将意识形态话语这一整体中的最小单位称为“意识形态素”（ideologeme），其功能是在抽象的价值体系和具体文本之间建立联系，它可以具体表现为“伪观念”（pseudoidea），也可以表现为一种“原始叙述”（proto narrative）。对任何批评家来说，他所作的第一步分析都是确定具体文本中的“意识形态素”，如《政治无意识》第三章将“怨恨”作为乔治·吉辛实验小说的“意识形态素”。

如果各种意识形态话语对应着不同经济基础的话，那么显而易见的难题是生产方式的“共时性”。在特定的历史时期，应该存在多种不同的生产方式，才能理解在这种方式的共同体中蕴含着不同的阶级话语。马克思主义的经典作家详细阐述过一系列生产方式：原始共产主义或部落社会、等级制的亲缘社会、小亚细亚生产方式（东方专制主义）、寡头制的奴隶社会（古代生产方式）、封建主义、资本主义、共产主义。但我们不应忘记，这是理论上的高度抽象和概括，我们不能因此而产生一种误解，似乎这种排列顺序意味着完全消灭了一种生产方式才能进入下一种，而且下一种又会是纯而又纯、不带任何杂质的，那就把历史看成直线式发展的而非辩证发展的。要想辩证地看待多种生产方式的“同时性”，就要正确地认识两个问题：第一，“没有任何一个历史社会曾经以纯粹的状态包括了一种生产方式”（第80页），实际情况是，在每一时刻，都会发现多种生产方式的共存；第二，“各种生产方式的历史的同时性意味着它们辩证地向历史敞开”（第81页）。因此，在某一特定时刻，即使某种方式已经确立了主导地位，也不能排除那些旧的生产方式的孑遗，同样也不能排除尚未取得独立空间的新生产方式的未来趋势。

“向历史敞开”的生产方式主要是向未来敞开，意味着对未来乌托邦的展望。与之相对应，“叙述整体性”的文本叙述也具有这种性质。正像“政治的讽喻”是我们从第一个同心圆过渡到第二个的标志，“意识形态素”“向未来敞开”的性质等也是我们从第二个同心圆向第三个同心圆（“历史的”）过渡的标志。在“社会的”这一同心圆中，各种意识形态或者阶级话语之所以能够相互对立存在，甚至相互对话，并非由于它们都在同一时代出现，而主要因为它们都处在同一历史层面上，分享着一个共同的编码系统或者话语体系；而且各种话语都不会凭空产生，都有其现实基础，如果探索其最终原因，就会追溯到生产方式本身。这说明，分析阶级话语及其对抗性质并不是马克思主义文化分析的最终形式（第 73—74 页），暗示马克思主义阐释学还有进一步展开的内容，这就促使研究者从第二个同心圆过渡到第三个“历史的”同心圆。

上面提到的“意识形态素”具有双重性，它既是虚假意识又是原始叙述，前一性质强调“异”的一面，所以它是意识形态批判的具体对象；而后一性质强调“同”的一面，“是‘集体性格’的最终阶级幻想，这些性格是处于对抗中的各个阶级”（第 73 页）。这些幻想展现历史终结的最后图景，是各种对立阶级都能接受的乌托邦话语。中世纪流行的“圣经四重寓意说”最终归结于“上帝神秘义”也是对人类历史最终结局的揭示。《政治无意识》的“结论”部分进一步指出，所有的阶级意识本身就带有乌托邦性质（第 279 页）。一方面，统治阶级面临着维护现状的共同任务，被统治阶级面临着共同的解放使命，这些阶级成员在一个阶级内部彼此团结、联接并不奇怪；但另一方面，这些团结或联接本身就首先意味着一个主体与另一个主体的关系，当一个阶级的成员联接到另一成员时，他实际上是和另一个人建立联接，这就冲淡了阶级身份，而只是强调“联接”本身。詹姆逊用一段话来总结这一点：

此前进行的分析让我们有理由得出结论，不管何种类型

> 的阶级意识，就其表达一个集体性的整体来说，都是乌托邦的；然而，我们必须补充说这一命题是一个讽喻的命题。不管何种类型的集体性或有机团体——压迫者的或被压迫者的——就其自身来说不是乌托邦的，但就这些集体性自身是形象（figures）来说，它们是乌托邦的，这些形象是一个业已实现的乌托邦和无阶级社会的最终集体生活的形象。①

最值得注意的是，詹姆逊将最后两个同心圆之间的关系、将从阶级话语向乌托邦话语的过渡过程称为“讽喻的命题”。这种关系，简单地说，是阶级意识预示着它的反面“无阶级”的意识，阶级意识恰恰是无阶级社会或乌托邦的形象（figure）表达。这就将阶级意识的功能从一种工具职能（如维护统治阶级利益）转化为对集体性的确认。“历史的”同心圆这一最后的阐释视野带有更高的抽象程度，是对消除阶级对抗的历史终极目标的揭示，是人类共同分享的乌托邦欲望的最终实现，只有这一视野才是马克思主义阐释学的最后环节，它将把文本叙述和主导叙述最终融为一体，在此之外没有阐释。对任何小说作品的解读，只要达到“历史的”视野，就会使读者看到：任何社会现状的描述不过是乌托邦世界的讽喻形象，也就蕴含着改变现状的可能性。②

---

① Fredric Jameson, *The Political Unconscious: Narrative as a Socially Symbolic Act*, London and New York: Cornell University Press, 2002, p. 13: “The preceding analysis entitles us to conclude that all class consciousness of whatever type is Utopia insofar as it expresses the unity of a collectivity; yet it must be added that this proposition is an allegorical one. The achieved collectivity or organic group of whatever kind—oppressors fully as much as oppressed—is Utopian not in itself, but only insofar as all such collectivities are themselves *figures* for the ultimate concrete collective life of an achieved Utopian or classless society.” Jameson's italics.

② 伊格尔顿曾批评《政治无意识》说：“对巴尔扎克一部名不见经传的小说的马克思主义—结构主义分析，如何能够动摇资本主义的基础呢?”（Terry Eagleton, *Against the Grain, Selected Essays, 1975 – 1985*, London: Verso Books, 1986, p. 64）这一批评似乎没有充分关注“历史的”阐释视野的乌托邦潜能。

“讽喻现实主义”的批评实践

由上述可以看出，詹姆逊版本的马克思主义阐释学力主将“结构的整体性”改造成“叙述的整体性”，后者分为“政治的”“社会的”“历史的”等三个逐步扩张的同心圆，彼此之间是讽喻关系。这一文本意义的构建过程被詹姆逊称为“讽喻的操作”：

> 我们将假定存在这样一种批评，它提出“这意味着什么呢？”的问题，这就构成类似讽喻的操作之事，在这一过程中，一个文本根据基本的主导代码或“最终起决定作用的因素”而被系统地重写。①

在笔者看来，这里说的“主导代码”指马克思主义历史哲学，而“最终起决定作用的因素”则指经济基础，二者并提，正表明詹姆逊的暧昧态度，他既不能重蹈经济决定论的覆辙，又不能不指出只有经济基础才是“最终起决定作用的”。但他在其他地方还是更多地强调历史哲学，如《政治无意识》一开始就说，“正是在测定不被中断的叙述的痕迹之中，在把基本历史中被压抑和埋藏起来的现实恢复到文本层面的过程中，政治无意识的理论才能发现其功能与必要性”（第4页）。“不被中断的叙述”指马克思主义历史哲学，而“叙述的痕迹”则指文本，阐释的功能在于把被掩藏起来的现实上升成“政治的”“社会的”“历史的”等不同内容。结合上节所论，我们可以看出这一过程是通过层层

① Fredric Jameson, *The Political Unconscious*: *Narrative as a Socially Symbolic Act*, London and New York: Cornell University Press, 2002, p. 43: “…we will assume that a criticism which asks the question ‘What does it mean?’ constitute something like an allegorical operation in which a text is systematically *rewritten* in terms of some fundamental master code or ‘ultimately determining instance.’” Jameson’s italics.

讽喻做到的，因此叙述材料与阐释之间构成讽喻关系，这是“讽喻现实主义”诞生的奥秘。

如果“讽喻现实主义”可以成立的话，那么它就挑战了传统的现实主义理论特别是“伟大的现实主义”，成为20世纪现实主义文学研究的替代方案。在詹姆逊看来，卢卡奇的“伟大的现实主义”建立在“表现的整体论”基础上，而“讽喻现实主义”更多地吸取了“结构的整体论”。“讽喻现实主义”标志着20世纪现实主义文学理论研究的“范式转型”。

卢卡奇“伟大的现实主义”主张现实主义是真实反映生活面貌的唯一方法，但这种反映是在个人命运和社会、历史发展的紧密联系中进行的；它具有真实性、典型性、人民性和倾向性等一系列重要特征，其核心范畴是“一般”和“个别”、“本质”和“现象”相互统一的“典型形象”：“典型形象之所以成为典型是因为它的个性最内部的本质受着客观上属于社会主要发展倾向的规定所左右和限制。只有通过最普遍的社会客观性而从个性的最真实的深处生长起来，一个真正的典型才能在文学中产生。”[①] 社会历史发展的主要趋势镌刻在人物身上，是其成长的主要动力，因此读者才能从典型形象身上体会到或认识到这一趋势。如莎士比亚的作品就“清楚地显示了一系列导致封建制度必然瓦解的内在矛盾”，这些矛盾体现在人物身上，也体现在人与人之间的相互关系中，莎士比亚作为一位伟大作家，不是抽象地在理论上论述社会发展趋势，而是通过人与人之间的冲突，“把具有决定意义的人的关系凝聚到这些历史的冲突之中”。[②]

詹姆逊在重新阐释巴尔扎克这位“伟大的现实主义”的代表

① 中国社会科学院外国文学研究所、外国文学研究资料丛刊编辑委员会编：《卢卡契文学论文选》（二），中国社会科学出版社1981年版，第141页。

② 中国社会科学院外国文学研究所、外国文学研究资料丛刊编辑委员会编：《卢卡契文学论文选》（一），中国社会科学出版社1980年版，第31—32页。

作家时[1]提出反驳意见：第一，个性的出现是19世纪晚期的事情，巴尔扎克时代还没有个性（性格）产生的历史条件，巴尔扎克小说是“前个人主义的叙述”；第二，仅就巴尔扎克小说来说，特别是他的《贝姨》《搅水女人》《老姑娘》等，欲望是人物行动的主要动力；第三，如果人物形象不是来自社会现实，那么，如何分析这些形象呢？詹姆逊的回答是从语义系统中分析。

文学作品如果要塑造生动复杂的人物性格，其前提是社会生活中出现“性格的自主性”，但巴尔扎克时代是“前个人主义时代”，“个人意识自主性的信念和社会发展的某个契机相对应”，[2]从19世纪下半叶到第一次世界大战，是资产阶级社会中个人主义的全盛时期。巴尔扎克早于这个时代，“个人意识自主性”还没有出现，个性或者性格并不存在，或者说性格还没有作为一个独立的、前后一致的实体出现。或者说，性格以“中心化的主体”（centered subject）为基础，而巴尔扎克时代的主体还是“非中心化的”（discentered），二者之间隔着一系列历史境遇和社会变迁，具体表现为旧有的有机化或分层制的社会集团解体，劳动力商品化和市场化，个人主体自由化，等等，此后，“作为某种补偿的单子式的盔甲才能获得保护性的发展”。在这一进程中，个体变成了中心化的个体，或者说把个人塑造成单子式的个人。其最杰出的成就是以普鲁斯特为代表的心理小说：只表现当下的个人感受，读者可以把握个体独立的主人公意识生活的方方面面，一个稳定的、统一的个体掌控着周围的一切。巴尔扎克小说

① 詹姆逊批评巴尔扎克的论文（最后一篇是书评）包括（1）“La Cousine Bette and Allegorical Realism”，*PMLA*，1971，86（2）：241－254；（2）“The Ideology of Form：Partial System in La Vieille Fille”，*Substance*，1976，5（15）：29－49；（3）“Imaginary and Symbolic in La Rabouilleuse”，*Social Science Information*，1977，16（59）：59－81；（4）“On Balzac-Unwrapping Balzac：A Reading of La Peau de Chagrin by Samuel Weber，*Boundary* 2，1983，12（1）：227－234。

② Fredric Jameson，“La Cousine Bette and Allegorical Realism”，*PMLA*，1971，86（2）：252.

出现在个体确立的时代之前，他所开创的社会的现实主义和心理小说正处于相互对立的两个极端。

与此相联系的是“视点问题”。在资本主义制度下，传统的讲故事的历史条件已经发生了变化，“面对面的故事讲述被印刷出来的书籍，更被文学与文化产品的商品化代替”（第 141 页），社会现实被人们体会到是外在于自己的客体，客体对主体形成压抑，主体产生受到压抑的心理焦虑；在这种情况下，作品被塑造成完全客观的外在现实，这时人们就没有必要像以前那样要求作者出面，提醒读者这部作品就是作者讲述的故事，而是应该尽力消除作者的痕迹，这导致福楼拜“非个人化”的创作主张，其功能是“消除由于读者认同于作者而产生的心理焦虑”[①]。和福楼拜不同，巴尔扎克小说一般采取“全知视角”的叙述方法。巴尔扎克的小说《人间喜剧》由多部作品组成，没有固定的主人公，往往一部作品中的次要人物会成为另一部作品的主人公，这本身就表明他的主人公是“流动轮替”的，“这一特征是《人间喜剧》解中心的小规模的组织结构模型”。[②] 因此，在《人间喜剧》的整体设计上，巴尔扎克就把社会本身而不是作家本人或某个人物当成主人公，“无论如何，在巴尔扎克那里出现了类似前个人主义的叙述，认同感、视点问题尚未成为与之相关的观念”。[③]

如果人物不是作家的化身，同时现实中尚未出现个人主义式的主体，巴尔扎克的小说是“前个人主义的叙述”，那么，个人性格在现实中尚未出现，典型性格就更没有出现，典型性格也就不可能构成对现实生活的真实反映。正像詹姆逊指出的，“我们

---

① Fredric Jameson, “The Ideology of Form: Partial Systems in ‘*La Vieille Fille*’”, *Substance*, Vol. 5, No. 15, 1976, p. 40.

② Fredric Jameson, *The Political Unconscious: Narrative as a Socially Symbolic Act*, London and New York: Cornell University Press, 2002, p. 147: “This rotation is evidently a small-scale model of the decentered organization of the *Comédie humaine* itself.”

③ Fredric Jameson, “The Ideology of Form: Partial Systems in ‘*La Vieille Fille*’”, p. 40.

抽象的思考的程度，就是世界已经变得抽象的程度”（第 51 页）。现实中尚未出现的事物不可能进入理论家的头脑。那么，人物形象从何处来？詹姆逊的回答是，它们或者来自格雷马斯的语义模式，或者来自人类普遍而抽象的情感欲望，它们是人类欲望的人格化形象，也就是讽喻形象。詹姆逊批评卢卡奇说：

> 卢卡奇典型理论在两个方面有不足，一方面，它没有将人物的典型化确认为一种本质上是讽喻的现象，从而未能为这一过程提供充足的叙述来说明一个叙述可以被赋予讽喻意义和层级。另一方面，它在个体性格和其社会或历史指涉物之间暗示了一种一对一的关系，因此，类似性格*系统*的事物的可能性就未被探究。①

在詹姆逊看来，“伟大的现实主义”将典型性格与社会历史发展趋势建立直接联系，缺乏“讽喻现实主义”中不同视野之间的递进关系；而“讽喻现实主义”不是抛弃这种联系，而是关注到这种联系的复杂过程。同样，“伟大的现实主义”从社会或历史中分析典型性格，鉴于社会或历史都是不断发展的，典型性格也因而各个时代均有变迁，它们都是单独出现的，无法展现小说的“性格系统的可能性”，这方面的弊端要依赖格雷马斯的语义模式系统来弥补。

詹姆逊认为《搅水女人》中的性格塑造是“一个动力模型，

---

① Fredric Jameson, *The Political Unconscious: Narrative as a Socially Symbolic Act*, London and New York: Cornell University Press, 2002, pp. 148 – 149: “Lukács' theory of typification, ...can nonetheless be said to be incomplete on two counts: on the one hand, it fails to identity the typifying of characters as an essentially allegorical phenomenon, and thus does not furnish any adequate account of the process whereby a narrative becomes endowed with allegorical meanings or levels. On the other, it implied an essentially one-to-one relationship between individual characters and their social or historical reference, so that the possibility of something like a *system* of characters remained unexplored.” Jameson's italics.

其中人物依据他们向善或向恶的能动力量来彼此衡量”①。巴尔扎克的另一名作《贝姨》则告诉读者，女主人公在复仇欲望的驱使下决定采取行动，“李斯贝特一找到自己的天地，所有的聪明才智都发挥了出来，像耶稣会士一样神通广大。她脱胎换骨，完全变了一个人：容光焕发，梦想一跃而为于洛元帅夫人”。② “完全变了一个人”的贝姨具有强大的幻想能力，在自我欲望的虚幻满足中否定了以前的自我，完全变成了另外一个人，这样塑造出来的人物不会具有相对固定的、前后统一的性格特征。小说展示了各类人物或者心满意足或者愿望受挫的过程，尽管他们的欲望内容、对象各不相同，但他们从来没有质疑过欲望本身。正如巴尔扎克在《人间喜剧·前言》里说的，“情欲就是全人类。没有情欲，宗教、历史、小说、艺术也就没有什么用处了”③。小说表现的与其说是个人命运，不如说是掌控人物命运的人类本能以及这种本能塑造出来的社会运转基本规则。詹姆逊认为，人物欲望不仅是小说的主题，而且欲望的展现过程也是小说的结构原则：一种欲望或者满足，或者受挫，这是连接小说情节的内在因素，詹姆逊称为“超越情节运动的因果关系”④。

虽然“讽喻现实主义”将人物欲望作为小说主题和情节方面的核心，但和传统伦理学批评、人性论批评的不同之处在于，它还注意将欲望“历史化”，从具体社会历史语境中探讨欲望的发生机制。《贝姨》的主人公于洛男爵的荒唐行为既受到情欲的驱使，也和他生活的时代环境密不可分。“在一八一八到一八二三

① Fredric Jameson, “Imaginary and Symbolic in La Rabouilleuse”, *Social Science Information*, Vol. 16, No. 59, 1977, p. 64.

② ［法］巴尔扎克：《巴尔扎克全集》（第十三卷），傅雷译，人民文学出版社 1988 年版，第 183 页。

③ ［法］巴尔扎克：《巴尔扎克论文艺》，艾珉、黄晋凯选编，袁树仁等译，人民文学出版社 2003 年版，第 265 页。

④ Fredric Jameson, “La Cousine Bette and Allegorical Realism”, *PMLA*, 1971, 86 (2): 245.

这段赋闲的时期中，于洛男爵在脂粉队里大肆活动。于洛夫人知道，她的埃克托最早的不忠实要追溯到帝政结束的时代。”[①] 拿破仑帝国的鼎盛时期是充满生机的时代，平民获得了难得的进身之阶，每个人的旺盛精力都有用武之地，于洛男爵在那个时代不失为一位精明能干的后勤军官；但在随后的复辟时期，在那个停滞或矛盾的时代里，个人精力无处发泄，只会感到枯燥厌倦，也就只能在举债弄钱、违法乱纪、寻欢作乐等方面表现聪明才智和过人之处了。同样，在贝姨的心理中我们也不难发现社会变迁留下的烙印。贝姨本来要步她堂姐于洛夫人的后尘，在帝国时期兴旺一时的金银铺绣的行业里一帆风顺，“等到贝姨成为邦斯工场中最熟练的女工，当了制造部门的主管，可能成家立业的时候，帝国开始崩溃了。波旁王室的号召和平，使贝姨大为惊慌，她怕这行买卖受到打击”。无法适应世事变幻的贝姨从此寄人篱下，变得谨小慎微，“她的殷勤，自发的、无限的殷勤，同她假装的好脾气一样，也是她的地位造成的”。[②] 贝姨将自己乡下平民的热情和执拗用在文赛斯特身上，和这位年轻艺术家发展出母子兼情人的复杂情愫。

按照结构主义马克思主义理论，社会、历史本身是一个系统，活跃在巴尔扎克表现的社会生活中的各类人物从总体上看也组成系统。在巴尔扎克的《老姑娘》中，富裕的女主人公科尔蒙小姐虽然身材臃肿、外貌平常，却仍是号称贵族后裔的瓦卢瓦骑士、当地富商杜·布斯基耶、青年诗人阿塔纳兹的追逐和暗恋对象，他们都希望通过和科尔蒙小姐联姻来解决自己的经济、社会地位问题。小说充满了喜剧色彩，对科尔蒙小姐的外貌描写尤其如此，“喜剧叙述也是一个讽喻结构，其中喜剧故事的与性有关

① ［法］巴尔扎克：《巴尔扎克全集》（第十三卷），傅雷译，人民文学出版社 1988 年版，第 36 页。

② ［法］巴尔扎克：《巴尔扎克全集》（第十三卷），傅雷译，人民文学出版社 1988 年版，第 44 页。

的‘文字’就其自身来说必须解释为渴望拥有大量地产和实现个人愿望的修辞手段，也是社会和历史矛盾的解决方案”（第144—145页）。这些矛盾在当时的历史条件下既表现为专制、民主的政体之争，也表现为左翼、右翼的政党之争，还表现为平民知识分子突破现有社会阶层，努力向上爬时和贵族头衔、金钱财富的直接对抗。

《老姑娘》告诉读者：“时代给穿越时代的人打上深深的烙印。这两个人物以他们容貌、言谈、思想和装束所点染的历史色调完全不同，证明了这句格言确是真理。”① 以瓦卢瓦骑士为代表的旧贵族在大革命中丧失了土地，也就丧失了经济力量，旧体制在新的历史条件下缺乏“力量”，只剩下优雅纤细的骑士风度；以布斯基耶为代表的一部分暴发户在革命动乱年代投机取巧发财致富，具有这个社会最崇尚的经济财富，在旧王朝复辟的情况下，仍然和现有政治体制处于对立关系，但作为暴发户，最缺乏文化内涵和贵族风度；最理想的旧贵族是特利维尔，有钱又有风度，但他是外国贵族，和法国社会没有多少关系，“他是在俄国冰雪中保存完好的一位西班牙贵族”。② 与他相对立的阿塔纳兹既无钱又无风度，只有不切实际的空洞幻想。小说展现了旧王朝复辟时期的社会面貌，旧的政治体制仍然存在，但可惜没有了“力量”，就像瓦卢瓦骑士虽然风度翩翩，但实际上在没有化妆时老态毕现，再多的花言巧语也掩盖不了他萎靡虚弱的本性，而且他服饰整洁，并非因为他有钱雇用仆人为自己精心装饰，而是因为他租住的房子下面竟然是洗衣房。处于这两大阶层之间以阿塔纳兹为代表的其他成员则备受理想幻灭的煎熬，以自杀收场。

我们之所以得出上述结论，并不是因为我们将小说描写和法

① ［法］巴尔扎克：《巴尔扎克全集》（第八卷），袁树仁等译，人民文学出版社1987年版，第306—307页。

② ［法］巴尔扎克：《巴尔扎克全集》（第八卷），袁树仁等译，人民文学出版社1987年版，第402页。

国社会历史相互对照或者对比才看出来的。实际上，任何读者都不是先读了法国历史再来读巴尔扎克小说。按照上述詹姆逊的分析，小说叙述是和社会潜文本一道进入读者视野的，它在表达字面意义的同时激发读者想象其背后的社会历史现状。正是在这个意义上，小说才具有政治讽喻性。同时，小说也不是对生活的照相式的复制。叙述首先是一种语言行为，理应遵循语言建构意义的基本准则：一种意义的在场也就等于宣布了与其对立的意义的缺席。瓦卢瓦骑士有风度却无力量，布斯基耶有力量却无风度，阿塔纳兹虽然有文化、风度翩翩，却偏偏多愁善感，心灵纤细，缺乏心灵的精神“力量”，以自杀结局，特利维尔既有风度又有力量，却又偏偏是外国人。小说的“人物系统”与其说是反映现实，不如说是在语义模式的“二元对立”原则下建构起来的对立、互补的关系。

小说的女主人公科尔蒙小姐始终没有出现在“人物系统”中。但毫无疑问，她才是人们的角逐对象，迫使各种人物不断采取行动。在“讽喻现实主义”中，小说表现现实，并不是直接表现社会画面或个人命运，而是间接表现生活中人们的各种欲望和激情，用巴尔扎克的话说就是表现人们的“情欲”。这种欲望的表现机制可以归结为：欲望只有先被压抑了然后才能再现，而实现压抑功能的主要方式是构建各种意识形态。小说中的瓦卢瓦骑士因为顾全贵族体面而把自己的欲望掩藏起来，这一“体面”符合贵族阶级的意识形态，也是他编织起来的罗网，他陷于其中而最终失败。如此看来，只有剖析各个历史时期中人们头脑中的特定的意识形态的潜在作用，才能真正理解人们在不同历史语境中所有的本能或欲望。

詹姆逊的阐释学主张文本阐释分为“政治的—社会的—历史的”三个同心圆展开。《老姑娘》一方面展现了复辟时期不同政治力量和社会阶级的角逐与兴衰，这是政治层面上的分析；如果更进一步，各种争斗又总是依据相应的意识形态观念展开的，但小说描写的这种斗争不会抽象地进行，读者在小说中看到的主要还是人们的欲望：瓦卢瓦需要一门有利可图的婚姻来摆脱经济窘迫，布斯基耶需要科尔蒙小姐的婚姻来增强复辟时期共和派的权力，科尔蒙小姐则需要一个丈夫让自己扮演富裕市民家庭中贤妻良母的角色。如果分析人物欲望背后的意识形态内涵，我们就会从“政治的讽喻”步入文学阐释的“社会的”层面，其研究对象也随之变成《老姑娘》中的“体面”“优雅”“贤妻良母”等“意识形态素”。在小说阐释的“历史的”视野中，科尔蒙小姐是众多人物欲望的核心，对每个人都会产生影响；反过来说，每个人物都因为和她产生对立关系才能测定其相应的位置。她在“形象系统”中没有一个具体位置，这正表明其位置超越了具体人物，是制约人们相互关系的幕后原因，她代表了“真实自身”“不在场的原因”等。

综上，“讽喻现实主义”质疑“伟大现实主义”的“社会语境”而代之以“社会潜文本”，质疑单独性格而代之以“性格系统”，认为性格或形象不是一种“实体”而是一种“关系”，涉及形象自我内部、不同形象之间的各种表现形式。由此来说，讽喻现实主义质疑“典型”（有代表性），而代之以“讽喻形象”，认为形象或者来自抽象欲望的人格化转换，或者来自语义模式，而不会和现实生活一一对应。“典型性格的消失”可以说是从“伟大的现实主义”到“讽喻现实主义”的重要转变，这可以通过下表更清楚地表示出来：

“伟大的现实主义”与“讽喻现实主义”对照表

现实主义类别	伟大的现实主义（卢卡奇）	讽喻现实主义（詹姆逊）
理论基础	表现的整体论	结构的整体论与叙述的整体论
各层级或视野之间的关系	各层级是本质的现象性表达；各层级间具有同一性	政治的—社会的—历史的三种阐释视野，其间是讽喻关系
作品与现实关系	外在的：文本叙述与社会语境	内在的：文本与社会潜文本
核心范畴	典型形象	讽喻形象

续表

现实主义类别	伟大的现实主义（卢卡奇）	讽喻现实主义（詹姆逊）
人物阐释方式	个性与共性的融合统一	欲望及其历史化、“语义模型”
文学艺术功能	认识社会、历史发展趋势	教育或道德训诫功能

但在实现了这些替换之后，讽喻现实主义是否仍可坚持自己的现实主义定位呢？首先，现实主义的核心概念是“真实性”，而不是对现实的“反映”问题，否定了反映并不一定否认了现实主义；在整体论看来，整体才是最大的真实，这一点从涂尔干（《政治无意识》的“题词”）到卢卡奇、阿尔都塞都不会否认，认识了历史整体性也就是认识了生活现实的本质，而这种认识只能经过文本叙述这道“窄门”才能完成。其次，讽喻现实主义没有否定人物与社会历史之间的根本联系，只是确认这种联系的方式有了变化：伟大现实主义强调人物表现、凝聚了这种内在联系，而讽喻现实主义强调这种关系是一种讽喻关系，使读者可以从一个视野过渡到、联想到另一个视野，但并不一定找出某个实体来确证这种关系。正因为“伟大的现实主义”强调典型人物的表现功能，它必然要区分人物与社会、形象与社会语境，并且重点考察二者之间的吻合的程度，而“讽喻现实主义”则主张文本与社会潜文本都实现于小说叙述中，我们没有必要拿着一个文本和文本之外的现实相对照以确立其是否吻合。也正因为讽喻现实主义弃文本外的现实于不顾，才将情节基础从现实中已经出现或可能出现的真实故事移植到人们的本能、欲望领域。这些本能或欲望一方面是普遍的、人人都有的，因此巴尔扎克的小说总能激起后代读者的共鸣，否则，我们都不会生活在19世纪法国旧王朝复辟时期，《老姑娘》之类的作品又怎能感动我们呢？但另一方面，本能或欲望也需要经过“历史化”，不同时期、不同阶层的人们的欲望对象和实现欲望的方式不同，考察这些对象和方式将把研究者置于具体的历史社会语境中。从以上这两个方面来说，讽喻现实主义在坚持“讽喻”特征的同时，并没有抛弃现实

主义，它是现实主义理论传统的当代表现形式。

第二节　弗兰纳里·奥康纳的《好人难寻》："超越规整的讽喻"

弗兰纳里·奥康纳（Flannery O'Connor，1925—1964）是继威廉·福克纳之后美国南方文学的代表作家之一，以《慧血》《好人难寻》《暴力夺取》《所有上升的都必将汇合》等多部作品驰名20世纪50—60年代美国文坛，触及贫富差距、种族矛盾、性别身份、宗教文化传统等广泛社会问题。天主教作家、女性作家、南方作家是研究者经常附加在奥康纳身上的文学身份与头衔，其中，起关键作用的是其宗教信仰问题。早在1919年，美国著名批评家门肯就曾将美国南方描述为"圣经地带"；而且相对于其他地区，美国南方曾被击败的历史记忆挥之不去，对北方代表的现代工业文明持有欲拒还迎的犹疑心态，对以基督教信仰为核心的历史文化传统更多地表现出留恋怀念之情，在这一独特文化氛围中成长起来的小说家耳濡目染，自然具有相对浓厚的宗教情结不难理解。奥康纳对此并不讳言："我从基督教正教论的立场观察世界。这意味着对我来说，生活的意义集中于基督救赎上，而且，凡是我观察到的世界，我都是从世界与救赎的关系中观察到的。我认为这一立场并不能半途而废，而且在当今时代它也不能特别容易地被表现于小说中。"[①] 虽然奥康纳先具备了宗教信仰，然后才从事小说创作，但她也意识到，小说并不是宣传作家信仰的"特别容易的"工具。实际上，仅仅信仰虔诚并不一定

① Flannery O'Connor, *Mystery and Manners*, eds. Sally and Robert Fitzgerald, New York: Farrar, Strauss & Giroux, 1969, p. 32: "I see from the standpoint of Christian orthodoxy, This means that for me the meaning of life is centered in our Redemption by Christ and what I see in the world I see in its relation to that. I don't think this is a position that can be taken halfway or one that is particularly easy in these times to make transparent in fiction."

能造就小说家。对于奥康纳这样宗教倾向特别鲜明的作家来说，重要的不是将信仰变成小说，使小说成为作家信仰的简单的传声筒，而是使信仰成为小说的一部分，因为无论信仰多么重要，都不能完全替代小说。小说家认识到小说的本体论价值，才能避免沦落为传教士或神学家。在这一点上，奥康纳受惠于在美国南方“重农主义”基础上发展起来的“新批评派”，“我从属的文学一代从‘新批评家’或受其影响的人那里接受教育，他们的重点是确保你的思想或情感——不管它们是什么——被恰如其分地包含在你选定的意象中”。[①] 那么，如何才能将思想情感甚至信仰恰如其分地渗透、融会到文学意象之中呢？这涉及小说家如何处理现实与信仰、世俗世界与精神世界的关系等重要问题。在这方面，奥康纳数次提及的“距离现实主义”颇有启发价值。

奥康纳不仅是“美国最伟大的天主教作家”[②]，而且是 20 世纪美国文学中最优秀的短篇小说作家之一。奥康纳作品中，短篇小说占了大多数，她在短篇小说中发现了将现实与信仰、现实关怀与终极关怀融为一体的最佳艺术形式。《哥伦比亚美国文学史》认为，“她的成就主要在于运用短篇小说的世俗形式”，像她的文学前辈爱伦·坡一样，她也在重新确立宗教世界与道德世界的相互关系方面做出新的开拓。[③] 在奥康纳去世多年之后的 2009 年，《奥康纳短篇小说全集》获得“全国图书小说奖”，该书包括了《好人难寻》《所有上升的都必将汇合》两部短篇小说集和其他短篇小说，多达 31 篇。限于篇幅，本节将主要讨论《好人难寻》中最为人们所津津乐道的《好人难寻》《河》《救人就是救自己》

① Frederick Asals, *Flannery O'Connor: The Imagination of Extremity*, Athens: The University of Georgia Press, 1982, p. 130. 引文为奥康纳未发表的手稿。

② Alfred Kazin, *God and the American Writers*, New York: Vintage Books, 1997, p. 22.

③ Emory Elliott ed., *Columbia Literary History of the United States*, New York: Columbia University Press, 1988, p. 783.

《人造黑人》《善良的乡下人》《流离失所的人》等短篇名作。

“终极现实”与“距离现实主义”

在20世纪50年代的美国文坛上，奥康纳经常被视为现实主义作家，但奥康纳对传统现实主义并不满意。在她看来，小说创作既不是照相机式的精确复制或模仿，也不是作家思想情感的移情再现，“小说家必须意识到他无法用激情创作激情，用情感创造情感，用思想创造思想”。[①] 同时，她在南方小说中发现小说人物都具有可以被称为“怪异性”（the grotesque）的共同因素，这一点无法从社会生活层面去解读，“它并不总是可以被联系到社会框架上。这些小说的性质从典型的社会形态偏离出去，指向神秘的出人意料的领域。这种现实主义才是我想认真考虑的”。[②] 这种“从典型的社会形态偏离出去”的现实主义，奥康纳曾称之为“基督教现实主义”。像文学史上出现的名目繁多的现实主义一样，理解“基督教现实主义”的关键在于如何认识“现实”问题。正如奥康纳指出的，“所有小说家就其根本来说都是真实的探索者和描述者，但每位小说家的现实主义都建立在他对现实的终极领域的观念之上”。[③] 也可以说，有什么样的“现实”观念，就有什么样的现实主义。

奥康纳指出：“当今小说主要关注小说必然展现的社会的、

① Flannery O'Connor, *Mystery and Manners*, eds. Sally and Robert Fitzgerald, New York: Farrar, Strauss & Giroux, 1969, p. 92: “The fiction writer has to realize that he can't create compassion with compassion, or emotion with emotion, or thought with thought.”

② Flannery O'Connor, *Mystery and Manners*, eds. Sally and Robert Fitzgerald, New York: Farrar, Strauss & Giroux, 1969, p. 40: “Their fictional qualities lean away from typical social patterns, toward mystery and the unexpected. It is this kind of realism that I want to consider.”

③ Flannery O'Connor, *Mystery and Manners*, eds. Sally and Robert Fitzgerald, New York: Farrar, Strauss & Giroux, 1969, pp. 40 - 41: “All novelists are fundamentally seekers and describers of the real, but the realism of each novelist will depend on his view of the ultimate reaches of reality.”

经济的或心理的力量，或关注日常生活的细节，它们对优秀小说家来说仅仅是通向更深目的的手段。”① 可见，无论社会力量还是生活细节都只具有从属的、次要的意义，而不是“更深目的”本身。在奥康纳看来，在人们日常经历的现实生活之外，还存在着“终极现实”，它隐藏于具体的表面现实之后，但却是根本性的、发挥着决定作用的现实。小说家的任务是发现和表现具体现实背后的“终极现实”，这是基督教小说家最终归属的“真正的国度”：

> 从小说家描述的乡村景色出发，透过他的地区和国家的独具特征，在所有这些之下，延伸到他的真正国度，具有基督教信仰的作家将会把它视为永恒的和绝对的。②

但要想抵达“真正的国度”，就必须反对两种错误看法。第一种是完全否认存在着“终极现实”，只承认我们日常经历的“现世现实”才是真实可信的，这显然无法解释为什么生活意义、价值、真理等精神世界的问题自古以来就是人类不断探索的重大课题。第二种是虽然承认“终极现实”，但认定“现世现实”都是物质的、堕落的、毫无意义的，这就彻底割裂了两种现实的联系，在它们之间划出一条无法逾越的鸿沟。基督教神学对这一问题的传统回答是“道成肉身”。因此，对基督教作家来说，“终极现实”具有明确的指向，和基督教基本教义密切相关：“如果你相信救赎，你的终极视像就是希望的视像，你之所见就必然忠实

---

① Flannery O'Connor, *Mystery and Manners*, eds. Sally and Robert Fitzgerald, New York: Farrar, Strauss & Giroux, 1969, p. 38.

② Flannery O'Connor, *Mystery and Manners*, eds. Sally and Robert Fitzgerald, New York: Farrar, Strauss & Giroux, 1969, p. 27: "...everything from the actual countryside that the novelist describes, on to and through the peculiar characteristics of his region and his nation, and on, through, and under all of these to his true country, which the writer with Christian convictions will consider to be what is eternal and absolute."

于这一终极视像；你必然忽略眼见的邪恶而去寻找善，因为善就在那里；善就是终极现实。”[①] 在信仰之光的引导下，基督徒看到的终极现实是上帝拯救世界的美好画面，这是上帝之善的最集中体现，因此，由终极现实引发出来的终极关怀自然以上帝为归宿，“上帝是终极关怀的对象”[②]。概括来说，奥康纳心目中的现实可以被分成不同的等级，既有“现世现实”，也有“终极现实”，关注前者会导致现世关怀，以满足人们的世俗需求为内容；关注后者则导致终极关怀，关注生活意义、生命价值、死后生命（afterlife）的拯救与永生等精神世界的普遍问题，但奥康纳也强调，它和体制化的宗教活动或者经常去教堂参加各种仪式没有多少关系。和本节论题相关的是，既然存在着“终极现实”与“现世现实”这两种现实，那么无论它们如何接近，都会存在彼此差异和“距离”，正是因为看到了这一点，奥康纳又将自己心目中的现实主义称为“距离现实主义”。

奥康纳在几个地方提到“距离现实主义”。她指出：“在小说家那里，预言就是从身边之事看出其延伸出来的意义从而能够近观遥远之事。预言家是距离现实主义者，你在现代最优秀的奇异文学的例证中发现的正是这种现实主义。”[③] 她又说：“预言家是距离现实主义者，正是这种现实主义才能深入伟大小说内部，正是这种现实主义才能毫不犹豫地扭曲表面现象以显示内在真理。”[④] 在她看来，秉持“距离现实主义”的小说家通过想象力把未来看

---

① Flannery O'Connor, *Mystery and Manners*, eds. Sally and Robert Fitzgerald, New York: Farrar, Strauss & Giroux, 1969, p. 40.

② Flannery O'Connor, *Mystery and Manners*, eds. Sally and Robert Fitzgerald, New York: Farrar, Strauss & Giroux, 1969, p. 161: “This God is the object of ultimate concern.”

③ Flannery O'Connor, *Mystery and Manners*, eds. Sally and Robert Fitzgerald, New York: Farrar, Strauss & Giroux, 1969, p. 44.

④ Flannery O'Connor, *Mystery and Manners*, eds. Sally and Robert Fitzgerald, New York: Farrar, Strauss & Giroux, 1969, p. 179: “The prophet is a realist of distances, and it is this kind of realism that goes into great novels. It is the realism which does not hesitate to distort appearances in order to show a hidden truth.”

成现在的当下之事，即“近观遥远之事”。由此看来，距离现实主义在主张和维持着现在和未来的距离的同时，也在尽力缩小二者之间的距离。同样，本来表面现象和内在真理之间就存在距离，但距离现实主义则要“扭曲”前者以显示后者，也使后者呈现于前者。因此，距离现实主义实际上是“消除距离”的现实主义。这些看似矛盾的说法都要从世俗性与神秘性、现世现实与终极现实的相互关系中去把握，也和奥康纳小说的具体创作环境密切相关。

欧美多数国家“二战”后的社会氛围可以用“怀疑的时代”来概括，怀疑精神渗透于文学创作中。法国小说家萨洛特于1956年发表《怀疑的时代》一文，指出当代读者很难相信小说家能够通过外在细节和动作塑造生动丰满的人物形象，但作者并没有抱怨自己生活在一个信仰缺失的不幸时代，反而认同以读者怀疑为核心的新需求，“怀疑精神却表现了一个有机体的一种病态反应，适足以保卫自己的生存，获得一种健康的新平衡”①。在她看来，怀疑是值得肯定的正面现象，它恰恰是生命力的体现，在其推动下，小说家才能做出新发现：读者的怀疑将迫使小说家转向内心世界，这是萨洛特创立法国“新小说”的心理主义流派的主要依据。无独有偶，几年之后的奥康纳也说，“南方的现状是没有什么事物可以信以为真，我们的身份模糊不清，受到怀疑”。② 如果说萨洛特为“怀疑的时代”开出了人文主义药方的话——人是创作的核心，即使人的怀疑也理应受到尊重，那么，奥康纳的救世良方则带有信仰主义或虔信主义倾向：应对外在世界失衡的办法是首先求得内心平衡，而内心平衡不会在小说家心中自动养成，更不会在怀疑的煎熬中缓慢酝酿，它必须得到信仰的引导——

① ［法］娜塔丽·萨洛特：《怀疑的时代》，林青译，伍蠡甫、胡经之主编：《西方文艺理论名著选编》（下卷），北京大学出版社1987年版，第248页。

② Flannery O'Connor, *Mystery and Manners*, eds. Sally and Robert Fitzgerald, New York: Farrar, Strauss & Giroux, 1969, p. 57.

“就我的情况来说，信仰是促使感官运作的引擎。”①

作为个体的奥康纳可以生活在信仰中，但作为小说家的奥康纳则不能在小说中直接地、赤裸裸地宣布信仰。“怀疑”本身就是读者的群体特征，她不能把信仰强加在读者身上，即使她那样做了，也不会有人相信，“当你是基督徒时，与创作有关的最可怕的事情之一是，对你来说终极现实是道成肉身，眼下现实（present reality）是道成肉身，你的读者却不相信道成肉身；也就是说，你没有听众。我的听众是那些相信上帝已死的人”。② 面对读者和小说家之间的显著隔阂，奥康纳当然不会放弃信仰以迎合读者的怀疑情绪，其任务是将“道成肉身”艺术地传递给读者，启发他们认识到：不仅在“眼下现实”背后还蕴含着“终极现实”，而且在他们经历前者的同时也在经历着后者，只要他们足够敏锐、警醒。

“小说只有停留在媒介的局限之内才能超越它们”

就奥康纳的创作语境来说，以创作严肃小说为毕生事业的小说家终究不同于一般读者大众，也不同于普通信仰者。无论“存在根本”或“终极现实”是否以上帝的名义出现，小说家都能更迅速地感知到它，并且意识到它才是自己倾尽全力、予以表现的对象，但“存在根本”（what-is）并不能供人任意打扮，作家也没有权力任意塑造这一存在根本，只能在其面前表现谦卑。问题的另一方面则是，小说家又必须使“终极现实”显现于“具体之物”，这也就意味着，任何显现都不能超出媒介的范畴，也就是不能超出读者感知日常现实的范围：

> 如果小说家有所发现的话，那么他的发现就是：他本人

① Flannery O'Connor, *Mystery and Manners*, eds. Sally and Robert Fitzgerald, New York: Farrar, Strauss & Giroux, 1969, p. 109.

② Flannery O'Connor: *The Habit of Being*, ed. Sally Fitzgerald, New York: Vintage Books, 1980, p. 92.

> 不能出于抽象真理的利益而移动或塑造现实。作家或许比读者更迅速地学会在存在根本（what-is）面前表现谦卑。存在根本就是作家要应付的全部内容；具体之物则是媒介；他最终会意识到，小说只有停留在媒介的局限之内才能超越它们。①

显然，奥康纳将“具体之物”等现世现实作为表现终极现实的媒介。任何小说创作都以语言为媒介，当指涉现世现实时，语言就变成了“媒介的媒介”。但问题在于，语言能否忠实地、一一对应地指涉外在之物呢？如果答案是肯定的话，那么语言就只能发挥语言符号的功能，但符号特性显然无法囊括文学语言的丰富意蕴，其中的“多余”或“剩余”意蕴必然有所指涉，这些指涉之物一方面和语言符号背后的现世现实相区别，另一方面又借助语言才能被人察觉，从而标识出一条人们接近“终极现实”的路标，这一方面的内容也被奥康纳称为自然世界的“精神维度”，但其显现的范围仍应被局限于人类的日常语言之内，即她所说的“只有停留在媒介的局限之内才能超越它们”。在其他地方，奥康纳也将这一“局限性”称为“自然事件的文字层面”：“如果作家要想描述超自然事件，他只有在自然事件的文字层面上才能这样做，如果他不能让自然事件本身就显得可信，他也不能使任何自然事件的精神维度显得可信。”②

上述现象传统上都从基督教信仰的角度来理解，就像在中世纪这一“信仰的时代”中普遍盛行的“圣经四重寓意”的解读一

① Flannery O'Connor, *Mystery and Manners*, eds. Sally and Robert Fitzgerald, New York: Farrar, Strauss & Giroux, 1969, pp. 145 – 146: “What the fiction writer will discover, if he discovers anything at all, is that he himself cannot move or mold reality in the interests of abstract truth. The writer learns, perhaps more quickly than the reader, to be humble in the face of what-is. What-is is all he has to do with; the concrete is his medium; and he will realize eventually that fiction can transcend its limitations only by staying within them.”

② Flannery O'Connor, *Mystery and Manners*, eds. Sally and Robert Fitzgerald, New York: Farrar, Strauss & Giroux, 1969, p. 176.

样。奥康纳认为，这种解读不仅适用于《圣经》，“它也是对所有创造物的态度，是解读自然的方式之一，正是这种对人类场景扩大化的观念才是小说家必须开拓的”。[①] 然而，在一个“怀疑的时代”里，奥康纳再也不可能面对但丁曾经拥有的读者了，也就意味着一般读者只能依赖小说家才能窥见“终极现实”，“小说作家从世俗性中表现神秘性，从自然中表现恩典，当他结束创作时，这种神秘感就会遗留下来，它不能用人类任何公式来阐释”。[②] 数学公式总是说二加二等于四，但小说肯定不会如此简单，优秀小说就更不会了：“一篇小说在下列情况下才是优秀的：当你从中发现的事物越来越多，当它总是从你身边逃走的时候。”[③]

综上，艺术显现一方面是合乎情理的，另一方面又涉及“终极现实”，因此是超出常规的。那么，如何有效保证超出常规的部分仍然是合乎情理的一部分呢？奥康纳的短篇小说实际上提出了两方面的理由。首先，语言的欺骗性，暗示在语言之外还有更多的现实存在，语言意义往往偏离其字面含义而指涉了更广泛的意义范围；其次，人物的新意识的确立与开拓，在人物的新意识之中，本来不合理的现在看来也都是合理的了，这实际上意味着小说人物获得关于生活、自我、世界的新态度、新观念。不言而喻，想要在很短篇幅内实现这一转变，人物行动的节奏和力度都会相当强烈，从而使奥康纳的短篇小说往往带有“滥用暴力”的特征。

就第一个方面来说，奥康纳在小说中注意到人类语言的困境

① Flannery O'Connor, *Mystery and Manners*, eds. Sally and Robert Fitzgerald, New York: Farrar, Strauss & Giroux, 1969, p. 72.

② Flannery O'Connor, *Mystery and Manners*, eds. Sally and Robert Fitzgerald, New York: Farrar, Strauss & Giroux, 1969, p. 153.

③ Flannery O'Connor, *Mystery and Manners*, eds. Sally and Robert Fitzgerald, New York: Farrar, Strauss & Giroux, 1969, p. 102.

或矛盾特征：它既能表达现实，同时又不能完全忠实地表达现实，在某种程度上，语言具有欺骗性。《好人难寻》中老祖母讲过一个故事：她年轻时有一个追求者埃德加·阿特金斯·提加登先生（Edgar Atkins Teagarden），他每个星期六都送给她一个西瓜，还在西瓜上刻上自己名字的缩略词 E. A. T.；但有一次他送西瓜时家里没人，他就把西瓜放在前廊上，有一个小孩看到西瓜上刻的 E. A. T.（“吃”），就吃掉了西瓜，所以她那次就没有收到。[①] 当然，这不过是个笑谈，但仍然表明语言表达充满了歧义晦涩，仅仅照字面意思去理解就会闹笑话。与此类似，《人造黑人》中的黑德先生和他的孙子尼尔森都从城市商店体重测量机上得到了写着体重数和预言或警示话语的小纸条，老人的纸条上写着：“你诚实、勇敢，所有的朋友都佩服你。”尼尔森的纸条是：“你面前有伟大的前程，但是要小心黑皮肤的女人。”随后，黑德先生在危急关头没有出手帮助尼尔森，而是胆怯地否认他们之间的亲缘关系；尼尔森后来面对黑肤色妇人时，“他突然盼她俯身将他抱起，让他挨近她。感受她的气息拂过他的脸庞”（第 127 页）。可见，小纸条上对未来的语言描述都和此后故事发展不符，甚至完全相反，由此可以窥见语言并不是表述现实的完善工具，其模棱两可之处并不少见。

和《好人难寻》《人造黑人》一样，对语言欺骗性的思考构成了《河》的创作主题之一，但却以更加严肃的故事形式表现出来。《河》讲述五岁小男孩哈里在保姆康宁太太的带领下去河边参加教会洗礼仪式的故事，这次洗礼由牧师毕伟尔（Bevil）主持，他首先向人们布道：“只有一条河，这条河就是生命之河，是耶稣的血汇成的。你们要把你们的痛苦抛到这条河里去，抛到信仰之河，生命之河，爱之河，耶稣的血汇成的红河里去。”（第

① ［美］弗兰纳里·奥康纳：《好人难寻》，於梅译，新星出版社 2013 年版，第 7 页。本节小说引文均出自此版本，随文注明页码。

38 页）值得注意的是，这里的“信仰之河，生命之河，爱之河”中的“河”（river）都是大写的，表明这不是现实中的这条河流，正如这位牧师随后提到的，现实中的河流不能涤荡罪孽、拯救灵魂，“这条古老的红河适于施洗，适于承载信仰，适于负载痛苦，不过救你们的却不是这污浊的水”（第 39 页）。他根据《圣经》教义提到两条河流，一条是现实的浑水，另一条是耶稣之血形成的精神之河，意味着耶稣为世人做出牺牲以拯救世界，也可以说一条是“现世之河”而另一条是“终极之河”。但面对着两条河流，5 岁小男孩的智力很难分清，大写的 RIVER 在口头表述时无法表述清楚，所以他会想当然地将“现世之河”当作“终极之河”，完全从字面意思上来理解牧师布道。当牧师为哈里施洗时，牧师曾对他说：“你会跟以前不一样。”但他究竟会怎么“不一样”呢？这一问题一直纠缠着哈里。他第二天很早醒来，立刻就想到那条河，“慢慢地，他的表情发生了变化，好像他渐渐看到了他无意识里寻找的东西。然后他突然知道他要做什么了”（第 47 页）。然后，哈里离家而去，“他没拿手提箱，因为家里没有什么东西是他想带走的”。[①] 哈里独自没入河中，满怀获得永恒生命的希望，在河水中起伏、沉没，直至最后丧生。

哈里的悲剧提醒读者，如果混淆《圣经》的字面意义和讽喻意义，将会带来致命后果；如果成年读者还犯类似的错误，那就只有 5 岁孩子的智力了。在现实的河流之外，还有生命之河；分清两种河流，前者是后者的先导和途径，不经历前者就永远无法到达后者，但将现实河流误认为生命河流，就像小说主人公哈里一样，只会导致悲剧结局。“河”，这一个词语代表着两种含义，“生命之河”是“现世之河”的“剩余物”，但却是根本性的。

① 译文有改动。Flannery O'Connor，*Collected Works*：*Wise Blood*，*A Goodman Is Hard to Find*，*The Violent Bear It Away*，*Everything That Rises Must Converge*，*Stories and Occasional Prose*，*Letter*，New York：Literary Classics of the United States，Inc.，1988，p. 169："He hadn't taken a suitcase because there was nothing from there he wanted to keep."

小说中的次要人物帕勒戴斯（Paradise）先生拒不相信“生命之河”，他在洗礼仪式上嘲弄牧师讲道，认为牧师传道仅为了骗人钱财。当他看到哈里沉入河底，立刻跳入河中救他，但没有成功。《河》以这样一位怀疑者的形象结束颇有深意：

> 帕勒戴斯先生的脑袋不时从水里冒了出来。在很远的下游，老者像一只古老的水怪终于钻出了水面，两手空空地站着，一双无神的眼睛注视着目光所及的下游方向。（第49页）

帕勒戴斯先生不相信生命之河，缺乏信仰，他不可能救起沉入水中的哈里，只能“两手空空”地收场，虽然他尽力向远处眺望，但以他黯淡浑浊的目光，无论他看得多远，看到的也永远是现世之河。如果小男孩哈里的错误在于将现世之河估计得过高，误以为生命之河能完美移植到现实世界，这就赋予了现世之河太多的含义，那么，处于另一极端的帕勒戴斯先生则为现世之河赋予了太少的含义，河流仅是河流本身，除此之外它什么都不是。《河》讽刺那些逐字逐句地理解《圣经》的做法，同时也讽刺了拒不接受《圣经》训诫的现代怀疑者。

另外，《河》中出现的小男孩改名的细节也很有代表性。哈里在回答保姆询问时，突发奇想，说自己的名字是“贝富尔”（Bevil），和主持洗礼仪式的牧师名字一样，这名字听起来像是“作恶”（to be evil），引得他母亲一阵惊呼：“这是个什么名字啊!”（第43页）与此类似，奥康纳小说的很多人物名字都颇有深意，启人联想；而且，一旦名字有了改动，自然也就会产生新的暗示和猜想。在《流离失所的人》中，肖特利太太（Mrs. Shortly）就像其名字所暗示的那样在故事中间突发心脏病而死，《善良的乡下人》中的霍普维尔太太（Mrs. Hopewell）总是愿意关注事物的光明而乐观的一面，她的名言是“微笑总不会伤害任何人”，但她的女儿乔伊（Joy）则在一条腿被截肢后，把名字从“乔伊”

改为“胡尔加”（Hulga）：“她之所以选择这个名字，起初只是因为它难听，后来她发现这个名字和她本人异常吻合，这使她大为吃惊。她想到这个名字，就会想起丑陋的伏尔坎汗流浃背地待在火炉里，女神一经召唤就得去见他。”（第188页）或许受到身体残疾的影响，乔伊-胡尔加倾向于看到生活灰色黯淡的一面，这为小说塑造其虚无主义形象奠定了基础。《救人就是救自己》的主人公史福特利特先生（Mr. Shiftlet）的名字既意味着空间位置上的“停留不动”（shiftless），又意味着情感心态上的“无动于衷”，但小说的进展却使他确实有所触动，显得“名”不副“实”。或许小说开始部分史福特利特先生回答克里特太太的话更有预示作用：“我可以告诉您我叫汤姆·T.史福特里特，打田纳西的达沃特来，但您以前从没见过我，您怎么知道我没在说谎？太太，您怎么知道我不叫阿龙·史巴科斯，打佐治亚的辛格伯瑞来？”（第56页）这些例证表明，名与实、名字与性格之间的关系或许相当微妙，读者从名字这个符号中只能部分地推测人物命运，因为毕竟会有相当内容从语言中脱离出来，需要读者从人物精神世界中去体悟和把握，这就把我们从语言问题引导到人物意识问题，特别是引导到人物思想情感世界中新视线、新境界的确立问题。

“超越规整的讽喻”

奥康纳的主要短篇小说在很大程度上可被视为成长小说，它们聚焦于人物意识或心理的转变成长过程。这就要求小说文本清楚交代人物转变的始末。像现实生活中的绝大多数人一样，奥康纳小说人物也并非生活在真空里，他们登场时往往持有形形色色的生活观念，并且随着小说叙事的展开，人物往往会意识到以往观念的不足或缺陷，从而产生新意识、新观念。但人物新意识产生的基础是在现实世界中，必须合乎情理地展示其产生过程，只有这样才能得到读者的信任，正像奥康纳指出的那样，“一个作家越想明确显示超自然世界，他越是必须让自然世界显得真实，因为读者如果不能接受自然世界，当然也就不能接受超自然的世界”①。显然，奥康纳要在自然与超自然、生活的世俗性与神秘性之间寻求平衡点。在奥康纳看来，现代人身处“怀疑的时代”，习惯于生活的世俗性而淡忘了其神秘性，二者之间的失衡状态是时代的通病，由此小说家的任务才显得尤其重大：“我们正生活在一个怀疑事实和价值的时代里，这一时代被兴盛一时的信念摇来摆去。既然不能从身外世界反映一种平衡，小说家就只有从内心感受到平衡才能获得这种平衡。”上述判断为展现人物的新意识提供了主要依据。

对小说家来说，他必须依赖小说叙事来体现这种重新获得的“平衡”。奥康纳短篇小说艺术展现了小说人物从不平衡走向平衡的进程。其中，小说人物要想获得任何新意识，首先就必须具备产生新意识的主观动力和愿望，扮演探索者的角色，“我们的时代往好处说是一个探索者和发现者的时代，往坏处说是一个驯服了绝望并学会与之愉快相处的时代”②。小说人物产生的新意识有时会导致对基督教信仰的皈依，但有时仅仅暗示着生活中暧昧莫测的神秘力量，无论人物还是读者，都会感受到生活现实“神秘性”的蛛丝马迹。那么，作为积极主动、头脑清醒的探索者，奥康纳小说人物的探索是向内的，还是向外的呢？

正如上文论及的，奥康纳将重新获得生活世俗性和神秘性的平衡统一作为创作目的，探索对象特别聚焦于生活神秘性的一面，它来自隐藏于“现世现实”背后的“终极现实”；如果从宗

① Flannery O'Connor, *Mystery and Manners*, eds. Sally and Robert Fitzgerald, New York: Farrar, Strauss & Giroux, 1969, p. 116.

② Flannery O'Connor, *Mystery and Manners*, eds. Sally and Robert Fitzgerald, New York: Farrar, Strauss & Giroux, 1969, p. 159: "At its best our age is an age of searchers and discoverers, and at its worst, an age that has domesticated despair and learned to live with it happily."

教信仰角度来看，它只能来自上帝的恩典或拯救：“简而言之，我从对我作品的阅读中发现，我的小说创作主题是上帝的恩典作用于主要由魔鬼占据的领域。”① 无论上面哪一种情况，探索对象都只能位于人物的身外世界而非人物内心。和 20 世纪初期以来现代主义文学中盛极一时的“向内转”人物形象不同，奥康纳笔下的人物经常带有“向外转”倾向，总是在和他人、世界、环境的相互冲突中才有所领悟。他们不是沉思冥想的思想者而是积极主动的行动者，而且他们经常采取相当激烈的、戏剧化的行动。

就其作品而言，小说人物起初大多抱有“今不如昔”的想法，它不仅是抱怨和埋怨，还是对当下现实的否定，暗含着对更好生活的渴望；生活在这种渴望中的人物，意识始终是活跃的、敏感的，对周围世界保持着观察力和感悟力；对当下生活的负面评价暗示眼前的世界乃是地狱，初步显露人物的原罪意识。《好人难寻》中的老太太说：“我小的时候，孩子们对家乡啦，父母啦，万事万物啦，都更加谦恭。”（第 6 页）这一观点得到另一人物萨姆的附和。《救人就是救自己》中的史福特里特先生也说“世界已经快烂透了”（第 55 页）。《人造黑人》一开始将黑德先生描述成维吉尔式的人物，维吉尔带领但丁游历地狱，黑德将带领自己的孙子尼尔森游历亚特兰大，从这一侧面将现代大都市看成地狱。

随后，小说人物从对当下现实的否定出发，在地狱一般的现世现实中展开一段精神探索的历程，在和他人的冲突中最终达到对终极现实的短暂窥视。这一过程往往表现为人物之间彼此认同。《好人难寻》中的老太太并不像她宣称的那样是一个百分之百的好人：她擅自将宠物猫藏在车里，造成了车祸；她记错了地方，将他们一家人引入绝境；她认出了越狱犯“格格不入”，引

① Flannery O'Connor, *Mystery and Manners*, eds. Sally and Robert Fitzgerald, New York: Farrar, Strauss & Giroux, 1969, p. 118: “I have found, in short, from reading my writing, that my subject in fiction is the action of grace in territory held largely by the devil.”

来杀身之祸，正像“格格不入”说的，“要是你没有认出我，对你们倒未尝不是件好事”（第 16 页）。老太太表现得过于自信傲慢，确信自己是一位“女士”，比别人更高贵优雅，但实际上她应对一家人遭受到灭顶之灾负责。当她第一次见到“格格不入”时，“她好像一直都认识他，但就是想不起来他是谁”（第 15 页）。这是小说首次提到在无辜平民和罪犯冲突双方之间存在着共同的人性基础，从而讽刺了老太太此前一直抱有的个人优越感。当她的孩子们（儿子、儿媳、孙子、孙女）被枪杀之后，老太太才彻底放弃了自我傲慢，不再居高临下地教训他人，在自己和杀人罪犯之间发现了共同点，她在杀人犯“格格不入”身上发现了和自己共同分享的人性：“你是我的儿呢，你是我的亲儿!”（第 23 页）小说颇有深度的地方在于，这一从原罪到醒悟的意识结果导致了老太太的死亡，但也正是这一意识才促使“格格不入”有所悔悟。

“格格不入”在小说中为自己的所作所为进行辩护：如果耶稣拯救了世人，世人就无事可做，只有去追随耶稣；如果他没有拯救世人，那世人就只好抓紧时间纵欲享受了；鉴于我们不在耶稣拯救的现场，我们不知道真相，我们的世界就失去了平衡，人们可以为所欲为。这一论辩似乎言之成理，但最终陷于困境，除了把“是否眼见”作为“拯救”的根据这一简单错误，其缺陷在于没有考虑到这种可能性：耶稣是否拯救世界不是世界失衡的原因；世界之所以失衡，是因为人们没有追随耶稣，更没有在生活中以耶稣为榜样。比如“格格不入”滥杀无辜，就完全背离耶稣训诫，他在为自己寻找借口中其实给自己制造了陷阱。当然，小说不是神学论辩，小说要仰赖故事来阐释一切。随后的情节发展完全出乎“格格不入”的预期。“格格不入”在这场由他主导的杀人惨剧中获得什么启发呢？他能够获得拯救吗？根据小说的描写，这次事件至少动摇了他此前的信念，发现摆脱困境的一丝希望。他对祖母的评价是：“她可以变成个好人的，要是每分钟都有人对她开枪的话。”（第 23 页）他意识到祖母在生命最后时刻意识到生活真理，他最后的结论是：“人生没有真正的乐趣”，这否定了他此前说的“如果耶稣没有拯救世人，就只有纵情享受了”云云，生活中没有乐趣，也就谈不上享受了。他或许意识到自己是世界上的新的不公正的制造者。

在《人造黑人》中，主要人物的彼此认同显得更为复杂一些，主要通过第三者媒介来进行。处于情感疏离、隔阂状态的祖孙二人黑德先生和尼尔森都对一座黑人雕像产生了兴趣。雕像的主人公既不是老人也不是孩子，很难说他是高兴还是哀伤，他代表了超越年龄、种族身份、心境等界定之外的普遍的“人”的形象。如果黑德与尼尔森都能同情这么一个黑人形象，那么又有什么可以阻止他们彼此之间产生同情之心呢？当这种意识发生时，黑德与尼尔森似乎变成了对方，“黑德先生像是一个年老的孩子，尼尔森则像是个小老头。他们站在那里向人造黑人望过去，好像面对这一个极大的秘密，一个纪念他人胜利的纪念碑，在他们共同失败后让他们聚拢在了一起”（第 135 页）。当然，最大的同情来自上帝的恩典与宽恕，世俗的同情不过是上帝恩典的吉光片羽，意识到这一点才有资格进入天堂：“他明白人死的时候，只能带它（怜悯）去见造物主。”（第 136 页）小说暗示，这一感受同情与怜悯的过程既发生在老人身上，也发生在孩子身上。小说以尼尔森的喃喃自语结束，此时他的“脸色发光”（his face lightened），似乎受到了一番特殊的启迪。他经历过一番痛苦情感的煎熬，已经获得了对人类同情的新认识，达到了新境界，这是他从这趟地狱之旅中得到的最大收获。

具有基督教关怀的作家往往热心描写信徒皈依过程，而对一个优秀小说家来说，他或许不得不抑制自己的宗教热情，将上帝的“神的显现”场景限定在可以被世俗读者接受的程度之内，奥康纳明确意识到小说创作要停留在日常生活的范围之内，但即使这样，也有研究者批评奥康纳：“实际上，她的某些小说向尚未具体化的启示领域偏移。”[①] 幸运的是，在奥康纳笔下，并非每一篇短篇小说都导向宗教信仰，如《救人就是救自己》中，史福特利特先生获得克里特太太信任，在骗取其汽车、娶了其女克里特小姐后，又始乱终弃，残忍抛弃新娘。小说告诉读者，在史福特利特眼中，人分为肉体和精神，肉体像房子，固定不动，而精神则像车子四处移动。在他达到目的、抛弃新娘之后，“他觉得有车的人要对他人尽尽义务”（第 66 页）。因为“汽车”是精神的象征物，所以这里的“责任”意味着精神责任。他主动请一个小男孩搭车，但他发现自己的好心和善意受到小男孩的无礼对待。这促使他想到：他不也同样粗暴地对待过自己的新娘吗？“救人就是救自己”反过来就变成了“害人就是害己”。史福特利特先生至此经历了一场“以其人之道还治其人之身”的遭遇。小说留下了开放的结局，“他把残肢吊在车窗上，与暴风骤雨你追我赶地向莫比尔驶去”（第 67 页）。“莫比尔”（Mobile）重新回到“汽车—精神”的互相联系上，表明主人公将开启精神探索旅程，从一个玩世不恭的流浪汉或许转变为一个愿意承担精神责任的人。

与此相类似，《流离失所的人》也没有触及宗教启示场景，而只涉及生活中的神秘力量。农场主麦克英特尔太太为波兰难民古扎克一家提供农场工作，但她没有理解牧师说的话——“他来这儿是为了拯救我们”（第 225 页）。她本应对陷于困境的人施以援手，救人也是救自己，反而认为“他这个样子又不是我造成的”“世上所有多余的人都与我无干”（第 254 页）。怀着这种心态，她眼睁睁地看着肖特利和别人串通谋杀了古扎克，没有采取任何行动。因此，她以身体机能上的麻痹终结一生，在神秘力量的作用下丧失了说话、走路的能力，完全变成了一个植物人或木头人。

上述小说都有一个通用模式：小说人物都感受到冥冥之中的

① Paul Giles, *American Catholic Art and Fiction*: *Culture*, *Ideology*, *Aesthetics*, Cambridge: Cambridge University Press, 1992, p. 365.

神秘力量，并在此作用下确立新意识。这一模式曾被奥康纳概括为“对不合情理的事物的合乎情理的运用”①。奥康纳在描写合乎情理的故事的同时，又指涉不那么合情合理的事物，因此，发生在现世现实的表面故事是对深层次的终极现实的讽喻。表面看来，现代作家不再像中世纪作家那样热衷文学讽喻，“我不相信我们目前社会的基本信仰是宗教的，除非是在南方。无论如何，在人们被转瞬即逝的信念左右摇摆的时代里，你不能创造有效的讽喻，因为人们将做出不同的解读”。② 可见，做出共同解读是创造“有效的讽喻”的前提条件，现代社会很难产生中世纪《仙后》《坎特伯雷故事集》《神曲》那样的讽喻作品，但这并不等于讽喻完全无效，这倒意味着生活在“怀疑”“缺乏”中的读者比以往任何时候都更需要作者指导。中世纪讽喻作品可以被称为“规整的讽喻”，而奥康纳则要超越这一传统：

> 我常自问是什么使短篇小说发挥作用，是什么使其作为小说得以确立，我确信或许是行动，是一个人物的动作。……它必须既符合性格而又超越性格，既指向世界又指向永恒；……这一动作超越可能有意做出的规整讽喻或读者能够确立的老生常谈式的道德范畴。这一动作必须是与神秘性相联系的。③

① Flannery O'Connor, *Mystery and Manners*, eds. Sally and Robert Fitzgerald, New York: Farrar, Strauss & Giroux, 1969, p. 109: “a reasonable use of the unreasonable.”

② Flannery O'Connor, *Mystery and Manners*, eds. Sally and Robert Fitzgerald, New York: Farrar, Strauss & Giroux, 1969, p. 166.

③ Flannery O'Connor, *Mystery and Manners*, eds. Sally and Robert Fitzgerald, New York: Farrar, Strauss & Giroux, 1969, p. 111: “I often ask myself what makes a story work, and what makes it hold up as a story, and I have decided that it is probably some action, some gesture of a character...This would have to be one that was both in character and beyond character; it would have to suggest both the world and eternity; ...It would be a gesture that transcended any neat allegory that might have been intended or any pat moral categories a reader could make. It would be a gesture which somehow made (to) contact with mystery.”

奥康纳强调其小说旨在描述现世现实中的生活环境和故事情节的同时又超越这些。她小说中的讽喻区别于传统“规整的讽喻”的地方，首先在于它是不规则的、非匀称的讽喻、失衡的讽喻，奥康纳把每篇小说的绝大多数笔墨用在描写现实世界上，基本不对神秘世界做出正面的、确切的描述，二者的比例明显不协调，是畸形的结构。转折时刻往往发生在小说末尾，当这一时刻来临时，小说也就几乎结束了。其次，她的讽喻往往呈现突然转折，犹如灵光一闪，持续时间很短，但给人无尽启迪，依靠的是动作强度和出人意料。谁能想到《河》中的小男孩会纵身河中，把自己淹死？谁能想到《流离失所的人》以一场突发事故结束？综合以上两个方面，写得越少的才越显得神秘，发生得越突然的才越不能以常理来揣度，这创造了小说神秘性的维度。讽喻的创新之处在于对神秘性的有限描述和曲折指涉。这些方面构成了“有效的讽喻”的主要因素。

但如果是这样，读者为什么能够或怎样感知小说的讽喻意义呢？当读者读到一个完整故事时，如何才能产生进一步联想并领会到故事背后的更深含义呢？一般认为，奥康纳采取了氛围渲染、细节暗示等方式来达成创作目的，这些方面研究者大多有所涉猎。[①] 除此之外，我们还应注意奥康纳小说中前后文的相互照应与人物之间的相互影响这两种手法。首先，虽然关键的转折都发生在小说最后，但如果回头去考察，读者就会发现前文并不简单叙述故事，而是“话里有话”，在合乎情理的讲述中充满了对后文的暗示、指涉或提前叙事。如《好人难寻》一开头老太太说：“我是绝不会把我的孩子们往那儿引的。要不我的良心上怎么过得去呢？”（第 3 页）但正是在她一系列错误引导下她和她的家人才丢了性命，如《人造黑人》开头描写的

① 前引 *Flannery O'Connor: The Imagination of Extremity* 的第 2 章、第 4 章均有论述，可参看。

黑德先生认为“年纪是最大的财富。只有上了年纪的人才能心平气和地看待人生，做年轻人理想的导师”（第111页），但实际上黑德先生自己还有很多需要从生活中学习的东西，他仍然等待着生活智慧的新启迪，又如《善良的乡下人》一开始宣布的生活信条是“世界是形形色色的”，但小说展开的主要矛盾却是两个虚无主义者的冲突，由此看来世界并不是形形色色的。

其次，奥康纳还注重描写小说中的影响关系。如《好人难寻》写出杀人事件对杀人者的启迪，小说的力量在于把一个启示故事写了两遍：第一遍是老太太面临生死关头的觉悟，第二遍是对“格格不入”本人的影响，写出他身上表现出来的朦胧悔悟情绪。《救人就是救自己》的主人公史福特利特先生的醒悟来自他抛弃新娘之后在搭车小男孩身上遭受的不公正待遇，就“不公正对待他人”这一主题来说，小说写了两遍，史福特利特不公正地对待他人，也被他人不公正地对待。《人造黑人》涉及同一座黑人雕像对祖孙两人的共同影响，可见这一神秘过程同时发生在两个人身上。《流离失所的人》最后一段描述那场谋杀案对每个人的影响，特别是女主人公麦克英特尔太太从一个精明强悍的农场主变成了一个缠绵病榻、衰老不堪的老妇人，在“活着的死亡”中聆听牧师讲道。奥康纳的高明之处在于她能艺术地展现故事对人物的影响。或许，产生这些影响的人物并非有意为之，但被影响者总能切实感受到影响的效果。同样，如果某一行动影响了小说中的人物，那么也就等于影响或感染了读者，正如她所说的，“随着读者越多地思考小说，小说意义不断拓展开来”。[①] 关注读者接受问题，正是奥康纳的小说具有艺术感染力的重要原因之一，也为这位“千古文章未尽才”的才女型短篇小说作家赢得后

① Flannery O'Connor, *The Habit of Being*, ed. Sally Fitzgerald, New York: Vintage Books, 1980, p. 437.

世读者的由衷尊敬。

第三节　保罗·德曼："讽喻构成文学洞见的真正深度"

保罗·德曼是20世纪60年代末至80年代初美国文论界的风云人物，曾与法国哲学家德里达一道在美国学界掀起解构主义浪潮，是20世纪下半叶"讽喻的当代复兴"理论话语的代表人物之一。希利斯·米勒曾指出，"文学研究的未来建立在我们如何尽量正确地阅读保罗·德曼上"。[①] 在德曼之外，加达默尔与詹姆逊均曾论及讽喻问题，分别提出"为讽喻恢复名誉""讽喻现实主义"等理论命题，但在讽喻的理论基础、定位与作用等方面都和德曼所论有明显差异。通过三位理论家的比较研究，我们能更清楚地看出他们各自的理论特色。

语言的修辞性质

保罗·德曼二战结束后移居美国，恰逢"新批评"在美国文学教学与研究中一统天下。但德曼并不是"新批评"的追随者，他对"新批评"的批评才是其开拓理论新天地的起点。首先，德曼反对"新批评"领军人物兰瑟姆提出的"本体论批评"。兰瑟姆认为，诗歌和生活世界在本体论上存在着相互对应的同一性关系，但德曼指出，生活或现象世界和文学作品奉行不同的运行原则："文学是虚构，不是因为它无论如何都拒绝承认现实，而是因为：语言依据现象世界（phenomenal world）的原则或类似原则发挥功能，这一点不能被先

① David Lehman, *Signs of the Times*: *Deconstruction and the Fall of Paul de Man*, New York: Poseidon Press, 1991, p. 157: "…the future of literary studies depends on reading Paul de Man as best as we can…"

验地确定下来。”① 可见，任何批评家都不能想当然地将诗歌与现实混为一谈，要想谈论诗歌或文学，需要寻找的恰恰是诗歌中所有而现实生活中所无的因素：即语言中广泛存在的修辞现象。其次，尽管德曼对其早年在哈佛大学布劳尔教授课堂上经受的“细读”训练一直抱有感激之情，但也指出“新批评”缺乏对语言行为的“自我反思”②。这两个批评代表了德曼与“新批评家”的分歧。在德曼看来，语言不会依据现象世界规则来运作，其操作原则无法在现象世界发现。如果从修辞角度来观察语言本质的话，关键之处并不是修辞“多少”而是“有无”的问题：修辞在语言中是在场的而在现实生活中却是缺席的。

《阅读的讽喻》是德曼集中论述语言修辞性的专著。该书首篇论文《符号学与修辞学》是孕育全书核心观念的理论胚胎。该文提出了“语法的修辞化”问题，即语法正确的词句仍然会在修辞作用下产生多种意义。比如，“反问句”是日常生活中经常出现的语言现象，是不需要回答的，但如果人们没有意识到这是反问句，就会做出回答。这表明，反问句本身就蕴含了是或否两种模式。如果不置入具体语境，不加入语句之外的因素（如对话者的意图等），我们就无法决定到底哪一种模式是恰当的。这种“不可决定性”情况仅靠语法或逻辑都无法解决，一个句子可能语法正确，但其表达的含义自相矛盾，“在一个文本中，我们可以利用这一文本中的某些因素来质疑或挫败文本命题，这些因素经常就是那些修辞胜过语法的因素”③。德曼所说的“修辞因素”

① Paul de Man, *The Resistance to Theory*, Minneapolis: University of Minnesota Press, 1989, p. 11: “Literature is fiction not because it somehow refuses to acknowledge ‘reality,’ but because it is not *a prior* certain that language functions according to principles which are those, or which are *like* (Paul de Man's italics) those, of the phenomenal world.”

② Paul de Man, *Blindness and Insight: Essays in the Rhetoric of Contemporary Criticism*, London: Methuen & Co., Ltd., 1983, p. 110.

③ Roman Selden ed., *The Cambridge History of Literary Criticism* (Vol. Ⅷ): *From Formalism to Poststructuralism*, New York: Cambridge University Press, 1995, pp. 171 – 172.

是广义的，包括句式语气、语义含混、反讽比喻、矛盾修辞等多方面的内容，他称为“符号学奥秘”（semiological enigma）[①]。可见，“修辞的”指涉那些语法分析无法应付的语言现象，每当读者面对语句，不得不搁置判断时，语言修辞性就凸显出来，读者就不得不求救于“修辞阅读”。

上述“修辞模式”不仅是语言运用的常见现象，而且其渊源就蕴含在语言起源中。在这方面，卢梭“语言起源于比喻”的说法正中德曼下怀。在卢梭看来，语言起源于情感需求而不是实用的交际需求，诗人是情感最丰富的人，也就是最早的说话者；情感主要表现为羡慕、恐惧、惊讶等，当一个原始人看到另一个人时，只会感到恐惧，称其为“巨人”，只有当他们相处日久，这个原始人发现“巨人”只是和自己同样的人，他才会称其为“人”，[②] 可见，在惊悚恐惧之中，原始人不可能去探讨事物的本质，也就是说，表达事物本质的恰当词汇只有在情绪平复之后才能诞生，称为“巨人”是一个比喻，“巨人”不是“人”的本质，但在起源上却先于本质，因此，任何语言中都是先有比喻义，后有本义。

如果上述对语言起源的考察是历时性的话，那么，修辞性还表现在修辞与语法、逻辑的共时关系上。修辞是西方古典时代“人文教育”的七大学科之一，中世纪罗马哲学家鲍依修斯将算术、几何、音乐、天文等学科统称为“四学科”，因为它们都与数学相关，都是关于外部世界的。“四学科”和关于语言自身的语法、修辞、辩论术等“三学科”不同，其间联系纽带是逻辑。但如果语法、辩论术等可以归入逻辑范畴的话，那么，修辞就很难找到相应位置。这表明，欧洲语文学研究遗忘了修辞功能。显然，语言中不仅有语法，还有修辞。济慈的名诗《许佩里翁的倒

---

① Paul de Man, *Allegories of Reading*: *Figural Language in Rousseau*, *Nietzsche*, *Rilke*, *and Proust*, New Haven and London: Yale University Press, 1979, p. 10.

② ［法］卢梭：《论语言的起源兼论旋律与音乐的模仿》，吴克峰等译，北京出版社 2010 年版，第 15 页。

台》的题目就有多种理解，而且人们根据原诗也无法断定哪一种才是正确的。因此，修辞是语言中去除逻辑的孑遗，是无法归纳到逻辑的部分。照此衡量，“四学科”与“三学科”、“外部世界”与“语言自身”的平行对应关系就会受到质疑。进而言之，传统模式中的修辞无法在外在宇宙或世界中找到相应位置而逃离现实世界；无法指向外部世界的修辞只能指向自身，与其说它是对外部世界的认识，还不如说是对语言自身潜能的认识，修辞因此表征着语言的自身性质。

修辞叙述与讽喻叙述

如果修辞特征是语言的基本属性的话，那么任何语言运用都会表现这一特征，这一点在文学作品中尤为明显。德曼指出：

> 所有文本的范式都包括了一个修辞格（或修辞格系统）及其解构。但是，由于这一模式不能被最终阅读彻底取消，它会反过来产生出补充性的修辞方面的超级命题，这一命题用来叙述此前叙述的不可能性。为了与主要关注修辞并最终落脚于比喻的第一层解构叙述相区别，我们把第二层次(或第三层次）的叙述叫作*讽喻*。讽喻叙述讲述的是阅读失败的故事，而卢梭《第二篇序言》之类的修辞叙述讲述的则是指涉失败的故事。其间的区别仅是程度上的，讽喻并没有取消修辞格。①

① Paul de Man, *Allegories of Reading*: *Figural Language in Rousseau*, *Nietzsche*, *Rilke*, *and Proust*, New Haven and London: Yale University Press, 1979, p. 205: “The paradigm for all texts consists of a figure (or a system of figure) and its deconstruction. But since this model cannot be closed off by a final reading, it engenders, in its turn, a supplementary figural superposition which narrates the unreadability of the prior narration. As distinguished from primary deconstructive narratives centered on figures and ultimately always on metaphor, we can call such narrative to the second (or third) degree *allegories*. Allegorical narratives tell the story of the failure to read whereas tropological nrratives, such as the *Second Discouse*, tell the story of the failure to denominate. The difference is only a difference of degree and the allegory does not erase the figure.” Pau de Man's italics.

这是德曼讽喻理论中画龙点睛的一段论述，但也相当晦涩难解。它出现的语境是德曼对卢梭小说《新爱洛伊丝》的讨论。《新爱洛伊丝》的扉页上写着“居住在阿尔卑斯山麓的一个小城中的两个情人的书信”①，卢梭仅是全书的“编纂和出版者”。小说正文后以对话录形式出现的《第二篇序言或关于小说的谈话》认为该书不是像《堂吉诃德》那样的小说作品。既然全书不是虚构的小说，那就应该存在真实的书信作者，那么书中人物似乎是书信作者，卢梭对此含糊其词。② 这些书信从何而来呢？卢梭并没有正面回答这一疑惑，但他举了一个例子，全书开头处的“序言”引用彼特拉克的一句“箴言”，《第二篇序言》评论说：“因为天晓得我手稿中是否有这个箴言，还是我后来加上去的呢？”③ 学者们早就发现，彼特拉克的“箴言”也不是彼特拉克的原创，它来自圣约翰，而圣约翰的话则来自上帝。人们有理由推测，整部小说都是众多引语的集合，都没有外在的指涉性，文本意义或深意只能从文本、能指的联系比较、延宕拆解中才能得出。如果文学能为读者提供有关社会、现实、语言的真知灼见的话，那么它也是通过讽喻提出的，正如德曼指出的，“讽喻层面出现在所有真正作家的作品中，它构成文学洞见的真正深度”④。

显然，任何文本都是叙述；由于语言具有修辞特性，所以任何叙述都是修辞叙述，都会偏离原来意义，进而变成对原有文本的否定，因此，任何文本都是各种修辞格及其解构的展现，就像

---

① ［法］卢梭：《新爱洛伊丝》，李平沤、何三雅译，译林出版社 1993 年版，第 23 页。

② ［法］卢梭：《新爱洛伊丝》，李平沤、何三雅译，译林出版社 1993 年版，第 781 页。

③ ［法］卢梭：《新爱洛伊丝》，李平沤、何三雅译，译林出版社 1993 年版，第 781—782 页。

④ Paul de Man, *Blindness and Insight: Essays in the Rhetoric of Contemporary Criticism*, London: Methuen & Co., Ltd., 1983, p. 35: "The 'allegorical' dimension, which appears in the work of all genuine writers and constitutes the real depth of literary insight..."

英国诗人彭斯的名句“我的爱人是一朵红红的玫瑰”会偏离“爱人”的定义（无论“爱人”是什么，他/她都不可能是玫瑰）一样。因此，任何修辞叙述都是自我解构的叙述。虽然人们认为卢梭是小说作者，但卢梭又告诉我们：小说不过是类似中国古代文学中的“集句”似的语言符号或能指的集合，因此，作品的意义并非产生于“作品—现实”之间相互对应的关系，而是来自“作品—作品”“文本—文本”之间的无穷追溯。鉴于在指涉作者和指涉现实这两个层面上都遇到了困难，德曼才在上面引文中指出“修辞叙述讲述的是指涉失败的故事”。

概括说来，德曼论述讽喻叙述的主要步骤可以转述为：第一层先有修辞叙述，第二层是在修辞基础上诞生的解构过程，第三层则为讽喻叙述，它是“修辞—解构”的总结，但不是另外写出一个叙述，其任务是显现阅读的困境和语言内部根深蒂固的障碍；如果将前两层叙述算作一层，那么讽喻叙述也可以说成第二层，“我们把第二层次（或第三层次）的叙述叫作讽喻”。[①] 这种两层或三层结构源于德曼对语言修辞性质的论述。任何叙述都是操作语言，无论作者写下什么，都会偏离其原来想要表达的东西，同样，无论读者读到什么，他也会偏离文本能够表达出来的意义，讽喻叙述表明文本意义时刻处于自相矛盾、不断偏离、无穷替换中，但无论怎样偏离，它都发生在语言领域内，而与外在指涉物没有必然联系。强调阅读的讽喻性质，其实凸显了文本意义是发生在语言内部的自我指涉行为，标志着语言外在指涉性的丧失。由此看来，有关“真理”“理性”“自我”的宏大叙述也是讽喻叙述，人们在理解时也会偏离原来含义，这就透露出德曼式解构主义批评的激进锋芒。

德曼理论的解构色彩来自他对语言特性的独特认知。鉴于任

---

① Paul de Man, *Allegories of Reading: Figural Language in Rousseau, Nietzsche, Rilke, and Proust*, New Haven and London: Yale University Press, 1979, p. 205.

何阅读都是对语言的阅读，而语言是一个不完善的工具，阅读活动，特别是文学阅读，从一开始就注定是不完善的。阅读很可能导致阅读的失败。德曼用“讽喻”一词来描述阅读的不祥命运。《阅读的讽喻》就书名来看，与其说是“阅读的讽喻”，还不如说是“阅读失败的讽喻”。德曼认为语言从起源到具体操作都具有修辞特征，修辞在说出或写下的任何语句中都会发挥作用从而改变作者的原来意义，因此在语句中根本就没有所谓的字面义，这在文学作品中表现得最为明显。因为文学作品运作原则迥异于现实世界，它就只能被关进“语言的牢笼”而变成对语言自身的“可靠的信息来源”。任何作品只能是语言的自我言说，或语言的部分实现和自我生成。传统意义上的“作品”在解构主义理论话语中被转换为“文本”，以前被称为“创作”的艺术活动只能被称为“语言游戏”。进而言之，作为“游戏”的创作活动或作为“文本”的文学作品也无法构成连续发展、有机生成的统一整体，犹如下棋一样，一盘棋和另一盘棋，除了规则相同，没有什么联系，这就直接提出“文学史是否可能”的问题。《阅读的讽喻》“序言”[①]告诉读者，德曼本来要写一部19世纪欧洲浪漫主义文学史，却在自身逻辑推动下完成了一种“阐释理论”。他的另一名作《洞见与盲视》也指出“文学”“历史”这两个概念是无法协调的。[②]因此，此前的批评理论都因忽略文学语言的“修辞或比喻的向度”而成为“讽喻批评”的解构对象。

德曼、加达默尔、詹姆逊的讽喻理论比较

当20世纪60年代中期解构主义批评在美国兴起时，人们惊讶地发现，保罗·德曼的研究和解构主义不谋而合，解构主义批

① Paul de Man, *Allegories of Reading: Figural Language in Rousseau, Nietzsche, Rilke, and Proust*, New Haven and London: Yale University Press, 1979, p. ix.

② Paul de Man, *Blindness and Insight: Essays in the Rhetoric of Contemporary Criticism*, London: Methuen & Co., Ltd., 1983, p. 165.

评的许多观念已见于德曼此前的论文中，这是德曼暴得大名的主要缘由。20 世纪西方学界对讽喻问题的研究堪称名家荟萃。在德曼之外，加达默尔、弗莱、C. S. 刘易斯、詹姆逊、托多罗夫、博尔赫斯、艾柯、姚斯等人都对讽喻问题做出过专门论述。如加达默尔在《真理与方法》中提出“为讽喻恢复名誉”[①] 这一著名命题。在他看来，作品中存在着真理，但获得真理只能使用开放式的对话方法；理解之所以发生，在于阐释者和对象之间的彼此诉说、相互对话关系，“游戏恰恰发生在传统文本的陌生和熟悉之间，发生在历史性规划过的、和我们有间隔的对象和对传统的从属感之间。阐释学的真正核心正是这个‘之间’”。[②] 由此看来，以西方文化传统为根基的讽喻就会获得正面价值。又如詹姆逊主张以“讽喻现实主义”代替过时的“表现现实主义”，他具体考察生产方式或结构如何体现于读者阅读活动中，强调指出人们只有在文本阅读和阐释中才能从文本过渡、联想到生产方式或结构本身，[③] 因此，不是文学文本“表现”抽象结构，而是人们在阅读活动中重写或重新生产出那个结构。詹姆逊使用“讽喻”一词来定义从文本到结构的复杂关系，“一系列的历史事件或文本或产品根据一种深藏不露的主导叙述而重写，这一主导叙述是经验材料这一最早层级的讽喻关键或形象内容”[④]。可见，以经验材料为起点，文本经过层层讽喻的过程才能最终到达主导叙述。总之，加达默尔所说的“为讽喻恢复名誉”和詹姆逊的“讽喻现实主义”都不约而同地聚焦讽喻这一传统概念，与德曼的“讽喻叙

---

① Hans-Georg Gadamer, *Truth and Method* (Second, Revised Edition), trans. Joel Weinsheimer and Donald G. Marshall, New York: Continuum, 1994, p. 70.

② Hans-Georg Gadamer, *Truth and Method* (Second, Revised Edition), trans. Joel Weinsheimer and Donald G. Marshall, New York: Continuum, 1994, p. 295.

③ Fredric Jameson, *The Political Unconscious: Narrative as a Socially Symbolic Act*, London and New York: Cornell University Press, 2002, p. 20.

④ Fredric Jameson, *The Political Unconscious: Narrative as a Socially Symbolic Act*, London and New York: Cornell University Press, 2002, p. 13.

述”构成互文对照关系。下文以讽喻的基础、理论定位、功能作用等为核心，对三位理论家的讽喻观念做出初步的比较分析。

首先，就讽喻的基础来说，德曼将其归纳为语言的修辞性，加达默尔则认为讽喻来源于语言的本体论价值。加达默尔认为，语言负责为人类开启或披露存在的本真状态，但这一开启、披露过程是逐步进行的，是在时间之流中不断更新的过程。讽喻意味着对作品意义的重构，隐含着“替代”的意思，即用新的含义代替已有之义，它暗示替代之物并不在场，需要人们阐释出来，而且正是在阐释过程中才能开启存在。与象征相比，讽喻更明确地标示出：由于阐释者具体时空的不同，同一能指的含义也会千差万别；而且正因为文本意义是在同一能指的时间间隔中产生的，寄寓于时间之流中的传统、见解（成见、偏见）、惯例等才会成为意义诞生的重要因素。文本意义看似阐释者的发明创造，实际上无法脱离传统。加达默尔为讽喻恢复名誉，旨在恢复传统在理解活动中的重要作用，这与19世纪浪漫主义通过贬斥传统、历史等非个人因素而对讽喻做出负面评价的做法大相径庭。① 詹姆逊将讽喻基础归纳为叙述的整体性。他的《政治无意识》以“整体论”为出发点，论述“历史整体性”和“叙述或阐释的整体性”之间存在着同一性关系。詹姆逊指出：“除非通过文本的形式，历史就是不可接近的，而且我们接近历史，接近真实自身必然通过历史的文本化，通过其在政治无意识中的叙述化。”② 可见，人们研究历史整体性，必须从

---

① 加达默尔将浪漫主义阐释学定义为“个性的泛神论的形而上学”［*Truth and Method*（Second，Revised Edition），trans. Joel Weinsheimer and Donald G. Marshall，New York：Continuum，1994，p. 198］，德曼认为浪漫主义美学导致“自我的神秘化”（Paul de Man，*Blindness and Insight*：*Essays in the Rhetoric of Contemporary Criticism*，second edition，revised，London：Methuen & Co.，Ltd. 1983，p. 208：“On the level of language the asserted superiority of the symbol over allegory，so frequent during the nineteenth century，is one of the forms taken by this tenacious self-mystification.”）。

② Fredric Jameson，*The Political Unconscious*：*Narrative as a Socially Symbolic Act*，London and New York：Cornell University Press，2002，p. 20.

叙述整体性入手，叙述整体性也就应与结构整体性一样包含类似结构因素。根据马克思在《〈政治经济学批判〉序言》中的说法，詹姆逊将叙述整体性分为“政治的”“社会的”“历史的”等三个阐释的同心圆，[①] 讽喻是串联这三个层层递进的阐释同心圆的主要概念，它意味着在不同的阐释视野中复制或重写主导叙述，其最终成果是“将现实恢复到文本层面”。

其次，就讽喻的理论地位来说，德曼认为修辞是语言性质，解构是文本特征，讽喻是最终结果，讽喻叙述建立在修辞叙述之上，前者是后者的延伸或深化。加达默尔提出“为讽喻恢复名誉”，其初衷是要将讽喻作为一个例证，来说明18世纪晚期以来伴随着“艺术天才无意识创作”观念的兴起，艺术作品被人为地划分为形式与内容，似乎形式就是审美的而内容就是非审美的，加达默尔对此批评说：“某种伴随审美满足而被接受的东西，并没有与某种有意指的含义联系起来，并没有与最终在理解上可传达的东西联系起来。”[②] 可见，审美活动还包含着理性认识的内容而不是单纯的无意识的审美体验，而讽喻主要是一个内容概念，当美学或文学批评摒弃内容独尊形式的时候，也就自然贬斥讽喻。

与上述两人不同，詹姆逊将讽喻定义为三个阐释视野之间的相互关系。具体来说，詹姆逊将“政治的”与“社会的”阐释视野之间的相互关系确定为“政治的讽喻”[③]，比如，原始部落的面部彩绘艺术就是一种艺术补偿机制，在想象中为解决社会等级间的尖锐矛盾提供替代方案。同样，在“社会的”与“历史的”阐

① Fredric Jameson, *The Political Unconscious*: *Narrative as a Socially Symbolic Act*, London and New York: Cornell University Press, 2002, pp. 60 – 61.

② ［德］伽达默尔：《美的现实性》，张志扬等译，生活·读书·新知三联书店1991年版，第31页。

③ Fredric Jameson, *The Political Unconscious*: *Narrative as a Socially Symbolic Act*, London and New York: Cornell University Press, 2002, pp. 65 – 66.

释视野之间也存在着讽喻关系，詹姆逊称为“讽喻命题”，大意是说阶级意识其实蕴含着无阶级的意识，从而将阶级意识的工具职能转化为对集体性的确认，这一超越阶级话语的阐释视野显然更抽象，是对消除阶级对抗的历史终极目标的展望。现实主义固然是使人领略生活真实的艺术方法，但它应是一种间接讽喻而非直接表现的方法。比如在巴尔扎克的小说《贝姨》《搅水女人》《老姑娘》中，贵族、平民、教会人士等各方力量由于物质利益的不同诉求而在特定历史环境中争斗不断，这是小说“政治的”“社会的”阐释视野，但同时他们也是人类普遍而抽象的情感欲望的产物，是人类欲望的人格化形象，也就是讽喻形象，而欲望的展现和解放本身就展现了无阶级社会的乌托邦图景，这就进入“历史的”阐释视野。由此看来，与其说这些作品在表现现实，还不如说它们将那些不在场的现实、物质基础等因素加以艺术化和形象化。

最后，就其功能来说，讽喻在德曼那里是解构的，在詹姆逊手上则发挥着认识现实的功能，而在加达默尔理论中则具有理解、应用功能。具体来说，詹姆逊认为，叙述是“生产方式的痕迹和预测”[①]，因此考察叙述的整体性才能将我们曲折地导向马克思主义历史哲学；讽喻贯穿叙述整体性的各个层面，标志着各层面之间的重写关系，因而是我们认识“真实”“历史”“结构”等不在场原因的主要手段。与詹姆逊不同的是，加达默尔指出：“理解本来就是应用。”[②]“应用”是讽喻和理解的共同领域或汇合点。在这方面，奥利金的“圣经精神意即讽喻义”[③]、奥古斯丁的“上

① Fredric Jameson, *The Political Unconscious: Narrative as a Socially Symbolic Act*, London and New York: Cornell University Press, 2002, p. 62.

② Hans-Georg Gadamer, *Truth and Method* (Second, Revised Edition), trans. Joel Weinsheimer and Donald G. Marshall, New York: Continuum, 1994, p. 309.

③ Origen, *Contra Celsum*, trans. Henry Chadwick. Cambridge: Cambridge University Press, 1980, p. 47.

帝也用事物来讽喻"[1]、但丁的"圣经的四重寓意"[2] 等说法都为信仰者指出拯救之路，因此，讽喻突出了理解或阐释活动的实际功用。此外，加达默尔指出："做到历史性的阐释意味着知道自己是不完善的。"[3] 承认不完善，在坦承人类生存状况之时也暗示着人类走向完善的可能性。艺术是人类完善的一大途径，它不仅提供审美愉悦，还可以促进人与人之间的相互理解，直至使人这一有限生物达到无限和永恒境界。[4] 可见，加达默尔在竭力恢复文化传统的同时，也直接表达了对人类存在的人文主义关怀。

总之，德曼、加达默尔、詹姆逊分别提出"讽喻叙述""为讽喻恢复名誉""讽喻现实主义"等，试图扭转19世纪以来"象征优于讽喻"的倾向，但在讽喻的理论基础、定位、功能等方面又各有差异，体现着三位研究者的理论立场：解构主义的、人文主义的、"新马克思主义"的。它们共同构成"讽喻的当代复兴"的理论话语，使得讽喻这一古老概念在现代语境下重焕生机，也为我们提供传统理论如何实现"当代化"的生动例证。

第四节　托马斯·品钦的《拍卖第四十九批》："词语的黑暗脸庞"[5]

德曼、詹姆逊的理论文字基本上不再提"作品"反而大谈"文本"。从作品到文本标志着20世纪下半叶欧美文学研究基本

① Saint Augustine, *The Trinity*, trans. Edmund Hill, New York: New City Press, 1991, p. 407.

② ［意］但丁：《致斯加拉亲王书——论〈神曲·天国篇〉》，章安祺编订：《缪灵珠美学译文集》（第一卷），中国人民大学出版社1998年版，第308页。

③ Hans-Georg Gadamer, *Truth and Method* (Second, Revised Edition), trans. Joel Weinsheimer and Donald G. Marshall, New York: Continuum, 1994, p. 302.

④ ［德］伽达默尔：《美的现实性》，张志扬等译，生活·读书·新知三联书店1991年版，第67、80、89页。

⑤ Thomas Pynchon, *The Crying of Lot 49*, London: Vintage Books, 2000, p. 67: "...the dark face of the word."

路径的重要转变之一。罗兰·巴特、雅克·德里达都提出"文本之外别无他物"，把文本变成无所不包的"泛文本"，也对讽喻传统产生潜在影响。德里达的《论文字学》一开始就提到现代信息理论、基因理论、网络理论，旨在说明新的"书写"观念业已渗透进20世纪下半叶社会生活的方方面面。当然，后现代的时代氛围不仅体现在理论思辨和文学批评中，也体现在文学创作中，哈琴曾指出，"一种更为扩大化的讽喻"是后现代"元小说"最经常使用的主要文学手法之一。[①] 在这方面，托马斯的《拍卖第四十九批》可谓代表。

"文本之外别无他物"

20世纪60年代的法国学者克里斯蒂娃在巴赫金对话理论启发下，提出了"互文性"（文本间性）概念。在她看来，任何文本都是语言的产物，都是先前存在的各种编码、话语的产物，不再是独立自足的、完全自律的整体，其意义不仅和词语自身意义有关，也和这些词语在整个语言系统中的地位有关。如果语言是一块硕大无比的编织物的话，那么，任何文本都是这一编织物的很小的一部分，也只能回到原先的编织物才能厘清其纹路。

巴特的著名论文《从作品到文本》也运用了"互文性"概念，但与克里斯蒂娃不同，他指出互文性并非文本的另一作者，不是文本来源，"文本存在于互文之中，它是与另一文本的'文本之间的特征'，互文性不是文本的起源"。[②] 实际上，"作品"这个名词本身就暗示有一个"作者"，作者是作品的生产者，他对作品的全部承担责任，所谓"文责自负"说的就是这种情况。

---

① Linda Hutcheon, *Narcissistic Narrative*: *The Metafictional Paradox*, Waterloo: Wilfrid Laurier University Press, 1980, pp. 53 – 54: "...a kind of more extended allegory."

② Roland Barthes, *Image Music Text*, trans. Stephen Heath, London: Fontana Press, 1977, p. 160: "The intertextual in which every text is held, it itself being the text-between of another text, is not to be confused with some origin of the text."

相比之下，文本没有作者，文本是“完全由引语、指涉、回响、先前的或当代的文化语言（什么语言不是呢?）编织起来的”[1]。各个文本彼此联结，形成语言这一整体。既然语言没有作者，那么文本也就没有作者。文本性是文学理论“语言的转向”的结果。巴尔特的论文探讨了文本的七个特征，主要包括方法、体裁、符号、多义性、起源、阅读、文本的快乐。

《从作品到文本》一文标志着巴特从结构主义过渡到后结构主义或解构主义，其中两种思潮和理论立场相互叠加，需要仔细分辨。结构主义方面，除了上文指出的文本的编织性，还包括文本的“展示性”“体裁跨越性”“多义性”等。在他看来，文本首先是语言的一部分，作品是实体而文本不是。文本不能摆放在书架上，是“语言的展示过程”（a process of demonstration）；其次，任何作品都有体裁，任何一部作品，或是诗歌或是小说或是其他，均属于某一固定的文类，而文本则是跨体裁的，文本具有颠覆体裁的力量或潜质；最后，文本是多义的，这不是因为文本内容是含混的，涵盖了多重意义，而是因为组成文本的引语、指涉等诸多因素均非原创，以前早就被人使用过，“文本的多义性依赖于能指编织的立体多义性（就词源学来说，一个文本是一块薄绸，一个编织[2]而成的纺织品）”[3]。

但是，我们也应该看到，在主要坚持结构主义语言观、文本观的前提下，巴特在很大程度上又突破了结构主义的束缚，预示了此后兴起的后结构主义（解构主义）理论思潮。首先，作品和文本都具有象征性，但程度不同，前者是温和的而后者则是激进

① Roland Barthes, *Image Music Text*, trans. Stephen Heath, London: Fontana Press, 1977, p. 160: “(The Text is) woven entirely with citations, references, echoes, cultural languages (What language is not?), antecedent or contemporary...”

② 英语 text 一词的拉丁语含义为“编织”。

③ Roland Barthes, *Image Music Text*, trans. Stephen Heath, London: Fontana Press, 1977, p. 159: “The plural of the Text depends...on what might be called the *stereographic plurality* of its weave of signifiers (etymologically, the text is a tissue, a woven fabric).”

的。当然，温和或激进都是主观感受，难免因人而异，很难操作。巴特的标准是，“当一部作品根据其整体上的象征本质被构想、认知、接受之时，它就是文本”。[①] 仅就语言符号而言，作品中的能指无一例外地指向所指，并以所指为终点，一部作品无论多么艰深晦涩，终有旨归。相比之下，“文本操作着所指的无限延迟过程，是延后性的，其领域是能指的领域”，[②] 因此文本中的能指从一个过渡到另一个，构成一个“延迟的过程”（its deferred action），能指的指向过程永无终结，也没有中心。其次，文本是文学理论的研究重点转向读者的结果，它要求读者的介入与参与；文本“要求读者的实际合作”[③]，读者是文本的生产者。与之相联系，文本给人带来快感，当然，传统的作品也能给人阅读快感，但美中不足的是，“如果我阅读这些作家，我也知道我不能*重写*（*强调*为原文所有——引者注）它们”。这造成了作者与读者的分离与隔阂。然而，当读者阅读文本时，“文本所获得的，如果不是社会关系的透明度，至少获得了语言的透明度：文本是空间，其间没有一类语言能约束另一种，仅有各种语言在流通”。[④] 巴特此后将作品视为“可读的”而文本则是“可写的”，正因为读者参与文本写作，才能收获创作的欣喜。文本提供了一个各种语言平等参与的社会乌托邦。最后，该文结尾又将上述“乌托邦空间”改造成“社会空间”：“文本是社会空间，它不会将任何语

---

① Roland Barthes, *Image Music Text*, trans. Stephen Heath, London: Fontana Press, 1977, p. 159: “*a work conceived, perceived and received in its integrally symbolic nature is a text.*”

② Roland Barthes, *Image Music Text*, trans. Stephen Heath, London: Fontana Press, 1977, p. 158: “The Text practices the infinite deferment of the signified, is dilatory; its field is that of the signifier.... ”

③ Roland Barthes, *Image Music Text*, trans. Stephen Heath, London: Fontana Press, 1977, p. 163: “It asks of the reader a practical collaboration.”

④ Roland Barthes, *Image Music Text*, trans. Stephen Heath, London: Fontana Press, 1977, p. 164: “The Text achieves, if not the transparence of social relations, that at least of language relations: the Text is that space where no language has a hold over any other.”

言安稳，置之度外，也不会将命名主体置于法官、主人、分析师、忏悔者、解码者的地位。”① 文本消除了等级秩序，代表了作者—读者平等参与的实践过程，这就相当接近后来的解构主义理论家德里达“文本之外别无他物”的观点了。

像巴特一样，德里达也通过质疑结构主义建构自己的文本观。结构主义之父索绪尔指出，语言符号分为能指与所指，前者为语言形式，后者为被这一形式表达的概念。由此推论，如果人们立志发现真理，鉴于真理是概念，那么就必须先发现真理的能指。但人们或许会问，既然我们刚刚写下“真理”这个词语，为什么它不能指向“真理”呢？这就涉及索绪尔的主要创见之一：语言符号的能指以“差异化”方式存在，一个能指与另一个能指的区别不在于它们分别与在其之外的实体或概念一一对应，而在于它们彼此不同。譬如，“gou”（狗）这个声音之所以有意义，仅仅在它与“tou”（头）不一样。我们能区分开这两个声音，才能使“gou”有意义。在德里达看来，这一“差异性”表明，我们始终在能指的圈子里打转转，从一个滑向另一个，却不能到达所指，更不用说“形而上学的（超验的）能指”。差异性并不是一个能指，它只表明了能指与能指之间的关系，但它本身并不在场，因为保证一个能指存在的条件恰恰是“它不是这个能指”。可见，任何能指都带着其他能指的“痕迹”，而其自身既不是能指也不是所指，既不是在场也不是缺席，既不是声音也不是书写，“它是诸如此类的圆满性的条件。尽管它不存在，尽管它从来都不是所有圆满性之外的存在—在场，其可能性却有权利出现在被称为符号的所有事物之前”②。实际上，

① Roland Barthes, *Image Music Text*, trans. Stephen Heath, London: Fontana Press, 1977, p. 164: “The Text is that *social* space which leaves no language safe, outside, nor any subject of enunciation in position as judge, master, analyst, confessor, decoder.”

② Jacques Derrida, *Of Grammatology* (Corrected Edition), trans. Gayatri Chakravorty Spivak, Baltimore and London: The Johns Hopkins University Press, 1997, p. 62: “It is the condition of such a plenitude. Although it does not exist, although it is never a being-present outside all plenitude, its possibility is by rights anterior to all that one calls sign.”

"gou"这一声音总会唤起我们心中对"tou"的回响。德里达使用"延异""痕迹""增补"等术语来描述能指与能指之间的关系。

但索绪尔的矛盾在于，他一方面将能指与所指的关系定义为"自然地"，比如他说能指与所指就像一张纸的两面不可分开，另一方面又说是"任意的"。而且，索绪尔语言学用语音符号覆盖全部语言学，将书写置于次要地位。正如上述例子表明的，索绪尔将声音符号置于书写符号之上。书写的这一低劣地位被德里达称为"书写的原罪"（the original sin of writing[①]）。德里达的《论文字学》第一部分通过回溯两千多年的西方形而上学史，认为西方传统把"在场"视为构建形而上学的核心，无论这一"在场"之物是理念、上帝、理性、绝对精神、无意识、存在，概莫能外。鉴于此，西方形而上学传统由此被德里达归纳为"在场的形而上学"。就声音与书写的关系来说，前者之所以优于后者，源于当声音出现时，发声者必然在场，而作为声音的记录，书写并不能保证最初的发声者也在场。在声音—书写的对峙中，声音体现着"在场"，逻各斯中心主义也可以被归纳为"语音中心主义"。他的《论文字学》的第一部分举出很多理由来质疑声音的优先地位，试图"解构"这一沿袭已久的"声音 > 书写"的等级关系。但这并不是将"声音 > 书写"改造成"书写 > 声音"，那不过是用一种等级关系代替了另一种；而且，在他看来，"解构"只能在内部进行，完全拒绝形而上学并不可行，"至少在现在，对我们而言，没有这些观念什么都做不了"。[②]《论文字学》开篇即将"解构"定义为

① Jacques Derrida, *Of Grammatology*, trans. Gayatri Chakravorty Spivak, Baltimore and London: The Johns Hopkins University Press, 1997, p. 35.

② Jacques Derrida, *Of Grammatology*, Baltimore and London: The Johns Hopkins University Press, 1997, p. 13.

“并非连根拔除，而是清理沉积物”[①]。他要论证的是，书写不是居于次要地位的次生品，它潜藏在语言之中而且就是语言自身。

这一论证主要通过不厌其烦地细读卢梭的《忏悔录》《爱弥儿》来确立书写的优先地位。《论文字学》第2章“……那种危险的替补……”一节指出，“il n'y a pas de hors-texte”一句至少有三个英译本：第一，译为 there is nothing outside the text，意为世上万事万物都是文本；第二，译为 there is no outside-text，意为文本只是内在的而不是外在的；第三，there is nothing text-free，[②]意为没有什么事物不同时也是文本，换言之，所有的事物也同时都是文本。《论文字学》的英译者斯皮瓦克给出了前两种，第一种出现在正文中，第二种在随后的括号里。上述三种译文虽有差异，但基本倾向一致，世界与语言（文本）不可分割，不能说在语言之外另有一个世界，也不能说语言是一个极端，世界是另一个极端，二者形成二元对立。

“文本之外别无他物”，这句惊世骇俗的名言应结合其语境来理解。《论文字学》第二部分的研究对象是卢梭的自传《忏悔录》。卢梭一方面认为，写作自传可以展露自己的个性而对人谈话则无法做到这一点，但同时他又贬低书写，坚持“声音 > 书写”。显而易见，自传即是自己对自己说话，既然自传是书写不是说话，那又如何让书写这一次等形式充分表现自我呢？卢梭认为：

> 各种语言创造出来就是为了说话，书写仅是声音的补充。……声音通过传统符号来表达思想，书写也同样表达声音。因此书写艺术除了是思想的经过中介的表达之外就什么

① Jacques Derrida, *Of Grammatology*, Baltimore and London: The Johns Hopkins University Press, 1997, p. 10: “not the demolition, but the de-sedimentation, the de-construction.”

② Martin McQuillan, “Introduction: Five Strategies for Deconstruction”, in *Deconstruction: A Reader*, ed. Martin McQuillan, Edinburg: Edinburgh University Press, 2000, p. 35.

都不是。[①]

显然，声音与书写在这里构成了二元对立。那么，德里达该如何解构呢？首先，既然卢梭也承认声音需要书写来补充，这就说明声音本身存在着欠缺，并不圆满，因为只有欠缺之物才需要其他事物来补充。任何文明的创作物，艺术、科学、传统等，都是对原有自然状态的补充，这说明卢梭一心向往的自然状态并非真正的、真实的存在。其次，替补还意味着替代，"替补之物替补着。它叠加起来仅仅为了取而代之"。[②] 因为既然需要替补，也就意味着有一个空闲的位置，替补填充了那个空闲的位置，也就"替代"了那个位置。综合这两层意思，任何看上去圆满之物其实都需要替补、补充、代替，因此自然需要文明的补充和替代，声音也需要书写的补充和替代。

德里达在《忏悔录》中发现的"替补"例证是卢梭对母亲的描述。卢梭早年丧母，后被父亲抛弃，他对母爱的渴求通过"自然—'妈妈'—泰蕾兹（卢梭的情人）"的替换方式表达出来。但后世读者对这些历史人物一无所知，除了卢梭的文本，并没有其他资料，因此这些人物都只存在于卢梭的文本之中。但将这一逻辑推演下去，这是否意味着卢梭本人也不存在，或者卢梭也仅存在于《忏悔录》的文本之中呢？德里达随后又提出了一个更激进的理由：

> 通过追随"危险的替补"的引导，我们一直试图展现的是，在"有血有肉"的真实存在之中，在人们可以定义为卢

---

① Jacques Derrida, *Of Grammatology*, Baltimore and London: The Johns Hopkins University Press, 1997, p. 144: "Languages are made to be spoken, writing serves only as a supplement to speech...Speech represents thought by conventional signs, and writing represents the same with regard to speech. Thus the art of writing is nothing but a mediated representation of thought."

② Jacques Derrida, *Of Grammatology*, Baltimore and London: The Johns Hopkins University Press, 1997, p. 145: "But supplement supplements. It adds only to replace."

> 梭的文本之上与之后，除了写作，别无他物；除了替补、替补的符号表意过程，别无他物，而这一过程只能来自一系列的不同指涉，“真实”紧随其后，当获得来自痕迹、替补激发的意义时叠加其上。由此而至无穷，因为我们在文本中已经看到，绝对的在场、自然、“真正的母亲”之类的词语早已逃离，从未存在过，开启意义与语言的是作为自然在场消失的写作。①

德里达几页之后又称“文本之外别无他物”是“本书的基本命题”（the axial proposition of this essay），可见这一说法构成德里达文本观的核心内容。上段引文的基本术语可以分为两类：文本内的与文本外的。前者包括替补、补充、痕迹、文本等德里达的惯用术语，后者包括“绝对的在场”、自然、“真正的母亲”、意义等，而符号的“表意过程”（signification）负责将这两类术语联结起来。在德里达看来，符号的能指与所指完全可以区分开来，尽管指涉过程仍然存在并且构成了书写或文本，但这一过程将永无止境地延续下去，因为能指只能被限定在能指的范围内，而不会与任何所指结合起来。比如，卢梭曾经是“有血有肉”的生命个体，但这一个体的意义仅从他的“血肉”在某年某月存在于世界上，是无法获得的。从那一过程中获得的，不过是生理意义上的存在。他的身份、个性、品质、思想与“有血有肉”都没

① Jacques Derrida, *Of Grammatology*, Baltimore and London: The Johns Hopkins University Press, 1997, pp. 158 – 159: “What we have tried to show by following the guiding line of the ‘dangerous supplement,’ is that in what one calls the real life of these existences of ‘flesh and bone,’ beyond and behind what one believes can be circumscribed as Rousseau's text, there has never being anything but writing; there have never been anything but supplements, substitutive significations which could only come forth in a chain of differential references, the ‘real’ supervening, and being added only while taking on meaning from a trace and from an invocation of the supplement, etc. And thus to infinity, for we have read, in the text, that the absolute present, Nature, that which words like ‘real mother’ name, have always already escaped, have never existed; that what opens meaning and language is writing as the disappearance of natural presence.” Derrida's emphasis.

有太大的关系。卢梭本人是一个符号，作为能指，这一符号并非“自然地”（索绪尔的观点）指向被指涉之物，反而指向其他符号：母爱—大自然（比喻意义上的母亲）—“妈妈”—情人。由此看来，卢梭的存在是文本性的存在。因为所谓的“存在”并不意味着吃喝拉撒、生老病死的生理过程，任何动物都经历过这一过程；人的“存在”在于获得或实现一种“表意过程”，而问题恰恰就出在这里。德里达斩断或“解构”了从能指到所指的“表意过程”，将任何能指都拘禁在能指的世界之中。卢梭的“真实”（包括其个性、思想等）是在符号的增补、替代中实现的，而且这一过程不会终结。这不是说卢梭不在历史中存在；而是说，他在历史中的存在是没有所指的能指，是文本性的存在。德里达《生活下去：边界线》一文认为，“文本”并不是业已完成的写作，也不是书中包含的内容，而是：

> 有差异化的网络，无穷尽地指向自身之外，指向其他差异化痕迹的痕迹织物。因此文本超越了至今分配给它的各种限制（并非将这些限制沉积或取消在无差异化的同一性中，而是使其更为复杂，细分或增加笔画或线条）——所有的限制包括那些建立起来用来与书写对立的事物（如声音、生命、世界、真实、历史，也包括那些不与书写对立的每一指涉领域——如肉体或心灵、意识或无意识、政治学、经济学，等等）。①

① Jacques Derrida，“Living on：Border Lines”，in Harold Bloom，Paul de Man，Jacques Derrida，Geoffrey H. Hartman and J. Hills Miller eds.，*Deconstruction & Criticism*，New York：The Continuum Publishing Company，1990，p. 84：“a differential network，a fabric of traces referring endlessly to something other than itself，to other differential traces. Thus the text overruns all the limits assigned to it so far（not submerging or drowning them in an undifferentiated homogeneity，but rather making them more complex，dividing and multiplying stokes and lines）—all the limits，everything that was to be set up in opposition to writing（speech，life，the world，the real，history，and what not，every field of reference—to body or the mind，conscious or unconscious，politics，economics，and so forth）.”

简言之，文本超越了预先为它设定的各种限制，成为现实或世界本身。书写符号或文本完美体现了差异化原则，既然文本超越了任何界限，那么文本中的“差异化”原则自然可以用于世界，文本中的“痕迹、记号、补充替代”等也就弥漫于整个世界，形成一个庞大的网络，形成世界上的所有一切。这就将万事万物都改造成文本性的。

由现实或世界的文本性出发，“文本之外别无他物”似乎并不那么匪夷所思。这话至少包括这么几层含义。首先，如果西方传统上以“在场的声音”为核心来构建了世界本质的话，而现在用“书写”或“文本”代替“声音”的话，那么，也就有理由用“书写”来构建世界本质。既然书写的都是文本，那么认为世界即为文本似乎也并不多么耸人听闻。如果在书写之外还有一个世界的话，那么书写与世界的区分不是一个是文本而另一个不是文本，而是说书写或文本之外的世界本身就值得怀疑。其次，世界必须经过“中介”才能表现，没有经过中介的事物并不存在。但关键是用什么来实现“中介”。索绪尔会回答说，经过语言的中介。他早就说过，没有语言，现实就是无法分辨的混沌；而德里达则会说，世界要经过书写或文本的中介，经过书写符号的延异、痕迹、增补、代替的中介，如此“中介”后的世界自然会成为一个文本化的世界。

综上，德里达的文本理论对文学研究产生了重要影响。既然世界是文本，那世界上的人也是文本，每个人都像德里达笔下的卢梭那样，是一个被取消了所指的能指。人们研究文学作品，就变成了一个文本解读另一个文本，一个符号解读另一个符号，一个痕迹追踪另一个痕迹，一种替补代替另一种替补。研究者和研究对象都处在无穷无尽的变动之中。德里达认为，卢梭说出来的东西“通过使用‘替补’，总是比他想说出来的更多，更少，或不是他想说的"[1]。显而易见，任何读者都无法通过确定作者原意来获取所谓"正确"的理解。一切阅读都是误读。当然，反过来说也不错，一切阅读都是正确的阅读。但无论何种阅读，因为读者也是一个文本，他与作品文本之间就没有任何鸿沟，没有不可克服的障碍。就此而言，解构阅读总是"内部"阅读。研究者不是从外部进入一个异己的文本，而是本来就在文本之内，这至少提供了文学研究合法性的一个依据。另外，读者与作品既然都是文本，那么，在这两个文本之间的"中间地带"会发生什么呢？如上所述，解构主义将结构主义的对立化原则转变为差异化原则，这或许启发后殖民主义理论家将殖民主义/反殖民主义、西方/东方、殖民者/被殖民者的文化对立转变为关注解殖民之后的第三世界的混杂文化，启发女性主义从男性/女性的二元对立转而关注男性或女性、既是男性又是女性的性别选择论、操演论。仅就《论文字学》而言，德里达的解读其实打通了传记文学与历史叙事之间的隔阂，将人物个体的历史性存在转变为文本性的存在，从此历史著作也是文本，解读历史就如同解读文学。像文学文本一样，历史著作无法客观记录历史事实（实际上，这些事实也是文本），它不可避免地具有虚构性、想象性、阐释性等。

《拍卖第四十九批》："阅读失败的讽喻"

托马斯·品钦是美国后现代主义著名小说家，以《慢慢学》《V》《拍卖第四十九批》《万有引力之虹》等享誉世界文坛。其中，《拍卖第四十九批》由于短小精悍，适合课堂讲授而成为研究后现代文学的必读之书。一方面，这部小说篇幅适中，不像作者的其他两部长篇小说那样卷帙浩繁，动辄六七百页，小说情节

① Jacques Derrida, *Of Grammatology*, Baltimore and London: The Johns Hopkins University Press, 1997, pp. 157 – 158: "The presumed subject of a sentence might always say, through using the 'supplement,' more, less, or something other than what he *would mean.*" Derrida's italics.

相对完整，人物性格比较鲜明；但另一方面，它又迥然有别于传统的现实主义小说，其中情节交织，意象叠加，意蕴扑朔迷离，歧义迭出，耐人寻味。总体上来看，小说精彩体现了后现代主义小说的艺术特征，不失为展现品钦创作个性的样本。

《拍卖第四十九批》（以下简称《第四十九批》）的讽喻文学特征历来受到研究者关注。爱德华·门德森的著名论文探讨了女主人公俄狄帕通过何种途径逐步获得"超验意义"，[①]"品钦的小说指向其自身之外：阅读这部小说的行为或是局限于小说的固定领域，或是向着一个选择、情感、共同体的变动不居不可确定的世界开放"。[②] 德博拉·曼德森的专著《托马斯·品钦的后现代主义讽喻》从预表论（typology）的角度研究《第四十九批》，其结论则是：俄狄帕意识到"期待着获得意义的超验源头遮蔽了其世界的真正本质"[③]。这两种看法均不无道理，但又差异很大，其中的不协调之处该如何处理呢？其实，两种观点均以"失败"为关键词，第一种观点指出了选择的失败，第二种观点指出了获得现实世界的超验性的失败（与之相联系，也有学者将这种失败归结为"绝对意义的缺席"[④]），但它们都将这种失败归因于俄狄帕，而没有意识到俄狄帕或许可被视为小说读者的化身。读者阅读小说正如同俄狄帕"阅读"世界，俄狄帕在一个虚构世界的探险对应于读者在后现代主义语境中的文化体验。如果结合上节中保罗·德曼的看法，我们似乎更有理由将俄狄帕的故事视为"阅读

---

① Edward Mendelson, "The Sacred, The Profane, and *The Crying of Lot 49*", in *Thomas Pynchon*, ed. Harold Bloom, Philadelphia: Chelsea House Publishers, 2003, p. 12.

② Edward Mendelson, "The Sacred, The Profane, and *The Crying of Lot 49*", in *Thomas Pynchon*, ed. Harold Bloom, Philadelphia: Chelsea House Publishers, 2003, pp. 38 - 39.

③ Deborah Madsen, *The Postmodernist Allegories of Thomas Pynchon*, Leicester: Leicester University Press, 1991, p. 76.

④ Anupama Kaushal, *A Screaming Comes Acorss the Sky: Postmodernist Dilemmas: Unstanding the Fiction of Thomas Pynchon*, Jaipur, India: Yking Books, 2010, p. 65.

失败的讽喻”。

世界即为文本

《拍卖第四十九批》发表于1967年，就在前一年，德里达发表著名演讲《人文科学话语中的结构、符号与游戏》，开创了解构主义思潮在美国学术界广泛流行的时期。虽然并无过硬的证据表明品钦读过德里达或美国解构主义批评家的著作，但小说仍然表现出对时代风向或理论思潮重要转变的未卜先知式的预感和体悟。

小说女主人公俄狄帕生活在美国加州，是一位典型的中产阶级家庭主妇，购物、料理家务、阅读科普杂志、为丈夫马丘准备晚餐，构成了她的日常生活。这一平静而单调的生活在小说伊始就被其前情人皮尔斯·印维拉蒂的遗嘱打破了。作为加州的地产大亨，皮尔斯在遗嘱中委托俄狄帕清点其名下的巨额财产。在四处奔波，执行遗嘱的过程中，俄狄帕经历婚外情，曾被劫持，偷窥与跟踪他人，体验大都市光怪陆离的夜生活，遇到律师、演员、同性恋者、聋哑人、精神病患者、科学狂人、文学教授等，她被丈夫抛弃，她的心理分析师发疯，情人和一个不谙世事的小姑娘私奔去了东部，她结识的戏剧导演投海自尽。总之，她陷入一个接一个无从索解的谜题，最后其观念与行为都较之以往发生重要转变。

俄狄帕生活的巨大变故源于皮尔斯留下的一份遗嘱。遗嘱自然是业已完成的书面材料，是一种文本。小说从遗嘱这一文本延伸开去，描述俄狄帕的世界如何变成一个文本的世界。在第1章末尾，俄狄帕回想起她曾在墨西哥城与皮尔斯一道去看西班牙画家瓦罗的画展，其中一幅画作上画着一位仙女被拘禁在圆塔中：

> 绣制着一条滑出狭缝窗的挂毯，进入虚空，毫无希望地填满虚空：因为大地上所有的其他建筑、生灵，所有的海

涛、船只和森林都包含在这幅挂毯中，挂毯就是世界。[①]

在俄狄帕眼中，“挂毯就是世界”。据上文所述，法国理论家克里斯蒂娃、巴特不厌其烦地指出，文本是一种编织物。仙女编织的挂毯演变成整个世界，也就意味着文本演变成世界。然而，尽管此时的俄狄帕欣赏画作时深受感动，却似乎尚未意识到这一点，她的感悟仅局限于，她就是那位辛勤编织挂毯的仙女，高塔是她的自我意识，她是被自己拘禁起来的。虽然她也意识到，“随着事态的发展，她会拥有各种各样的启示”（第12页）。“她这四周是正在演进中的启示录。”（第37页）但“世界 = 文本”的启示将在何时、以何种方式进入俄狄帕的自我意识中呢？

第2章开篇，俄狄帕驾车去洛杉矶南边的圣纳西索。此时，这座城市在她眼中呈现出抽象意义，作为“一组概念的集合体”（第15页），包括了“人口统计区、特别债券区、购物核心区”等，而概念需要仰仗词语这一符号来表现。作为所指的概念只有在语言能指的面纱下才会呈现出来。换言之，只有在词语的引领下，“一组概念”才能呈现在俄狄帕的心中。当她最终抵达圣纳西索，站在高处俯瞰小城时：

> 住宅和街道的有序漩流此刻正扑面而来，带着和印刷电路板一样的始料不及的令人惊讶的清晰度。虽然她对收音机的了解比对南加州人更少，两者都凸显着一种象形文字般的隐义，一种想要交流的意图。……一种启示录般的感觉仅仅是轻微浮现在她的理解阈值之上。（第16页）

---

① ［美］托马斯·品钦：《拍卖第四十九批》，胡凌云译，译林出版社2018年版，第13页。下文引用该小说均出自此版本，随文注明页码。

城市风貌在她眼中变成了词语，而且更明确地成为一种象形文字，这些文字组成了尚待解读的文本。此后不久，她在卫生间里第一次发现由“一个圈、一个三角形和一个梯形”组成的地下邮寄系统“特里斯特罗”（Tristero）的神秘符号时，“她从钱包里找了支铅笔，把地址和符号在笔记本上记下来，并且想：老天爷，象形文字”（第45页）。显然，她毫不迟疑地将这三个图形都变成了文字，感到神秘莫测的符号此时此刻构成了一个向她敞开的文本，呼唤着她的解读。

而且，“特里斯特罗”这个字眼，最早表述为“特莱斯特罗”（Trystero），出现在她和情人梅兹格一道观赏的文艺复兴时期复仇悲剧《信使的悲剧》。该剧第五幕，根据梅兹格的判断，“就像是用无韵诗写就的飞奔鸵鸟动画片”①（第69页）。但问题是，如何用无韵诗来写成动画片呢？如果这不是给动画片配上无韵诗的画外音，那么，这就意味着，将动画片“改造成”无韵诗。对俄狄帕来说，这似乎暗示着，她将注意力都集中到戏剧中的台词上，而全然忽略了戏剧的表演成分。

由上可见，主人公俄狄帕在生活中将观念、城市、符号、戏剧表演都看成由段段文字构成的文本，她生活的世界是一个文本化的世界。正如她在夜间漫游旧金山时，感到“这座城市是她的，使用着之前没有用过的特殊文字和图像（大都会、文化、缆车）去构成和装扮”（第114页）。而且，俄狄帕的昵称是“俄狄”（Oed），该词可以看作《牛津英语字典》（*Oxford English Dictionary*）的缩写，这似乎暗示着俄狄帕本人就是一部大书，一个庞大的文本。那么，她将如何面对这些文本？通过何种途径来解读它们呢？

---

① Thomas Pynchon, *The Crying of Lot 49*, London: Vintage Books, 2000, p. 55: “It (The fifth act) plays, like a Road Runner cartoon in blank verse.”

阅读文本（世界）的传统方式

《第四十九批》表现了品钦对政治保守、精神生活沉闷、物质享受至上的20世纪50年代美国社会的质疑与批判。俄狄帕在50年代接受教育，当时正是美国“新批评”盛行的时期，学校教育学生从文本细读中探寻文本深意。这一教育“成功地将年轻的俄狄帕变成了一种确实稀有的物种，不适合游行和静坐，但却是追溯詹姆斯时代文本中奇怪话语的奇才”（第100页）。到了20世纪60年代，时代风气逐步向后现代主义演变，业已逝去的十年像是“另一个世界了”（第99页）。

不言而喻，俄狄帕在1950年培育起来的世界观无法适应20世纪60年代的社会语境，她受到讽刺或调侃并不奇怪。俄狄帕意识到《信使的悲剧》第4幕吉纳罗说出的最后两句“星星们神圣的纠缠也不能阻拦，我想/那个已和特莱斯特罗约好的人”（第68页）与全剧并不协调，专有名词“特莱斯特罗”不知所云。这是演员兴之所至的即席创作吗？于是她找到戏剧导演兼吉纳罗的扮演者德里布莱特问个究竟，后者嘲笑她说：

> “你们这些人，就像清教徒之于《圣经》，整天想到的就是话语、话语。[①] 你知道剧本存在于何处？……”一只手从淋浴蒸汽的隐蔽后面伸出来指指他悬着的脑袋，“在这儿。这就是我存在的原因。给精神添加肉体。话语，谁在乎啊？”

在德里布莱特看来，纠缠字句并不能触碰到真理，原作者沃芬格“提供了词语和一个故事。我赋予它们生命”（第74页）。因此，人们不能说文本早就将某种固定意义隐藏其中，等待着批

---

① “话语”的原文均为“words”。Thomas Pynchon，*The Crying of Lot 49*，London：Vintage Books，2000，p. 58：“So hung up with words，words.”

评家或读者将其挖掘出来。文本意义终究是由读者的阅读行为创造的。正是在德里布莱特这番话的教育下，俄狄帕获得启示：我们不应该从词语中寻求某种固定意义，她很快在笔记本上写下这句话："我应该投影出一个世界吗?"（第76页）这是她反叛传统教育的第一步，小说随后的叙事表明，她会将这一启示用于更广泛的领域。

俄狄帕的生活世界是一个文本性的世界，其中不仅包括了语言符号，而且包括了其他方面，历史事件无疑是重要内容之一。小说通过俄狄帕和彼得·平贵德协会的一位会员的谈话，提到俄、美两国的首次海上冲突。美国独立战争时期，南方政府的平贵德舰长率领舰队偷袭旧金山，期待开辟第二战场，遇到支持美利坚合众国政府的俄国舰队，双方在旧金山近海发生冲突。但小说告诉读者，这一史实并不清晰，连谁先开炮，谁被击退并逃走也搞不清楚：

> 但两船都在彼此射程之外，所以都没有留下能证明什么的损伤。夜幕降临了。天亮后，俄国战舰消失了。但运动总是相对的。如果你相信在4月被送往圣彼得堡侍从将军那里、如今被收录于《红色档案》的"博加提尔"号或"盖达—马克"号航海日志的片段的话，那么那晚消失了的是"不满"号。[①]（第42页）

当然，作者品钦并非俄美关系史专家，这段史实或许出于虚构。人们通常会认为，历史事件发生过，历史学家记录下来就构成确凿无疑的史实。小说以此情节来说明俄、美双方对这场海战各执一词，都说自己是胜利者，史实的可靠性端赖于读者站在什么立场上。当俄狄帕得知平贵德舰长此战后"违反了他的家教，

---

① "不满"号为美国南方政府的战舰。

也抛弃了荣誉”（第 43 页），转而在洛杉矶做起了房地产生意以求发财致富时，她不禁脱口而出：“多么辛辣的嘲讽啊！”（第 44 页）在她眼中，这位舰长经历的历史事件模糊不清，很难评判，其意义在两个极端之间摇摆不定，幅度之大，甚至可以让一个拥护蓄奴制的南方军官转而投向敌对阵营，从它对当事人的影响来看，充满讽刺意味。可见，小说既质疑痴迷于词语深意的形式主义解读，也质疑以史实考据和考辨为特征的历史实证主义。

然而，并非小说中的每一个人物都像俄狄帕那样从生活中获得启示。俄狄帕的丈夫马丘与她年岁相仿，受到的教育也类似。他曾负责汽车推销行里的“以旧换新”，他把顾客的旧车解读成“他们的家庭和他们全部生活的装了发动机的金属扩展版”（第 5 页），旧车被抛弃也就意味着旧有的生活被遗忘。清理旧车时，他把旧车里的各类遗留物视为“生命的残余物”（第 5 页），但他又不能断定，“哪些东西是真的不想再要了”（第 5 页），因此，“他一看就恶心，但他不得不看”（第 6 页）。而顾客开走的新车，“依旧是一个人的生活的毫无未来的在汽车上的投射。看起来像是再自然不过的事，但对于马丘来说太恐怖了，是无尽而繁复的乱伦”（第 6 页）。可见，无论面对旧车还是新车，马丘都无法从“解读”汽车中发现对生活充满信心的理由。他后来转行做了“唱片骑师”（DJ），坦言“那些东西我一点都不相信”（第 4 页），俄狄帕回答：“你太敏感了。”（第 4 页）随着情节的发展，“太敏感”的马丘认为：

> 我们都是全国汽车经销协会的成员。N. A. D. A. 。就是这个吱嘎作响的金属标志。在蓝天中唠叨着 nada，nada。（第 143 页）

此处的 N. A. D. A. 既是 National Automobile Dealer's Association 的缩写，又指向海明威著名短篇小说《一个干净明亮的地方》

的“虚无咏叹调”。海明威笔下那位无名老人，酒后微醺，接连说了27遍“虚无缥缈”（NADA），马丘也同样“唠叨着nada，nada”。说这话的马丘不久即丧失了自我，精神分裂，感到一百万人与他时刻同在，结局并不美妙。

阅读文本（世界）的解构方式

《第四十九批》的核心情节是俄狄帕认为她偶然发现了政府邮政系统之外的一个地下邮递渠道，它以“WASTE”为名，以弱音器图形为标志，使用“特莱斯特罗”的特殊邮票，遍布加州各地。她按图索骥，费尽周折，在似乎接近真相的最后关头反而疑虑重重，几乎否定了先前的所有探索，小说以她默默等待拍卖会第四十九批“特莱斯特罗”邮票持有人的出现而结束。那么，俄狄帕或读者的探索为何会劳而无功呢？

一方面，俄狄帕发现的众多蛛丝马迹构成了一个逻辑链条，似乎可以向解读这些痕迹的探险者（包括她自己）提供充足的理由，言之凿凿地保证这一系统实有其事：《信使的悲剧》里提到的“特里斯特罗”（特莱斯特罗）—该剧的各种版本—皮尔斯遗留的多张带有弱音器的伪造邮票—地下邮件的分发现场—加州各地以弱音器为标志的投递点—她跟踪的神秘邮差—来日无多的老水手委托她通过这一系统寄给妻子的信件—她偷听到一对母子的对话，其中母亲叮嘱儿子使用地下系统等。所有这些线索组合起来，似乎都能顺理成章地揭示出有一个潜藏着的邮政网络自成体系，运转不息，正在与政府的邮政系统分庭抗礼，“是一种策划好的从共和国的生活及其机制中的撤离”（第122页）。

但另一方面，《信使的悲剧》中的“星星们神圣的纠缠也不能阻拦，我想/那个已和特莱斯特罗约好的人”这一对偶句，并不像德里布莱特说的那样，是他自己的创造，它其实来自平装版的《詹姆斯时代的复仇剧》，该书版权页注明其“最初的硬封版是1957年出版的《福特、韦伯斯特、托米欧和沃芬格剧作集》”

（第 85 页），但当俄狄帕拿到硬封版时，发现这两句实为“星星们神圣的纠缠也不能阻拦，我想/那个跨过了安吉拉之欲的人”（第 97 页）。该处脚注自称这一句“完全来自四开版（1678 年），更早期的对开版在最后一句所在位置插入了一个铅条”（第 97—98 页），而且提供了另一说法，即该剧“白教堂”版（1670 年）这句的写法是“这次幽会或者错误的扭曲，奥·尼克罗”（第 98 页），它是“‘这个特莱斯特罗的震怒之日……’的双关语”（第 98 页）。

于是，俄狄帕面临着多个版本，按时间顺序从古至今可以这样排列出来：（1）“白教堂”（幽会或者扭曲）；（2）对开版（被铅条封住）；（3）四开版（安吉拉之欲）；（4）《福特、韦伯斯特、托米欧和沃芬格剧作集》（安吉拉之欲）；（5）《詹姆斯时代的复仇剧》（特莱斯特罗）。这句话于是至少就有四种说法，第二种与第四种之间存在着双关语的谐音关系，意味着一种语言符号无意识地唤起另一种，而且两者都能自圆其说。俄狄帕注意到，这里起关键作用的是脚注关于“双关语”的提示。这标志着一个能指可以自然而然地、不为人注意地滑向另一个能指，在两个痕迹之间，包括俄狄帕在内的任何读者都不难体会到能指的“延异”。

双关语、谐音、一词多意、缩略语、隐喻等现象，在小说中大量存在，都是能指“延异”的具体表现形式。俄狄帕第一次在卫生间发现 waste 一词，是指一种色情交易的联系方式（第 45 页），后来它指涉特莱斯特罗系统的邮递点或其“邮筒”，但垃圾桶（WASTE）到处都有，不能说每一处垃圾桶都是秘密投递点。她受老水手之托去寄信，费了好大劲才找到一个扔垃圾的绿色罐子，“用手工漆着 W. A. S. T. E. 缩写。她必须走近细看，才能看见字母间的句点”（第 127 页）。这一投递点设置在高速公路下面，意味着地下系统受到官方权力关系的制约，而她必须“走近细看”才能发现，意味着这一系统是隐秘的，不被官方承认；她愿意接受老水手委托，出来为他寄信，又表明她的参与性，她成为这个系统的活生生的一部分。最后，WASTE 这一词语又变成了“我们等待着沉默的特里斯特罗帝国”①（第 168 页）的缩写。由上可见，该词在不同语境中发挥着不同作用，语言形式虽然前后一致，但其含义则多次变动，在同一能指背后，其所指始终游移不定，它有时是色情的，有时是弱势、边缘群体的抵抗符号，有时又代表了对乌托邦的无望期待。既然所指不能确定下来，作为能指的 waste 也就始终处在不断滑动的状态。

上述情况不止一次发生在俄狄帕的身上。她在旧金山的一个同性恋酒吧，碰到“一个穿山羊皮运动外套的高个子”，“在外套的衣领上，她窥见了一个用某种苍白闪光的合金精心制作的东西，不是另一个红名牌，而是一枚特莱斯特罗邮递号角形状的胸针”（第 107 页）。但实际上，俄狄帕的这个判断是错误的，这个符号据其佩戴者自己说：

> 我戴这枚胸针表示我是 IA 的成员。IA 是无名恋爱者的意思。一个恋爱者就是一个正在恋爱的人。② 那是一种最坏的嗜好。（第 109 页）

可见，貌似特莱斯特罗的符号实为“无名恋爱者”之意，其起源在后文也有交代。一位遭遇妻子出轨的企业高管对爱情深感绝望，计划自杀，在身上洒满汽油，却碰到妻子和情人幽会。他搅黄了这场幽会以后才发现一件怪事，他衣服里的邮票在汽油和洗衣液的共同作用下，变成了“加了消音器的邮递号角的图案”（第 112 页），于是他发起“孤立人的协会”，并将这一图案作为

---

① Thomas Pynchon, *The Crying of Lot 49*, London: Vintage Books, 2000, p. 130: “WE AWAIT SILENT TERISTEO's EMPIRE.”

② Thomas Pynchon, *The Crying of Lot 49*, London: Vintage Books, 2000, p. 85: “That is Inamorati Anonymous. An inamorato is somebody in love.”

标记。由此可见，“邮递号角”图案的含义并不像俄狄帕设想的那样崇高，反而充满喜剧色彩和戏谑味道。它与特莱斯特罗邮寄系统毫不相干，甚至与其边缘群体抵制、对抗、挑战官方权威和政府权力的意义截然相反。与此类似，CIA 并不表示“中央情报局”却指“无政府主义造反者祈祷会”[①]（第 116 页），DT 既是震颤谵妄病，又是数学中的微分符号。

俄狄帕身处符号含义的无穷无尽演变之中，甚至她自己也是演变的一部分：她既是寻欢作乐的“阿诺德·斯纳布”（第 106 页），又是枪击案后接受采访的“埃德娜·莫什太太”（第 138 页），还是接受医生检查的“格蕾丝·波兹”（第 171 页）。游移在各种身份之间的俄狄帕无比急切地要将文本世界中的所有事物都统辖到一个系统中，她初次发现特莱斯特罗的秘密，就感觉到，“她收集得越多，向她涌现的便越多，直至她看到、嗅到、梦到和想到的一切都被编织进了特莱斯特罗”（第 76 页）。在经历了一系列的巧合之后，她又认为，“对于这些天里在任何地方都寻找得到的接踵而至的巧合，她只能用一个声音，一个词语——特莱斯特罗——把它们集合起来”（第 105 页）。但随着故事的发展，追求统一性逐步变成了难以实现的幻影：

> 那个从圣纳西索勇敢驾车而来的俄狄帕又在何方？那个乐观的宝贝就像古老的电台广播剧里的私家侦探，相信只需要勇气、智谋和对顽固警察所立规矩的豁免，便能解决任何大谜题。（第 121 页）

显然，俄狄帕并不缺乏勇气、智谋等，但她仍然无法解决特莱斯特罗的谜题。意识到这一点是她的彻底转变，此前的信念被

① Thomas Pynchon, *The Crying of Lot 49*, London: Vintage Books, 2000, p. 90: “the Conjuracion de los Insurgentes Anarquistas.”

生活的一系列事变瓦解掉。那么，她的转变又是如何发生的呢？

俄狄帕对《信使的悲剧》的版本追索终点是《福特、韦伯斯特、托米欧和沃芬格剧作集》的编者埃莫瑞·波兹教授，这位文艺复兴时期复仇悲剧的研究权威解释说，“特莱斯特罗”代表了另一世界，证据是英国人布洛伯在意大利的“游记”，其中记录布洛伯和别人乘坐与特莱斯特罗作对的“托莱和塔西斯”系统的邮递马车，途中被特莱斯特罗强盗伏击和杀戮，但由于特莱斯特罗想在英国拓展业务，他和仆人幸免于难。小说随后描写俄狄帕的回应，“从特莱斯特罗似乎对保密特有的追求来看，二人的逃脱令俄狄帕感到惊讶”（第157页）。可见她并不信服这一说法。波兹教授的主要假说是“镜像理论”——“认为索恩和塔克西斯任何不稳定的时期都会在特里斯特罗的影子政府中有相应的映射”（第162页）。但却无法提供任何佐证。俄狄帕对此的反应意味深长，“她没有继续讨论这一点。倒是对任何事的追踪都开始感到勉强了”（第165页）。此时此刻的俄狄帕“感到她正在背叛德里布莱特和她自己”（第165页），而德里布莱特正是最初引导她走上探索之路的人。她此时的感悟是对此前德里布莱特给她的第一个启示的否定。在此之前，她质疑过将物理世界与信息世界联系起来的“熵平衡”理论，也质疑过历史记载的真实性，现在又怀疑起版本理论的权威性——“一百个难题，变换了顺序的，组合的——性、金钱、疾病、对他所处时代和地点的历史感到绝望，谁知道”（第161页）。

“背叛了自己”的俄狄帕摆脱了旧我，徘徊在一个混乱无序的世界中，无能为力，对何为新我茫然无知。转变后的俄狄帕再也不相信任何系统的整体性的解读，科学的、历史的、文学的解释。她所经历的仅是类似情节剧的偶然与巧合，但巧合就是巧合，无数巧合连接起来，也无法构成一个意义的整体。对她而言，最大的确定性就是不确定性。这可以从她周围的人身上得到验证。俄狄帕的丈夫马丘习惯于在文字（二手汽车与新车）背后，看到车主的过去或未来的生活，但他最后发疯了；《信使的悲剧》导演兼主演德里布莱特自信他可以创造整个世界，却最后“走入了太平洋”；俄狄帕的心理医生希拉瑞斯曾为德国纳粹服务，坚信弗洛伊德主义，最后患上妄想症，每时每刻都觉得有以色列特工在追杀他。这些人物都不约而同地追求世界的统一性，而悲剧总会接踵而至。俄狄帕目睹并在小说结尾处反思这一切，认识到自己被局限在一个无限序列之中：

> 现在感觉就像是在一台巨型数字计算机的矩阵中行走，0 和 1 在头顶成双成对，像是对称的风铃在左右悬挂，在前方密密麻麻的，似乎无穷无尽。（第 180 页）

“成双成对”的 0 与 1 构成矩阵般的二元对立模式。马丘等人在“文字/意义”“自我/世界”“意识/无意识”之间建立二元对立关系，此时俄狄帕的处境与此相仿。而从二元对立当中寻求统一性是无法实现的，那么她该怎么办呢？她获得的最后启示是：“在显而易见的事物背后，有另一种含义，或者就什么都没有。”[①] 既然追求另一种含义的马丘等人纷纷遭遇不幸，那就只能说（文本）世界的含义是“什么都没有”。比如，“在象形文字的街道后面，或者存在着一种超验意义，或者只有土地”。[②] 虽然这里给出的是二选一的选择关系，但既然文本的意义（包括超验

① Thomas Pynchon, *The Crying of Lot 49*, London: Vintage Books, 2000, p. 140: “Another mode of meaning behind the obvious, or none.” 此处引文有改动。中译文为“在显然是和不是之间的另一种意义模式”（《拍卖第四十九批》，胡凌云译，译林出版社 2018 年版，第 181 页）。

② Thomas Pynchon, *The Crying of Lot 49*, London: Vintage Books, 2000, p. 140: “Behind the hieroglyphic streets there would either be a transcendent meaning, or only the earth.” 此处引文有改动。中译文为“在象形文字般的街道后面，可能会是超然的意味，也可能只是土地”（《拍卖第四十九批》，胡凌云译，译林出版社 2018 年版，第 180 页）。

意义）已经被各种悲剧否定了，那就只剩下没有意义的“土地”了。就此而言，无论拍卖人最后是否登场都无关紧要了。因为即使出现，也是又一场巧合，接下来便会进入下一轮巧合的游戏，而这样的游戏人类理智永远无法破解，《第四十九批》以小说题目“拍卖第四十九批”结束全文，旨在启发读者把小说重读一遍，再次进入这个阅读游戏；而如果不出现，俄狄帕正好验证了自己在最后关头获得的启示：解构阅读下的文本（世界）本来就没有意义。

综上，俄狄帕的阅读表明，阅读必定遭受重重挫折，最终难免失败的宿命，因为解读行为都是解读语言符号，以及由符号构成的文本，鉴于符号的特殊性质——《第四十九批》称为“词语的黑暗面庞”，无论如何努力，其结果都不容乐观，都无法透过“黑暗面庞”看到真相（如果还有真相的话），就像保罗·德曼说的那样，“阅读是阅读失败的讽喻”。屡经失败的俄狄帕深感一个丧失了超验意义的世界的无意义、不确定性、无法决定性，这些都是后现代主义小说的常见特征，而《拍卖第四十九批》表明，人物（读者）完全能够通过解构式的文本阅读走向后现代主义，这或许正是品钦后现代主义小说创作的鲜明个性。

第八章　欧美讽喻传统与世界文学

据爱克曼《歌德谈话录》记载，德国大文豪歌德在1827年（歌德时年78岁，5年后去世）初提出“世界文学”这个术语：“民族文学在现代算不了很大的一回事，世界文学的时代已快来临了。”[①] 在歌德之前，已有德国学者使用过“世界文学”这个词语，但影响远不及歌德。作为当时欧洲知识界的灵魂人物，歌德40多年来执欧洲文坛之牛耳。晚年的歌德相当喜爱“世界文学”这个说法，在各种访谈、短文中使用了21次。[②] 在歌德推动下，这一术语像“野火一样传遍欧洲”[③]。因此，国际学界多认为歌德“发明了”（coined，达姆罗什语[④]）“世界文学”。此事件20年后，马克思和恩格斯的《共产党宣言》提出：“由许多民族的和地方的文学形成了一种世界的文学。”[⑤]

---

① ［德］爱克曼辑录：《歌德谈话录》，朱光潜译，人民文学出版社1978年版，第113页。

② Theo D'haen, *The Routledge Concise History of World Literature*, London and New York: Routledge, 2012, p. 5.

③ Theo D'haen, *The Routledge Concise History of World Literature*, p. 2: "…spread like wildfire all over Europe."

④ David, Damrosch, *What is World Literature*? Princeton and Oxford: Princeton University Press, 2003, p. 1.

⑤ ［德］马克思、恩格斯：《马克思恩格斯选集》（第一卷·上），中共中央马克思恩格斯列宁斯大林著作编译局编译，人民出版社1972年版，第255页。

从19世纪下半叶到20世纪上半叶，英国学者波斯奈特、丹麦文学史家勃兰兑斯、美国学者莫顿等人都对世界文学发表过重要意见，俄苏作家高尔基、学者卢卡奇、巴赫金、什克洛夫斯基等也探讨过世界文学。在20世纪东西方“冷战”时期，苏联学者以《共产党宣言》为依据，认为“世界的文学”是人类文学艺术发展的远大前景，代表性成果为高尔基世界文学研究所编纂的《世界文学史》（中译为八卷本）。该书“全书引言”认为，“世界文学是从上古时代起到我们这个时代为止世界所有民族文学的总和”；其任务是揭示“它各部分的内部对比和相互联系及其不断变化”，并揭示“变化、运动的实质和意义的基本规律性”①。换言之，“世界文学”不是各个民族的简单相加，也不是对民族文学发展规律的复制，其“基本规律性”来自对民族文学之间相互联系、不断变化的动态关系的考察。另一方面，德国学者奥尔巴赫认为：“我心目中的世界文学及其相应的语文学观念，与此前的倡导者一样，都既是人性的也是人文的。”② 以他为代表的欧美学者倾向于将“世界文学”视为传统人文学科特别是语文学的“综合”，挖掘其历史主义、人文主义的精神内涵。

从20世纪90年代开始，随着“冷战”的结束和全球化进程的加速，“世界文学”研究在国际学界呈现出复苏勃兴的态势，这一势头至今仍在延续。法国学者卡萨诺瓦、意大利裔美国学者莫莱蒂、美国学者达姆罗什分别发表《文学世界共和国》、《世界文学猜想》及续篇《什么是世界文学》等论著，分别提出世界文

---

① ［俄］高尔基世界文学研究所编撰：《世界文学史》第一卷（上册），陈雪莲等译，上海文艺出版社2013年版，第3页。

② Erich Auerbach, *Time, History, and Literature: Selected Essays of Erich Auerbach*, edited and with an Introduction by James I. Porter, trans. Jane O. Newman, Princeton and Oxford: Princeton University Press, 2014, p. 257: "…my ideas of world literature and its corresponding philology is no less human and no less humanistic than its predecessor."

学的“首都—外省—边疆”“树木—波浪”“椭圆形投射”的结构模型。虽然也有学者不断感叹说，“‘世界文学’这一术语已流行快两百年了，我们仍然不知道它是什么”①，但上述研究在国际学界产生了很大影响，推动这一话题在21世纪之初重返学术前沿。

与21世纪“世界文学”研究的拓展深化相适应，讽喻传统在20世纪下半叶的显著变化是溢出原有的欧美文学范畴，对当代世界文学的整体格局产生重要影响，主要表现在两个方面。首先，欧美学者运用讽喻来分析欧美之外的第三世界国家文学，如詹姆逊提出“第三世界文本是民族讽喻”，这一说法在产生重要影响的同时也引发了诸多争论。其次，在20世纪“解殖民”过程中，一批拥有欧洲文化背景的第三世界作家活跃于世界文坛，正如霍米·巴巴所说，“曾几何时，民族传统的传播是世界文学的主要主题，现在我们或能设想，移民们、被殖民者、政治流亡者们——这些边缘与前卫的各类处境——的跨国历史可能是世界文学的领域”②。这些作家多为欧洲移民的后裔，熟稔讽喻文学传统，又融合当地的本土文化，反映其历史变迁和社会风貌，对当今世界文学的发展做出独特贡献，南非的库切、拥有法国与毛里求斯双重国籍的勒克莱齐奥等当代著名作家可作为代表。

第一节 “第三世界文本是民族讽喻”及其论争

作为西方马克思主义文学理论的领军人物，詹姆逊在第三世

① Franco Moretti, *Distant Reading*, London and New York: Verso, 2013, p. 134: “The term ‘world literature’ has been around for almost two centuries, but we still do not know what world literature is.”

② Homi K. Bahbah, *The Location of Culture*, Routledge Classic Edition, London and New York: the Taylor & Francis Group, 1994, p. 17: “Where, once, the transmission of national traditions was the major theme of a world literature, perhaps we can now suggest that transnational histories of migrants, the colonized, or the political refugees-these border and frontier conditions-may be the terrains of world literature.”

界文学研究中坚持经济基础的决定作用，即文化产品终究还是经济基础的产物，无论其间经历了多少中介环节。分析文化产品，首先要从分析经济基础和经济结构入手。以上述框架来观察20世纪第三世界文学，就会发现它与后现代主义文化思潮盛行一时的欧美社会有很大区别：前者的文学创作始终表现出个人与社会集体形象、民族命运融为一体的特征，而后者则是断裂的，鲁迅与奥斯曼尼的作品可为例证。

“第三世界文本”的历史语境与特征

19世纪末以来，西方殖民主义遍及全球，众多殖民地的原有社会结构受到殖民势力的入侵而变得面目全非，如非洲一方面是原始的部落社会，另一方面是西方系统化殖民主义的对象，资本主义和部落社会并存；印度、中国一方面代表了亚洲生产方式，是古老的亚洲帝国，但另一方面也出现了资本主义的侵蚀。如果第三世界的亚非拉民族国家呈现出双重经济结构和经济基础的话，那么，其文化产品也就具有双重视野，其一为个人生活经验，其二为历史和社会内涵。相比之下，第一世界的情形就完全不同了。20世纪下半叶，欧美等发达国家的第一世界或第二世界的文化主流是后现代主义，后现代的断裂特征集中表现在第一世界的文化产品中，其突出特征是个人领域与公共领域的断裂。正是在第一世界与第三世界文学的比较研究中，詹姆逊才能从“民族讽喻”这个角度总结第三世界文学的基本特征，不言而喻，其关键词是“民族”与“讽喻”。

美国学者本尼迪克特·安德森关于民族的定义是，民族是想象出来的政治意义上的共同体，而不是众多客观的、外在的社会现实的集合，民族是建构出来的而不是事先就存在的。既然民族涉及“想象”，那么民族的建构过程自然也就无法离开文学艺术。另一位美国学者卡勒感叹安德森的研究者对文学与民族的关系问题缺乏深入研究，并进而在安德森论述小说结构、形式特征的基础上指出："小说是想象民族国家的可能性条件。"① 但这种"可能性"如何发挥作用呢？卡勒并未继续展开论述。如果说，安德森的论述集中于小说形式的话，那么，詹姆逊"第三世界文学是民族讽喻"的命题则多从小说内容及其意义阐释方面做出探索。他认为：

> 让我以一种过于宽泛的方式，尝试阐明所有第三世界文化产品看似共同具有并将其与第一世界的类似文化形式区别开来的事物。我要证明，所有第三世界的文本都必然是讽喻的，而且以一种特殊方式成为讽喻的：它们应被读作我命名的"民族讽喻"，即便它们是，或者我应说，尤其当它们是从像小说这类西方主导的表现机制中发展出来的。②

简言之，在詹姆逊看来，第三世界文学是"民族讽喻"。第三世界文学应被置于亚非拉国家的民族命运历史变迁中加以考察，作家塑造的人物形象是民族社会与历史命运的讽喻再现。在第一世界与第三世界的对立中，如果第一世界是主人的话，那么第三世界就是奴隶。但按照黑格尔的主人/奴隶的辩证法，高高在上的主人陶醉于居高临下的优越地位；然而，"只有奴隶才知

---

① ［美］乔纳森·卡勒：《理论中的文学》，徐亮等译，华东师范大学出版社2007年版，第61页。

② Fredric Jameson, "Third-World Literature in the Era of Multinational Capitalism", *Social Text*, No. 15, Autumn 1986, pp. 65 – 88, the quotation on page 69: "Let me now, by way of a sweeping hypothesis, try to say what all third-world cultural productions seem to have in common and what distinguishes them radically from analogous cultural forms in the first world. All third-world texts are necessarily, I want to argue, allegorical, and in a very specific way: they are to be read as what I will call *national allegories*, even when, or perhaps I should say, particularly when their forms develop out of predominately western machineries of representation, such as the novel."

道真正的现实与抵抗物质是什么，只有奴隶才能获得对其处境的真正的唯物主义意识”①。詹姆逊一方面批评和质疑欧美后现代文化产品脱离现实、沉迷幻想，另一方面借助阐释主/奴辩证法，褒奖鲁迅、奥斯曼尼等第三世界优秀文学，并由此概括第三世界文学的民族讽喻性质。

鲁迅与奥斯曼尼：艺术形象与民族命运的融合

具体来说，第三世界文学具有消弭个人与社会断裂性、融合个人生活与民族国家的集体想象的重要作用。詹姆逊以鲁迅《阿Q正传》《药》《狂人日记》为例，结合《呐喊》“前言”（“我怎样做起小说来”）来阐释这一融合过程。

《狂人日记》主人公陷入精神错乱，臆想周围的人都是吃人者。在这一个人经验的背后，实际上是鲁迅观察和分析现实生活得出的重要结论：“鲁迅的命题是在帝国晚期与后帝国时期，受伤的停滞的土崩瓦解的伟大中国的人民是‘字面意义’上的食人者。”② 与此类似，《阿Q正传》主人公在受到别人羞辱时，总是善于自我调侃与排遣；羞辱阿Q的人又会受到别人的羞辱，他们与阿Q一样，“擅长自我合法化的精神技巧”，“他们对无力无能的反应就是毫无意义地迫害等级秩序中更弱小、更低级的成员”，③ 二者共同组成中国。从这个意义上说，“阿Q是讽喻意义上的中国……他们在

---

① Fredric Jameson, “Third-World Literature in the Era of Multinational Capitalism”, *Social Text*, No. 15, Autumn 1986, p. 85: “...only the slave knows what reality and the resistance of matter really are; only the slave can attain some true materialistic consciousness of his situation.”

② Fredric Jameson, “Third-World Literature in the Era of Multinational Capitalism”, *Social Text*, No. 15, Autumn 1986, p. 71: “Lu Xun’s proposition is that the people of this great maimed and retarded, disintegrating China of the late and post-imperial period, his fellow citizens, are ‘literally’ cannibals.”

③ Fredric Jameson, “Third-World Literature in the Era of Multinational Capitalism”, *Social Text*, No. 15, Autumn 1986, p. 74: “...whose response to powerlessness is the senseless persecution of the weaker and more inferior members of the hierarchy.”

讽喻意义上也是中国”①。

这一分析如果置于20世纪初期的历史语境之中就会变得更有说服力。整个国家或民族当时正受到外国列强的羞辱，“当我们回想起陷于绝境的满洲王朝的显著的自大特征，与其对除了现代科学、炮舰、军队、实力就一无是处的洋鬼子的无言蔑视时，我们对鲁迅讽刺的历史与社会的时效性就会理解得更加准确”。② 在民众心理混乱和自我陶醉之中，鲁迅意识到自己的历史责任：他有责任唤醒铁屋子里沉睡的同胞。《药》描写的革命者的鲜血仅仅成为愚昧民众的治病良药，而“革命”这一救国救民的真正“良药”反而无人问津，这当然颇具讽刺意味，但也从反面衬托出第三世界的知识分子多么急切地将小说创作与政治变革、民族图存与振兴联系起来。詹姆逊由此出发，对比第一世界与第三世界对待“讽喻”的不同看法：“关键在于，与我们自己的文化文本中的潜意识的讽喻不同，第三世界的民族讽喻是有意识的和公开的；它们暗示了政治与力比多机制之间一种全然不同的客观关系。”③

在将鲁迅置于殖民主义—反殖民主义的理论框架中阐释之后，詹姆逊将塞内加尔作家奥斯曼尼也置于殖民主义—后殖民主义的理论框架中研究。奥斯曼尼的《夏拉》主人公哈吉早年从事独立运动蹲过监狱，独立后成了当地工业与欧洲资本家的掮客，

① Fredric Jameson, “Third-World Literature in the Era of Multinational Capitalism”, *Social Text*, No. 15, Autumn 1986, p. 74: “Ah Q is thus, allegorically, China…they too are China, in the allegorical sense.”

② Fredric Jameson, “Third-World Literature in the Era of Multinational Capitalism”, *Social Text*, No. 15, Autumn 1986, p. 74: “When one recalls the remarkable self-esteem of the Manchu dynasty in its final throes, and the serene contempt for the foreign devils who had nothing but modern science, gunboats, armies, technology and power to their credit, one achieves a more precise sense of the historical and social topicality of Lu Xun's satire.”

③ Fredric Jameson, “Third-World Literature in the Era of Multinational Capitalism”, *Social Text*, No. 15, Autumn 1986, pp. 79 – 80: “The point here is that, in distinction to the unconcious allegories of our own cultural texts, third-world national allegories are conscious and overt; they imply a radically different and objective relationship of politics to libidinal dynamics.”

他为治疗阳痿四处求医访药，一路上展现了双重视野：外国资本和民族资产阶级暗中同流合污，而传统的“信奉相互依存原则的”原始公社、部落社会日趋衰败凋敝。事实上，大多数前殖民地国家在赢得民族独立和国家主权后，都陷入发展停滞的困境。比如，某些国家拥有大量石油资源，但这些资源却让它们陷入永远无法偿还的债务。这在奥斯曼尼的另一篇小说《汇票》中得到戏剧化的再现：主人公因出生在独立前而无法获得身份证明，因而无法兑换从巴黎带回来的银行支票，最终债台高筑。总体上来看，奥斯曼尼小说的创作主题是一种双重的历史或社会观：“古老的习俗由于强加其上的资本主义关系而发生剧烈改变，变得不自然。”① 要表现这样双重结构，传统的现实主义显然不敷使用了，奥斯曼尼的创作以讽刺或讽喻著称。如哈吉虽然有三个妻子，却患上了阳痿，意识到自己在几个妻子的别墅之间疲于奔命，他并没有自己的家庭归宿。哈吉的处境颇有存在主义的特色。就像存在主义代表作品表明的那样，奥斯曼尼的小说是对现实生活的介入或开拓，依靠场景并置、体裁断裂（generic discontinuity）等手法将双重历史观表现在小说中。

“民族讽喻”理论的影响

尽管詹姆逊承认其理论采取“过于宽泛的方式”，但仍招致许多批评，较有代表性的意见来自阿齐兹·阿罕默德。他认为，如不充分考虑第三世界不同国家的具体国情，仅用“民族讽喻”这么一个概念来统括，是很成问题的，“有很多基本问题，如历史分期，社会与语言形成，文学生产中的政治与意识形态斗争，等等，它们在概括层面上，不使用一种彻底的实证主义的还原论

① Fredric Jameson, “Third-World Literature in the Era of Multinational Capitalism”, *Social Text*, No. 15, Autumn 1986, p. 83: “…archaic customs radically transformed and denatured by the superposition of capitalist relations.”

简直无法解决”。[①] 另外，他批评詹姆逊的论文表现了性别意识与种族意识，它只能出自第一世界的白人男性作者，“这论文如果出自美国女性之手，这对我来说是不可想象的”，因为美国女性需要详细论证詹姆逊主张的个人领域与公共领域的分裂是美国女性主义最关注的问题。同样，这篇论文也不可能出自美国非洲裔作者之手，“因为他不会坚持说美国黑人文学具有第三世界的独特特征，即其充满了民族讽喻”。[②]

这些批评都颇为中肯，但也并非毫无可以商榷之处。首先，“三个世界”理论自提出之后就一直争论不休，詹姆逊自己说他是在“描述的意义”上使用“第三世界”这个概念的，无意给出更新的概念定义；其次，詹姆逊自己也承认给出任何第三世界文学的理论描述都是“唐突的”（presumptuous），他自己也注意到第三世界的“民族文化与每一地区的历史发展轨迹都有巨大的多样性”[③]。詹姆逊从外部观察第三世界文学，得出的结论概括力强，而阿罕默德身居第三世界，对第三世界各国的差异感同身受。“处境意识”既然不同，结论自有差异。阿齐兹·阿罕默德就此说出一句很有意思的话：他与詹姆逊“即使我们从来没有栖居在一处，但我们都身披同样的羽毛”，[④] 这似乎又在强调他与詹

① Aijaz Ahmad, *In Theory*: *Classes*, *Nations*, *Literatures*, London and New York: Verso, 1992, p. 97: “There are fundamental issues-of periodization, social and linguistic formations, political and ideological struggles within the field of literary production, and so on-which simply cannot be resolved at the level of generality without an altogether positivist reductionism.”

② Aijaz Ahmad, *In Theory*: *Classes*, *Nations*, *Literatures*, London and New York: Verso, 1992, p. 122: “(He) would not insist that Black Literature of this country possesses the unique Third World characteristic that it is replete with national allegory.”

③ Fredric Jameson, “Third-World Literature in the Era of Multinational Capitalism”, *Social Text*, No. 15, Autumn 1986, p. 68: “...the enormous variety both of national cultures in the third world and of specific historical trajectories in each of these areas.”

④ Aijaz Ahmad, *In Theory*: *Classes*, *Nations*, *Literatures*, London and New York: Verso, 1992, p. 122: “...as birds of the same feather, even though we never quite flocked together.”

姆逊之间的共同之处。最后，詹姆逊也明确意识到性别、种族的内部差异性，只是他将社会、阶级、文化等放在更优先的位置上来思考。①

综上，詹姆逊从民族讽喻的角度对第三世界文学做出整体理论归纳，用“讽喻”这一概念将个人经验与民族命运、人物形象与民族形象、故事情节与民族历史有机融合起来。正像他在《布莱希特与方法》一书中强调的那样，“文本是一种讽喻：其全部意义的定位总是预设文本是关于其他事物的”。② 在他看来，这种情况在布莱希特的历史剧《伽利略》中最为明显，我们也可用来分析其他作品。

第二节　库切的《等待野蛮人》:“万物皆为讽喻”

世界文学的当代著名作家 J. M. 库切（John Maxwell Coetzee，1940— ）出生在南非的开普敦，母亲是教师，父亲是律师，他们均为荷兰殖民者后裔。库切从小掌握 Afrikaans（来自荷兰语的南非公共语），求学期间主要接受英语教育，为双语作家。他先后获得南非开普敦大学学士学位（主修英语与数学）、文学硕士学位，美国得克萨斯大学文学博士学位，并在纽约城市大学任教，因参与反对越战的示威游行未能获得永久居留权，1972 年重返南非开普敦大学任教，自 1983 年起担任该校“总体文学”（General Literature）教授，现移居澳大利亚。虽然他自谦缺乏理论或批评之才，③ 但在文学、社会学、宗教学等领域颇有建树。作为学者

① Fredric Jameson，“Third-World Literature in the Era of Multinational Capitalism”，*Social Text*，No. 15，Autumn 1986，p. 66.

② Fredric Jameson，*Brecht and Method*，London and New York：Verso，1986，p. 122：“(A) text is a kind of allegory：positing of all meaning always presupposes that the text is about something else.”

③ J. M. Coetzee，*Doubling the Point*：*Essays and Interviews*，ed. David Attwell，Cambridge：Harvard University Press，1992，p. 246.

型作家，他从20世纪70年代开始每隔三年推出一部英语小说，《幽暗之地》《国家的中心》《等待野蛮人》《麦可尔·K的生活与时代》《福》《耻》等为他赢得国际声誉，他于2003年获得诺贝尔文学奖。

库切生活在臭名昭著的南非种族隔离政策最为严苛和猖獗的时代。除了《铁器时代》，他很少在作品中直接批判种族隔离时期南非社会不公正、不人道的残酷现实，有些批评家认为他脱离南非的社会现实。对此，库切辩解说："我自己的小说如《等待野蛮人》《麦可尔·K的生活与时代》聚焦监禁、管制和酷刑是一种反应——我强调说这是一种情感反应——对禁止表现这个国家警察牢房里正在发生的一切的反应，这一点我深信不疑。"[①] 在他看来，20世纪90年代初期种族隔离制度废止之前，南非推行严厉的书刊审查制度，从而迫使小说家相当曲折隐晦地表现现实。有批评家将这一曲折隐晦的方式确定为象征性或讽喻性，"库切发展出一种象征性甚至讽喻性的小说模式——并非逃避南非活生生的噩梦而界定那些支撑社会学事物的心理情感事物。"[②] 这一点，库切本人也直言不讳，"万物皆为讽喻。每一个被造之物对其他所有被造之物都至关重要。一条狗坐在一片阳光下舔舐自己，它这一时刻是条狗而下一时刻就是启示的容器"。[③] 事实上，研究库切小说的首部专著为Teresa Docey在1988年出版的《J. M. 库切的小说：拉康式讽喻》，从解构主义角度对库切小说

---

① J. M. Coetzee, *Doubling the Point: Essays and Interviews*, ed. David Attwell, Cambridge: Harvard University Press, 1992, p. 300: "I have no doubt that the concentration on imprisonment, on regimentation, on torture in books of my own like *Waiting for the Barbarians* and *Life and Times of Michael K* was a response—I emphasize a pathological response—to the ban on representing what went on in police cells in this country."

② *Gale Contextual Encyclopedia of World Literature* (Volume One), New York: Cengage Learning, 2009, p. 394.

③ J. M. Coetzee, *Elizabeth Costello: Eight Lessons*, New York: Penguin Books, 2003, p. 223: "All is allegory. A creature is key to all other creatures. A dog sitting in a patch of sun licking itself is at one moment a dog and at the next a vessel of revelation."

做出阐释。具体到《等待野蛮人》，著名评论家埃文·豪厄（Irving Howe）认为，小说缺乏具体化的历史地点和时间，是一部现实主义的寓言（a realistic fable）；另一位批评家乔治·斯丹纳（Geogrge Steiner）认为，小说是一部黑格尔式的寓言（Hegelian parable），旨在描述主人—奴隶相互依存的关系。[①] 也有学者称为“历史讽喻”。[②] 但同时我们也必须看到，作者创作《等待野蛮人》之时，正是解构主义与后现代主义兴盛发展时期，这部小说自然也不会置身这一宏大文化语境之外，它在具备时空虚幻化、现在时态叙事、开放式结局等“元小说”特征的同时，也表现出明显的解构倾向，而且这一倾向主要表现为对讽喻的解构。[③]

《等待野蛮人》：小说题目的来源与含义

库切以研究贝克特而获得美国得克萨斯大学的博士学位。《等待野蛮人》从题目上就很容易使人联想到贝克特的名作《等待戈多》。但这一小说题目，其实来自旅居埃及亚历山大里亚城的希腊诗人 C. P. Cavafy（1863—1933）的名诗《等待野蛮人》。诗人具有希腊与埃及双重国籍，当时埃及已沦为英国的殖民地，居住和工作在亚历山大里亚城的诗人实际上为英帝国服务。

该诗发表于 1904 年，一开始即自问自答：“我们聚集在广场，在等待什么？/野蛮人今天要来。/为何今天参议院无所事事？/为何参议员们呆坐却不立法？/因为野蛮人今天要来。/参

---

① Lance Olsen，“The Presence of Absence：Coetzee's ‘*Waiting for the Barbarians*’”，*Ariel*：*A Review of International English Literature*，Vol. 16，Number 2，1985，pp. 47 – 56.

② Russell Samolsky，*Apocalyptic Futrues*：*Marked Bodies and the Violence of the Text in Kafka*，*Conrad*，*and Coetzee*，New York：Fordham University Press，2011，p. 133.

③ 库切小说讽喻解读的主要批评者为 Derek Attridge，其 *J. M. Coetzee and the Ethics of Reading* 第 2 章“反对讽喻”认为讽喻批评“过于快速地转移到小说之外，在别处发现小说深意”。（Derek Attridge，*J. M. Coetzee and the Ethics of Reading*：*Literature in the Event*，Chicago：University of Chicago Press，2004，pp. 42 – 43：“The danger… is of moving too quickly beyond the novel to find its signififance elsewhere…）

议院现在能通过什么法律呢？/一旦野蛮人来了，他们自然就会立法。”① 下文接着提到帝国皇帝、执政官、演说家、全城百姓都在等待野蛮人。但一直等到晚上，野蛮人仍未现身，此时从边境传来消息，野蛮人今天不会来了。诗歌结尾说，“没有了野蛮人，我们怎么办呢？/野蛮人，那些人，是一种解决方案”②。

就诗歌本身而论，诗歌没有提及任何具体历史时期或发生地点，仅有几处词语暗示诗歌描述的或许为罗马帝国，如执政官手持镶嵌金银的权杖；除最后两句外，诗歌都以一问一答的形式展开，“等待野蛮人”在答语中重复了5次。诗歌展现了一个戏剧性的场景：“我们”——帝国皇帝与臣民们——聚集一处，等待着不知名姓的野蛮人前来接受帝国皇帝的册封，但作为演员的野蛮人始终没有登场，大戏落幕，只有提问者和回答者之外的第三个声音发出感慨：只有这些野蛮人才能为衰朽不堪的帝国提供“一种解决方案”。

诗歌的主要发声者“我们”指涉何人，读者并不清楚。就诗歌的历史语境来说，北非文明古国埃及自1878年后即沦为英帝国的殖民地。如果诗歌的抒情主体“我们”是身处埃及的英国殖民者，那么，大不列颠帝国这一颇为典型的西方现代殖民帝国，却要等待着非西方的野蛮人来加以救赎或解救，这回应着19、20世纪之交西方学界盛行的“西方的衰落”论。这一理论在尼采的《悲剧的诞生》、史宾格勒的《西方的没落》、艾略特的《荒原》中都有众多理论论述和艺术表现。由此分析，诗歌最后两句带有

① C. P. Cavafy, *Collected Poems* (Revised Edition), trans. Edmund Keeley and Philip Sherrard, Princeton, NJ: Princeton University Press, 1992, p. 18: “What are we waiting for, assembled in the forum? /The barbarians are due here today. /Why isn't anything happening in the senate? /Why are the senators sitting there without legislating? /Because the barbarians are coming today. /What laws can the senators make now? /Once the barbarians are here, they'll do the legislating.”

② “And now what's going to happen to us without barbarians? /They were, those people, a kind of solution.”

反讽意味：野蛮人不再是帝国的颠覆力量，日夜梦想着侵扰或推翻帝国，反而变成了殖民帝国的拯救或救赎力量，当野蛮人该来而未来的时候，帝国上下一片惶恐，惊慌发问：野蛮人不来，“我们”何以自处呢?

但如果诗歌的主体是英帝国的被殖民者即当地埃及人，他们渴望获得解放，从自诩为“文明人”的西方人统治下解放出来，“野蛮人”就成为解放的力量——一种与西方完全不同的异己力量，一种非西方的因素，虽然“野蛮人”久盼不至，应至而未至，但“那些人”毕竟代表了“一种解决方案”，代表了解放的希望和可能性。问题在于，“等待”一词在诗歌中始终以进行时态出现，既不是已经发生了，也不是未来将会发生，暗示“正在进行”的“等待”将是无限期的，这就把解放置于无尽等待之中，将其无限搁置下来。

小说的解构特色：“文明的黑暗之花”

库切的《等待野蛮人》虽未提供具体时空，但小说描写的帝国显然是“我们”在野蛮人土地上建立起来的殖民地。它建在野蛮人的土地上，拥有完善的警备、司法、税收、贸易制度，也引发了帝国与当地土著的持续冲突。一位新来小镇服役的军官问“我”“他们（野蛮人）想要从我们这里得到什么?”“我”回答说：“他们想要结束我们在他们土地上的殖民扩张。他们的心愿就是最终把自己的土地要回去。”（第 75 页）可见，帝国是在“他们土地上”实现“殖民扩张”，依靠暴力手段巩固殖民统治。一方面，帝国话语的核心是将殖民者视为“文明人”，而将被殖民者视为“野蛮人”。“我”虽然与乔尔上校关系很僵，彼此厌恶，但表面上彬彬有礼，“他和我都竭力做到在彼此相处中表现得像个文明人。我一辈子都崇尚文明的行为举止”（第 34 页）。另一方面，野蛮人则缺乏人性，是文明人的对立面，正如萨义德所说，“东方是非理性的，堕落的，幼稚的，‘不正常的’；而欧洲则是理性的，贞洁的，成熟的，‘正常的’”①。文明/野蛮的二元对立为殖民统治提供合法化证明。

小说一开始，“我”在帝国某个偏远小镇做行政长官，每天案牍劳形，埋首于各种官方文书报表之中。小镇是帝国与野蛮人活动区域的接合部，是守卫帝国的前哨，常住居民有几千人。“我”几乎毫无保留地接受了帝国意识形态中的殖民话语，甚至在“我”挺身反抗帝国军警残酷鞭打野蛮人时，也“并非没有困惑，并非没有痛苦”（第158页）。在“我”眼中，“他们像动物一样没羞没耻的举止”，“好像他们是什么动物似的”（第28页）。甚至认为野蛮人“迟滞呆板、懒散凌乱、漠然地接受疾病和死亡”（第77页），似乎他们注定要被灭绝。即使“我”善意收留了野蛮人姑娘，仍然对她说，“我这里养了两个野生动物，一只狐狸，一个姑娘”（第51页）。“我”将野蛮人看作野生动物。

“我”的这种认识定式来自何处呢？小说对此着墨不多，但可以肯定的是，它并不来自“我”的生活经验，因为在“我”这一生中，“我”统共也没有见过几个野蛮人。“我”对前来调查野蛮人进攻帝国计划的乔尔上校说，“这儿没有多少犯罪的事。”（第3页）“通常情况下我们这里还根本没什么野蛮人能让你看到”（第5页）。关于野蛮人的说法，“我觉得这都是那些过得太安逸的人想象出来的”（第12页）。当小镇偶尔出现犯罪行为时，人们推断说“从他们相貌之丑陋来看必是野蛮人无疑”（第178页）。仅仅依据相貌就断定罪犯是野蛮人，显然怪诞不经；而事实上，“据说野蛮人潜伏在那里（湖边），可谁也没见过”（第179页）。“我”唯一一次亲眼见到原始状态的野蛮人是在送还野蛮人姑娘的时候，“我”发现了几个野蛮人，他们走走停停，始终和“我”保持着距离，“我”不禁发问：“他们是在模仿我们

① ［美］爱德华·W. 萨义德：《东方学》，王宇根译，生活·读书·新知三联书店1999年版，第49页。

的样子吗？还是光线造成的幻觉？”（第 102 页）令人惊讶的是，这些野蛮人似乎并不是有血有肉的实体，反倒是“我”的视线和眼光发生问题而导致的幻影，显得神秘莫测，真假难辨，同时也意味着野蛮人是“我们的样子”，是“我”的投影，这对“我”此后意识到文明人身上的野蛮特性具有启发价值。

由此可见，小说表现了虚幻而空洞的野蛮人形象，是否真的存在野蛮人，始终是一个问题。在没有发现敌人的情况下，帝国殖民者会怎么办呢？小说表明，他们竟然人为地去确定敌人、创造出自己的敌人。小说告诉读者，乔尔上校两次深入蛮荒之地搜捕野蛮人，第一次抓回来的是当地渔民，甚至他们讲的语言和野蛮人“都不是同一种语言”（第 25 页），第二次乔尔上校捕获了 12 个野蛮人，从中挑选出 4 人：

> 上校走上前去。弯下身子审视每一个囚犯，抓起一把沙土搓向囚犯的背，用炭条在他们的背上写字。我从上到下念着那几个字母：“敌人……敌人……敌人……敌人”写完又退回原处，抱起胳膊。他和我互相对视着，只隔着二十步距离。（第 154 页）

上校用在囚犯背上写字的方式来确立野蛮人就是“敌人”，尽管这些敌人没有任何进攻帝国的图谋，可见，敌人不是事先存在的而是即席创造的。同时，“我”和上校之间“隔着二十步距离”，空间距离象征着两人的思想差距：“我”根本就不赞同上校的做法，甚至称他为“新来的野蛮人”（第 116 页）。首先，边境小镇的长期生活经历促使“我”逐步质疑殖民话语。“我”在废墟中挖掘出野蛮人的神秘木简，尽管难以索解，甚至不知道该从左边还是右边读起，但“我”仍然相信这些野蛮人也达到相当高的文明程度，和“我们”不相上下，如果有一天文明人灭绝了，后人也会“挖掘我们的废墟以打发他们的午后时光”，也会“想方设法破解我们的情书”（第 77 页）。又如野蛮人懂得如何运用游击战术击败强大的帝国军队，也懂得在做生意时占“我”的便宜。其次，野蛮人也不乏亲情、同情心等人类的共同情感，他们更像人类而不像动物。野蛮人姑娘在流落街头时最想见到的是自己的姐姐（第 48 页），她的父亲眼见女儿受酷刑却无能为力，“我”在回想中赋予这一形象普遍意义，“所有呈现在我眼前的那个称作父亲的人可能就是所有眼看自己孩子受虐而无法庇护的父亲的形象”（第 120 页）。父亲保护女儿本属人之常情，但这位父亲却无能为力，这使得姑娘不再信任父亲，“她的某种同情心肯定是死了”（第 119 页）。姑娘本来具有同情心，只是在酷刑威逼下，她的同情心丧失殆尽。

小说在展现野蛮人文明的一面的同时，也表现了文明人野蛮的一面。当“我”受到非法拘禁被无端投入牢狱时，“我”不禁感慨：“是文明的黑暗之花开放的时候。”（第 117 页）“文明的黑暗之花”用诗性的语言说出西方文明的阴暗面，在小说中主要体现在殖民当局藐视法律，毫无公正正义之心，“只要法律还在为他们所用，他们就要用它来对付我，不行再换别的招儿。这是第三局的伎俩。对于不受法制约束的人来说，合法程序只是多种工具中的一种罢了”（第 124 页）。后来，“我”指责乔尔上校说，“你是敌人，你挑起了战争”（第 166 页）。更为重要的是，“我”不仅在上校身上发现了“敌人”，在“我”自己的身上也发现了“敌人”。当“我”反复追问姑娘她身上伤痕的来历时，“我”想到，“审讯戴着两副面具，有两个声音，一个严厉，一个诱导”（第 10 页）。“我”其实承担着审讯中“诱导”者的角色。“我意识到，其实自己跟那些折磨她的人之间没有多少差别；我陡然起颤。”（第 40 页）在其他人眼中，“我”对野蛮人充满同情，决意要公正地对待他们，所以“我”也就变成了一位野蛮人。“我”被吊在空中大声惨叫时，“‘这是在召唤他的野蛮人朋友。’看热闹的人打趣说，‘诸位听到的是野蛮人的语言。’一阵大笑”（第 176

页)。甚至“我”这位小镇的行政长官也变成了“半个”野蛮人。

综上，野蛮的一面从野蛮人身上转移到文明人自己身上，既发生在上校身上，也发生在“我”的身上，“我”的结论是：“罪恶潜伏在我们身上，我们必须自己来担当。”（第210页）这说明，野蛮人并不是绝对的野蛮，文明人也不是绝对的文明。野蛮人或文明人身上都有某种相反的因素。换言之，野蛮在文明体系内部也可以找到，这一“内化他者”的倾向在小说解构的文明/野蛮的二元对立关系中淋漓尽致地表现出来。有研究者指出：“尽管主要由自我/他者的二元主义构成，但是自我和他者的关系不是简单的排斥和包容的关系，它实际包含了差异和同一的不断调整。”[①]以文明者自居的殖民者将野蛮人设定为野蛮的他者，在二元对立中确立自我身份，但自我和他者之间并没有固定不变的疆界，二者之间的同一和差异关系始终处于变动之中。野蛮这一标签并不仅仅适用于野蛮人，也适用于文明人。文明人如果变得野蛮了，他也就成为“内部他者”：文明体系内部的野蛮人。

创建讽喻：“每一桩事情都代表着另外的事情”

从诗歌中继承的不仅是题目，还有文学作品的讽喻特征。正如批评家指出的，《等待野蛮人》是库切“最具讽喻性的作品”[②]。20世纪60年代中期之后，法国哲学家德里达首倡的解构主义逐步兴起，影响遍及人文学科的各个研究领域。以“总体文学”教授身份执教于开普敦大学的库切，也不可能不受到解构主义的影响。因此，这部小说与传统讽喻作品不同，它在创建文学讽喻的同时，也对其提出了质疑。这一拆解讽喻的特色构成库切小说的主要成就。

---

① ［英］马克·B. 索尔特：《国际关系中的野蛮与文明》，肖欢容等译，新华出版社2004年版，第35页。

② Lois Parkinson Zamora, “Allegories of Power in the Fiction of J. M. Coetzee”, *Journal of Literary Studies*, Vol. 2, No. 1, 1986, pp. 1 – 14.

《等待野蛮人》完整展现了主人公“我”（一座帝国边境城镇市政官员）如何从创建讽喻转变为解构讽喻。当然，解构讽喻的前提是创建讽喻。依照小说中出现的先后顺序，讽喻形象主要包括眼睛、在前人遗迹挖掘的木简、野蛮人女孩的身体等三种。

小说故事的发生年代无法确知，文中绝大部分篇幅均用现在时态叙述，叙述者——小说主人公“我”——是一个虚拟帝国边境城镇的行政官，“一个为帝国服务的负责任的官员，在这个荒凉的边境打发着自己的岁月等着退休而已——我希望在帝国的公报上能登上三行小小的公告，提一下我的功过就行了。在平静日子里过平静生活，我从未有过比这更高的要求”。[①]“我”一向悠游度日，公务之余经常出城打猎。有天清晨，“我”已经准备好猎杀一头山羊，“我觉得一种难以直述的伤感蛰伏在意识的边缘”（第58页），在这种意识的作用下，“我”放过了那头山羊。这一经历犹如成长小说中的通过仪式（rites of passage），让“我”模模糊糊地想到（因为这种想法发生在“意识的边缘”）万物之间相互联结。因此，一想到“这头高傲的公羚羊淌着血倒毙在冰层上”，“我”不禁生出怜悯和同情。在这段叙述的最后，“我”得出结论：“每一桩事情都不是它们本来的面目，而代表着另外的事情。”[②]（第58页）其中，“另外的事情”正指向讽喻这一概念中的“他物”（alter），“我”对世界的新感悟重新回到讽喻这一古老观念，各种事物背后都潜藏着在字面意义之外的其他含义。毫不奇怪，“我”对生活中新近涌现的所有事物都充满好奇心，一探究竟。

“我”从小说一开始就表现出这种反观内心、苦思冥想的性格特征。小说描述的第一个故事场景是“我”接待来自帝国第三局的保安官员乔尔上校，因有传闻说野蛮人将向帝国发动进攻，

---

① ［南非］J. M. 库切：《等待野蛮人》，文敏译，浙江文艺出版社2013年版，第11页。本节该小说引文均出自此版本，随文注明页码。

② J. M. Coetzee, *Waiting for the Barbarians*, London: Vintage Books, 2004, p. 43: “Events are not themselves but stand for other things.”

他奉命前来边境弹压。但奇怪的是，尽管他视力正常，却在白天也戴上一副墨镜：

> 我从未见过这样的东西：两个圆圆的小玻璃片架在他眼睛前的环形金属丝上。他是瞎子吗？如果他是个盲人想要掩饰这一点，我倒可以理解，但他并不瞎。那小圆玻璃是暗色的，从里面看出来并不透明，但他就是能透过这样的玻璃片看出来。……（他说：）“在我们那里，人人都戴这玩意儿。”（第1页）

小说研究者注意到这段描写的“陌生化”手法。[①] 显然，最后一句话出自乔尔上校之口，透露出边境和首都的关系。首先，首都流行什么，边境小镇浑然不知，也不会跟风模仿，小镇是边缘而首都是中心，小说以一种虚拟的流行时尚反映出边缘与中心之间的疏离关系；而“我”无比惊讶地注视着上校的墨镜，可见“我”远离帝国权力中心，并不熟悉主流官场规则。其次，“我”从上校的镜片中看出自我形象，“我”注视着这一显现出来的形象，“是我自己的双重影像在自我对视”[②]（第65页）。最后，这里透露出“我”和乔尔上校之间的讽喻关系。“我”从镜片中看到的是“我”自己的形象，暗示着“我”与上校之间的认同关系；同时，上校眼中的“我”是透过暗色玻璃后呈现的，在很大程度上发生了变形，也并非真正的“我”。上述两方面的寓意为后文“我”与上校的冲突乃至决裂做好铺垫。此外，眼睛本身也是一个讽喻形象。“Eye”与“I”同音，从眼睛自然联想到自我主体。小说叙述中，不仅乔尔上校的眼睛被墨镜遮蔽，而且野蛮人姑

---

① David Attwell, “Coetzee's Estrangement”, *Novel: A Forum on Fiction*, Volume 41, Numbers 2–3, 2008, pp. 229–243.

② J. M. Coetzee, *Waiting for the Barbarians*, London: Vintage Books, 2004, p. 47: “my doubled image cast back at me.”

娘的眼睛也受过酷刑，导致她只能斜视，最多看到外部世界的大致轮廓，“她不看着我的时候，我只是她视觉边缘的一个灰色的来回漂浮的人形；当她看着我的时候，我是一片模糊的影子，一个声音、一种嗅觉、一处活力的源泉”（第 43 页）。两人眼睛或视力上的特征也代表了他们的性格特征。上校眼中的世界必定黯淡无光，冷酷无情；而野蛮人姑娘看到的只是一个平面化的世界，它既不完整，也缺乏深度，“她好像没有内核，只有一层表皮”（第 63 页），这为“我”在后文中反思“历史、进步、自我”等宏大叙事观念提供了主要思考素材。事实上，“眼睛”和“自我”之间的同音性关系在世界文学作品中屡见不鲜，最知名的例子或许是托妮·莫里森的小说标题《最蓝的眼睛》（*The Bluest Eye*）。作者不惜违背惯用法，不使用“eye”的复数形式“eyes”而用其单数，其用意正是在“眼睛”与“自我主体”之间建立起指涉关系。

除了酷爱打猎，“我”还是一位业余考古学家。“我”在城墙外的野蛮人神庙或坟墓废墟中，“发现了一批木简密藏，那上面画着一些手写体的符号，这种符号我以前从未见过”（第 21 页）。“我”殚精竭虑地要破解这些神秘符号，却从未成功。后来，“我”带人穿越沙漠，将野蛮人姑娘送交给她的本族人，返城后竟被指控犯下了叛国罪。负责审讯我的乔尔上校等人逼问“我”这些符号的含义，“我”先是解释为一位野蛮人父亲写给女儿的书信，随后总结说：

> 只是一种寓意，这些东西可以用许多种方式来读。或者说每一种木简都可以用许多方式来读。[①] 合在一起可以看作是一部家庭日志，也可以看作是一份战争计划；横过来可以

---

① J. M. Coetzee, *Waiting for the Barbarians*, London: Vintage Books, 2004, p. 122: “They form an allegory. They can be read in many orders. Further, each single slip can be read in many ways.”

读作帝国最后时日的一段历史——我说的是旧的帝国。（第163页）

“我”坚信在这些难以索解的木简背后，隐含着更多寓意，虽然“我”不能确定它们到底是什么，但至少在“我”看来，木简并不是木简，还是日志、史书，或是其他什么事物。而且，不仅仅木简这种实物，即使看不见摸不着的虚无空气也“充满了那种象征物和哭喊声”，“这些哭泣也像他们书写的字符一样，可以作不同解读”（第163页）。但多种解读、“不同解读”并不是全无根据的随意解读。仔细分析就可以发现，“我”对木简的阐释和“我”的现实境遇密切相关。“我”把这堆木简解释成一封父亲致女儿的家书，重写了小说前两章的主要故事：一位野蛮人父亲被拷打致死，其女儿则被“我”收留。乔尔上校和“我”共同经历这一事件，“我”现在往事重提，无疑是对乔尔上校往日暴行的控诉。“我”还把木简上的某个符号解读为“战争”，并说它还有“复仇”“正义”等其他含义，暗示乔尔上校发起的针对野蛮人的残酷战争，必将自食恶果，受到野蛮人的报复，在小说叙述中实现“诗的正义”。果不其然。小说结局写到野蛮人以游击战策略击败大举进攻的帝国军队，乔尔上校等人丢盔卸甲狼狈不堪地逃回京城。

上文提到的“我”对讽喻的极度渴望，对某一事件代表的“另外的事情”的痴迷探索在“我”和野蛮人姑娘的关系中表现得最为明显。正如“我”在木简上涂上油以避免腐蚀，“我”也在姑娘的身体上涂满了杏仁油并“揩拭她的身子”（第44页）——“我脱光她的衣服、擦洗她、抚摸她、睡在她的身边”（第63—64页），但“我”这样做，并不是为了获得生理愉悦，而是探寻姑娘饱受酷刑折磨的身体所隐藏的秘密：“我心里的念头越来越明确，非要弄清她身上这些伤痕的来历不可，否则我不能放她走。”（第46页）但完全出乎“我”的预料，也出乎读者的阅读预期，

"我"的这一愿望竟然没有实现。虽然"我"为她提供了工作、食物、住处，但当"我"询问"你从哪里来?"时（第38页），她却非常古怪地以沉默作答；"我"问她"你住在哪里?"她又答非所问地说："我有住处。"（第39页）特别是她经受酷刑这一关键环节，多次询问她都三缄其口。"我"不禁发问，"你为什么不告诉我?"她的反应是：

> 她摇了摇头。昏眩马上又要回到我身上来了，我触摸着她臀部的手指感到皮肤下面纵横交错凸凹不平，有一种不真实的感觉。"没有什么会比我们想象的更糟。"（第46页）

的确，在想象中人们可以体验酷刑的最可怕场景，但姑娘一直都没有说出全部经历。无法获得姑娘个人"历史"的"我"逐步对她产生"一种不真实的感觉"，她的身体"却是自闭的、笨拙的，睡在我的床上却像是睡在另一个遥远的空间里，看上去真是不可理解"（第62页）。"身边的这个女人在我生命中引出的一切我都不可理解。"（第69页）直到将她送还给野蛮人之后，"我"仍在不断思索姑娘为什么不愿谈论自己的经历，"我继续殚精竭虑地围绕着女孩难以修复的形象打转，在她身上编织着某种可能性，转而又编织着另一种可能"（第120页）。

解构讽喻："对世上万物都失去信任"

小说中的"我"始终无法获知姑娘的身世之谜——她"却是一个空当，一个空白"（第70页），显然，"我"对"一个空当，一个空白"的探索只能劳而无功，这迫使"我"不断反思。野蛮人拥有自己独特的生活观念，就拿姑娘来说，"她喜欢事实，注重务实的语言；没有什么想入非非的念头，也不会追问和窥探什么。然而，也许这就是野蛮人的孩子被教养成长的方式"（第59页）。因此，在野蛮人看来，身体就是身体，他们把身体只当作身体，而非通向背后奥秘的途径，也不代表别的什么。比如身体中潜含的欲望和本能就只能归结为它们自身，而不能升华为标志人性深度的爱情观念——“野蛮人也许只是把性爱的激情视为生活的本质，不管是马是羊还是男人女人，那都是生活最清澈明了的方式和最清澈明了的结局。”（第 83 页）这和后现代主义坚持的“削平深度、放逐主体性”的主张颇为合拍。生活在后现代主义文化语境中的“我”因此面临着两难选择：

> 或许是因为她身上的伤痕把我吸引到她的身边，而我又失望地发现自己不能洞察事情的原委？到底是太过分还是太谦和：我想要的是她还是她身上带着的历史痕迹？（第 96 页）

如上所述，“我”一直以探索事物背后的奥秘为己任，无论对待出土的木简还是野蛮人姑娘，“我”都以理性严谨的态度追根究底，绝不会轻易放弃。“我”此前一直相信，她的伤痕带着“历史痕迹”。如果要使“我”摒弃原来的思维范式，意识到“我”长期奉守不疑的理性、人道、法律等原则态度其实也是我们现代文明人的虚构，生活也许不是我们此前设想和归纳的那样，“我”就需要另辟蹊径，寻找一种另类思辨，其突破口是“我”与乔尔上校的讽喻关系。当乔尔上校下车伊始，以酷刑来拷打帝国敌人的时候，“我”基本上采取了默许的态度，受刑者发出痛苦的叫喊声，“我却一点也没听到。但那天晚上在忙乎自己的事情的每时每刻，我都知道会发生什么”（第 6 页）。但事后酷刑的景象仍然使我震惊，“我”询问乔尔上校如何得知人们说的是真话而不是谎言，他回答说，在人们的话语中：

> 有某种肯定的语调，某种肯定的声调会从说实话的人声音里表露出来。训练和经验教会我们去识别这种声调。……首先，我听到了谎言，再后来，又是说谎，于是再施压，崩

溃，再施压，然后才是真话。这就是你得到真相的方式。（第7页）

其实，这是他为自己施加酷刑而做的辩白。上校在探寻真相的时候甚至显得比“我”还要热心和痴迷，“在追究真相时，他是不知疲倦的”（第28页）。他以追寻真相的名义随意剥夺人权，包括各种权利，为身体制造难以忍受的痛苦，行使一系列令人发指的酷刑，首先是对湖边的土著渔民，其次是对野蛮人，最后是对“我”。在他看来，“痛就是真相，所有其他的人都值得怀疑，这就是我从与乔尔上校的谈话中得出的结论”（第7页）。上校的一系列行径，在坚守启蒙理想的“我”看来简直毫无道理，无法忍受。在这种情况下，如果“我”与他一样痴心于追寻身体背后的真相，“我”与人格卑劣、残酷血腥的乔尔上校还有什么区别呢？循此思路，“我”意识到：“也许我并不比那个一心效忠帝国的乔尔上校更纯洁。”（第192页）或者，“我”反复探寻姑娘身上伤痕的来历，也是一种变相的审讯，“因为有个念头一直挥之不去——审讯戴着两副面具，有两个声音，一个严厉，一个诱导”（第10页）。“我”和乔尔上校不过是一个硬币的两面：

我上下求索追寻着秘密与答案，不管这有多么离奇古怪，就像一个老妇人深究着茶叶的叶片。我与那些施刑者、那些像甲壳虫似的坐等在黑暗的地下室里的人之间没有任何联系。我怎么可以相信一张床根本不可能是一张床；一个女人的身体根本就不是欢乐的源泉？我必须与乔尔上校划清界限！我不要为他的罪愆而受罪！（第65页）

在“我”看来，要想与乔尔上校“划清界限”，“我”就不能再“相信一张床根本不可能是一张床，一个女人的身体根本就不是欢乐的源泉”，而只应相信一张床就是一张床、女人的身体就是欢乐的源泉而不是历史的承载物。“我”由此解构了野蛮人姑娘身体的讽喻，只需要“她”而不需要“她身上带着的历史痕迹”。只有如此，才能确立我们之间的根本差异。

在“我”解构讽喻的过程中，“我”经历的酷刑和惨无人道的待遇起到了重要作用。福柯曾指出，断头机等刑具的“目的就是对一个拥有各种权利，包括生存权的司法对象行使法律，而不是对一个有疼痛感的肉体行使法律”[①]。酷刑为人类肉体制造出它无法忍受的“疼痛感”，“我”亲身感受到这一点。“我”一方面坚信人权、正义与公正等天赋观念——“我对最近采取的一系列攻击行动，以及随之而来那些恣意妄为的残忍行为没什么可说的，那丝毫没有公正可言。”（第75页）“对于来到这世上的一切生灵来说，公正的意识与生俱来。”（第200页）于是，“我”敢于在众目睽睽之下挺身而出，大呼“不”以阻止乔尔上校针对野蛮人的鞭笞等暴行；但另一方面，“我”又不能不有所怀疑：

> 我敢在大庭广众之下为那些袒身裸背的野蛮人呼唤“正义”吗？正义：这个词一旦脱口而出那么其终结将在何端？大声喊出“不”更容易些；……这个遭受暴殴监禁的老行政长官——法律规则的捍卫者——以自己的方式跟国家作对的人，并非没有困惑，并非没有痛苦。（第158页）

一个没有“终结”的“正义”原则毕竟是抽象的，为这一抽象原则献身的“我”不仅经历着精神“困惑”，也经历着肉体“痛苦”。小说告诉读者，“我”无端受到叛国罪的指控，随后经受一系列非人折磨和公开羞辱。“我”意识到，“只要法律还在为他们所用，他们就要用它来对付我，不行再换别的招儿。这是第

---

① ［法］米歇尔·福柯：《规训与惩罚》，刘北成、杨远婴译，生活·读书·新知三联书店1999年版，第14页。

三局的伎俩。对于不受法制约束的人来说，合法程序只是多种工具中的一种罢了”（第124页）。乔尔上校嘲讽“我”说：“你好像给自己弄了一个新的名号叫作‘一个人’，这‘一个人’还打算为原则而牺牲自己的自由。”①（第165页）不言而喻，为维护“正义”原则，“我”承受百般折磨，像动物一样苦度时日，“我如何日渐一日地在变成一头野兽或是一架简单的机器”（第125页）。“动物一样的生活使我变成了一头野兽。”（第119页）“我”想象着自己这位昔日的小镇长官，如何在公众面前颜面扫地：“不过，他们又是怎么看我的呢？——如果看见我的话？抑或从门背后朝外张望的一头野兽：这片安然的魅力绿洲里的一处荫翳。”（第180页）酷刑把“我”变成了动物，而动物是没有崇高理想的，也没有法律、公正、正义、历史等宏大叙述，“我”由此得出结论：“一个活着的身体，只有当它完好无损时才有可能产生正义的思维。”（第167页）言外之意，在身体不再“完好无损”的情况下，人们没有义务去维护“正义的思维”，不需要“为原则而牺牲自己的自由”。或许直到此时此刻，“我”才能明白野蛮人姑娘为何不愿意吐露自己的经历，这不仅是拒绝唤起痛苦的回忆，而是因为身体就是身体，痛苦就是痛苦，并不与抽象原则相联系。至此，经历漫长而痛苦的思辨过程，“我”意识到“双重影像”（第65页）中的另一个自我：

> 但我并非如我所希望的那样，是冷冰冰的乔尔的对立面——一个宽容的欢爱制造者；我是帝国的一个谎言——帝国处于宽松时期的谎言；而他（乔尔）却是真相——帝国在凛冽的寒风吹起时表露的一个真相。我们正好是帝国规则的

① J. M. Coetzee, *Waiting for the Barbarians*, London: Vintage Books, 2004, p. 124: “You seem to want to make for a name for yourself as the One Just Man, the man who is prepared to sacrifice his freedom to his principles.”

正反两面。只是我后来转向了。(第195页)

"我"转向何处呢?显然,我不可能变成另一个乔尔上校;于是,"我"转向放弃以身体为代表的讽喻式的思考方式,质疑用理性构建起来的进步、法律、正义等宏大叙事。"我"很有把握地知道了错误的是什么,但至于正确的是什么,"我"仍一无所知,心中充满彷徨和犹疑。"我"在经历酷刑时,在牢房里感到自己"对世上万物都失去信任"[①](第120页)。小说结尾写道,"就像一个迷路很久的人,却还硬着头皮沿着这条可能走向乌有之乡的路一直走下去"[②](第223页)。"我"知道自己迷路了,但也深知任何前进的道路都将一无所获,它们哪里都去不了(leading nowhere)。小说把未来的"不确定性"抛给读者,在想象中展开对未来的规划和设计。"我"把偏僻闭塞、饱经战乱的边境小镇美化为"魅力绿洲里的一处荫翳"(第180页),"这样我们就可以继续在这里生活下去,毕竟这里曾是人间天堂"(第221页)。"在最后关头,人生有比幻想更好的方式吗?"(第206页)

第三节 勒克莱齐奥的《沙漠》:民族历史的讽喻

让-马·居·勒克莱齐奥(Jean-Marie Gustave Le Clézio,1940—)拥有法国与毛里求斯双重国籍,1940年4月出生于法国南部海滨城市尼斯,父亲和母亲都来自印度洋上的岛国毛里求斯,父亲是英国医生,母亲拥有法国、毛里求斯双重国籍。为了抗议英国对毛里求斯的殖民统治,他选择法国国籍,法语为其创

① J. M. Coetzee, *Waiting for the Barbarians*, London: Vintage Books, 2004, p. 89: "I will be...turned into a creature that believes in nothing."

② J. M. Coetzee, *Waiting for the Barbarians*, London: Vintage Books, 2004, p. 170: "like a man who lost his way long ago but presses on along a road that may lead nowhere."

作语言。7 岁时他同母亲一道赴尼日利亚，与在那里当军医的父亲团聚，他在途中写下《漫长的旅行》《黑色奥拉迪》等小说，这些尚未问世的创作尝试是他文学创作的起点。1950 年以后，他在法国南方地区完成中学教育，1963 年获得法国尼斯大学文学学士学位，并以小说处女作《诉讼笔录》获得法国勒诺多文学大奖，一举成名。《诉讼笔录》延续了法国存在主义文学同情弱者、边缘人和弱势群体，质疑社会准则，批判物质至上的传统，在创作技巧上受到法国“新小说”的影响，为福柯、德勒兹等著名批评家所激赏。这一反叛倾向体现于此后发表的《发烧》《战争》《逃之书》等作品中。1964 年，勒克莱齐奥撰写《亨利·米肖作品中的孤独》一文，获得普罗旺斯大学文学硕士学位。

勒克莱齐奥的生活和创作洋溢着世界各地多元文化的斑斓色彩。他曾在曼谷、墨西哥城、巴拿马、波士顿等地旅行、访问或教书。1970 年开始，他潜心研究墨西哥、巴拿马古代文化和印第安人的玛雅文化，学习当地语言，奉行当地土著部落的精神静修，这一长达 4 年的文化历险最终结出硕果：他以研究墨西哥中部地区历史和文化的论文获得佩皮尼昂大学的博士学位，并在几年后翻译出版了玛雅神学著作《希拉姆·巴拉姆的预言》。此后，他游历北非沙漠地区，1980 年发表的小说《沙漠》（也译为《沙漠的女儿》）被公认为他的代表作之一。此后的《蒙多和其他故事》《金鱼》《流浪的星星》《乌拉尼亚》等作品在关注少数族裔文化生存危机、绿色环保等全球性问题的同时，表现出更多的童话意趣和乌托邦倾向。如果说质疑和反叛是勒克莱齐奥早期创作的主题，那么在经历漫长的文化历险之后，他希望借助异域文化和文学传统，在西方主流文化之外反思和重构新的文化身份，这成为其 80 年代之后的创作主题。由此看来，勒克莱齐奥在当今全球化时代赢得国际声誉，并非偶然。他的作品也受到包括中国读者在内的各国读者的喜爱。

勒克莱齐奥于 2008 年 11 月获得诺贝尔文学奖。瑞典皇家学院的公报称赞他是“一位不断超越创新、诗意冒险和感官迷醉的作家，一位在主导文明之外和之下的人性探索者”；该学院的常任秘书长认为“他的作品具有世界性的特色”。时任法国总统的萨科齐评价说：“让－玛丽·勒克莱齐奥先生，是毛里求斯岛和尼日利亚的孩童、尼斯的少年、美国以及非洲的沙漠里的游牧人，因此，他是世界公民，是所有大陆、所有文化之子。”勒克莱齐奥获奖后表示：“我要传达的信息非常清楚，那就是在发生世界危机的时候应该继续阅读小说。因为我认为小说是质询当今世界的一种极好方法，而无需知道那些过分简略的答案。”这表明，作家继承了“介入生活”的法国文学传统，将小说视为探索现实的工具，《沙漠》集中体现了这一基本创作理念。

《沙漠》的两条对应结构

作为勒克莱齐奥的代表作，《沙漠》是他迄今为止写出的最具震撼力的长篇小说，是他获得 2008 年诺贝尔文学奖的主要作品。它既在小说的结构形式上做出前卫探索，又充满了深切真挚的人文关怀，思想探索之深之广引人注目。它还关注西方殖民统治对当地文化的摧残戕害，涉及第一世界（西方）/第三世界（东方）的关系、第三世界民族的后殖民处境、弱小民族的生存权与发展权、绿色环保等重要主题。

《沙漠》由两条故事线索编织而成，穿插讲述以努尔为主人公的反殖民武装斗争和以拉拉为主人公的后殖民生活故事。其中，努尔的故事为全书提供了历史框架，凡是与努尔相关的故事，大多数都提供了事件发生的时间地点，将这些故事限定在确凿无疑的时空范围内，这部分的小说内容多少具有历史小说的性质。根据历史记载，1909 年冬天到 1912 年 3 月 30 日之间，撒哈拉沙漠南部的某一游牧部落在族长阿依尼纳带领下曾穿越沙漠，在北上途中与法国殖民军队发生激烈战斗。法国军队对手持中世纪武器的沙漠部族进行了血腥屠杀。战斗失利后，沙漠部落被迫重返南方，消失在大沙漠中，也消失在历史深处。小说借助虚构形象努尔的亲身经历，再现这一重大史实，使读者真切感受到部落民众穿越沙漠的艰难困苦和法国殖民者的血腥残暴。努尔的所见所知构成“努尔的故事”的主要内容。

如果说“努尔的故事”采用了历史纪实与小说虚构相结合的方式，具备历史小说的某些特征，那么，与之形成对应关系的“拉拉的故事”则是作家艺术想象与虚构的产物。这一故事发生在努尔叙事的半个世纪后，女主人公拉拉是沙漠部落的后裔，生活在北非突尼斯的城乡接合部，北濒地中海，南接大沙漠。拉拉从小在沙漠上嬉戏游玩，乐趣无穷，不时感受到沙漠斗士、“蓝面人”埃斯·赛尔的神秘目光。她与“蓝面人”的后代阿尔塔尼相知相爱，后因拒绝嫁给当地富人而移民法国马赛，在那里经历了一番人间地狱般的痛苦生活后重返故乡，在沙滩上遵照部落的传统方式生下她与阿尔塔尼的后代。

值得注意的是，《沙漠》中的这两条故事线索并不是均衡配置的。小说分为“引子”[①]“幸福”“奴隶的生活”三部分，共计33章。[②]“引子”包括两章，都是努尔的故事。“幸福”共15章，其中第1—14章是拉拉的故事，只有第15章才是努尔的故事。“奴隶的生活”共16章，其中12章是拉拉的故事，即第1—10章、第13章、第15章；其余4章则是努尔的故事，即第11—12章，第14章，第16章。粗略统计可知，拉拉的故事占了26章，近4/5；努尔的故事占了7章，超过1/5。也有研究者根据法文版的页码，统计过这两个故事分别所占的篇幅，认为拉拉的故事接近全书的2/3，而努尔的故事则超过1/3。[③] 无论哪种统计方式，

① 小说第一部分并无“引子”这一题目，为笔者所加。

② 小说各章未标明数字，均为笔者所加。

③ 鲁京明、冯寿农：《与沙漠的和谐结合——析勒克莱齐奥的〈沙漠〉》，高方、许钧主编：《反叛、历险与超越——勒克莱齐奥在中国的理解与阐释》，南京大学出版社2013年版，第166页。

其结果都明确告诉读者，两个故事在篇幅上相差较大，畸重畸轻的现象比较突出。

但从另一方面来说，故事篇幅上的差异正是作者的有意设计：两个故事之间的断裂和缝隙如此之大，这就必然迫使读者将两个故事联系起来通盘考虑。实际上，两个故事虽然在篇幅上不够协调，但在故事意蕴、人物设计、最后结局等方面又具有同构性和对应关系，读者不难从一个故事过渡到另一个故事。

首先，在人物设计上，两个故事都出现主人公加上精神导师、生活伴侣的结构。在沙漠行军中，努尔的精神导师是老教长阿依尼纳，生活伴侣是一位“瞎眼斗士”，他们都死于激战中；而在拉拉故事中，她的精神导师是老渔民纳曼，他启发了拉拉对西方世界的向往之情，但也预言她终将回到沙漠，拉拉的生活伴侣先是阿尔塔尼后是乞丐拉第茨，二人先后死去。其次，努尔与拉拉都具有神秘性体验。努尔在圣城墓地获得先知感召，后来体验到阿依尼纳的深沉目光；拉拉不断在沙漠感受到“蓝面人”埃斯·赛尔与她同在，幻想自己时刻处在赛尔的注视之下。最后，拉拉与努尔都经历了“南方—北方—南方”的循环旅程。努尔跟随部落从南部沙漠向北方迁徙，武装反抗失败后向南方进军，消失在沙漠深处，迁徙演变成部落消亡的过程。同样，拉拉从北非跨越地中海抵达马赛，小说结尾处重归沙漠，她在马赛变成了隐形人，变成了别人猎奇和观赏的对象，是客体而非主体，正处在消亡的边缘，表明她无法在欧洲城市生活中找到属于自己的位置或身份。

或许正是为了凸显两个故事的一致性，小说并没有完全遵循时间顺序，先写努尔的故事后写拉拉的故事，而是将两个故事交叉混杂起来叙述，形成两个故事之间的相互指涉关系。这就意味着，任何一个故事无法单独构成小说整体，只有将两个故事组合起来，才能写出第三世界各民族的历史发展的连续性与复杂性，完整展现其坎坷曲折的现代命运：它们历经欧洲殖民主义数百年的凌辱和掠夺，在20世纪初期迸发出反抗殖民统治的巨大勇气，为争取生存权利和民族独立主权展开艰苦卓绝、激荡人心的武装反抗；又在不幸挫败后长期陷入发展停滞的困境。殖民主义—反殖民主义—后殖民主义构成了第三世界国家或民族命运的演变脉络。在这个意义上说，《沙漠》是第三世界各个民族的世纪悲歌，是其国家历史、民族形象、生存处境的文学讽喻。如果詹姆逊曾指出阿Q及其周围的民众共同组成中国历史和形象的话，那么，我们也不妨说，努尔与拉拉的故事形成了第三世界民族的历史命运。

对应结构的历史指涉与现实表征

“努尔的故事”艺术再现了西方殖民者暴力掠夺非洲原住民，强占家园，屠戮民众，大沙漠的原住民流离失所，背井离乡。小说以各部落沙漠行军的场景开篇：他们在沙漠中经过数月的奔波劳顿，心中回响着“抗击基督教士兵，保卫家乡惩处敌寇的故事”①（第4页）。这场沙漠迁徙的起因是“基督教士兵侵入了南部绿洲，给游牧部落带来了战争，封闭了直到沿海地区的所有泉井的入口”（第24页），各部落被迫从沙漠各处千里迢迢向北迁徙，汇聚到斯马拉圣城，“他们到这儿来，是因为他们的脚下没有土地”（第29页）。小说借某个人物说：“基督教士兵攻击沙漠旅行队，烧毁村寨，把孩童带到军营中去。当基督教士兵从西部、海边或南部出现的时候，穿白色大衣骑着骆驼的斗士，尼日尔的黑人和大沙漠的人们不得不向北部夺路奔逃。”（第203页）小说结尾处，努尔面对战败场面，禁不住愤怒地自语：“他们到底要什么？这些外国人？他们需要整个土地，他们不吞噬掉整个世界，决不会罢休，这一点是毫无疑义的。”（第381页）小说中

① ［法］勒克莱齐奥：《沙漠》，许钧、钱林森译，人民文学出版社2010年版，第4页。本节该小说引文均出自此版本，随文注明页码。

与“努尔的故事”相关的几乎每一章节都涉及土地所有权问题，土地无疑是贯穿小说始终的核心问题，也是非洲人民反殖民斗争的重大问题。在原住民看来，这片土地来自真主的恩赐，是一片自由的人人共享的土地，“他们守卫的这块土地不属于他们，也不属于任何人，这只是他们的自由的空间，是真主的恩赐”（第342页）。在沙漠原住民那里，分享的理念是其集体信仰的重要部分。最初的“蓝面人”阿兹拉克向前来求助的人传道，认为金子毫无用处，于是，“金子就变成了蝎子和沙蛇逃向远方”（第96页）。老渔民纳曼曾把从鱼腹中捡到的金戒指投入大海，深知独自占有只会惹来祸端。

与上述信仰相反，欧洲殖民者，先是西班牙人后是法国人，都觊觎非洲土地。那他们如何才能名正言顺、堂而皇之地侵占他人的家园呢？“在欧洲人看来，那些土地似乎空无一人，因为它们都未被耕种，也无人定居；引入耕作使得原住民的游牧生活无法存在下去。”① 在殖民者看来，北非西亚等地的原住民是游牧部落，不事农耕，而土地只有被耕种才能被占有，因此欧洲殖民者就可合法占有土地，并进而将欧洲社会制度移植到原住民的土地上。这一论据在小说中被反复驳斥。阿依尼纳部落不断发出耕种土地的诉求。各部落在阿依尼纳带领下，集体在圣城祈祷，“马·埃尔·阿依尼纳的声音在沙漠的远处回响着，仿佛它将传到这荒凉的大地的边缘，穿过沙丘、深渊……传到生长小麦和谷子的田地里，在那里，人们将最终得到食物”（第38页）。当众人抵达苏萨大河谷时，小说描写：“这儿有供放牧的草和水，有供人们耕种的土地。”（第217页）

在外敌入侵、家园丧失的生死攸关之时，非洲原住民奋起反

① Robert Young, *Postcolonialism: An Historical Introduction*, Malden, MA: Blackwell Publishing Ltd., 2001, p. 24: “From a European perspective, the land appeared empty because it was uncultivated and not settled; the introduction of farming then made the nomadic life of the indigenous people impossible.”

抗，开展武装斗争，自在情理之中。出生在法属殖民地马提尼克岛、后来主要活动于阿尔及利亚、突尼斯等北非国家的弗兰兹·法农（1925—1961）是反殖民运动的主要理论家，其代表作《黑皮肤，白面具》探讨了被殖民者由于身份丧失而带来的困惑与痛苦，他身后出版的《全世界不幸的人们》则是反殖民运动的宣言书。《黑皮肤，白面具》指出，如果白人无可争议地是“人”的话，那么黑人则是“非人”（subhuman），只能是“非存在”（non-being[①]）。黑人如果要走出身份危机，只能被迫戴上“白面具”，把自己打扮成白人。但他终会意识到，黑皮肤终究无法改变，“无论他去往何处，黑人仍是黑人”。[②] 无论面具如何精巧逼真，面具仍是面具。法农就有这方面的亲身体会，“然而真正的白人等着你。他会尽快告诉我，试图变成白人还是不够的，我必须获得彻头彻尾的白色”。[③] 毋庸置疑，“获得彻头彻尾的白色”不啻于痴人说梦。在法农看来，获得身份的唯一途径是在反殖民斗争中赢得对本民族历史和文化的认同，但同时也要防止过度泛滥的民族主义。他认为，黑人之所以还未获得独立和自由，是因为他们还从来没有为独立和自由而战。该书的结论出现在最后一章：

> 对生活在勒罗伯特地区甘蔗园里的黑人来说，只存在着一种解决方案：斗争。他将开启这场斗争，持之以恒……仅仅因为他只能在反抗剥削、苦难和饥饿的斗争形式中认识生

---

① Frantz Fanon, *Black Skin*, *White Masks*, trans. Charles Lam Markmann, London: Pluto Press, 2008, p. 2.

② Frantz Fanon, *Black Skin*, *White Masks*, trans. Charles Lam Markmann, London: Pluto Press, 2008, p. 133: "*Wherever he goes*, *the Negro remains a Negro.*" The citation is originally italicized.

③ Frantz Fanon, *Black Skin*, *White Masks*, trans. Charles Lam Markmann, London: Pluto Press, 2008, p. 149: "But the real white man is waiting for me. As soon as possible he will tell me that it is not enough to try to be white, but that a white totality must be achieved."

活，其他方式都行不通。①

这一结论将反殖民主义理论中的"抱怨的政治学"（the politics of blame）转变为反抗的政治学，将"抱怨的修辞"（the rhetoric of blame）转变为抵抗的修辞。其激进色彩在法农死后出版的《全世界不幸的人们》中得到进一步阐发。这部常被称为"反殖民主义圣经"的著作由5篇长文组成，首篇"论暴力"（"On Violence"）开门见山地提出主要观点："不管使用什么名称，不管它最新式的表达方式是什么，解殖民总是一个暴力的事件。"② 因为殖民者当年以暴力来征服和掠夺殖民地的民众，"在殖民之初，单凭一支军队就能占领广袤的土地——从刚果和尼日利亚到象牙海岸，等等"。③ 因此，被殖民者也只能以暴力革命的形式来争取独立。殖民与反殖民是两种完全相反的力量，二者之间没有任何调和妥协的余地，其冲突从一开始就在"刺刀尖儿和加农炮的炮火下"④ 进行。被殖民者意识到"他们令人窒息的世界，通过禁忌而神秘化的世界，只能通过彻底的暴力才能挑战"⑤。

---

① Frantz Fanon, *Black Skin, White Masks*, trans. Charles Lam Markmann, London: Pluto Press, 2008, p. 174: "For the Negro who works on a sugar plantation in Le Robert, there is only one solution: to fight. He will embark on the struggle, and he will pursue it, … but simple because he cannot conceive of life otherwise than in the form of a battle against exploration, misery, and hunger."

② Frantz Fanon, *The Wretched of the Earth*, trans. Richard Philcox. New York: Crover Press, 2004, p. 1: "…whatever the name used, whatever the latest expression, decolonization is always a violent event."

③ Frantz Fanon, *The Wretched of the Earth*, trans. Richard Philcox. New York: Crover Press, 2004, p. 26.

④ Frantz Fanon, *The Wretched of the Earth*, trans. Richard Philcox. New York: Crover Press, 2004, p. 2.

⑤ Frantz Fanon, *The Wretched of the Earth*, trans. Richard Philcox. New York: Crover Press, 2004, p. 1: "…their cramped world, riddled with taboos, can only be challenged by out and out violence."

法农的“暴力”体现在《沙漠》中。法国在西北非的殖民地原本属于“掠夺”式的殖民地，但进入20世纪，随着资本主义的扩张，这些殖民地都变成了宗主国的原材料供应地和产品倾销市场，“殖民地变成了一个市场。殖民地民众是一个消费市场”。[①] 欧洲的金融家和实业家在殖民地拥有无数利益，不会容许殖民地实现独立，革命斗争不可避免。

法农提到的加农炮、刺刀等都异常鲜明地出现于小说文本中。法国殖民军队屠杀部落民众的场面被描绘得残酷血腥，努尔的伴侣“瞎眼斗士”先在此前战斗中失去双眼，又在最后决战中奋勇献身，这一结局是众多不幸丧生的部落民众的写照，典型体现出非洲原住民所经历的血与火的抗争，刀与剑的拼杀。在经历巨大灾难和反抗失败后，北非殖民地逐步进入后殖民时期，拉拉的故事艺术再现了非洲民众同样哀痛不幸的后殖民处境。

拉拉的故事发生在上述部落迁徙半个世纪之后，她的母亲海娃曾参与那场史诗般的沙漠进军。拉拉父母去世后，她被姑姑阿玛收养。阿玛告诉拉拉她母亲的往事，“这个部落不得不离开自己的土地，因为基督教士兵把男女老少统统赶出了家园。他们在茫茫的大漠上走呀走，几天，几月，不停地走，这些都是你妈妈后来跟我说的”（第149页）。作为“沙漠的女儿”，拉拉并没有像她父母那样生活在沙漠中。她随姑母一家人生活在沙漠和城市中间的贫民区。

此时的北非，在经历殖民主义—反殖民主义的激烈对抗和反复较量后，进入了后殖民时代。然而，殖民统治固然不复存在，但长期殖民统治的影响不可能一夜之间烟消云散。实际上，殖民者离开了，但前宗主国变换花样继续疯狂掠夺当地资源。在反殖

① Frantz Fanon, *The Wretched of the Earth*, trans. Richard Philcox. New York: Crover Press, 2004, p. 26: “The colonies have become a market. The colonial population is a consumer market.”

民斗争中，努尔的故事中出现的民事观察员想到：

> 北部的欧洲人，这些被大沙漠人称为“基督教人”的人们，难道他们的宗教不正是金钱的宗教吗？丹吉尔、伊夫尼的西班牙人，丹吉尔、拉巴特的英国人，还有德国人、荷兰人、比利时人，所有这些银行家、商人，都在窥伺着阿拉伯帝国的灭亡，密谋他们的占领计划，瓜分土地、森林、矿藏、棕榈树。（第339页）

大漠上肆虐多日、不断带来疾病和死亡的“温暖的北风”不是一种自然现象，反而“裹挟着银行家、商人统治的白色大城市的喧嚣声”（第357页），城市本来无所谓黑色、白色，来自“白色大城市”的“恶风”是白人殖民者对阿依尼纳部落实施最后灭绝的暗喻。半个多世纪后的后殖民时期，这种情形并未得到根本改观。拉拉也从风声等自然界的声响联想到西方殖民统治带来的现代工业：自然中出现了各种神秘莫测的声响，“它把云彩、沙粒带向崖岩层叠的大海的彼岸，带向辽阔的三角洲，在那儿到处是烟囱林立的炼油厂”（第93页）。她视野中呈现的日常生活场景之一是：

> 衣衫褴褛的孩子等待着蓝色公共汽车或满载着重油、木头、水泥的大卡车的到来。……大地在它的十四个黑色轮子下颤动着。
>
> 车过去很久了，孩子们还在谈论着红色的大卡车，讲述着卡车、红色卡车、白色油罐车、黄色吊车的故事。（第160页）

可见，殖民时期的“刺刀尖儿和加农炮的炮火”式的统治演变为“工业资本主义”的统治模式。殖民统治将西方社会制度移植到殖民地。资本主义的生产方式并没有因为殖民者离开而终结，反而变本加厉，在当地造成贫富两极分化和阶级对立。努尔的故事表明，沙漠进军中的原始部落维持着一种相对平等的社会秩序，即使阿依尼纳教长也没有多余的个人财产，他只比其他人多了一头骆驼，死后遗体很快被沙粒淹没，无人可以找到。而拉拉的生活环境则大不相同，节日期间，富人们穿着西装，开着汽车来居民区买羊；最让拉拉厌恶的那位求婚者穿着绿色的西装，拎着各种礼物来到阿玛家求婚，“因为他很富有，也有权势，由不得别人不服从他”（第185页）。原住民中产生明显的财富分配不公问题，财富和权力集中到极少数人手中，而底层民众往往一贫如洗，“在居民区，奇怪的是，人人都很穷，可从没有人抱怨”（第66页）。他们被迫出卖劳动力，从事建筑、纺织等低端制造业，比如，阿玛的丈夫是建筑工人，拉拉去地毯厂做工，“大厅里闪动着三根霓虹灯管，在朦胧的微光中，排列着二十来张织机。最大的大概也只有十四岁，最小的还不满八岁”（第162页）。这种情形在努尔的故事中从未出现。

那么，第三世界穷困不堪的原住民如果移居到发达的第一或第二世界，能否改变生存状况呢？拉拉的故事对这一问题给予了否定的回答。小说告诉读者，移民并不能真正解决他们的生计问题，从贫穷的殖民地移居到富裕的宗主国并不能改善物质生活。实际上，来自第三世界的新移民在异国他乡往往经历了更加戏剧化、绝对化、极端化的贫富对立，“城市太危险了，恐慌绝不允许贫家女儿能像富人的孩子一样安稳地熟睡”（第274—275页）。“这肮脏的大楼还耸立着，高高地压榨着人们。这是些一动不动的、瞪着血红和凶恶的眼睛的巨人，是吞吃男人和女人的魔鬼”（第282页）。因此，普遍富裕沦为新移民永远无法实现的幻想，他们不得不继续廉价出卖劳动力，“一旦他们停止劳动，死神就围着他们转”（第295页）。他们变成金钱的奴隶或囚犯，“这一切（工厂、车间、工地）都抓住了他们，束缚住他们，使他们成为囚犯，永远不能获得解放”（第256页）。而且，新移民不仅遭受经济困境，还时刻面临着敌对甚至险恶的生存环境。小说生动展现了拉拉所在的马赛市巴尼区黯淡无望、危机四伏的生活画面：

> 这儿，到处充满着饥饿、恐惧、寒冷和贫穷，就像到处会看到破烂潮湿的衣服，到处会发现堕落、憔悴的面孔一样。(第 270 页)
>
> 今天，在这个世界，仿佛只剩下寥寥无几的人们，这些不幸的人们继续生活在倒坍的房子里。生活在坟墓一样的屋子里。(第 274 页)

当拉拉在城市穿行时，她想到："在这条小街里，该有多少憎恨，多少绝望！仿佛这条街正穿过地狱的一级级台阶，无尽头地向前延伸，永远不会终止，永远见不到天日。"（第 281 页）拉拉在沙漠中的伴侣是阿尔塔尼，她在马赛的挚友则是一位茨冈人拉第茨。阿尔塔尼不知所踪，拉第茨则在一次偷窃中被警察追赶，逃脱中慌不择路，惨死在疾驰的车轮下。小说通过拉第茨的悲剧，以小见大，是新移民不幸命运的写照。小说用一句话概括了这些移民的悲惨结局，"他们经常两手空空地回到自己的国家去"（第 257 页）。这不仅是拉拉最后回归沙漠的提前叙述，而且是第三世界众多新移民不幸命运的概括。

拉拉形象的讽喻性

如上所述，拉拉生活在后殖民时期。她虽然没有亲眼见过荷枪实弹的西方殖民者，但殖民势力早已渗透到沙漠地区的各个角落。她在沙漠中玩耍时，会发现沙漠中"有时会埋着一个小小的，没有商标的白铁罐头盒"（第 52 页）。西方的物质生活、语言、文化渗透进了原住民的民众心理和想象。比如，拉拉用一件白布男式衬衫改成了西方式的裙子（第 55 页）；她饮用泉水，打水的地方"实际上是一个装在长铅管上的黄铜水龙头"（第 68 页）。当拉拉看到天上翱翔的飞机时，就自觉把它想象成"银色的十字架”（第63页），在主人公的无意识想象中，基督教文化已替代了部落社会的原始信仰。被排斥到边缘位置，几近消亡的不仅有传统宗教信仰，还有民族语言。拉拉不懂色勒斯语（第178页），反而学习或模仿了殖民者的语言，“她低声用法语哼着一支歌曲，这支歌总是重复着：地—中—海……”（第52页）；同时，其他人则奇怪地保持着沉默，“他们（居民区的人们）不爱多语”（第68页）。患上“失语症”的不仅是这些居民，拉拉深爱的阿尔塔尼是个哑巴，不会使用任何语言，“他们之间那种别具深意的无声的对话在自由地进行”（第87页），“她不用言语和他（阿尔塔尼）说话，而是注视着他，从他那乌黑光亮的双眸深处得到启示”（第87页）。甚至沙漠中神秘的蓝面人埃斯·赛尔也只使用目光而非语言与拉拉交流（第71页）。

面对无处不在的殖民势力及其影响，拉拉会采取什么态度呢？小说如何展现她的复杂感受或反应呢？这才是这一形象塑造的关键。拉拉初到马赛，在火车站幻想道：“要是能登上一列开往北部的列车，去看看依林、波尔多、阿姆斯特丹、里昂、第戎、巴黎、加莱，去看看许许多多既吸引人又骇人的城市，那该多好啊。”（第238页）“既吸引人又骇人的城市”是一个标准的矛盾修辞，将“吸引人”与“骇人”两种相互对立、冲突的性质赋予法国都市，她意识到欧洲式的现代城市生活并非十全十美，它是一个善与恶、美与丑、光明与黑暗、希望与绝望的矛盾综合体。拉拉产生这种意识，并非她一时兴起。她在居民区听老渔民纳曼讲述法国经历，“当拉拉注视着他（纳曼）的眼睛时，仿佛看到了大海的色彩，好像渡过了海洋，来到了另一个世界”（第77页）。她心想，“要是能在火车上穿过一个个城市，走向那陌生的地方，走向没有尘埃，没有恶狗，也没有透风的木板小屋的国度，那该多好啊”（第79页）。但她在向往欧洲生活的同时，也在纳曼的神情里发现了某些不祥之兆，“拉拉仿佛感到有一股寒流渗进了老人的眼睛。这是一个她不甚理解的奇异感觉，但它使人感到害怕和威胁，如死亡和灾难一样”（第 80 页）。这一预兆在她亲临马赛火车站时才得到验证：“她望着那些走向别的都市，走向饥饿、寒冷和灾难的人们，那些将遭受凌辱，在孤寂中生活的人们”（第 239 页）。在帮助拉拉一举成名的摄影师眼中：

> 她的身上，像有一种秘密的东西在相纸上偶然闪现，有一种可以看到，却永远不能捕捉的东西，哪怕人们不停地拍下她从生到死的每一刻存在。她的微笑是甜蜜的，略含嘲讽之意。（第 317 页）

拉拉认识到法国生活的两面性，她不自觉地流露出来的嘲笑、讽刺态度披露了她的真实想法，她既享受着成为一位著名模特的乐趣，也与法国社会保持着距离，不会完全融入法国的现代生活。

拉拉的这一嘲讽态度来自她的马赛生活经验。她登上国际红十字会开往法国的船只，就被戴上一个标签，“她仿佛感到这个红十字透过她的上衣，正烧着她的皮肉，慢慢地在胸口烙上一个标记”（第 225 页）。这标签无疑意味着她被剥夺了原有的身份而被赋予一个新的身份，但这一新身份“正烧着她的皮肉”，使她倍感痛楚。作为新移民的拉拉，在马赛当地人眼中无异于异类，“人们诧异地望着她，好像她是从另一个星球上来的”（第 235 页）。这造成她对法国生活的强烈异化、隔阂之感，她于是多次将自己变成一个隐形人，“甚至在车来人往的笔直的林荫大道上，拉拉也能使出隐身法”（第 235 页）。她那么愿意流连于火车站，原因在于“车站，也是一个能见到别人而不被别人发现的地方”（第 239 页）。

但另一方面，即使拉拉像老渔民纳曼预言的那样，最后重返家乡，她也很难真正回归传统。固然，她在离开马赛时，给摄影师留下了她部落的独特标志——一个类似心形的符号，并按照从她母亲海娃那里传承来的方式在沙滩上生下她与阿尔塔尼的爱情结晶，但传统本身并非固定不变的，正如研究者指出的，诸如“法国”“法国人”，“这些概念本身就必定包含着被建构或‘被发明’的成分”①。拉拉本人没有表现出多少部落的传统信仰：她不像努尔那样在斯马拉圣城的白色墓地跪地祈祷，也没有在集体吟唱中祈祷真主赐福，她时常记起海娃传授给她的民歌“一天，啊，总有一天”，但这歌与祈祷诗相比，并没有多少宗教色彩。可见，部落传统中的因素，有的保留，有的则被改变了。拉拉这一代人已经与传统保持着很大的距离。拉拉父母双亡，她的恋人阿尔塔尼虽为沙漠斗士的后代，但尚在襁褓之时就被遗弃在水井旁，由当地好心人收养。两人都寄人篱下，这是否暗示着传统的式微甚至中断呢？

由上可见，拉拉生活在两种身份的矛盾状态中。她说：“我出生的国家没有名字，跟我一样。”（第319页）她既无法认同法国，也无法认同撒哈拉沙漠是她的祖国，不断彷徨于中间地带，用霍米·巴巴的话来说，处于文化上的“居间”位置。面对西方殖民国家经济、文化上的渗透和侵入，她的态度早已不再是满腔怒火的抱怨，也不是部落民众的武装反抗，而是有限度的拒斥和有限度的融合，是一个矛盾的产物。她在向往法国生活的同时又排斥它，但在排斥它的同时又不得不在某种程度上接受它。这一形象所具有的“文化杂糅性”超出了其虚构意义，成为后殖民时期第三世界民众生存状况的写照，也使拉拉的故事成为第三世界文学讽喻的一部分。

---

① Eric Hobsbawm and Terence Ranger eds. , *The Invention of Tradition*, London: Cambridge University Press, 1983, p. 14: “(T) hese very concepts themselves must include a constructed or ‘invented’ component. ”

附录　大事记

年代	理论家、诗人、作家	作品或观点
公元前8—12世纪		《圣经·旧约》开始形成，至公元前3世纪最后完成
公元前8世纪	荷马	《伊里亚特》《奥德赛》
公元前8世纪	赫西俄德	《神谱》
公元前537年前后	克塞诺芬尼，希腊诗人	“荷马史诗”的批评者
公元前525年前后	利吉姆的忒根尼斯	希腊行吟诗人、传统认为他最早用讽喻的方法分析“荷马史诗”
公元前525年前后	毕达哥拉斯，希腊哲学家	“荷马史诗”的批评者
公元前500年前后	赫拉克利特，希腊哲学家	“荷马史诗”的批评者
公元前485—前380年	高尔吉亚	希腊智者派修辞学家
公元前429—前347年	柏拉图，希腊哲学家	“洞穴讽喻”的作者
公元前430—前350年前	色诺芬	《回忆苏格拉底》
公元前4世纪	德尔温尼纸莎草残片	最早的“荷马史诗”评论，1962年发现
公元前384—前322年	亚里士多德，希腊哲学家	《诗学》《修辞学》
公元前331—前232年	克雷安德	希腊哲学家，将讽喻当作阐释术语，而非修辞术语
公元前106—前43年	西塞罗	在修辞学论文中最早使用“allegory”，认为讽喻是“隐喻的一个连续的系列”

续表

年代	理论家、诗人、作家	作品或观点
公元前86—前82年	作者不可考	《古罗马修辞术》，认为讽喻是“措辞类型”之一
公元前70—前19年	维吉尔，罗马诗人	《埃涅阿斯纪》
1世纪	斐洛	《圣经·旧约》的讽喻阐释学者
公元10？—64年？	圣保罗，“保罗书信”的作者	提出基督教讽喻
公元35—93年	昆体利安，罗马修辞学家	《演说原理》：“连续的隐喻造成讽喻”
公元46—120年	普鲁塔克，罗马历史学家、哲学家、传记作家	神话的讽喻解读
2世纪早期	赫拉克勒斯，著《荷马的讽喻》	“荷马是完全不虔敬的，除非他在某些方面运用讽喻。”
184/5—254/5年	奥利金，神学家	亚历山大学派，讽喻解经家
205—269/270年	普罗提诺，罗马哲学家	《九章集》
234—305年	蒲尔斐利，罗马哲学家	“荷马史诗”的批评者
347—420年	哲罗姆，神学家	提出圣经的“精神义”
348—晚于405年	普鲁登提斯，基督教拉丁诗人	《内心的交战》(Psychomachia)：用拟人化形象写出内心善恶间的争斗
350—428年	摩普绥提亚的西奥多，神学家	安提阿学派，字面解经家
354—430年	圣奥古斯丁，神学家	《论基督教教条》《忏悔录》
360—435年	约翰·卡提安	最早提倡《圣经》的“四重寓意说”
480—524/5年	波埃修斯（波义提乌）	《哲学的安慰》
560—636年	伊息多耳，塞尔维亚主教	《词源学》
673—735年	“受人尊敬的比德”，英国神学家	《英吉利教会史》
1096—1141年	圣维克的雨果	圣经阐释理论家

续表

年代	理论家、诗人、作家	作品或观点
1135—1190 年	克里蒂安·德·特鲁瓦，法国诗人	《朗斯洛》（或《小车骑士》）《帕齐伐尔》（或《圣杯传奇》）
1195？—1247 年？	贡萨洛·德·贝尔塞奥，西班牙文学史上第一位作家	《圣母显圣记》
12—13 世纪	·	《列那狐传奇》（法国民间故事集）
1217/21—1274 年	圣波纳文图拉，意大利神学家	《圣经》阐释
1225—1274 年	圣托马斯·阿奎那，意大利神学家	《神学大全》
全盛期 1225—1230 年	吉约穆·德·洛里	《玫瑰传奇》（法国首部讽喻作品）的最初作者
1250？—1345？年	让·德·墨恩	《玫瑰传奇》的续作者
1265—1321 年	阿利吉耶里·但丁，意大利诗人	《新生》《神曲》《致斯加拉亲王书》："诗人的讽喻"
13 世纪末	沃拉吉那的雅各	《圣徒传》
1313—1375 年	乔万尼·薄伽丘，意大利作家	《十日谈》《异教神谱》
1330—1487 年	威廉·兰格伦，英国诗人	《农夫皮尔斯》
14 世纪后半叶		《珍珠》（英国民间诗歌）
约 1330—1408 年	约翰·高厄（英国）	《恋人的忏悔》
1330—1384 年	约翰·威克里夫	英国《圣经》阐释与翻译者
1337—1404 年	让·弗鲁亚萨，法国诗人	讽喻爱情诗
1340—1400 年	乔叟，英国诗人	《坎特伯雷故事》
1346—1406 年	欧斯达代·德尚（法国）	讽喻爱情诗
1364—1430 年	克莉斯蒂娜·德·比桑（法国）	讽喻训诫诗、抒情诗
1370—1451 年	约翰·利德盖特（英国）	《王子覆亡记》
1394—1465	查理·德·奥尔良，法国抒情诗人	讽喻诗作者

续表

年代	理论家、诗人、作家	作品或观点
1398—1458 年	伊尼科·洛佩斯·德·门多萨（西班牙）	《爱的胜利》
1400—1425 年		《毅力的城堡》（现存英国最早道德剧）
1411—1456 年	胡安·德·梅纳（西班牙）	《命运的迷宫》（政治讽喻诗）
1474—1533 年	卢多维柯·阿里奥斯托（意大利）	《疯狂的奥兰多》（又名《疯狂的罗兰》）
1478—1535 年	托马斯·莫尔，英国思想家	《乌托邦》
1483—1546 年	马丁·路德，德国神学家	《圣经》德语译者
约 1495 年		《每个人》（中世纪晚期道德剧）
1515—1582 年	圣特莱莎·德·赫苏斯（西班牙）	《寓所》等讽喻作品
1529—1590 年	乔治·帕特纳姆	《英语诗歌艺术》
1544—1595 年	托夸多·塔索	《被解放的耶路撒冷》
1547—1616 年	米盖尔·台·塞万提斯·萨维德拉，西班牙小说家	《警世典范小说集》《堂吉诃德》
1552—1599 年	埃德蒙·斯宾塞，英国诗人	著名讽喻诗歌《仙后》
1564—1593 年	克里斯托弗·马洛，英国戏剧家	《浮士德博士》
1564—1616 年	威廉·莎士比亚，英国戏剧家	
1600—1681 年	佩德罗·卡尔德隆·德拉·巴尔卡（西班牙）	讽喻戏剧《人生一梦》
1608—1674 年	约翰·弥尔顿，英国诗人	《失乐园》
1628—1688 年	约翰·班扬，英国小说家	《天路历程》
1635—1683 年	卡斯皮尔·封·罗恩斯坦（德国）	著有哥特戏剧
1660—1731 年	丹尼尔·笛福，英国小说家	《鲁滨孙飘流记》
1667—1745 年	江奈生·斯威夫特，英国小说家	《一只木桶的故事》《格列佛游记》

续表

年代	理论家、诗人、作家	作品或观点
1668—1744 年	姜巴蒂斯达·维柯（意大利）	《新科学》
1712—1778 年	让-雅克·卢梭，法国思想家、小说家	《朱丽》或《新爱洛伊丝》
1749—1832 年	约翰·沃尔夫冈·冯·歌德，德国诗人、小说家	《浮士德》《歌德谈话录》
1757—1827 年	威廉·布莱克，英国诗人	《天真之歌》《经验之歌》
1759—1805 年	约翰·克里斯托弗·弗里德里希·冯·席勒，德国诗人	《美育书简》
1767—1845 年	奥古斯特·威廉·施莱格尔，德国诗人、理论家	《雅典娜神殿》
1772—1829 年	弗里德里希·威廉·施莱格尔，德国诗人、理论家	《雅典娜神殿》
1772—1834 年	萨缪尔·柯勒律治，英国诗人、批评家	《文学传记》《政治家手册》："象征优于讽喻"
1797—1851 年	玛丽·雪莱，英国小说家	《弗兰肯斯坦》
1803—1882 年	拉尔夫·瓦尔多·爱默生，美国超验主义哲学家、散文作家	《美国学者》《论文集》（1—2 卷）
1804—1864 年	纳撒尼尔·霍桑，美国小说家	《红字》等
1809—1849 年	埃德加·爱伦·坡，美国小说家	《厄舍府的倒塌》等短篇小说
1817—1862 年	亨利·大卫·梭罗，美国作家	《瓦尔登湖》
1819—1891 年	赫尔曼·麦尔维尔，美国小说家	《白鲸》
1821—1867 年	夏尔·皮埃尔·波德莱尔，法国诗人	《恶之花》《巴黎的忧郁》

续表

年代	理论家、诗人、作家	作品或观点
1856—1939 年	西格蒙德·弗洛伊德，奥地利心理学家	《梦的解析》
1882—1941 年	詹姆斯·乔伊斯，爱尔兰小说家	《都柏林人》《尤利西斯》：“现代主义讽喻”
1883—1924 年	弗朗茨·卡夫卡，德国小说家	《城堡》《审判》
1892—1940 年	沃尔特·本雅明，德国理论家	《德国悲苦剧的起源》：“辩证讽喻”
1895—1975 年	米哈伊尔·巴赫金，俄苏理论家	《长篇小说的话语》
1897—1962 年	威廉·福克纳，美国小说家	《圣殿》《去吧，摩西》
1899—1977 年	弗拉基米尔·纳博科夫，俄美小说家	《塞·奈特的真实生活》
1899—1986 年	豪尔赫·路易斯·博尔赫斯，阿根廷小说家	《虚构集》
1900—2002 年	汉斯－格奥尔格·加达默尔，德国哲学家	《真理与方法》：“为讽喻恢复名誉”
1903—1950 年	乔治·奥威尔，英国小说家	《动物农场》《一九八四》
1905—1980 年	让－保罗·萨特，法国思想家、作家	《恶心》《苍蝇》
1906—1989 年	萨缪尔·巴克利·贝克特，爱尔兰戏剧家	《等待戈多》
1911—1993 年	威廉·戈尔丁，英国小说家	《蝇王》
1912—1991 年	诺思罗普·弗莱，加拿大批评家	《批评的剖析》：“评论都是讽喻的”
1913—1960 年	阿尔贝·加缪，法国哲学家、小说家	《鼠疫》《西西弗斯的神话》
1913—2005 年	保罗·利科，法国理论家	《时间与叙事》
1915—1980 年	罗兰·巴特，法国理论家	《图像　音乐　文本》《写作的零度》

续表

年代	理论家、诗人、作家	作品或观点
1919—1983 年	保罗·德曼，美国批评家	《阅读的讽喻》："阅读失败的讽喻"
1922—2008 年	阿兰·罗布－格里耶，法国小说家	《迷宫》《橡皮》
1923—1985 年	伊塔洛·卡尔维诺，意大利小说家	《看不见的城市》《寒冬夜行人》
1925—1964 年	弗兰纳里·奥康纳，美国小说家	《好人难寻》《智血》
1926—2005 年	约翰·福尔斯，英国小说家	《法国中尉的女人》
1927—	加西亚·马尔克斯，哥伦比亚小说家	《百年孤独》等
1930—2004 年	雅克·德里达，法国哲学家	《论文字学》《立场》
1930—	约翰·巴思，美国小说家	《漂浮的歌剧院》《迷失在游乐场》
1931—	托妮·莫里森，美国小说家	《所罗门之歌》《宠儿》
1932—	罗伯特·库弗，美国小说家	《环宇棒球协会》
1932—2016 年	安伯托·艾柯，意大利作家	《开放的书》《玫瑰之名》
1934—	弗雷德里克·詹姆逊，美国批评家、理论家	《政治无意识》："讽喻现实主义"《晚期资本主义的文化逻辑》："第三世界民族的讽喻"
1937—	托马斯·品钦，美国小说家	《拍卖第四十九批》
1939—	玛格丽特·阿特伍德，加拿大小说家	《羚羊与秧鸡》《旷野点滴》
1940—	让－马·居·勒克莱齐奥，法国与毛里求斯小说家	《诉讼笔录》《沙漠》
1940—	约翰·马克斯韦尔·库切，南非小说家	《等待野蛮人》《耻》《福》

参考文献

一　中文著作

从莱庭、徐鲁亚编著：《西方修辞学》，上海外语教育出版社 2007 年版。

范大灿主编：《德国文学史》（1—5 卷），译林出版社 2006 年版。

高方、许钧主编：《反叛、历险与超越——勒克莱齐奥在中国的理解与阐释》，南京大学出版社 2013 年版。

蒋承勇主编：《世界文学史纲》，复旦大学出版社 2000 年版。

李赋宁总主编，刘意青、罗经国主编：《欧洲文学史》（第 1 卷），商务印书馆 1999 年版。

李赋宁总主编，彭克巽主编：《欧洲文学史》（第 2 卷），商务印书馆 2001 年版。

李明滨主编：《世界文学史》（第三版），北京大学出版社 2019 年版。

刘亚猛：《西方修辞学史》，外语教学与研究出版社 2008 年版。

盛宁：《文学：鉴赏与思考》，生活·读书·新知三联书店 1997 年版。

王立新：《探赜索幽：王立新教授讲希伯来文学与西方文学》，中央编译出版社 2014 年版。

汪子嵩、范明生、陈村富、姚介厚：《希腊哲学史》（第一卷），人民出版社 1997 年版。

伍蠡甫、胡经之主编：《西方文艺理论名著选编》（上卷），北京大学出版社 1985 年版。

伍蠡甫、胡经之主编：《西方文艺理论名著选编》（中卷），北京大学出版社 1986 年版。

杨慧林：《圣言、人言：神学阐释学》，福建教育出版社 2018 年版。

杨慧林、黄晋凯：《欧洲中世纪文学史》，译林出版社 2001 年版。

杨金才、王守仁主编：《战后世界进程与外国文学进程研究（第 4 卷）新世纪外国文学发展趋势研究》，译林出版社 2019 年版。

张隆溪：《道与逻各斯：东西方文学阐释学》，冯川译，凤凰出版传媒集团 2006 年版。

张玉书主编：《20 世纪欧美文学史》，北京大学出版社 1995 年版。

赵敦华：《基督教哲学 1500 年》，人民出版社 1994 年版。

朱维之：《圣经文学十二讲：圣经、次经、伪经、死海古卷》，人民文学出版社 2008 年版。

郑克鲁：《现代法国小说史》，上海外语教育出版社 1998 年版。

二　外语译著

［美］阿里夫·德里克：《跨国资本时代的后殖民批评》，王宁等译，北京大学出版社 2004 年版。

［意］阿利吉耶里·但丁：《论世界帝国》，朱虹译，商务印书馆 2009 年版。

［英］艾·阿·瑞恰慈：《文学批评原理》，杨自伍译，百花洲文艺出版社 1992 年版。

［美］爱德华·W. 萨义德：《东方学》，王宇根译，生活·读书·新知三联书店 1999 年版。

［德］爱克曼辑录：《歌德谈话录》，朱光潜译，人民文学出版社 1978 年版。

［美］爱伦·坡：《爱伦·坡精选集》，刘象愚编选，山东文艺出版社 1999 年版。

［美］奥尔森：《基督教神学思想史》，吴瑞诚、徐成德译，北京大学出版社 2003 年版。

［法］巴尔扎克：《巴尔扎克论文艺》，艾珉、黄晋凯选编，袁树仁等译，人民文学出版社 2003 年版。

［法］巴尔扎克：《巴尔扎克全集》（第八卷），袁树仁等译，人民文学出版社 1987 年版。

［法］巴尔扎克：《巴尔扎克全集》（第十三卷），傅雷译，人民文学出版社 1988 年版。

［古希腊］柏拉图：《柏拉图全集》（1—3 卷），王晓朝译，人民出版社 2002—2003 年版。

［古希腊］柏拉图：《理想国》，郭斌和、张竹明译，商务印书馆 1995 年版。

［古希腊］柏拉图：《文艺对话集》，朱光潜译，人民文学出版社 1997 年版。

［英］班扬：《天路历程》，王汉川译，山东画报出版社 2002 年版。

［英］鲍桑葵：《美学史》，张今译，商务印书馆 1986 年版。

［英］比德：《英吉利教会史》，陈维振、周清民译，商务印书馆 2009 年版。

［美］伯克富：《基督教教义史》，赵中辉译，宗教文化出版社 2000 年版。

［意］薄伽丘：《但丁传》，周施廷译，广西师范大学出版社 2008 年版。

［美］布鲁斯·雪莱：《基督教会史》，刘平译，北京大学出版社 2004 年版。

［英］C. P. 斯诺：《两种文化》，陈克艰、秦小虎译，上海科学技术出版社 2003 年版。

［英］C. S. 路易斯：《中世纪和文艺复兴时期的文学研究》，沃尔

特·胡珀收集，胡虹译，华东师范大学出版社 2010 年版。

［美］大卫·达姆罗什、刘洪涛、尹星主编：《世界文学理论读本》，北京大学出版社 2013 年版。

［英］丹尼尔·笛福：《鲁滨孙飘流记》，徐霞村译，人民文学出版社 1997 年版。

［英］丹尼尔·笛福：《鲁滨孙飘流续记》，艾丽、秦彬译，甘肃人民出版社 1983 年版。

［意］但丁：《论俗语》《致斯加拉亲王书》，章安祺编订：《缪灵珠美学译文集》（第一卷），中国人民大学出版社 1998 年版。

［意］但丁：《但丁精选集》，吕同六编选，北京燕山出版社 2004 年版。

［意］但丁：《神曲·地狱篇》《神曲·炼狱篇》《神曲·天堂篇》，黄文捷译，译林出版社 2005 年版。

［意］但丁：《新生》，王独清译，光明书局 1934 年版。

［俄］德·斯·米尔斯基：《俄国文学史》，刘文飞译，商务印书馆 2020 年版。

［法］E. 涂尔干：《宗教生活的初级形式》，林宗锦、彭守义译，中央民族大学出版社 1999 年版。

［美］弗兰克·克默德：《结尾的意义：虚构理论研究》，刘建华译，辽宁教育出版社 2000 年版。

［美］弗兰纳里·奥康纳：《好人难寻》，於梅译，新星出版社 2013 年版。

［美］弗雷德里克·詹姆逊：《现实主义的二律背反》，王逢振等译，中国人民大学出版社 2020 年版。

［美］弗雷德里克·詹姆逊：《语言的牢笼·马克思主义与形式》，钱佼汝、李自修译，百花洲文艺出版社 1997 年版。

［德］G. G. 索伦：《犹太教神秘主义主流》，涂笑非译，四川人民出版社 2000 年版。

［俄］高尔基世界文学研究所编撰：《世界文学史》第一卷（上

册），陈雪莲等译，上海文艺出版社 2013 年版。
［德］歌德：《浮士德》，绿原译，人民文学出版社 2005 年版。
［匈］格奥尔格·卢卡奇：《卢卡奇早期文选》，张亮等译，南京大学出版社 2004 年版。
［美］哈罗德·布鲁姆：《西方正典：伟大作家和不朽作品》，江宁康译，译林出版社 2005 年版。
［美］哈特穆特·莱曼、京特·罗特编：《韦伯的新教伦理：由来、根据和背景》，阎克文译，辽宁教育出版社 2001 年版。
［美］海伦·霍西尔：《爱德华兹传》，曹文丽译，华夏出版社 2006 年版。
［德］汉斯－格奥尔格·伽达默尔：《美的现实性》，张志扬等译，生活·读书·新知三联书店 1991 年版。
［德］汉斯－格奥尔格·伽达默尔：《真理与方法——哲学诠释学的基本特征》（上卷），洪汉鼎译，上海译文出版社 1999 年版。
［古希腊］荷马：《奥德赛》，陈中梅译，译林出版社 2003 年版。
［古希腊］荷马：《伊利亚特》，陈中梅译，译林出版社 2000 年版。
［古希腊］赫拉克利特：《赫拉克利特著作残篇》，楚荷译，广西师范大学出版社 2007 年版。
［古希腊］赫西俄德：《工作与时日》，张竹明、蒋平译，商务印书馆 2009 年版。
［英］亨利·菲尔丁：《阿米莉亚》，吴辉译，译林出版社 2004 年版。
［英］亨利·菲尔丁：《汤姆·琼斯》（上、下），黄乔生译，译林出版社 2004 年版。
［英］亨利·詹姆斯：《小说的艺术：亨利·詹姆斯文论选》，朱雯等译，上海译文出版社 2001 年版。
［南非/澳大利亚］J. M. 库切：《等待野蛮人》，文敏译，浙江文艺出版社 2013 年版。
［意］克罗齐：《美学或艺术和语言哲学》，黄文捷译，百花文艺

出版社 2009 年版。
［法］勒克莱齐奥：《沙漠》，许钧、钱林森译，人民文学出版社 2010 年版。
［法］列维－斯特劳斯：《忧郁的热带》，王志明译，生活·读书·新知三联书店 2000 年版。
［匈］卢卡奇：《历史与阶级意识——关于马克思主义辩证法的研究》，杜章智等译，商务印书馆 1995 年版。
［法］卢梭：《论语言的起源兼论旋律与音乐的模仿》，吴克峰等译，北京出版集团公司 2010 年版。
［法］卢梭：《新爱洛伊丝》，李平沤、何三雅译，译林出版社 1993 年版。
［法］路易·阿尔都塞、艾蒂安·巴里巴尔：《读〈资本论〉》，李其庆、冯文光译，中央编译出版社 2001 年版。
［德］罗伦培登：《这是我的立场：改教先导马丁·路德传记》，陆中石等译，译林出版社 1993 年版。
［德］马丁·路德：《〈加拉太书〉注释》，李漫波译，生活·读书·新知三联书店 2011 年版。
［英］马克·B. 索尔特：《国际关系中的野蛮与文明》，肖欢容等译，新华出版社 2004 年版。
［德］马克思、恩格斯：《马克思恩格斯选集》（第一卷·上），中共中央马克思恩格斯列宁斯大林著作编译局编译，人民出版社 1972 年版。
［西］米盖尔·台·塞万提斯：《塞万提斯全集》（第五卷），张云义译，人民文学出版社 1996 年版。
［西］米盖尔·阿德·塞万提斯：《堂吉诃德》（上、下），杨绛译，人民文学出版社 2000 年版。
［法］米歇尔·福柯：《规训与惩罚》，刘北成、杨远婴译，生活·读书·新知三联书店 1999 年版。
［美］纳撒尼尔·霍桑：《红字》，胡允恒译，人民文学出版社 1991

年版。

［美］纳撒尼尔·霍桑著，陈冠商编选：《霍桑短篇小说集》，冯钟璞等译，山东人民出版社 1980 年版。

［加］诺思洛普·弗莱：《诺思洛普·弗莱文论选集》，吴持哲编，中国社会科学出版社 1997 年版。

［加］诺思洛普·弗莱：《批评的剖析》，朱刚导读，上海外语教育出版社 2009 年版。

［加］诺思洛普·弗莱：《世俗的经典：传奇故事结构研究》，孟祥春译，上海人民出版社 2010 年版。

［加］诺思洛普·弗莱：《伟大的代码：圣经与文学》，郝振益等译，北京大学出版社 1998 年版。

［法］帕斯卡尔：《思想录》，何兆武译，商务印书馆 1985 年版。

［古希腊］普鲁塔克：《论埃及神学与哲学——伊希斯与俄赛里斯》，段映虹译，华夏出版社 2009 年版。

［美］乔纳森·卡勒：《理论中的文学》，徐亮等译，华东师范大学出版社 2007 年版。

［英］乔叟：《坎特伯雷故事》，黄杲炘译，上海译文出版社 2011 年版。

［英］乔叟：《乔叟文集》，方重译，上海译文出版社 1979 年版。

［爱尔兰］乔伊斯：《都柏林人·一个青年艺术家的画像》，徐晓雯译，译林出版社 2003 年版。

［匈］乔治·卢卡契：《卢卡契文学论文选》（一），范大灿编选，中国社会科学出版社 1980 年版。

［匈］乔治·卢卡契：《卢卡契文学论文选》（二），范大灿编选，中国社会科学出版社 1981 年版。

［美］萨克文·伯科维奇主编：《剑桥美国文学史（第七卷）：散文作品 1940—1990 年》，孙宏译，中央编译出版社 2005 年版。

［古希腊］色诺芬：《回忆苏格拉底》，吴永泉译，商务印书馆 2009 年版。

《圣经》(现代中文译本·修订本),新加坡圣经公会 1995 年版。
[英] T. S. 艾略特:《基督教与文化》,杨民生、陈常锦译,四川人民出版社 1989 年版。
[英] 泰勒主编:《从开端到柏拉图》(劳特里奇哲学史第 1 卷),韩东晖等译,中国人民大学出版社 2003 年版。
[美] 托马斯·品钦:《拍卖第四十九批》,胡凌云译,译林出版社 2018 年版。
[德] 瓦尔特·本雅明:《本雅明文选》,陈永国、马海良编,陈永国等译,中国社会科学出版社 1999 年版。
[英] 威廉·华兹华斯:《孤独的割麦女》,飞白译,飞白主编:《世界诗库》(第 2 卷),花城出版社 1994 年版。
[英] 威廉·华兹华斯:《华兹华斯叙事诗选》,秦立彦译,人民文学出版社 2018 年版。
[英] 威廉·华兹华斯:《序曲或一位诗人心灵的成长》,丁宏为译,北京大学出版社 2017 年版。
[美] 韦恩·布斯:《修辞的复兴:韦恩·布斯精粹》,穆雷等译,译林出版社 2009 年版。
[美] 韦勒克:《近代文学批评史》(1—2 卷),杨岂深等译,上海译文出版社 1987—1988 年版。
[古罗马] 维吉尔:《埃涅阿斯纪》,杨周翰译,人民文学出版社 1984 年版。
[俄] 维克多·什克洛斯基等:《俄国形式主义文论选》,方珊等译,生活·读书·新知三联书店 1989 年版。
[英] 希·萨·柏拉威尔:《马克思和世界文学》,梅绍武等译,生活·读书·新知三联书店 1982 年版。
[古希腊] 亚理士多德、[古罗马] 贺拉斯:《诗学·诗艺》,罗念生、杨周翰译,人民文学出版社 1988 年版。
[美] 伊恩·瓦特:《小说的兴起——笛福、理查逊、菲尔丁研究》,高原、董红钧译,生活·读书·新知三联书店 1992 年版。

［古罗马］优西比乌：《教会史》，［美］保罗·L·梅尔英译、评注，瞿旭彤译，生活·读书·新知三联书店2009年版。

［美］约翰·阿尔伯特·梅西、奥诺里奥·卢奥托诺：《世界文学的故事》，杨德友译，北岳文艺出版社2017年版。

［英］约翰·埃德温·桑兹：《西方古典学术史》（第1卷上册），张治译，世纪出版集团2010年版。

［英］约翰·弥尔顿：《失乐园》，刘婕译，上海译文出版社2012年版。

《中英圣经·新旧约全书》（和合本——新国际版），加利福尼亚州圣书书房1998年版。

三　英文文献

Aaron, Daniel, *Writers of the Left*, New York: Oxford University Press, 1977.

Abrams, M. H., *Natural Supernaturalism: Tradition and Revolution in Romantic Literature*, New York: W. W. Norton & Company, 1973.

Ackroyd, P. R. and C. F. Evans eds., *The Cambridge History of the Bible Volume I: From the Beginnings to Jerome*, London: Cambridge University Press, 1976.

Ahmad, Aijaz, *In Theory: Classes, Nations, Literatures*, London and New York: Verso, 1992.

Alter, Robert and Frank Kermode eds., *The Literary Guide to the Bible*, Cambridge: The Belknap of Harvard University Press, 1987.

Aquinas, Thomas, *Thomas Aquinas* Vol. Ⅰ: *The Summa Theologica*, trans. Fathers of the English Dominican Province, London: Encyclopedia, Inc., 1988.

Asals, Frederick, *Flannery O'Connor: The Imagination of Extremity*, Athens: The University of Georgia Press, 1982.

Attridge, Derek, *J. M. Coetzee and the Ethics of Reading: Literature in the Event*, Chicago: University of Chicago Press, 2004.

Attwell, David, "Coetzee's Estrangement", *Novel: A Forum on Fiction*, Volume 41, Numbers 2 – 3, 2008.

Auerbach, Erich, *Scenes From the Drama of European Literature*, Minneapolis: University of Minnesota Press, 1959.

Auerbach, Erich, *Time, History, and Literature: Selected Essays of Erich Auerbach*, edited and with an Introduction by James I. Porter, trans. Jane O. Newman, Princeton and Oxford: Princeton University Press, 2014.

Augustine, *The Confessions*, *The City of God*, *On Christian Doctrine*, trans. M. Dods & J. F. Shaw, London: Encyclopedia Britannica, Inc., 1988.

Augustine, *Earlier Writings*, ed. and trans. J. H. S. Burleigh, Louisville and London: Westminster John Knox Press, 2006.

Augustine, *On Christian Doctrine*, trans. J. F. Shaw, Mineola, New York: Dover Publishing Inc., 2009.

Augustine, *The Confessions of St. Augustine*, trans. John. K. Ryan, New York: Doubleday & Company, Inc., 1960.

Augustine, Sanit, *The Trinity*, Hyde Park, New York: New City Press, 1991.

Bahbah, Homi K., *The Location of Culture* (Routledge Classic Edition), London and New York: the Taylor & Francis Group, 1994.

Bal, Mieke, *Narratology: Introduction to the Theory of Narrative* (3rd Edition), Toronto: University of Toronto Press, 2009.

Barfield, Owen, *What Coleridge Thought*, Middletown, Connecticut: Wesleyan University Press, 1971.

Barthes, Roland, *Image Music Text*, trans. Stephen Heath, London:

Fontana Press, 1977.

Bell, Arthur H., Vincent F. Hopper and Bernard D. N. Grebanier eds, *World Literature* Vols. 1 – 2, Hauppauge: Barron's Educational Series Inc., 1994.

Benjamin, Walter and Theodor Adorno, *The Complete Correspondence* (1928 – 1940), Cambridge, Massachusetts: Harvard University Press, 1999.

Benjamin, Walter, *Illuminations*, edited and with an introduction by Hannah Arendt, trans. Harry Zohn. London: Fontana Press, 1979.

Benjamin, Walter, *Reflections: Essays, Aphorisms, Autobiographical Writings*, edited and with an Introduction by Peter Demetz, trans. Edmund Jephcott, New York: Schocken Books, 1978.

Benjamin, Walter, *The Arcades Project*, trans. Howard Eiland and Kevin McLaughlin, Cambridge, MA: The Belknap Press of Harvard University Press, 2002.

Benjamin, Walter, *The Correspondence of Walter Benjamin* (1910 – 1940), ed. Gershom Scholem and Theodor W. Adorno, trans. Manfred R. Jacobson and Evelyn M. Jacobson, Chicago and London: The University of Chicago Press, 1994.

Benjamin, Walter, *The Origin of German Tragic Drama*, introduced by George Steiner and translated by John Osborne, London: Verso Publisher, 2003.

Benjamin, Walter, "Central Park", trans. Lloyd Spencer, *New German Critique*, No. 34, Winter 1985.

Bennett, Tony, *Formalism and Marxism*, London and New York: Methuen, 1979.

Bercovitch Sacvan ed., *Ideology and Classic American Literature*, London: Cambridge University Press, 1986.

Bercovitch, Sacvan, *The Puritan Origins of American Self*, New Haven and London: Yale University Press, 2011.

Bloom, Harold ed., *Thomas Pynchon*, Philadelphia: Chelsea House Publishers, 2003.

Bloom, Harold, Paul de Man, Jacques Derrida, Geoffrey H. Hartman and J. Hills Miller eds., *Deconstruction & Criticism*, New York: The Continuum Publishing Company, 1990.

Bloomfield, Morton W. ed., *Allegory, Myth, and Symbol*, Cambridge and London: Harvard University Press, 1981.

Boehmer, Elleke, Katy Iddiols and Robert Eaglestone, *J. M. Coetzee in Context and Theory*, New York: Cntinuum, 2009.

Boys-Stone, G. R., *Metaphor, Allegory, and the Classical Tradition*, London: Oxford University Press, 2003.

Breyfogle, Todd, "Memory and Imagination in Augustine's Confessions", *New Blackfriars*, Vol. 75, No. 881, April 1994.

Brisson, Luc, *How Philosophers Saved Myths: Allegorical Interpretation and Classical Mythology*, Chicago and London: The University of Chicago Press, 2004.

Brown, Marshall Brown, *The Cambridge History of Literary Criticism: Vol. V Romanticism*, Cambridge: Cambridge University Press, 2000.

Brumm, Ursula, *American Thought and Religious Typology*, New Brunswick: Rutgers University Press, 1970.

Bunyan, John, *The Pilgrim's Progress and Grace Abounding to the Chief of Sinners*, ed. James Thorpe, Boston: Houghton Mifflin Company, 1969.

Cameron, Sharon, *The Corporeal Self: Allegories of the Body in Melville and Hawthorne*, New York: Columbia University Press, 1981.

Cantwell, Robert, *The Land of Plenty*, New York: Farrar and Rinebart, 1934.

Carison, Eric. ed., *The Recognition of Edgar Allan Poe*, The University of Michigan Press, 1970.

Casanova, Pascale, *The World Republic of Letters*, trans. M. B. DeBevoise, Cambridge and London: Harvard University Press, 2004.

Cavafy, C. P., *Collected Poems* (Revised Edition), trans. Edmund Keeley and Philip Sherrard, Princeton: Princeton University Press, 1992.

Cawsey, Kathy, *Twentieth-Century Chaucer Criticism: Reading Audiences*, Burlington: Ashgate Publishing Company, 2011.

Chadwick, Henry, *Founders of Thought: Plato, Aristotle, Augustine*, New York: Oxford University Press, 1991.

Chaucer, Jeffrey, *The Canterbury Tales by Geoffrey Chaucer*, translated and adapted by Peter Ackroyd, New York: The Penguin Group, 2009.

Chaucer, Jeffrey, *The Works of Geoffrey Chaucer*, ed. F. N. Robinson, London: Oxford University Press, 1957.

Coetzee, J. M., *Doubling the Point: Essays and Interviews*, ed. David Attwell, Cambridge: Harvard University Press, 1992.

Coetzee, J. M., *Elizabeth Costello: Eight Lessons*, New York: Penguin Books, 2003.

Coetzee, J. M., *Estranger Shores*, New York: Vintage Books, 2002.

Coetzee, J. M., *Waiting for the Barbarians*, London: Vintage Books, 2004.

Coleridge, S. T., *Aids to Reflection and Confession of an Inquiring Spirit* (Oxford Classics Edition), Oxford: Oxford University Press, 2004.

Coleridge, S. T., *Aids to Reflection*, ed. H. N. Coleridge, Port Washington: Nennikat Press, 1971.

Coleridge, S. T., *Biographia Literaria; or Biographical Sketches of My Literary Life and Opinions* (1), London: Oxford University

Press, 1958.

Coleridge, S. T. , "The Statesman's Manual", *The Collected Works of Samuel Taylor Coleridge*, Vol. Ⅵ, ed. R. J. White, Princeton: Princeton University Press, 1972.

Coleridge, S. T. , *The Table Talk and Omniana*, ed. T. Ashe, London: G. Bell and Sons, LTD. , 1923.

Colson, F. H. , "General Introduction", in *Philo* Vol. Ⅰ, London: Harvard University Press, 1929.

Conroy, Jack, *The Disinherited*, New York: Seven Seas Publishers, 1965.

Copeland, Rita and Peter T. Struck eds. , *The Cambridge Companion to Allegory*, New York and Cambridge: Cambridge University Press, 2010.

Crow, Martin M. and Clare C. Olson eds. , *Chaucer Life-Records*, London: Oxford University Press, 1966.

Culimer, Robert G. ed. , *Bunyan in Our Time*, Kent: Kent University Press, 1989.

Curtius, Ernst Robert, *European Literature and the Latin Middle Ages*, trans. Willard R. Trask, Princeton: Princeton University Press, 1990.

Damrosch, David, *The Narrative Covenant: Transformations of Genre in the Growth of Biblical Literature*, Ithaca and New York: Cornell University Press, 1991.

Damrosch, David, *What is World Literature*? Princeton and Oxford: Princeton University Press, 2003.

Dante, Alighieri, *The Banquet*, trans. Elizabeth Price Sayer, North Hollywood: Aegypan Press, 2011.

Darkworth, G. E. , "The Architecture of the Aeneid", in *The American Journal of Philology*, Vol. 75, No. 1, 1954.

De Lorris, Guillaume and Jean de Meun, *The Romance of the Rose* (Oxford World Classics), trans. Frances Horgan, Oxford: Oxford University Press, 1994.

De Lubac, Henri S. J., *Medieval Exegesis: The Four Senses of Scripture* (Vols. 1 – 3), trans. Mark Sebanc and E. M. Macierowski, Grand Rapids, Michigan: William B. Eerdmans Publishing Company, 1998 – 2009.

De Man, Paul, *Allegories of Reading: Figural Language in Rousseau, Nietzsche, Rilke, and Proust*, New Haven and London: Yale University Press, 1979.

De Man, Paul, *Blindness and Insight: Essays in the Rhetoric of Contemporary Criticism* (Second Edition, Revised), London: Methuen & Co., Ltd., 1983.

De Man, Paul, *The Resistance to Theory*, Minneapolis: University of Minnesota Press, 1989.

De Man, Paul, *The Rhetoric of Romanticism*, New York: Columbia University Press, 1984.

Defoe, Daniel, *Robinson Crusoe*, New York: Penguin Books, 1985.

Defoe, Daniel, *Serious Reflections during the Life and Surprising Adventures of Robinson Crusoe with his Vision of the Angelic World*, London: J. M. Dent & Co. Aldine House. （原书无出版时间）

Demaria, Richard, *Communal Love at Oneida: A Perfectionist Vision of Authority, Property, and Sextual Order*, New York and Toronta: The Edwin Mellen Press, 1978.

Derrida, Jacques, *Of Grammatology* (Corrected Edition), trans. Gayatri Chakravorty Spivak, Baltimore and London: The Johns Hopkins University Press, 1997.

Derrida, Jacques, *Positions*, trans. Alan Bass, Chicago: The University of Chicago Press, 1972.

Dowling, William C., Jameson, *Althusser, Marx: An Introduction to The Political Unconscious*, London: Methuen & Co., Ltd., 1984.

Dyke, Carolynn Van, *The Fiction of Truth: Structures of Meaning in Narrative and Dramatic Allegory*, Ithaca and London: Cornell University Press, 1985.

D'haen, Theo, *The Routledge Concise History of World Literature*, London and New York: Routledge, 2012.

Eagleton, Terry, *Against the Grain, Selected Essays, 1975 – 1985*, London: Verso Books, 1986.

Eco, Umberto, *The Open Work*, trans. Anna Cancogni, Harvard University Press, 1989.

Edwards, Mark J., *Ancient Christian Commentary of Scripture: New Testament* Ⅷ (*Galatians, Ephesians, Philippians*), Chicago and London: Fitzroy Dearborn Publishers, 1999.

Elliott, Emory ed., *Columbia Literary History of the United States*, New York: Columbia University Press, 1988.

Ellis, E. Earle, *History and Interpretation in New Testament Perspective*, Leiden & Boston: Brill, 2001.

Ellmann, Richard, *James Joyce*, New York: Oxford University Press, 1983.

Empson, William, *Seven Types of Ambiguity*, London: Chatto and Windus Ltd., 1956.

Fanon, Frantz Fanon, *Black Skin, White Masks*, trans. Charles Lam Markmann, London: Pluto Press, 2008.

Fanon, Frantz Fanon, *The Wretched of the Earth*, trans. Richard Philcox, New York: Crover Press, 2004.

Fekete, John, *The Structural Allegory: Reconstructive Encounters with the New French Thought*, Minneapolis: University of Minnesota

Press, 1984.

Fick, Leonard J., *A Study of Hawthorne's Theology: The Light Beyond*, Westminster: The Newman Press, 1955.

Fiedler, Leslie A., *Love and Death in the American Novel* (Revised Edition), New York: Stein and Day/*Publishers*/Scarborough House, 1982.

Fletcher, Angus, *Allegory: The Theory of a Symbolic Mode*, Ithaca and London: Cornell University Press, 1982.

Fogle, Richard H., *Hawthorne's Fiction: The Light & The Dark*, Norman: University of Oklahoma Press, 1964.

Foley, Barbara, *Radical Representations: Politics and Form in U. S. Proletarian Fiction 1929 – 1941*, Durham and London: Duke University Press, 1993.

Ford, Andrew, *The Origins of Criticism: Literary Culture and Poetic Theory in Classical Greece*, Oxford: Princeton University Press, 2002.

Foucault, Michael, *Power/Knowledge: Selected Interviews and Other Writings 1972 – 1977*, ed. Colin Gordon and trans. Colin Gordon, Leo Marshall, John Mepham and Kate Soper, NY: Pantheon Books, 1980.

Frantz Fanon, *Black Skin, White Masks*, trans. Charles Lam Markmann, London: Pluto Press, 2008.

Frantz Fanon, *The Wretched of the Earth*, trans. Richard Philcox, New York: Crover Press, 2004.

Frei, Hans W., *The Eclipse of Biblical Narrative: A Study in Eighteenth and Nineteenth Century Hermeneutics*, New Haven and London: Yale University Press, 1974.

Frye, Northrop, *Words with Power: Being a Second Study of "The Bible and Literature"*, New York and London: Harcourt Brace

Jovanovich, Publishers, 1990.

Gadamer, Hans-Georg, *Truth and Method*, trans. Joel Weinsheimer and Donald G. Marshall, New York: The Continuum Publishing Company, 1994.

Gale Contextual Encyclopedia of World Literature (Volume One), New York: Cengage Learning, 2009.

Gavrilyuk, Paul L. and Sarah Coakley eds., *The Spiritual Senses: Perceiving God in Western Christianity*, Cambridge University Press, 2012.

Giles, Paul, *American Catholic Art and Fiction: Culture, Ideology, Aesthetics*, Cambridge: Cambridge University Press, 1992.

Gill, Stephen ed., *The Cambridge Campion to William Wordsworth*, London: Cambridge University Press, 2003.

Gilloch, Graeme, *Walter Benjamin: Critical Constellations*, Cambridge: Polity Pres, 2002.

Gold, Michael, *Jews without Money*, New York: Avon Books, 1965.

Goodenough, Erwin R., *An Introduction to Philo Judaeus*, New Haven and London: Yale University Press, 1940.

Gordon, Lewis R. ed., *What Fanon Said*, New York: Fordham University Press, 2015.

Grafton, Anthony, Glenn W. Most and Salvatore Settis eds., *The Classical Tradition*, Cambridge and London: Harvard University Press, 2010.

Graziosi, Barbara, *Inventing Homer: The Early Reception of Epic*, London: Cambridge University Press, 2002.

Greenblatt, Stephen J. ed., *Allegory and Representation*, Baltimore and London: The Johns Hopkins University Press, 1981.

Grypeou, E. and Spurling, H. eds., *The Exegetical Encounter between Jews and Christians in Late Antiquity*, Leiden and Boston:

Koninklijke Drill NV, 2009.

Handelman, Susan A., *Fragments of Redemption: Jewish Thought and Literary Theory in Benjamin, Scholem, and Levinas*, Bloomington and Indianapolis: Indiana University Press, 1991.

Hanson, R. P. C., *Allegory & Event: A Study of the Sources and Significance of Origen's Interpretation of Scripture*, Louisville, Kentucky: Westminister John Knox Press, 2002.

Harari, Josué V., ed., *Textual Strategies: Perspectives in Post-Structuralist Criticism*, Ithaca and New York: Cornell University Press, 1979.

Hartle, Ann, *The Modern Self in Rousseau's Confessions: A Reply to St. Augustine*, Notre Dame, Indiana: University of Notre Dame Press, 1983.

Hauser, Alan J. and Duane F. Watson, *A History of Biblical Interpretation* Vols. 1 – 2, Grand Rapids, Michigan: William B. Eerdmans Publishing Company, 2003 – 2009.

Hawthorne, Nathaniel, *Selected Short Stories of Nathaniel Hawthorne*, ed. Alfred Kavin, New York: Fawcett Books, 1983.

Heidegger, Martin, *Poetry, Language, Thought*, trans. Albert Hofstadter, New York: Harper & Row, 1971.

Hicks, G. ed., *Proletarian Literature in the United States*, New York: International Publishers, 1934.

Hight, Gilbert, *The Classical Tradition: Greek and Roman Influences on Western Literature*, New York: Oxford University Press, 1990.

Hobsbawm, Eric and Terence Ranger eds., *The Invention of Tradition*, London: Cambridge University Press, 1983.

Hollander, Robert, *Allegory in Dante's Commedia*, Princeton, NJ: Princeton University Press, 1969.

Holman, C. Hugh and William Harmon eds., *A Handbook to Litera-*

ture (*Fifth Edition*), New York: Macmillan Publishing Company, 1986.

Homer, Sean, *Fredric Jameson: Marxism, Hermeneutics, Postmodernism*, Cambridge: Polity Press, 1998.

Honig, Edwin, *Dark Conceit: The Making of Allegory*, London: Brown University Press, 1982.

Howard, George, *Paul: Crisis in Galatia: A Study in Early Christian Theology*, London: Cambridge University Press, 1979.

Hunter, J. Paul, *Before Novel: The Cultural Contexts of Eighteenth-Century English Fiction*, New York and London: W. W. Norton & Company, 1990.

Hunter, J. Paul, *The Reluctant Pilgrim: Defoe's Emblematic Method and Quest for Form*, Baltimore: The Johns Hopkins Press, 1966.

Hutcheon, Linda, *Narcissistic Narrative: The Metafictional Paradox*, Waterloo: Wilfrid Laurier University Press, 1980.

James, Williams, *The Varieties of Religious Experience: A Study in Human Nature*, London: Collier MacMillan Publishers, 1961.

Jameson, Fredric, *Brecht and Method*, London and New York: Verso, 1986.

Jameson, Fredric, *The Political Unconscious: Narrative as a Socially Symbolic Act*, London and New York: Cornell University Press, 2002.

Jameson, Fredric, "Imaginary and Symbolic in La Rabouilleuse", *Social Science Information*, Vol. 16, No. 59, 1977.

Jameson, Fredric, "La Cousine Bette and Allegorical Realism", *PMLA*, Vol. 86, No. 2, 1971.

Jameson, Fredric, "On Balzac-Unwrapping Balzac: A Reading of La Peau de Chagrin by Samuel Weber", *Boundary* 2, Vol. 12, No. 1, 1983.

Jameson, Fredric, "The Ideology of Form: Partial System in '*La Vieille Fille*'", *Substance*, Vol. 5, No. 15, 1976.

Jameson, Fredric, "Third-World Literature in the Era of Multinational Capitalism", *Social Text*, No. 15, 1986.

Jamieson, Robert, A. R. Fausset and David Brown, *Commentary on the Whole Bible*, Grand Rapids: Zondervan Publishing House, 1982.

Jay, Martin, *Marxism and Totality: The Adventures of a Concept from Lakács to Habermas*, Berkeley and Los Angeles: University of California Press, 1984.

Jeffrey, David Lyle, *People of the Book: Christian Identity and Literary Culture*, Grand Rapids: Wm. B. Eerdmans Publishing Co., 1996.

Johnson, Gary, *The Vitality of Allegory: Figural Narrative in Modern and Contemporary Fiction*, Columbus: The Ohio State University Press, 2012.

Josipovici, Gabriel, *The World and the Book: A Study of Modern Fiction*, Stanford, California: Stanford University Press, 1971.

Joyce, James, *A Portrait of the Artist as a Young Man*, New York: Dover Publishing, Inc., 1994.

Joyce, James, *Occasional, Critical, and Political Writing*, New York: Oxford University Press, 2000.

Joyce, James, *Selected Letters*, ed. Richard Ellmann, New York: The Viking Press, 1975.

Joyce, James, *Stephen Hero*, London: HarperCollins Publisher, 1991s.

Joyce, Stanislaus, *My Brother's Keeper: James Joyce's Earliser Years*, New York: The Viking Press, 1958.

Kaushal, Anupama, *A Screaming Comes Across the Skies: Postmodernist Dilemmas: Understanding the Fiction of Thomas Pynchon*,

Jaipur, India: Yking Press, 2010.

Kazin, Alfred, *God and the American Writers*, New York: Vintage Books, 1997.

Kelly, Theresa M., *Reinventing Allegory*, New York: Cambridge University Press, 1997.

Kenney, E. J. ed., *The Cambridge History of Classical Literature* (Ⅱ): *Latin Literature*, London: Cambridge University Press, 1982.

Korshin, J. Paul, *Typologies in England, 1650 – 1820*, Princeton: Princeton University Press, 1982.

Laeuchli, Samuel, "The Polarity of the Gospels in the Exegesis of Origen", *Church History*, Vol. 21, No. 3, 1952.

Lamberton, Robert, *Homer the Theologian: Neoplatonist Allegorical Reading and the Growth of the Epic Tradition*, Berkeley: University of California Press, 1985.

Lampe, G. W. H., *The Cambridge History of the Bible* (Vol. 2): *The West from the Fathers to the Reformation*, London: Cambridge University Press, 1969.

Langland, William, *Piers Plowman*, trans. A. V. C. Schmidt, New York: Oxford University Press, 1992.

Lauro, Elizabeth Ann Dively, *The Soul and Spirit of the Scripture within Origen's Exegesis*, Boston and Leiden: Koninklijke Bril NV, 2005.

Lehman, David, *Signs of the Times: Deconstruction and the Fall of Paul de Man*, New York: Poseidon Press, 1991.

Levin, Harry, *The Power of Blackness: Hawthorne-Poe-Melville*, Chicago, Athens and London: Ohio University Press, 1958.

Lewis, C. S., *The Allegory of Love: A Study in Medieval Literature*, London: Oxford University Press, 1936.

Lewis, R. W. B., *The American Adam: Innocence Tragedy and Tra-*

dition in the Nineteenth Century, Chicago and London: The University of Chicago Press, 1955.

Linwood, Urban, *A Short History of Christian Thought*, New York and Oxford: Oxford University Press, 1995.

Lovejoy, Arthur O., *The Great Chain of Being: A Study of the History of an Idea*, Cambridge: Harvard University Press, 1976.

Luxon, Thomas H., *Literal Figures: Puritan Allegory and the Reformation Crisis in Representation*, Chicago and London: The University of Chicago Press, 1995.

Lynch, Kathleen, *Protestant Autobiography: in the 17th-Century Anglophone World*, Oxford: Oxford University Press, 2012.

Lyons, Eugene, *The Red Decade: The Classic Work on Communism in America During the Thirties*, Arlington House, 1971.

MacAndrew, Elizabeth, *The Gothic Tradition in Fiction*, New York: Columbia University Press, 1979.

Madden, David Madden ed., *Proletarian Writers of the Thirties*, Carbondale and Edwardsville: Southern Illinois University Press, 1970.

Madsen, Deborah, *Allegory in America: From Puritanism to Postmodernism*, London: MacMillan Press Ltd., 1996.

Madsen, Deborah, *Rereading Allegory: A Narrative Approach to Genre*, New York: Saint Martin's Press, 1994.

Madsen, Deborah, *The Postmodernist Allegories of Thomas Pynchon*, Leicester: Leicester University Press, 1991.

Margalit, Avishai, *The Ethics of Memory*, Cambridge: Harvard University Press, 2002.

Mazzo, Joseph A., "Allegorical Interpretation and History", *Comparative Literature*, Vol. 30, No. 1, 1978.

McHale, Brian, *Postmodernist Fiction*, London and New York: Routledge, 1987.

McKeon, Michael, *The Origins of the English Novel 1600 – 1740*, Baltimore: The Johns Hopkins University Press, 1987.

McQuillan, Martin ed. , *Deconstruction: A Reader*, Edinburg: Edinburgh University Press, 2000.

Miller, Perry, *The New England Mind: The Seventeenth-Century*, Boston: Beacon Press, 1961.

Miner, Earl ed. , *Literary Uses of Typology: From the Late Middle Ages to the Present*, Princeton: Princeton University Press, 1971.

Minnis, Alastair and Ian Johnson eds. , *The Cambridge History of Literary Criticism* (Ⅱ): *The Middle Ages*, New York: Cambridge University Press, 2009.

Moretti, Franco ed. , *The Novel* (Vols. Ⅰ and Ⅱ), Princeton and Oxford: Princeton University Press, 2006.

Moretti, Franco, *Distant Reading*, London and New York: Verso, 2013.

Murrin, Michael, *The Veil of Allegory: Some Notes toward a Theory of Allegorical Rhetoric in the English Renaissance*, Chicago and London: The University of Chicago Press, 1969.

Newwey, Vincent ed. , *The Pilgrim's Progress: Narrative and Historical Reviews*, New Jersey: Barnes and Noble, 1980.

Nisbet, H. B. and Cloude Raswson eds. , *The Cambridge History of Literary Criticism* (Vol. Ⅳ): *The Eighteenth Century*, London: Cambridge University Press, 2005.

Norris, Christopher, *Paul de Man: Deconstruction and the Critique of Aesthetic Ideology*, New York and London: Routledge, 1988.

Norton, David, *A History of the Bible as Literature* (Vol. 2), Cambridge: Cambridge University Press, 1993.

Nutall, A. D. , *Two Concepts of Allegory: A Study of Shakespeare's* The Tempest *and the Logic of Allegorical Expression*, London:

Yale University Press, 2007.

Ocker, Christopher, *Biblical Poetics before Humanism and Reformation*, Cambridge: Cambridge University Press, 2002.

Olsen, Lance, "The Presence of Absence: Coetzee's '*Waiting for the Barbarians*'", *Ariel: A Review of International English Literature*, Vol. 16, No. 2, 1985.

Origen, *Contra Celsum*, trans. Henry Chadwick. Cambridge: Cambridge University Press, 1980.

Origen, *An Exhortation to Martyrdom*, *Prayer*, *First Principles: Book* Ⅳ, *Prologue to the Commentary on the Songs of Songs*, *Homily XXⅦ on Numbers*, trans. Rowan A. Greer. Mahwah, New Jersey: Paulist Press Inc., 1979.

Origen, *Spirit & Fire—A Thematic Anthology of His Writings*, trans. Robert J. Daly, Washington: The Catholic University of America Press, 1984.

Owens, Craig, "The Allegorical Impulse: Toward a Theory of Postmodernism" (Part 2), *October*, Vol. 13, 1980.

O'Connor, Flannery, *The Habit of Being*, ed. Sally Fitzgerald, New York: Vintage Books, 1980.

O'Connor, Flannery, *Collected Works*, New York: Literary Classics of the United States, Inc., 1988.

O'Connor, Flannery, *Mystery and Manners*, eds. Sally and Robert Fitzgerald, New York: Farrar, Strauss & Giroux, 1969.

Palmer, Richard E., *Hermeneutics: Interpretation Theory in Schleiermacher, Dilthey, Heidegger, and Gadamer*, Evanston: Northwestern University Press, 1969.

Passos, Dos, *U. S. A.: The Big Money*, London: Random House, Inc., 1937.

Pelikan, Jaroslav, *The Christian Tradition: A History of the Develop-*

ment of Doctrine (Vols. 1 – 4), Chicago and London: The University of Chicago Press, 1971 – 1984.

Philo, *Philo* (Vols. Ⅰ – Ⅹ), trans F. H. Colson, London: Harvard University Press, 1929—1962.

Philo, *The Works of Philo: Complete and Unabridged*, trans. C. D. Yonge, Peabody, Mass.: Hendrickson Publishers, Inc., 1997.

Piehler, Paul, *The Visionary Landscape: A Study in Medieval Allegory*, Montreal: McGill-Queen's University Press, 1971.

Poe, Edgar Allen, *Edgar Allen Poe—Poetry and Tales*, United States: The Library of America, 1984.

Prickett, Stephen ed., *Reading the Text: Biblical Criticism and Literary Theory*, Oxford & Cambridge: Basil Blackwell, 1991.

Pynchon, Thomas, *The Crying of Lot 49*, London: Vintage Books, 2000.

Quilligan Maureen, *The Language of Allegory: Defining the Genre*, Ithaca and London: Cornell University Press, 1979.

Ransom, John Crowe, *The New Criticism*, Westport: Greenwood Press, 1979.

Reynolds, Marry Trackett, *Joyce and Dante*, Princeton: Princeton University Press, 2014.

Richardson, Cyril C. ed., *Early Christian Fathers*, trans. Cyril C. Richardson, New York: Touchstone Books, 1996.

Richetti, John J., *Popular Fiction before Richardson: Narrative Patterns 1700 – 1739*, Oxford: Clarendon Press, 1969.

Rideout, W. B., *The Radical Novel in the United States* (1900 – 1954), New York and Oxford: Oxford University Press, 1956.

Rollinson, Philip, *Classical Theories of Allegory and Christian Culture*, Pittsburgh: Duquesne University Press, 1981.

Roth, Henry, *Call it Sleep*, London: Penguin Books, 2006.

Ruland, Richard and Malcolm Bradbury, *From Puritanism to Postmodernism: A History of American Literature*, New York: Penguin Books, 1991.

Runia, David T., "Philo of Alexandria and the Greek Hairesis-Model", *Vigliae Christianae*, Vol. 53, No. 2, 1999.

Runia, David T., "The Structure of Philo's Allegorical Treatises: A Review of Two Recent Studies and Some Additional Comments", *Vigiliae Christianae*, Vol. 38, No. 3, 1984.

Russell, D. A. and M. Winterbottom eds., *Ancient Literary Criticism: The Principal Texts in New Translations*, Oxford: Oxford University Press, 1972.

Samolsky, Russell, *Apocalyptic Futures: Naked Bodies and the Violence of the Text in Kafka, Conrad, and Coetzee*, New York: Fordham University Press, 2011.

Sanders, Andrew, *The Short Oxford History of English Literature*, New York and Oxford: Oxford University Press, 2000.

Sandmel, Samuel, *Philo of Alexandria: An Introduction*, New York: Oxford University Press, 1979.

Sartre, Jean-Paul, *Literary and Philosophical Essays*, trans. Annette Michelson, London: Rider and Company, 1955.

Schaff, Philip ed., *The Nicene and Post-Nicene Fathers of the Christian Church* Vol. 1, Grand Rapids, Michigan: William B. Eerdmans Publishing Company, 1973.

Schneider, Herbert Wallace, *The Puritan Mind*, Ann Arbor: The University Press, 1966.

Scholes, Rober, James Phelan and Robert Kellogg, *The Nature of Narrative* (Fortieth Anniversary Edition), Oxford and New York: Oxford University Press, 1966/2006.

Selden, Roman ed., *The Cambridge History of Literary Criticism* (Vol.

Ⅷ): *From Formalism to Poststructuralism*, New York: Cambridge University Press, 1995.

Sharrock, Roger, *John Bunyan*, Melbourne: Hutchinson House, 1954.

Shils, Edward, *Tradition*, Chicago: The University of Chicago Press, 1981.

Simpson, David, *Wordsworth*, *Commodification and Social Concern*: *The Poetics of Modernity*, Cambridge: Cambridge University Press, 2009.

Singleton, Charles S., *Allegory in Dante's Commedia*, Princeton, NJ: Princeton University Press, 1969.

Smalley, Beryl, *The Study of the Bible Studies in the Middle Ages*, Notre Dame, Indiana: University of Notre Dame Press, 1964.

Suleiman, Susan R. and Inge Crosman, eds., *The Reader in the Text*: *Essays on Audience and Interpretation*, Princeton, New Jersey: Princeton University Press, 1980.

Tate, J., "On the History of Allegorism", *The Classical Quarterly*, Vol. 28, No. 2, 1934.

Tate, J., "Plato and Allegorical Interpretation (Continued)", *The Classical Quarterly*, Vol. 24, No. 1, 1930.

Tate, J., "The Beginnings of Greek Allegory", *The Classical Review*, Vol. 41, No. 6, 1927.

Trzyna, Thomas, *Le Clézio's Spiritual Quest*, New York: Peter Lang Publishing Inc., 2012.

Turner, Bryan S. ed., *Secularization* Vol. Ⅰ: *Defining Secularization* (Vols. Ⅰ and Ⅱ), Los Angeles: Sage Publications Ltd., 2010.

Ullén, Magnus, *The Half-Vanished Structure*: *Hawthorne's Allegorical Dialectics*, Bern, Switzerland: Peter Lang AG, European Academic Publishers, 2004.

Urban, Linwood, *A Short History of Christian Thought*, New York and Oxford: Oxford University Press, 1995.

Vaught, Carl G., *The Journey toward God in Augustine's Confessions* (Books Ⅰ – Ⅵ), Albany, New York: State University of New York Press, 2003.

Walpole, Horace, *The Castle of Otranto*, Oxford University Press, 1964.

Waters, Lindsay and Wald Godzich eds., *Reading de Man Reading*, Minneapolis: University of Minnesota Press, 1989.

Watt, Ian, *Myths of Modern Individualism – Faust, Don Quixote, Don Juan, Robinson Crusoe*, New York: Cambridge University Press, 1997.

Whitman, Jon ed., *Interpretation & Allegory: Antique to the Modern Period*, Boston and Leiden: Brill Academic Publishing, Inc., 2003.

Whitman, Jon, *Allegory: The Dynamics of an Ancient and Medieval Technique*, Cambridge: Harvard University Press, 1987.

Whitman, Jon, "Dislocations: The Crisis of Allegory in the *Romance of the Rose*", in Sanford Budick and Wolfgang Iser eds, *Language of the Unsayable: the Play of Negativity and Literary Theory*, New York: Columbia University Press, 1989.

Wimsatt, W. K. and C. Brooks, *Literary Criticism: A Short History*, New York: Alfred A. Knopf Inc., 1959.

Wirth-Nesher, Hana,《〈就说是睡着了〉新论》(英文版),北京大学出版社 2007 年版。

Wolfson, Harry A., *The Philosophy of the Church Fathers* (Vol. One), Cambridge, MA: Harvard University Press, 1956.

Wolin, Richard, *Walter Benjamin: An Aesthetic of Redemption*, with a new Introduction by the Author, Berkeley: University of California Press, 1994.

Wordsworth, Dorothy, *The Grasmere and Alfoxden Journals*, edited with an Introduction and Notes by Pamela Woof, New York and Oxford: Oxford University Press, 2002.

Wordsworth, William, *The Collected Poems of William Wordsworth*, Ware: Wordsworth Editions Limited, 1994.

Wordsworth, William, *The Prelude and Other Poems*, Richmont: Alma Books Ltd., 2019.

Wright, T. R., *Theology and Literature*, Oxford: Basil Blackwell, Ltd., 1988.

Young, Robert J. C., *Postcolonialism: An Historical Introduction*, Malden, MA: Blackwell, 2001.

Zamora, Lois Parkinson, "Allegories of Power in the Fiction of J. M. Coetzee", *Journal of Literary Studies*, Vol. 2, No. 1, 1986.

Zhang, Longxi, *Allegoresis: Reading Canonical Literature East and West*, Ithaca and London: Cornell University Press, 2005.

Ziff, Larzer, *Puritanism in America: New Culture in a New World*, New York: The Viking press, 1973.

后　记

本书写作大致分为两个阶段。笔者于2009年申报的“欧美讽喻文学传统研究”（教育部“人文社会科学研究一般项目”）获准立项，结题后继续修改补充。2018年，杜泽逊教授主政山东大学文学院，鼓励教师申报科研项目，笔者以“欧美讽喻文学传统的‘当代复兴’研究”获批立项，又经数载之功，勉成拙稿。书中个别章节曾发表于几家学术期刊或收入论文集，此次出版得到山东大学文学院的经费资助，在此谨向参与项目评审的专家学者、期刊主编与审稿专家、文学院杜泽逊院长、张帅书记致以诚挚的谢意。

拙著有幸在中国社会科学出版社付梓，得到责任编辑王小溪女士的大力帮助。笔者感谢她付出的辛劳及提供的宝贵意见与建议。

欧美文学的讽喻传统历史悠久，涉及面广，内容丰富。笔者凭一己之力，以勤补拙，尝试对13位文学理论家、批评家的讽喻命题，16部讽喻文学经典做出阐释分析，大体实现了研究设想，有实事求是之初心，无尽善尽美之奢望，遗珠之憾在所难免，错漏乖谬之处还请专家、读者不吝斧正。

刘　林

2022年10月